ACTION

BAND 53

VINCE FLYNN

THE SURVIVOR

DIE ABRECHNUNG

EIN *MITCH RAPP*-ROMAN VON KYLE MILLS

Aus dem Amerikanischen von Alexander Rösch

FESTA

Die amerikanische Originalausgabe *The Survivor*
erschien 2015 im Verlag Emily Bestler/Atria Books,
Simon & Schuster.

1. Auflage Februar 2018

Veröffentlicht mit Erlaubnis von Emily Bestler/Atria Books,
ein Unternehmen von Simon & Schuster, Inc., New York.
Titelbild: Dean Samed

ISBN 978-3-86552-586-4
eBook 978-3-86552-587-1

Für Vince Flynn

Einen Mann, der so viele Leben beeinflusst hat.

PROLOG

ISTANBUL, TÜRKEI

Scott Coleman wandte sich vom Farbmonitor ab und musterte seine Umgebung. Der Kastenwagen wirkte für amerikanische Verhältnisse fast wie ein Spielzeug und bot auf der Ladefläche kaum genug Platz für ihn und sein ganzes Equipment. Ähnlich beengt ging es vorn zu, wo Joe Maslick seinen 100-Kilo-Körper hinter das Steuer zwängen musste. Regentropfen sammelten sich an der Windschutzscheibe und ließen den Blick auf alte Reihenhaussiedlungen und eine Straße verschwimmen, die so schmal war, dass man mit zwei Rädern auf dem Gehweg fahren musste.

Nach tagelangen Erkundungstouren durch eine Stadt, in der hohe Fahrkunst damit gleichgesetzt wurde, weniger als drei Menschen pro Woche zu rammen, hatten sie die Aussichtslosigkeit erkannt, eine Zielperson, die zu Fuß unterwegs war, auf diese Weise im Auge zu behalten. Seitdem hangelten sie sich bei ihren Stellplätzen von Parkverbot zu Parkverbot, um die Signalstärke ihrer Überwachungskamera zu optimieren. Keine leichte Aufgabe in einer fast vollständig aus Beton und Stein erbauten Metropole.

»Wie läuft's bei dir, Joe?«

»Toll.«

Eine glatte Lüge. Aber eine zu erwartende.

In Wahrheit war der frühere Delta-Soldat kürzlich bei einem Hinterhalt in Kabul angeschossen worden, der eine verflucht große Zahl afghanischer Polizisten in den Tod riss, Mitch Rapp deutlich zu nah an eine von ihm selbst verursachte Explosion heranbrachte und ihn zu einer unangenehmen Allianz mit Louis Gould zwang – dem Auftragsmörder, der Rapps Familie auf dem Gewissen hatte.

Maslick hätte zu Hause seine Schulter auskurieren können, bestand jedoch darauf, für diese Operation eingeteilt zu werden. Ihn mitzunehmen war eine knifflige Entscheidung gewesen. Die Ärzte befürchteten einen bleibenden Nervenschaden, aber manchmal war es das Beste, so schnell wie möglich wieder aufs Pferd zu steigen, bevor man anfing, an sich selbst zu zweifeln.

»Schön zu hören, dass du dich so prächtig amüsierst. Im Moment ist die Übertragung halbwegs stabil. Er bewegt sich auf der weitgehend unverbauten Straße in nördlicher Richtung. Eine Weile können wir die Position sicher beibehalten, aber rechne damit, dass sich das jederzeit ändern kann.«

»Gut.«

Maslicks einsilbige Antworten hatten nichts mit den vermutlich beträchtlichen Schmerzen im Arm zu tun. Er verzichtete grundsätzlich auf längere Wortmeldungen, es sei denn, er hielt sie für unbedingt nötig.

Coleman richtete seine Aufmerksamkeit zurück auf den Bildschirm, der an der Seitenwand des Vans befestigt war. Das Video ruckelte wild hin und her, da die Tasche mit der Kamera am Handgelenk ihrer Besitzerin baumelte. Blauer Himmel. Eine streunende Katze, die sich auf einem Müllcontainer sonnte. Dicke Knöchel in erstaunlich zartem Schuhwerk.

Beine und Hush-Puppies-Sandalen gehörten zu Bebe Kincaid – eine füllige grauhaarige Frau und die mit

Abstand merkwürdigste Angestellte ihrer Firma, SEAL Demolition and Salvage Corporation. Sie hatte den Großteil ihres Berufslebens als Observationsspezialistin beim FBI verbracht, was sie vor allem zwei angeborenen Talenten verdankte. Zum einen ihrer formlosen, unauffälligen äußeren Erscheinung und dem leicht gebeugten, schlurfenden Gang, der sie in einer Menschenmenge ähnlich unauffällig wie einen Feuerhydranten machte. Zum anderen – ungleich wichtiger – ihrem fotografischen Gedächtnis.

Ein inflationär benutztes Etikett, das man sämtlichen Leuten verpasste, die sich Sachen halbwegs gut merken konnten, aber in Bebes Fall traf es eindeutig zu. Ihr tadelloses Erinnerungsvermögen hatte ihr letztlich auch eine vorzeitige Pensionierung durch die FBI-Psychologen eingebracht. Je älter sie wurde, desto schwerer fiel es ihr nämlich, zwischen Beobachtungen zu unterscheiden, die vom Vortag stammten oder schon Jahre, oft sogar Jahrzehnte zurücklagen. In ihrem Geist blieb alles gleichermaßen lebendig. Das Bureau mochte zwar keine Verwendung mehr für sie haben, aber Mitch Rapp griff prompt zum Hörer und bot ihr einen Job an, noch bevor sie ihren Schreibtisch im J. Edgar Hoover Building geräumt hatte.

Coleman musste zugeben, dass es ihn ein wenig irritierte, als plötzlich eine Frau, die ihn an seine eigene Mutter erinnerte, vor der unauffälligen Tür zu ihrem Büro stand und sich bei ihm nicht nur für den Job, sondern auch für die großzügigen Sozialleistungen bedankte. Wie üblich hatte Rapp mit seinem Urteil richtiggelegen. Bebe war es wert, dass man ihr durchaus beachtliches Gewicht in Gold aufwog.

Coleman schielte auf einen zweiten Monitor, der eine Satellitenaufnahme von Istanbul zeigte. Ein blauer Punkt markierte Bebes aktuelle Position, schwenkte abrupt nach links und setzte sich ein paar Stufen zur Uferpromenade hinab in Bewegung. »Okay, Joe. Sie läuft jetzt Richtung Osten. Wir verlieren sie möglicherweise. Können wir näher ran?«

»Für eine alte Lady kommt sie ganz schön rum.« In Maslicks gereizter Erwiderung, weil er sich erneut in den unberechenbaren Stadtverkehr stürzen musste, schwang aufrichtiger Respekt mit.

Coleman lächelte, während sich der Wagen vom Bordstein entfernte. Seine Leute waren allesamt frühere Einsatzkräfte der Special Forces, überwiegend SEALs, Deltas und Aufklärer von den Marines. Mit der richtigen Begleitmannschaft konnte Bebe sie dennoch alle mächtig alt aussehen lassen.

Er stemmte den Fuß gegen das mit modernster Technik vollgestopfte Rack, um zu verhindern, dass es umkippte, während sich der Van über die regennasse Fahrbahn eine Anhöhe hinaufkämpfte. Auf dem Hauptmonitor erfasste Bebes Kamera kurz den Mann, den sie verfolgten. Eine eher unauffällige Erscheinung. 1,72 Meter groß, leicht asiatisch angehauchte Gesichtszüge und ein Anzug von der Stange, der durchnässt am Körper klebte. In Wahrheit handelte es sich bei Vasily Zhutov jedoch um den ranghöchsten Maulwurf, den sie beim russischen Auslandsgeheimdienst eingeschleust hatten. Er trug den Codenamen *Sitting Bull* und zählte zu den geheimsten, zudem erst nach hartnäckigen Bemühungen verpflichteten Agenten der Agency. Das Problem bestand darin, dass niemand genau wusste, ob seine Identität nicht längst aufgeflogen war. Schlimmer noch, ob neben ihm noch viele andere aufgeflogen waren. Die Tarnung von so gut wie jedem in den letzten 25 Jahren angeworbenen CIA-Kontakt stand auf dem Spiel. Zur Einschätzung der Lage hatte man Teams wie das von Coleman in alle Teile der Welt entsandt, allerdings deutlich zu weit verstreut, um ein verlässliches Gesamtbild zu liefern.

Die Schuld an der Misere trug ein einziger Mann: der kürzlich verstorbene Joseph ›Rick‹ Rickman. Er hatte die letzten acht Jahre in der CIA-Vertretung in Jalalabad zugebracht und dort quasi im Alleingang die geheimdienstlichen Aktivitäten während des Afghanistankriegs koordiniert. Angeblich hatte er einen IQ von über 200 gehabt. Colemans bisherige Begegnungen mit dem Mann schienen diese Einstufung zu bestätigen.

Fast eine Milliarde Dollar war mit den Jahren durch Rickmans Hände gewandert, um Waffenkäufe zu finanzieren, örtliche Politiker zu bestechen und weiß der Himmel was noch alles. Rick hatte Beziehungen zu so ziemlich jeder einflussreichen Person im Land gepflegt und über ein erstaunliches Talent verfügt, die komplexen Wechselwirkungen zu durchschauen, die in der Region für Konflikte sorgten. Stellte man ihm eine Frage zu den ökonomischen Auswirkungen des Heroinhandels auf die lokalen Aufstände, dozierte er aus dem Stegreif wie ein Harvard-Professor. Genauso kannte er sich beispielsweise auch mit Familienstreitigkeiten in entlegenen Bergdörfern aus, von denen kaum jemand je gehört hatte. Die einzige Person bei der CIA, die auch nur ansatzweise durchschaute, was im Kopf dieses Mannes vorging, war Irene Kennedy. Allerdings kämpfte sie mit entschieden zu vielen Baustellen gleichzeitig, um sich ernsthaft damit zu befassen.

Dummerweise war das komplexe Gebilde, das Rickman errichtet hatte, im vergangenen Monat mit lautem Getöse zusammengestürzt, als er völlig den Verstand verlor. Ob es an den Belastungen des Jobs, familiären Problemen oder dem undurchsichtigen Chaos und den hoffnungslosen Zuständen in Afghanistan lag, wusste niemand. Dafür wussten sie, dass Rickman ein Komplott mit Akhtar Durrani, dem Leiter des externen Flügels beim pakistanischen Geheimdienst ISI, geschmiedet hatte, um die CIA und jahrelange Kollegen und Kampfgenossen zu verraten.

Rickman hatte seine Leibwächter getötet und die eigene Entführung vorgetäuscht. Dabei ging er so weit, ein abstoßendes Video drehen zu lassen, in dem er angeblich von zwei Männern gefoltert wurde, die sich als muslimische Extremisten ausgaben. Genauso gut hätte man eine Bombe mitten in der amerikanischen Geheimdienst-Szene hochgehen lassen können. Aufgrund seines außergewöhnlichen Intellekts und der jahrzehntelangen Beteiligung an CIA-Operationen konnte niemand genau vorhersagen, was er alles wusste und welche Informationen er gegenüber dem Feind preisgab, wenn jemand mit glühenden Schürhaken an ihm herumstocherte. Absolute Panik brach aus, zahllose Undercover-Agenten forderten ihre Exfiltration oder ersuchten in US-Botschaften um Asyl. Insgesamt wurde eine Menge ungewollte Aufmerksamkeit auf das amerikanische Spionagenetzwerk gelenkt.

Im Rahmen der angeblichen Folter hatte Rickman eine ganze Reihe von Namen ausgeplaudert, von denen einer in Langley besondere Nervosität auslöste: Sitting Bull. Russland gehörte eigentlich nicht zu Ricks Territorium. Wieso wusste er über die Identität eines Mannes

Bescheid, der zu den am besten gehüteten Geheimnissen der CIA gehörte? Hatte er bewusst eine falsche Spur gelegt? Den Codenamen nur erwähnt, weil er ihn irgendwo mal aufgeschnappt und in den unerschöpflichen Speichern seines Gehirns abgelegt hatte? Oder verfügte er tatsächlich über Wissen, um den Russen zu kompromittieren?

Zhutov bog nach links in eine schmale Gasse ab. Bebe ließ sich zurückfallen. Generell drängten sich in den Straßen von Istanbul um diese Zeit am Nachmittag unzählige Menschen, jedoch nicht in diesem Viertel, das überwiegend aus unbewohnten Abbruchhäusern bestand. Den verwackelten Kamerabildern nach zu urteilen war hier kaum jemand unterwegs.

»Joe«, sagte Coleman. »Hast du die Karte im Blick? Er läuft weiter nach Norden. Können wir ihn einholen?«

»Möglich. Gibt 'ne Menge Verkehr«, murmelte Maslick und wich auf den Bürgersteig aus, um sich an einem Lieferwagen vorbeizuquetschen.

»Bebe, wir sind gleich bei euch.« Coleman sprach in ein Mikrofon, das an den Hemdkragen geclippt war. »Nimm lieber die nächste Gasse. Die führt auf denselben Platz.«

»Roger.«

Die Bezahlung stimmte, doch Coleman stellte sich trotzdem die Frage, wie lange er sich noch mit einer Bespitzelung abgeben wollte, die ihm zunehmend wie Zeitverschwendung vorkam. Rickman und Durrani waren inzwischen tot und die Geschichte damit eigentlich zu Ende. Andererseits durfte man Rickmans Fähigkeit nicht unterschätzen, der Gegenseite gefühlt stets 15 Schritte voraus zu sein. Bei der Agency war man davon überzeugt, dass er weitaus mehr vertrauliche Informationen ausgeplaudert hatte als die auf dem im Internet verbreiteten Foltervideo. Kennedy ging sogar noch einen Schritt weiter und unterstellte, dass Rick eine Möglichkeit gefunden hatte, seine Fehde gegen die Agency noch aus dem Grab weiterzuführen. Coleman kam das extrem paranoid vor, aber was wusste er als einfacher Soldat schon? Die strategischen Planungen überließ er Kennedy und Rapp. Das beherrschten die beiden deutlich besser.

»Scott«, drang Bebes Stimme aus dem Lautsprecher. »Siehst du das?«

Das unruhige Bild, an das Coleman inzwischen gewöhnt war, stabilisierte sich, als sie die Kamera aus der Handtasche zog und auf einen Mann in Lederjacke und Jeans richtete. Er zündete gerade eine Zigarette an und unterschied sich kaum von Millionen anderen Türken seines Alters, die in Istanbul lebten.

»Ich hab ihn schon mal gesehen«, meinte Bebe. »Vor zwei Tagen. In der Nähe der Straßenbahnhaltestelle an der Einkaufsmeile. Er kam aus einem Laden und folgte unserer Zielperson sechseinhalb Blocks weit, bevor er abbrach.«

Coleman fluchte leise und beobachtete, wie der Mann lässig in die Gasse abbog, in der Zhutov eben verschwunden war. Normalerweise hakte er in solchen Fällen nach, ob es sich nicht um eine simple Verwechslung handeln konnte, aber in ihrem Fall verzichtete er darauf. Soweit er wusste, hatte sie sich bei der Zuordnung eines Gesichts noch nie geirrt.

»Was meinst du, Bebe? Ob es Zufall ist?«

»Solche Zufälle gibt's nicht.«

»Okay. Lauf weiter zur nächsten Abbiegung und behalt im Auge, ob der Kerl von jemandem abgelöst wird, der dir ebenfalls bekannt vorkommt.«

»Mach ich.«

Coleman griff zum Satellitentelefon. Er hatte kein gutes Gefühl bei der Sache und ging davon aus, dass Rapp diese Neuigkeiten ganz und gar nicht schmeckten.

1

›Die Farm‹
In der Nähe von Harpers Ferry
West Virginia, USA

Allmählich fühlte sich Kennedy in dem sicheren Unterschlupf wie in einem Gefängnis. Sie hatte zu viele Nachbesprechungen mitgemacht, um eine genaue Zahl nennen zu können, aber in Anbetracht ihrer mehr als 30-jährigen Laufbahn bei der CIA bewegte sie sich definitiv im dreistelligen Bereich. Der penetrante Zigarettenqualm, zu viel Kaffee, zu wenig Schlaf und zu wenig Gelegenheit, sich körperlich in Schuss zu halten, ergaben eine für ihren Geschmack allzu vertraute Kombination. Wenn es nach ihr ging, wollte sie hier weg. Sie musste sogar, denn als CIA-Direktorin durfte sie nicht einfach eine Woche am Stück verschwinden.

Die meisten Arbeitstage in Langley verbrachte sie hinter der schalldichten Tür ihres Büros im sechsten Stock, um die sogenannte ›Rickman-Affäre‹ aufzubereiten. Auf den Fluren wurde viel getuschelt. In Anbetracht des angerichteten Schadens kein Wunder, wobei in diesem Fall niemand wusste, wie groß er tatsächlich ausfiel.

Kennedy machte Rapp keine Vorwürfe, ihren Black-Ops-Verantwortlichen im Nahen Osten getötet zu haben. Ihn heil aus Pakistan herauszubekommen erwies sich trotzdem als problematisch, vor allem nach dem Tod von Lieutenant General Durrani, diesem heuchlerischen Bastard. Wäre Rickman am Leben geblieben, hätte der Mann mit seinem verdrehten Intellekt vermutlich so viele Fehlinformationen gesät und Personen gegeneinander ausgespielt, dass die CIA sich am Ende selbst zerfleischt hätte. Nein, dass Rickman unter der Erde lag, war für alle Beteiligten das Beste. Hurley brachte es in seiner ganz eigenen Art auf den Punkt: »Tote können wenigstens nicht lügen.«

Allerdings spuckten sie auch keine verwertbaren Informationen mehr aus, wie Kennedy während der Tage, die sie hinter der verschlossenen Bürotür verbrachte, schmerzlich feststellte. Rapp hatte immerhin einen Laptop und einige Festplatten aus General Durranis Haus mitgebracht. Daten von Rickman. Ihre besten Leute beschäftigten sich aktuell mit der Entschlüsselung der Dateien, um zu eruieren, welche Kontaktleute, Agenten und Einsatzkräfte aufgeflogen waren. Eine der Operationen bereitete ihr in Anbetracht der sensiblen Umstände besonderes Kopfzerbrechen. Es gab bereits erste Anzeichen, dass die Situation entgleiste – im konkreten Fall eine besonders zutreffende Metapher.

»Was machen wir mit ihm?«

Kennedy schlug die rote Akte auf dem Küchentisch zu, setzte die braune Brille ab und rieb sich die müden Augen.

Mike Nash stellte ihr eine neue Tasse Tee hin und setzte sich.

»Danke.« Nach kurzer Pause antwortete sie: »Keine Ahnung, was wir mit ihm machen sollen. Bisher habe ich die Entscheidung den beiden überlassen.«

Nash spähte durch die gläserne Schiebetür, wo sich die Nacht über Mitch Rapp und Stan Hurley senkte. Kennedy hatte die beiden gezwungen, zum Rauchen nach draußen zu gehen. Nash ging davon aus, dass sie sich außerdem einen Bourbon genehmigten. »Ich sprach nicht von Gould«, sagte er. »Ich meine, es interessiert mich schon, was mit ihm als Nächstes passiert, aber im Moment sorge ich mich eher um Mitch.«

Kennedy war es langsam leid. Sie hatte mit Thomas Lewis, dem CIA-Psychologen, über die wachsenden Spannungen zwischen Nash und Rapp gesprochen. Grundsätzlich vertraten sie zu dem Thema die gleiche Meinung. Rapp war einige Jahre älter als Nash und hatte es durch einige raffinierte Manöver hinbekommen, Nashs Karriere als Geheimagent zu beenden. Das Wie und Warum warf Fragen auf, aber letztlich verfolgte er beste Absichten. Sein Kollege hatte eine Frau und vier Kinder. Rapp wollte nicht, dass er die Familie für eine gefährliche Arbeit opferte, die genauso gut jemand anders übernehmen konnte. Nash fühlte sich im Gegenzug von Rapp verraten. Darunter litt vor allem ihr Vertrauensverhältnis. Rapp ließ den Freund, der inzwischen den Großteil seiner Zeit in Langley und auf dem Capitol Hill verbrachte, zunehmend über missionskritische Details im Dunkeln.

»Ich weiß, dass du dir Sorgen machst«, meinte Kennedy, »aber es hat keinen Sinn, ihn kontrollieren zu wollen. Glaub mir, ich hab's 20 Jahre lang versucht. Das höchste der Gefühle ist, ihm einen groben Schubser in die gewünschte Richtung zu verpassen.«

Nash verzog das Gesicht. »Er endet noch wie Stan. Als verbitterter einsamer Wolf, den der Lungenkrebs dahinrafft. Sieh ihn dir doch an … selbst jetzt kann er's nicht lassen, sich eine anzustecken.«

»Verurteil ihn nicht, Mike. Er hat eine Menge mitgemacht. Wie er von der Bühne abtritt, ist allein seine Entscheidung.«

»Aber bei Mitch ist die Sache glasklar. Der steuert auf ein ähnliches Schicksal zu.«

Kennedy dachte eine Weile über die Bemerkung nach und nippte an ihrem Tee. »Wir sind nicht alle dafür geschaffen, in einem Haus mit Garten zu wohnen und nach acht Stunden Arbeit den Hammer fallen zu lassen. Das passt nicht zu ihm.«

»Nein, aber jedes Mal, wenn er da rausgeht, riskiert er sein Leben.«

»So dachte ich früher auch.« Ein Lächeln trat auf Kennedys Lippen. »Inzwischen bin ich zu einem anderen Schluss gekommen.«

»Zu welchem?«

»Er ist ein typischer Survivor. Ein Überlebenskünstler.«

2

ÜBER ISTANBUL, TÜRKEI

Die Gulfstream G550 der CIA setzte im Schrägflug zu einer Wende an. Mitch Rapp spähte aus dem Fenster. Der Bosporus breitete sich direkt unter ihnen aus, durchzogen von Kielspuren der Schiffe und einer Brücke, die Asien mit Europa verband. Der Anblick der dicht an dicht gedrängten Gebäude, der vom Verkehr verstopften Straßen und der antiken Moscheen, die eine von Menschen mit bösen Absichten unterwanderte Religion repräsentierten, wirkte vertraut auf ihn.

Nebelschwaden eskortierten den Privatjet und verschleierten die Sichtlinie. Er lehnte sich auf dem Sitz zurück, schloss die Augen und ließ in Gedanken seinen ersten Aufenthalt in dieser Region Revue passieren, dachte an seinen ersten Abschuss vor so vielen Jahren zurück.

Der Name des Mannes war Hamdi Sharif gewesen. Auf den ersten Blick ein erfolgreicher und anerkannter Immobilienmakler und Investor. In Wirklichkeit benutzte er sein umfassendes Portfolio jedoch, um Hunderte Millionen Dollar zu waschen, die er mit Waffendeals abstaubte. Bei der Wahl seiner Kunden ging er nicht wählerisch vor, solange sie den geforderten Preis zahlten. Merkwürdigerweise waren Rapp die Details seiner Ermordung deutlich lebhafter in Erinnerung geblieben als alle nachfolgenden. Er wusste noch genau, wie es in dem winzigen Apartment roch, das die CIA durch ein Geflecht von Tarnfirmen für ihn angemietet hatte. Und er erinnerte sich genau an die Beretta 92F, zu jener Zeit seine bevorzugte Waffe, die sich härter und kälter in der Hand anfühlte als während des Trainings.

Als er die Details der Operation noch einmal in Gedanken durchging, schlich sich ein fast unmerkliches, peinlich berührtes Lächeln auf sein Gesicht. Er hatte die ursprüngliche Planung von Stan Hurley komplett über den Haufen geschmissen, teilweise aus jugendlicher Arroganz, teilweise um seinem Ausbilder den Mittelfinger zu zeigen. Die Verfolgung der Zielperson in einen Park, den er nur oberflächlich kannte, kam ihm rückblickend hoffnungslos dilettantisch vor. Die Verschwendung von mehreren Patronen, obwohl ein gezielter einzelner Schuss gereicht hätte, rieb Hurley ihm noch heute unter die Nase, wenn er mal wieder zu viel getrunken hatte. Leider völlig zu Recht.

Im zarten Alter von 24 war Rapp einer der am besten ausgebildeten und talentiertesten Killer auf diesem Planeten gewesen. Zwei Jahrzehnte später wurde ihm bewusst, wie blauäugig und leichtfertig er damals mit seinem Talent umgegangen war. Kein Wunder, dass ihm der alte Stinkstiefel hinterher die Leviten las.

Für gewöhnlich konnte Rapp in Flugzeugen hervorragend schlafen. Er zog zwar das Dröhnen der Triebwerke einer C-130 vor, aber was der Gulfstream an weißem Rauschen fehlte, machte sie durch ihre bequemen Ledersitze wett. Auf diesem Flug hatte er jedoch seit dem Start in den USA kein Auge zugemacht. Zu viel ging ihm gerade durch den Kopf.

Vor allem beschäftigte ihn Stan Hurley – ein Mann, den er anfangs verachtet hatte und der nichts unversucht ließ, um den jüngsten Rekruten des Orion-Teams im Anschluss an den Sharif-Job still und leise aus dem

Verkehr zu ziehen. Rapp hatte nie gezielt nachgefragt, ging aber davon aus, dass Hurley und Kennedy zu diesem Thema harte Auseinandersetzungen geführt hatten. Der alte Knacker, der sich brüllend beschwerte, dass es Rapp an Disziplin mangelte, während Kennedy gelassen das enorme Potenzial ihres Schützlings hervorhob. Was wohl passiert wäre, falls sie diesen konkreten Disput verloren hätte? Wer wäre am Ende als Sieger vom Platz gegangen? Er oder Hurley?

Eine Frage, auf die es keine Antwort gab. Sein alter Freund hatte nicht mehr lange zu leben. Rapp konnte den Tod auf eine Meile Entfernung riechen – und Hurley stank regelrecht danach. Wie früher oder später jeder. Eines Tages auch er selbst.

Rapp schlug die Augen auf, verzichtete jedoch auf einen weiteren Blick durchs Kabinenfenster. Über Hurleys Krebserkrankung zu grübeln hielt er für pure Zeitverschwendung. Er konnte ohnehin keinen Einfluss darauf nehmen und hatte genug andere Feuer zu löschen.

Scott Colemans Bericht vor zwei Stunden deutete darauf hin, dass die Russen ihre Beschattung von Sitting Bull verstärkten. Was Probleme anging, stellte das lediglich die Spitze des Eisbergs dar. Ihn beschäftigte vielmehr das *Warum* der überraschend intensivierten Beschattung. Die simple Erwähnung des Codenamens in Rickmans Foltervideo bot keine hinreichende Erklärung. Russlands Inlandgeheimdienst, der FSB, verfügte nicht über genügend Informationen, um daraus eine Verbindung zu Vasily Zhutov abzuleiten. Er konnte es sich nur so erklären, dass Rickman vor Rapps Kopfschuss noch mehr geheimes Wissen ausgeplaudert hatte. Wie viel mehr?

Das Surren, mit dem das Fahrwerk zur Landung ausgefahren wurde, erfüllte die Kabine. Rapp verdrängte Tausende potenzieller Gefahrenszenarien und konzentrierte sich auf das akute Problem. Der FSB musste Zhutov anfangs eher auf gut Glück observiert haben. Die Aktivitäten, die Colemans Team beobachtet hatte, deuteten allerdings darauf hin, dass die Russen auf seine Auslieferung hinarbeiteten.

Die Frage lautete, was sich dagegen unternehmen ließ. Zhutov besaß kein weitreichendes Wissen über die internen Strukturen der CIA. Nachdem seine Tarnung offenbar aufgeflogen war, hielten es die Schreibtischtäter in Langley vermutlich für ratsam, seelenruhig abzuwarten, bis der FSB ihn schnappte. Nur ein weiteres Opfer im Tauziehen, das sie sich seit fast einem Dreivierteljahrhundert mit den Russen lieferten.

Rapp hielt das – ebenso wie bis zu einem gewissen Grad auch Kennedy – für ein inakzeptables Opfer. Sitting Bull hatte sich wiederholt Gefahren ausgesetzt, um die CIA bei der Eindämmung der unvorhersehbaren und oft selbstzerstörerischen Kurzschlussreaktionen der Russen zu unterstützen. Rapp hatte schon mit zahllosen Maulwürfen zusammengearbeitet. Meistens Verräter, die ihre Heimat für Geld, Sex oder Rache verrieten. Nützlich, aber in der Regel nicht vertrauenswürdig, sondern eher bemitleidenswert.

Zhutov war anders. Ein Patriot, der sein Land liebte und fest an dessen Potenzial glaubte, positiven Einfluss in der Welt auszuüben. Von Anfang an stellte er klar, dass er weder militärische Geheimnisse preisgeben würde noch eine Bezahlung für seine Dienste anzunehmen gedachte. Rapp bewunderte diese Einstellung und dachte nicht daran, einen so wertvollen Verbündeten einfach im Stich zu lassen.

Wie viele Sitting Bulls mochte es noch da draußen geben? Alle Kontaktleute, deren Namen Rickman in seinem inszenierten Folterclip genannt hatte, waren inzwischen in Sicherheit, wenn man es euphemistisch so nennen wollte – entweder verschwunden, tot, in einer US-Botschaft kaserniert oder von einem Team wie Colemans überwacht. Doch was hatte Rick noch gewusst? Wen hatte er noch verraten, bevor Rapp ihn erschoss?

Als sie auf der einzigen Landebahn des privaten Flugfelds aufsetzten, begann es zu regnen. Rapp holte den Seesack aus dem Gepäckfach und lief zum vorderen Ausstieg, während die Maschine langsam ausrollte und neben einem überfüllten Parkplatz zum Stehen kam. Die Tür zum Cockpit blieb geschlossen, wie es ihm am liebsten war. Er fuhr die Passagierbrücke selbst nach unten und stieg aus.

Ein kurzer Check der Umgebung ergab keine Anzeichen von Bewegung. Die parkenden Autos schienen alle leer zu sein und wie versprochen nahm ihn kein Mitarbeiter in Empfang. Er richtete den Kragen der Lederjacke auf, um das Gesicht vor neugierigen Blicken aus dem Tower zu verbergen, aber auch vor seinen eigenen Piloten.

Der betagte Ford stand genau da, wo Coleman es angekündigt hatte, ganz in der Ecke am östlichen Rand der Stellflächen. Rapp schmiss den Seesack auf die Rückbank und glitt hinter das Lenkrad. Die Schlüssel steckten und ein abgegriffener Reisepass, der ihn als Mitch Kruse identifizierte, steckte samt den notwendigen Einreisestempeln im Handschuhfach.

Er ließ den Motor an und lenkte den Wagen auf die Straße, hielt sich strikt ans Tempolimit und wählte eine Nummer auf dem Handy. Schon beim ersten Klingeln wurde abgenommen.

»Alles in Ordnung mit dem Auto?«, fragte Scott Coleman.

»Klar. Wie sieht's aus? Hat die Konkurrenz schon ein Angebot abgegeben?« Die Verbindung war verschlüsselt, aber keiner von ihnen traute der Technologie. In Anbetracht der Besessenheit der NSA, jegliche Kommunikation weltweit abzufangen, hielten sie es für das Beste, bei dem Gespräch seinen Deckmantel als Handelsvertreter zu benutzen.

»Vor einer Stunde hätte ich mir noch keine Sorgen gemacht, jetzt scheint allerdings Bewegung in die Verhandlungen zu kommen. Ich bin froh, dass du da bist, um sie erfolgreich zum Abschluss zu bringen.«

Relativ bald hatte Rapp die 24 Kilometer bis zum Stadtzentrum zurückgelegt. Coleman hatte ihm die Koordinaten aufs Mobiltelefon geschickt. Die Stimme des Navigationssystems lotste ihn. Der Knopf im Ohr verschwand nahezu unsichtbar hinter dem dicht gewachsenen Haar. Einen Parkplatz zu finden entpuppte sich in Istanbul als echte Herausforderung. Am Ende fand er eine passende Lücke hinter einem nicht mehr genutzten Baugerüst und stieg aus in den kalten Nieselregen.

Fußgänger drängten sich auf dem Gehweg, doch niemand schenkte ihm einen näheren Blick. Er steckte sich eine Zigarette an und lief in eine Seitenstraße. Mit Lederjacke und dunklen Jeans hatte er sich der herrschenden Mode in Istanbul perfekt angepasst. In Verbindung mit den schwarzen Haaren und der dunklen Haut wirkte er wie ein Einheimischer, der so schnell wie möglich ins Trockene kommen wollte.

Die Wolken standen zu dicht am Himmel, um die Position der Sonne erkennen zu lassen. Rapp ging davon aus, dass sie vor etwa fünf Minuten hinter dem Horizont versunken war. Bei den Fahrzeugen flackerten die Scheinwerfer auf, wurden reflektiert vom nassen Straßenbelag und veranlassten ihn, die Schritte zu beschleunigen. Jetzt war der ideale Zeitpunkt gekommen – die kurze Phase der Desorientierung, in der sich der primitive Teil des menschlichen Gehirns auf den Wechsel vom Tag zur Nacht einstellte.

Ihm begegneten zunehmend weniger Passanten. Er näherte sich einem Viertel, in dem mittlerweile geschlossene Läden überwiegend Elektronik und Baumaterial anboten. Sitting Bull hatte das Rickman-Video garantiert gesehen, kannte aber seinen eigenen Codenamen nicht und rechnete deshalb wohl kaum damit, dass ihm die unter Folter getätigten Aussagen eines CIA-Mitarbeiters in Jalalabad gefährlich werden konnten. Entsprechend sorglos bewegte er sich durch diesen relativ ruhigen Teil von Istanbul, um von der Arbeit nach Hause zu gehen. Sharif war ähnlich unbefangen jeden Morgen zur selben Zeit mit seinem Hund in einem Park spazieren gegangen. Es war ihm nicht gut bekommen.

Die künstliche Stimme im Ohr versorgte ihn kontinuierlich mit Richtungsanweisungen. Nach weiteren drei Minuten erspähte Rapp den verschwommenen, aber unverwechselbaren Umriss von Joe Maslick hinter dem Steuer eines weißen Kastenwagens.

Rapp bremste seine Schritte und rief Coleman an. Dabei schaute er sich um, als hätte er sich verlaufen.

»Bist du schon vor Ort?«, fragte Coleman anstelle einer Begrüßung. »Die abschließenden Verhandlungen beginnen jeden Moment.«

»In etwa einer halben Minute bin ich da.«

»Komm am besten durch den Hintereingang rein.«

Rapp trennte die Verbindung und lief zum Heck des Vans. Er zog die Tür auf und glitt hinein. Maslick würdigte ihn keines Blickes, sondern konzentrierte sich weiter auf die Beobachtung der Straße durch die verregnete Frontscheibe. Coleman zog einen der Ohrstöpsel heraus und zeigte auf das zittrige Bild auf einem der Monitore.

»Bebe ist noch an Zhutov dran. Nach allem, was wir in den letzten paar Tagen mitbekommen haben, läuft er zwei Kreuzungen weiter und biegt dann schräg auf einen kleinen Platz ab. An dessen nördlichem Ende parkt ein Laster, in dem vorn zwei Männer sitzen. Ob auf der Ladefläche noch weitere lauern, wissen wir nicht. Der Lkw steht seit einer halben Stunde da, was dem typischen Spielraum auf Zhutovs Heimweg entspricht. Je nachdem, ob er noch irgendwo einen Kaffee trinkt. Glücklicherweise hat er das heute getan.«

Rapp nickte. »Schalt mich zu Bebe in die Leitung.«

Coleman legte einen Schalter an der Konsole um und hielt ihm das Mikrofon hin, das er sich an den Kragen geklemmt hatte. Das stark verschlüsselte Funksignal verfügte über keine sonderlich große Reichweite, weshalb er im Gegensatz zum Telefon kein Risiko darin sah, Klartext zu reden.

»Bebe. Lass dich zurückfallen, bevor er den Platz erreicht. Ich will dich nicht in der Nähe haben, falls es ernst wird.«

»Ist gut, Mitch.« Trotz des Rauschens war die Erleichterung in ihrer Stimme offensichtlich. »Ich behalte die Zielperson so lange wie möglich im Auge und geb Bescheid, wenn sich was tut.«

Rapp reichte das Mikro an Coleman zurück und ließ sich auf den Beifahrersitz plumpsen. »Also dann, Joe. Fahren wir.«

3

Islamabad, Pakistan

Dr. Irene Kennedy scrollte auf dem Tablet im Schoß durch eine E-Mail und überflog den aktuellen Lagebericht aus Istanbul. Ob Sitting Bull lebte oder tot war, noch vor Kurzem eine der Hauptprioritäten der CIA, verlor zunehmend an Bedeutung. Mit seiner Beschattung von russischer Seite bestätigte sich ihr Worst-Case-Szenario. So funktionierte die Welt inzwischen. Wann immer etwas schiefgehen konnte, ging es auch schief. In der Regel mit katastrophalen Folgen.

Sie fuhr das Tablet herunter und legte es auf den Sitz neben sich, musterte ihr undeutliches Spiegelbild in der kugelsicheren, stark getönten Trennscheibe der Limousine, die sie vom Fahrer abschirmte. Die sonnigen Straßen Islamabads verblassten zu einem trüben Schleier. Zwei Wagen fuhren im Konvoi voraus, nicht weniger als drei folgten, allesamt gefüllt mit schwer bewaffneten und hervorragend ausgebildeten Männern. Vor ihrer Ankunft hatte man diesen Abschnitt der Straße räumen lassen.

Ein Kampfhubschrauber, ein Bell AH-1 Cobra, flog dicht genug über sie hinweg, um mit den dröhnenden Rotoren das Fahrzeug in Schwingungen zu versetzen.

Pakistan war 1947 als islamische, parlamentarische Republik aus der Abspaltung von Indien hervorgegangen und seitdem zum Land mit der sechstgrößten Bevölkerung weltweit gewachsen. Mehr als 180 Millionen Menschen lebten hier. Während Indien jedoch an der Modernisierung und Demokratisierung arbeitete, hatte sich der Nachbar in seiner kurzen Geschichte überwiegend mit diktatorischen Regimes und religiösen Extremisten herumgeschlagen.

Inzwischen stand der Staat an der Schwelle zum Scheitern. Einflussreiche fundamentalistische Strömungen unterwanderten die Regierung, zahllose Terrororganisationen breiteten sich ungehemmt aus und der Norden galt als so gut wie verloren. Da die Wirtschaft in Scherben lag, stießen Gewaltbereitschaft und Paranoia gegenüber dem erfolgreicheren Indien auf fruchtbaren Boden. Eigentlich konnte man den Pakistani keinen Vorwurf daraus machen, dass sie sich an die hohlen Versprechungen von Menschenfängern für eine bessere Zukunft klammerten.

Bedauerlicherweise profitierten gerade Armee und Geheimdienst von dieser Entwicklung. Beide hatten so stark an Einfluss gewonnen, dass es der Regierung – und auch den Vereinigten Staaten – kaum noch gelang, sie unter Kontrolle zu behalten. Das Chaos in Pakistan wurde zum Pulverfass, von dem Kennedy nicht glaubte, dass sich die Explosion noch verhindern ließ.

Normalerweise hätte sie unter solchen Umständen in Washington Sofortmaßnahmen eingefordert. Aus zahlreichen Gründen erwies sich das im Fall Pakistans jedoch als unmöglich. Amerikanische Truppen und Wehrmaterial durch das Gebiet zu transportieren, war für den Krieg gegen den Terror von entscheidender Bedeutung. Hinzu kam, dass die pakistanische Regierung im Besitz von mehr als 100 nuklearen Sprengköpfen war.

Letztlich handelte es sich um ein Musterbeispiel für die ungewollten Folgen amerikanischer Außenpolitik. Die Vereinigten Staaten hatten dem Land Milliarden von Dollar zur Verfügung gestellt, um die Sowjets während der Invasion in Afghanistan zu bekämpfen, vor lauter Fixierung auf ihre antikommunistischen Bestrebungen jedoch nicht mitbekommen, dass ein Großteil der Gelder für das pakistanische ABC-Waffen-Programm abgezweigt wurde.

Diese selbstzerstörerischen Tendenzen setzten sich bis heute fort. Amerika pumpte weiterhin zehnstellige Beträge in ein Land, das als Brutzelle der Taliban galt und das Treiben der Terroristen stillschweigend billigte. Ein Land, das nukleare Technologien an Libyen, den Iran und Nordkorea verschachert hatte. Ein Land, das Osama bin Laden Unterschlupf gewährt hatte und inzwischen einigen der gefährlichsten Terroristen der Welt als Operationsbasis diente.

Die schlichte Wahrheit lautete, dass die zunehmend zerrütteten politischen Kräfte in Washington nicht länger daran interessiert waren, unbequeme Entscheidungen zu treffen, um den Kampf gegen den Terror zu gewinnen. Pakistan konnte sich darauf verlassen, dass weiterhin fleißig US-Dollars flossen, lediglich an die Auflage geknüpft, das nukleare Arsenal unter Verschluss zu halten. Im Senat und Repräsentantenhaus wurden die Zahlungen blind durchgewinkt. Die meisten Politiker wollten den Deckel einfach nur lange genug auf dem Topf halten, um die nächste Wahl unbeschadet zu überstehen.

Aber genügte das? Die Gefahr, die das pakistanische Atomprogramm darstellte, bedrängte sie mittlerweile aus mehreren Richtungen: ein Unfall, den Indien fälschlich als Angriff interpretierte, ein Sprengkopf, der einer der zahlreichen Terrororganisationen in die Hände fiel, oder ein Staatsstreich, der einer fundamentalistisch geprägten Nachfolgeregierung den Zugriff auf den kompletten Waffenbestand eröffnete.

Im Zentrum des Ganzen stand die Organisation, die sich hinter dem nichtssagenden Tor verschanzte, dem ihre Wagenkolonne gerade entgegenrollte. Pakistans Inter-Services Intelligence, kurz: ISI.

Ihr Chauffeur behielt den Fuß auf dem Gas, während sie an einer Gruppe von Männern mit Wachhunden und Rollwagen mit Spiegeln vorbeifuhren, die für die Suche nach versteckten Sprengkörpern unter der Karosserie eingesetzt wurden. Statt sich über die Ankunft beunruhigt zu zeigen, zogen sie sich zurück und salutierten Kennedy im Vorbeifahren. Vermutlich sollte damit demonstriert werden, dass man einer Amerikanerin in ihrer Position nicht die üblichen Sicherheitsmaßnahmen zumutete. In Wahrheit steckte etwas anderes dahinter: Zwang man die Kolonne zum Anhalten, musste man damit rechnen, dass sie einem Raketenbeschuss zum Opfer fiel.

Sobald sie sich innerhalb des ummauerten Geländes aufhielten, ließ Kennedy das Seitenfenster herunter und betrachtete die sorgfältig getrimmten Rasenflächen, die Springbrunnen und gepflegten Lehmziegelbauten. Sie fand, dass der Komplex eher an den Campus einer

Universität erinnerte als an das Hauptquartier eines der gefährlichsten und verschwiegensten Geheimdienste weltweit. Gut möglich, dass einer ihrer Nachfolger hier eines Tages junge Leute mit Rucksäcken voller Lehrbücher antraf. Sie hoffte darauf, wusste aber, dass eine solche Idylle auf absehbare Zeit Wunschdenken blieb.

Die führenden Fahrzeuge des Konvois scherten zur Seite aus. Die Limousine bremste vor einem großen modernen Gebäude, vor dessen Eingang ein einzelner Mann wartete. Er kam zu ihrer Tür geeilt und schenkte ihr beim Aussteigen ein respektvolles Nicken.

»Dr. Kennedy, herzlich willkommen. Ich bin General Tajs Assistent, Kabir Gadai.« Sie schüttelte die angebotene Hand. Der verbindliche Druck wirkte ähnlich antrainiert wie sein unterkühltes Lächeln. Laut seiner CIA-Akte war Gadai ein extrem gebildeter, moderater Muslim, kürzlich erst 34 geworden. Am College hatte er im Cricket-Team geglänzt, nach dem Abschluss fünf Jahre beim Militär verbracht, zwei davon bei einer Spezialeinheit. Das Sahnehäubchen bildeten eine bildhübsche Ehefrau und Kinder, die als Musterschüler galten. Ein Streber durch und durch.

Abgesehen von seinem durchtrainierten Körper sah man Gadai den militärischen Hintergrund nicht an. Sein Anzug wirkte wie ein maßgeschneidertes Modell von Brooks Brothers, die stylishe Frisur wuchs seitlich bis über die Ohren und er verzichtete darauf, sein attraktives Gesicht wie so viele Armee-Kollegen durch einen Schnurrbart zu verunstalten.

»Bitte folgen Sie mir.« Er führte sie in eine riesige kreisförmige Lobby, in der ein einziger Sicherheitsbeamter Dienst tat und sie kaum eines Blickes würdigte. Gadais

Stimme hinterließ ein leises Echo, während er über die Architektur des Gebäudes und die Gründungsgeschichte des ISI in den 40er-Jahren referierte und den Anteil der Organisation am fortwährenden Erfolg Pakistans hervorhob, wie er es optimistisch zusammenfasste.

Natürlich bemühte er sich, keine kontroversen Punkte in seine kleine Geschichtsstunde einfließen zu lassen. Es ging lediglich darum, den Gast bei Laune zu halten, während sich der Aufzug in die oberen Etagen in Bewegung setzte. Er erwähnte die massive Expansion seiner Organisation mit keiner Silbe, finanziert mit Dollars, die eigentlich in den Widerstand der Mudschaheddin gegen die Sowjets hätten fließen sollen. Ebenso verschwieg er den S-Wing, einen losen Zusammenschluss überwiegend im Ruhestand befindlicher ISI-Agenten, denen man nachsagte, mit Terroristen gemeinsame Sache zu machen. Und vor allem ließ er den Umstand unerwähnt, dass der ISI mittlerweile solche Dimensionen erreicht hatte, dass ein früherer pakistanischer Präsident die Organisation mal als ›Staat im Staat‹ bezeichnet hatte.

Die Türen des Aufzugs glitten zur Seite und Gadai führte sie durch einen gut ausgestatteten Trakt, den man für ihre Ankunft offenbar leer geräumt hatte. Ahmed Tajs Suite befand sich am hinteren Ende. Gadai betrat mit ihr das Vorzimmer.

»Es war mir ein Vergnügen, Sie kennenzulernen«, sagte er, bevor er ihr die Tür zum Büro des ISI-Direktors aufhielt. »Ich hoffe, wir sehen uns bald wieder.«

Kennedy lächelte höflich und ging in Tajs Büro. Der Leiter des Geheimdienstes stand sofort vom Schreibtisch auf und kam mit ausgestreckter Hand auf sie zu.

»Wie immer freut es mich sehr, Sie zu sehen, Irene. Ich

danke Ihnen, dass Sie die lange Reise auf sich genommen haben. Ich hoffe, sie war nicht zu ermüdend.«

»Es ist ganz schön, mal was anderes als das eigene Büro zu sehen, Ahmed. Ich bin sicher, Sie können das nachvollziehen.«

»Allerdings«, meinte er mitfühlend und zeigte zu einer Gruppe von Couchgarnituren vor einem von insgesamt drei Kaminen. Das Büro war opulent eingerichtet und stand in völligem Widerspruch zur modernen Architektur des Komplexes. Mindestens viermal so groß wie ihr eigenes, waren die Wände mit einer massiven Holztäfelung versehen. In den zahlreichen Bücherregalen fanden sich eine Menge Fotos und andere Erinnerungsstücke, dafür erstaunlich wenig Literatur.

»Tee?«

»Gern. Vielen Dank.«

Kennedy betrachtete Taj, während er ihr einschenkte. Der Mann bildete einen deutlichen Kontrast zur großspurigen Umgebung, von der sie wusste, dass sie auf das Konto seines Vorgängers ging. Auf Druck des Präsidenten hatte das Parlament den neuen Leiter des ISI nicht auf Basis seiner Radikalität oder strategischen Raffinesse bestimmt, sondern bewusst einen ausgesprochen durchschnittlichen Kandidaten auf den Chefsessel befördert.

Taj besaß vor allem ein Talent dafür, militärische Ausrüstung und Personal möglichst effizient zu transportieren und einzusetzen. Außerdem verstand er sich auf das Pampern der Egos und Interessen seiner Vorgesetzten, was ihm den Rang eines Generals der Air Force beschert hatte. Selbst im Vergleich zu seinem jüngeren Assistenten kam Taj nicht besonders gut weg. Sein

Anzug wirkte eher billig, er maß gerade mal 1,65 und sein Bäuchlein schien bei jeder neuerlichen Begegnung ein bisschen gewachsen zu sein. Er war nie besonders athletisch gewesen und hatte eher durchschnittliche Zeugnisse nach Hause gebracht. Im Gegensatz zu Gadai, der ihr durchgehend in die Augen gesehen und deutlich und selbstbewusst gesprochen hatte, neigte sein Vorgesetzter dazu, die Worte zu verschlucken und verlegen zu Boden zu starren.

Zunächst hatte sie Tajs Ernennung überrascht. Sie hielt es für eine stillschweigende Bitte um Entschuldigung an Amerika wegen der unrühmlichen Rolle, die Pakistan in der Affäre um die Festnahme Osama bin Ladens einnahm. Doch schnell stellte sie fest, dass der neue Geheimdienstchef exakt die Qualitäten besaß, die ihn für einen Staatspräsidenten unentbehrlich machten. Er ließ sich leicht kontrollieren.

Ob das positiv war oder nicht, ließ sich, wie bei fast allem, was Pakistan betraf, nicht so leicht beantworten. Im ISI gab es mehrere konkurrierende Fraktionen. Es passierte durchaus, dass eine Abteilung gerade einen Terroristen jagte, während die andere ihm Geldscheine in den Hintern stopfte. Diese inneren Zwiste schwächten die Organisation. Auf den ersten Blick mochte das für die Regierung von Vorteil sein, doch letztlich drohte Pakistan genau wegen solcher Entwicklungen in einem gefährlichen Chaos zu versinken.

Mitch Rapp hatte die ISI-Situation auf die simple Frage reduziert, ob man das organisierte oder das unorganisierte Verbrechen vorzog. O-Ton: »Bekommst du's lieber mit den Jungs von der Mafia zu tun, Irene, oder mit einem Haufen Messer schwingender Junkies?«

»Ich bin froh, dass Sie gekommen sind«, wiederholte Taj, nachdem er ihr eingeschenkt und sich auf dem Sofa gegenüber niedergelassen hatte. »Ich halte ein persönliches Treffen für das Beste, um diese unerfreuliche Angelegenheit abzuschließen.«

»Das sehe ich genauso.«

Sie griff zur Tasse, nippte demonstrativ und machte keinen Hehl daraus, dass sie erst mal ihm das Reden überlassen wollte.

»Bei unserem letzten Treffen haben Sie einige Anschuldigungen vorgebracht.«

»›Anschuldigungen‹ ist übertrieben, Ahmed. Eher Bedenken.«

Seine glanzlosen Augen senkten sich auf den Couchtisch. »Gut, nennen wir es Bedenken. Leider muss ich Ihnen mitteilen, dass sie überwiegend berechtigt waren.«

»Tatsächlich?« Sie zeigte ihm ihr bestes Pokerface.

»Ja. Man hat mich ermächtigt, alle Informationen an Sie weiterzugeben, die uns zu Ihrem Agenten Joseph Rickman vorliegen.«

Sie reagierte nicht, bis sich die Stille so lange hinzog, dass er sich gezwungen fühlte, etwas zu sagen.

»Er ist am Ende des Videos, das im Internet kursierte, nicht gestorben.«

Sie mimte die Überraschte, obwohl sie längst wusste, dass Rickman wie so viele andere vor ihm auf andere Weise gestorben war: durch Mitch Rapp. »Wie bitte? Ich verstehe nicht …«

»In Wahrheit wurde er nach Pakistan gebracht, genauer gesagt in Akhtar Durranis privates Anwesen.«

»Des Leiters Ihres externen ISI-Flügels? Aus welchem Grund?«

»Die Aufnahmen von seinem angeblichen Tod waren eine Finte, damit sowohl Sie als auch ich die weitere Suche nach ihm einstellen. Er wurde in General Durranis Haus so lange festgehalten, bis dieser alles aus Rickman herausgelockt hatte, was er über die CIA-Operationen vor Ort wusste.«

»Und Sie wollen mir jetzt erzählen, dass Sie davon keine Kenntnis hatten?« Kennedy ließ einen Anflug von Skepsis in ihrer Stimme Einzug halten.

»Ich wusste wirklich nichts«, betonte Taj nachdrücklich. »Ich halte es für wahrscheinlich, dass Durrani die gewonnenen Informationen nutzen wollte, um seinen eigenen Einfluss zu vergrößern und mich als Direktor zu verdrängen.«

Wie naiv von ihm. In Wirklichkeit war Durrani nichts als ein gewöhnlicher Verbrecher gewesen. Per se nicht dumm, aber definitiv nicht intelligent genug, um bei einem solchen Komplott als Drahtzieher zu fungieren. Nein, Rickman hatte von Anfang an dahintergesteckt und Durrani vorgegaukelt, er sei der Boss, während er den Mann und seine Organisation nur dafür benutzte, die weltweiten Aktivitäten der CIA zu kompromittieren.

»Darf ich annehmen, dass Sie mir Rickman umgehend ausliefern werden?«

Auf Tajs dunklem Teint zeichnete sich ein Anflug von Blässe ab. »Ich muss Ihnen bedauerlicherweise mitteilen, dass er tot ist.«

»Genau wie Durrani«, sagte Kennedy. »In der offiziellen Verlautbarung, die ich gelesen habe, war von einem Herzinfarkt die Rede.«

»Offenbar wurden beide von Durranis Helfershelfer, einem gewissen Vazir Kassar, erschossen, der sich zusammen mit einem unbekannten Komplizen Zugang zum Grundstück verschafft hat. Natürlich werden wir Rickmans Leiche an Ihre Botschaft überstellen, sobald die notwendigen Formalitäten erledigt sind.«

Kennedy schob eine Strähne ihres dunklen Haars hinter das Ohr und lehnte sich auf der Couch zurück. Tajs Version der Geschichte erklärte seine Offenheit. Die Operation gegen Durrani war hochgradig professionell durchgeführt worden. Nachdem der Versuch gescheitert war, Kassars Komplizen zu identifizieren, musste er die Möglichkeit in Betracht ziehen, dass die CIA in die Sache involviert und längst über Durranis Komplott unterrichtet war. Deshalb gab er lieber alles zu und wälzte die Schuld auf einen Toten ab, als sich bei einer Lüge erwischen zu lassen und damit den ISI in Teufels Küche zu bringen.

»Kann ich davon ausgehen, dass es sich auch bei den in der Schweiz getöteten Männern um ISI-Personal handelte?«

»Ja.« Taj fühlte sich zunehmend unwohl in seiner Haut. »Durranis Leute wollten sich den Bankangestellten Leo Obrecht vorknöpfen. Wie Sie wissen, schien er tief in die Geschehnisse verstrickt zu sein. Entkommen ist lediglich Kassar. Wir fahnden nach ihm, bisher leider ohne Erfolg.«

Daran würde sich auch nichts ändern, denn Rapp hatte Kassar mit in die USA genommen. Ein Jobangebot bei der CIA hatte er ausgeschlagen und sich stattdessen für eine neue Identität, einen amerikanischen Pass und das Startkapital für eine neue Existenz entschieden.

»Welche Geheimnisse hat Rickman Durrani noch verraten, bevor beide starben? Wissen Sie mehr als das, was im Video festgehalten wurde?«

»Bedauerlicherweise habe ich keine Ahnung. Sämtliche Computer aus Durranis Haus sind verschwunden. Ich gehe davon aus, dass Kassar und sein Begleiter sie entwendet haben. Eine intensive Durchsuchung des kompletten Gebäudes förderte nichts von Interesse zutage. Aktuell kümmern wir uns um die Überprüfung seiner Internetnutzung, seiner Konten und Mitarbeiter. Ich kann Ihnen versichern, dass wir alles Menschenmögliche unternehmen, um Durranis Bemühungen ans Licht zu bringen und herauszufinden, ob er vor seinem Tod sensible Informationen an Dritte weitergegeben hat. Meines Wissens sind bisher keine diesbezüglichen Lecks aufgetreten und nach bisherigen Erkenntnissen beschränkte sich Rickmans Wissen auf Ihr Netzwerk in Afghanistan. Ich hoffe, dass wir dieses Kapitel damit bald abschließen können.«

Kennedy saß ruhig auf dem Sofa. Leider war davon auszugehen, dass sowohl seine Hoffnungen als auch ihre eigenen bitter enttäuscht würden. Rickmans genialer Verstand und seine jahrelange Tätigkeit für den Geheimdienst hatten ihm Zugang zu Informationen verschafft, die weit über seinen direkten Einsatzbereich hinausgingen. Die Erwähnung von Sitting Bull war ein sicheres Indiz dafür, dass nicht nur sein Wissen teilweise in die falschen Hände geriet.

»Ich weiß Ihre Offenheit sehr zu schätzen, Ahmed.«

»Uns ist der Ernst der Lage bewusst und wir wollen die Freundschaft, die Sie unserem Land erwiesen haben, nicht gefährden. Die Verantwortung für diese Vorfälle liegt allein bei uns. Ich hoffe, Sie glauben mir, dass sowohl ich als auch Präsident Chutani tun, was wir können, um den Schaden einzudämmen.«

Sie beschloss, die Bemerkung zu ignorieren, die offenkundig als Entschuldigung gemeint war, und wechselte stattdessen das Thema.

»Was ist mit Qayem?«

Lieutenant General Abdul Qayem hatte einen Angriff auf Rapp befohlen, bei dem einer von Mitchs Leuten den Tod fand, ebenso wie insgesamt 21 Beamte der afghanischen Polizei.

»Wir versuchen, ihn ausfindig zu machen, aber das erweist sich als schwierig. Er scheint zu wissen, dass Ihr Mr. Rapp ihn jagt, und hat sich deshalb in die Berge abgesetzt.«

Tajs Erkenntnisse deckten sich mit ihren eigenen. Rapp hatte Commander Abdul Siraj Zahir von der afghanischen Polizei auf den Mann angesetzt, doch der wusste lediglich von der Flucht des Generals ins Hinterland und der Einstellung jedweder Form von elektronischer Kommunikation zu berichten. Allerdings hatte Zahir, ein sadistischer Psychopath, während der Konflikte in der Region mehr als einmal die Seiten gewechselt. Insofern wusste man bei ihm nie so genau, woran man war.

»Mein Problem, Ahmed, besteht darin, dass die afghanische Polizei Mitch vorwirft, er habe ihre Leute ohne vorherige Provokation angegriffen. Darf ich davon ausgehen, dass Sie Ihre Kontakte spielen lassen, um diese Falschdarstellung zu korrigieren? Die Gerüchte und Feindseligkeiten erschweren meinen Leuten vor Ort die Arbeit enorm.«

»Natürlich. Wir stellen das umgehend richtig.«

Sie zweifelte daran, aber zumindest konnte sie es bei künftigen Verhandlungen mit dem ISI als Druckmittel einsetzen, wenn er sein diesbezügliches Versprechen nicht einhielt.

»Eins möchte ich mit aller Deutlichkeit klarstellen«, begann Kennedy, hielt jedoch inne, als die Tür zu Tajs Büro geöffnet wurde. Als sie den Mann erkannte, der vor ihnen stand, sprang sie sofort auf.

Taj tat es ihr gleich, schien jedoch auf den Besuch vorbereitet zu sein.

»Ich glaube, wir hatten noch nicht das Vergnügen.« Präsident Saad Chutani schüttelte Kennedy die Hand und wies zum Sofa. »Bitte entschuldigen Sie, dass ich Ihre Unterredung gestört habe.«

Sie ließ sich erneut in die Kissen sinken. »Sie müssen sich nicht entschuldigen, Mr. President. Ich fühle mich geehrt.«

Chutani war einen halben Kopf größer als sein Geheimdienstchef und schien ihn auch sonst in jeder Hinsicht zu überragen.

»Ich habe nicht viel Zeit, aber ich wollte Ihnen persönlich versichern, dass ich vollstes Vertrauen in Ahmeds Arbeit setze.«

»Danke, Mr. President.«

Chutani klopfte ihm auf den Rücken, ohne wirklich wahrzunehmen, dass der andere etwas gesagt hatte. »Bitte entschuldigen Sie uns für einen Moment. Ich möchte mich kurz unter vier Augen mit Direktorin Kennedy unterhalten.«

»Natürlich, Sir.«

Beide beobachteten den Rückzug von Taj aus dessen eigenem Büro. Höflich schloss er die Tür hinter sich. Nachdem er gegangen war, setzte sich Chutani vor Kennedy und begutachtete sie. Die Intensität seines Blicks war einerseits beeindruckend, andererseits kaum überraschend. Immerhin hatte er vor seinem Wechsel in die

Politik jahrelang als General bei der Armee gedient. Fast untypisch für Pakistan war er nicht durch einen Staatsstreich, sondern durch eine Wahl auf dem Präsidentensessel gelandet. Seitdem war es ihm gelungen, die Macht des Premierministers und des Parlaments schrittweise einzuschränken und den politischen Einfluss mehr und mehr auf die eigene Person zu verlagern. In gewisser Hinsicht war er damit eine Art Diktator, aber immerhin einer der proamerikanischsten Diktatoren, die man sich in diesem Teil der Welt wünschen konnte.

Kennedy hielt seiner Musterung schweigend stand. Einige der mächtigsten Leute der Welt hatten schon versucht, sie durch Blicke zu verunsichern. Daraus hatte sie gelernt, am besten überhaupt nicht darauf zu reagieren. Politiker waren Kreaturen, die von Leidenschaft getrieben wurden, und wenn man es schaffte, diese Energie verpuffen zu lassen, verschaffte man sich die beste Ausgangssituation für das nachfolgende Gespräch.

»Ich wollte Ihnen auch noch einmal persönlich mein Bedauern aussprechen und möchte Sie bitten, das an Präsident Alexander weiterzugeben.«

»Gern, Sir.«

Er lächelte. »Ich hörte, dass man Sie nicht so leicht aus der Fassung bringt. Wie mir scheint, ist diese Einschätzung zutreffend.«

»Sir?«

»Ich bitte Sie um eine ehrliche Einschätzung, Direktorin Kennedy. Wie stark belastet dieser Vorfall die Beziehung unserer beiden Länder?«

»Unsere Außenministerin wird Islamabad in Kürze einen Besuch abstatten. Ich halte sie für die geeignetere Person, um diese Frage zu beantworten.«

»Aber im Moment sind Sie hier, deshalb interessiert mich Ihr Urteil.«

Kennedy fühlte sich unwohl in ihrer Haut. Sie war keine Politikerin und verspürte auch keine entsprechenden Ambitionen. Trotzdem wäre es ihr unhöflich vorgekommen, die direkte Frage eines Präsidenten unbeantwortet zu lassen.

»Nun ja, erst bin Laden, nun kidnappt einer Ihrer Leute unseren Topmann in Afghanistan und foltert ihn, um Informationen aus ihm herauszubekommen«, begann sie, bemüht, lediglich die offiziell bekannten Punkte anzusprechen. »Es war zuletzt eine schwierige Phase für die amerikanisch-pakistanische Freundschaft. Ich schätze, alle Beteiligten sind daran interessiert, das zu ändern.«

»Schwierig, das trifft es. Allerdings sollten Sie nicht unerwähnt lassen, dass Ihre CIA-Agenten brutal Bürger meines Landes getötet haben. Und dass Ihre Botschaft die schützende Hand über pakistanische Bürger hält, die unsere Regierung nach Aussagen Ihres Joe Rickman gezielt ausspioniert haben. Hinzu kommen die ständigen Drohnenüberwachungen. Es ist nicht leicht für mich, solche Aktionen zu rechtfertigen. Immerhin bin ich dem Volk Pakistans zu Rechenschaft verpflichtet.«

»Präsident Alexander hat mehrfach betont, dass wir unser Drohnenprogramm weitgehend einschränken könnten, wenn Sie das für notwendig erachten.«

Das Lächeln des Politikers büßte ein wenig von seiner Strahlkraft ein. Sie wussten beide, dass ihm die amerikanischen Drohnen wertvolle Dienste leisteten, um Fundamentalisten aufzuspüren, die nicht etwa die Vereinigten Staaten, sondern Chutanis eigenes Regime bedrohten. Eine von vielen Nuancen, die zahlreiche Kongressabgeordnete in der Heimat bis heute nicht wahrnahmen. Für sie war ein toter Terrorist so gut wie der andere.

»Sie sind keine naive Frau, Direktorin Kennedy. Sie wissen, vor was für einer großen Herausforderung ich stehe, um Pakistan als modernen Staat neu zu erfinden. Taj ist ein sehr vernünftiger Mann und deutlich intelligenter, als Sie vermutlich glauben. Unseren Feinden fehlt es allerdings an Vernunft. Selbst viele der Männer, die in dieser Organisation tätig sind, halte ich für nicht sonderlich vernünftig. Bedauerlicherweise verstehen sich Männer wie Durrani oder Ihr Mitch Rapp darauf, das Verhalten unserer terroristischen Feinde nachzuempfinden und es ihnen im Ernstfall mit gleicher Münze heimzuzahlen.«

»Bei allem Respekt, Mr. President, Mitch hat mich oder mein Land noch nie verraten.«

»Dann ist er etwas Besonderes. Die Talente, über die er und Durrani verfügen, werden in der Regel von Ehrgeiz begleitet. Taj hatte Durrani nicht unter Kontrolle. Ein typischer Fehler, die eigene Rationalität auch anderen zu unterstellen. Ich versichere Ihnen, das wird ihm nicht wieder passieren.«

»Heißt das, ich darf davon ausgehen, dass Durranis Nachfolger pflegeleichter sein wird?«

Chutani runzelte die Stirn. »Ich muss gewisse Zugeständnisse machen. Der neue Mann ist nicht so unberechenbar wie Durrani, aber trotzdem sehr durchsetzungsstark. In seiner Position muss man gewisse Elemente innerhalb des ISI im Griff haben. Elemente, die sich nicht von jetzt auf gleich beseitigen lassen.«

»Ich bin sicher, Sie haben eine exzellente Wahl getroffen. Ich freue mich schon darauf, ihn kennenzulernen.« Kennedy hoffte, dass es aufrichtig und überzeugt klang.

»Kooperation und Stabilität, Direktorin. Das ist auf Dauer das Beste für uns, aber auch für die Vereinigten Staaten. Pakistan ist auf Wirtschaftswachstum und Bildung angewiesen. Das sind die einzigen Faktoren, um radikale Strömungen dauerhaft zu unterbinden. Menschen, denen es gut geht, schrecken viel eher davor zurück, ihr bequemes Leben gegen Kampf und Terror einzutauschen. Menschen, die nichts haben, benehmen sich dagegen oft wie wilde Tiere.«

Sie nickte und trank einen Schluck des inzwischen lauwarmen Tees. »Ich werde diese Beobachtungen gerne an Präsident Alexander weitergeben, Sir. Ich weiß, wie sehr er Ihre Freundschaft und die Freundschaft Ihres Volkes schätzt.«

4

ISTANBUL, TÜRKEI

Vasily Zhutov ging dicht an dem Laden vorbei und ignorierte das schwach erhellte, mit Elektronik vollgestopfte Schaufenster. Es regnete nun deutlich stärker, doch statt den Schirm aus der Aktentasche zu holen, beschleunigte er seine Schritte.

Seine Vorgesetzten in Moskau hatten ihn für verrückt erklärt, als er sich freiwillig um die offene Stelle in Istanbul bewarb.

Karrieretechnisch gesehen handelte es sich um einen Rückschritt, aber er brauchte unbedingt eine Pause, wenn er nicht das Schicksal seiner vielen Kollegen teilen wollte, die kurz vor der Midlife-Crisis mit einem Herzinfarkt im Krankenhaus landeten.

In der Türkei drehte sich nicht alles um Wodka und gutes Essen, nicht mal ein Dienstwagen mit Chauffeur sprang bei seiner neuen Position heraus. Er hatte den vier Kilometer langen Heimweg vom Büro in der Woche nach seiner Ankunft verinnerlicht. Er führte durch ein Gebiet, in dem die Läden bei Feierabend bereits geschlossen hatten. Entsprechend wenige Fußgänger, die einen aufhielten, gab es. Innerhalb von knapp einem Monat hatte er zwei Kilo abgenommen und die Zeit, die er für den hügeligen Kurs benötigte, um fast zwei Minuten reduziert.

Er bog links ab in eine Gasse mit Kopfsteinpflaster und streifte die Armbanduhr mit einem beiläufigen Blick. Kein neuer Rekord, aber in Anbetracht der Witterung und einbrechenden Dunkelheit ganz anständig.

Deutlich günstiger als der Gewichtsverlust wirkte sich der Umstand, dass er sich 2000 Kilometer vom Kreml entfernt befand, auf seine Gesundheit aus. Dort war der berufliche Aufstieg längst zu einer Wissenschaft für sich geworden. Längst ging es nicht mehr in erster Linie darum, die Interessen von Mütterchen Russland zu schützen, sondern vielmehr die eigenen Schäfchen ins Trockene zu bringen. Seine Arbeitszeit verbrachte er mit der fragwürdigen Pflege strategischer Allianzen und raffinierter Komplotte, um Rivalen aus dem Weg zu räumen, während die Kollegen umgekehrt ihn ins Visier nahmen.

Das hatte ihn letztlich in die Arme der Amerikaner getrieben. Natürlich drohte die Führungsebene in Russland ihn als Verräter zu brandmarken, wenn sie es herausfanden, aber tief im Inneren wussten sie, dass in

Wahrheit *sie* es waren, die ihr Land verrieten. Sie verwandelten es in einen korrupten Scherbenhaufen, nur mühsam über Wasser gehalten durch die natürlichen Ressourcen, die man der Umwelt abtrotzte.

Es gab keinerlei Innovationen, keinen Plan für die Zukunft, keine politischen Ansätze für engere Allianzen mit dem Westen. Allenfalls ließ man gelegentlich kurz die militärischen Muskeln spielen, um den Nationalismus in der Bevölkerung anzustacheln und die Menschen blind für die Tatsache zu machen, dass das Land kaum mehr Perspektiven bot als in der Ära des Kommunismus.

Zhutov musste einem parkenden Van ausweichen, kurz bevor er den Durchgang zu einem Platz erreichte, dessen Mittelpunkt ein verlassener Spielplatz bildete. Er betrachtete die vor sich hin rostenden Klettergeräte und überlegte einmal mehr, ob sie sich irgendwie in sein tägliches Fitnessprogramm einbinden ließen. Vielleicht ein paar Klimmzüge, um sich in Form zu halten? Seine Ärzte hatten ihn vor übertriebenen Anstrengungen gewarnt, aber mit 43 traute er es sich durchaus noch zu.

Der Van setzte sich in Bewegung und Zhutov änderte kurzerhand die Richtung, um sich am Heck vorbeizumogeln. Als er es tat, trat der Fahrer in die Bremsen, woraufhin das Fahrzeug auf dem rutschigen Pflaster ins Schlingern geriet. Die hinteren Türen flogen auf und er stolperte nach rechts, um ihnen im letzten Moment auszuweichen.

Trotz seiner umfassenden Ausbildung in jüngeren Jahren erstarrte er förmlich und leistete keinerlei Widerstand, als jemand aus dem Transporter sprang und ihn vorne am Jackett packte. Der Russe wurde wie von einem Gabelstapler in die Luft gehievt und in die Enge des

Laderaums geschoben. Wie aus großer Entfernung nahm er das Quietschen nasser Reifen wahr, doch das Geräusch verschwand in dem Moment, als er in die dunklen Augen eines Mannes blickte, der im Freien stand und die Türen schloss.

»Nein!«, brüllte Zhutov, bevor er von der Außenwelt abgeschnitten wurde. Sein Puls, durch Adrenalin und die Anstrengungen des abendlichen Heimwegs ohnehin schon erhöht, beschleunigte sich weiter, als es ihm gelang, das Gesicht mit einem Namen zu verknüpfen. »Halt! Ich hab euch nicht verraten! Ich schwör's!«

Er wollte sich setzen, wurde jedoch von hinten an den Schultern gepackt und davon abgehalten. Zhutov schaute nach oben und sah sich mit dem entwaffnenden Grinsen und dem adrett geschorenen Blondschopf von Scott Coleman konfrontiert. »Ganz ruhig, Vasily. Wir sind die Guten.«

»Abfahrt!«, rief Rapp und knallte die Türen zu. Er wurde mit Wasser bespritzt, als Maslick dem mickrigen Motor das Letzte abverlangte und den Van auf eine gewundene Straße in nördlicher Richtung steuerte.

Das Safe House befand sich weniger als fünf Kilometer entfernt. Colemans Team wollte sich dort für ein paar Tage verschanzen, um eine Einsatznachbesprechung mit Zhutov abzuhalten und ihm eine neue Identität zu verpassen.

Aktuell sah sich Rapp jedoch mit einem deutlich akuteren Problem konfrontiert. Ein optisch nahezu identischer Van raste von der anderen Seite des Platzes auf ihn zu. Dahinter gab es einen schmalen Durchgang zwischen zwei Gebäuden. Er rechnete mit einer einfachen Flucht, da er keinen russischen Agenten kannte, der es bei einer Verfolgung zu Fuß mit ihm aufnehmen konnte. Allerdings blieben dann eine Menge Fragen unbeantwortet.

Zu viele, wie Rapp spontan entschied. Kennedy musste sich wohl oder übel mit einigen diplomatischen Irritationen herumschlagen.

Er zog die Glock 19 unter der Jacke hervor und spähte über den Schalldämpfer in Richtung des mittlerweile kaum 20 Meter entfernten Vans. Die Scheibenwischer quälten sich auf höchster Stufe, was ihm klare Sicht auf die beiden Männer auf den Vordersitzen erlaubte. Er zielte auf den Fahrer und drückte ab. Winchester Ranger Bonded war nicht seine Standardmunition, unter diesen Bedingungen allerdings die optimale Wahl. Ein Unterschallprojektil, wodurch der übliche Knall beim Durchbrechen der Schallmauer ausblieb, aber trotzdem mit ausgezeichneter Durchschlagskraft.

Wie ein Spinnennetz zerplatzte die Scheibe vor dem Gesicht des Fahrers, doch die Kugel verfehlte ihr Ziel. Nicht gänzlich unerwartet. Bei einem Kaliber wie diesem musste man mit gewissen Unwägbarkeiten rechnen. In seiner Karriere hatte er in solchen Szenarien schon alles erlebt: Patronen, die direkt ins Ziel einschlugen, und andere, die es so brutal verfehlten, dass sie vom Seitenspiegel abprallten.

Der Transporter brach aus, weil der Mann am Steuer instinktiv die Hände hochriss, um sein Gesicht vor den winzigen Glassplittern zu schützen. Rapp feuerte ein zweites Mal in Richtung der Öffnung, die der erste Schuss gerissen hatte. Die poröse Scheibe leistete keinen nennenswerten Widerstand und eine Blutfontäne schoss in die Höhe, als die Stirnpartie des Opfers weggerissen wurde.

Das Fahrzeug wurde langsamer, als der Fuß des Manns auf dem Gaspedal erschlaffte. Rapp huschte nach links in Richtung Seitentür. Solche Operationen wurden in der Regel mit drei Leuten durchgeführt, was nahelegte, dass sich noch ein weiteres Teammitglied außer Sichtweite im hinteren Bereich aufhielt. Die Vermutung bestätigte sich, als die Tür aufgeschoben wurde und ein stämmiger Kerl mit russischem 9A-91-Sturmfeuergewehr heraussprang.

Rapp pustete ihm die hintere Schädelpartie weg und beobachtete, wie der Gegner auf die Straße kippte. Einer seiner Füße hatte sich in einem Haltegurt verfangen und er wurde einige Meter mitgeschleift, wobei er einen breiten Streifen Blut und Hirnmasse auf dem nassen Pflaster zurückließ.

Der Überlebende auf dem Beifahrersitz hatte inzwischen nach dem Lenkrad gegriffen und das Fahrzeug in Rapps Richtung gewendet. Verzweifelt mühte er sich, den Fuß am Bein des toten Gefährten vorbeizustochern, um das Gaspedal durchzutreten. Ein fast schon bemitleidenswerter Anblick. Rapp blieb einfach stehen, während der Van wenige Meter vor ihm ausrollte.

»Aussteigen!«, brüllte er. Der Russe starrte ihn mit großen Augen an und hob die Hände, bevor er der Aufforderung folgte. Rapp winkte in Richtung der Leiche, die halb aus der Seitentür baumelte. »Schlepp ihn rein.«

Der Tote war kein Leichtgewicht, aber mit einiger Mühe schaffte es der Beifahrer. Auf dem Platz und hinter den Fenstern der angrenzenden Gebäude war bisher niemand zu sehen, aber das würde nicht so bleiben. Ein Anwohner mit Handy genügte, um ihnen die Polizei auf den Hals zu hetzen.

»Du fährst!«, befahl Rapp und hielt die Waffe weiter auf den Mann gerichtet, während er auf den rechten Vordersitz kletterte und die Tür hinter sich zuzog. Er rammte dem anderen die Spitze des Schalldämpfers zwischen die Rippen.

»Los. Und nicht zu schnell. Bloß keine unnötige Aufmerksamkeit erregen.«

Der Russe schreckte davor zurück, sich gegen die blutgetränkte Kopfstütze zu lehnen. Stattdessen beugte er sich dicht übers Steuer und navigierte das Fahrzeug am Spielplatz vorbei.

»Wie heißt du?«

»Vadim Yenotin.«

»Weißt du, wer ich bin?«

Der Mann schluckte und nickte.

»Dann weißt du, in welcher Lage du dich befindest.«

»Ja.«

Sie bogen auf eine breitere Straße ein und fanden sich in einem Heer von Scheinwerfern im dichten Verkehr wieder.

»Du hast zwei Möglichkeiten, Vadim. Entweder bring ich dich in ein Versteck mit schallisoliertem Keller. Das könnte ziemlich hässlich werden, weil ich alles aus dir rausprügle, was du weißt.«

»Das gefällt mir nicht besonders.« Er sprach mit starkem Akzent, aber verständlich.

»Du bist klüger, als du aussiehst. Gut. Also Möglichkeit zwei: Du beantwortest all meine Fragen vollständig und ehrlich. Danach ruft mein Boss deinen Boss an, um einen Kuhhandel einzufädeln. Du weißt, wie es läuft: Wir liefern ein paar Informationen und zahlen ein paar Kröten in eure Rentenkasse ein. Eine Woche später sitzt du wieder daheim in deiner Wohnung und schlürfst gemütlich Wodka.«

»Ja. Das gefällt mir viel besser. So sollten wir es machen.«

»Warum hat man euch geschickt, um Zhutov zu schnappen?«

»Beim FSB ging eine E-Mail ein, in der stand, dass er von den Amerikanern bezahlt wird.«

»Wer hat sie geschickt?«

»Joseph Rickman.«

»Und das habt ihr so einfach geglaubt?«

»In der Mail standen eine Menge Details. Die Namen seiner Agentenführer, Informationen, die er an die CIA weitergegeben hat, Orte und Zeiten. Außerdem hieß es, Zhutov sei dieser Sitting Bull, den Rickman in seinem Video erwähnte.«

»Wann habt ihr die Mail bekommen?«

»Vor fünf Tagen.«

Rapp löste den Lauf der Pistole von den Rippen des Mannes und rammte ihn in seinen Schritt. »Hey, ich dachte, du lügst mich nicht an, Vadim. Möglichkeit eins liegt wieder auf dem Tisch.«

»Nein! Ich wurde vor fünf Tagen informiert. Ich habe die Mail selbst gesehen. Unsere Leute haben die Serverdaten gecheckt, um das Absendedatum zu bestätigen und herauszufinden, wo genau sie abgesetzt wurde. Ich schwör's!«

»Bieg in die nächste Seitenstraße und stell den Motor ab, Vadim. Ich will nicht, dass du jemanden überfährst, während ich dir die Nüsse wegballere.«

»Warum sollte ich Sie anlügen? Wir sind vor vier Tagen nach Istanbul gekommen und haben Zhutov in der Hoffnung observiert, dass er uns zu einem seiner Kontakte führt. Wir sind mit einer Linienmaschine geflogen und ganz normal durch die Passkontrolle. Ich kann Ihnen sogar die falschen Namen nennen, die wir benutzt haben.«

»Joe Rickman ist seit zwei Wochen tot, Vadim. Wenn er nicht gerade Frankenstein ist und sich selbst das Gehirn wieder in den Schädel gestopft hat, hast du ein ernstes Problem.«

»Das kann nicht sein! Bitte, Sie können meine Story überprüfen. Für die CIA ist das ein Klacks. Sie werden feststellen, dass ich die Wahrheit sage.«

Rapp drückte den Schalldämpfer weiterhin in die Weichteile des anderen, aber sein Drang, den Abzug zu betätigen, ließ nach. Er spürte, wenn ihn jemand anlog, und was Yenotin betraf, so schien er seine Klöten liebend gern behalten zu wollen. Der Russe war keiner dieser Fanatiker, mit denen er es so oft zu tun bekam. Er war nicht scharf drauf, dass man ihm die Fingernägel mit einer Zange ausrupfte, damit er vor Allah eine gute Figur machte. Nein, der Typ war ein Profi, der wusste, wie der Hase lief, wenn es Agenten zweier Weltmächte miteinander zu tun bekamen.

»Du sagst, deine Leute haben versucht, dem Absender der E-Mail auf die Spur zu kommen. Was kam dabei raus?«

»Nichts. Sie ist einmal rund um die Welt gegangen. Es gab keine Möglichkeit, sie zum Ursprung zurückzuverfolgen.«

Rapp atmete überlaut aus und wies den Russen an, an der nächsten Kreuzung rechts abzubiegen. Bisher war die Sache schon ziemlich mies gelaufen, doch jetzt drohte sie in einem totalen Desaster zu enden.

5

Lahore, Pakistan

Die Vorderreifen des Land Cruisers sackten in den schlammigen Graben ein. Ahmed Taj hörte, wie der Motor aufheulte, während sein Fahrer das Gefährt durch die niedrige Senke ans andere Ufer steuerte.

Er verzichtete darauf, aus dem Fenster zu sehen. In solchen Gegenden war er aufgewachsen, seitdem hatte sich hier wenig verändert. Aufgeweichte Pisten, um die sich niemand kümmerte, wanden sich willkürlich an Zeltstädten und primitiven Lehmhütten vorbei. Rauch von den Feuerstellen verschleierte den klaren Himmel. Lediglich die Abwesenheit anderer Menschen fiel aus dem Rahmen. Normalerweise hätten sich jede Menge Kinder um den Wagen geschart, die das Ausmaß ihres Schicksals noch nicht erkannt hatten, und Erwachsene, die verzweifelt nach Möglichkeiten suchten, ihre Mägen zu füllen. Heute hatte sein Begleitschutz jedoch dafür gesorgt, dass die örtlichen islamischen Milizen von den Zufahrtsstraßen und Fluchtwegen fernblieben.

Auf dem weißen Lack des SUV, in dem er saß, prangte das Logo einer örtlichen Hilfsorganisation, was trotz des Umstands, dass es das einzige Fahrzeug weit und breit war, für eine gewisse Anonymität sorgte. Er spähte durch das transparente Schiebedach gen Himmel, ohne etwas zu sehen. Eine trügerische Illusion. In Wirklichkeit waren die Amerikaner allgegenwärtig und bespitzelten sie mit ihren Satelliten, Drohnen und kooptierten Kameras. Die virtuose Beherrschung moderner Technologien zählte zu den großen Stärken der Besatzungsmacht. Gleichzeitig stellte die enorme Abhängigkeit davon eine massive Schwäche dar.

Gebiete wie diese waren mit Unterstützung von Akhtar Durrani und seinem berüchtigten S-Wing schrittweise von militanten Gruppierungen eingenommen worden. Die Menschen aus den ländlichen Gebieten in die Städte umzusiedeln, gehörte dabei zu den vorherrschenden Zielen. Auf diese Weise richtete selbst der harmloseste Drohnenangriff verheerende Kollateralschäden an. Und die Amerikaner hassten es, wenn Bilder von verstümmelten Frauen und Kindern um die Welt gingen.

Alles war Teil des bizarren Geflechts aus Lügen und geheimen Agenden, das die langjährigen Beziehungen seines Landes zu den Vereinigten Staaten prägte. Viele der Politiker in Washington gingen davon aus, dass man den moralischen Sumpf in Afghanistan dem Umstand verdankte, dass die USA nach der Flucht der Sowjets den Rückzug angetreten hatten. Eine gleichermaßen naive wie arrogante Unterstellung – und exemplarisch dafür, dass die Amerikaner sich einbildeten, die gesamte Welt drehe sich um ihre vergänglichen Experimente mit demokratischen Strukturen. Afghanistan war lediglich zu den Zuständen zurückgekehrt, die hier seit Tausenden von Jahren herrschten. Eine unvermeidliche, vorhersehbare Entwicklung.

Das Geld aus dem Westen, ursprünglich zweckgebunden für die Mudschaheddin zur Verfügung gestellt, floss jedoch weiterhin. Allein im letzten Jahr hatten die Vereinigten Staaten mehr als fünf Milliarden Dollar Unterstützung für Pakistan aufgewendet. Das meiste davon versickerte im Militärapparat und den weitläufigen

Strukturen des ISI. Die Armee war inzwischen der größte Immobilienbesitzer des Landes, zu dessen Beständen Eigentumswohnungen, Einkaufszentren und Bürogebäude in aller Welt gehörten. Pakistans Generäle zählten zu den reichsten Männern des Landes.

Die auf den ersten Blick hoffnungslos verfahrene Situation stellte sich bei genauerem Hinschauen recht eindeutig dar: Pakistans militärisch-industrieller Unterbau und der Geheimdienst waren süchtig nach US-Dollars. Die einzige Gefahr, dass der Geldstrom verebbte, bestand in der endgültigen Auslöschung des Terrorismus. Das stellte den ISI vor die groteske, aber ungemein profitable Aufgabe, nach außen hin vorzugeben, militante Gruppen zu bekämpfen, sie inoffiziell aber gezielt zu unterstützen und am Leben zu erhalten.

Die Situation war ungemein heikel und verlangte eine Menge Fingerspitzengefühl. Es galt, genügend Feuer zu schüren, um die Amerikaner in Alarmbereitschaft zu versetzen, aber kein einzelnes so hell lodern zu lassen, dass es übertrieben viel Aufmerksamkeit auf sich zog. Bedauerlicherweise hatten sie diese Grenze vor Kurzem überschritten.

Durrani hatte den afghanischen General Abdul Qayem unter Druck gesetzt, ein Attentat auf Mitch Rapp zu verüben. Insgesamt ein ziemlich törichtes Unterfangen, einen Mann töten zu wollen, der sich entsprechenden Versuchen in der Vergangenheit stets erfolgreich widersetzt hatte. Nun drehte Rapp in Afghanistan jeden einzelnen Stein auf der Suche nach Qayem um und hatte zu allem Überfluss auch noch Abdul Zahir in seine Dienste gezwungen – einen ebenso gerissenen wie verruchten Mann.

Arroganz gehörte zu den Fallstricken, die schon zahllosen mächtigen Männern das Leben gekostet hatte. Taj hatte sich geschworen, nie einer von ihnen zu sein. Mit Gegnern wie Mitch Rapp war nicht zu spaßen. Nur ein Idiot hätte geleugnet, dass Rapp grundsätzlich erreichte, was er sich in den Kopf setzte. Und in diesem Fall hatte er sich in den Kopf gesetzt, seine Feinde zu jagen und zur Strecke zu bringen.

Örtliche Milizen tauchten auf der Straße auf – heruntergekommene Burschen mit Kalaschnikows und Gesichtern, die sie hinter Tüchern verbargen. Sie verfolgten, wie sein Fahrzeug vorbeifuhr, machten jedoch keine Anstalten, den Weg zu blockieren. Der Land Cruiser zwängte sich durch einen schmalen Spalt in einer Mauer aus Lehm und kam auf der anderen Seite zum Stillstand. Taj stieg aus und starrte auf den Boden, um nicht von möglichen Spionagesonden erfasst zu werden. Die Hütte aus Stein lag nur wenige Meter entfernt. Er überwand die Distanz mit weit ausholenden Schritten und trat durch die primitive Tür, deren Einzelteile unter Garantie von einer benachbarten Müllkippe stammten.

Im Inneren vereinten sich Hitze und der Gestank nach Exkrementen zu einem feuchten Nebel. Der einzige Raum war leer und er trat ans hintere Ende, um über einige klapprige Stufen in den Keller zu gelangen, den man dem Erdreich abgetrotzt hatte. Es handelte sich um einen von vielen Zugängen zu einem unterirdischen Labyrinth aus Tunneln, die dem Zweck dienten, die Bewegung der Aufständischen in diesem Gebiet vor neugierigen Blicken zu verbergen.

Am Ende der primitiven Treppe stieß er auf einen Mann, nackt bis auf eine schwarze Stoffhaube, die man ihm über den Kopf gestülpt hatte. Hände und Füße waren mit Draht an den Stuhl gefesselt, auf dem er saß, und sein Kopf, der die von seinen Ohren aufgeschnappten Bewegungen einzuordnen versuchte, zuckte wie bei einem Vogel hin und her.

Taj blieb vor ihm stehen und ließ den Blick vom Bauch und den behaarten Oberschenkeln zu einem Tablett mit Messern, Zangen, einem Beil und einer Propangas-Fackel wandern.

»Ahmed!«

Taj wandte sich General Qayem zu, der aus einem Tunnel unterhalb der Treppen aufgetaucht war.

»Abdul. Welche Freude, dich zu sehen.«

Sie umarmten sich. Taj deutete auf den nackten Mann auf dem Stuhl. »Ihr habt ihn gefunden.«

»Ja, er ist zwar ein cleverer kleiner Mistkäfer, der sich unter jedem Stein verkriecht«, meinte Qayem, »aber letztlich ist sein Hauptwerkzeug die Angst. Glücklicherweise fürchten einige seiner Leute mich noch mehr als ihn.«

Er zog dem Gefangenen die Kapuze vom Kopf. Taj blickte in die panisch geweiteten Augen von Abdul Zahir. Haare und Bart waren schwarz wie Schuhcreme, was mit den grauen Strähnen seiner Körperbehaarung kontrastierte. Afghanische Männer neigen dazu, ihr Erscheinungsbild künstlich zu verjüngen, weil Altern in ihrem Kulturkreis als Zeichen von Schwäche gilt.

»Bist du zufrieden?«, fragte Qayem.

Das war wohl kaum der passende Begriff. Er hatte sich unglaublich über Qayems Angriff auf Rapp geärgert, machte dem Mann aber keine Vorwürfe. Immerhin zählte er zu seinen langjährigen und treuen Verbündeten und hatte lediglich Befehle von Akhtar Durrani befolgt.

Die großen Anstrengungen, die der ISI unternahm, um bedingungslose Loyalität zu gewährleisten, erwiesen sich manchmal als Nachteil. Qayem hätte es niemals gewagt, sich eindeutigen Anweisungen vom Leiter des externen Geheimdienstflügels zu widersetzen.

»Bitte …«, brachte Zahir durch rissige, geschwollene Lippen hervor, schien den Gedanken jedoch nicht zu Ende bringen zu können. »Bitte!«

»Was erwartest du von mir?«, fragte Taj. »Du bist ein Schwein, das an nichts glaubt. Du dienst weder Gott noch deinem Volk. Schlägst dich auf die Seite desjenigen, der dich am besten bezahlt.«

»Das ist nicht wahr«, widersprach der andere, doch der Mangel an Nachdruck in seiner Stimme schien anzudeuten, dass er Leugnen selbst für aussichtslos hielt.

»Du bist völlig unwichtig, Zahir. Von mir aus hättest du einfach an Altersschwäche krepieren können, umgeben von den Besitztümern, die du dir durch deinen Verrat angeeignet hast. Aber dann kamst du auf die Idee, dich mit Mitch Rapp zu verbünden.«

»Malik al-Mawt? Nein! Das ist eine Lüge!« Malik al-Mawt bedeutete grob übersetzt ›Engel des Todes‹. Die Afghanen hatten Rapp diesen Spitznamen schon vor Jahren verpasst.

»Wenn ich mich nicht irre, hat er sich dir als Mr. Harry vorgestellt.«

Zahir riss die Augen auf. »Das … kann nicht sein. Ich schwöre, das wusste ich nicht.«

Taj hatte kein Problem mit Lügnern, aber Feiglinge widerten ihn an. Laut allen Berichten war Zahir ganz scharf darauf gewesen, sich in die Untersuchung von Rickmans Entführung einzuschalten, weil er glaubte, dass sie auf das Konto von Darren Sickles, dem armseligen Stationschef der CIA, ging. Statt der üblichen Verbeugungen und des Ranwanzens hatte er sich jedoch auf einmal mit Rapps Pistole an der Stirn konfrontiert gesehen. Seitdem verfolgte der Mann Qayem in der Hoffnung, damit die eigene kümmerliche Existenz zu retten.

»Das mit Rapp bedaure ich sehr«, sagte Qayem. »Ich habe einen schweren Fehler gemacht. Das geht allein auf mein Konto.«

»Nein, alter Freund. Durrani hat den Fehler gemacht und für seine Inkompetenz teuer bezahlt.«

Tatsächlich ging er davon aus, dass Rapps berüchtigte Glock Durrani aus dem Verkehr gezogen hatte. Taj hatte zwar Mikrofone in Durranis Haus installieren lassen, aber keine Kameras. Deshalb lag ihm lediglich die grobe Schilderung eines Komplizen von Kassar vor, was die Ermordung von Durrani und Rickman anging. Die digitale Stimmanalyse ergab zwar, dass der Täter mit amerikanischem Akzent sprach, war aber qualitativ zu schlecht, um einen zuverlässigen Abgleich zu ermöglichen.

Diese Ungewissheit ließ ihm am Ende keine andere Wahl, als Irene Kennedy deutlich mehr zu verraten, als er eigentlich wollte. Schließlich wusste er nicht genau, wie viel die CIA-Direktorin wusste oder was sie vermutete. Er durfte sich auf keinen Fall bei einer Lüge ertappen lassen. Sie war ein raffiniertes Weib und er baute darauf, dass sie ihm vertraute und erst in letzter Sekunde mitbekam, was er plante.

»Bitte«, ertönte Zahirs Stimme in seinem Rücken. »Du musst mir glauben. Hätte ich gewusst, wer er ist, hätte ich ihm auf keinen Fall geholfen. Ich wäre …«

»Ruhe!«, brüllte Taj, wirbelte herum und schoss auf ihn zu. Er schnappte sich das Fleischerbeil von der Ablage und ließ die Schneide an der Stelle auf Zahirs Handgelenk sausen, wo der Arm am Stuhl fixiert war.

Die Hand blieb gefesselt, aber Zahirs Arm war mit einem Mal frei. Er kreischte wie eine hysterische Frau und starrte den Stumpf an. Blut spritzte auf Tajs weißes Polohemd.

Der ISI-Direktor zog sich außer Reichweite zurück. Qayem las ein Holzscheit vom schmutzigen Boden auf und rammte es dem heulenden Gefangenen mit voller Wucht seitlich gegen den Kopf. Erneut senkte sich Stille über die beengte Kammer. Nur Qayems beschleunigter Atem und das Leben, das aus Zahirs Körper tropfte, waren zu hören.

»Rapp wird dich jagen, mein Freund«, verkündete Taj. »Ich habe einen Mann in seine Organisation eingeschleust. Vermutlich wird dieser ihn eliminieren können, aber unsere Möglichkeiten, miteinander in Kontakt zu treten, sind begrenzt. Einmal mehr arbeitet die Zeit gegen uns.«

Qayem war klug genug, um zu begreifen, dass an seiner Gefangennahme kein Weg vorbeiführte, und realistisch genug, um zu wissen, dass er einem längeren Verhör nicht standhielt. Niemand hatte eine Chance gegen die Methoden des CIA-Agenten.

»Dir ist klar, was zu tun ist«, sagte Taj.

»Ja.«

Der Dreck auf dem Boden hatte sich mit Zahirs Blut zu einer glitschigen Masse vereint und die Luftfeuchtigkeit weiter erhöht. Taj kehrte zur Ablage zurück und entnahm dem unteren Fach die Smith & Wesson des Verräters. Kaliber 40. Ein Geschenk der Amerikaner.

Er zielte mit der Waffe auf die Stirn seines alten Freundes.

»Gott ist groß« waren die letzten Worte, die Abdul Qayem in seinem Leben sagte.

6

›Die Farm‹
In der Nähe von Harpers Ferry
West Virginia, USA

Die Schotterpiste, die sich durch den Wald schlängelte, verlief absichtlich nie länger als 50 Meter in gerader Linie, bevor sich die nächste scharfe Kurve anschloss. Der Bauunternehmer, den man damit beauftragt hatte, nahm die vorgeschlagene Routenführung ebenso verwirrt zur Kenntnis wie die Aufforderung, den Belag bewusst stümperhaft anzulegen.

Am Ende entsprach das Ergebnis jedoch exakt den Vorgaben von Stan Hurley: eine Strecke, die selbst ein Formel-1-Champion maximal mit 40 Sachen zurücklegen konnte.

Trotz des Allradantriebs kämpfte sich Mitch Rapps schwarzer Dodge Charger mit knapp der Hälfte dieser Geschwindigkeit voran. Der 5,7-Liter-Hemi-Motor, den er eingebaut hatte, kam mit den umfangreichen Modifikationen am Fahrzeug problemlos klar. Als deutlich größere Herausforderung erwies sich die Anpassung der Federung. Am meisten trauerte er jedoch dem Soundsystem nach. Die hinteren Lautsprecher und der

Subwoofer waren im Müll gelandet, um Platz für mehrere Lagen Kevlar zu schaffen.

Er erreichte einen besonders steilen Anstieg und zuckte zusammen, weil ein kratzendes Geräusch vom vorderen Spoiler ertönte. Er nahm sich vor, Hurley aufzufordern, den Hügel von der nächsten Gruppe Rekruten etwas entschärfen zu lassen. Eine perfekte Beschäftigung, um sie zwischen einem 20-Meilen-Lauf und einer Schussfahrt durch die örtlichen Stromschnellen einzuschieben.

Er brauchte weitere zehn Minuten, um das innere Tor zu erreichen, das automatisch aufschwang, als er darauf zufuhr. Einige Sekunden später rollte er über den ebenen Asphalt der Zufahrt, die einen sorgfältig gestutzten Rasen mit Blumenbeeten exakt in der Mitte teilte.

Das Ganze entsprach einer fast identischen Kopie der Anlage, auf der er als junger Mann sein Training absolviert hatte. Der Schuppen war allerdings rot statt weiß gestrichen und so gebaut, dass er ein halbes Jahrhundert älter als in Wirklichkeit wirkte. Und die umlaufende Veranda des zweistöckigen Hauptgebäudes fiel etwas breiter aus, die Möbel im Außenbereich etwas moderner. Mehr nahm man auf den ersten Blick an Unterschieden nicht wahr. Hinter der Fassade fielen die Neuerungen deutlich umfassender aus. Das Erdgeschoss besaß eine größere Grundfläche, besaß außerdem mehr technische Finessen und Sicherheitsvorkehrungen. Und die Sensoren, die das umliegende Gelände überwachten, entsprachen dem neuesten Stand. Außerdem hatte man einen Großteil der Rasenfläche vermint. Kennedy hatte sich zuerst dagegen ausgesprochen, doch Hurley überzeugte sie schließlich, dass das computerkontrollierte System narrensicher arbeitete. Trotzdem hielt sich Rapp strikt auf dem befestigten Weg.

Die Farm war ein Sinnbild für die Schwächen des politischen Systems. Etwa alle sieben Jahre sorgte Hurley dafür, dass die geheime Trainingseinrichtung ›aus Versehen‹ abbrannte, und ließ eine neue auf einem anderen Grundstück errichten, finanziert aus schwarzen Kassen.

Wäre dieser Aufwand betrieben worden, um Amerikas Feinden immer einen Schritt voraus zu sein, hätte Rapp nichts dagegen gehabt. Allerdings ging es eher darum, die eigenen Politiker irrezuleiten, die mit Vorliebe herumschnüffelten, um geheime CIA-Aktivitäten aufzudecken und damit ihre Karriere voranzutreiben. Das Heucheln von Betroffenheit gehörte inzwischen zum Rüstzeug jedes ambitionierten Volksvertreters.

Die CIA beteiligte sich an diesem Spiel, wohl wissend, dass sie es nicht gewinnen konnte. Sobald Rapp tat, was nötig war, um das Leben von Kongressmitgliedern und ihren Wählern zu schützen, setzte er sich damit dem Beschuss der Diplomatie aus. Hielt er sich dagegen strikt an die Regeln und ließ zu, dass Amerika angegriffen wurde, drohte ihm wegen Versagens die öffentliche Kreuzigung.

Stan Hurley erwartete ihn auf der Veranda und trug dieselbe Pilotensonnenbrille wie damals, als ein naives Collegekid namens Mitch Rapp zum ersten Mal bei ihm aufgetaucht war. Der alte Kauz ging stramm auf die 80 zu, obwohl niemand sein genaues Alter zu kennen schien. Er balancierte trotz Lungenkrebs im fortgeschrittenen Stadium einen Bourbon in der einen Hand und eine Zigarette in der anderen. Jetzt noch zum Gesundheitsfanatiker zu werden hatte eh keinen Sinn mehr.

»Du bist zu spät«, knurrte er, als Rapp aus dem Wagen stieg.

In Wahrheit hatten sie keine konkrete Zeit für ihr Treffen vereinbart, aber Rapp ließ den Vorwurf durchgehen. Hurley schaffte es wie kein Zweiter, ihn aus der Reserve zu locken. Nach der langen Anreise aus der Türkei wollte er sich nicht unnötig streiten.

»Ich freu mich auch, dich zu sehen, Stan.«

Rapp lief zum Kofferraum und öffnete ihn. Vadim Yenotin hielt sich die Hände vors Gesicht und kniff die Augen vor der grellen Sonne zusammen.

»Raus«, forderte Rapp.

Der Mann war aus nachvollziehbaren Gründen etwas steif, schaffte es jedoch, die Beine nach draußen zu schwingen. Der Charger besaß ohnehin keinen besonders großen Kofferraum. Das versteckte Waffenfach, das Rapp eingebaut hatte, schränkte den Platz zusätzlich ein.

Er packte den Russen am Kragen und marschierte mit ihm zum Haus. Hurley beobachtete es gelangweilt. »Sperr ihn weg, dann treffen wir uns an der Bar. Irene ist vor einer Stunde gelandet. Nach allem, was sie mir erzählt hat, solltest du dir anständig einen hinter die Binde kippen, bevor sie hier ist.«

Rapp schob den Russen durch eine unpassend modern eingerichtete Küche in eine Speisekammer voller Dosen und Backzutaten. Sie diente zusätzlich als Aufzug. Ein Druck auf den Steuerknopf am Schlüsselbund startete die Fahrt nach unten. Kurz darauf erreichten sie einen lang gezogenen, aus Formbeton errichteten Raum mit mehreren Türen. Schmuckloser Stahl mit einer winzigen Klappe, gerade ausreichend dimensioniert, um ein Tablett mit Essen durchzuschieben. Rapp öffnete die vordere Zelle und stieß den Russen hinein.

»Warten Sie!«, meinte der, geriet ins Stolpern, erlangte

aber noch rechtzeitig das Gleichgewicht zurück. »Was haben Sie mit mir vor? Ich hab Ihnen alles gesagt, was Sie wissen wollten. Sie haben mir versprochen, mich nach Hause zu schicken.«

»Beschwer dich nicht«, meinte Rapp. »Das ist unsere Präsidentensuite.«

Insgesamt gab es sechs Zellen, von denen diese tatsächlich mit einer Schlafcouch und einem großformatigen Fernseher am luxuriösesten eingerichtet war. Die kärgste Ausführung war ein leerer Betonwürfel, in dem es von der Decke tropfte und ein Eimer als Toilette bereitstand.

»Halt!«, rief Yenotin, als Rapp die Tür schließen wollte. »Ich verlange einen Anruf bei meiner Botschaft.«

»Treib's nicht auf die Spitze, Vadim. Hätte Irene Kennedy nicht ihr Veto eingelegt, hättest du für den Rest der Woche im Kofferraum geschmort.«

Die Tür sprang mit einem lauten Klirren ins Schloss. Rapp trat einen Schritt zurück, machte jedoch keine Anstalten zu gehen. Stattdessen musterte er den Eingang zur Zelle, die sich direkt links von jener befand, die er gerade verlassen hatte. Darin hielten sie Louis Gould fest, den Auftragskiller, der Rapps Haus in die Luft gejagt, dabei seine Familie getötet und ihn selbst mit mehreren Knochenbrüchen und einer Hirnschwellung zu einem längeren Krankenhausaufenthalt gezwungen hatte.

Er spürte das Gewicht der Glock unter der rechten Schulter. Innerhalb weniger Sekunden konnte er die Sache beenden. Es reichte, die Tür zu öffnen, zu zielen und abzudrücken. In der Regel ließ es ihn ziemlich kalt, jemanden zu töten, aber wäre das auch so, wenn er Goulds Leben beendete? Ihm ebenfalls Frau und Tochter wegnahm? Gelang es ihm so, Annas Phantom endgültig aus seinem Kopf zu verbannen? Oder blieb ihm dann gar nichts mehr, woran er sich klammern konnte?

»Dein Wodka wartet auf dem Billardtisch«, meldete sich Hurleys Stimme zu Wort. Er hatte nicht mal bemerkt, dass der Freund mit dem Aufzug nach unten gekommen war.

»Prima.« Rapp wurde aus seiner Trance gerissen.

Die Tür gegenüber von den Hafträumen führte direkt zur Bar – auch das gehörte zu den Neuerungen dieser jüngsten Inkarnation des geheimen CIA-Trainingsgeländes. Hurley schien bei der Einrichtung eine Reise in die eigene Vergangenheit unternommen zu haben. Mit Ausnahme des modernen Billardtischs kam man sich vor wie in einer Kaschemme in Marokko Mitte der 70er. Die hintere Wand war direkt aus den Felsen gehauen und diente als stimmungsvolle Kulisse für einen antiken, aus Frankreich importierten Mahagonitresen. Lampen im asiatischen Stil, einige museumsreife Deckenventilatoren und Hurleys private Sammlung gerahmter Fotos aus der Zeit des Zweiten Weltkriegs vervollständigten die Illusion. Je mehr sich das Leben von Stan dem Ende zuneigte, desto wohler schien er sich in der Vergangenheit zu fühlen.

Rapp hob das Wodkaglas und trank einen kräftigen Schluck, bevor er mit einem Queue die Sechserkugel in einer der Seitentaschen des Tischs versenkte. Seine Gedanken kreisten um ihre aktuelle Situation. Erneut flackerte Wut in seiner Magengrube auf. Was hatte Rickman sich bloß dabei gedacht? Wieso wandte sich ein Mann gegen sein Heimatland und seine Waffenbrüder?

Fragen, auf die Rapp vermutlich nie eine befriedigende Antwort bekam. Er war von ganzem Herzen Soldat.

Jemand, der Staatsfeinde aufspürte und tötete, ohne zu zögern sein Leben geopfert hätte, um ein Mitglied seines Teams zu retten. So sah es aus. Ganz einfach.

Als Irene Kennedy schließlich den Raum betrat, machte sie auf ihn einen ziemlich angespannten Eindruck. Die meisten Leute hätten vermutlich nur den perfekt gebügelten Rock, die makellose weiße Bluse und die sorgfältig zurückgesteckten braunen Haare bemerkt. Doch er registrierte den besonderen Blick in ihren Augen. Etwas, das ihm verriet, dass nicht alles so lief, wie sie es wollte.

»Zwei tote Russen, Mitch. *Zwei.*«

Rapps einzige Antwort bestand darin, die gelbe Nummer eins in der Ecke einzulochen.

»Willst du mir allen Ernstes verkaufen, dass es keine bessere Möglichkeit gab, die Situation zu klären?«

Er drehte den Kopf und starrte sie an. Nach einigen Sekunden Blickkontakt ging Hurley dazwischen.

»Komm schon, Irene. Der Fahrer wollte ihn platt walzen und dann hüpfte einer mit ’ner 9A-91 aus dem Wagen. Wie hätte Mitch sich denn sonst dagegen wehren sollen? Mit Flüchen und Schimpfwörtern? Die Strategie dieser russischen Arschlöcher taugte hinten und vorn nichts. Sie haben einen taktischen Fehler begangen und mussten dafür bluten.«

Sie ging zur Bar und goss sich ein Glas Rotwein ein, um zwei Pillen runterzuspülen. Tylenol, wie Rapp wusste. Seit ihnen die Rickman-Geschichte um die Ohren geflogen war, kämpfte sie mit regelmäßigen Migräneanfällen.

Er legte das Queue weg und lehnte sich gegen den Billardtisch. Er hasste es zwar, wenn jemand Kritik an seinen Einsatzmethoden übte, verspürte aber trotzdem

Gewissensbisse. Irene war für ihn eine Art große Schwester und er machte sich Sorgen um ihre Gesundheit.

»Was Stan nicht erwähnt hat, war der Umstand, dass die 9A-91er nicht mal einen Schalldämpfer hatte. Der Typ wollte mitten in einer Stadt mit 14 Millionen Einwohnern ein blutiges Schlachtfest veranstalten. Das musste ich doch verhindern.«

Sie leerte das halbe Glas mit einem Schluck und stellte es auf den Tresen. »Ich weiß. Aber der Chef des FSB hat fünf Nachrichten mehr oder weniger auf meine Mailbox gebrüllt.«

Hurley schüttelte angewidert den Kopf. »Mikhail spielt gern die Opferkarte aus, um dich unter Druck zu setzen. In Wahrheit geht ihm der Tod seiner beiden Leute am Arsch vorbei.«

Irene ließ sich nicht so leicht besänftigen. »Vor ein paar Jahren hätte ein solcher Vorfall Karrieren gekostet. In der derzeitigen Gemengelage fühlt es sich wie eine harmlose Komplikation an. Wie sicher bist du, dass Yenotin die Wahrheit sagt, Mitch? Dass die Russen die Mail *nach* Ricks Tod erhalten haben?«

»Zu 99 Prozent. Er machte auf mich nicht den Eindruck eines Lügners.«

»Diese Antwort hatte ich befürchtet.«

»Wieso?«, wollte Hurley wissen.

»Man sagt Akhtar Durrani nach, dass er Partner und Helfer gezielt umbringen lässt, nachdem sie ihre Nützlichkeit für ihn verloren haben. Außerdem musste Rick mit Mitchs Rache rechnen. Wäre ich in seiner Position gewesen, hätte ich mich ebenfalls um eine Lebensversicherung gekümmert.«

»Was für eine Lebensversicherung denn?«

»Jemand, der für den Fall, dass mir etwas zustößt, Informationen in Umlauf bringt. Einerseits als Anreiz für Durrani, ihn am Leben zu lassen, andererseits als Garantie, dass der Schaden, den er uns zufügen wollte, auf jeden Fall angerichtet wird.«

»Stimmt, dem kleinen Sesselfurzer trau ich so was zu.« Hurley zündete sich mit der Glut der alten eine neue Zigarette an. »Aber wie hätte er das anstellen sollen?«

»Die Frage lautet eher, *wer* hätte das anstellen sollen. Wem hat er die Unterlagen überlassen, um die Identität von Sitting Bull nach seinem Tod aufzudecken? Einem ausländischen Agenten, der sich an uns rächen will? Einem Söldner, der für Geld alles tut?«

Kennedy verzog das Gesicht. »Zu unsicher. An seiner Stelle hätte ich die Dateien verschlüsselt und einem Anwalt übergeben. In Verbindung mit der Regelung, mich einmal in der Woche bei ihm zu melden und beim Ausbleiben eines Kontakts konkrete schriftliche Anweisungen zu befolgen, die ich ihm ebenfalls im Vorfeld übermittelt habe.«

»Und was wären das für Anweisungen?«, fragte Hurley.

»Eine Liste, welche Dateien an welchen Empfänger gehen. Und wer sich darum kümmern soll. Am besten ein IT-Experte, der weiß, wie man E-Mails verschickt, ohne dass sie sich zum Absender zurückverfolgen lassen. Auf diese Weise kennt der Anwalt den Inhalt der Dateien nicht. Und der Versender ist jemand, den es sowieso nicht interessiert.«

Es klopfte an der Tür. Eine Sekunde später schob ein junger Mann mit beeindruckendem Afro den Kopf durch den Spalt. »Ich hab was entdeckt.«

Marcus Dumond war ein 34 Jahre altes Computergenie

mit schillernder Vergangenheit. Als junger Hacker hatte er sich während des Verfassens seiner Informatik-Masterarbeit am MIT mit den Feds angelegt. Sie warfen ihm vor, in das Intranet einer New Yorker Großbank eingedrungen zu sein und hohe Beträge auf verschiedene Überseekonten abgezweigt zu haben. Für die CIA wurde er interessant, weil er nicht etwa Spuren hinterlassen hatte, sondern eines Nachts betrunken in einer Bar gegenüber dem Falschen mit seinem Hackangriff geprotzt hatte. Damals hatte Dumond noch mit Steve Rapp, Mitchs jüngerem Bruder, in einer WG zusammengewohnt. Als der ältere Rapp von Dumonds Problemen erfuhr, kontaktierte er Irene Kennedy und empfahl ihr, sich den talentierten Mann genauer anzusehen.

»Komm rein«, begrüßte ihn Rapp. »Worum geht's?«

Dumond betrat zögernd die Bar und stellte den Laptop auf dem Billardtisch ab. Rapp erkannte, dass es sich um ein Gerät handelte, das sie aus Durranis Haus mitgenommen hatten. Joe Rickmans Blut klebte noch am Gehäuse.

»Ich habe die Verschlüsselung geknackt, mit der die ganzen Dateien auf der Festplatte gesichert sind.«

»Echt?« Kennedy klang überrascht. »Ich hätte nicht gedacht, dass Rick es uns so leicht macht.«

Dumond winkte ab. »Nur die üblichen Bordmittel des Betriebssystems. Als Passwort hat er das Geburtsdatum von einem seiner Kinder benutzt.«

»Ich befürchte, du hast schlechte Neuigkeiten für uns?«

»Ähm … ja. Es ist nichts Nennenswertes zu finden. Überwiegend persönlicher Kram. Sein Passwort bei Amazon, Kontoauszüge, Rechnungsbelege, solche Sachen.«

Kennedy griff erneut zum Weinglas. »Das wundert mich nicht. Wenn Rick den Zugriff zulässt, hielt er die Daten entweder für unwichtig oder wollte sogar, dass wir sie sehen.«

Dumond druckste herum.

»Was denn?«, wurde es Rapp zu bunt.

»Ich kam auf die Idee, den Rechner mit dem Internet zu verbinden. Ihr wisst schon, um zu checken, ob interessante E-Mails eingetroffen sind oder so was in der Art.«

»Das ist doch ziemlich riskant, oder?«, fragte Mitch. »Hätte er's nicht so einrichten können, dass bei der Gelegenheit automatisch die Festplatte formatiert wird?«

Dumond zuckte zusammen. Kritik an seiner Arbeit mochte er noch weniger als Rapp. »Ich habe das Laufwerk vorher gespiegelt. Und wie schon gesagt, da gab's sowieso nichts von Interesse.«

»Was ist also passiert?«, fragte Hurley.

»Es wurde automatisch ein Video runtergeladen.«

»Was für ein Video? Hast du's dir angesehen?«, fragte Irene.

Dumond schüttelte den Kopf. »Ich dachte mir, das geht mich nichts an.«

Rapp klopfte ihm auf die Schulter. »Gute Arbeit, Marcus. Wie wär's, wenn du wieder an die Arbeit gehst? Bestimmt findet sich auf den anderen Laptops noch was.«

Nachdem Dumond gegangen war, kamen Hurley und Kennedy zum Pooltisch. Rapp klickte auf das Icon der Videodatei mitten auf dem Schirm. Ein Fenster sprang auf und zeigte Joe Rickman im privaten Arbeitszimmer seiner Wohnung in Jalalabad. Er trug verzierte Lederstiefel, lässig auf die Tischplatte gelegt. Sowohl die Örtlichkeit als auch der Umstand, dass Körper und Gesicht makellos und unverletzt waren, verrieten, dass die Aufnahme vor der gefakten Entführung entstanden sein musste.

»Hallo Mitch. Wenn du dieses Video siehst, sind Akhtar Durrani und ich bereits tot. Ich gehe davon aus, dass das auf deine Kappe geht.«

Kennedy streckte die Hand aus und unterbrach die Wiedergabe. »Interessant. Was glaubt ihr, wie viele solcher Videos er gedreht hat?«

»Wieso?«

»Na, er könnte doch noch am Leben sein. Wir könnten ihn gefangen und nicht getötet haben. Wie viele mögliche Szenarien hat er insgesamt abgedeckt?«

»Wie ich diesen windigen Hund kenne, locker mehrere Hundert«, meinte Hurley.

Sie setzte die Wiedergabe fort und Rickmans Konterfei erwachte aus der digitalen Starre.

»Ich muss zugeben, dass ich Gould zugetraut hätte, dich zu erledigen. Wenn nicht er, wer dann? Er ist einer der besten privaten Auftragnehmer, die ich kannte, und hat immerhin schon deine Frau und dein Kind beseitigt.«

Rickmans Gesicht verzerrte sich zu einem breiten Grinsen. Parallel verfinsterte sich Rapps Miene. Er wünschte sich, dieser Hurensohn käme aus seinem Grab gekrochen, damit er ihn gleich noch mal umbringen konnte.

»Sieh ihn dir an, Irene«, fuhr Rickman fort. »Macht er einen angepissten Eindruck? Tja, was glaubst du, wie's mir erst geht? Ich bin schließlich tot. Egal. Wo war ich gerade? Ach ja, Mitch, du bist sicherlich nicht die schärfste Klinge im Werkzeugkasten, aber ein Talent kann ich dir nicht absprechen: Es scheint so gut wie unmöglich zu sein, dir das Licht auszupusten. Wenn's ums Überleben und Abknallen von Gegnern geht, bist du ein begnadetes Genie. Oder bringt es ›geistig zurückgebliebener Fachidiot‹ besser auf den Punkt?«

Er kicherte eine Spur zu ausgelassen. Als genoss er, es nicht länger unterdrücken zu müssen, weil sowieso jeder wusste, woran er bei ihm war.

»Afghanistan treibt einen in den Wahnsinn. Da erzähl ich dir nichts Neues, oder? Wir haben uns mal drüber unterhalten. 1000 Jahre Kultur. Man könnte hier alle außer einem niedlichen siebenjährigen Mädchen umbringen, und in dem Moment, wo man ihr den Rücken zudreht, rammt sie einem die Schere rein. Genauso gut könnte man probieren, einer Horde Klapperschlangen Demokratie zu verklickern. Und jetzt verhelfen die Politiker sogar den Verbrechern, die uns vor ein paar Jahren noch umbringen wollten, zu Geld und Jobs.«

Was er sagte, traf wirklich zu. Im Kongress vertrat man die naive Auffassung, wenn man nur lange genug mit Scheinchen wedelte, lernten alle in Afghanistan, sich zu vertragen. In Wirklichkeit ging es auch hier nur darum, das Gesicht zu wahren und heil aus dem Schlamassel herauszukommen. Die Probleme so lange unter den Teppich zu kehren, bis sie selbst pervers hohe Ruhestandsbezüge kassierten und in Florida Golfbälle durch die Gegend schlugen.

»Dieses Land hat mein Leben, meine Familie und meine Gesundheit ruiniert. Mir bleibt nichts mehr. Nur eine mickrige Pension, damit ich auf die alten Tage in einem Einzimmer-Apartment rumsitzen kann, während diese Bastarde in ihren Villen mit ihren Kindern Kaviar verspeisen.«

Er zog die Füße vom Tisch und beugte sich in die Kamera. »Du hast mich zerstört, Irene. Ich werd mich dafür revanchieren. Die Informationslecks werden dir keine ruhige Minute gönnen. Wenn ich mit dir fertig bin, sitzt du im Gefängnis und die CIA wird zu einer verschämten Randnotiz in den Geschichtsbüchern verkommen sein. Die Welt lebt im Chaos, unterbrochen von kurzen Anflügen von Zivilisation. Mitch, du weißt das besser als jeder andere. Naiverweise hängst du dem Irrtum nach, etwas daran ändern zu können.«

Er lehnte sich erneut auf dem Stuhl zurück und präsentierte seine grinsende Fratze. »Bis bald, Leute.«

Die Wiedergabe endete und Kennedy trat nachdenklich einen Schritt zurück. Sie hatte ihm eine Beförderung angeboten und damit die Gelegenheit, Afghanistan den Rücken zu kehren. Er lehnte damals ab. Hätte sie etwas ahnen müssen? Hatte sie die Warnsignale ignoriert, nur weil sie befürchtete, seine einzigartigen Talente zu verlieren?

Rapp schien in ihren Gedanken zu lesen. »Wir sind alle verrückt, Irene. Das gehört zu den Voraussetzungen für diesen Job. Niemand konnte damit rechnen. Weder ich noch Stan oder Mike. Selbst die Leute, die tagtäglich mit Rick zusammenarbeiteten, wurden eiskalt erwischt.«

»Aber die trugen nicht die Verantwortung. Ich schon.«

»Das Kind ist in den Brunnen gefallen«, winkte Hurley ab. »Du machst es dir zu kompliziert. Es reicht, wenn wir die Anwälte finden, die Ricks Dateien bunkern, und sie umlegen. Voilà, Problem gelöst.«

»Was hat er alles gewusst?«, fragte sie sich. »Sitting Bull operierte komplett außerhalb seines Einflussbereichs.

Wie lange hat er internes Wissen über unser Netzwerk zusammengetragen? Wie lange hat er geplant, es einzusetzen, um maximalen Schaden zu verursachen? Es geht nicht mal allein um das, was er weiß. Immerhin kann er auch Lügengeschichten in die Welt setzen. Solange er durch einige korrekte Details für Glaubwürdigkeit sorgt, ist es kein Problem, gezielt falsche Daten unterzumischen und Namen zu nennen, die gar nicht auf unseren Gehaltslisten stehen.«

»Wenn er alles auf einen Schlag freigeben wollte, hätte er das getan«, meinte Rapp. »Es klingt, als wollte er es tröpfchenweise durchsickern lassen, um uns zu quälen. Das verschafft uns im Gegenzug wertvolle Zeit. Stan hat recht, es genügt, seine Kontaktleute zu finden und dieser Farce ein Ende zu bereiten.«

»Und was schlägst du vor, wie wir das anstellen?«

»Wir folgen der einzigen Spur, die wir haben.«

»Obrecht«, sagte sie seufzend.

Leo Obrecht war ein Schweizer Staatsbürger und leitender Mitarbeiter der Sparkasse Schaffhausen, eines regionalen Kreditinstituts. Sein Name und der seiner Bank waren ihnen seit Rickmans erstem Verschwinden wiederholt untergekommen. Von Obrecht stammte auch die eidesstattliche Erklärung, wonach Rapp und Rickman mit seiner Unterstützung rechtswidrig Regierungsgelder auf Privatkonten abgezweigt hatten.

Interessanterweise fungierte der Schweizer auch als Vermittler für Louis Gould. Verhandlungen über Auftragsmorde zu führen und entsprechende Honorarzahlungen entgegenzunehmen zählte nicht unbedingt zu den üblichen Nebenprojekten eines angesehenen Bankiers.

»Wenn ich mich recht erinnere«, meinte Kennedy, »ist der Versuch, Obrecht in die Finger zu bekommen, beim letzten Mal kläglich gescheitert.«

Rapp war nach Europa geflogen, um Antworten von dem Mann zu bekommen, kam dabei jedoch einer Autoladung ISI-Agenten mit denselben Absichten in die Quere.

Drei von ihnen starben bei der anschließenden Flucht, einen anderen – Kassar – hatten sie in ihre Gewalt gebracht. Daraufhin leistete er wertvolle Unterstützung bei der Operation gegen Rickman und Durrani.

»Obrechts Personenschutz ist erstklassig«, bestätigte Rapp. »Und seit dem Zwischenfall mit den Pakistani dürfte er eher noch mal nachgelegt haben. Er verlässt sein Anwesen so gut wie gar nicht mehr. Dem verschlüsselten Internetverkehr nach zu urteilen, der zwischen der Bank und seinem Wochenendsitz ausgetauscht wird, dürfte er nach wie vor ziemlich beschäftigt sein.«

»Vermutlich beseitigt er alle Beweise für seine Beteiligung an diesen Geldgeschäften«, überlegte Kennedy.

»Gut möglich.«

»Kommt ihr zwei an ihn ran?«

»Das wird ein harter Brocken«, antwortete Hurley, bevor Rapp etwas einwerfen konnte. »Unsere beste Option besteht darin, ihn außerhalb des Hauses abzufangen.«

»Aber Mitch hat doch gerade gesagt, dass er es kaum noch verlässt.«

»Früher oder später muss er es tun.«

Kennedy nickte gedankenverloren. »Rickmans Enthüllungen werden uns noch länger verfolgen. Wann und wie genau, weiß niemand von uns, aber ganz sicher wird er damit eine Menge Schaden anrichten.«

»Kommen wir da heil raus?«, fragte Hurley.

»Ganz ehrlich, Stan? Ich habe keine Ahnung. Vor allem frage ich mich, warum er es zu diesem Zeitpunkt getan hat. Immerhin war er noch relativ jung, schien nicht an einer tödlichen Krankheit zu leiden ...« Sie biss sich kurz auf die Zunge. »Und ich hatte nicht die Absicht, ihn aus dem Dienst zu entlassen. Rick hielt nicht viel von Mutmaßungen, er stützte sich auf Konkretes, hat geplant und analysiert. Mir fällt nur eine mögliche Erklärung ein: Er glaubte, genug gegen uns in der Hand zu haben, um uns zu Fall zu bringen. Und wenn er das glaubte, müssen wir davon ausgehen, dass es den Tatsachen entspricht.«

»Wenn Abwarten also nicht infrage kommt, müssen wir Obrecht in seinem Haus erwischen«, entschied Rapp.

»Und wie?«, entgegnete Hurley. »Mit einem halben Dutzend Abrams-Kampfpanzern und 'nem Apache?«

Rapp hockte sich auf eine Ecke des Billardtischs. »Uns läuft die Zeit weg, Stan.«

»Wem sagst du das?«, knurrte Hurley.

»Hör mal, auf das Grundstück zu kommen und ihn zu töten wär kein Problem, aber darum geht's hier nicht. Es geht darum, ihn lebend zu schnappen und an einen Ort zu bringen, wo wir ihm in Ruhe auf den Zahn fühlen können. Es gefällt mir genauso wenig wie dir, Stan, aber ohne Louis Goulds Hilfe wird uns das kaum gelingen.«

7

Lahore, Pakistan

Ahmed Taj blickte zwischen seinen beiden Sicherheitsleuten hin und her. Der dicht bevölkerte Slum wich einer weitläufigen Landschaft. Der Plan lautete, ihn bei einem unauffälligen Suzuki Mehran abzusetzen. Dieser sollte ihn zu einem Privatjet bringen, der auf den Namen eines lokalen Exportunternehmens gechartert worden war.

Er musste sich erst an die Vorstellung gewöhnen, dass es wirklich losging. Er hatte die letzten zehn Jahre an den Einzelheiten getüftelt, jede mögliche Komplikation minutiös ausgelotet. In vielerlei Hinsicht reichten die ersten Überlegungen sogar noch weiter zurück. Die Grundlagen waren quasi kurz nach seiner Geburt gelegt worden.

Er war in einer bescheidenen Gegend aufgewachsen, umgeben von Armut, die Pakistan zunehmend die Kehle zuschnürte. Obwohl er es zu beträchtlichem Reichtum und Einfluss gebracht hatte, wirkte er nach außen hin bescheiden und hinterließ auf seine Mitmenschen einen fast schon schüchternen Eindruck.

Diese Verhaltensgrundsätze hatte er auch seinem Sohn eingeimpft. Zeig der Welt niemals, was du hast, sonst rächt es sich. Mach andere stärker und dich selbst kleiner. Lass zu, dass die endlose Schwemme selbstsüchtiger Männer ihren Platz im Rampenlicht einnimmt, während du in ihrem Schatten abtauchst. Auf diese Weise erschuf man langlebige Imperien.

Taj hatte bald den Überblick über die Menge von Männern verloren, die seinen Vater unterschätzten. Ihre

Leichen pflasterten die Landschaft rund um sein Elternhaus.

Als Jugendlichen hatte man ihn für ein Studium in die USA geschickt. In dieser Zeit pflegten andere reiche Pakistani ihre Sprösslinge zur Ausbildung eher den Händen ihres langjährigen Unterdrückers England zu überlassen. Sein Vater fand jedoch, dass Großbritannien zunehmend schwächelte und Amerika an Einfluss gewann. Als frommer Moslem erkannte er sofort, dass das riesige christliche Land einen mächtigen Feind Allahs darstellte. Er wollte, dass sein Sohn vor Ort lernte, wie die kapitalistische Bestie zu bezwingen war.

Taj machte den Abschluss in Wirtschaftswissenschaften an einer in Fachkreisen geschätzten, aber weitgehend unbekannten Universität in Virginia. Dabei hielt er sich an die Lehren seines Vaters, kreuzte in der hintersten Reihe des Prüfungsraums zunächst alle richtigen Antworten an, bevor er sie so veränderte, dass es nur knapp fürs Bestehen reichte. Echte Freundschaften schloss er in dieser Zeit nicht, obwohl er höflich mit seinen Kommilitonen umging und gewisse Sympathien erlangte. Letztlich genügte es ihm, die amerikanische Gesellschaft von außen zu begutachten.

Was er zu sehen bekam, empfand er als abstoßend. Frauen, die ihnen eingeräumte Freiheiten ausnutzten, um sich als Huren anzudienen. Eine intellektuelle Elite, die die Existenz Gottes zur Randnotiz machte, sie teilweise sogar offen leugnete. Und eine hoffnungslose, unerschöpfliche Arroganz.

Die Wurzeln für Amerikas zunehmenden Verfall traten offen zutage und wuchsen tagtäglich. Wie die Sowjets vor ihnen hatten auch die Vereinigten Staaten schwere

Schäden durch ihre Bemühungen davongetragen, Allah wohlgesonnene Territorien zu erobern. Ihre unstillbare Gier nach materiellem Reichtum hatte sie an den Rand des finanziellen Zusammenbruchs geführt. Statt daraus zu lernen, drohte bald der nächste große Börsencrash. Und der beeindruckende Sinn für Zusammenhalt, der das amerikanische Volk lange ausgezeichnet hatte, schlug ins Gegenteil um: endlose Zänkereien und Handlungsunfähigkeit auf Regierungsebene. Darin lag die fundamentale Schwäche einer Demokratie: Macht gelangte in die Hände von Lügnern und Plappermäulern, nicht in die von gerissenen, starken Herrschern.

Nach dem Abschluss war Taj nach Pakistan zurückgekehrt und hatte sich auf Drängen seines Vaters bei der Luftwaffe verpflichtet. Der Weg zu Einfluss führte in Pakistan nicht über eine Karriere in der freien Wirtschaft. Natürlich schadete ein gewisser Reichtum nicht, aber das eigentliche Herz der Macht schlug im Militärbereich.

Taj spezialisierte sich auf Materialbeschaffung und Logistik und verschaffte sich einen Ruf als kompetenter, respektvoller Offizier. Er knüpfte die richtigen Kontakte und, fast noch wichtiger, räumte seine Rivalen aus dem Weg, indem er sie auf einen Pfad der Selbstzerstörung trieb. Schließlich bescherte ihm das den ersten Stern an der Uniform und Saad Chutani traf die naive Entscheidung, ihn an die Spitze des ISI zu berufen, um den Geheimdienst nach zahlreichen Affären in den Griff zu bekommen.

Damit befand sich der unscheinbare Ahmed Taj nun auf einem der wenigen Posten, die es einem erlaubten, die Geschicke der Welt zu lenken. Er beabsichtigte, sein Land in einen so mächtigen Feind Amerikas zu verwandeln, dass die Ära des Kalten Krieges im Vergleich wie eine Lappalie wirkte.

Eigentlich hätte er längst am Ziel sein sollen. Wie so oft in solchen Fällen wurde das sorgfältig geplante Vorhaben durch unerwartete Zwischenfälle ausgebremst. In diesem Fall durch die unüberlegten Aktionen von Akhtar Durrani.

Durrani war von Verblendung, Gewaltgier und blindem Ehrgeiz regelrecht zerfressen worden. Er erzeugte ein Klima der Angst, um den S-Wing des ISI fest im Griff zu behalten. Für Taj ein willkommener Sündenbock, um die Schuld an eigenen Intrigen auf andere abzuwälzen.

Es war auch Durrani gewesen, der auf die Idee kam, Osama bin Laden Unterschlupf zu gewähren, was es dem Saudi erlaubte, seine Al-Qaida deutlich länger am Leben zu halten, als es andernfalls möglich gewesen wäre. Durrani koordinierte ferner den Widerstand gegen die amerikanischen Truppen in Afghanistan und behielt die abtrünnigen Gruppierungen im Auge, die sich in Pakistan ansiedelten. Vor allem hielt er den Terror in Schach und sorgte dafür, dass innerhalb der Landesgrenzen ohne Erlaubnis des ISI keine Anschläge verübt wurden.

Von Durranis Allianz mit Rickman hatte Taj hingegen nichts gewusst. Eine seltene Überraschung, aber da er alle Entscheider innerhalb des ISI beschatten ließ, war er frühzeitig darüber informiert worden und beschloss daraufhin, die Umsetzung seiner eigenen Planungen vorübergehend auszusetzen. Der Wert der Informationen, über die der CIA-Mann verfügte, ließ sich kaum beziffern. Es eröffnete Taj völlig neue Perspektiven.

Zunächst tendierte er dazu, Durrani außer Gefecht zu setzen und Rickman bei seiner Ankunft in Pakistan festnehmen zu lassen. Bei näherer Überlegung erkannte er jedoch den Fehler hinter dieser Idee. Der Amerikaner war viel zu clever, sein Verstand zu flexibel. Selbst ein ausgedehntes Verhör hätte das Separieren von Wahrheit und Lüge zu einer unmöglichen Herausforderung gemacht.

Taj blieb keine Wahl, als sich im Hintergrund zu halten und abzuwarten, bis der Mann sein Wissen freiwillig preisgab. Der Trick bestand darin, sich im richtigen Moment aus der Deckung zu wagen. Rickmans Ziele ähnelten seinen eigenen, wenngleich sie nicht völlig deckungsgleich waren.

Rickman wollte die CIA bestrafen, Taj ging es eher darum, sie für seine Zwecke zu vereinnahmen. Wenn es ihm gelang, Zugriff auf Rickmans Wissen zu bekommen – seine erschöpfenden Kenntnisse über jeden Informanten, Verräter und Doppelagenten in der Region –, verschaffte ihm das die Möglichkeit, den mächtigen US-Geheimdienst wie eine Marionette zu manipulieren, ohne dass Irene Kennedy etwas davon mitbekam. Bevor die CIA unter dem Gewicht ihrer eigenen Sünden zusammenbrach, wollte er von ihrem Einfluss profitieren. Und mithilfe von milliardenschweren US-Steuergeldern stieg der ISI unter seiner Regie damit zur gefürchtetsten Spionageorganisation der Geschichte auf.

Bedauerlicherweise hatten Durranis Dummheit und Mitch Rapps Brutalität die Situation verkompliziert. Er entschied jedoch, sich nicht zu sehr darüber zu ärgern. Schließlich lauerte hinter jeder Katastrophe auch eine neue Chance.

Er hatte Rickman lange genug beobachtet, um zu wissen, dass der Amerikaner das Risiko seiner Ermordung fest einkalkulierte und Vorkehrungen getroffen hatte, um die von ihm so sorgsam zusammengetragenen Fakten im Falle eines vorzeitigen Todes abzusichern. Diese Schnalle von Kennedy verwendete vermutlich einen Großteil der Kapazitäten ihrer Organisation auf die Suche nach diesen Fakten, aber er war ihr zum Glück mehrere Schritte voraus. Während sie gerade erst anfing, näherten sich Tajs Leute bereits dem Ziel.

8

CIA-Hauptquartier
Langley, Virginia, USA

Die Gegensprechanlage auf Irene Kennedys Schreibtisch meldete sich mit einem Surren.

»Dr. Kennedy? Senator Ferris ist gerade eingetroffen.«

»Vielen Dank. Er soll sich noch einen Moment gedulden. Ich bin gleich bei ihm.«

Sie rief das Bild der Überwachungskamera im Vorzimmer ab und betrachtete den Mann, der sich etwas unbeholfen einem Ohrensessel näherte. Der notorisch verspätete Politiker war ausnahmsweise mal pünktlich. Die vom Steuerzahler finanzierte Entourage, die ihm sonst auf Schritt und Tritt folgte, glänzte durch Abwesenheit.

Carl Ferris hatte schon um Einfluss im Senat gekämpft, da war sie noch am College gewesen. Inzwischen bekleidete er den Vorsitz des Rechtsausschusses und umgab sich ausschließlich mit Ja-Sagern und Lobbyisten, die sein Ego selbst nach politischen Maßstäben auf ungesunde Dimensionen anschwellen ließen. Es verlieh ihm die Gabe, sich zu so gut wie jedem Thema überzeugend zu äußern und bei Leuten einzuschmeicheln, die simple Parolen und Zusicherungen mehr schätzten als differenzierte Ausführungen von Experten. Militärs und Geheimdienste durchschauten jedoch, was er in Wirklichkeit war: ein ignoranter und letztlich gefährlicher Wichtigtuer.

Er setzte sich auf den Sessel und starrte stur nach vorn, verzichtete auf die üblichen Anweisungen an ihre Mitarbeiter, ihm einen Kaffee zu bringen oder gar einen Fleck von seiner Krawatte zu entfernen. Diese Seite des einflussreichen Senators kannte sie gar nicht, obwohl sie sein Verhalten nicht ernsthaft überraschte.

Ferris hatte die letzten zwei Jahre damit verbracht, verdrossene Mitarbeiter von CIA, FBI und Außenministerium um sich zu scharen und die Agency schrittweise unter seine Kontrolle zu bringen. In Verbindung mit den Informationen, die ihm ein hochrangiger Kontakt beim pakistanischen ISI zufütterte, wagte er es schließlich, eine öffentliche Anhörung einzufordern, um die gesammelten Beweise gegen Kennedy auf den Tisch zu packen und seine eigene Position auf Kosten der amerikanischen Sicherheit zu stärken. Aus diesem Vorhaben wurde jedoch nichts, denn sie und das FBI hatten eine seiner verschwörerischen Zusammenkünfte abgehört und hinterher einige Verbündete festnehmen lassen.

»Wie sieht er aus?«

Sie schaute zu Mitch Rapp, der am hinteren Ende des Konferenztischs in ihrem Büro Platz genommen hatte. »Nervös. Aber einigermaßen gesund.«

Seine Augen verengten sich. Die CIA besaß Hinweise auf Herzprobleme, die der zunehmend übergewichtige

Senator der Öffentlichkeit verschwieg, um seine Chancen auf die ersehnte Nominierung als Präsidentschaftskandidat seiner Partei nicht zu ruinieren. Sie war davon überzeugt, dass Rapp jeden Morgen als Erstes einen Ticker aufrief – in der Hoffnung, auf die Nachricht zu stoßen, dass Carl Ferris über Nacht tot umgefallen war.

»Ich kann nur noch mal wiederholen, dass es mir lieber wäre, wenn du nicht an diesem Treffen teilnimmst, Mitch. Nach allem, was wir über Rickmans Situation in Erfahrung gebracht haben, wäre es besser, die Spannungen zwischen dir und dem Senator nicht unnötig auf die Spitze zu treiben.«

»Ich bleibe.«

Kennedy seufzte leise. Ferris war spürbar verunsichert, und das konnte sie ausnutzen. In Panik wollte sie ihn hingegen nicht versetzen, weil der Politiker dann zu unvorhersehbaren Kurzschlussreaktionen neigte.

Sie beugte sich zur Sprechanlage und nahm hin, dass nichts, was sie sagte, Rapp umstimmen konnte. »Schicken Sie ihn bitte rein.«

Ferris kam wenige Sekunden später und zuckte zusammen, als er Rapps Anwesenheit bemerkte. »Was hat dieser Mann hier zu suchen?«

»Bitte schließen Sie die Tür hinter sich, Senator.«

»Sind Sie verrückt geworden? Er hat gedroht, mich umzubringen! Er wollte sich nachts in mein Haus schleichen und …«

»Senator.« Kennedy ließ zu, dass ihre Stimme etwas lauter wurde. »Schließen Sie die Tür.«

Er zögerte, erkannte aber, dass ihm keine andere Wahl blieb. Kennedy zeigte zum Tisch und Ferris behielt Rapp misstrauisch im Auge, während er sich für den am weitesten von ihm entfernten Stuhl entschied.

Kennedy blieb am Schreibtisch. Der Politiker würde es für eine Machtdemonstration halten, wie er sie selbst tagtäglich betrieb, aber ihr Grund war weitaus banaler. Sie empfand den Mann als abstoßend und zog es vor, körperlichen Abstand zu wahren.

Die CIA-Chefin verlegte sich zunächst aufs Schweigen, um Ferris noch fast eine Minute zappeln zu lassen. Garantiert hatte er den Ablauf des nachfolgenden Gesprächs schon hundertfach durchgespielt und ein erstklassiges Drehbuch voller Lügen und verdrehter Tatsachen verfasst, für die er so berühmt war.

»Ich möchte Sie bitten, Ihre Verbindungen zum pakistanischen Geheimdienst offenzulegen«, sagte sie schließlich.

»Es gibt keine«, ging er sofort in die Luft. »Das ist ja lächerlich.«

»Soll das heißen, die E-Mails, die wir auf dem Rechner Ihres Dienstmädchens gefunden haben, hat sie selbst geschrieben? Eine Hausangestellte kommuniziert mit Akhtar Durrani, dem Leiter des externen ISI-Flügels?«

»Nein, natürlich nicht. Aber ich bin dem Mann nie persönlich begegnet, das schwöre ich. Er nahm Kontakt zu mir auf und brachte einige schwere Anschuldigungen bezüglich illegaler CIA-Aktivitäten vor.«

»Und Sie haben das gierig aufgesaugt wie ein Schwamm«, schaltete sich Rapp ein, »weil Sie dachten, dass es Ihnen für die Fernsehübertragung eines Kreuzverhörs prima Stoff liefert.«

»So ein Unsinn! Aber die Anschuldigungen waren zu umfassend und konkret, um sie zu ignorieren.« Ferris brachte endlich den Mut auf, Rapp ins Gesicht zu sehen. »Geld, das auf Schweizer Bankkonten umgeleitet wurde, Ermordungen …«

Rapp lehnte sich in seine Richtung. »Sie stellen sich auf dem Capitol Hill aufs Podium und verkünden, Sie hätten eine Koalitionsregierung in Afghanistan eingerichtet. Sie schlagen sämtliche unserer Warnungen in den Wind und zwingen uns, jeden beschissenen Terroristen, Kriegsherrn oder Drogendealer in der Region aus seinem Loch zu zerren. Wenn die Lage halbwegs stabil bleibt, ernten Sie die Lorbeeren. Sobald Ihnen dann alles um die Ohren fliegt, wie ursprünglich von uns prophezeit, mimen Sie auf einmal den Betroffenen und halten Anhörungen ab, um von Ihren eigenen Versäumnissen abzulenken.«

»Auch die CIA muss sich an geltende Gesetze halten!«, schrie Ferris beinahe. »Sie sind der Regierung zu Rechenschaft verpflichtet. Den gewählten Vertretern des amerikanischen Volkes.«

»Meine Fresse«, schimpfte Rapp. »Sie benehmen sich wie ein Vierjähriger. Wenn Sie Schiss haben, klammern Sie sich an mein Bein, flennen und verlangen, dass ich Sie beschützen soll. Klappt es, fühlen Sie sich wieder unantastbar und lassen raushängen, wie tapfer und selbstständig Sie doch sind.«

»Wir leben in einem Rechtsstaat«, rief Ferris aus, dem nichts Originelleres oder seiner Position Dienlicheres einzufallen schien.

»Warum sind Sie mit Ihrem Verdacht nicht zu mir gekommen?«, ging Kennedy in einem Versuch dazwischen, die Kontrolle über das Treffen zurückzugewinnen. Rapp schien kurz vor der Explosion zu stehen, und das brachte sie nicht weiter. *Noch* nicht.

»Was?« Ferris schien für einen Moment den Faden verloren zu haben. »Warum? Nun, weil einige Ihrer Leute zu den Beschuldigten zählten. Ich musste befürchten, dass Sie nicht objektiv darüber urteilen.«

»Ich verstehe. In diesem Fall darf ich sicher davon ausgehen, dass Sie sich mit dem Präsidenten abgestimmt haben?«

Er blickte verlegen auf die Tischplatte. »Meine Ermittlungen hatten noch nicht den Punkt erreicht, an dem ich es für notwendig hielt, seine Zeit in Anspruch zu nehmen.«

Sie nickte. »Ich verstehe. Und was wissen Sie über Akhtar Durrani, Senator?«

»Er war ein respektiertes Mitglied des pakistanischen Geheimdienstes und hat im Rahmen seiner Tätigkeit für den ISI hohe Verdienste erworben, nachdem er ...«

»Ihnen ist also beispielsweise nicht bekannt, dass er federführend daran beteiligt war, Osama bin Laden vor den US-Behörden zu verstecken?«

Ferris verfiel in Schweigen und starrte sie fassungslos an. Sein geistiges Drehbuch schien für diese konkrete Information keine passende Erwiderung bereitzuhalten. »Ich ... glaube Ihnen kein Wort.«

Rapp ließ eine Aktenmappe mit so viel Schwung über den Tisch schnellen, dass Ferris sie gerade noch stoppen konnte, bevor sie in seinen Magen gerammt wurde. Er schlug die Mappe auf und blätterte die Seiten durch. Dabei zitterten seine Hände sichtbar. »Warum haben Sie uns das verschwiegen und nicht ...«

»Um es Ihnen in genau so einer Situation unter die Nase zu reiben, Sie Schwachkopf«, raunte Rapp.

»Aber ...«

»Ich muss gestehen, der Ton Ihrer E-Mails lässt nicht gerade auf eine neutrale Einstellung schließen«, sagte Kennedy. »Um genau zu sein, klingt es, als ob Sie eindeutig hinter Durrani stehen. Ich frage mich, was das amerikanische Volk wohl von Ihrer engen Beziehung zu einem der entschiedensten Verfechter der Interessen von Al-Qaida hält.«

Ferris klappte die Mappe zu und schwieg. Zum ersten Mal in seiner politischen Laufbahn schienen ihm die Worte zu fehlen.

»Soweit ich informiert bin, werden Sie in Kürze an einer Informationsreise des Kongresses nach Pakistan teilnehmen.«

»Zur Vorbereitung des Staatsbanketts«, brachte Ferris hervor.

Er bezog sich auf einen Empfang, zu dem der pakistanische Präsident aus Anlass eines neuen milliardenschweren humanitären Hilfspakets für sein Land einlud. Ferris und Außenministerin Sunny Wicka sollten als amerikanische Vertreter daran teilnehmen.

Grundsätzlich hätte der Senator die Teilnahme an einer solchen Vorbereitung als unter seiner Würde erachtet. Es lag nahe, dass er die Gelegenheit für ein persönliches Treffen mit Durrani nutzen wollte. Da der Mann nicht mehr lebte, rätselte Kennedy, wieso Ferris den Termin nicht abgesagt hatte. Sie hatte darüber nachgedacht, ihm die Reise zu verbieten, dann jedoch beschlossen, mehr zu erfahren, indem sie ihn an der langen Leine ließ.

»Mit wem werden Sie sich vor Ort treffen, Senator?«

»Mit niemand Bestimmtem«, erklärte er mit etwas zu viel Nachdruck. »Ich halte mich an den Ablauf, den das Außenministerium zusammenstellt.«

Kennedy überlegte, ob sie mehr darüber preisgeben sollte, was sie über seine Aktivitäten wusste, hielt es jedoch zum jetzigen Zeitpunkt für unnötig. Sie hatte ihre Argumente vorgebracht. Und Mitchs Teilnahme an dieser Besprechung hatte sich letztlich doch als recht nützlich erwiesen.

»Sie blicken auf eine lange und glanzvolle Karriere zurück, Senator. Ich gebe allerdings zu bedenken, dass Ihre Hexenjagd auf die CIA weder für die Sicherheitsinteressen unseres Landes noch für Sie persönlich förderlich ist.«

Er nickte mit zerknirschter Miene.

»Dann darf ich also davon ausgehen, dass sich unsere Beziehung künftig verbessern wird?«

»Natürlich. Meine Hauptsorge gilt der Sicherheit und dem Wohlstand der Vereinigten Staaten und ihrer Bürger.«

Rapp prustete los, aber sie blieb ernst. »Dann wünsche ich Ihnen einen angenehmen Aufenthalt in Islamabad. Guten Tag, Senator.«

Er war es nicht gewöhnt, dass andere ihn hinauskomplimentierten, und blieb verwirrt sitzen, bis Rapp das Wort ergriff.

»Sie meint damit, Sie sollen sich verkrümeln, Freundchen.«

Das riss ihn aus seiner Starre. Er stand auf, streifte die Akte auf dem Tisch mit einem letzten Blick und eilte aus dem Büro. Rapp wartete, bis die Tür zugefallen war, bevor er weitersprach.

»Ich habe mir das offizielle Programm für seinen Trip angeschaut. Der übliche Vorwand für unsere werten Kongressabgeordneten, um sich in Limos rumkutschieren zu lassen und shoppen zu gehen.«

»Möglich.«

»Du glaubst, da steckt mehr dahinter?«

»Er ist ein Machtmensch, Mitch. Sein aufgeblähtes Selbstbewusstsein hat Schwierigkeiten, sich unterzuordnen. Und erst recht, sich einzugestehen, dass er diese Schlacht verloren hat.«

»Wenn er einen Funken Grips im Kopf hat, wird er genau das tun.«

»Daran zweifle ich. Er ist ein guter Politiker. Und wie du bei jeder sich bietenden Gelegenheit betonst, macht ihn das zu einem Sturkopf.«

»Wenn wir gegen ihn punkten wollen, sollten wir zuschlagen, während er im Ausland ist. Da lässt es sich leichter vertuschen. Was hältst du von einem netten kleinen Herzinfarkt?« Er lächelte auf eine Weise, bei der selbst ihr mulmig zumute wurde. »Oder wir lösen es auf ironische Weise und machen ihn zum Opfer eines vorgetäuschten Terroranschlags.«

»Das will ich überhört haben.«

»Ach? Ich sag dir jetzt mal was, das du nicht überhören solltest, Irene. Wenn du ihn so lange beobachten willst, bis du ihn dir als persönliches Schoßhündchen herangezogen hast, soll mir das recht sein. Aber für mich ist Carl Ferris nichts als ein schlechter Witz. Sobald ich allerdings nicht mehr über ihn lache, ist er tot.«

9

›Die Farm‹
In der Nähe von Harpers Ferry
West Virginia, USA

Einmal mehr stand Mitch Rapp vor der Zelle, in der sie Louis-Philippe Gould festhielten. Und einmal mehr beobachtete ihn Stan Hurley dabei.

»Soll ich so lange auf deine Waffe aufpassen?«

Das waren ganz neue Töne von seinem Freund. Vor ein paar Tagen hätte er noch Geld dafür bezahlt, selbst reinzugehen und den Franzosen zu erschießen. Nun waren sie jedoch auf ihn angewiesen, Hurley vermutlich mehr als jeder andere.

»Schalt die Kameras ab, Stan.«

»Irene hat sehr deutlich zu verstehen gegeben, dass sie anbleiben sollen.«

»Ich wiederhole mich nur ungern, alter Mann.«

Hurley fluchte leise und setzte sich vor das Computerterminal am Ende des Gangs. Im digitalen Zeitalter fühlte er sich nicht wirklich zu Hause, deshalb stocherte er einige Sekunden ziellos mit der Maus herum, bis er das entsprechende Programm erfolgreich gestartet und die nötigen Änderungen vorgenommen hatte. Er drehte sich zu Rapp um.

»Die Übertragung läuft noch, aber sie wird nicht länger aufgezeichnet. Lass ihn am Leben, Mitch. Falls du's nicht hinbekommst, erledige ihn aus kurzer Distanz und möglichst schlampig. Dann können wir Irene gegenüber behaupten, er hätte dir die Waffe abnehmen wollen.«

Rapp öffnete die Tür und bemühte sich, seine Emotionen im Zaum zu halten. Hier ging es nicht um ihn oder seine Vergangenheit, sondern allein um den Job und die zahlreichen Menschenleben, die im Fall eines Scheiterns auf dem Spiel standen.

Der frühere Soldat der französischen Fremdenlegion hockte seitlich auf der einzigen Pritsche der Zelle und hatte den Rücken gegen die Betonmauer gelehnt. Er war etwas kleiner als Rapp und hatte die langen dunklen Haare nach hinten gestrichen. Die Verletzungen, die er sich bei ihrem letzten Aufeinandertreffen im Gesicht eingefangen hatte, waren überwiegend verheilt. Lediglich eine Naht auf der rechten Wange zeugte vom unerfreulichen Ablauf.

»Bist du gekommen, um mich zu töten?«

Obwohl er französischer Staatsbürger war, sprach er fast akzentfrei.

»Das liegt an dir.«

»Geht es Claudia und Anna gut?«

Seine Frau und seine Tochter. Die einzigen Gründe, warum Rapp ihn nicht bereits vor Jahren erschossen hatte.

»Was kümmert es dich?«

Das kalkuliert entwaffnende Lächeln, das Gould in solchen Fällen aufzusetzen pflegte, wirkte ziemlich matt. Er schien das Thema Familie nicht zu sehr vertiefen zu wollen, zumal er sie dem bewaffneten Killer weggenommen hatte, der vor ihm stand.

»Ich mache mir Sorgen um sie«, brachte er schließlich heraus.

»Als ich dir damals eine Pistole an den Kopf hielt, hast du mir versprochen, auszusteigen. Der Ehemann und Vater zu sein, der ich niemals war.«

»Ich brauche das Geld«, erwiderte er wie im Reflex.

»Lüg mich nicht an, Louis. Wir haben deine Konten im Auge. Selbst die in den Vereinigten Arabischen Emiraten, bei denen du glaubst, wir wissen nichts davon. Du wolltest weitermachen. Also erzähl mir nicht, dass du dir Sorgen machst. Hast du dir mal überlegt, was passiert, wenn du einen Bock schießt? Dir muss doch klar sein, dass die Männer, die dich angeheuert haben, dann unter Umständen auf deine Familie losgehen! Oder bist du darauf nie gekommen?«

Gould schwieg. Er kochte innerlich. Rapp wollte ihn dazu bringen, von der Pritsche aufzuspringen. Wenn es darauf ankam, konnte er sich darauf verlassen, dass Hurley für ihn log, aber es wäre wesentlich einfacher, wenn Gould sich tatsächlich auf ihn stürzte.

»Irene hat Claudia und Anna in Neuseeland ausfindig gemacht und nach Griechenland gebracht, um sie in Schutzhaft zu nehmen«, fuhr Rapp fort. »Hätte sie es nicht getan, wären sie jetzt tot.«

Gould nickte betreten. »Dafür bin ich ihr auch sehr dankbar.«

Es waren genau der richtige Tonfall und die richtige Körpersprache, um eine Konfrontation zu vermeiden, von der Gould wusste, dass er sie ohnehin nicht gewinnen konnte. Die Reaktion als kalkuliert zu bezeichnen wäre eine enorme Untertreibung gewesen. Es gehörte zu den natürlichen Ausprägungen seines Überlebensinstinkts. Er tat, was immer nötig war, um sich zu schützen.

Eine Menge Leute hielten Rapp für einen Psychopathen, aber sie hatten keine Ahnung, wovon sie redeten. Sein gesamtes Verhalten zielte darauf ab, unschuldige Menschen vor Fanatikern zu schützen. Sollten sich diese

Bedrohungen je in Luft auflösen, wäre er der Erste gewesen, der seine Waffen an den Nagel hängte und sich nach einem neuen Job umschaute. Gould tötete aus gänzlich anderen Gründen. Vor allem Geld. Aber es steckte mehr dahinter. Wie so viele Auftragskiller trieb ihn das zwanghafte Verlangen, Macht über die Menschen in seiner Umgebung zu erlangen.

Davon abgesehen gab es keinen Zweifel an seinem Talent. In seiner Branche galt Gould schon lange unangefochten als einer der vier Besten. Und nachdem Rapp vor einem halben Jahr die Nummer zwei der Charts erledigt hatte, verschaffte das dem Franzosen einen Platz auf dem Podium.

»Leo Obrecht«, sagte er schlicht.

»Habt ihr ihn erwischt?«

»Das hatte keine Priorität.«

»Bisher.«

Rapp nickte.

»Was willst du wissen?«

Beim letzten Gespräch über dieses Thema war Gould bei Weitem nicht so kooperativ gewesen. Rapp hatte umgekehrt zu wenig über den Bankier gewusst, um ein effektives Verhör durchzuführen. Mittlerweile hatte die CIA jedoch erschöpfende Erkundigungen über Obrecht eingeholt. Das gestaltete die Aufgabe, Legende und Wahrheit voneinander zu unterscheiden, deutlich einfacher.

»Die Security in seiner Villa ist deutlich besser, als du sie uns beschrieben hast.«

»Ich habe euch geschildert, wie es bei meinem letzten Besuch aussah.«

Wahrscheinlich stimmte das sogar. Obrecht war ein schlauer Fuchs, der vermutlich in Reaktion auf die veränderten Rahmenbedingungen erweiterte Vorkehrungen getroffen hatte.

»Erzähl mir von ihm.«

»Leo? Ein interessanter Kerl.« Gould schob die Beine auf das Fußteil der Pritsche. »Er ist der beherrschende Gesellschafter einer kleinen Bank, die sich seit mehr als 100 Jahren im Familienbesitz befindet. Sie arbeitete halbwegs profitabel und hatte eine ziemlich erlesene Klientel, bevor Leo die Leitung übernahm. Nun ist sie sehr profitabel und hat eine handverlesene Klientel.«

»Kriminelle.«

»Genau. Drogenbosse, korrupte Politiker, Diktatoren, Steuerhinterzieher … solche Kaliber. Leute, die sein Blut in Wallung bringen und bereit sind, für Anonymität einen kräftigen Aufschlag zu zahlen.«

Rapp hatte mit so etwas gerechnet. Die Sparkasse Schaffhausen war ein schwarzes Loch, in dem illegale Gelder spurlos verschwanden. Das Problem für Obrecht bestand darin, dass sich solche dunklen Machenschaften nicht dauerhaft verschleiern ließen. Die Dunkelheit verriet sich früher oder später selbst.

»Das erklärt immer noch nicht *deine* Rolle bei dem Ganzen. Was bringt einen halbseidenen Banker dazu, von der Umgehung internationaler Finanzbehörden auf die Betreuung eines Auftragskillers umzusatteln?«

Gould zuckte die Achseln. »Leo ist der geborene Gauner. Wenn er vor der Wahl steht, 1000 Dollar legal oder zehn Dollar illegal zu verdienen, würde er sich für Letzteres entscheiden. Haben eure Leute auch rausgefunden, dass er den eigenen Vater ermorden ließ, als er befürchtete, dass dieser die Bank verkaufen wollte, um seinen Sohn als Nachfolger zu verhindern?«

»Und wer hat den Job übernommen?«

Das unbekümmerte Lächeln kehrte zurück. »Ich glaube, du kennst die Antwort selbst.«

Gould hatte recht. Rapp wusste nicht nur das, sondern noch einiges mehr. Bisher deckten sich alle Aussagen des Franzosen mit ihren Erkenntnissen.

»Obrecht verlässt sein Wochenenddomizil inzwischen nicht mehr, sondern scheint die Bankgeschäfte von dort aus zu lenken.«

»Das überrascht mich nicht. Sosehr ihn der kriminelle Lebensstil auch reizt, letztlich ist er ein Feigling, der es liebt, andere Leute untergehen zu sehen, ohne selbst allzu große Risiken einzugehen. Er ahnt bestimmt, dass du ihm auf den Fersen bist. Seine Augen und Ohren sind überall. Wenn es dir gelingt, ihn zu schnappen, solltest du ihn fragen, wer seine Informanten sind. Ich konnte es nie rausfinden.«

»Und wie krieg ich das am besten hin?«

»Ihn schnappen? Wieso sollte ich das wissen?«

»Weil du schon deinen letzten Kontaktmann aus dem Verkehr gezogen hast, nachdem er dich um etliche Dollars erleichtert hatte.«

Die entwaffnende Maske geriet ins Wanken.

»Komm schon, Louis, wir beobachten dich seit Jahren. Wir kennen jeden deiner Abschüsse, jeden Ort, an dem du gelebt hast, und jede Frau, mit der du es getrieben hast – inklusive des Kindermädchens, das dein Daddy damals für dich engagiert hat. Vertrau mir, du kannst uns nichts vormachen.«

»Bei Obrecht ist das nicht so einfach. Er …«

Rapp zog die Glock aus dem Holster unter dem Arm und zielte zwischen Goulds Augen. »Okay, dann brauch ich dich wohl nicht länger.«

Was Gould da behauptete, war totaler Schwachsinn, das wussten sie beide. Wenn jemand wie er sich auf einen Mann wie Obrecht einließ, traf er konkrete Vorkehrungen, wie er ihn im Ernstfall kurzfristig aus dem Weg räumte. Rapp hatte unmittelbar nach seiner Verpflichtung bei der CIA ähnliche Pläne für Hurley, Thomas Stansfield und sogar für Kennedy geschmiedet – indem er ihre Wohnungen auskundschaftete, ihre Sicherheitsvorkehrungen, Reisepläne und persönlichen Marotten. Alles andere wäre leichtsinnig gewesen. Und Gould mochte zwar ein Soziopath und eine Schande für die menschliche Rasse sein, aber definitiv nicht leichtsinnig.

»Schon gut, ich habe konkrete Vorstellungen, wie man in sein Haus eindringen kann.«

Die Glock wanderte zurück in das Holster.

»Was steckt für mich drin, wenn ich euch helfe?«

Rapp hätte es nicht für möglich gehalten, dass Gould ihn zum Lachen bringen konnte, aber die schiere Dummheit dieser Frage überzeugte ihn vom Gegenteil.

»Ich habe ein hübsches schattiges Plätzchen für dich ausgesucht, im Wald hinter dem Gebäude. Nette weiche Erde. Was für dich drinsteckt, ist die Gewissheit, dass ich vor deiner Beerdigung nicht die Beize über dir ausschütte, die ich gestern gekauft habe.«

»Ich verlange Garantien.«

»Da hast du dir die falsche Branche ausgesucht.«

»Sieht Kennedy das auch so?«

Rapp verschränkte die Arme vor der Brust. Er sah keinen Grund, den anderen anzulügen. »Sie glaubt, du könntest uns nützlich sein. Wenn du uns hilfst, Obrecht zu schnappen, will sie, dass ich dich in Ruhe lasse und nach Hause schicke.«

Ein weiterer Riss in der Maske, diesmal deutlicher erkennbar. Jeder vernünftige Mann hätte ein solches Angebot sofort akzeptiert. Nicht unter der Erde landen, die Familie wiedersehen und weiter den Job erledigen können, den er brauchte, um sich lebendig zu fühlen. Die Frage lautete: Wie vernünftig war Louis Gould?

Rapp zog die Tür hinter sich auf.

»Wo gehst du hin?«

Statt einer Antwort trat er wortlos in den Flur. Hurley musterte ihn. Leichte Enttäuschung spiegelte sich auf seinem zerknautschten Gesicht.

»Was denn?«, fragte Rapp. »Du wolltest doch, dass ich ihn am Leben lasse.«

»Ja, aber ich ging davon aus, dass du nicht auf mich hörst. Ich hatte mir die nächsten drei Stunden dafür freigehalten, sein Gehirn von der Wand zu schrubben. Was stell ich denn nun mit dem angebrochenen Nachmittag an?«

»Hey!«, protestierte Gould, während die Tür zur Zelle zufiel. Er lugte durch den offenen Schlitz auf Dreiviertelhöhe. »Kommt schon, Jungs, lasst mich nicht hängen. Ich schmor hier schon ewig. Die Langeweile macht mich fertig. Habt ihr nicht irgendein Magazin für mich? Oder 'ne Zeitung? Ich nehm, was ich kriege.«

Hurley rammte eine *Washington Post* durch den Schlitz und schloss die Klappe. »Und jetzt halt's Maul!«

Er sah Rapp an. »Wie wär's, wenn ich da drin die Sprinkleranlage anschalte? Wir könnten behaupten, es sei eine Fehlfunktion gewesen.«

»Nein. Lass ihn in Ruhe. Geben wir ihm ein bisschen Zeit, um eine Entscheidung zu treffen.«

»Von mir aus. Irene will dich übrigens sprechen.«

»Sie ist hier?«

Hurley schüttelte den Kopf. »Im Büro.«

»Sie will, dass ich zu ihr nach Langley komme? Da war ich doch erst heute Morgen.«

»Trotzdem besteht sie darauf.«

Rapp stieß frustriert die Luft aus, fügte sich jedoch seinem Schicksal. »Wie ich gehört habe, tut sich Marcus schwer mit der Karte, auf die wir ihn angesetzt haben. Dann kann ich die Gelegenheit auch gleich nutzen, ihm ein paar Tipps zu geben.«

Du kannst mich mal kreuzweise, du oller Knacker.

Louis Gould sammelte die auf dem Boden verstreuten Zeitungsseiten zusammen und bemühte sich für die Kamera um einen möglichst gleichgültigen Gesichtsausdruck.

Wie man sich erzählte, war Stan Hurley schon ein Stinkstiefel gewesen, als man die Zeit noch mit Sonnenuhren erfasste. Und statt im Altersheim Bingo zu spielen, durfte er weiterhin den toughen Kerl mimen. Wie tough er wohl ohne die Stahltür zwischen ihnen und Mitch Rapp als Verstärkung gewesen wäre? Wahrscheinlich pisste er sich dann vor lauter Angst in die Hose.

Gould zog sich mit der Lektüre auf die Pritsche zurück und blätterte sie durch, wobei er tiefe Konzentration vorgab, obwohl ihm der jüngste Besuch von Rapp einen gewaltigen Adrenalinschub verpasst hatte.

Rapp war die Spitze seiner Zunft. Die meisten hatten sich längst damit abgefunden, dass er nicht totzukriegen war. Gould gehörte zu den wenigen Menschen auf dem Planeten, die den Versuch überlebt hatten. Wobei er zugeben musste, dass eine gehörige Dosis Glück dahintersteckte. Beide Male.

Nicht totzukriegen war das eine. Hinzu kam, dass niemand es schaffte, Rapp auch nur mal länger auszubremsen. Gould informierte sich regelmäßig über dessen CIA-Missionen und kapierte einfach nicht, wie der andere jedes Mal rechtzeitig den Kopf aus der Schlinge zog. Vor allem die Berichte über den Einsatz in Damaskus beschäftigten ihn. Die Erfolgsaussichten tendierten gegen null, erst recht die Aussichten, hinterher lebend zu entkommen. Alle, die sich in der Branche auskannten, wären davon ausgegangen, dass Rapp hinterher irgendwo an der syrischen Grenze zum Libanon von Aasgeiern umkreist wurde.

Gould verbrachte die nächsten Stunden damit, jeden einzelnen Artikel in der *Washington Post* zu lesen, falls man ihn später danach fragte. Nicht sonderlich wahrscheinlich, aber er war gerne für alle Eventualitäten gerüstet.

Nachdem sich alle anderen Ressorts neben ihm auf der Pritsche stapelten, wandte er sich den Seiten zu, die er von Anfang an im Fokus gehabt hatte: der Sektion mit den Kleinanzeigen. Sich direkt darauf zu stürzen, hätte Verdacht geweckt. Er behielt den gelangweilten Gesichtsausdruck bei, während er sie durchlas.

Leo Obrecht wusste, dass die CIA seinen Machenschaften auf die Schliche gekommen war – deshalb auch die von Rapp angesprochenen erweiterten Sicherheitsvorkehrungen rund um sein Haus. Dieser Schweizer Käsefresser hatte es zunächst sicher für einen gelungenen Egotrip gehalten, Rapp in einen Korruptionsskandal zu verwickeln. Nun ging er vermutlich hinter seinen Wachmännern in Deckung, flennte wie ein kleines Mädchen und suchte verzweifelt nach einem Ausweg aus der Bredouille.

Obrecht würde umfangreiche Berichte über die Vorfälle in Kabul vorgelegt bekommen, was bedeutete, dass er von Goulds Gefangennahme durch die Agency wusste. Sein degeneriertes Spatzenhirn kam daraufhin sicher bald auf die Idee, dass es das Beste war, geheimen Kontakt zu ihm aufzunehmen, um sich selbst zu schützen.

Auf der dritten Seite mit Inseraten fand Gould, wonach er gesucht hatte: ein vertrautes Logo in einem Stellengesuch für einen persönlichen Assistenten. Er schielte rauf zur Kamera unter der Decke und zog sich ein Stück weiter in die Nische zurück, ehe er zu lesen begann:

Der Kandidat sollte in der Lage sein, die Stelle sofort anzutreten. Mittelpunkt des Tätigkeitsbereichs ist das Haus des Eigentümers in der Schweiz. Persönliche und berufliche Vergangenheit werden durch Interpol überprüft. Wir schlagen hiermit den naheliegendsten Weg ein, um etwas Passendes zu finden. Erfolgreiche Bewerber dürfen mit einem Gehalt von 150.000 Euro rechnen. Schicken Sie Ihre Lebensläufe bitte an Roaspap@gmail.com

Gould warf die Seiten auf den Boden und schloss die Augen. Er tat so, als würde er ein bisschen schlafen wollen. In Wahrheit blieb er die ganze Nacht wach, um an die Decke zu starren und ständig neue Variationen von Szenarien in Gedanken durchzuspielen.

Dieselbe Anzeige dürfte in verschiedenen Sprachen in Zeitungen und Magazinen überall auf der Welt geschaltet worden sein. Ein simpler Code, den Obrecht in der Vergangenheit schon öfter benutzt hatte, um ihn hinsichtlich neuer Jobangebote zu informieren.

Der Kandidat sollte in der Lage sein, die Stelle sofort anzutreten.

Der Job sollte so bald wie möglich erledigt werden.

Mittelpunkt des Tätigkeitsbereichs ist das Haus des Eigentümers in der Schweiz.

Obrecht wusste, dass Rapp versuchen wollte, ihn in seinem Wochenenddomizil zu schnappen, und erwartete, dass Gould das Schlimmste verhinderte.

Wir schlagen hiermit den naheliegendsten Weg ein, um etwas Passendes zu finden.

Damit deutete er an, dass Gould für den Fall, dass er an der Planung des Angriffs beteiligt wurde, eine möglichst offensichtliche Strategie vorschlagen sollte, damit Obrechts Leute sie verhindern konnten.

Erfolgreiche Bewerber dürfen mit einem Gehalt von 150.000 Euro rechnen.

Ihm winkte die lukrativste Bezahlung, die er je kassiert hatte – 15 Millionen Euro.

Schicken Sie Ihre Lebensläufe bitte an Roaspap@gmail.com

Die E-Mail-Adresse war natürlich aktiv, damit Bewerbungen nicht mit einer Fehlermeldung an den Absender zurückkamen. Zugleich handelte es sich um den eindeutigsten Teil des Codes. Ließ man jeden zweiten Buchstaben aus, erhielt man den Namen der Zielperson: Rapp.

Die einzige Formulierung, die ihn verwirrte, war die Überprüfung durch Interpol. Dabei handelte es sich nicht um einen abgesprochenen Code und ihm fehlte der Kontext, um die Bedeutung zu entschlüsseln. Normalerweise hätte er jedes unnötige Risiko und jegliche Unsicherheit vermieden, aber in diesem Fall war es ihm egal. Immerhin ging es um 15 Millionen Euro und darum, dass er der Mann war, der Mitch Rapp tötete.

Damit winkte ihm der Titel, nach dem er sich schon so lange sehnte: *der Beste aller Zeiten.*

10

CIA-HAUPTQUARTIER
LANGLEY, VIRGINIA, USA

Mitch Rapp raste mit dem Dodge durch die Tiefgarage und fand endlich eine freie Lücke, reserviert für einen gewissen David Sanders. Man hatte ihm zwar einen eigenen Parkplatz zugeteilt, aber er benutzte ihn so gut wie nie. Er fühlte sich nicht wohl bei dem Gedanken, den mit Waffen vollgestopften Charger unter einem Schild abzustellen, auf dem sein Name prangte. Da hielt er es doch für besser, inkognito zu bleiben. Er ging davon aus, wenn jemand seinen Parkplatz besetzt vorfand, fuhr er einfach nach draußen und parkte dort. Jedenfalls war noch nie jemand so albern gewesen, deswegen eine Beschwerde einzureichen.

Rapp aktivierte die ausgefeilte Alarmanlage, die ein Freund von Marcus Dumond in den Dodge eingebaut hatte, und lief die Rampe der Ausfahrt hinauf, wobei er strikt Augenkontakt mit allen mied, denen er begegnete. Sobald er in Kennedys persönlichem Aufzug stand, entspannte er sich. Er hasste es, nach Langley zu kommen. Gefühlt die Hälfte der Leute, die hier arbeiteten – die sensible Hälfte –, nutzte bei seinem Anblick jeden halbwegs glaubwürdigen Vorwand, um sich aus dem Staub zu machen. Der Rest verspürte den Drang, ihm auf den Rücken zu klopfen und etwas davon zu faseln, was für eine Ehre es doch sei, mit ihm zusammenarbeiten zu dürfen. Das Einzige, was er noch mehr hasste, als erkannt zu werden, waren Berührungen durch Wildfremde.

»Ist sie allein?«, fragte Rapp, als er die Suite der CIA-Direktorin betrat. Alle drei Assistenten von Kennedy telefonierten, aber einer quittierte seine Frage mit einem energischen Nicken und deutete auf den Durchgang zu ihrem privaten Büro. Rapp klopfte ein paarmal an, bevor er eintrat.

Genau wie ihre Assistenten hatte auch Kennedy den Hörer ans Ohr geklemmt, stand jedoch auf und hielt Rapp die Wange hin. Er gab ihr einen flüchtigen Kuss und ließ sich auf einen der Stühle vor ihrem Schreibtisch sinken. Immerhin sah sie aus, als hatte sie inzwischen etwas Schlaf abbekommen. Die dunklen Ringe unter den Augen waren verblasst, die tiefen Furchen am Rand jedoch noch vorhanden.

Sie beendete das Telefonat und schob ihm einen Umschlag hin. »Tut mir leid, dass du dich noch mal herbemühen musstest, aber ich dachte mir, das willst du sehen.«

Er zog zwei großformatige Abzüge heraus, die bei schwachem Licht entstanden waren. Das erste Motiv erkannte er sofort: die nackte Leiche von Abdul Zahir, mit Draht an einen Stuhl gefesselt. Da sich keine Verletzungen an Körper und Gesicht abzeichneten, schien man ihn nicht unter Folter verhört zu haben. Dafür hatte jemand eine seiner Hände abgetrennt und ihm mit einem stumpfen Gegenstand einen seitlichen Hieb gegen den Kopf versetzt.

Kein großer Verlust für die Welt. Selbst nach den Maßstäben eines Terroristen war Zahir ein extrem gewalttätiges, hinterfotziges Stück menschlichen Abschaums. Bedauerlicherweise war er gelegentlich auch ein ziemlich nützliches gewalttätiges, hinterfotziges Stück menschlichen Abschaums gewesen.

Das zweite Foto zeigte einen Mann auf einem schmutzigen Boden, dem etwa ein Drittel des Gesichts fehlte. Die Kombination aus den schweren Wunden und dem dichten Bart machte es unmöglich, ihn zu identifizieren.

»Wer ist das?«, fragte Rapp und hielt ihr die Aufnahme hin.

»Dein Freund Abdul Qayem.«

Rapp betrachtete noch einmal den Mann, der dafür verantwortlich war, dass ihm ein Großteil des afghanischen Polizeiapparats mit Waffen auf die Pelle gerückt war. »Ganz sicher?«

»Unsere Leute haben einen digitalen Bildabgleich durchgeführt. Die Wahrscheinlichkeit beträgt 99 Prozent.«

»Und wer hat uns diese Schnappschüsse geschickt?«

»Sie sind ein Friedensangebot von Ahmed Taj.«

Rapp schleuderte die Abzüge angewidert auf den Schreibtisch. »Schon erstaunlich, wie schnell er Qayem auf die Schliche gekommen ist, als es plötzlich seinen Interessen diente.«

»Wir sollten keine voreiligen …«

»Wo wurden die beiden gefunden?«

»Er sagt, seine Leute seien in einem kleinen Dorf in Afghanistan auf sie gestoßen.«

»Und der ISI hat sich persönlich darum gekümmert, statt um die Entsendung einer Drohne zu bitten?«

»Er meinte, sie wollten Qayem lebend, um ihn zu verhören.«

»Das hat ja toll geklappt«, stellte Rapp sarkastisch fest. »Ich wette zehn Piepen drauf, dass Qayem zu viel wusste. Vielleicht steckte nicht bloß Durrani hinter dem Anschlag auf mein Leben, sondern einige der ganz hohen

Tiere, und die Leute vom ISI wollten nicht, dass ich mit ihm rede.«

»Daran habe ich auch schon gedacht.«

»Okay, ich wette noch mal zehn Piepen darauf, dass er in Pakistan gewesen ist. Wahrscheinlich Lahore. Der S-Wing versteckt zunehmend Terroristen in den Städten, um sie vor unseren Luftangriffen zu schützen. In den ländlichen Gebieten halten sich nur noch die Gruppen auf, die sie ohnehin nicht im Griff haben. So töten wir die Leute, die ihnen potenziell gefährlich werden können, und sie bekommen trotzdem Bildmaterial der Opfer, um damit Hass gegen Amerikaner zu schüren.«

»Ahmed und Präsident Chutani wollen das Treiben des ISI in den Griff bekommen.«

»Soll mich das etwa beruhigen?«

Sie hielt eine Hand in die Höhe. »Für den Moment ist nur eins wichtig. Ob es uns nun gefällt oder nicht, Qayem ist tot. Damit bleibt Leo Obrecht als Einziger übrig, der uns einen Einblick in die Rickman-Situation verschaffen kann.«

»Und was heißt das?«

Kennedy hätte ihm die Bilder genauso gut zur Farm schicken können. Stattdessen saß er in ihrem Büro. Das bedeutete, dass es noch ein anderes Thema als Qayem gab. Etwas, das sie unter vier Augen mit ihm besprechen musste. Er ahnte relativ schnell, worum es ging.

Sie griff nach dem Becher am Rand ihres Schreibtischs und trank daraus. Twinings Earl Grey – das stand auch in dem Dossier, das er kurz nach seinem Einstieg als Agent über sie angelegt hatte. Wenn sie besonders unter Druck stand, wich sie auf die koffeinfreie Variante aus.

»Wie hast du dich mit Louis Gould arrangiert, Mitch?«

»Er lebt noch.«

»Meinst du, er kann dir helfen, Obrecht zu erwischen?«

»Keine Ahnung.«

»Auf jeden Fall ist er gut. Selbst nach deinen Maßstäben, oder?«

Rapp gab keine Antwort.

Sie umklammerte den Becher, als wollte sie den Inhalt aufwärmen. »Es tut mir leid, Mitch. Ich führe dieses Gespräch genauso ungern wie du. Aber wenn wir nichts unternehmen, verschlimmert sich die Situation. Dann sterben unbescholtene Menschen.«

»Er ist ein Soziopath, Irene. Er sorgt sich um nichts und niemanden. Nur um sich selbst.«

»Manchmal ist es ziemlich leicht, einen Soziopathen zu kontrollieren. Man gibt ihm das, was er will.«

»Okay. Und was könnte das in seinem Fall sein?«

»Sein Leben? Die Rückkehr zu seiner Familie?«

Rapp war da nicht so sicher, aber für ihn stand fest, dass es sowieso keine andere Möglichkeit gab, als Gould in die Mission einzubeziehen. Hier im sechsten Stock zu sitzen und endlos darüber zu palavern, ging ihm jedoch entschieden gegen den Strich. Deshalb stand er auf und ging zur Tür.

»Ich bin bei Marcus. Wenn du was Neues über die Rickman-Geschichte erfährst, weißt du, wo du mich findest.«

11

ISI-Hauptquartier
Islamabad, Pakistan

Ahmed Taj saß hinter seinem massiven Schreibtisch und starrte an die Wand. Die Kopfhörer, die er trug, waren in einen Laptop mit abgeschirmter Datenverbindung eingestöpselt. Die Stimme des kürzlich verstorbenen Akhtar Durrani erhob sich über das Zischen und Rauschen.

»Dann mal los. Ich bin sicher, du hast mir einiges zu erzählen, mein Freund.«

»Das hat Zeit«, antwortete Joseph Rickman.

»Du hast mir ein Versprechen gegeben. Ich habe meinen Teil der Abmachung erfüllt. Du bist in meinem Land sicher und wirst bald sogar eine neue Identität bekommen. Jetzt bist du an der Reihe. Ich will die Namen der amerikanischen Spione.«

»Sobald Vazir aus Zürich zurückkommt, nehmen wir eine Bestandsaufnahme vor. Dann werde ich entscheiden, wann und auf welche Weise ich dir diese Informationen zukommen lasse.«

»So war das nicht besprochen!«, rief Durrani. Das leise Knurren von Rickmans Rottweiler wurde hörbar.

»Die Regeln haben sich durch deine Entscheidung geändert, dem von mir beauftragten Killer in die Arbeit reinzupfuschen. Jetzt müssen wir erst mal abwarten, welche Folgen das hat.« Er spielte auf den Auftrag an, Rapp durch Louis Gould ermorden zu lassen.

»Ich hatte es in der Hand, dich umzubringen«, zischte Durrani. *»Was hältst du davon, wenn ich dich, sobald du*

wieder gesund bist, noch mal so zurichten lasse? Wie würde dir das gefallen, du bescheuerter Amerikaner? Du hältst dich für clever, was? Da irrst du dich. Ich halte alle Trümpfe in der Hand. Ich allein entscheide, ob du lebst oder stirbst.«

Unter Rickmans Gelächter mischte sich ein ungesundes Gurgeln, zweifellos verursacht durch die Verletzungen, die er sich selbst zugemutet hatte. *»Glaubst du ernsthaft, du hast mich in der Tasche, General?«*

»Ich kann jederzeit den Befehl geben, dich umzubringen.«

»Stimmt, aber dann bist du in spätestens einem Monat ebenfalls tot.«

»Was redest du da?«

»Sei nicht so naiv, General. Hältst du mich für blöd genug, mein Leben ohne Absicherung in deine Hände zu legen?«

»Du bluffst doch.«

»Nein, das ist nicht mein Stil. Ich plane lieber, statt mich ans offene Messer zu liefern. Ich habe gewisse Vorkehrungen getroffen und mehrere Anwälte damit beauftragt, eine verschlüsselte Datei an Direktorin Kennedy und andere ausgewählte Empfänger zu übermitteln, falls ich mich nicht in festgelegten Abständen bei ihnen melde.«

»Und was enthält diese Datei?«, erkundigte sich Durrani misstrauisch.

»Gerichtlich verwertbares Material zu deiner Rolle in dieser Affäre.«

»Wie kannst du so etwas nur tun? Das ist unverantwortlich … die Anwälte könnten auf die Idee kommen, die Datei zu knacken.«

»Wie gesagt, die Datei ist verschlüsselt. Und ich vertraue diesen Leuten blind. Außerdem wissen sie, dass jeglicher

Versuch, sich Zugang zum Inhalt zu verschaffen, ihr eigenes Leben bedroht. Du musst dir keine Sorgen machen, sofern du dich an unsere Abmachung hältst.«

»Du bist derjenige, der sich daran halten sollte. Der Senator« – hier ging es um den Amerikaner Carl Ferris – *»braucht dringend die Namen der Agenten, damit er zum entscheidenden Schlag gegen Rapp und Kennedy ansetzen kann.«*

»Warten wir ab, wie es in Zürich läuft.«

»Du bist ein Narr.«

»Findest du?« Rickman klang amüsiert. *»Wenn du mich fragst, bin ich eher pragmatisch.«*

»Ich spreche davon, dass du Wildfremden derart heikles Material anvertraust. Das ist töricht.«

»Nein, es ist ziemlich clever. Na ja, vielleicht nicht unbedingt clever, wenn man sich mit deiner Vergangenheit beschäftigt.«

»Was soll das heißen?«

»Nun, es ist ein offenes Geheimnis, dass du deine Geschäftspartner hinterher meistens um die Ecke bringst.«

»Das ist ja nun völlig übertrieben.«

»Ist es nicht. Und deshalb sind meine Vorkehrungen auch kein Zeichen von Cleverness, sondern eher von gesundem Menschenverstand.«

Taj drückte eine Taste, stoppte die Wiedergabe und schob die Datei in den verschlüsselten Ordner zurück. Die Abhörvorrichtungen in Durranis Anwesen hatten Hunderte Stunden Ton aufgezeichnet. Er hatte es niemandem – nicht mal seinem persönlichen Assistenten Kabir Gadai – erlaubt, sie anzuhören. Die Weitergabe von Wissen einzuschränken war bei der geheimdienstlichen Arbeit gleichbedeutend mit Macht.

Den Mitschnitten ließ sich eine Menge an interessanten Informationen entlocken, doch dieser kurze Abschnitt war mit Abstand der bedeutendste. Gleich beim ersten Abhören hatte er Rickmans Drohung als absolut glaubwürdig eingestuft und sich sofort nach Anwaltskanzleien umgehört, die der Amerikaner möglicherweise beauftragt hatte. Inzwischen lag ihm die Bestätigung vor, dass sich der Aufwand gelohnt hatte. Taj verfügte über konkrete Beweise, dass Rickman gegenüber Durrani tatsächlich alle Trümpfe in der Hand hielt und diesbezüglich nicht geblufft hatte.

Zuverlässigen Kontakten des ISI waren Gerüchte über eine E-Mail zu Ohren gekommen, die Rickman an den FSB geschickt hatte, um einen hochrangigen Agenten in Istanbul auffliegen zu lassen. Bestätigt wurde diese Information durch einen Vorfall in der türkischen Hafenmetropole, bei dem Mitch Rapp zwei Russen getötet hatte. Entscheidend war der Umstand, dass die E-Mail *nach* Rickmans Tod abgesendet worden war.

Taj lächelte. Die Brillanz des Mannes nötigte ihm Respekt ab. Selbst aus dem Grab gelang es ihm, einen Brand nach dem anderen zu legen und Kennedy und ihre Leute auf Trab zu halten. Bisher mit großem Erfolg. Obwohl diese Hure vor dem Leiter der FSB zu Kreuze gekrochen war, hatten sich die ohnehin angespannten Beziehungen zwischen Amerika und Russland weiter verschlechtert. Garantiert arbeitete man im Kreml schon an Plänen für einen Vergeltungsschlag.

Er hielt es für einen verlockenden Gedanken, einfach abzuwarten, bis Rickmans Strategie aufging. Als stummer Zeuge mitzuerleben, wie die CIA sich selbst zerlegte. Verlockend, aber nicht umsetzbar.

Rickmans Rachegelüste gegen seinen früheren Arbeitgeber ließen sich mit einem improvisierten Sprengkörper vergleichen – lautstark, letzten Endes aber wirkungslos. Falls es Taj gelang, diese explosiven Hinweise in die Finger zu bekommen, ohne dass Kennedy davon erfuhr, konnte er sie präzise wie ein Skalpell einsetzen, um nicht nur jeden Verräter in der eigenen Regierung zu entlarven, sondern auch den Informanten der Amerikaner dauerhaft die Flügel zu stutzen. Mit dem Druckmittel, sie andernfalls auffliegen zu lassen, ließen sich die sensibelsten CIA-Kontakte wahlweise zum Schweigen bringen oder zur Überwachung und Ausschaltung ihrer Kollegen erpressen. Am Ende arbeiteten dann Spione, die die Amerikaner für loyale Verbündete hielten, in Wahrheit für den ISI. Das sicherte ihnen einen endlosen Zufluss an Daten über geheimdienstliche Aktivitäten der Vereinigten Staaten, um ihnen im Gegenzug eine sorgfältig abgewogene Mischung aus Wahrheit und Lügen aufzutischen. Auf diese Weise machte er den mächtigsten Geheimdienst der Welt nicht nur blind, sondern versklavte ihn regelrecht.

Kabir Gadai hatte höchstpersönlich die Leitung des Teams übernommen, das die von Rickman erwähnten Anwälte aufspüren sollte. Die Aufgabe erwies sich als knifflig. Der CIA-Agent hatte seine Aktivitäten mit ungeheurer Sorgfalt verschleiert und zahllose falsche Fährten gelegt, denen es aufmerksam zu folgen galt. Immerhin kamen nach seinem Tod keine weiteren Irrleitungen hinzu, weshalb sich allmählich ein klares Bild herauskristallisierte.

Es klopfte. Taj setzte die Kopfhörer ab und klappte den Laptop zu.

»Herein.«

Kabir Gadai kam ins Büro geeilt und schloss die Tür hinter sich. Nur wenige wussten, dass er Tajs Cousin zweiten Grades war, da man ihnen die Verwandtschaft nicht ansah. Gadais attraktives Äußeres und die kultivierte Erscheinung bildeten einen zu deutlichen Kontrast. Er förderte seine drei begabten Söhne nach Kräften und heuchelte pflichtschuldig die nötige Zuneigung für die einzige Tochter. Seine Frau war bildschön und charmant und ignorierte vor allem seine außerehelichen Affären, weil er ihr ein privilegiertes Leben ermöglichte. Höchst unmoralisch, wie Taj fand, aber er tolerierte es in Anbetracht von Gadais Sachverstand und seiner unbestrittenen Loyalität.

Wie alle Männer besaß auch Gadai seine Schwächen. Die Seitensprünge stellten ein gewisses Problem dar, die Selbstverliebtheit und den Drang, dass Vertraute ihn für seine Leistungen bewunderten, hielt er jedoch für deutlich problematischer. Taj entschuldigte es mit jugendlichem Übermut, der jedoch besondere Aufmerksamkeit verlangte, bis Gadai etwas reifer wurde.

»Schon etwas Neues über Rickmans Anwälte herausgefunden?«

Sie hatten die Sitting-Bull-Hinweise in den Großraum Rom zurückverfolgen können, womit allerdings immer noch Hunderte von Juristen infrage kamen.

Gadai legte eine Akte auf Tajs Tisch. Der ISI-Direktor schlug sie auf und las den Namen einer bekannten italienischen Kanzlei.

»Die hatten wir doch schon mal überprüft, oder? Waren die Rickman nicht bei der Gründung anonymer Stiftungen behilflich, finanziert durch Gelder, die er von

CIA-Geschäften in Afghanistan abzweigte? Wenn ich mich recht erinnere, sollten sie seinen Kindern zugutekommen.«

»Sie erinnern sich richtig«, bestätigte Gadai. »Nachdem wir herausgefunden hatten, dass er die Kanzlei auch für persönliche Angelegenheiten beschäftigte, fühlten wir ihr etwas genauer auf den Zahn.«

Tajs widerwillige Bewunderung für den Amerikaner wuchs ins schier Unermessliche. Ein weiterer Baustein in Rickmans kompliziertem Gespinst von Ablenkungsmanövern. Er hatte die Aktivitäten bewusst nicht vertuscht, um Ermittler in die Irre zu leiten. Wer ging schon davon aus, dass er dieselben Anwälte, die sich um seine privaten Geschäfte kümmerten, an seinem Komplott gegen die Agency beteiligte?

»Ihr wisst also, wer es ist? Der Anwalt, der ihm hilft, meine ich.« Taj bemühte sich, gelassen zu klingen, obwohl er innerlich jubilierte.

»Leider ist es nicht ganz so einfach, Ahmed. Die Kanzlei ist riesengroß und er hat nicht denselben Anwalt wie bei seinen Stiftungen darauf angesetzt.«

»Wie steht's mit dem geschäftsführenden Partner? Verhören wir ihn.«

»Er steht mitten in der Öffentlichkeit und verfügt über ausgezeichnete Beziehungen. Außerdem bezweifle ich stark, dass er in die Angelegenheit involviert ist. Für uns mag es sich um bedeutsame Informationen handeln, aber das Arrangement selbst ist nicht weiter ungewöhnlich. Im Prinzip geht es nur darum, eine Reihe elektronischer Dokumente beim Eintreten gewisser Umstände an Dritte weiterzuleiten. Vermutlich weiß der Anwalt, der sich darum kümmert, nicht mal vom Tod seines Klienten.

Und selbst wenn, dürfte ihm der Inhalt nicht bekannt sein.«

Diesmal hatte sich Rickman zur Demonstration seiner Cleverness aus Tajs eigener Trickkiste bedient. Lass alles dermaßen banal wirken, dass es keinerlei Aufmerksamkeit auf sich zieht. Das war doch zum Aus-der-Haut-Fahren! Dabei stand er so dicht davor, die Schlinge um Irene Kennedys zarten Hals zuziehen zu können.

»Soll das etwa heißen, wir müssten Hunderte einzelner Anwälte abklopfen, deren Karriere auf Vertraulichkeit basiert, und darauf hoffen, dass sie uns trotzdem etwas über einen Klienten verraten, der ihnen nie persönlich begegnet ist? Das ist völlig inakzeptabel, Kabir.«

Der Jüngere trug ein arrogantes Lächeln zur Schau, das Taj nur zu gut kannte. Gadai wusste mehr, hatte es ihm bislang jedoch absichtlich vorenthalten.

»Spann meine Geduld nicht zu sehr auf die Folter, Kabir. Ich kenne deinen Sinn für Dramatik, aber heute habe ich keinen Nerv dafür.«

»Entschuldigung, Direktor. Unsere Recherchen haben ergeben, dass es in dieser Kanzlei eine eigene Unterabteilung gibt, die sich um solche Arrangements kümmert – Planung, Auszahlungen, Informationsanfragen, Benachrichtigungen …«

»Wie viele Leute arbeiten in dieser Abteilung?«

»Es läuft überwiegend automatisiert ab. Entweder mithilfe von Computern oder …«

»Wie viele?«

Gadai öffnete die Akte und blätterte zum Foto einer fülligen Frau mit blondierten Haaren. »Isabella Accorso erledigt das Ganze zusammen mit einem einzigen Verwaltungsassistenten.«

Taj musterte das Gesicht der Frau. Sie schien Mitte 30 zu sein und trug eine Bluse, die ihre Brüste eng umschmiegte. Offenbar legte sie es wie so viele andere westliche Frauen auf anonyme sexuelle Beziehungen an.

Kaum zu glauben, dass dieses Weib die Schlüssel zum abgeschirmten amerikanischen Geheimdienstapparat in Händen hielt. Unwissentlich bunkerte sie mehr Informationen über die CIA als irgendjemand sonst außerhalb der Führungsebene von Langley.

»Was wissen wir über sie?«

»Sie ist geschieden. Blitzsauber. Weder Drogen noch Vorstrafen. Keine Affären oder nennenswerte finanzielle Probleme.«

Taj funkelte ihn an. Erneut deutete der Gesichtsausdruck seines Assistenten an, dass er etwas verschwieg.

»Sie hat jedoch eine Tochter. 16 Jahre alt, besucht eine staatliche Schule. Eine äußerst attraktive junge Dame.«

»Darf ich davon ausgehen, dass wir an sie herankommen?«

Gadai lächelte. »Mit Leichtigkeit.«

12

›Die Farm‹
In der Nähe von Harpers Ferry
West Virginia, USA

»Habt ihr es schon fertig zusammengebaut?«, wollte Rapp wissen, als er in die Kellerbar der Farm kam. Hurley stand am Billardtisch, den obligatorischen Drink in der Hand, während Scott Coleman sich mit einem Schraubenzieher an dem maßstabgetreuen Modell zu schaffen machte.

»So gut wie fertig.« Der Alte zündete sich eine Zigarette an. »Der Kleine hat sich diesmal selbst übertroffen.«

Eine zutreffende Einschätzung. Selbst für Marcus Dumonds Verhältnisse fiel das Ergebnis beeindruckend aus. Mithilfe einer Drohne hatte das Computergenie mehr als 1000 hochauflösende Fotos von Leo Obrechts Anwesen angefertigt, sie in Photoshop zu einem räumlichen Panorama zusammengefügt und den riesigen 3-D-Drucker in Langley mit den Daten für das Modell gefüttert, dessen Abmessungen einem Zugwaggon entsprachen.

Rapp hatte mit einer 60-Zentimeter-Miniatur in Schwarz-Weiß gerechnet, die gerade genug Details erkennen ließ, um grundsätzliche strategische Entscheidungen zu treffen. Was er stattdessen geliefert bekam, war eine komplett farbige Version, die in drei Teile zerschnitten werden musste, um sie durch den Aufzugsschacht zu bekommen. Die Auflösung war so hoch, dass sich einzelne Pflanzen in Obrechts Garten identifizieren ließen.

Die Sektion des Modells, die das Haus darstellte, ließ sich zum Einprägen der jeweiligen Grundrisse etagenweise zerlegen. Lediglich die Möbel fehlten – ein Versäumnis, für das sich Dumond offenkundig schämte. Er war daran gescheitert, die Verschlüsselung des Bankers zu knacken und die Aufnahmen seiner Sicherheitskameras abzugreifen.

»Fertig«, verkündete Coleman, sobald er das letzte Teil fixiert hatte und unter dem Tisch hervorgekrochen kam.

Rapp ließ die Augen vom Grundstück zu den bewaldeten Hügeln dahinter schweifen. Jeder einzelne Baum und Felsen, sämtliche Straßen und Flussläufe wurden akribisch nachgebildet. Normalerweise begegnete er moderner Technik mit gesundem Misstrauen, doch an solche Vorteile konnte er sich durchaus gewöhnen.

Hurley stellte den Drink auf einer weiträumigen Wiese ab, die schon von mehreren Abdrücken seines Glasrands verunstaltet wurde. »Ich erinnere mich noch gut, wie wir solche Einsätze auf der Rückseite einer Serviette geplant haben.«

»Die Welt entwickelt sich weiter, Stan«, meinte Coleman und trat zurück, um das Ergebnis seiner Arbeit zu bewundern.

»Da irrst du dich«, erwiderte der alte Mann, aus dessen Mund dichter Zigarettenqualm in die Luft stieg. »Die Welt steht still. Die vermeintlichen Entwicklungen sind pure Augenwischerei.«

»Deshalb mag ich dich so, Stan. Du hast so ein sonniges Gemüt.«

»Was wissen wir sonst noch?«, ging Rapp dazwischen, um Hurley am Abfeuern einer Salve deftiger Schimpfwörter zu hindern.

»Das Grundstück ist knapp 10.000 Quadratmeter groß, dahinter erstreckt sich eine wilde Landschaft mit zahlreichen Bäumen. Öffentlicher Besitz«, verriet Coleman. »Wick ist vor Ort und kundschaftet das Gelände aus. Vermutlich wäre es leichter, in Fort Knox einzubrechen.«

»Wird die Umgebung als Erholungsgebiet genutzt?«

Der frühere SEAL schüttelte den Kopf. »Es gibt keine Wanderwege. Die Schneisen, die man im Modell sieht, sind Wildwechsel oder waren schon immer da.«

»Eine gute Nachricht gibt es«, sagte Hurley. »Obrecht unterscheidet sich nicht von den übrigen Neureichen und verspürt keine Lust drauf, sich mit dem Pöbel einzulassen. Bis zum nächsten Haus muss man ewig weit fahren.«

Coleman nickte zustimmend. »Es gibt nur eine Zufahrt. 21 Meilen, bevor sie auf einen zweispurigen Highway trifft. Obrechts nächster Nachbar wohnt neun Meilen in südlicher Richtung entfernt. Und sein Hausmeister ist älter als Stan und genauso taub.«

»Fick dich«, schimpfte Hurley.

Rapp wandte sich dem 3-D-Modell zu. Männer wie Obrecht machten immer den gleichen Fehler. Am sichersten lebte es sich in direkter Umgebung Hunderter Nachbarn, die das Kommen und Gehen ihrer Mitmenschen verfolgten und jede Veränderung sofort bemerkten. Außerdem profitierte man in so dicht besiedelten Gebieten normalerweise von einem verlässlichen Polizeiapparat mit kurzen Reaktionszeiten.

»Was hat es mit dem Zaun auf sich?«, wollte Rapp wissen.

»Das ist eher eine Mauer«, gab Coleman zurück. »Knapp 30 Zentimeter dick. Sie besteht aus aufgeschichteten Betonblöcken, mit einer Lehmschicht überzogen. Wir haben mit der Firma gesprochen, die für den Bau verantwortlich war. Offenbar wurde sie nachträglich mit Zement verstärkt.

»Höhe?«

»Etwa dreieinhalb Meter. Ein Haupttor, gut fünf Meter breit, daneben ein kleiner Lieferanteneingang. Beide stabil genug, um einem Panzer standzuhalten. Nimm die Flutscheinwerfer, Kameras und Schießscharten in der

Mauer dazu, schon hast du alle Zutaten für eine Party zusammen.«

»Und das Wachpersonal?«

»Das ist dumm gelaufen für uns. Die früheren Special-Ops, die Obrecht angestellt hatte, sind alle weg. Als Ersatz hat er Männer angestellt, die optisch aus dem Nahen Osten oder Osteuropa zu kommen scheinen.«

Schlechte Neuigkeiten. Sie hatten darauf gebaut, dank des gemeinsamen Backgrounds an die Sicherheitsleute heranzukommen. Die militärischen Elitetruppen galten als eingeschworene, gut vernetzte Gemeinschaft.

Coleman schien seine Gedanken zu lesen. »Jetzt können wir's vergessen, dass sie Obrecht spontan kündigen und uns das Tor öffnen. Immerhin kenne ich einen von der GSG 9, den er abserviert hat. Von ihm habe ich einige nützliche Einzelheiten über die Alarmvorrichtungen im Haus erfahren, die nicht in den Bauplänen verzeichnet sind. Unter anderem gibt es kugelsichere Fensterscheiben und Obrecht hat im Keller einen Schutzraum eingerichtet.«

»Wie viele Personen arbeiten aktuell für ihn?«

»Zwölf, die wir auf den Satellitenbildern eindeutig unterscheiden können. Möglich, dass es noch weitere gibt, die das Haus nie verlassen, aber das bezweifle ich. Außerdem fünf Zivilisten. Einen Butler, einen Koch und drei Dienstmädchen.«

»Hunde?«

Coleman schüttelte den Kopf. »Wir hab…«

Die Tür zur Bar öffnete sich und Louis Gould kam herein, gefolgt von Mike Nash. Der Auftragskiller gab in der geliehenen Anzughose und dem blauen Hemd einen deutlich passableren Eindruck als zuletzt ab. Schuhe hatten sie ihm allerdings nicht gegeben – für den Fall, dass er dumm genug wäre, eine Flucht zu versuchen.

Coleman wollte ihm die Hand schütteln, doch Rapps vorwurfsvoller Blick hielt ihn davon ab. Immerhin hatte Gould ihm in Afghanistan das Leben gerettet. Gut möglich, dass er es nur getan hatte, um einen guten Schützen im Team zu behalten, doch er schuldete ihm trotzdem etwas. Allerdings war damit zu rechnen, dass Rapp ihn aus dem Verkehr zog, sobald er die kleinste Dummheit wagte.

»Ich glaube, Vorstellungen sind nicht nötig«, meinte Nash, um die Anspannung zu lösen. Er hatte ein Händchen für so etwas, doch diesmal scheiterte er kläglich. Rapp verfolgte stumm, wie sich Gould dem Modell auf dem Billardtisch näherte.

»Wow«, staunte er und beugte sich vor. »Es hieß immer, keiner habe so tolles Spielzeug wie ihr Jungs. Jetzt glaub ich's sogar.«

Niemand traute sich, ein Wort zu sagen, während Rapp ihn weiterhin schweigend anstarrte. Gould war die einzige Person in seinem Leben, zu der er keine klare Einstellung hatte. Manchmal sehnte er sich danach, mit ihm die Plätze zu tauschen und an der Seite seiner Familie eine ruhige Kugel zu schieben. Manchmal drängte es ihn hingegen, Goulds Frau zur Witwe zu machen und der Tochter den Vater zu nehmen.

Vorerst waren sie jedoch auf seine Unterstützung angewiesen.

»Willkommen an Bord«, rang sich Rapp schließlich ab.

Die anderen Anwesenden entspannten sich. Gould nickte respektvoll. »Danke, Mitch.«

»Dann verdien dir mal deinen Vertrauensvorschuss«, knurrte Hurley.

»Okay.« Gould verschränkte die Arme vor der Brust. »Die Mauer ist deutlich stabiler, als sie aussieht. Sie wurde einen Meter tief in der Erde verankert und Obrecht hat die Öffnungen in den Betonblöcken mit Zement verfüllen lassen. Die Fenster sind kugelsicher und er hat einen Bunker im Keller.«

Coleman hatte das zwar schon erwähnt, doch der Umstand, dass Gould nicht mit den üblichen Lügen anfing, wirkte vielversprechend.

»Wie steht's mit Hunden?«, fragte Rapp. Coleman war nicht mehr dazu gekommen, auf seine entsprechende Frage zu antworten.

»Davon gehe ich nicht aus. Obrecht wurde als Kind von einem der Dobermänner seines Vaters angefallen. Die Narben erkennt man heute noch seitlich am Kiefer. Er hat Angst vor den Viechern.«

Rapp schielte zu Coleman, der unauffällig nickte und die Information bestätigte.

»Wie viele Wachen?«, hakte Gould seinerseits nach.

»Zwölf Männer«, verriet Coleman. »Ziemlich üble Burschen.«

»Mehr als früher. Ihr scheint ihn aufgescheucht zu haben. Kommt ihr an sie ran?«

»Er hat allen Amis und Briten den Laufpass gegeben«, sagte Hurley.

Gould nickte. »Weil er damit gerechnet hat, dass ihr sie auf eure Seite zieht. Das ist das Problem bei Leo. Er ist kein Idiot.«

»Wie sicher ist der Bunker?«, fragte Rapp.

»Er hat ihn direkt ins Gestein hauen lassen. 30 Zentimeter dicke Stahlwände, separate Sauerstoffzufuhr, getrenntes Heizungs- und Lüftungssystem. Selbst wenn man das Haus abfackelt, würde Obrecht darin nicht mal der Schweiß ausbrechen.«

»Also können wir davon ausgehen, dass er sich beim ersten Zeichen eines Angriffs darin verschanzt und die Sache aussitzt«, stellte Rapp fest. »Scott, wie steht's mit der Kommunikation?«

»Wir können Funk und WLAN stören und die Festnetzverbindung kappen. Allerdings wird dafür eine Menge Feuerkraft nötig sein. Egal wie weit die nächsten Nachbarn entfernt wohnen und wie taub sie sind, das sorgt zwangsläufig für Aufmerksamkeit. Die Leitung zur Polizei lässt sich notfalls umlenken, aber das verschafft uns höchstens eine Viertelstunde Reserve.«

Alle verfielen in Schweigen und betrachteten Dumonds 3-D-Nachbildung. Schließlich ergriff Gould das Wort: »Nachdem ich die Tests mit dem kugelsicheren Glas und den Hunden bestanden habe, werd ich euch noch etwas verraten, das ihr *nicht* wisst. Der Bunker ist nicht das Einzige, was Obrecht in diesem Keller versteckt.«

Er schnappte sich ein Billardqueue und zeigte auf den Fuß eines bewaldeten Hügels südöstlich des Grundstücks. »Es gibt dort auch den Eingang zu einem Fluchttunnel, der hier ins Freie kommt.«

Rapp sah Coleman fragend an. Der zuckte die Achseln. »Auf den Bauplänen ist er nicht verzeichnet und seine früheren Wachleute wussten nichts davon.«

»Obrecht traut keinem über den Weg. Der Schutzraum ist für die üblichen Bedrohungen ausgelegt – beispielsweise als Schutz vor einem Geschäftspartner, der zu viel weiß. Mit dem Tunnel schützt er sich davor, dass ihm einer seiner eigenen Leute oder eine fremde Regierung auf den Pelz rückt. Ich bin zufällig drüber gestolpert, als ich seine Security auf Schwachstellen abgeklopft habe. Der Zugang liegt verborgen in einer kleinen natürlichen Höhle.«

Das entsprach nicht ganz der Wahrheit. Obrecht benutzte den Tunnel vielmehr, um Leute einzuschmuggeln, von denen die offiziellen Stellen nichts erfahren durften. Attraktive Jungen, die er aus Drittweltländern entführen ließ, gelegentlich auch kriminelle Verbündete wie Gould.

»Ich werde meine Männer darauf ansetzen«, entschied Coleman.

Rapp erteilte mit einem kurzen Nicken seine Einwilligung. »Kommen wir durch die Höhle in den Tunnel rein?«

»Sollte kein Problem sein.«

»Okay«, sagte Rapp. »So vielversprechend es klingen mag, einfach ein bisschen Staub aufzuwirbeln und zu warten, bis Obrecht in der Höhle auftaucht, wir können es nicht riskieren. Nachdem Rickman die Finger im Spiel hat, besteht das Risiko, dass einer der Wachmänner bestochen wurde und Obrecht tötet, bevor wir ihn schnappen. Oder dass er sich im Bunker verschanzt. Die einzige Chance, ihn garantiert lebend zu bekommen, besteht darin, ins Haus einzudringen und ihn rauszuschleifen.«

13

In der Nähe von Bhakkar
Pakistan

Für diesen Ausflug hatten sie den Land Cruiser der Hilfsorganisation gegen einen ähnlich unauffälligen Truck eingetauscht. Das Fahrzeug fuhr mitten im Pulk eines regulär geplanten Versorgungskonvois mit. Ahmed Taj saß auf dem Beifahrersitz. Die Straße war halbwegs gut in Schuss und die sie umgebende Landschaft dehnte sich eintönig und windumtost bis zum Horizont aus. Ein heftiger Kontrast zum Gedränge in den überfüllten Innenstädten des Landes.

Die Anlage, die vor ihnen in Sicht geriet, war bewusst unauffällig gehalten. Selbst nach den jüngsten Ereignissen schenkte ihr niemand größere Aufmerksamkeit. Das Gebäude glich einer Lagerhalle und war aus in der Region verfügbaren Baustoffen errichtet worden. Es verschmolz ideal mit der Umgebung. Der Stacheldrahtzaun, der es abschirmte, unterschied sich durch nichts von Millionen anderer Zäune in Pakistan. Und tatsächlich wurden hier Textilien produziert, wie es ein Schild am Eingangstor verkündete – allerdings von handverlesenen Männern, die man aus den Reihen der Armee rekrutiert hatte.

»Ich möchte den Schaden selbst in Augenschein nehmen«, sagte Taj, als das führende Fahrzeug des Konvois vor dem Tor hielt. »Ich steige hier aus.«

Das stoische Gesicht seines Fahrers verriet Anzeichen von Beunruhigung. »Wir wissen nicht mit Sicherheit, ob die Terroristen, die für den Anschlag verantwortlich waren, auch alle gefasst wurden, Direktor. Es ist nicht auszuschließen, dass sich noch bewaffnete Männer in der Gegend aufhalten.«

Seine Reaktion war verständlich. Der Angriff der pakistanischen Taliban, die es auf den Sturz der Regierung abgesehen hatten, lag noch keine acht Stunden zurück.

Trotzdem hatte der ISI-Direktor die Tür des Trucks bereits aufgerissen und sprang auf das Trittbrett, ohne sich um die Sorgen des Untergebenen zu kümmern.

»Darf ich Ihnen wenigstens ein Team mitschicken, Sir?«

»Nein.«

Aufgrund des wolkenlosen Himmels hätte eine Gruppe von Männern, die ihn eskortierte, die Aufmerksamkeit der amerikanischen Satelliten auf sich gezogen. Laut seinen Informationen ahnte die CIA nach wie vor nichts von der Existenz dieser und 19 ähnlicher Einrichtungen, die überall im Land verteilt waren. In Anbetracht der enormen Herausforderungen, vor die sie der Betrieb und der Schutz dieser Anlagen stellten, wollte er, dass es bei dieser Unwissenheit aufseiten des Gegners blieb.

Es war der Armee gelungen, in Rekordgeschwindigkeit wieder einen Anschein von Normalität zu erwecken. Die gewaltige Lücke im Zaun östlich des Haupttors war mit Draht verschlossen worden. Nicht besonders sicher, aber fürs Erste vollkommen ausreichend, um zu kaschieren, dass ein mit Sprengstoff beladener Truck kurz vor Tagesanbruch hineingerauscht war. Ein zweiter Laster war glücklicherweise nicht explodiert, sondern lag zehn Meter vor dem Haupteingang auf der Seite. Dank der

Abdeckung mit Tarnnetzen ließ er sich aus der Luft nicht erkennen.

Die Leichen der bei dem Attentat ums Leben gekommenen neun Wachposten und 16 Taliban-Kämpfer hatten sie in die Halle geschleift, um sie vom Konvoi getarnt in einer Lieferung Kleidung mitnehmen zu lassen. Selbst Blut- und Brandflecken waren ausgelöscht worden – diese Aufgabe übernahm noch vor Sonnenaufgang der angewehte Staub.

Taj trat durch eine rostige Tür an der Seite des Gebäudes und stand kurz darauf vor einem schäbigen Büro, das nach den in der Fabrik eingesetzten Chemikalien stank. Der Mann hinter dem einzigen Schreibtisch trug zwar ein abgewetztes Hemd und eine billige Krawatte, wie es zu einem Fabrikleiter passte, doch in Wirklichkeit handelte es sich um den Special-Forces-Officer, der für die Sicherheit verantwortlich war. Er blickte verschämt zu Boden, zumal der Zwischenfall auf sein Konto ging, und betätigte einen verborgenen Knopf dicht am Bein. Der Summer ertönte und ließ Taj eintreten.

Was sich in der Halle abspielte, hielt die Illusion eines regulären Fabrikbetriebs aufrecht. Arbeiter bemannten eine Reihe von Fertigungsanlagen. In Plastik eingehüllte Kleidungsstücke reihten sich an den Wänden auf. Nur einem sorgfältigen Beobachter wären die Unregelmäßigkeiten in dieser Fabrik aufgefallen, in der vier der 117 pakistanischen Atomsprengköpfe gelagert wurden.

An diesem Ort waren sie bereits mit den ballistischen Shaheen-1A-Raketen gekoppelt, gemeinsam mit den Nordkoreanern entwickelten Interkontinentalflugkörpern mit einer Reichweite von fast 2000 Kilometern und rudimentären Abwehrmaßnahmen für feindliche Verteidigungssysteme.

Das Schrägdach der Halle hatte man mit Sprengbolzen präpariert, die bei einer Detonation die komplette Konstruktion zur Seite gleiten ließen. Dadurch ließen sich die Raketen im Gefechtsfall innerhalb weniger Minuten starten.

Ironischerweise stammte ein Großteil der Gelder zur Finanzierung dieses Unterfangens von den Amerikanern. Ihre Befürchtungen, dass Terroristen Zugang zu Massenvernichtungswaffen bekamen, waren so groß, dass sie dem pakistanischen Nuklearprogramm nahezu unbegrenzte Mittel zur Verfügung stellten. Im Gegenzug erwarteten die US-Politiker von der Armee lediglich eine Illusion von Sicherheit.

Das Handy in seiner Tasche vibrierte. Er blickte sich suchend um, bevor er das Gespräch entgegennahm. Die Arbeiter taten ihr Möglichstes, um seine Anwesenheit zu ignorieren.

»Ich höre«, sagte er und schob sich den Stöpsel eines Bluetooth-Headsets ins Ohr.

»Sie wollten auf den neuesten Stand gebracht werden, bevor ich in die Maschine nach Rom steige«, sagte Kabir Gadai, dessen Stimme über dem Krach der Triebwerke kaum zu verstehen war.

Er wollte Isabella Accorso dazu bringen, ihnen die Computerdateien auszuhändigen, die ihre Kanzlei von Joseph Rickman erhalten hatte.

»Fass dich kurz«, bat Taj und trat an ein Tor im hinteren Teil der ausgedehnten Halle.

»Gemäß deinen Anweisungen hat Obrecht Anzeigen in allen großen Zeitungen weltweit sowie in den verabredeten Magazinen und Internetportalen geschaltet. Außerdem liegen verschlüsselte Nachrichten in sämtlichen bekannten Verstecken bereit. Bisher ohne Erfolg.«

Enttäuschend, aber keinesfalls überraschend. Sie wussten nur, dass die CIA Louis Gould geschnappt hatte, mehr war ihnen über sein Schicksal nicht bekannt. In Anbetracht der Vorgeschichte mit Mitch Rapp ließ sich nicht ausschließen, dass Gould nicht länger lebte.

Allerdings hielt er Kennedy für eine clevere Frau und rechnete damit, dass sie Obrecht unbedingt in ihre Gewalt bringen wollte.

Gould zu verschonen, damit er sie bei diesem Unterfangen unterstützte, schien ihm die naheliegendste Strategie zu sein. Zugleich verschaffte ihnen das die Möglichkeit, Rapp auszuschalten.

»Wir sind also darauf vorbereitet, Obrechts Anwesen zu stürmen?«, erkundigte sich Taj.

»Ja. Obwohl er sich ständig darüber beklagt, als Köder missbraucht zu werden.«

Taj musste kurz zur Seite treten, um einen Gabelstapler vorbeizulassen. Obrecht war für ihn ein Haufen Nichts. Ein Krimineller, der sich an seinem verdorbenen Lebensstil berauschte, Risiken jedoch nur einging, wenn sie sich auf andere abwälzen ließen.

»Ich nehme an, du hast ihm Geld angeboten, um ihn zu beruhigen?«

»Unter anderem.«

»Und die amerikanischen und europäischen Wachleute wurden entlassen?«

»Ja, Sir. Die neuen Männer verbindet nichts mit der CIA oder dem US-Militär. Ganz im Gegenteil, sie verachten die Amerikaner. Alles erfahrene Leute.«

»Sollte etwas schiefgehen, müssen wir Obrecht beseitigen. Unter keinen Umständen darf er Mitch Rapp in die Hände fallen.«

»Wenn Sie mich fragen«, meinte Gadai, »wäre das ein enormer Verlust. Er hat sich zu einem nützlichen Verbündeten entwickelt. Aber selbstverständlich halte ich mich an Ihre Anweisungen.«

Taj verlangsamte die Schritte, als er die Tür im rückwärtigen Teil der Lagerfläche erreichte. »Ich erwarte nach deiner Landung in Europa einen weiteren Bericht.«

»Natürlich.«

Er trennte die Verbindung und stopfte das Headset in die Tasche. Gadai hatte recht. Obrecht war in der Tat ein nützlicher Verbündeter. Milliarden von Dollar aus dem afghanischen Drogengeschäft waren mit seiner Unterstützung gewaschen worden. Mehr als die Hälfte des Gewinns war bereits an Taj geflossen, um die Loyalität der vielen militanten Gruppierungen in Pakistan dauerhaft abzusichern. Glücklicherweise ließ sich Louis Gould deutlich billiger kaufen.

Kurz hatte er sogar mit dem Gedanken gespielt, ihm überhaupt kein Honorar für die Tötung von Mitch Rapp anzubieten. Taj vermutete, dass der Auftragskiller den Job trotzdem mit Kusshand übernommen hätte. Aber in diesem Fall wollte er unnötige Risiken vermeiden. Falls Gould das Inserat entdeckte und Erfolg hatte, ließ sich der Verlust von 15 Millionen leicht verschmerzen. Eine kluge Investition, obwohl es ihm absurd vorkam, so viele Ressourcen auf die Tötung eines einzigen Mannes zu verwenden. Allerdings durfte man Rapps Fähigkeiten, seine Pläne zu vereiteln, auf keinen Fall unterschätzen. Sobald der CIA-Mann unter der Erde war, konnten sie bei Kennedy ans Eingemachte gehen. Dann mussten sie und ihr erbärmliches Heimatland blind und schutzlos mit ansehen, wie es ihnen an den Kragen ging.

Taj trat in einen breiten Flur und stand Präsident Chutani gegenüber, der sich gerade mit Umar Shirani, dem Stabschef der Armee, unterhielt. Sie drehten sich zu ihm. Chutani hob eine Hand zum Gruß.

»Ahmed. Danke, dass Sie gekommen sind. Ich hoffe, Sie hatten eine angenehme Reise?«

»Die hatte ich.« Taj mied den Blick des Mannes. »Danke der Nachfrage, Sir.«

Shirani streifte ihn mit einem geringschätzigen Blick und raffte sich zu einem für ihn untypisch respektvollen Händedruck auf. Der General gehörte zu den einflussreichsten Männern des Landes und hielt Taj wie so viele andere für einen Schwächling. Heute befand er sich allerdings selbst in einer unangenehmen Lage. Die Sicherheit der nuklearen Lagerstätten fiel in seinen Verantwortungsbereich und er musste nun schon den zweiten Angriff in ebenso vielen Monaten hinnehmen. In Verbindung mit Chutanis wachsendem Einfluss und jüngsten amerikanischen Drohungen, die militärische Unterstützung einzuschränken, setzte dies den alternden Vier-Sterne-General erheblich unter Zugzwang.

»Was hat der ISI herausgefunden?«, erkundigte sich der Präsident.

»Eine ganze Menge«, antwortete Taj. »Die Attacke wurde von einer Gruppe Taliban koordiniert, die in Bannu ansässig ist. Ihr Anführer hat sich vor der Gefangennahme durch meine Leute selbst in die Luft gesprengt. Einige seiner Vertrauten sind auf der Flucht in Richtung afghanische Grenze. Wir bemühen uns natürlich, sie lebend zu ergreifen, um Verhöre durchzuführen und in Erfahrung zu bringen, welche weiteren Einrichtungen zu den potenziellen Anschlagszielen gehören.«

Das war natürlich eine glatte Lüge. Tajs S-Wing beabsichtigte zwar, eine gute Show abzuliefern, aber die überlebenden Taliban hatten für den Fall der Fälle längst einen Sprengkörper vorbereitet, um einen Märtyrertod zu sterben. Das war ihnen von dem Moment an klar gewesen, in dem Taj ihnen die Position des nuklearen Lagers mitteilte und ihnen das Attentat befahl.

»Gute Arbeit, Ahmed. Ich bin wirklich sehr dankbar, Sie an meiner Seite zu haben.«

»Wenn es ihm so leichtfällt, diese Gruppen zu identifizieren«, warf Shirani ein, »sollte der Direktor vielleicht so freundlich sein, mich beim nächsten geplanten Angriff frühzeitig zu informieren.«

Der Versuch des Generals, die Schuld von sich abzulenken, war ebenso verzweifelt wie durchschaubar. Offenkundig ruhte er sich ein bisschen zu sehr auf den Lorbeeren früherer Tage aus.

»Ich kann nur mein Bedauern darüber zum Ausdruck bringen, dass uns die Informationen nicht rechtzeitig vorlagen, um Sie zu warnen«, entschuldigte sich Taj. »Ich versichere Ihnen, dass wir unsere Anstrengungen verdoppeln werden, solche radikalen Zusammenschlüsse erfolgreich zu unterwandern.« In seinen Worten schwang eine klare Botschaft mit: Es war die Aufgabe der Armee, auf solche Eventualitäten vorbereitet zu sein. Der ISI war nicht dafür zuständig, sie aus ihrem müden Trott zu reißen und ihre Aufgaben zu erledigen.

»Es ist nicht auszuschließen, dass weitere Anschläge bevorstehen«, fuhr Taj fort. »Ich rate Ihnen, das Personal zu erhöhter Wachsamkeit anzuhalten.«

»Sie sind immer wachsam«, versicherte Shirani eine Spur zu hastig.

Präsident Chutani runzelte die Stirn. »Da bin ich mir in Anbetracht der aktuellen Situation nicht so sicher. Seien Sie Ahmed lieber für seine Unterstützung dankbar.«

Shiranis Stimme klang etwas angespannt, als er erneut das Wort ergriff. »Natürlich. Ich bin dem ISI für jede Form von Unterstützung dankbar, die er zu leisten vermag. Wir verfolgen alle dieselben Ziele.«

»In der Tat«, stellte Chutani fest. »Ihre vordringliche Aufgabe lautet, diese Einrichtungen vor Störungen zu schützen. Bedauerlicherweise sind große Teile des Budgets, das ich für diesen Zweck vorgesehen hatte, in andere Projekte geflossen.«

»Sir, ich protestiere«, widersprach Shirani. »Sie scheinen der Armee damit gewisse Versäumnisse zu unterstellen. Solche Anschläge stellen zweifellos eine Gefahr dar, aber beileibe nicht die einzige – nicht einmal die bedeutendste. Sicherheitsvorkehrungen zu treffen, die von kleineren Terrorgruppen nicht überwunden werden können, wäre eine leichte Übung für uns. Leider müssen wir darauf achten, dass unsere Aktionen nicht von den Indern oder Amerikanern bemerkt werden. Unser vordringliches Ziel sehe ich darin, uns gegen Militärschläge dieser beiden Länder zu wappnen.«

»Ich bin in dieser Hinsicht sicher nicht naiv, Umar, aber allmählich frage ich mich, ob Ihre Sorge hinsichtlich Feinden aus dem Ausland nicht Züge von Besessenheit einnimmt. Sollte einer der genannten Milizen ein Sprengkopf in die Hände fallen und eingesetzt werden, droht unserem Land durch die zu befürchtenden amerikanischen Vergeltungsschläge die Auslöschung. Pakistan hat die Chance, zu einem bedeutenden Staat in der Welt heranzuwachsen, aber nicht, wenn wir sie durch solche Manöver leichtfertig aufs Spiel setzen.

Amerika hat seine Lektionen im Irak und in Afghanistan gelernt und Indien ist nicht auf Angriffe angewiesen, um uns zu übertrumpfen. Das tun sie jetzt schon durch ihren Fortschritt. Angefangen bei Erziehung über Wirtschaftswachstum bis hin zu diplomatischen Beziehungen sind sie uns in jeder Hinsicht überlegen. Darin liegt die Zukunft, Umar. Mit solchen Anstrengungen sichert man sich internationalen Beistand. Nicht durch Waffen.«

Shirani öffnete den Mund, um zu widersprechen, doch Chutani brachte den verdienten Soldaten mit einer Handbewegung zum Schweigen. »Kurzfristig mag es dienlich sein, das Feuer des Extremismus zu schüren, aber auf Dauer lenkt es von den vordringlichen Aufgaben ab. Unser Land muss sich verändern. Es muss moderner werden und geschlossen auftreten. Die Almosen von Staaten, die uns am Rand des Kollapses wähnen, dürfen nicht dauerhaft unsere Existenzgrundlage bilden. Vertrauen. Respekt. Reichtum. Das sind die Werte, um die es geht.«

»Was schwebt Ihnen genau vor?«, fragte Shirani misstrauisch.

»Der Ausbau des Reaktors in Khusbab wird gestoppt.« Chutani verkündete es in einem Ton, der keinen Widerspruch duldete. »Das Gleiche gilt für die Produktion sämtlicher spaltbarer Materialien zu militärischen Zwecken. Die Waffen, die wir besitzen, reichen völlig aus, um Angriffe abzuwehren.«

Shirani war zu entsetzt, um zu antworten, deshalb fuhr Chutani fort: »Außerdem geht die Zuständigkeit für die

Verteidigung unseres nuklearen Arsenals von der Armee auf den ISI über, und zwar mit sofortiger Wirkung.«

Taj heuchelte Überraschung, obwohl er auf diese Entwicklung seit über zwei Jahren hingearbeitet hatte. »Aber Herr Präsident, wie soll …«

»Es ist entschieden, Ahmed. Sie und General Shirani werden gemeinsam für eine reibungslose Übergabe sorgen.«

»Ja, Sir«, bestätigte Taj eilfertig und musterte Shiranis Gesicht aus dem Augenwinkel. Für den Militärvertreter war es eine unglaubliche Bloßstellung, aber es gelang ihm, seinen Zorn zu verbergen. Garantiert wog er die eigene Macht bereits gegen die von Chutani ab und lotete gedanklich die Erfolgsaussichten eines Putsches aus.

Shiranis Blick wanderte zu Taj. Diesmal machte der Stabschef keinen Hehl aus seiner Verachtung. Statt wegzusehen, wie er es sonst tat, hielt er der abfälligen Inspektion stand. Höchste Zeit, Umar Shirani einen kurzen, unverstellten Einblick in das Herz seines neuen Herrn und Meisters zu gewähren.

14

›Die Farm‹
In der Nähe von Harpers Ferry
West Virginia, USA

Louis Gould tat so, als würde er das riesige Modell von Obrechts Grundstück studieren, doch in Wirklichkeit konzentrierte er sich auf die übrigen Anwesenden. Er musste ruhig bleiben und sich professionell verhalten. Der kleinste Fehltritt konnte ihn das Leben kosten.

Mike Nash, über den er kaum etwas wusste, war wegen anderer Verpflichtungen gegangen. Damit blieben drei Männer übrig. Stan Hurley war nicht bloß alt, sondern fast schon ein Denkmal. Es fiel schwer, Fakten von Legenden zu trennen, was seine Vergangenheit anging. Wenn nur die Hälfte der Erzählungen über ihn stimmte, musste er mal ein äußerst gefährlicher Agent gewesen sein. Davon war allerdings nur noch ein Haufen zum Tode verurteilter Knochen mit einem deutlichen Hinken übrig. Trotzdem ermahnte er sich, den vergreisten Bastard auf keinen Fall zu unterschätzen. Ihn zu ignorieren hielt er für gefährlich.

Mit Coleman verhielt es sich da schon anders. Er ging geschätzt auf die 50 zu, hatte aber einen Körper wie aus Stein gemeißelt. Ein früherer SEAL und damit der geborene Topagent. Dass Rapp ihn ausgewählt hatte, deutete darauf hin, dass er selbst aus einer Bruderschaft von Ausnahmetalenten noch hervorstach. Nicht nur ein olympischer Athlet, sondern ein klarer Anwärter auf die Goldmedaille. Wenn er überhaupt Schwächen besaß, dann psychologischer Natur. Er kam ihm ein bisschen wie ein verkappter Pfadfinder vor, der es mit der Liebe zu Gott, Vaterland und der Kameradschaft des Krieges übertrieb.

Und dann Mitch Rapp selbst. Ein Mann, der eigene Maßstäbe setzte. Keine erkennbaren körperlichen oder mentalen Handicaps. Unglaubliche Instinkte, enorm kurze Reaktionszeiten, keinerlei Gewissensbisse. Jahrzehntelange Einsatzerfahrung, hervorragende Ausbildung. Kurz gesagt: einer der gefährlichsten Männer auf der ganzen Welt.

Trotz ihrer geballten Erfahrung hingen diese drei Killer an seinen Lippen. Sie deswegen als leichtgläubige Idioten abzustempeln hielt er für gefährlich. Seine angeborene Arroganz tendierte dazu, solche Menschen als reine Befehlsempfänger abzustempeln.

Dabei hatte er schon zweimal versucht, Rapp zu töten, und war jedes Mal trotz Überraschungsmoment auf seiner Seite gescheitert. Gould hätte es am liebsten verdrängt, kämpfte jedoch dagegen an. Der Tag, an dem er vergaß, wen er vor sich hatte, war zwangsläufig der Tag, an dem er eine Kugel in den Hinterkopf kassierte.

»Ich gehe davon aus, dass du seit Beginn deiner Zusammenarbeit mit Obrecht schon Pläne schmiedest, wie die Sache ablaufen wird«, meinte Rapp gerade. »Raus damit.«

Tatsächlich hatte er sich eine komplette Strategie zurechtgelegt. Ironischerweise stammten die meisten Ideen dafür von Leo Obrecht selbst – dem Mann, von dem Rapp fälschlicherweise annahm, er sei das Ziel dieser Operation.

Mittelpunkt des Tätigkeitsbereichs ist das Haus des Eigentümers in der Schweiz. Wir schlagen hiermit den naheliegendsten Weg ein, um etwas Passendes zu finden.

Obrecht wusste, dass die CIA hinter ihm her war, und ging davon aus, dass sie sich für die Option entschieden, sein Anwesen zu stürmen. Und er verließ sich darauf, dass Gould sie davon überzeugte, die naheliegendste Strategie zu wählen. Vor allem Coleman ließ sich davon garantiert leicht überzeugen. Soldaten neigten dazu, auf dem Schlachtfeld nach bewährten Prinzipien vorzugehen. Der Ex-Navy hielt es mit dem KISS-Prinzip: *Keep It Simple, Stupid.* Je einfacher, desto besser.

Gould stieß mit dem Billardqueue gegen eine Felsnase westlich vom Haupttor. »Das ist der höchste Punkt in der Umgebung. Genau an der richtigen Stelle. Die Entfernung zur Mauer beträgt nur etwas mehr als 600 Meter und der Wind wird von der Kammlinie im Süden ausgebremst. Die ideale Distanz für einen Scharfschützen.«

Coleman nickte. »Meine Leute sind dort oben gewesen. Es ist die einzige Erhebung, von der aus man die Mauer gut im Blick hat und sieht, was hinter dem Tor vor sich geht. Die Deckung ist gut und es gibt mehrere Rückzugsmöglichkeiten, falls es nötig wird.«

»Was ist mit dem Tunnel?«, fragte Hurley.

»Wick ist runtergeschlichen, um sich die Sache anzusehen. Er fand den Zugang, ging aber wegen möglicher Bewegungssensoren nicht rein. Anhand der Bilder, die er geschickt hat, würde ich sagen, die Tür besteht aus Stahl. Schwer einzuschätzen, wie dick sie ist. Auf jeden Fall kriegt man sie nicht ohne Weiteres auf.«

Gould nickte. »Es gibt ein versteckt eingelassenes Tastenfeld, das mit einer zwölfstelligen Kombination gesichert ist. Ich habe den Mann, der es eingebaut hat, überzeugen können, für Wartungszwecke einen zweiten Code einzurichten. Der Tunnel endet hinter einer Regalwand in Obrechts Keller.«

»Ihn *überzeugt?*«, bohrte Coleman nach.

In Wirklichkeit hatte Obrecht ihm einen persönlichen Code überlassen, der sich vorübergehend aktivieren ließ, falls er je auf diesem Weg in die Villa hineinwollte.

»Leute verhalten sich in der Regel sehr kooperativ, wenn man ihnen eine Pistole in den Mund rammt.«

Hurley kippte einen Schluck Bourbon. »Darauf trink ich einen.«

Gould zeigte auf die Ablichtung des Tunneleingangs. »Ich schlage vor, dass Mitch und ich um kurz vor 17 Uhr da reingehen.«

»Wieso ausgerechnet 17 Uhr? Da ist es noch hell.«

»Ja, aber außerdem ist Happy Hour. Obrecht achtet strikt darauf, keine Routine erkennen zu lassen, wenn er sich außerhalb der Villa bewegt, aber im Haus sieht es anders aus. Soweit ich weiß, öffnet er jeden Tag um Punkt fünf eine Flasche teuren französischen Wein und lässt sich eine kubanische Zigarre schmecken. Da erwischen wir ihn also unvorbereitet, können ihn durch den Tunnel rausschleppen und innerhalb einer Stunde ins nächste Flugzeug verfrachten.«

Gould betrachtete Rapp aufmerksam, ohne aus seiner Reaktion schlau zu werden. Kaufte er ihm das Ganze ab?

»Nach meiner Erfahrung suchen sich Weintrinker je nach aktueller Stimmung das passende Fläschchen aus«, stellte dieser fest. »Heißt das nicht, dass er um kurz vor fünf runter in den Keller geht?«

Ein weiterer Beweis, dass man dieses CIA-Ass nicht unterschätzen durfte. Gould wäre auf dieselbe Idee gekommen, aber vermutlich nicht sofort.

»Guter Einwand, aber Obrecht hat einen Weinkühlschrank im Schuppen. Dort lagert er seine Lieblingstropfen und lässt den Vorrat regelmäßig auffüllen, obwohl ich da die genauen Einzelheiten nicht kenne.«

»Die zwölf Wachposten, die wir identifiziert haben, halten sich überwiegend im Freien auf«, sagte Rapp. »Gibt es noch weitere Security im Gebäude, von der wir nichts wissen?«

»Ich hab jedenfalls nie jemanden zu Gesicht bekommen«, antwortete Gould. »Obrecht legt großen Wert auf Privatsphäre und umgibt sich mit wenigen Dienstboten, die daran gewöhnt sind, ihn in Ruhe zu lassen. Nachdem er seine Sicherheitsmaßnahmen offenbar verstärkt hat, leg ich dafür allerdings nicht die Hand ins Feuer.«

»Ich halte es für wahrscheinlich, dass es dabei geblieben ist«, schaltete sich Coleman ein. »Wir haben durch die Fenster gespäht und außer dem Personal und Obrecht selbst niemanden bemerkt.«

»Also gibt es zwölf Männer, die vor allem den Außenbereich überwachen«, fasste Hurley zusammen. »Stark bewaffnetes, erfahrenes Personal auf einem gut zu verteidigenden Gelände. Kürzlich neu angestellt und vermutlich weder gelangweilt noch übertrieben abgeklärt. Keine guten Rahmenbedingungen für uns.«

»Stimmt«, musste Gould zugeben. »Jedenfalls stell ich es mir nicht besonders angenehm vor, Teil eines Zwei-Mann-Teams zu sein, bei dem etwas schiefgeht, und von diesen Jungs mit ihren Knarren begrüßt zu werden. Dummerweise seh ich kaum eine andere Möglichkeit.«

Die anderen tauschten kurze Blicke. Schließlich erhob Rapp das Wort: »Drei.«

»Wie bitte?«

»Du bist nicht Teil eines Zwei-Mann-Teams. Wir gehen zu dritt rein. Hurley hat beim letzten Besuch einem von Obrechts Wachleuten eine gefälschte Interpol-Visitenkarte dagelassen und ihn gebeten, anzurufen, wenn Obrecht mit ihm über dich reden will. Obrechts Sekretär hat sich gerade gemeldet und einen Termin für übermorgen vereinbart.«

Ein Lächeln stahl sich auf Goulds Gesicht. Allerdings nicht aus dem Grund, den die übrigen Anwesenden vermuteten.

Persönliche und berufliche Vergangenheit werden durch Interpol überprüft, kam ihm der bislang unverständliche Satz aus der Stellenanzeige der *Washington Post* in den Sinn. Jetzt begriff er, was damit gemeint war. Obrecht wusste, um wen es sich bei Hurley handelte, und hatte Vorkehrungen für seinen Besuch getroffen.

»Wann ist der Termin?«, fragte er und überlegte, welche Auswirkungen diese jüngste Information für ihn hatte.

»Um drei«, sagte Rapp.

Perfekt. Das Ganze sah nach einem Spaziergang aus. Obrecht und seine Leute wussten nicht nur, dass sie auf dem ›naheliegendsten Weg‹ durch den Tunnel kamen, sondern kannten sogar den genauen Zeitpunkt.

»Das klingt sogar noch besser«, befand er. »Dann zieht er sich mit Stan in sein Büro zurück, das vom Keller aus wesentlich einfacher zugänglich ist als der Schuppen. Außerdem haben wir einen dritten Mann vor Ort, mit dem keiner rechnet. Mann, wenn ich's mir recht überlege, sollten wir so tun, als ob wir Stan als Geisel nehmen.«

»Um mich als menschlichen Schutzschild zu benutzen?«, polterte Hurley los. »Nur über meine Leiche.«

»Vertrau auf meine Erfahrung, Opa. Ich pass schon auf, dass dir nichts zustößt.«

Hurley wollte sich auf ihn stürzen, aber Rapp kannte ihn gut genug, um ihn davon abzuhalten.

Der Franzose blieb, wo er war, und grinste. Er fühlte sich fast ein wenig übermütig. Alles lief zu seinen Gunsten. Schicksal? Er sehnte den Moment herbei, in dem er Mitch Rapp tötete.

»Vorsicht«, warnte Gould. Er beugte sich über die Plastiknachbildung von Obrechts Wochenenddomizil.

»Wir wollen doch nicht, dass du dir die Hüfte brichst, bevor wir überhaupt da sind.«

»Reiß du nur deine Witze, solange du noch kannst.«

Gould lachte und ging zum Tresen.

»Lasst uns lieber mal über meine Belohnung reden, wenn wir die Sache erfolgreich durchgezogen haben.« Er holte sich ein Bier aus dem Kühlschrank.

Ich kriege 15 Millionen und bin künftig unangefochten der Beste auf der ganzen Welt, dachte er. *Aber das wissen diese Schwachköpfe ja nicht.*

»Ich dachte, das sei geklärt«, erwiderte Rapp.

»Du meinst, dass du mich nicht umbringst? Um es mit einem Mann wie Leo Obrecht aufzunehmen, kommt mir das ein bisschen wenig vor.«

»Für mich klingt das mehr als großzügig«, sagte Hurley.

Gould starrte den Alten an und entfernte den Verschluss von der Bierflasche. Anfangs hatte er diesen verkappten Altersheimbewohner als unverhofften Bonus für Rapps Leiche betrachtet. Beiden gleichzeitig das Licht auszuknipsen dürfte ihn in Killerkreisen auf ewig zur Legende machen. Wenn er es sich recht überlegte, zog er es doch vor, den Kerl zu verkrüppeln, damit er den Rest seiner begrenzten Lebensspanne in einem Rollstuhl verbrachte, sich selbst anpflaumte und darüber nachgrübelte, warum er ihm nicht mal eine Kugel wert gewesen war.

»Kennedy hatte mal davon gesprochen, mir einen Job anzubieten.«

Der andere antwortete nicht sofort, sondern durchlöcherte ihn mit seinen dunklen Augen. Gould kämpfte gegen den Drang an, wegzusehen, merkte aber, wie sein Selbstvertrauen schwand.

»*Ich* biete dir jedenfalls keinen an«, erklärte Rapp schließlich. »Ich biete dir lediglich die Möglichkeit, deine Frau und deine Tochter wiederzusehen. Und solltest du jemals einen weiteren Auftrag annehmen, wirst du nicht lang genug überleben, um hinterher das Honorar einzustreichen.«

»Und ich dachte, du könntest jemanden mit meinen Talenten brauchen.«

Das Gespräch führte zu nichts, aber Gould weigerte sich, klein beizugeben. Wem machte Rapp etwas vor? In Afghanistan hatte er lediglich Glück gehabt. Ohne den Verrat von Goulds Auftraggeber wäre der legendäre Mitch Rapp längst Futter für die Aasgeier. Und die Explosion in seinem Haus Jahre zuvor hatte er nur wegen einer Mischung aus purem Glück und Goulds übertriebenem Ehrgeiz überlebt, das Ganze wie einen Unfall zu inszenieren.

»Hör zu, Louis. Werd nicht übermütig. Du darfst zusehen, wie deine Tochter aufwächst, und an der Seite deiner Frau alt werden. Stan hat recht, das ist mehr als großzügig.«

15

ROM, ITALIEN

Kabir Gadai konsultierte die Karte auf dem Handy und schlenderte betont gelassen den Bürgersteig entlang. Es war sonnig, aber trotzdem frisch, weshalb er mit Mantel und sperriger Sonnenbrille nicht sonderlich auffiel.

Trotzdem verschaffte ihm beides nicht das Maß an Diskretion, bei dem er sich wohlfühlte.

Ihn persönlich nach Rom zu schicken, hatte zu den seltenen taktischen Patzern von Ahmed Taj gezählt. Es gab etliche gut ausgebildete ISI-Agenten, die eine solche Mission erfolgreich zu Ende gebracht hätten. Für jemanden in seiner exponierten Stellung war es im digitalen Zeitalter unmöglich, unbemerkt in ein EU-Land einzureisen, schon gar nicht unter falschem Namen. Deshalb hatten die Italiener von seiner Ankunft Wind bekommen. Da half auch die dürftige Ausrede nicht weiter, er wolle die Londoner Botschaft von Pakistan einer Sicherheitsüberprüfung unterziehen.

Tajs Besessenheit, Rickmans Unterlagen in die Hände zu bekommen, wuchs mit jedem verstreichenden Tag. Natürlich, diese Informationen versprachen der größte Geheimdienst-Coup der letzten 70 Jahre zu werden, aber Taj schien zu übersehen, dass sie ursprünglich gar nicht Teil seines Plans gewesen waren. Seine Aufmerksamkeit wurde von den entscheidenden Punkten abgelenkt. Zum ersten Mal bemerkte Gadai, wie die unstillbare Gier nach Macht sein Urteilsvermögen trübte.

Genau genommen wurde die Sache durch Gadais Anwesenheit in Rom sogar noch fataler. Ihre Vorbereitungen befanden sich in einem kritischen Stadium und er wurde dringend in Islamabad gebraucht. Jemand musste die umfassenden Einzelheiten von Tajs Masterplan im Blick behalten. Außer dem Direktor selbst war nur er mit sämtlichen Winkelzügen vertraut. Zudem reiste die Delegation des amerikanischen Außenministeriums in Kürze an und die Vorbereitungen erwiesen sich als deutlich zeitraubender als erwartet.

Ein ehemaliger Secret-Service-Agent namens Jack Warch kontrollierte auf US-Seite die Einhaltung der Sicherheitsmaßnahmen und stellte wirklich jede Maßnahme wie ein quengeliges Kind infrage. Dem Staatsbankett kam bei Tajs Vorhaben eine Schlüsselrolle zu. Gadai wollte auf keinen Fall zulassen, dass ein einzelner Berater ihnen vor lauter Übermotiviertheit einen Strich durch die Rechnung machte. Er kümmerte sich deshalb persönlich um Warch, aber außerhalb der Heimat fiel es ihm schwer, die Situation unter Kontrolle zu behalten.

Auf der anderen Seite der schwach befahrenen Straße folgte ein Fußballplatz auf ein Wohngebäude aus der Zeit der Jahrhundertwende. Das weitläufige Spielfeld wurde durch einen Maschendrahtzaun abgetrennt, offenbar weniger aus Sicherheitsgründen, sondern um zu verhindern, dass verirrte Bälle auf die Fahrbahn gerieten. Jenseits des gepflegten Rasens erhob sich ein moderner Betonbau, der in deutlichem Kontrast zur historisch geprägten Nachbarschaft stand. Hinter den endlosen verspiegelten Fensterfronten befanden sich die Räumlichkeiten der Mittelschule, die Isabella Accorsos 16-jährige Tochter besuchte.

Nirgends ein Kind zu sehen, aber damit war um diese Zeit am Morgen auch nicht zu rechnen. Erst in der nächsten Pause würden sie sich blicken lassen, etwas länger dann während der Mittagspause. Nachmittags fanden sportliche Aktivitäten statt, an denen schamlose Europäer und Amerikaner bereitwillig auch ihren weiblichen Nachwuchs teilhaben ließen.

Gadai vergrub die Hände in den Hosentaschen und unterdrückte den Drang, angewidert den Kopf zu schütteln. Reinheit und Sittsamkeit zählten in diesen Kulturen nichts. Die Frauen in Italien durften alles tun, was sie wollten. Allein die Vorstellung, seine eigene Tochter mit entblößten Armen und Beinen über diesen Platz laufen zu sehen, machte ihn wütend. Er hätte sie zur Strafe totgeprügelt, ohne eine Sekunde darüber nachzudenken, und hätte sich blind auf die Rückendeckung der islamischen Gerichte verlassen können.

Gadai lief über einen gepflasterten Hof in die Lobby des angrenzenden Wohngebäudes, ignorierte den Aufzug und benutzte stattdessen die Treppen, ehe er fünf Stockwerke höher in einen leeren Korridor trat. Gezielt lief er zur vierten Tür auf der rechten Seite, richtete den Kragen seines Mantels und vergewisserte sich mit einem raschen Blick, dass es in diesem Gebäude tatsächlich keine Überwachungskameras gab.

Mit dem nachgemachten Schlüssel öffnete er die Wohnung, zog die Tür eilig hinter sich zu und musterte die beengte Umgebung. Typisch für diese Gegend: roh verputzte Wände, ein verzogener alter Parkettboden und eine winzige Küchenzeile mit billigsten Geräten. Der Mietvertrag war erst vor wenigen Tagen unterschrieben worden, weshalb es noch kein Mobiliar gab. Das Einzige, was auf Bewohner hindeutete, waren ein paar Lebensmittel auf der Arbeitsfläche und ein Wasserkessel auf dem Herd.

Lateef Dogar erschien im Durchgang zum Schlafzimmer und begrüßte ihn respektvoll. »Captain Gadai. Wie war Ihre Reise?«

Er ignorierte die Frage, huschte durch den überschaubaren Wohnbereich und schob sich am anderen vorbei. Im Schlafzimmer fand er einen Ruhebereich vor, der aus Decken auf dem Boden bestand, und eine mit Fotos dekorierte Wand. Alle zeigten dasselbe junge Mädchen, überwiegend beim Fußballspielen vor der Schule. Oft lag der Fokus nicht auf ihrem Gesicht, sondern auf ihrem jugendlichen Körper und den obszön kurzen Shorts.

»Wo kommen diese Bilder her?«

»Das Überwachungsteam hat sie hiergelassen, Captain. Ich …«

»Brauchen Sie die, um die Zielperson zu erkennen?«

»Nein, Captain.«

»Dann verbrennen Sie sie.«

»Ja, Sir.«

Vielleicht war es doch kein Fehler gewesen, dass Taj ihn geschickt hatte. Dass überhaupt Abzüge von diesen Aufnahmen gemacht worden waren, hielt er für unentschuldbar. Der Umstand, dass sie an dieser Wand hingen, grenzte an Insubordination. Nachdem Taj ohnehin beschlossen hatte, die entsprechenden Männer nach ihrer Rückkehr verschwinden zu lassen, musste er keine weiteren Maßnahmen ergreifen.

Die Jalousien waren fast vollständig geschlossen. Gadai ging in die Hocke, um durch den drei Zentimeter breiten Spalt am unteren Rand zu spähen. Er bot eine ungehinderte Aussicht auf das exakt 212 Meter entfernte Schulgebäude. Der Zaun lenkte Schüsse im ungünstigsten Fall ab, doch das spielte für ihn keine Rolle, da es ihm lediglich um die angefertigten Videoaufnahmen ging.

Gadai ging zu einem rechteckigen Metallkoffer, der an der Wand lehnte, und stellte die Ziffernkombination ein. Darin befand sich ein eher ungewöhnlicher Gegenstand, den er Dogar hinhielt. Der Killer nahm ihn entgegen und wand ihn mit verwirrtem Blick in den Händen.

»Das … ist keine Waffe.«

Gut beobachtet. Vielmehr handelte es sich um einen verkürzten Schaft aus Plastik mit Griff am vorderen Ende. Vogelkundler benutzten ihn, um Kameras und Ferngläser möglichst ruhig zu halten. Er war deutlich einfacher in die Europäische Union einzuschmuggeln gewesen als eine Waffe – die verdiente Quittung für die bislang an den Tag gelegte Dummheit des pakistanischen Teams vor Ort.

Dogar untersuchte die auf dem Griff montierte Videokamera, beschäftigte sich mit den Bedienelementen und wunderte sich kurz über das auf dem Zoomobjektiv aufgemalte Fadenkreuz. »Soll ich damit die Observierung des Mädchens fortsetzen?«

Gadai holte den Laptop, der ebenfalls im Koffer gesteckt hatte, und fuhr ihn hoch. »Ist der DSL-Anschluss inzwischen geschaltet?«

»Ja, wie von Ihnen verlangt. Die Upload-Geschwindigkeit beträgt immerhin vier Mbit pro Sekunde.«

»Schalten Sie die Kamera ein und richten Sie sie aus dem Fenster.«

Der Mann tat, wie von ihm verlangt, und die Umrisse des Schulgebäudes tauchten auf dem Monitor auf.

»Sehen Sie die Frau auf dem Gehweg? Visieren Sie ihren Kopf an.«

Gadai beobachtete, wie sich das Fadenkreuz auf die rechte Schläfe schob. Der Anblick unterschied sich in nichts vom Zielfernrohr eines Gewehrs.

Perfekt.

16

Am Bodensee
Schweizer Seite

Der in das Armaturenbrett des Vans integrierte Bildschirm erinnerte an ein Navigationssystem, doch in Wirklichkeit steckte mehr dahinter. Mitch Rapp verfolgte mit seiner Hilfe das Live-Video der von Marcus Dumond gesteuerten Drohne.

Ein Großteil des Bildausschnitts zeigte das Auf und Ab einer mit Bäumen bewachsenen Hügellandschaft. Die weitgehend verlassene Landstraße verlief am linken Rand von Norden nach Süden. Acht Kilometer weiter östlich verlief die gewundene Route, die an Leo Obrechts Landsitz endete, ebenfalls ohne Verkehr. Es war Mittwochmorgen, und die Anwesen der Schweizer Finanzelite in der Umgebung wurden hauptsächlich am Wochenende frequentiert.

»Wir erreichen gleich den Ausstiegspunkt«, verkündete ihre Fahrerin. »Noch drei Minuten.«

Rapp wusste nicht viel über Maria Glauser. Nur dass sie Schweizerdeutsch sprach und die Gegend wie ihre Westentasche kannte. Nash hatte bei früheren Missionen mit ihr zusammengearbeitet und hielt sie für einen der akribischsten Menschen, die er kannte. Eine Eigenschaft, die Rapp bei Verbündeten überaus schätzte. Bislang enttäuschte sie seine Erwartungen nicht.

Die Hektik im hinteren Teil des Vans nahm zu, doch Rapp achtete gar nicht darauf, sondern schlüpfte aus Trainingshose und -jacke. Darunter trug er Tarnkleidung.

Die Umstände dieser Operation ließen insgesamt zu wünschen übrig. Dass sie am helllichten Tag durchgeführt werden musste, zeitgleich zu Hurleys Termin, war nur ein weiterer Punkt in einer langen Liste potenzieller Komplikationen.

Sie hatten eine Weile mit der Idee geliebäugelt, sich als Wanderer auszugeben, doch er entschied sich letztlich dagegen. Es gab keine entsprechenden Wege in der Umgebung, was die bewährte Legende des in der Wildnis verirrten Rucksacktouristen überstrapazierte. Und Rapp mochte man eine solche Geschichte mit Bart und längeren Haaren vielleicht noch abkaufen, doch Coleman und seine Männer ließen sich auf Anhieb als Elitesoldaten identifizieren.

»Die Brücke ist direkt vor uns«, verkündete Glauser.

»Los geht's«, sagte Rapp gerade laut genug, dass es die Männer im Heck mitbekamen. »Auf dem Videostream ist alles sauber. Kein Auto weit und breit.«

Sie überquerten den trägen, knapp fünf Meter breiten Fluss. »Ich lasse Fahrzeuge an den festgelegten Abholpunkten bereitstellen«, verkündete Glauser und behielt dabei den Seitenspiegel im Auge. »Aber erst in letzter Minute, um keine unnötige Aufmerksamkeit zu erzeugen.«

»Hauptsache, sie stehen bereit«, entgegnete Rapp und stieß die Beifahrertür auf, während sein Team hinten ausstieg. »Wir sind vermutlich auf der Flucht und werden verfolgt.«

»Keine Sorge, ich garantiere es.«

Rapp und die übrigen Männer rannten bereits die steile Böschung zum Ufer hinunter, als sie davonfuhr. Das Gras unter der Brücke wuchs fast mannshoch und Mitch versank beim Laufen fast 15 Zentimeter tief im Schlamm. Die Rucksäcke lagen genau dort, wo Glauser gesagt hatte – unauffällig markiert, um sie dem jeweiligen Besitzer zuzuordnen: Rapp, Gould, Coleman und Joe Maslick.

Sie orientierten sich nach Osten und kamen dank des spärlicheren Bewuchses direkt am Wasser relativ zügig voran. Nach 20 Minuten trennten sie sich an einer Flussgabelung. Maslick lief am Südufer entlang zu einer Position oberhalb des Zugangs zu Obrechts Fluchttunnel. Wegen seiner Schulterverletzung wäre er in einem bewaffneten Kampf ohnehin gehandicapt gewesen. Dagegen lag seine Effektivität beim Zielen mit einem im Boden eingegrabenen Stativ bei nahezu 100 Prozent.

Der Rest von ihnen setzte den Weg in nördlicher Richtung zur erhöhten Stelle westlich von Obrechts Villa fort. Sie wollten sich dort mit Charlie Wicker und Bruno McGraw treffen, die im Vorfeld die Umgebung sondiert hatten.

An einer vorher festgelegten Stelle verließen sie das Flussbett und erklommen die kleine Anhöhe. Die dichte Vegetation und die ungünstigen Blickwinkel zwangen sie zu einem deutlich gemächlicheren Marschtempo. Sie kamen nur langsam voran, aber Rapp hatte es einkalkuliert.

Sie wandten sich nach Westen, wodurch der Hügel in die Sichtlinie zwischen ihnen und Obrechts Grundstück geriet. Wick hatte keinerlei Überwachungsvorrichtungen oder Sensoren entdeckt, weshalb sie auf übertriebene Vorsicht verzichten konnten.

»Wir nähern uns eurer Position«, sprach Rapp in das Kehlkopfmikro, als sie den Gipfel des Hügelkamms erreichten.

»Alles sauber«, antwortete Wicker.

Sie wurden langsamer und reihten sich im Abstand von fünf Metern hintereinander auf. Gould hatte sich beim Klettern beeilt und übernahm die zweite Position, während Coleman ihn von hinten im Auge behielt. Rapp traute Gould zwar nicht vollständig über den Weg, ging aber davon aus, dass nicht mal er so verrückt war, mit einer derartigen Feuerkraft im Rücken Dummheiten zu machen.

Sie sprinteten die sanfte Anhöhe hinab. Rapp hob warnend die Faust und blieb stehen. Irgendetwas stimmte nicht. Er konnte es bloß nicht genau einordnen. Es wehte eine schwache Brise, der die Kraft fehlte, um unter dem klaren Himmel bis zum nahen Wald vorzudringen. Das plätschernde Wasser hatten sie weit hinter sich gelassen. Rehe oder Hirsche, in diesem Teil des Landes durchaus üblich, glänzten durch Abwesenheit. Nichts als Stille und der Geruch nach Kiefernnadeln. Was störte ihn?

Einen Augenblick später bekam er die Antwort.

»Ich bin auf elf Uhr, Mitch«, drang Wickers Stimme aus dem Headset. »Nicht schießen.«

Ein mit Wildblumen bewachsener Busch wenige Meter weiter raschelte, um dann wieder mit der Landschaft zu verschmelzen. Rapp legte die restliche Strecke zu Wicker in geduckter Haltung zurück. Als das Dach von Obrechts Wochenenddomizil durch die Baumreihen erkennbar wurde, legte er sich auf den Bauch und robbte über den Boden.

Selbst aus einer Armlänge Entfernung war der Scharfschütze so gut wie unsichtbar. Er hatte einen Tunnel aus Stöcken gebaut und ihn mit Pflanzen getarnt, bevor er hineingerutscht war. Rapp bemerkte lediglich das vordere

Ende des Schalldämpfers und die vagen Umrisse des Unertl-Zielfernrohrs, auf das sein Kollege schwor. Mit einer Körpergröße von 1,77 und einem Kampfgewicht von gerade mal 63 Kilogramm entsprach Charlie Wicker nicht dem klassischen Typ eines SEAL-Team-Six-Kämpfers. In einem Gefecht hielt Rapp ihn jedoch für einen der tödlichsten Schützen überhaupt.

»Wie sieht's aus, Wick?«

»Alles beim Alten. Zwölf Wachposten, jeweils mit Seitenwaffe und Sturmgewehr bewaffnet. Keine ankommenden oder abfahrenden Fahrzeuge. Alle paar Tage trifft ein Lieferwagen ein, den sie aber nicht aufs Grundstück lassen. Die Vorräte werden durch einen Seiteneingang im Süden getragen, den auch die Hausangestellten benutzen, allerdings nur selten. Die meisten scheinen im Haus zu wohnen.«

»Erkennbare Muster?«

»Keine.«

Der Schweizer Bankier war definitiv untergetaucht und rechnete mit einem Vorstoß der CIA. Um die Gegner aufzuhalten, würde er notfalls ein Blutbad anrichten.

Rapp zog ein kompaktes Spektiv aus der Tasche und inspizierte das Grundstück. Goulds Einschätzung erwies sich als zutreffend. Der Grashügel, auf dem sie sich befanden, bot eine exzellente Sicht auf das Haupttor und einen Großteil des Vorplatzes. Wobei es nicht viel zu sehen gab. Ein paar Springbrunnen, geschmackvolle Landschaftsgestaltung und eine Handvoll bewaffneter Männer.

»Das sind nur vier Wachen«, stellte Rapp fest.

»Wenn wir einen günstigen Moment abpassen, bekommen wir es mit maximal sechs zu tun. Die andere Hälfte hält sich als Reserve bereit.«

Rapp runzelte die Stirn. »Der Plan lautet: leise rein, leise wieder raus. Im Idealfall kriegen die Jungs nichts mit und schaukeln sich die Eier. Aber ich fürchte, einen günstigen Moment abzupassen wird nicht klappen.«

»Dann kalkulier eher mindestens acht mies gelaunte Gegner ein.«

»Seid ihr von hier aus schon mal zum Tunnel geschlichen?«

»Klar.«

»Keine Fallen unterwegs?«

»Es gibt zu viele wilde Tiere in der Gegend. Da würden Sensoren oder Stolperdrähte ständig Fehlalarm auslösen.«

»Andere Überraschungen?«

»Auf den letzten paar Hundert Metern sollte man gut aufpassen. Da haben einen die Wachen an der Mauer im Blick. Wegen der ganzen Rehe und Hirsche kann man sich's ruhig erlauben, einen oder zwei Büsche zu streifen, aber bei mehr wird's kritisch.«

Rapp nickte und kroch rückwärts zurück. Bevor er sich aufrichtete, vergewisserte er sich, dass man ihn vom Gebäude aus nicht sehen konnte, und kehrte zur Lichtung am Scheitelpunkt des Hügels zurück. Coleman hatte ein großes Netz aus seinem Rucksack geholt und sammelte Pflanzen, um sie zum Tarnen seiner Stellung zu verwenden. Gould kniete neben einem Baum und verschmolz nahezu vollständig mit dem knorrigen Stamm. Rapp winkte ihn zu sich.

»Zwei Stunden, sagt Wick. Scott, ich nehme an, das reicht, um sich hier einzurichten?«

Der ehemalige SEAL bestätigte. »Bevor ihr dort seid, sind wir längst schussbereit.«

»Alles klar.« Er wandte sich an Gould. »Bereit?«

Der Franzose hatte sich das Gesicht mit grüner Tarnschminke eingeschmiert, was seine Miene schwer lesbar machte. »Jawohl.«

»Du warst schon mal hier, also übernimm am besten die Führung.«

In Wirklichkeit wusste Rapp genau, wo es langging, nachdem er die detaillierten Luftaufnahmen und Dumonds Modell sorgfältig studiert hatte. Aber ohne Coleman als Deckung wollte er Gould auf keinen Fall hinter sich haben.

Der frühere französische Legionär bewegte sich gekonnt. Er überwand den steilen Abstieg strammen Schrittes, schweigend und mit wachsamem Blick. Sein Fokus auf die Umgebung war von entscheidender Bedeutung, nachdem sich Rapp auf die schallgedämpfte Glock 17 in Goulds Hand konzentrierte. Coleman hatte vorgeschlagen, sie mit Platzpatronen zu laden, aber das wäre einem Profi sofort aufgefallen. Zumal sie für den Fall, dass etwas schiefging, auf seine Talente angewiesen waren. Rapp hoffte, dass der Selbsterhaltungstrieb des Franzosen dafür sorgte, dass er mit der Waffe auf den richtigen Gegner zielte.

Scott Coleman sammelte noch weitere fünf Minuten Blumen und Gestrüpp, bis er seine beiden Begleiter aus den Augen verlor und auf eine spezielle Frequenz wechselte, die Rapp festgelegt hatte, um Louis Gould auszuschließen. »Okay. Alles sauber.«

Er drapierte die Pflanzen rund um sein Versteck, während Wicker aus seinem Tunnel kam und gefolgt von Bruno McGraw zwischen den Bäumen abtauchte.

Coleman beendete seine Vorbereitungen und verwendete einen morschen Ast, um Stiefelspuren zu beseitigen, die zu deutliche Abdrücke im weichen Erdreich hinterlassen hatten. Ein prüfender Rundumblick bestätigte ihm, dass sich die Lichtung wieder mehr oder weniger im ursprünglichen Zustand befand. Sich selbst hätte er damit nicht täuschen können, wohl aber ein paar örtliche Polizisten für den Fall, dass sie sich zufällig hierher verirrten.

Coleman nahm ein Fernglas mit und rutschte in Wickers Tunnel hinein. Er lächelte, als ihm auffiel, dass er vollständig darin verschwand. Wick war fast 15 Zentimeter kleiner als er, hatte die Abmessungen aber perfekt an die Körpergröße von seinem Boss angepasst.

Mit dem Objektiv vor den Augen sondierte Coleman die Lage auf dem Vorplatz der Villa. Er saß, nein, lag hier eindeutig auf dem Logenplatz. Leider hatten sie keine andere Wahl, als diesen Beobachtungsposten später aufzugeben. Die Effektivität ihres Angriffs sank damit um mindestens 70 Prozent.

Etwas mehr als eine halbe Stunde verstrich, bis Bruno McGraws Stimme knackend im Headset ertönte. »Wir haben Position zwei erreicht und beginnen mit dem Aufbau.«

Hoffentlich drang das Funksignal bis zu Rapp vor – auf dem Weg zum Tunnel waren ihnen einige Funklöcher aufgefallen. Eine Bestätigungsanfrage durfte er sich jedoch nicht erlauben. Gould ging davon aus, die komplette Kommunikation mitzuverfolgen. Falls Rapp auf eine Frage reagierte, die er selbst nicht hörte, schöpfte er womöglich Verdacht.

»Roger«, bestätigte Coleman.

Nach weiteren 20 Minuten geriet auf der Straße unter ihm ein alter Citroën in Sicht. Stan Hurley hatte das Fenster heruntergekurbelt. Der Zigarettenqualm, der durch den Spalt drang, räumte letzte Zweifel aus. Absolut pünktlich.

Ein Wachposten trat durch die mannshohe Stahlabtrennung südlich vom Haupttor und forderte den Fahrer winkend zum Anhalten auf. Coleman hätte es genauso gehandhabt. Das Auto nicht zu dicht herankommen lassen. Immerhin könnte es mit einer Sprengfalle präpariert sein.

Hurley stieg aus und präsentierte einen Satz gefälschter Interpol-Referenzen. Coleman bekam nicht mit, was gesprochen wurde, aber der alte Knacker wirkte ziemlich genervt von der Prozedur.

Die übrigen Wachen an der Mauer verfolgten die Kontrolle, behielten aber auch die Umgebung im Blick; für den Fall, dass es sich um ein Ablenkungsmanöver handelte. Coleman stieß nervös die Luft aus. Sie schienen noch besser ausgebildet zu sein als erwartet. Ein weiterer Punkt auf der langen Liste von Gründen, weshalb er hoffte, dass ihnen eine Schießerei erspart blieb.

Hurley wurde zum Tor eskortiert und von einem weiteren Bewaffneten durchgelassen. Danach verlor Coleman ihn aus den Augen.

»Hurley ist drin. Ich entsorge die Reste meiner Tarnung und bin in etwa einer halben Stunde bei euch.«

»Roger«, bestätigte Wick.

Coleman schaltete auf die Frequenz um, die Gould mithören konnte. »Hurley ist auf dem Gelände. Wir können loslegen.«

17

Das massiv verstärkte Tor schwang auf. Hurley humpelte so linkisch hindurch, dass er noch gebrechlicher wirkte als in Wirklichkeit. Trotzdem ließ die Aufmerksamkeit von Obrechts Security nicht eine Sekunde nach. Der Mann hinter ihm blieb ihm dicht auf den Fersen und hielt den Griff des G36-Sturmgewehrs von Heckler & Koch fest umklammert. Der Vorangehende achtete strikt auf seine Deckung und einige Meter weiter verfolgte ein weiterer Posten jede ihrer Bewegungen durch eine verspiegelte Sonnenbrille. Die übrigen Männer konzentrierten sich auf die Umgebung und hatten eine optimale Beobachtungsformation eingenommen.

Das Tor wurde hinter ihnen geschlossen. Hurley nutzte das laute Klirren als Vorwand, sich umzusehen. Die Mauer kam ihm deutlich höher als die berichteten dreieinhalb Meter vor und wirkte von innen genauso glatt wie von außen. In strategischen Abständen waren Schießscharten eingelassen, teilweise provisorisch aus Holz gezimmert, in anderen Fällen deutlich professioneller aus Stahl und Beton.

Deckungsmöglichkeiten fanden sich so gut wie gar nicht. Der Stamm des größten Baums maß allenfalls 15 Zentimeter im Durchmesser, ansonsten gab es lediglich einige weit verteilte Springbrunnen und vereinzelt parkende Wagen. Ein Sprint über den Vorplatz wäre für ihn nicht gut ausgegangen – erst recht nicht mit der maximalen Geschwindigkeit, die sein neues Hüftgelenk zuließ.

»Sir?«, sprach ihn der Wachmann, der ihm folgte, mit schwerem Akzent an. »Wären Sie so freundlich?«

Er winkte ihn zu einem Durchleuchtungsgerät, das noch moderner wirkte als die Modelle am JFK Airport in New York. »Ist das wirklich nötig?«

»Ich bedaure die Umstände«, verkündete der Mann in einem Tonfall, der andeutete, dass es nicht stimmte. »Bitte legen Sie Ihre Jacke und Schuhe sowie den Inhalt Ihrer Taschen aufs Transportband.«

Er tat, was von ihm verlangt wurde, wollte weitergehen und wurde prompt aufgehalten.

»Den Gürtel auch, Sir.«

Er lächelte gezwungen, fühlte sich jedoch extrem nervös, als er ihn ablegte. Es handelte sich um eine asiatische Maßanfertigung aus den 70ern, die Schnalle mit einem fünf Zentimeter langen Metallband am Leder befestigt, das an den Seiten scharf wie eine Rasierklinge war. Das Band war vernäht, aber so, dass es sich im Bedarfsfall leicht lösen ließ. Ein kräftiger Ruck genügte, um eine Waffe in Händen zu halten, mit der sich zwar kaum etwas anfangen ließ, aber immerhin mehr als gar nichts.

»Eine Menge Sicherheitsvorkehrungen«, stellte Hurley fest, um den Mann abzulenken, der auf den Kontrollbildschirm des Röntgengeräts starrte. Der Gürtel war schon um die halbe Welt gereist und selbst an israelischen Flughäfen durchgewinkt worden, aber bei diesem Check konnte man wahrlich nicht von Routine sprechen.

»Ja, Sir«, sagte der Angestellte, ohne aufzublicken. Das Band stoppte und Hurley inspizierte unauffällig die Waffe des Typen. Sie zu schnappen und über den Hof zu sprinten, wäre sicher nicht die schlechteste Art, aus dem Leben zu scheiden. Allerdings reines Wunschdenken. Selbst wenn er bloß die Stimme erhob, zwang er Obrecht zum Durchgreifen und gefährdete die gesamte Operation. Nein, wenn sie ihn auf den Gürtel ansprachen, würde er die Wahrheit sagen: Dass er ihn vor einem Thai-Bordell gekauft hatte, als die meisten Männer um ihn herum noch nicht mal auf der Welt gewesen waren. Was wusste er schon über die Art und Weise, wie man Gürtelschnallen am Leder befestigte?

Die Überlegung erwies sich als unnötig. Seine Sachen rollten ohne Rückfrage aus der Maschine, während man ihn mit einer Sonde kontrollierte. Kurz darauf hatte er die Schuhe wieder angezogen und näherte sich der Villa.

Sein Aufpasser lief zwei Schritte voraus. Sie erklommen die breiten Marmorstufen zum Hauptportal. Die Seitenwaffe des Mannes befand sich in Griffweite, aber sicher hätte er sie nicht kampflos hergegeben. Selbst mit der Überraschung auf seiner Seite hielt es Hurley für unrealistisch, den Mann zu überrumpeln. Vor 20, vielleicht sogar vor zehn Jahren hätte er keine Sekunde gezögert. Ein rasches Verdrehen des Nackens, begleitet vom leisen Knirschen eines Wirbelknochens – die Sache wäre erledigt gewesen.

Doch Chemotherapie und Hüftoperation beeinträchtigten ihn stärker, als er es sich anmerken ließ. Hätte Rapp gewusst, wie schlimm es um ihn stand, hätte er ihn in West Virginia zurückgelassen. Doch Hurley dachte nicht daran, in einem Schaukelstuhl zu vergammeln und von einem Mistkerl wie Louis Gould ersetzt zu werden.

Sie blieben im Erdgeschoss, durchquerten eine palastartige Eingangshalle mit antikem Mobiliar und gemalten Porträts, die eine Spanne von mindestens fünf Jahrhunderten abdeckten. Vermutlich handelte es sich um Obrechts Vorfahren, die allesamt posierten, als hätte man ihnen einen Stock in den Arsch gerammt. Ein weiterer Beleg dafür, dass sich Verbrechen auszahlten.

»Warten Sie hier.«

»Danke«, sagte Hurley und betrat einen geräumigen Salon. »Wissen Sie, wann Mr. Obrecht Zeit für mich hat?«

Einer der wenigen Vorzüge des Alterns bestand darin, dass ein Hörgerät keinen Verdacht erregte. In seinem Fall war es mit Colemans Funkkanal gekoppelt und übertrug dank des integrierten Mikrofons nicht nur seine Stimme, sondern auch sämtliche Umgebungsgeräusche. Er ließ einen Knopf am Schlüsselanhänger in der Tasche los, wodurch er die Verbindung aktivierte und die Antwort des Mannes auch für Rapp hörbar wurde. Den Zugriff sekundengenau zu koordinieren hielt er für kaum möglich, aber wenn Obrecht so penibel war, wie man es ihm nachsagte, reichte es, um zumindest minutengenau zuzuschlagen.

»Ich weiß es nicht.«

»Sie müssen doch eine ungefähre Ahnung haben. Ich werde im Büro er…«

Die Tür schloss sich und ließ Hurley mit dem Anblick der mit Intarsien verzierten Innenseite allein. *Was für ein Wichser!*

Er pirschte einige Minuten durch den Raum und tat so, als bewunderte er die kostbare Einrichtung, bis er sich auf einen Stuhl neben der westlichen Fensterfront sinken ließ. Zwei Wachposten patrouillierten auf dem Grundstück, ansonsten gab es nichts zu sehen, was ihnen Dumonds Drohne nicht längst verraten hatte.

Hurley vermutete, dass der Salon mit versteckten Kameras und Mikrofonen vollgestopft war, was die Kommunikation mit seinen Leuten zu einer Herausforderung machte. Er stand auf und löste erneut den Druck von dem Taster in seiner Tasche.

»Erst kann es gar nicht schnell genug gehen, dann lässt man mich hier schmoren«, murmelte er wütend, als führte er Selbstgespräche. »Ich frag mich, wie lange Obrecht mich noch hier am Eingang rumsitzen lässt. Bis die Sonne untergeht? Ich hab wirklich Besseres zu tun.«

»Bestätigt«, meldete sich Rapp über das falsche Hörgerät. »Du bist allein im ersten Stock mit Blick nach Westen.«

»O ja, das ist echt großartig.«

»Verstanden. Hab Geduld. Wir sind in drei Minuten am Tunneleingang.«

Hurley stand auf und lief nervös auf und ab. Allmählich musste er die Gereiztheit nicht länger spielen. Er war daran gewöhnt, an der Action teilzuhaben. In diesem Zimmer festzusitzen, während Rapp durch den Schlamm kroch und Coleman Schützenstellungen vorbereitete, trieb ihn in den Wahnsinn.

Er weidete sich an der Vorstellung, die Tür aufzureißen und einem Vollpfosten von Eurosöldner eine unbezahlbare Porzellanfigur gegen den Kopf zu schmettern. Oder an Rapps fassungslosem Blick, wenn er mit dem Franzmann auftauchte und Obrecht von ihm gefesselt und mit einem Knebel im Mund auf dem Boden vorfand.

Die Aufgabe, die man ihm anvertraut hatte, unterschied sich jedoch deutlich davon. Es ging lediglich darum, die Position des Bankiers im Haus weiterzugeben und ihn so lange durch ein Gespräch abzulenken, bis die beiden Jüngeren zu seiner Rettung eilten. Dabei war das noch nicht mal der schlimmste Teil. Um zusätzliche Verwirrung zu stiften, sollte er sich als zweite Geisel ausgeben, falls Obrechts Sicherheitspersonal dem Chef zu Hilfe eilte. Angeblich diente es dem Zweck, ihm ein Überraschungsmoment zu verschaffen, doch er bezweifelte, dass Rapp ihm zutraute, es auch nur mit einer Pfadfinderin als Gegnerin aufzunehmen.

Er setzte sich, starrte auf die Wand und erinnerte sich an den Tag, als sich der 21-jährige Mitch Rapp als Rekrut bei ihm vorgestellt hatte. Ein verweichlichter Lacrosse-Bubi vom College, der bei einer Waffe vorne und hinten nicht unterscheiden konnte.

Hurley hatte mit dem winselnden kleinen Kotzbrocken damals den Boden aufgewischt. Trotz der jahrzehntelangen Freundschaft und zahlloser gemeinsamer Einsätze wünschte er sich nichts sehnlicher, als es vor seinem Tod noch einmal zu tun.

18

Islamabad, Pakistan

Umar Shirani, der Stabschef der pakistanischen Armee, schloss die Vitrine auf und entnahm ihr eine Flasche Gin. Das Licht in der Küche war abgeschaltet, doch die aus dem Flur eindringende Helligkeit machte sein mattes Spiegelbild im Fenster über der Spüle erkennbar. Mit 71 war er immer noch ein ganzer Kerl. Die massige Hüftpartie zeichnete sich unter den weiten Freizeithosen und dem Polohemd genauso ab wie die kräftigen Arme, der fassförmige Thorax und die breiten Schultern. Die Narbe, die er sich im Krieg gegen Indien 1971 zugezogen hatte, blieb deutlich erkennbar – eine runzelige Linie, die ausgehend von der rechten Schläfe im Dickicht des Schnurrbarts verschwand.

Saad Chutani hatte keine solche Narbe. Auch nicht Ahmed Taj, dieser erbärmliche Narr. Beide hielt er für nutzlose Bürokraten. Verwalter, deren Talente sich auf Einschleimen, Intrigieren und großspuriges Gerede beschränkten. Sie hatten nie für ihr Vaterland gekämpft und keinen einzigen Tropfen Blut für Pakistan vergossen. Sie agierten aus der sicheren Deckung der Schatten und legten sich feige mit Männern an, die sie im direkten Duell niemals bezwungen hätten.

Shirani setzte das Glas an und genoss das leichte Brennen, das der Alkohol in der Kehle hinterließ. Allah hatte angesichts der Hürden, mit denen er seinen loyalen Diener konfrontierte, sicherlich Verständnis für diese kleine Sünde.

Der alternde Soldat verließ die Küche, um zu seinem Arbeitszimmer zu gehen. Die Grundfläche der Villa betrug fast 1000 Quadratmeter. Seine deutlich jüngere Ehefrau hatte sie bereits unzählige Male umdekoriert. Die fast schon unanständig teuren Möbel und Kunstwerke entsprachen dem *Dernier Cri*. Sosehr er es hasste, konnte er sich doch darauf verlassen, dass in ein paar Jahren erneut alles ausgetauscht wurde. Mit den US-Dollars, die eigentlich zur Bekämpfung des Terrors vorgesehen waren, durfte dann die nächste Modewelle Einzug halten.

Das Haus kam ihm unnatürlich still vor, als er durch den Flur schritt. Seine Frau hatte sich in vorauseilendem Gehorsam in den Ostflügel zurückgezogen. Sie kannte die Launen ihres Mannes und wusste, dass ihre Anwesenheit ihm lediglich ein willkommenes Ventil für seine Wut geboten hätte.

Aber wo steckten die Sicherheitsleute? Hatten sie sich wegen seiner schlechten Stimmung ebenfalls verkrochen? Manchmal befürchtete er, dass die jüngere Generation nur noch aus verhätschelten Feiglingen bestand. Wie sollte sein Land überleben, wenn Schwächlinge und Verräter das Heft in der Hand hielten? Männer wie Saad Chutani und Ahmed Taj?

Shirani konnte dem Präsidenten seine Eignung als Politiker nicht absprechen. Dass er den kompetenten früheren ISI-Direktor vom Hof gejagt hatte, um stattdessen Taj zu installieren, war ein cleverer Schachzug gewesen, um den mächtigen Geheimdienst unter seine Kontrolle zu bringen. Chutanis Fähigkeiten zu unterschätzen hielt er für enorm gefährlich, aber sie zu überschätzen führte zu völliger Lähmung. So beeindruckend seine Erfolge sein mochten, ohne die konsequente Unterstützung der Amerikaner hätte er nichts davon zuwege gebracht.

Der entscheidende Unterschied zwischen Shirani und Chutani bestand darin, dass der Präsident den Vereinigten Staaten vertraute und ihre Vertreter wie Freunde oder Partner auf Augenhöhe behandelte. Er nahm dankend ihr Geld entgegen, wie sie es alle taten, aber statt es zu unterschlagen, setzte er es für offiziell von Washington sanktionierte Programme ein. Alles Teil seines perfiden Vorhabens, Pakistan in einen Klonstaat der USA zu verwandeln. In ein Land, in dem Shiranis Töchter sich wie Huren benehmen konnten und Allah zu einem bloßen Mythos verkam.

Chutani war nicht nur gefährlich, sondern auch entschieden zu sehr von sich selbst überzeugt. Zwar mochte es ihm gelungen sein, die pakistanischen Geheimdienstkreise zu unterwandern und den Armen mit seinen sozialen Projekten eine bessere Zukunft vorzugaukeln, doch das machte ihn noch lange nicht unantastbar. Seine von den Vereinigten Staaten finanzierten Drohnenangriffe und Überfallkommandos trugen zum wachsenden Widerstand der Fundamentalisten bei. Außerdem kontrollierte er bisher nicht die Armee, obwohl es nur eine Frage der Zeit zu sein schien.

Die schlichte Wahrheit lautete, dass Pakistan schon viel zu lange von einer Zivilregierung kontrolliert wurde. Die zahlreichen Umstürze im Laufe der Geschichte bewiesen eindeutig, dass das Land unter militärischer Herrschaft besser funktionierte. Er musste etwas unternehmen.

Shirani stieg in Gedanken versunken die Treppe hoch. Als er den oberen Absatz erreicht hatte, drang erneut die ungewöhnliche Stille in sein Bewusstsein vor. Die Armee stellte ihm zahllose Diener und Wachen zur Verfügung – Männer, die er aufgrund von Loyalität und Fähigkeiten persönlich ausgesucht hatte. Trotz der Weitläufigkeit der Etagen war es ihm noch nie passiert, dass er so lange durch die Korridore streifte, ohne zumindest einem von ihnen zu begegnen.

Ein dumpfer Stoß Adrenalin regte sich in seinem Körper. Hatte er Chutani verkannt? War es dem Politiker gelungen, seine Security auszuschalten? Führte er etwas wesentlich Konkreteres im Schilde, als den Befehlshaber seiner Armee zu erniedrigen?

Shirani schlich leise auf den Teppichvorlegern zur Rückseite des Hauses. Die Einbauleuchten waren bei der jüngsten Renovierungsaktion entfernt worden. In größeren Abständen aufgestellte Deckenfluter erhellten den Flur nur unzureichend. Er zwang sich, nicht überzureagieren. Chutani traute sich auf keinen Fall, ihn offen zu attackieren. Trotzdem nagten die Ruhe und das schummrige Licht an seinen Nerven.

Er stellte den Drink auf einer niedrigen Truhe ab und öffnete eine der Schubladen. Darin bewahrte er eine der vielen, strategisch im Haus verteilten Waffen auf. Dank des kürzlich geölten Mechanismus glitt die Patrone fast geräuschlos in die Kammer.

Shirani verspürte den Drang, laut zu rufen, um in Erfahrung zu bringen, ob einer seiner Männer in der Nähe war, doch er zögerte. Stattdessen schlich er weiter, atmete tief durch und betrat sein Arbeitszimmer mit der Heckler & Koch P7 in der nach vorn gestreckten Waffenhand.

»Ich glaube nicht, dass das nötig ist«, sagte Ahmed Taj auf Urdu.

Er saß mit übergeschlagenen Beinen neben dem erloschenen Kaminfeuer und hatte die Hände im Schoß gefaltet. Genau wie am Ende ihrer letzten Begegnung suchte er diesmal gezielt Blickkontakt.

»Wo sind meine Leute?«

»Ich wollte ungestört mit Ihnen reden.«

»Wie ...«, hob Shirani an, schwieg jedoch. Taj trug zwar den üblichen zerknitterten Anzug mit zerschlissener Krawatte, wirkte jedoch wie ein anderer Mensch. Er hielt sich kerzengerade und seine sonst so trüben Augen durchbohrten ihn regelrecht. War es möglich, dass der andere ihm die ganze Zeit etwas vorgemacht hatte?

Die Erkenntnis, gezielt von Taj manipuliert worden zu sein, traf ihn wie ein Hieb vor die Brust. Auf einmal passte alles zusammen – das zunehmend raffiniertere

Vorgehen der Taliban, Durranis Tod, die professionell koordinierten Anschläge auf die versteckten Nuklearwaffenlager der Armee. Wie hatte er nur so blind sein können?

Taj deutete ruhig auf die Pistole in Shiranis Hand. »Legen Sie das Ding weg und setzen Sie sich, Umar. Wir wissen beide, dass Sie längst tot wären, wenn ich das wollte.«

Taj beobachtete, wie sein Gegenüber die Pistole auf einem hässlichen Tisch westlicher Herkunft ablegte und Platz nahm. Umar Shirani bildete in vielerlei Hinsicht den exakten Gegenpol zu ihm. Der General war als Kind einer wohlhabenden Familie mit starker Bindung zum Militär in einer behüteten Umgebung aufgewachsen. Das hatte ihn selbstgefällig und zu einem leichten Ziel gemacht. Am Ende vertrauten solche Männer darauf, dass ihnen die eigene Überlegenheit aus jeder Klemme half. Sie hielten das Leben für einen Wettkampf, den sie nicht verlieren konnten. Ein endloses Streben nach der Führungsposition in einer Hierarchie, die zu ihren Gunsten angelegt war.

»Zunächst einmal möchte ich mich bei Ihnen entschuldigen, dass ich der Armee die Kompetenzen für die Bewachung der nuklearen Arsenale entzogen habe. Das lag ursprünglich nicht in meiner Absicht.«

Eine glatte Lüge, die Shirani zielsicher als solche entlarven würde. Es ging ihm vor allem um das Herstellen eines entspannten Gesprächsklimas und weniger darum, den Stabschef davon zu überzeugen, dass der ISI nicht die Macht über die Atomwaffen Pakistans an sich reißen wollte. Taj brauchte einen kooperativen Gesprächspartner, keinen neuen Todfeind.

»Schon in Ordnung«, antwortete Shirani unverbindlich. Er blickte sich um, offenbar in der vergeblichen Hoffnung, dass sich einer seiner Leute in der Nähe versteckt hielt und ihm half, die Oberhand zu gewinnen. In seiner Arroganz hatte er übersehen, dass er schon seit Jahren auf verlorenem Posten kämpfte.

»Unser Land verrottet, Umar. Das ist sowohl inneren als auch externen Faktoren geschuldet. Die von den Amerikanern ausgelösten politischen Spannungen weiten sich aus. Die sektiererische Gewalt hat ein Stadium erreicht, in dem wir sie nicht länger kontrollieren können. Und sosehr wir von den Finanzhilfen der USA profitiert haben, so sehr haben sie uns auch in Versuchung geführt.«

Shirani nickte stumm.

»Präsident Chutani hat mir die Kontrolle über unsere nuklearen Sprengkörper übertragen, mir allerdings eingeschärft, externe Bedrohungen vonseiten Indiens und der Vereinigten Staaten zu ignorieren. Beide Länder würden die Waffen letztlich vernichten und uns ohne Verteidigung zurücklassen.«

»Wie soll Pakistan das überleben?«, fand Shirani schließlich das Selbstvertrauen zurück, seine Argumente vorzutragen. »Ich fürchte, Gott wird unsere Schwäche verurteilen, Ahmed, und unterstellen, dass wir nicht länger für seine Sache kämpfen.«

»Dieselbe Befürchtung habe ich auch. Allerdings dürfen wir uns dem verderbten amerikanischen Einfluss auf keinen Fall hingeben.«

»Allah sei gepriesen.«

Taj lächelte. Das musste ausgerechnet Shirani sagen, der es mit der Treue nicht so genau nahm und eben noch

Alkohol getrunken hatte. Wie so viele andere Negativbeispiele der Menschheitsgeschichte missbrauchte er Gott als Vorwand, um seine eigennützigen Ziele zu verwirklichen.

Deshalb musste er diesen Mann auf die Dauer loswerden. Aber noch nicht. Um chaotische Zustände zu verhindern, hielt Taj es für angebracht, die politischen Strukturen zunächst weitgehend unangetastet zu lassen. Den übrigen Beteiligten vorzugaukeln, dass alles normal lief, war in der ersten Phase von größter Wichtigkeit.

»Ich nehme an, Sie sind gekommen, um mir einen Vorschlag zu unterbreiten?«, fragte Shirani, dessen Selbstbewusstsein zunehmend Aufwind bekam. Er sonnte sich in der Gewissheit, dass Taj für die Realisierung seiner Pläne auf die Duldung der Armee angewiesen war. In Pakistan gelangte man nur ans Ziel, wenn man den Streitkräften zumindest das Versprechen abtrotzte, auf eine militärische Intervention zu verzichten.

Glücklicherweise war der General simpel gestrickt. Nicht im Geringsten vertrauenswürdig und ausschließlich auf die Wahrung der eigenen Interessen fokussiert.

»Ich werde bald die Kontrolle über das Land übernehmen«, verkündete Taj schlicht.

Dass Shirani überrascht auf eine so verwegene Aussage reagierte, hatte er einkalkuliert. Er war vermutlich davon ausgegangen, für ein raffiniertes Komplott angeworben zu werden, um die Autorität der Zivilregierung zu untergraben. Stattdessen enthüllte sein Gegenüber, dass der ISI einen Staatsstreich beabsichtigte.

Der General kicherte nervös und schien das Ganze für eine von Saad Chutani konstruierte Falle zu halten. »Sie reden von Verrat, Ahmed. Ich heiße die engen

Beziehungen des Präsidenten zu Amerika auch nicht gut, aber mein Job besteht darin, ihn zu beraten und anschließend seine Befehle umzusetzen.«

»Ich bewundere Ihr Pflichtgefühl, Umar, aber was glauben Sie, wie lange Sie noch in dieser Position sein werden? Mit Ihrer Erfahrung dürften Sie längst erkannt haben, dass Chutani Vorbereitungen in die Wege leitet, um Sie als Kopf der Armee abzulösen.«

»Davon weiß ich nichts.«

Diesmal war es an Taj, laut aufzulachen. »Sie erinnern sich doch bestimmt, was meinem Vorgänger widerfahren ist.«

Das vergaß niemand so schnell. Er war durch inszenierte Skandale in Misskredit gebracht worden, die Chutani wohlgesonnene Medien an die große Glocke hängten. Die Unruhen im Norden Wasiristans wurden ihm ebenso angelastet wie so gut wie jedes terroristische Attentat innerhalb der pakistanischen Grenzen. Letztlich hatte ihn das Kassieren von Schmiergeldern das Amt gekostet, obwohl jeder Regierungsvertreter des Landes regelmäßig solche Zahlungen in Empfang nahm. Nun sah er einer lebenslangen Haftstrafe entgegen, musste hinnehmen, dass er enteignet wurde und seine Familie öffentlich in Ungnade fiel.

»Wir befinden uns an einem Wendepunkt, Umar. Der Nahe Osten steht vor dem Kollaps. Die Welt ist bereit für eine muslimische Supermacht, die das von den Amerikanern hinterlassene Vakuum ausfüllt, ja, sie wartet geradezu verzweifelt darauf. Die Saudis sind wie Kinder, die mit Waffen spielen, die Iraner wie hinterhältige Waschweiber ohne atomare Rückendeckung. Pakistan ist das einzige Land mit dem Potenzial, eine solche Rolle zu übernehmen. Das ist eine einzigartige Chance, Umar. Wir können Amerikas Einfluss zurückdrängen, die Kontrolle in diesem Gebiet übernehmen und uns die Ölreserven unter den Nagel reißen, von denen der Westen abhängig ist. Auf diese Weise zwingen wir ihre Wirtschaft auf die Knie und unterbinden weitere Drohnenangriffe. Die Erniedrigung fände damit ein Ende. Alles, was wir dafür brauchen, ist unsere eigene Stärke und Allahs Segen.«

Taj lehnte sich im Sessel zurück und überließ Shirani das Reden.

»Und welche Rolle ist für mich vorgesehen?«

Typisch, er dachte natürlich zuerst an sich.

»Unter meiner Führung werden Sie Ihre Position behalten und die nächsten Schritte für unser nukleares Arsenal umsetzen.«

»Und welche Schritte sind das?«

»Die Weiterentwicklung und Modernisierung unserer Raketen. Genau wie Ihnen ist mir bewusst, dass wir Waffen brauchen, mit denen wir im Bedarfsfall einen Angriff auf die Vereinigten Staaten durchführen können ...« Er machte eine kurze Pause und strahlte sein Gegenüber an. »Ich rechne fest damit, dass der amerikanische Kongress ein solches Unterfangen gern finanzieren wird.«

Zum ersten Mal blitzte ein Hauch von Interesse in Shiranis Augen auf. Egoistisches Interesse, kein Zweifel, diesbezüglich machte sich Taj keine falschen Hoffnungen. Welche Unterstützung ihm der General auch zusicherte, seine Armee würde sich zunächst so neutral wie möglich verhalten und abwarten, wer als Sieger aus dem Disput hervorging. Erst dann würde er seine weiteren Optionen abwägen – etwa ob der Machtkampf blutig genug gewesen war, um den Sieger verwundbar zu machen.

Mehr brauchte Taj jedoch nicht. Es reichte, wenn die Truppen die Füße stillhielten, bis er Präsident Chutani beseitigt und den eigenen Machtanspruch zementiert hatte. Erst dann, keine Minute früher, entschied er über das Schicksal von Umar Shirani.

19

Am Bodensee
Schweizer Seite

Mitch Rapp aktivierte betont auffällig sein Kehlkopfmikro, obwohl es in Wahrheit die ganze Zeit auf der Frequenz übertragen hatte, die Gould vorenthalten blieb. »Joe, siehst du uns?«

»Noch nicht.«

Eher ein Vorteil. Maslick hielt aus erhöhter Position gezielt nach ihnen Ausschau und entdeckte sie trotzdem nicht. Sie durften demnach mit an Sicherheit grenzender Wahrscheinlichkeit davon ausgehen, dass Obrechts Männer keine Ahnung hatten, was jenseits der Mauern der Villa vor sich ging.

Der Weg vom Hügel bis zur Höhle hatte länger gedauert als von Wickers kalkuliert, aber das erstaunte Rapp nicht sonderlich. Gould war zwar gut und machte kaum Fehler, soweit er es als Hintermann beurteilen konnte, aber er gehörte eben nicht zu den Schnellsten. Der Auftragskiller war seit seinem Ausstieg bei der französischen Fremdenlegion vor allem im städtischen Umfeld unterwegs gewesen. Kaum verwunderlich also, dass er weniger virtuos durch die Landschaft huschte als ein elfenhafter Ex-SEAL, der schon in Windeln in den Wäldern herumgetollt war.

Gould zwängte sich zwischen zwei Baumstämmen durch. Rapp klebte ihm an den Fersen und ertappte sich beim Gedanken an Anna. An ihren Mut während des Terroranschlags auf das Weiße Haus. An die endlose Tiefe ihrer grünen Augen. An das Leben, das er sich vor ihrem Tod mit ihr an seiner Seite ausgemalt hatte.

Er trat aus dem kleinen Waldstück. Die Sohle von Goulds Stiefel geriet erneut in Sicht. Stattdessen erschienen Rapp vor dem geistigen Auge jedoch die makellos weiße Fassade von Goulds Haus in Neuseeland und die Sonne, die sich im Ozean unterhalb der Klippen spiegelte.

Die Vision bildete einen deutlichen Kontrast zu der abbruchreifen Wohnung, die Rapp sein Zuhause nannte. Vor Annas Tod hatte er mit dem Bau neuer vier Wände unweit vom Beltway begonnen. Genauer gesagt, als der Mann, der gerade vor ihm lief, sie ermordet hatte, um sich auf krankhafte Weise an ihm zu rächen. Die Arbeiten waren daraufhin sofort zum Erliegen gekommen – wie so vieles andere in seinem Leben.

Das ausgebrannte Gerippe seines alten Domizils stand immer noch. Kennedy und Mike Nash wollten ihn zu einem Abriss überreden, um wenigstens das Grundstück verkaufen zu können, doch bisher hatte er sich nicht dazu durchringen können.

Warum fühlte er sich trotz dieser Ereignisse nach wie vor so zwiegespalten hinsichtlich Louis Gould? Wieso hatte er jede Gelegenheit ausgelassen, seinen Intimfeind zu beseitigen?

Tom Lewis, der CIA-Psychologe, wies ihn auf eine mögliche Antwort hin: Wenn Rapp dem Franzosen in die

Augen schaute, sah er ein Spiegelbild seiner selbst. Anfangs tat er es als übliches Psycho-Geschwätz ab, doch insgeheim wusste er, dass Lewis damit den Nagel auf den Kopf traf.

Eine schmale Felsformation tauchte vor ihnen auf. Rapp duckte sich dahinter. Der Eingang zum Tunnel lag wenige Meter entfernt, doch den Großteil der Strecke mussten sie ohne Deckung zurücklegen.

»Joe«, sprach Rapp ins Funkgerät. »Ich bin jetzt an der Sichtblockade, die wir Echo drei getauft haben. Du solltest mich etwa zwei Meter dahinter sehen.«

Er schob den Fuß gegen einen Setzling und brachte ihn zum Wackeln.

»Hab dich«, kam Maslicks Bestätigung.

»Irgendwas Auffälliges in der Umgebung?«

»Ein prächtiger Sechsender-Bock auf halb zwei in westlicher Richtung. Sonst nichts.«

Rapp setzte sich in Bewegung und benutzte die Ellbogen, um sich auf dem Bauch liegend vorzuarbeiten und die Lücke zu Gould zu schließen. Eine sanfte Brise wehte von Westen nach Osten, was es unwahrscheinlich machte, dass das Rotwild ihre Witterung aufnahm.

Es dauerte quälend lang, die restliche Distanz zurückzulegen, doch schließlich lagen beide Männer vor dem Eingang zur Höhle. Gould glitt durch die enge Öffnung und Rapp steckte den Kopf hinein, um die Augen an das fahle Licht anzupassen.

Der Franzose hebelte einen Stein von der Lehmwand, um das angekündigte Tastenfeld freizulegen. Er sah sich kurz um und meinte: »Drück mir die Daumen.«

Rapp zählte mit, um sich zu vergewissern, dass Gould tatsächlich die aus zwölf Zahlen bestehende Kombination eingab, die er ihnen auf der Farm genannt hatte. Nicht dass er einem geübten Lügner so einen schweren Patzer zugetraut hätte, aber er hielt es für angebracht, dem Mann genauestens auf die Finger zu schauen.

Ein leises Klicken ertönte. Gould drückte mit der Hand gegen die rostige Stahlfläche am hinteren Ende der Höhle. Sie schwang nach innen und enthüllte einen in rote Notfallbeleuchtung gehüllten Gang.

Rapp tastete prüfend nach Hurleys 45er Kimber, die in einem Holster unten am Rücken steckte, und aktivierte das Funkgerät. »Wir gehen jetzt rein. Ich schätze, wir brauchen zehn Minuten bis zum Haus.«

»Roger«, antwortete Coleman.

»Stan?«, hakte Rapp nach.

Die gemurmelte Erwiderung war kaum verständlich. »Warten, warten, endloses Warten.«

Nicht das, was Rapp hören wollte. Sie waren auf Hurley angewiesen, um Obrechts Aufenthaltsort im Gebäude in Erfahrung zu bringen. Sämtliche Räume zu durchsuchen vertrug sich nicht mit ihrem Vorhaben, die Villa nach dem Eindringen schnellstens zu verlassen.

»Roger. Tu, was du kannst, Stan. Wir kommen.«

20

Rom, Italien

Ein weiteres Mal hielt Allah seine segnende Hand über ihr Vorhaben. Trotz angekündigten Regens herrschte strahlender Sonnenschein. Nur wenige Wolken zeigten sich am Himmel.

Kabir Gadai schlenderte über den Kiesweg, einen Labrador-Welpen an der Leine, den er erst vor wenigen Stunden gekauft hatte. Er sehnte sich danach, ihn nach erfolgreicher Umsetzung so schnell wie möglich im nächsten Müllcontainer zu entsorgen. Was die Europäer an diesen stinkenden Viechern fanden, war ihm unerklärlich. Trotzdem nutzte er diese Schwäche gezielt aus. Fast jeder, der an ihm vorbeiging, blieb kurz stehen, streichelte den Hund und schenkte ihm ein kurzes Lächeln. Hinzu kam, dass Isabella Accorso selbst zwei Labradorhunde besaß – die jüngsten Vertreter in einer langen Reihe seit ihrer Kindheit.

Der Park war lang und schmal, grenzte an der linken Seite an eine viel befahrene Straße und endete rechts vor einer antiken Ausgrabungsstätte. Gadai betrachtete die Säulen und eingefallenen Mauern, die eine Ära heraufbeschworen, in der die Italiener über den bekannten Teil der Erde geherrscht hatten. Wenig später etablierte sich der katholische Glauben und die Menschen der Region unternahmen ihre Kreuzzüge – eine höfliche Umschreibung für einen Völkermord an den Anhängern Mohammeds. Dasselbe Volk, das der Gewalt heutzutage so kritisch gegenüberstand, hatte seine arabischen Vorfahren auf dem Scheiterhaufen verbrannt, sie in unvorstellbar grausame Gefangenschaft gezwungen oder mit Methoden gefoltert, deren Variantenreichtum und Brutalität keine Grenzen zu kennen schienen.

Inzwischen ließen die Amerikaner ihre christlichen Soldaten im Nahen Osten einmarschieren, um das Gebiet im Namen des falschen Schöpfers einzunehmen, an dem sie selbst größtenteils wenig Interesse hegten. Sie verstanden nicht, was es hieß, Gott im Herzen zu tragen – vollständig von ihm erfüllt zu sein. Die Amerikaner hielten ihn eher für eine Annehmlichkeit auf Abruf. Ein höheres Wesen, an das man sich in schweren Zeiten wandte oder dem man an Feiertagen kurzzeitig die Ehre erwies.

»Geschätzte Ankunft in einer Minute«, meldete sich eine Stimme über das Bluetooth-Headset. »Auf ihrem bevorzugten Platz sitzt niemand.«

Gadai quittierte den Hinweis mit einem fast unmerklichen Nicken.

Praktischerweise aß Accorso zur gleichen Zeit wie ihre Tochter zu Mittag. An sonnigen Tagen wie diesen verließ sie das Büro gegen zwölf Uhr und kam in diesen Park, um sich ein von zu Hause mitgebrachtes Sandwich schmecken zu lassen. Sie hatte dafür mehrere Sitzbänke zur Auswahl, entschied sich jedoch meistens für jene in direkter Nähe ihres Büros. Falls diese besetzt war, nahm sie die nächste.

Ihre Tochter Bianca verhielt sich sogar noch vorhersehbarer und hockte sich stets auf dieselbe niedrige Betonmauer vor ihrem Schulgebäude. Selbst die Freunde, die sie begleiteten, waren in den Wochen, in denen sie sie beobachtet hatten, stets die gleichen gewesen. Ein typischer Beleg für die sozialen Zwänge, denen sich die meisten Heranwachsenden unterordneten.

Er erspähte den blonden Haarschopf und den dunklen Mantel der Zielperson im selben Moment, als der Welpe in einem Abfalleimer etwas Interessantes entdeckte. Am liebsten hätte er brutal an der Leine gezerrt, doch er entschied, geduldig zu warten, bis die Töle fertig war. Accorsos bevorzugte Bank geriet in Sicht, nach wie vor leer. Allah war ihnen erneut gnädig gesinnt.

Er passte seine Laufgeschwindigkeit an ihre an, sodass sie die Bank zur gleichen Zeit erreichten.

»Oh, tut mir leid«, sagte Gadai und blieb davor stehen. »Wollten Sie sich setzen?«

Glücklicherweise sprach Accorso fließend Englisch – eine zwingende Voraussetzung für den Job in ihrer Kanzlei, der die Betreuung internationaler Verträge und Stiftungen umfasste.

Wie die meisten anderen Passanten nahm sie von ihm kaum Notiz, sondern konzentrierte sich voll und ganz auf den Hund. »Wie heißt er denn?«

»Es ist eine Sie. Und ich habe ihr noch keinen Namen gegeben. Vorerst heißt sie bloß ›der Welpe‹.«

»Ich will nur kurz etwas zu Mittag essen«, meinte sie und deutete auf die Bank. »Setzen Sie sich ruhig zu mir. Es ist ja genug Platz.«

»Sehr freundlich von Ihnen.«

Beide ließen sich auf die Bank nieder. Accorso beugte sich vor und kraulte die begeisterte Hündin am Kopf, die prompt begann, an ihrem Bein herumzuknabbern. Statt es wegzuziehen, lachte die Frau nur. »Ich habe auch zwei von der Sorte zu Hause, allerdings älter. Man vergisst schnell, wie niedlich sie in diesem Alter sind. Wie Kinder.«

Es lief genau nach Plan. Generell hatte er kein Problem, mit Frauen ins Gespräch zu kommen, aber ein Kennenlernen auf einer Parkbank stellte ihn doch vor gewisse Herausforderungen. Auf keinen Fall durfte sie sich belästigt fühlen und weiterlaufen. Oder, noch schlimmer, die vorbeigehenden Leute bekamen etwas davon mit. Dank des Tiers hatte er diese Hürden erfolgreich umschifft.

»Warten Sie.« Gadai zog sein Handy aus der Tasche. »Ich zeig Ihnen was.«

Die Frau ging davon aus, dass er ihr einen Schnappschuss von dem Welpen präsentieren wollte, und stutzte, als der Bildschirm aufleuchtete. »Was ist das denn?«

Er beugte sich dicht an sie heran, um leise sprechen zu können. »Ein Video von Ihrer Tochter Bianca, das durch die Zieloptik eines Gewehrs aufgenommen wurde.«

Sie erstarrte. Ihre zunächst verwirrte Miene wich Begreifen, dann blankem Entsetzen.

»Bitte lächeln«, höhnte Gadai und ließ das Telefon zurück in die Jackentasche gleiten.

Sie stammelte wie eine Idiotin und er raunte ihr ins Ohr: »*Lächeln* hab ich gesagt!«

Sie zwang ihre Mundwinkel nach oben und mühte sich, halbwegs zusammenhängend zu reden. »Ich … was …«

»Halten Sie den Mund und hören Sie mir ganz genau zu. Ich habe kein Interesse daran, dass Ihrer Tochter etwas zustößt. Das lenkt nur unnötig Aufmerksamkeit auf mich und meine Leute. Ob sie weiterlebt, ohne je davon zu erfahren, oder heute stirbt, liegt allein an Ihnen.«

»Was wollen Sie von mir? Ich habe …«

»Still!«, zischte er. Die Vorbeigehenden achteten nach wie vor kaum auf sie. Falls mal jemand in ihre Richtung schaute, dann nur, um den Hund zu belächeln, der spielerisch Accorsos Schuh attackierte.

»Ihre Kanzlei verwaltet Unterlagen, an denen ich interessiert bin.«

»Das ist nichts Ungewöhnliches. Wie …«

»Im konkreten Fall hat der Klient sie in Form verschlüsselter Dateien bei Ihnen hinterlegt. Diese sollen über das Internet an Dritte weitergeleitet werden, falls eine seiner vereinbarten Rückmeldungen ausbleibt.«

Sie schwieg, aber etwas in ihrem Blick verriet ihm, dass sie genau wusste, wovon er sprach.

»Sie kennen diese Vereinbarung?«

»Ja.«

»Dann kehren Sie jetzt in Ihr Büro zurück und speichern Sie die Dateien und sämtliche Instruktionen, die Sie dazu erhalten haben, auf einem USB-Stick ab.«

»USB-Stick«, wiederholte sie benommen.

»Ganz genau, Isabella. Sie schlagen sich wacker. Bald haben Sie es überstanden.« Er zeigte zu einem Hotelgebäude auf der anderen Straßenseite. »Bringen Sie mir die Dateien dorthin. Zimmer 200. Eine Zahl, die man sich leicht merken kann. In welches Zimmer sollen Sie kommen?«

»Zimmer 200.«

»Sehr gut. Und beeilen Sie sich, Isabella. Die Mittagspause Ihrer Tochter ist bald vorbei. Mein Mann hat Anweisungen, die Kleine nicht aus den Augen zu lassen. Falls ich ihn nicht anrufe, bevor sie zurück in ihre Klasse muss, wird er sie erschießen. Haben Sie mich verstanden?«

Accorsos Pupillen waren ganz starr geworden und eine Träne tropfte aus dem Augenwinkel. Sie rang sich ein kurzes Nicken ab.

»Dann gehen Sie.«

Sie löste sich aus ihrer Trance und stand auf, um mit wackeligen Schritten zum Sitz Ihres Arbeitgebers zu laufen.

Der Hund wollte hinterher, doch Gadai packte die Leine fest. Er selbst wäre ihr am liebsten auch gefolgt. Die

Unsicherheit – und das Risiko –, sie ohne Begleitung zurück ins Büro zu schicken, hielt er für unangemessen groß. Doch Tajs Anweisungen ließen ihm keine andere Wahl.

Nach einigen Sekunden erhob er sich und blickte auf die Uhr am Handgelenk. Ihm blieb gerade genug Zeit, um den verlausten Köter loszuwerden und den Zimmerschlüssel an der Rezeption abzuholen.

21

Am Bodensee
Schweizer Seite

Scott Coleman hechtete über eine Felsnase auf eine abschüssige Piste. Seine Schenkel brannten und das Herz schlug kräftig, während er die 20 Meter lehmigen Untergrund halb laufend, halb schlitternd hinter sich ließ.

»Ich erreiche in Kürze eure Position«, kündigte er an und gab sich Mühe, nicht zu sehr außer Atem zu klingen. Trotz eines Trainingsprogramms, das ein stoischer norwegischer Trainer für ihn zusammengestellt und beaufsichtigt hatte, setzten ihm die gnadenlose Anstrengung und das Gewicht seines Rucksacks zu. Das Alter ging mit Männern seiner Profession hart ins Gericht. Trotzdem allemal besser, als in einem Büro zu versauern.

»Roger, Scott. Wir haben uns schon gefragt, wo du bleibst.« Typisch Wicker. Mal abwarten, wie *er* sich schlug, wenn es auf die 50 zuging.

Die Lichtung, die er betrat, schien einen Durchmesser von höchstens zehn Metern zu haben. Dichter

Baumbewuchs erstickte fast noch dichter gedrängtes Buschwerk. McGraw hockte auf einem Ast an der Nordseite, dank Tarnmontur und Camouflage-Mütze kaum erkennbar.

Er hielt das modifizierte Jagdgewehr in der Hand, das er für kürzere Distanzen bevorzugte, und spähte durch ein Spektiv von Schmidt & Bender.

»Was siehst du, Bruno?«

»Nur Müll.«

Coleman sprintete zum östlichen Ausläufer der Lichtung und blieb stehen, als er einen Blick auf die schmucklose Mauer erhaschte, die Obrechts Anwesen umgab. Nachdem er behutsam ein paar Zweige mit Blättern zur Seite gebogen hatte, verstand er, was McGraw meinte. Sie steckten in einer Senke zwischen den Hügeln fest. Von seiner Position am Boden aus sah man lediglich die Mauer und den oberen Dachrand des Hauptgebäudes. Das Tor im Auge zu behalten konnte man vergessen. Es befand sich selbst aus McGraws erhöhtem Blickwinkel zu weit südlich.

»Kannst du den Vorplatz erkennen?«

»Gerade so.«

»Wie viele Wachen siehst du?«

»Bloß zwei. Mit Unterbrechungen.«

Coleman fluchte in sich hinein und zog einen Entfernungsmesser hervor. Etwas mehr als 400 Meter bis zur Mauer. Was die Aufgabe noch erschwerte – oder sogar unmöglich machte –, war die fehlende Abschirmung gegen den Wind. Die kaum spürbare Brise, die auf der Spitze des Hügels von rechts nach links geweht hatte, beschleunigte hier auf gut 15 km/h, weil die Schlucht im Osten wie ein Windkanal wirkte.

Ihre neue Position als taktische Katastrophe zu bezeichnen wäre die Untertreibung des Jahrhunderts gewesen. Genauso gut hätte er Strandstühle und einen Sektkühler einpacken können. In diesem Loch ähnlich unbrauchbar wie der Rest ihrer Ausrüstung.

»Wie stehen die Chancen, einen der beiden zu treffen?«, fragte er.

»80 zu 20. Der Wind nimmt zu.«

»Wick?«

Er wusste grob, wo sich sein bester Scharfschütze befand, suchte aber nicht gezielt nach ihm. Das Stativ aus eigener Fertigung mit den bemalten Teleskoparmen ließ sich selbst aus kürzester Entfernung kaum von den umstehenden Bäumen unterscheiden. Die Kleidung hatte er mit künstlichen Blättern und echter Baumrinde so fachkundig getarnt, dass sie mit der Umgebung verschmolz. Selbst das Gewehr hatte er eigens für diese Mission mit einer speziellen Tarnlackierung versehen.

»Ich bin etwas höher als Bruno unterwegs und habe die Sichtlinie an unsere vorige Position angepasst. Einen der Posten erwische ich, wenn das Timing genau stimmt. 30 Prozent, mehr nicht.«

Coleman zog sich ins Zentrum der Lichtung zurück und leerte seinen Rucksack aus. Selbst im günstigsten Fall mussten seine Leute neun hervorragend ausgebildete Spezialisten und fast 200 Meter ungeschützter Freifläche überwinden, bevor sie auf dreieinhalb Meter tote, glatte Mauerfläche trafen. Er hasste das Szenario inzwischen noch mehr als bei der Vorbesprechung.

Allerdings konnte er nichts daran ändern. Sich mit Kennedy zu streiten oder ab und zu sogar mal mit Hurley anzulegen, machte ihm keine Probleme. Bei Rapp sah das ganz anders aus. Eine Auseinandersetzung ließ sich am ehesten mit einem Faustschlag in ein Hornissennest vergleichen. Man ging auf keinen Fall als Sieger hervor und die Niederlage wurde von heftigsten Schmerzen begleitet.

Er holte einen kompakten Monitor aus dem Rucksack und wartete, bis das Bild hell genug war, dass man im Freien etwas erkannte. Der Feed wurde live von Marcus Dumonds Drohne geliefert, die am Himmel über ihnen träge ihre Kreise zog.

Die Sicherheitsleute auf dem Hof befanden sich unverändert in höchster Alarmbereitschaft. Nichts an ihren Bewegungsabläufen verriet, dass sie etwas von dem Gewitter ahnten, das sich ganz in ihrer Nähe zusammenbraute.

Er aktivierte das Kehlkopfmikro und behielt die Männer im Auge, mit denen er sich schon in Kürze anlegen musste. »Immer noch allein auf weiter Flur, Stan?«

»Mmmmm hmmmmm.«

Coleman legte den Monitor zur Seite und holte das Gewehr aus dem Koffer. Großartig. Ein Krebspatient im fortgeschrittenen Alter saß sich beim Warten den Hintern wund, zwei Scharfschützen hingen in einer Senke fest und Mitch Rapp krabbelte zusammen mit dem Auftragsmörder, der seine Familie erschossen hatte, durch einen Tunnel.

Ein weiterer glorreicher Tag in den Diensten der CIA.

22

Stan Hurley hatte sich für einen unbequemen Holzstuhl mit gerader Lehne in einer Ecke des Salons entschieden, statt auf einer der gepolsterten Sitzgelegenheiten Platz zu nehmen, die sich im Raum verteilten. Seine Position erschwerte es, durch die angeblich kugelsicheren Scheiben auf ihn zu zielen, außerdem saß er mit dem Rücken zur Wand. Positive, aber eher unfreiwillige Nebeneffekte.

Zeitlebens hatte er sich nie auf Kompromisse eingelassen. Inzwischen waren Kompromisse das Einzige, was ihm noch blieb. Stand er auf und lief durch den Raum, schmerzte sein kürzlich ersetztes Hüftgelenk. Setzte er sich auf einen der gepolsterten Sessel, drohte er einzuschlafen. Und wenn er zu lange in der gleichen Position verharrte, wurden die Knie steif.

Obwohl die Hauptaufgabe der CIA in der Beschaffung von Informationen bestand, kannte niemand bei der Agency sein wahres Alter. Die Geburt auf dem elterlichen Küchentisch war nicht in einem offiziellen Schriftstück festgehalten worden. Der letzte lebende Zeuge dieses Ereignisses – sein älterer Bruder – lag seit einigen Monaten unter der Erde. Stan war vor Kurzem 80 geworden.

Was er in seinem langen Leben alles erlebt hatte, nötigte selbst ihm Erstaunen ab. Mit Pferden gezogene Kutschen in den Straßen von Bowling Green, Kentucky. Das Sammeln von Altmetall zusammen mit den Kindern aus der Nachbarschaft, um die Kriegsbemühungen in Europa zu unterstützen. Aufstieg und Fall der Sowjetunion. Die amerikanische Flagge, die von seinem alten Freund Neil Armstrong in die Mondoberfläche gerammt wurde.

Und Mitch Rapp.

Hurley hatte alles in seiner Macht Stehende getan – und sogar ans Schicksal appelliert –, um den Knaben loszuwerden. Am Ende hatte er lediglich ein paar andere Topleute aus dem Ausbildungsjahrgang vergrault, nicht aber Rapp. Was einen typischen Army Ranger umgebracht hätte, motivierte den kleinen Pisser eher, dem Tod triumphierend den Stinkefinger zu zeigen.

Auf der einen Seite machte ihm dieser Scheißer mehr zu schaffen als jeder sonst. Auf der anderen Seite beruhigte es ihn, Kennedy in guten Händen zu wissen. Rapp würde immer da sein, um sie zu beschützen. Genau wie das Land, dem sie so viel verdankten.

Hurley stand auf und ging im Unterbewusstsein die Liste der körperlichen Gebrechen durch, die ihm die Mission versauen konnten, wenn die Lage brenzlig wurde. Nachdem sie 15 Punkte umfasste, brach er ab und schüttelte eine Camel aus der mitgebrachten Packung. Er hielt ein Feuerzeug an das harmlos wirkende weiße Röhrchen und inhalierte eine Lunge voll Rauch. Egal. Im Laufe der Jahre hatte er so vieles weggesteckt: Schuss- und Stichverletzungen, Würgeisen, den Sturz von einem Schiff Hunderte Meilen vor der Küste, eine Vergiftung. Letztere Erfahrung verdankte er einer niedlichen kleinen Tschechin, mit der er regelmäßig fickte. Schon witzig, dass der Sensenmann ihn immer wieder von der Klinge springen und ihn lieber mithilfe von Tabakblättern langsam dahinsiechen ließ. Sollte er doch. Mit einem solchen Schlappschwanz in Robe nahm er es allemal auf.

Er blickte sich erneut um und machte seiner trägen Durchblutung mit einigen kurzen Schritten Dampf. Von Rapp hatte er länger nichts gehört. Vermutlich steckte er noch im Tunnel fest. Wenn er auftauchte und mitbekam, dass die Zielperson nach wie vor nicht lokalisiert war, dürfte er wenig begeistert reagieren. Ausreden hatten in diesem Business keinen Platz. Entweder man erledigte den Job oder man war ein Versager.

Was tun?

Die Wache stand garantiert draußen vor der Tür. Hurley konnte also nicht einfach im Haus rumspazieren und den verirrten Alten spielen, falls er zufällig jemandem in die Arme lief. Dem Typen mit irgendeinem antiken Kinkerlitzchen aus dem Raum den Schädel zu zerschmettern, schied ebenfalls aus. Damit hätte er sie mit 99-prozentiger Sicherheit auffliegen lassen.

Hurley verspürte eine nur zu bekannte Beklemmung in der Brust und schob ein Taschentuch vor den Mund, bevor eine heftige Hustenattacke losbrach. Während er durch den Anfall noch abgelenkt war, öffnete sich die Tür und der Wachposten, der ihn in den Salon geführt hatte, erschien. Das Gute war, dass das verzweifelte Schnaufen seine Tarnung als hilfloser Greis unterstützte. Das Schlechte war, dass er es nicht vorspielte. Hurley kämpfte wirklich gegen einen Kollaps an und im Taschentuch sammelten sich blutige Spritzer, die von den traurigen Überresten seiner Lungenflügel stammten.

»Mr. Obrecht wird Sie nun empfangen«, verkündete der andere und schien die gesundheitlichen Strapazen des Besuchers kaum zur Kenntnis zu nehmen.

Hurley wischte sich mit dem Handrücken über den Mund und setzte sich schwankend in Bewegung. »Danke.«

»Erster Stock«, verriet sein Aufpasser und folgte ihm.

Hurley unterdrückte ein Lächeln, als er sich den breiten Stufen mit den stützenden Marmorsäulen näherte.

Das Timing war nahezu perfekt. Sobald Rapp und dieser Franzmann aus dem Tunnel kletterten, würde er Obrecht bereits wie ein Geburtstagsgeschenk verschnürt haben.

Ein Oberlicht in der Dachkuppel warf einen leichten Schatten auf das Duo. Hurley ließ den Wachposten beim Aufstieg nicht aus den Augen. Der Mann lief drei Schritte hinter ihm und umklammerte das Sturmgewehr vor der Brust. Je höher sie kamen, desto größer wurde der Schatten. Trotzdem entging Hurley nicht, wie sich der Lauf des Gewehrs abrupt hob. Er wirbelte herum und stürzte sich auf den Gegner. Im selben Moment traf ihn der Kolben seitlich an der Stirn. Der Schlag machte ihn benommen, aber der Schwung reichte aus, um sie beide die Stufen hinunterpoltern zu lassen.

Als sie am Absatz aufschlugen, brummte Hurley der Schädel und es fühlte sich an, als hätte ihm jemand eine glühend heiße Klinge ins Hüftgelenk gerammt. Der andere Mann hatte den Sturz wesentlich besser weggesteckt. Sowohl seine Jugend als auch die angelegte Panzerweste trugen dazu bei, dass er auf den Beinen war, bevor Hurley sich halbwegs berappelt hatte.

Diesmal gingen beim Aufprall des Gewehrkolbens die Lichter aus.

23

Die Notbeleuchtung tauchte alles in Rot. Rapp schob sich unter Einsatz seiner Ellbogen durch den Tunnel. Nach einem relativ breiten Einstieg hatte sich der Schacht auf quälend enge 60 mal 90 Zentimeter verschmälert.

Rapp litt schon seit seiner Kindheit unter Platzangst. Jahrelange Kämpfe in Amerika und dem Nahen Osten hatten diese Tendenz aus guten Gründen noch verstärkt: Die Geschwindigkeit, Ausdauer und Genauigkeit, die ihm auf offenen Plätzen einen Vorsprung verschafften, wurden in solchen Umgebungen neutralisiert.

Dass Goulds Füße so dicht vor seinem Gesicht baumelten, dass er die Gummisohlen riechen konnte, trug absurderweise zu einer gewissen Beruhigung bei. Für den Fall, dass jemand im Haus ihr Eindringen bemerkte und den Tunnel flutete, hätte ihm der Franzose als menschlicher Schutzschild gedient. Fast noch wichtiger: Gould fehlte es an Manövrierraum, um irgendwelche Dummheiten zu probieren.

»Ich glaub, ich seh den Ausgang«, kündigte sein Begleiter an. Das Echo hallte in der Röhre nach. »Noch etwa 20 Meter.«

Rapps Hand schloss sich fester um die Glock. Sie näherten sich einer Stahlwand mit rostiger Oberfläche. Ein ähnliches Tastenfeld wie vorhin erwartete sie. Gould tippte eine weitere lange Zahlenfolge ein. Auf einen Moment nervöser Anspannung folgte das Surren eines Elektromotors.

Rapp schob die am Helm befestigten Nachtsichtgläser vor die Augen und aktivierte sie. Das Modell der neuesten Generation kombinierte die bewährte Verstärkung des Umgebungslichts mit einer Wärmebildaufklärung. Bei anderen Missionen hätte er sie aufgrund des hohen Eigengewichts und des wuchtigen Gehäuses links liegen lassen, aber im Keller vor ihnen verbargen sich genug unbekannte Variablen, dass der Einsatz sich lohnte. Tests auf der Farm hatten gezeigt, dass die Sehhilfe ein verlässliches Abbild der Umgebung lieferte und dabei die Hitze menschlicher Körper deutlich hervorhob.

»Bereit, Mitch?«

»Go.«

Gould drückte gegen die stählerne Barriere und rollte sich auf dem Lehmboden hinter der Wand nach rechts ab, damit Rapp links neben ihm genug Platz fand.

Aufgrund der massiven Schwärze kam die Lichtverstärkung der Nachtsichtgläser kaum zum Tragen. Die Thermosensoren erfassten eine geringfügige Temperaturabweichung, aber außer Goulds orange eingefärbter Silhouette wurde alles in kaum unterscheidbaren Abstufungen von Grün dargestellt. Rapp musste sich deutlich langsamer bewegen, als ihm lieb war, um nicht näher identifizierbarem Gerümpel auf dem Weg zu einem umgestürzten Fass auszuweichen. Gould wäre fast hingefallen, rettete sich aber noch rechtzeitig und ging hinter etwas in Deckung, das an eine antike Weinkelter erinnerte. Rapp erfasste einen rötlichen Schemen am Rand seines Blickfelds, ignorierte ihn jedoch. Vermutlich eine Ratte.

Davon abgesehen gab es nichts. Keine Geräusche. Keine Bewegungen. Nicht die geringsten Anzeichen, dass sich hier unten in den letzten Jahren jemand aufgehalten hatte. Er ließ die Mündung der Pistole über eine dunkle Öffnung nahe der Außenwand gleiten – ein mittelalterlicher Brunnen? – und glitt an die linke Seite des Fasses. Mit einem Winken forderte er Gould zum Weitergehen auf. Behutsam näherte sich der Franzose einem niedrigen Haufen. In Überschlagsbewegung machten sie Zentimeter um Zentimeter gut, bis sie sich am Fuß einer Treppe wiederfanden, die ins Haupthaus führte.

Gould deutete nach rechts auf einen rechteckigen Abschnitt der Wand, den ihre Sehhilfe blau einfärbte. Das musste die Stahlluke sein, die in Obrechts Schutzraum führte.

Rapp gab seinem Begleiter Deckung, der zum Zugang huschte und den Spalt zwischen Tür und Zarge mit Epoxidharz verklebte. Nicht gerade ausgefeilt, aber das musste reichen, um den Schweizer Banker im Notfall davon abzuhalten, in den Bunker zu gelangen. Damit blieb der Tunnel als einzige Fluchtmöglichkeit für Obrecht, an dessen Ende er unweigerlich Joe Maslick in die Arme lief.

Gould kam zurück und stieg als Erster die Stufen hoch. Rapp folgte mit einigen Schritten Abstand. Sie setzten Brillen und Helme ab, als das Licht, das von außen durch die Kellertür eindrang, zu grell wurde. Rapp versteckte die Helme unter einem Stapel dreckiger Handtücher in einer Wandnische, während der Franzose ein Glasfaserkabel unter den Türspalt fädelte. Das Bild der Miniaturkamera wurde auf das Handy übertragen und entsprach genau dem, was sie sich erhofft hatten: ein leerer Flur.

Rapp tippte gegen das Kehlkopfmikrofon und meldete leise: »Wir verlassen den Keller und dringen ins Erdgeschoss vor. Stan, wie sieht's bei dir aus?«

Keine Antwort.

Solche Momente gehörten zu den Unwägbarkeiten der Mission. Sein Schweigen bedeutete entweder, dass er tot war und sie in einen Hinterhalt liefen, oder dass er mit Obrecht zusammensaß und keine Möglichkeit zum Antworten hatte.

»Scott? Update.«

»Stan wurde zu Obrecht gerufen, während ihr offline wart. Seitdem keine Meldung mehr von ihm. Wir sind auf Position und bereit.«

»Roger. Stan, wenn du mich hörst und gerade in Obrechts Büro bist, schalt kurz das Mikro ein.«

Nach kaum einer Sekunde erklang die akzentbehaftete Stimme des Sparkassenmitarbeiters in der Hörmuschel.

»Ich bat meine Leute um eine umfassende Prüfung und kann Ihnen versichern, dass meine Bank solche …«

Die Übertragung stoppte und Rapp gab Gould ein Daumen-hoch-Signal. Hurley war genau da, wo er sein sollte, konnte aber lediglich kommunizieren, indem er vorübergehend den Knopf am Schlüsselanhänger losließ, um die Übertragung zu starten.

Gould drückte die Kellertür leise auf und glitt durch die Öffnung. Die Haupttreppe nach oben schraubte sich links von ihnen in die Höhe. Sie bildete den Mittelpunkt einer Eingangshalle mit nicht weniger als sechs Fenstern. Stattdessen schlichen sie also nach rechts, passierten die Küche und erreichten eine schmale Stiege für das Hauspersonal. Gould hielt die Glock in Richtung oberes Stockwerk gerichtet, während sie langsam hinaufkletterten. Rapp deckte die Seiten.

Sie erreichten den Zugang zur ersten Etage. Gould vergewisserte sich mit der Glasfasersonde, dass die Luft rein war, bevor sie weitergingen. Auf halber Strecke durch den Flur ertönte leiser Gesang. Eine Frau. Die nächste Tür stand offen. Sie duckten sich hinein, den Rücken zur Wand.

Ausgerechnet diesen Raum in der weitläufigen Villa hatte sich das Hausmädchen gerade zum Putzen vornehmen müssen.

Rapp hielt Goulds Handgelenk fest, als dieser mit der schallgedämpften Pistole auf den Hinterkopf der Dienstbotin zielen wollte. Sosehr die Omnipräsenz von Überwachungskameras Männern ihrer Zunft die Arbeit erschwerte, so sehr wurde sie ihnen umgekehrt durch die Erfindung des iPods erleichtert. Rapp hatte die charakteristischen weißen Knöpfe im Ohr der Frau entdeckt und winkte seinen Begleiter in den Flur zurück. Sie nahm die zwei bewaffneten Männer direkt hinter sich gar nicht zur Kenntnis und widmete sich begleitet von Madonnas jüngster Dancefloor-Hymne dem Wechseln der Bettwäsche.

Auf dem dicken Teppich riskierten sie es, etwas schneller zu laufen, und erreichten binnen Sekunden die zweitletzte Tür auf der rechten Seite. Laut Gould befand sich dahinter Leo Obrechts Arbeitszimmer.

Rapp lauschte an der Wand, die jedoch zu dick war, um zu hören, was drinnen passierte. Wahrscheinlich führten Obrecht und Hurley gerade eine entspannte Konversation bei einer Tasse Tee. Ein paar Plastikhandschellen und eine Rolle Gewebeband sollten genügen, um ihr Paket für den Transport durch den Tunnel zu verschnüren. Nächster Zwischenstopp: eine Black Site der CIA in Bulgarien.

Rapp schob die Hand an den Knauf und zählte mit der anderen leise einen Countdown hinunter. Er stürmte nicht hinein, wie er es normalerweise tat, sondern drückte nur sanft dagegen, um Obrecht ein bisschen aus der Fassung zu bringen, falls er es bemerkte.

Das Glück war auf ihrer Seite. Sie drangen unbemerkt in das Büro ein. Die raumhohen Bücherregale und Gobelins an den Wänden verschluckten die wenigen Geräusche, die sie verursachten. Weiter hinten stand ein korpulenter Mann vor einem Kamin und stocherte in der glühenden Kohle der Feuerstelle herum. Eine moderne Skulptur aus Stahl verdeckte sowohl ihn als auch einen Teil der rechten Raumhälfte. Trotzdem hatte Rapp genug gesehen: Hurley war nicht hier.

Der Mann am Kamin war so groß, wie es Rapp anhand der Überwachungsfotos erwartet hatte, trug einen angemessen teuren Anzug und die grauen Haare kurz geschnitten, doch einiges passte nicht ins Bild. Beispielsweise seine Haltung, die eine gewisse Sportlichkeit verriet. Und die Mühelosigkeit, mit der er den schweren Schürhaken schwang.

Rapp wirbelte zu Gould herum, reagierte jedoch den Bruchteil einer Sekunde zu spät. Der Franzose holte ihn mit einem Fußfeger von den Beinen. Er landete zusammengekrümmt auf dem Teppich, als ihn der Mann neben der Feuerstelle mit einer abrupten Bewegung und einer MP5 in der freien Hand anvisierte. Die Skulptur verbarg seinen Kopf, trotzdem widerstand Rapp dem Drang, auf den Körper zu zielen. Er erfasste instinktiv, dass der Mann seine Massigkeit einer dicken Schutzweste verdankte. Die perfekte Methode, um einen übergewichtigen Banker zu imitieren und gleichzeitig Treffer aus kleinkalibrigen Waffen abzufangen. Allerdings wies seine Maskerade eine Schwachstelle auf: die teuren italienischen Halbschuhe.

Rapp feuerte eine Patrone auf den rechten Fuß und nutzte den Schwung aus, um die Glock in Goulds Richtung hochzureißen.

»Tu das nicht, Mitch.«

Der Auftragsmörder umfasste die eigene Pistole beidhändig. Rapp konnte das Obrecht-Double in seinem

Rücken zwar nicht länger sehen, doch da ein Aufprall ausblieb, schien der Gegner nicht hingefallen zu sein. Wenn er die Disziplin und Zähigkeit besaß, sich mit einem weggeschossenen Fersenballen auf den Beinen zu halten, sprach viel dafür, dass er Rapp gerade mit seiner MP5 anvisierte.

»Lass die Waffe fallen, Mitch. Und Hände weg vom Mikro.«

Rapps Glock knallte auf den Teppich.

»Und auch von Stans Waffe.«

Gould nahm ihm Hurleys Kimber Gold Match ab, die im Holster am Rücken steckte.

»Zwei Gegner haben dich im Visier, Mitch. Und keiner von uns gehört in die Kategorie ›schwachköpfiger Befehlsempfänger‹, mit der du es sonst so oft zu tun hast. Kapiert?«

»Ich kann mir nicht vorstellen, dass dich Obrecht so gut bezahlt.«

»15 Millionen und eine neue Identität, die so blitzsauber ist, dass mich selbst die CIA nicht findet. Aber ich tu's nicht wegen der Kohle.«

»Weswegen dann?«, fragte Rapp, obwohl er die Antwort längst kannte. Er hatte es von Anfang an gewusst.

»Du bist mein einziger Fehlschlag, Mitch. Ich hatte gehofft, es irgendwann zu verdrängen, stattdessen wurde es schlimmer.« Er trat einen Schritt nach links, um nicht ins Kreuzfeuer zu geraten, falls Rapp Dummheiten wagte. »Ich hätte dir in Afghanistan fast die letzte Messe gelesen. Doch der Idiot, der mich engagiert hat, musste es ja unbedingt versauen.«

Die Tür schwang auf, doch Gould ließ sich von der Störung nicht aus der Konzentration reißen. Er behielt sein

Ziel stur im Blick, während Stan Hurley in den Raum geschoben wurde. Der alte Mann geriet ins Stolpern und wäre fast hingefallen. Er umklammerte den Hinterkopf mit einer blutigen Hand.

»Stan«, begrüßte ihn der Franzose bestens gelaunt. »Du kommst gerade rechtzeitig, um Zeuge meines größten Triumphs zu werden.«

24

Rom, Italien

Kabir Gadai schaute kurz aufs Telefon und legte es zurück auf den Tisch. Der Bildschirm zeigte wie schon in den letzten 40 Minuten Isabella Accorsos Tochter im Fadenkreuz.

Er spürte, wie sich ungewohnte Nervosität vom Magen zu den Gliedmaßen ausbreitete und die Hände fast unmerklich zu zittern begannen. Das Leben, das er führte, bestand aus sorgsam geschmiedeten Plänen, die ihm eine Erfolgssträhne nach der anderen bescherten. Diese Situation hatte er jedoch von Anfang an nicht kontrollieren können. Es war eine Sache, an Gott zu glauben, aber eine ganz andere, sich auf dessen Eingreifen zu verlassen. Allah mochte das schnell als Arroganz verurteilen und die Beteiligten abstrafen.

Bianca Accorso war eine junge Frau mit höchst vorhersehbaren Gewohnheiten. Gadai ging fest davon aus, dass sie noch genau 17 Minuten mit ihren Freunden auf der Mauer sitzen blieb. Taj wiederum erwartete, dass diese

Spanne verstrich, ohne dass die Mutter mit den Dateien auftauchte. Natürlich musste man sich auch auf dieses Worst-Case-Szenario einstellen.

Eine kurzfristige Rückkehr nach Pakistan wäre das Naheliegendste gewesen, aber er stand schon zu lange in Diensten von Taj, um das für eine brauchbare Option zu halten. Wenn er ohne den USB-Stick mit den Rickman-Files auftauchte, leitete er damit seinen eigenen Niedergang ein. Natürlich nicht sofort, dafür ging Taj zu subtil vor. Aber innerhalb eines Jahres musste er damit rechnen, wegen Verrats angeklagt oder von einem der Taliban hingerichtet zu werden, die dem General treu ergeben waren.

Sollte Accorso innerhalb der nächsten Viertelstunde nicht kommen, ging er davon aus, dass sie die italienischen Behörden informiert hatte. Dann blieb Gadai keine andere Wahl als die Flucht und er konnte eine Rückkehr in die Heimat endgültig abhaken. Seine Söhne sahen ihn dann nie wieder. Sein Leben würde zu einer endlosen Abfolge von Tagen verkommen, in denen er sich abmühte, Tajs Mordanschläge abzuwehren.

Sein Bluetooth-Headset vibrierte. Er drückte die Taste, um die Verbindung herzustellen.

»Ja?«

»Sie ist in der Lobby.«

»Polizei in Sicht?«

»Nein.«

Gadai stieß erleichtert die Luft aus und lief zur Tür. So groß die Risiken waren, so groß war auch die Belohnung: eine Position neben Taj an den Schalthebeln der ersten muslimischen Supermacht einer neuen Ära. Er könnte mithelfen, den islamischen Glauben überall auf der

Welt zu verbreiten und den Amerikanern die Flügel zu stutzen.

Gadai spähte durch das Guckloch und inspizierte den Gang vor Zimmer 200. *Bald ist es überstanden,* beruhigte er sich. Taj hatte wieder einmal richtiggelegen. Gut, er flößte den Menschen Angst ein und reagierte unkalkulierbar, doch Gott schien auf seiner Seite zu stehen.

»Sie verlässt das Treppenhaus«, meldete das Ohrteil. »20 Sekunden. Sonst ist alles ruhig.«

Accorso erschien einige Augenblicke später mit einem Umschlag in der Hand. Er beobachtete sie von hinten, wie sie zaghaft an das leere Zimmer klopfte.

»Immer noch alles sauber?«, fragte er.

Seine Männer überwachten den Parkplatz, die Lobby und sämtliche Zugänge zum ersten Stock.

»Ja, Sir.«

Gadai zog die Tür auf. »Isabella.«

Sie schoss herum. Überraschung spiegelte sich auf ihrem Gesicht.

»Kommen Sie herein.« Er verzichtete auf verräterische Äußerungen. Sollte sie verkabelt sein, ging die Polizei jetzt davon aus, dass sie Zimmer 200 betrat, nicht das Gegenstück auf der anderen Seite des Korridors.

Die Frau folgte der Aufforderung. Er schloss die Tür hinter ihr.

»Haben Sie mitgebracht, worum ich Sie bat?«

Sie nickte und hielt ihm das Kuvert hin.

Gadai setzte sich an den Schreibtisch, den er vom Fenster weggezogen hatte, und riss die Lasche auf. Er steckte den Stick, der sich darin befand, in einen USB-Anschluss seines Laptops und überflog den ebenfalls vorhandenen Zettel.

Die geschriebenen Anweisungen fielen deutlich komplexer aus als erwartet. Einzelne Dateien sollten an unterschiedliche Empfänger übermittelt werden und es existierten unterschiedliche Szenarien, jedes mit anderen Freigabehinweisen versehen.

»Sie befolgen das zweite Szenario?«, vergewisserte er sich.

Accorso nickte. Schweiß bildete sich an ihrer Oberlippe. »Ein autorisierter Informant hat uns über den Tod von Akhtar Durrani in Kenntnis gesetzt. Als wir nicht wie vereinbart von unserem Klienten hörten, haben wir File D-6 am Dritten des Monats in Umlauf gebracht.«

Er nickte unverbindlich. Die Informationen zur Identität des russischen Maulwurfs in Istanbul. Die nächste Datei mit der Kennzeichnung R-12 sollte am Donnerstag folgen. Welche Enthüllungen mochten sich darin verbergen? Ging es um einen weiteren hochrangigen Informanten? Eine Liste mit Bestechungen ausländischer Regierungsvertreter? Beweise für kriminelle Vergehen der CIA? Spekulationen wie diese drängten sich förmlich auf.

»Und mit ›in Umlauf bringen‹ meinen Sie schlicht den Versand an die angegebene Mailadresse?«

»Ja.«

»Haben Sie sich den Inhalt vorher angesehen?«

»Die Daten sind verschlüsselt.«

»Wissen Sie, wer der Klient ist?«

»Nein, der Kontakt verlief absolut anonym. Er rief mich einmal pro Woche an und nannte einen der Codesätze, die in den Instruktionen hinterlegt sind.«

Gadai scrollte durch die Verzeichnisse des USB-Laufwerks und zwang sich, nicht laut zu jubeln. Sie hatten mit 20 oder 30 Dateien gerechnet, doch es gab Hunderte.

Rickman musste mehr gewusst haben, als sie vermuteten. Hatte er Zugriff auf die Chefetage? Stimmte Tajs Theorie, dass diese harmlose Speichereinheit den Schlüssel zur Zerstörung der CIA lieferte?

»Besitzen Sie Kopien der Daten?«

»Ja.«

»Im Büro des Anwalts, der diesen Klienten betreut?«

»Was ist mit meiner Tochter? Sie sagten doch …«

»Ich sagte, dass ihr nichts geschieht, wenn Sie tun, was ich sage. Also beantworten Sie gefälligst meine Frage, Isabella.«

In ihren Wangen wurden Falten sichtbar, als sie den Kiefer anspannte. Eine erbärmliche Reaktion von einer verängstigten Frau, die es nicht mal schaffte, einen Ehemann bei der Stange zu halten. Sie würde tun, was man von ihr verlangte.

»Liegen Kopien der Daten im Büro Ihres zuständigen Kollegen?«, wiederholte Gadai. »Beeilen Sie sich. Ihre Tochter hat nicht mehr viel Zeit.«

»Nein«, meinte Accorso schließlich. »Möglich, dass er noch den ursprünglichen Zettel mit den Anweisungen in seiner Akte hat. Das hier ist eine Kopie, die seine Sekretärin für mich angefertigt hat. Aber die Dateien selbst sind auf dem zentralen Server der Kanzlei gespeichert. Jeden Abend wird eine Datensicherung durchgeführt.«

Gadai sah sie an. »Haben Sie eine Möglichkeit, die Originale und die Back-ups löschen zu lassen?«

Sie antwortete nicht sofort. Er starrte sie drohend an und ließ die Sekunden herunterticken.

»Ja. Diese Möglichkeit gibt es. Manchmal wechseln Klienten zu einer anderen Kanzlei und verlangen von uns die lückenlose Löschung aller Unterlagen.«

»Sehr gut«, entgegnete Gadai ruhig. »Hören Sie gut zu, Isabella. Ich will, dass Sie sämtliche Spuren dieses Abkommens aus Ihrem System verschwinden lassen. Es muss so aussehen, als hätte es nie existiert.«

Wenig überraschend schüttelte sie den Kopf. »Was ist, wenn der Klient sich bei meiner Firma beschwert, dass die Folgeaussendungen nicht stattfinden? Muss ich dann wieder um das Leben meiner Tochter fürchten?«

Gadai lächelte beruhigend. »Eine solche Beschwerde wird es nicht geben. Ihr Klient ist tot«, erinnerte er. »Vergessen Sie einfach, dass wir uns je begegnet sind, Isabella. Sobald alle Datensicherungen gelöscht sind, müssen Sie sich weder um Ihren Job noch um Ihre Tochter Sorgen machen.«

Selbstverständlich war das eine Lüge. Er durfte diese Frau auf keinen Fall am Leben lassen. Aber seine Zusicherung erzielte die beabsichtigte Wirkung. Sie entspannte sich sichtlich.

»Gehen Sie zurück ins Büro«, sagte er. »Gönnen Sie sich heute Abend ein Glas guten Wein. Verbringen Sie Zeit mit Bianca. Ich verspreche, Sie werden nie mehr von mir hören. Sobald Sie tun, worum ich gerade gebeten habe, ist alles vorbei.«

25

AM BODENSEE
SCHWEIZER SEITE

»Lass die Waffe fallen, Mitch. Und Hände weg vom Mikro.«

Charlie Wicker rutschte auf seinem Beobachtungsposten nach vorn und spähte durch das Spektiv. Rapp hatte das Funkgerät so präpariert, dass es auf der Frequenz, die Gould nicht mitverfolgen konnte, dauerhaft sendete. Gerade hatten sich seine Befürchtungen bestätigt.

Wicker teilte Colemans Einschätzung. Gould war Mitch auf die schlimmste erdenkliche Weise in die Quere gekommen und lebte trotzdem noch. Anstelle des Franzosen hätte er sich auf die Knie geworfen, ein Stoßgebet an Jesus gerichtet und sich für den Fall, dass Rapp es sich doch anders überlegte, in den hintersten Winkel der Erde verkrochen. Dieser Psychopath tickte ja nicht richtig!

»Wir hören mit, Mitch«, schaltete sich Coleman in den Kanal.

Durch das Objektiv hatte Wicker klare Sicht auf den Hügel, auf dem sie vorhin noch gestanden hatten. Der sanfte Wind brachte die Grashalme rhythmisch zum Tanzen. Auf halber Höhe fiel ihm etwas auf. Ein Fremdkörper, der sich nicht im gleichen Takt zu bewegen schien.

»Ich habe Bewegung«, raunte er ins Mikro.

Aus diesem Grund hatten sie sich von der erhöhten Position in diese vermaledeite Senke zurückgezogen. Wer immer einen Angriff auf Obrechts Grundstück plante, würde zwangsläufig die Erhebung benutzen. Goulds Beharren auf dieser strategischen Selbstverständlichkeit hatte Rapps Misstrauen geweckt. Er befürchtete einen Verrat, und genau der wurde ihm gerade serviert.

Ein Arm in Flecktarnmuster tauchte am unteren Ende des Bildausschnitts auf und verschwand wieder.

»Bestätigt. Ein Mann nähert sich unserer vorigen Position. Ich vermute, es gibt noch weitere außerhalb des Sichtbereichs.«

»Kannst du ihn treffen?«, fragte Coleman.

Mit einem Barrett M82 wäre das kein Problem gewesen. Leider ließen sich solche Waffen unmöglich auf einem Stativ einsetzen. Damit blieb nur sein M39. Fraglos ein ausgezeichnetes Gewehr, aber nur unzureichend auf solche Entfernungen ausgelegt.

»Extrem geringe Wahrscheinlichkeit, Scott.«

Scott Coleman schaute gen Himmel, entdeckte den Mann in den Bäumen über sich jedoch nicht. Wenn Wicker von extrem geringer Wahrscheinlichkeit sprach, meinte er damit ›selbst für den besten Schützen auf dem Planeten so gut wie unmöglich‹. In den vielen gemeinsamen Jahren hatte der zierliche SEAL sein Ziel jedoch nur selten verfehlt.

»Du bist mein einziger Fehlschlag, Mitch. Ich hatte gehofft, es irgendwann zu verdrängen, stattdessen wurde es schlimmer.«

Coleman ignorierte Goulds Stimme aus dem Funkgerät und tippte erneut ans Kehlkopfmikrofon. »Was gibt's bei dir, Bruno?«

»Die Wachen machen einen auf cool, haben sich aber komplett hinter der Mauer verschanzt. Im Moment kann ich niemanden anvisieren.«

»Stan. Du kommst gerade rechtzeitig, um Zeuge meines größten Triumphs zu werden.«

McGraws Einschätzung wurde durch die Videoübertragung von Dumonds Drohne gestützt. Sie durften nicht länger zögern.

»Wick. Schieß trotzdem. Falls du ihn nicht treffen kannst, setz den Treffer zumindest nah genug, dass der Kerl sich furchtbar erschreckt.«

Sobald diese Söldner die Hügelkuppe erreichten und niemanden antrafen, würde es nicht lange dauern, bis sie auf die von ihnen hinterlassenen Spuren stießen und zur Senke vorrückten. Allerdings hielt er es auch für möglich, dass sie aufgrund des fehlenden Überraschungsmoments und des Beschusses durch einen unsichtbaren Scharfschützen den Rückzug antraten. Söldner gingen selten unkalkulierbare Risiken ein. Immerhin war es schwierig, Schecks einzulösen, wenn einem der halbe Kopf fehlte.

Der vertraute Luftzug von Wickers schallgedämpfter Waffe drang an seine Ohren. Coleman blickte ohne konkreten Anhaltspunkt in Richtung Baumwipfel. »Bericht.«

»Ich glaube, ich hab ihn erwischt.« Wicker klang von sich selbst überrascht. »Yep. Bestätigt. Da ist Blut auf dem Gras. Er bewegt sich allerdings noch. Soll ich versuchen, ihn endgültig zu erledigen?«

»Negativ. Lass ihn bluten.«

Ein verwundeter Soldat richtete in den meisten Fällen mehr Schaden an als ein toter. Bei einer ernsthaften Verletzung verfiel er entweder in Panik oder brüllte vor Schmerzen – beides konnte selbst die abgehärtetste Kampftruppe demoralisieren. Selbst wenn das nicht geschah, mussten seine Kameraden erst einschätzen, ob sein Zustand zu ernst war, um etwas für ihn zu tun, oder ob sich ein Krankentransport lohnte.

»Keine neuen Ziele. Der Verwundete ist in Deckung gekrochen«, berichtete Wicker. »Das sind Vollprofis, daran gibt's keinen Zweifel.«

Coleman nickte stumm. Sein Team hätte sich genauso verhalten. Von der Bildfläche verschwinden, in Ruhe die Lage analysieren und rausfinden, wo der Sniper lauert.

»Falls du noch mal ein Ziel vors Visier bekommst, hast du Freigabe zum Schießen. Gegner verwunden, aber nach Möglichkeit nicht töten. Statt um uns sollen die sich ruhig erst mal um ihre eigenen Baustellen kümmern.«

»Roger.«

»Bruno?«

»Nichts. Unverändert.«

Coleman lief zum Rucksack und schnallte die seitlich befestigte SMAW ab, eine schultergestützte Mehrzweck-Sturmwaffe. In diesem speziellen Fall verschoss sie den Prototyp eines thermobarischen Projektils. Ein höllisch schweres Teil, aber die Mühe lohnte sich, denn das hinterließ garantiert Eindruck. Der Entwickler bei Raytheon hatte ihn sogar ausgelacht, als er nachfragte, ob sich damit eine verstärkte Mauer aus Betonblöcken durchbrechen ließ.

Gould redete fast ununterbrochen, aber Coleman blendete seine Stimme aus und aktivierte erneut das Mikro. »Mitch, Stan. Wenn ihr mich hört, dann macht euch bereit. Gleich wird's mächtig laut.«

26

ISI-Hauptquartier
Islamabad, Pakistan

Senator Carl Ferris und seine Begleiter standen auf, als Taj das Vorzimmer betrat. Der amerikanische Politiker eilte zu dem kleineren Mann, umfasste seine Hand und strahlte.

»Schön, Sie zu sehen, Ahmed. Es ist lange her.«

»Zu lange, Sir. Es ehrt mich, dass Sie sich trotz vollen Terminplans die Zeit für ein persönliches Treffen genommen haben.«

»Sagen wir so: Zu verfolgen, in welchem Stuhl Sunny Wicka ihren dicken Hintern parkt, während sie von unserem neuen Hilfspaket schwärmt, lastet mich nicht gerade aus.«

Die Unterstützungsmaßnahmen, die beim Staatsbankett in der kommenden Woche erstmals vorgestellt wurden, waren der jüngste Bestechungsversuch der Amerikaner, um Pakistan einzulullen.

Nicht dass Taj etwas gegen den Zufluss westlicher Gelder einzuwenden hätte. Allerdings würde nur ein winziger Teil dieser Milliardenzahlung tatsächlich den Bedürftigen zugutekommen. Der Rest floss ans Militär und die Terrormilizen, die Amerika in Angst und Schrecken versetzten.

»Bitte begleiten Sie mich in mein Büro, Senator.«

Ferris gab seinen Leuten mit einem Winken zu verstehen, auf ihn zu warten, und folgte dem ISI-Direktor.

»Tee?«

»Ich kann nicht lange bleiben, Ahmed.«

»Natürlich, das verstehe ich.«

Ferris hatte deutlich an Gewicht zugelegt und kaschierte es erfolglos mit einem raffiniert geschnittenen Anzug. Zweifellos eine Folge von Stress. In den Unterlagen, die Akhtar Durrani dem Politiker geliefert hatte, lauerte mächtiger Zündstoff für interne Untersuchungen – endlose Stunden, in denen Ferris Irene Kennedy mit konkreten Daten, Namen und Schauplätzen löchern und zu gestammelten Ausflüchten hätte zwingen können. Eine wertvolle Starthilfe, um von seiner Partei als Präsidentschaftskandidat aufgestellt zu werden.

Bedauerlicherweise lebte Durrani nicht mehr und Kennedy war Ferris' Kontakt zu dem früheren ISI-Abteilungsleiter auf die Schliche gekommen. Sie hielt die Information vorerst unter Verschluss, aber die Veröffentlichung von Beweisen, die den beliebten Senator mit dem pakistanischen Geheimdienst in Verbindung brachten, hatte das Potenzial, seine politische Karriere auf einen Schlag zu beenden.

»Lassen Sie mich zunächst …«, begann Taj, doch Ferris fiel ihm ins Wort.

»Kennedy erzählte mir, Durrani habe einen Ihrer Männer, Joe Rickman, entführt und gefoltert, um Wissen aus ihm herauszuquetschen. Und dass beide inzwischen tot sind.«

»Irene Kennedy lügt, wenn sie den Mund aufmacht.«

»Ach, Sie etwa nicht?«

»Man hat mich genau aus dem Grund für diesen Posten ausgewählt, weil ich es *nicht* bin.«

Ferris runzelte die Stirn, allerdings nicht, weil er die Aussage anzweifelte. Wie die meisten anderen hielt er Taj für einen Schwächling. Eine Schachfigur, die sich nach Belieben manipulieren ließ und ein dankbares Bauernopfer abgab.

»Wollen Sie damit sagen, dass die Behauptung nicht stimmt?«

»So einfach ist es nicht, Senator. Kennedy vermischt die Wahrheit mit Lügen, um ihre Feinde zu verwirren.«

»Ist das Scotch?« Ferris zeigte auf eine Karaffe aus Kristallglas. Taj hatte sie von seinen Leuten eigens für dieses Treffen hereinbringen lassen.

»In der Tat.«

Ferris schenkte sich ungefragt ein Glas ein. »Und wie lautet *Ihre* Wahrheit, Ahmed?«

»Durrani war nur ein kleines Licht. An einem so komplexen Plan hätte er sich die Zähne ausgebissen. Ich garantiere Ihnen, die Sache ging allein auf das Konto von Joe Rickman. Er schien ähnlich wie Sie das Vertrauen in die CIA verloren zu haben und hielt die Agency für korrupt und gefährlich, weil sie nicht länger der Kontrolle gewählter Regierungsvertreter untersteht. Bedauerlicherweise stellte er sich deutlich ungeschickter an als Sie.«

Eine derart dreiste Lüge, dass es fast schon auffallen musste. Rickman war ein brillanter Stratege gewesen, der Jahre mit der Ausarbeitung eines Masterplans verbracht hatte, um den kompletten amerikanischen Geheimdienstapparat auszuhebeln. Diesem voreingenommenen Trottel traute er jedoch ebenso wenig wie Durrani zu, Rickmans komplexe Schattengefechte zu durchschauen.

Natürlich übersah der Senator das geflissentlich und saugte das billige Kompliment auf wie ein Schwamm. »Wie sind die beiden umgekommen? Kennedy hat nicht erwähnt, was Rickman zugestoßen ist. Bei Ihrem Mann ist in offiziellen Berichten von einem Herzinfarkt die Rede.«

»Einer von Durranis Leuten hat sie mit Unterstützung eines unbekannten Amerikaners erschossen.«

»Ein Amerikaner? Sind Sie da sicher?«

»Ja. Uns liegen Aufnahmen seiner Stimme vor. Die schlechte Qualität lässt keinen verlässlichen Abgleich zu, aber wir gehen davon aus, dass es sich um Mitch Rapp handelt.«

Blanker Hass stahl sich in Ferris' Miene und er marschierte unruhig auf und ab, um zu verarbeiten, was er gerade erfahren hatte. Schließlich blieb er abrupt stehen. »Diese Hexe! Sie stellte es so hin, als hätte Durrani mich mit falschen Informationen gefüttert und Rickman ermordet. Und sie drohte, unseren E-Mail-Verkehr zu veröffentlichen, damit ich entweder wie ein Verräter oder ein naiver Schwachkopf dastehe. Sie wollte mich sogar verhaften lassen. Mich!«

»Sie hat Angst vor Ihnen, Senator. Sie weiß um Ihren Einfluss und Ihre patriotische Gesinnung. Dass Sie es ihr nie verzeihen würden, Amerikas Werte in den Schmutz zu ziehen.«

Trotz seiner lebenslangen Verehrung für Allah glaubte Taj in dieser Situation zum ersten Mal, dass so etwas wie göttliche Fügung existierte. Es gab keine andere Erklärung.

Er stand kurz davor, die Macht in Pakistan zu übernehmen, hatte Rickmans Aufzeichnungen in seinen Besitz gebracht und die Amerikaner beabsichtigten, weitere Milliarden in seine Taschen zu stopfen. Und nun hatte Allah ihm noch diesen Einfaltspinsel ins Büro geschickt, dessen

Chancen, der nächste Präsident der Vereinigten Staaten zu werden, nicht mal schlecht standen.

Ferris spülte einen Schluck Scotch hinunter, seine Nasenflügel bebten vor Wut. »Wollen wir wetten, dass Präsident Alexander keine Ahnung hat, dass Kennedy und Rapp einen Ihrer besten Männer und einen US-Staatsbürger ohne jede Befugnis kaltblütig aus dem Weg geräumt haben?«

»Das halte ich für ziemlich wahrscheinlich«, entgegnete Taj ruhig.

Politiker wie Ferris, deren empfindliches Ego auf ungesunde Größe angeschwollen war, ließen sich so leicht manipulieren, dass es fast schon komisch war. Garantiert redete sich der Kerl ein, der lachhaften Verfassung des von ihm vergötterten Vaterlandes zuliebe so zu handeln, doch da machte er sich selbst etwas vor. In Wahrheit störte er sich daran, dass Irene Kennedy nicht vor ihm zu Kreuze gekrochen war. Am Ende ging es diesem erbärmlichen Schwächling lediglich um Genugtuung und persönliche Rache.

»Ich bezweifle, dass sie belastbare Beweise gegen Rickman in der Hand hält«, sagte Taj. »Vermutlich wusste er zu viel über sie und Rapp, was Kennedy dazu zwang, ihn zum Schweigen zu bringen. Das sind genau die Auswüchse, die Ihr Komitee bekämpfen soll, nicht wahr?«

Ferris antwortete mit einer Serie von Flüchen.

»Um mal kurz das Thema zu wechseln, Senator, wie schätzen Ihre eigenen Rechtsberater die Lage ein?«

Ferris hatte das Potenzial zu einem gefährlichen Werkzeug, aber nicht, solange Kennedy ihn unter Druck setzte. Die kürzlich eingeführten Richtlinien zur Wahlkampffinanzierung ließen sich leicht umgehen, was es dem ISI erlaubte, amerikanische Politiker quasi nach Belieben mit Spendengeldern zu unterstützen.

Der Teufelskreis der Korruption ließ sich schwer durchbrechen. Taj verwendete amerikanische Hilfszahlungen, um amerikanische Politiker zu schmieren, die im Gegenzug die Unterstützung für sein Land erhöhten, damit der ISI sich mit klingender Münze bei ihnen revanchierte.

»Laut meinen Anwälten kann mir nichts passieren«, antwortete Ferris. »Wie sie es einschätzen, hat mir ein ausländischer Vertreter eine vertrauliche Beschwerde über illegale CIA-Aktivitäten zukommen lassen, der ich nachgegangen bin. Der Aspekt, dass ich den Geheimdienstausschuss nicht darüber in Kenntnis gesetzt habe, stellt eher einen protokollarischen Verstoß als eine Straftat dar. Ich werde es damit begründen, dass ich Senatorin Lonsdale gegenüber Kennedy für voreingenommen hielt.«

»Damit sind also all Ihre Probleme gelöst.«

Ferris sah ihn an wie ein begriffsstutziges Kind. »Aufwachen, Ahmed. So simpel ist das nicht. Einen Strafprozess zu gewinnen erspart mir zwar das Gefängnis, aber der begleitende Trubel ist Gift für meine politischen Ambitionen. Ich werde ein ganzes Heer von Imageberatern anheuern müssen, um meine Botschaft an den Mann zu bringen. Mit den richtigen Leuten stehe ich hinterher wie ein Held da, aber das wird mich ein kleines Vermögen kosten.«

»Das kann doch nicht weiter schwer sein«, heuchelte Taj Naivität. »Sie *sind* ein Held, Senator. Sie schützen die Freiheit Ihres Landes.«

Ferris lachte. »Wahrheit und US-Politik vertragen sich nicht miteinander, Ahmed. Wähler sind Idioten, die tun, was man ihnen sagt. Für mich geht's darum, dass *ich* es bin, nicht dieser Besen von Kennedy, der ihnen vorschreibt, wo's langgeht.«

»Natürlich. Und ich unterstütze Sie gerne bei diesen Bemühungen.«

»Gut, dass Sie das ansprechen, Ahmed. Fünf Millionen sollten für den Anfang genügen.«

»US-Dollar?« Taj riss ungläubig die Augen auf.

Letztlich ein unbedeutender Betrag. Neben dem Geld, das die US-Regierung ins Land spülte, steuerte das amerikanische Volk durch den Kauf des in Afghanistan produzierten Heroins jährlich Hunderte von Millionen zum Wirtschaftswachstum bei.

»Wie gesagt, solche Imageberater sind nicht billig.«

Taj nickte ergeben. »Sie sind unserem Land ein guter Freund und haben den Kampf gegen den Terrorismus vorbehaltlos unterstützt. Ich werde meine Mitarbeiter bitten, umgehend eine entsprechende Zahlung zu veranlassen.«

»Das freut mich, Ahmed. Sagen Sie ihnen, sie sollen sich beeilen, okay? Ich traue Irene Kennedy keinen Zentimeter über den Weg. Wir müssen ihr schleunigst einen entscheidenden Schlag verpassen, von dem sie sich nicht erholt.«

»Natürlich. Bis es so weit ist, habe ich noch etwas, um Ihnen zu helfen. Informationen, die Sie sehr nützlich finden werden.«

Die Augenbrauen des anderen schossen in die Höhe. »Welche Art von Information?«

»Was, wenn ich Ihnen sage, dass Rickman Videos in Umlauf bringen lässt, um der CIA zu schaden?«

Ferris winkte ab. »Wir alle kennen die Folterfilmchen,

in denen er die Namen von CIA-Kontaktleuten ausplaudert, Ahmed. Man kann sie inzwischen sogar auf YouTube abrufen.«

»Es gibt allerdings weitere Clips, deren Existenz Kennedy Ihrer Regierung vorenthält.«

»Sie sagten doch, Rickman sei tot.«

»Das ist er auch. Aber er wusste, dass er in höchster Gefahr schwebt, sobald Mitch Rapp herausfindet, dass seine Entführung bloß vorgetäuscht war, und sich auf die Suche nach ihm macht. Deshalb traf er Vorbereitungen, um nach seinem Tod weitere Enthüllungen zu verbreiten.«

»Was ist auf diesen Videos zu sehen?«, fragte Ferris, der langsam interessiert schien.

»Bisher kennen wir nur eins. Es veranlasste Mitch Rapp, mehrere russische Agenten in Istanbul zu eliminieren. Wir erwarten, dass weitere folgen.«

Ein breites Lächeln umspielte Ferris' Mundwinkel. »Lässt sich das beweisen?«

»Sicher schon bald. Klingt nach einer interessanten Sache für Ihre künftigen Imageberater, oder? Eine CIA-Chefin, der die Kontrolle über Rickman entgleitet, nachdem er afghanische Kriegstreiber und Drogenbarone jahrelang mit amerikanischem Geld unterstützt hat. Ein nachlässiger Umgang mit Geheiminformationen, der zur Folge hat, dass Rickman viel mehr weiß, als er wissen sollte. Ein tapferer Senator, der gegen diese Verfehlungen vorgeht und von ihr mit erpresserischen Mitteln davon abgehalten werden soll.«

Ferris schien gar nicht mehr zuzuhören. Seine Augen starrten an Taj vorbei ins Leere. Zweifellos malte er sich gerade aus, wie er Irene Kennedy persönlich vernichtete und nach einem kometenhaften politischen Aufstieg im Oval Office landete.

Taj schielte auf die Uhr. »Ich weiß, dass Sie in einer halben Stunde Ihren nächsten Termin haben, Senator. Der Verkehr um diese Tageszeit ist schlimm. Ich fürchte, Sie müssen sofort aufbrechen.«

Das riss den Mann aus seiner Trance. Er stellte das Glas ab und hielt seinem Gegenüber eine mit Leberflecken gesprenkelte Hand hin. »Gutes Gespräch, Ahmed. Ich freue mich, bald von Ihren Mitarbeitern zu hören, was die besprochenen Zuwendungen angeht.«

Taj nickte. »Sicher finden wir eine Möglichkeit, unter vier Augen zu sprechen, wenn Sie mit der Delegation von Außenministerin Wicka zum Bankett anreisen.«

»Das lässt sich bestimmt einrichten.«

Taj begleitete Ferris zur Tür und beobachtete geduldig, wie der Politiker seinen Assistenten Anweisungen zurief und danach in Richtung Ausgang verschwand. Erst als der Besucher nicht länger zu sehen war, kehrte Taj an den Schreibtisch zurück.

Unglaublich, dass er sich nur noch eine Woche gedulden musste, um die Früchte für seine jahrelangen Bemühungen zu ernten. Das Attentat auf Präsident Chutani während des Festessens für die Amerikaner war reine Formsache. Wesentlich kniffliger wurde es, die Nachwirkungen zu seinen Gunsten zu gestalten.

Er musste die Menschen in Pakistan und im restlichen Nahen Osten glauben lassen, dass die Vereinigten Staaten dafür verantwortlich waren. Zugegeben, die Schlussfolgerung lag nicht gerade auf der Hand. Wieso sollten die Amerikaner ausgerechnet einen ihrer verlässlichsten Verbündeten töten? Genau wie in der US-Politik kam es in solchen Fällen jedoch nicht auf die Wahrheit an. Die Leute glaubten, was sie glauben wollten, und der unterschwellige Hass gegen Amerika verschaffte ihm leichtes Spiel.

Nach dem Tod des Präsidenten gedachte er, keine Zeit zu verlieren. Mithilfe von Shiranis Armee und dem Vertrauen, das Taj selbst bei den Taliban genoss, wollte er die Kontrolle übernehmen und Pakistan, derzeit ein unbrauchbares Flickwerk aus widersprüchlichen Interessen, zu einem Bollwerk entwickeln, das den Rest der Welt das Fürchten lehrte.

27

Am Bodensee
Schweizer Seite

»Das ging fast zu einfach«, sagte Gould und hielt die Waffe weiter auf Rapps Kopf gerichtet. »Entweder lässt du nach oder du verdankst deinen guten Ruf allein der Marketingabteilung der CIA.«

Rapp ließ sich nicht aus der Reserve locken und fokussierte den Blick auf die Glock 17. Tom Lewis' Psychogramm zeichnete Gould als narzisstischen Soziopathen. Wie so oft erwies sich seine Einschätzung als korrekt. Der Franzose verdrängte die Vergangenheit und wollte sich nicht eingestehen, dass ihm jemand seine Grenzen aufgezeigt hatte. Stattdessen zimmerte er fleißig an dem Denkmal, das er seiner Meinung nach verdiente.

Eine solche Schwäche ließ sich ausnutzen, aber Rapp musste zugeben, noch nie in einer so lebensbedrohlichen

Klemme gesteckt zu haben. Gould mochte zwar ein Fall für die Klapsmühle sein, doch das änderte nichts daran, dass er ihn auf diese und jede andere Entfernung aus dem Weg räumen konnte. Aus dem Augenwinkel beobachtete er, wie sich um den linken Fuß des angeschossenen Söldners eine dunkelrote Pfütze bildete. Dennoch hielten ihn Blutverlust und Schmerzen nicht davon ab, weiter mit der MP5 auf Rapp zu zielen. Außerdem lauerte der Mann, der Hurley in den Raum gestoßen hatte, unter Garantie auf der anderen Seite der Tür.

Sein alter Wegbegleiter schien sich inzwischen halbwegs berappelt zu haben, was nichts daran änderte, dass er sein Verfallsdatum längst überschritten hatte. Im Gegensatz zu Rapp hatten ihn jedoch nicht körperliche Vorzüge und die Fähigkeit, taktische Herausforderungen blitzschnell auszutarieren, zu einem der effizientesten Killer seiner Generation werden lassen, sondern sein Temperament. Der aktuellen Miene nach zu urteilen, hatte er im Laufe der letzten Jahrzehnte nichts an Impulsivität eingebüßt.

»Worauf wartest du?«, stichelte Gould. »Meinst du, Scott boxt dich raus? Keine Chance. Obrechts Männer haben den Hügel umstellt. Coleman ist längst tot oder stirbt in Kürze.«

»Mitch, Stan. Wenn ihr mich hört, dann macht euch bereit. Gleich wird's mächtig laut.«

Sie hatten Hurley das falsche Hörgerät abgenommen. Deshalb konnte er Colemans Ankündigung nicht hören.

»Mal abwarten, ob Scott euch nicht auf dem falschen Fuß erwischt«, versuchte er, Stan einen subtilen Hinweis zu liefern, und deutete mit dem Daumen unauffällig auf Gould. Sein Begleiter hatte den deutlich günstigeren Angriffswinkel. Damit blieb für Rapp der schwer verwundete, namenlose Privatsoldat übrig, während er einem 80-Jährigen mit künstlichem Hüftgelenk einen der besten Auftragskiller der Welt überließ.

Die thermobarische Ladung hielt ihr Versprechen und verursachte eine ohrenbetäubende Explosion, die das Gebäude so stark erschütterte, dass die Mündung von Goulds Waffe nach unten gerissen wurde.

Rapp schoss auf den verletzten Helfer zu und hoffte, das Feuer beider Männer auf sich zu lenken. Überraschung und Blutverlust verlangsamten die Reaktion des Angeschossenen, aber nicht die von Gould. Der Schuss schlug direkt oberhalb des Bauchnabels in Rapps Splitterschutzweste ein und riss ihn zu Boden. Er landete direkt neben der Glock auf dem Teppich. Hinter sich ertönte das gedämpfte Geräusch von Goulds wiederholt abgefeuerter Waffe. Nun, darum musste sich Hurley erst mal allein kümmern.

Die MP5 riss Löcher in den Boden, während die Salve langsam in seine Richtung strich. Die Statue nahm ihm weiterhin die Sicht auf den Kopf des fremden Gegners. Deshalb riss Rapp die Glock in die Höhe und zielte auf den anderen Fuß des Mannes. Diesmal stürzte er, verlor die Kontrolle über die Maschinenpistole und knallte mit Wucht auf den harten Untergrund. Rapp nahm Maß auf die Unterkante des Kinns und blies ihm den Kopf weg, rollte sich sofort danach auf den Rücken und visierte die Tür an.

Wie erwartet kam der Mann, der Hurley gebracht hatte, hereingestürzt. Rapp drückte ab, versenkte eine Patrone im aufgerissenen Mund des anderen und katapultierte einen Mix aus Hirnmasse, Zähnen und Bruchstücken des Schädels in den Flur.

Erst dann fand er Zeit, seine Aufmerksamkeit auf Hurley und Gould zu richten.

Sie standen sich direkt gegenüber. Gould hatte Stan die Waffe in die Magengrube gerammt und betätigte den Abzug wie ein Besessener. Die Rückseite von Hurleys Hemd war zerfetzt und durchnässt vom Blut zahlloser Austrittswunden. Er hatte sein Gesicht seitlich in Goulds Hals vergraben, doch den Grund erkannte Rapp erst, als sein alter Freund reglos auf den Teppich sackte.

Gould umklammerte die Bisswunde an der Kehle, allerdings nützte es nichts. Helles arterielles Blut schoss aus der Hauptschlagader, sickerte durch die Finger und aus dem Mund. Er schwenkte die Pistole in Rapps Richtung und zog durch. Dass das Magazin leer war, erfasste sein Verstand nicht mehr. Kurz darauf entglitt die nutzlose Waffe seinen Fingern und der Franzose torkelte nach rechts zur Tür. Er stieß sich mit letzter Kraft am Türpfosten ab und verschwand im Korridor dahinter.

Das Plärren automatischer Handfeuerwaffen im Freien begleitete Rapps mühsames Kriechen zu Hurleys Position auf dem blutdurchtränkten Teppich. Sein Freund starrte mit leerem Blick zu ihm hoch. Zum ersten Mal seit langer Zeit überwältigten Rapp die Emotionen. Mühsam brachte er hervor: »Warum hast du dich nicht mit der messerscharfen Gürtelschnalle gewehrt, mit der du seit 20 Jahren bei jeder sich bietenden Gelegenheit angibst?«

Hurley lachte erstickt und spuckte einen beeindruckend großen Brocken von Goulds Hals aus. »Ich bekam sie nicht ab. Ist das zu glauben? Der elenden Stümperin, die sie verbrochen hat, werd ich was erzählen!«

Rapp sah den alten Mann an und versuchte sich einzureden, dass die Beklemmung in der Brust von Goulds

Treffer herrührte. »Es tut mir leid, Stan. Das ist meine Operation. Meine Schuld.«

Hurley gelang es, eine blutige Hand an Rapps Schulter zu bekommen und sie sanft zu drücken. Einer der seltenen Momente von Zuneigung während ihrer langjährigen Freundschaft. »Nein. Passt schon.«

Und dann war Stan Hurley – ein Mann, der den Fall der Sowjetunion und den Aufstieg muslimischer Extremisten miterlebt hatte – tot.

Rapp stand auf und schob sich mit nach vorn gerichteter Glock durch die Türöffnung. Der Gestank der chemischen Explosion mischte sich unter das Schwarzpulver, das wie ein Schleier in der Luft hing. Eine Kombination, die ihm nur allzu vertraut war. Draußen schienen sich Obrechts Männer inzwischen neu formiert zu haben und leisteten massiven Widerstand gegen Colemans Vorstoß. Der ehemalige SEAL würde es schon schaffen.

Die hinterlassene Spur war ziemlich deutlich. Rapp folgte ihr zu einem Zimmer auf der rechten Seite des Flurs. Er fand Gould zusammengekauert vor einem Fenster. Der Franzose angelte verzweifelt nach der leeren Waffe auf dem Boden, doch ihm fehlte die Kraft, um sie aufzuheben. Die andere Hand krampfte sich um den Hals. Die komplette linke Körperhälfte schwamm in Blut.

Rapp zielte, dachte an Anna und ihr ungeborenes Kind und sah, wie der Auftragskiller gegen die Bewusstlosigkeit ankämpfte. Sekunden später senkte er die Waffe und ging. Trotz allem, was Gould ihm angetan hatte – niemand außer Stan hätte es verdient, ihn zu töten.

28

Scott Coleman lag bäuchlings im Dreck und lauerte auf seine Chance. Die Büsche wuchsen dicht genug, dass ihn vom Haus aus niemand sah. Allerdings hatte er einige davon entfernt, um das von ihm angerichtete Chaos zu begutachten.

Der Qualm hatte sich so weit verzogen, dass er einen Blick auf das massive Loch in der Mauer freigab, die Obrechts Grundstück umgab. Marcus Dumonds Drohne scheiterte allerdings noch an der Aufgabe, brauchbare Luftaufnahmen zu liefern. Flammenzungen leckten an den geschwärzten Rändern der Bruchstellen. Die Beschichtung der Betonblöcke war in Brand geraten. Die Ausläufer des Feuers erstreckten sich fast bis zur Baumlinie.

Er ließ das Spektiv über die Spuren der Zerstörung wandern und bemerkte zwei Männer. Einer lag mit dem Gesicht nach unten in einer grotesken Haltung da, die andeutete, dass er sich jedes einzelne Gelenk gebrochen hatte. Der andere stand in Flammen.

»Ziele?«, fragte er per Funk nach.

Wicker und McGraw mussten beide verneinen.

Ausgehend von den Geräuschen, die sie empfingen, lebte Rapp noch und war im Haus unterwegs. Was Hurley und Goulds Zustand betraf, wussten sie nichts Eindeutiges.

Er beschloss, nachzufragen. Rapp war bewusst, dass er ununterbrochen sendete. Umso ungewöhnlicher, dass er bisher keinen Bericht geliefert hatte.

»Mitch. Wie sieht's bei euch aus?«

Langes Schweigen. Coleman fing an, sich Sorgen zu

machen, dann kam doch noch eine Rückmeldung. »Gould, Stan und zwei Tangos liegen tot im Haus. Die Frequenz wird abgehört. Sofort deaktivieren.«

Coleman atmete leise aus, folgte der Aufforderung und nahm in Gedanken eine Einschätzung ihrer Lage vor. Hurley und Gould lebten nicht mehr. Rapp rannte irgendwo im Gebäude rum, ohne dass Coleman eine Möglichkeit hatte, seine Position oder seinen Status zu bestimmen. Und sie hatten gerade einen Sprengkörper gezündet, der genug Krach produzierte, um die schlafenden Einwohner von Madagaskar zu wecken. Wenn er richtig gezählt hatte, hielten sich noch acht ernst zu nehmende Gegner in der Umgebung auf, vermutlich an den Schießscharten der Mauer.

Sein Headset durchbrach die unheimliche Stille, die üblicherweise nach einer solchen Explosion eintrat, mit einer Serie von Pieptönen. Sie wiesen auf einen verschlüsselten Handyanruf hin.

»Erledigt«, sagte Maria Glauser lediglich und trennte die Verbindung sofort wieder.

Als logistische Betreuerin war sie für das Verwischen der Spuren nach dem Raketenangriff zuständig. Rapp hatte vorgeschlagen, ein leer stehendes Haus in der Nähe mit Plastiksprengstoff zu präparieren. Sobald die Detonation des SMAW die Umgebung erschütterte, hatte sie das Zeug hochgejagt und bombardierte durch ihre Helfer Polizei und Feuerwehr mit atemlosen Notrufen über eine Gasexplosion. Das Ablenkungsmanöver hielt zwar keiner genaueren Überprüfung stand, aber es half, ihnen die Behörden fürs Erste vom Hals zu halten.

»Bewegung an der Mauer«, meldete McGraw über Funk. »Seht ihr das beide?«

Coleman schwenkte das Gewehr nach links, bis er eine Unregelmäßigkeit im Rauch an einer unbeschädigten Stelle der Einfassung entdeckte. Zu groß, um ein Mensch zu sein. So regelmäßig, wie es sich bewegte, tippte er eher auf eine Plattform, die mithilfe einer Mechanik in die Höhe gefahren wurde.

»Deckung!«, warnte Coleman, obwohl er wusste, dass das für seine Männer in den Bäumen nur eingeschränkt möglich war.

Er warf sich in die flache Senke, als auch schon das vertraute Surren eines Gatling-Repetiergeschützes losbrach. Holz splitterte und Zweige prasselten herab, während die kanonenähnliche Schnellfeuerwaffe mit einer Frequenz von 3000 Schuss pro Minute ihr zerstörerisches Werk anrichtete. Nachdem die Salve verebbt war, rollte sich Coleman zu einer Kugel zusammen, um sich vor den Bruchstücken zu schützen.

Erneute Stille folgte.

Der Richtschütze auf der anderen Seite hatte kein klares Ziel im Visier gehabt. Er übermittelte ihnen lediglich eine Botschaft. Eine sehr deutliche.

»Meldung«, raunte er ins Mikro.

»Keine Verletzungen«, gab McGraw Entwarnung.

Charlie Wicker lieferte Sekunden später eine Kostprobe seines unerschütterlichen Humors. »Ich muss dringend meine Gefahrenzulage neu verhandeln.«

Coleman ignorierte die Bemerkung. »Bruno, kannst du den Schützen erwischen?«

»Negativ. Der hat sich komplett abgeschirmt. Im besten Fall nutzt er Kameras für die Zielerfassung, im schlimmsten ist das Gatling ferngesteuert.«

»Wick?«

»Ich bin am Hügel und erkenn von hier aus nicht mal, wo das Teil genau steht.«

»Was siehst du sonst?«

»Die Explosion hat ihnen ganz schön Feuer unter dem Hintern gemacht. Ich glaube, sie ziehen sich zurück und lassen ihren Verwundeten da liegen.«

»Joe, hast du gehört? Die Tangos kommen in deine Richtung.«

Maslick, der den Zugang zum Tunnel bewachte, antwortete sofort: »Verstanden.«

»Nicht angreifen«, befahl Coleman. »Ich wiederhole: nicht angreifen. Ich will nicht, dass du deine Position verrätst oder sie auf die Idee bringst, in eine andere Richtung zu fliehen. Bleib wachsam und halt nach Obrecht Ausschau.«

»Roger.«

Coleman kroch durch den Haufen heruntergefallener Zweige und Äste. Jetzt konnte er die Gatling Gun genau sehen, die offenbar von Elektromotoren zügig hin und her bewegt wurde. Vermutlich stand am südlichen Ende der Mauer eine weitere bereit, doch der dort angerichtete Schaden war so beträchtlich, dass er sie nicht als Gefahr einstufte. Bestimmt hatte man die Waffen hinter der Holzverkleidung der Mauer versteckt, weshalb sie für Dumonds Drohnen im Vorfeld unsichtbar gewesen waren.

»Gebt Bescheid, wenn ihr ein Ziel seht. Niemand schießt ohne meinen ausdrücklichen Befehl. Wir können es uns nicht erlauben, dass sie uns mit dem Teil ins Visier nehmen.«

Er checkte erneut mit dem Zielfernrohr seiner Waffe die Umgebung ab. Der Rauch dünnte zunehmend aus.

Er erspähte ein offenes Fenster in einer der Dachgauben der Villa. Zweifellos hielt sich dort ein Scharfschütze bereit. Fraglos einer der Besten, die man für Geld bekam.

»Bruno. Das Dachfenster schon bemerkt?«

»Ja. Aber keine Chance auf einen Treffer.«

Es wurde so leise, dass Coleman den eigenen Atem und das Rascheln der Blätter hörte. Ein Geräusch, das er nur zu gut einordnen konnte. Das Geräusch einer festgefahrenen Operation.

Früher hätte er in einer solchen Phase Luftunterstützung angefordert, das Grundstück mit einem Laser absuchen lassen und die Jungs an Bord aufgefordert, irgendwas Fieses aus der Stratosphäre runterknallen zu lassen. In solchen Momenten vermisste er die Navy.

Er traf eine Entscheidung und schaltete auf Rapps private Frequenz zurück. »Wir haben es mit einem Gatling-Repetiergeschütz an der Nordflanke der Mauer zu tun«, funkte er. »Erinnerst du dich an Herat?«

Falls Obrechts Leute sie abhörten, konnten sie damit nichts anfangen. Herat war eine Stadt in Afghanistan, in der ein Scharfschütze ihn und Rapp mehr als eine Stunde im oberen Stockwerk eines Hotels festgenagelt hatte.

Wie erwartet blieb sein Funkspruch unbeantwortet. Er hoffte, dass Mitch die Nachricht trotzdem empfangen hatte. Er war als Einziger in der Lage, Obrechts Männer von der Flanke her anzugreifen. Sollte es ihm gelingen, sie ein bisschen zu beschäftigen, konnte es Colemans Team wagen, weiter vorzurücken. Andernfalls mussten sie ihn in der Villa zurücklassen. Kennedys Anweisungen waren diesbezüglich eindeutig: Sobald die Schweizer Behörden anrückten, sollten sie eine Fliege machen.

»Wir sammeln uns an meiner Position«, gab er durch, nachdem er wieder auf den allgemeinen Kanal gewechselt hatte. »So oder so dürfen wir keine weitere Zeit verlieren.«

29

In der Nähe von Georgetown
Washington, D. C.

Irene Kennedy justierte das Licht der Stehlampe zum dritten Mal. Irgendwann gestand sie sich ein, dass ihre Unfähigkeit, die vertraulichen Dokumente auf ihrem Schreibtisch zu lesen, nichts mit einem Mangel an Helligkeit zu tun hatte. Vielmehr ließ sie ihre sonst durch nichts aus der Ruhe zu bringende Konzentration ausnahmsweise im Stich.

Sie setzte die Brille ab und sah sich im fensterlosen Arbeitszimmer um, das im hinteren Winkel ihres Hauses ein geheimes Dasein fristete. Nicht dass es sonderlich viel zu erkennen gab. Das Halbdunkel gab ihr für gewöhnlich ein Gefühl von Sicherheit. Heute jedoch nicht. Eher verstärkte es die angestaute Unruhe und ihre Gewissensbisse. Joe Rickmans Dateien befanden sich weiterhin im Umlauf, und das war ganz allein ihre Schuld. Sie hätte es kommen sehen müssen. Selbst seine geistige Brillanz konnte Rickmans Aussetzer nicht entschuldigen. Dass er Herausforderungen bewältigte, an denen jeder andere scheiterte, hatte sie für alles andere blind werden lassen. Für die Leiterin der CIA gab es keine simplen Probleme.

Darum kümmerten sich andere, lange bevor sie auf ihrem Tisch landeten. In ihrer Welt bewegte sie sich ständig auf Messers Schneide, ohne klare Siege einzufahren. Es gab lediglich Szenarien, in denen erzielte Vorteile die resultierenden Risiken teilweise vergessen machten. In der aktuellen Lage hatte sie selbst eine sorgsame Abwägung die falsche Strategie wählen lassen. Oder wie es Mitch vereinfacht auf den Punkt gebracht hätte: *Falsch getippt, Irene.*

Das Telefon neben ihr kündigte mit einem speziellen Klingelton eine verschlüsselte Verbindung an. Zögernd griff sie nach dem Hörer. Ein weiterer Nachteil ihres Jobs bestand darin, dass Leute sie nur selten mit guten Nachrichten zu Hause anriefen.

»Ja?«

»Sie haben die Mauer gesprengt«, verkündete Marcus Dumond. »Der Rauch macht meine Drohne blind.«

»Danke.«

Sie legte auf und spürte, wie sich der Knoten in ihrer Brust verengte. Die Obrecht-Operation war ausschließlich mit ihrer Ermächtigung durchgeführt worden. Weder die Schweizer Regierung noch Präsident Alexander wussten darüber Bescheid. Für Diskussionen hätte sie keine Zeit gehabt, ein Nein als Antwort nicht akzeptiert. Lieber reichte sie hinterher ihre Kündigung ein, als vorher eine Erlaubnis einzuholen.

Kennedy wollte erneut zum Telefon greifen, zog die Hand jedoch zurück. Sie hatte eine direkte Leitung zu Scott Coleman eingerichtet, allerdings nur für Notfälle. Sie hatte die Bedingungen dafür sehr eng definiert und Coleman würde sich nicht auf Abweichungen von dieser Regel einlassen. Rapp und Hurley dagegen pfiffen auf

Vorschriften. Trotzdem gab es keine sinnvolle Aktion, die sie jetzt einleiten, kein Update, das ihr weiterhelfen konnte. Die Würfel waren gefallen.

Statt des Telefons wendete sie sich dem Laptop zu, um ihren E-Mail-Account abzufragen. Für den Fall, dass Rickman erneut zuschlug, hatte sie eine automatische Benachrichtigungsfunktion eingerichtet, deshalb rechnete sie nicht mit Neuigkeiten. Trotzdem bot es ihr gewissen Trost, einen leeren Posteingang vorzufinden.

Sie hielt es jedoch bloß für eine Frage von Stunden oder Tagen. Rickman ließ sich nicht von so etwas Trivialem wie dem Tod aufhalten. Dafür war er viel zu schlau und besessen. Nein, wer einen so groß angelegten Plan umsetzte, legte ihn narrensicher an. Unaufhaltbar.

Kam es ausgerechnet während ihrer Amtszeit als CIA-Direktorin zum Niedergang des amerikanischen Geheimdienstes? War am Ende sie verantwortlich dafür, den Mann rekrutiert und ausgebildet zu haben, der diesen zentralen Verteidigungswall zu Fall brachte – und das in einer Phase, in der die Welt besonders gefährlich und unberechenbar schien?

Afghanistan stand im Begriff, in ein Stadium zurückzufallen, das Amerika als ›mittelalterliches Chaos‹ umschrieb, die Afghanen selbst hingegen für Normalität hielten. Zahlreiche terroristische Vereinigungen würden das rechtliche Vakuum und den Mangel an Struktur als willkommene Deckung nutzen, doch das Volk selbst stellte eine weitaus geringere Bedrohung dar, als die meisten Menschen glaubten. Da sie Fremde im Land nicht besonders schätzten, ließen sie sich mit etwas Antrieb unter Umständen sogar dazu bewegen, Aufrührer zu bekämpfen, die ihre Heimat als Operationsbasis missbrauchen wollten.

Die Lage im Irak stellte sich deutlich heikler dar. Dort befand sich eines der Zentren aktueller Unruhen in Nahost. Mit militärischen Mitteln einzugreifen versprach wenig Erfolg, ebenso wie die Einschleusung von Vermittlern in die Region leicht zum Bumerang werden konnte. Wer eine eher neutrale Position in einem Konflikt einnahm, neigte dazu, mit deutlich geringerem Einsatz zu kämpfen als ein Fanatiker. In vielen Fällen wurden von den Amerikanern bereitgestellte Waffen kurzerhand dem Gegner ausgehändigt und die Flucht angetreten. Oder auf erlebte Brutalität wurde mit eigenen extremistischen Tendenzen reagiert. Tragischerweise hätte die beste Lösung darin bestanden, einem brutalen proamerikanischen Diktator an die Macht zu verhelfen. Mit etwas Glück entstand dadurch ein Klima, um den Rest der Region zu stabilisieren.

Weniger impulsiv, jedoch unter dem Strich gefährlicher schätzte sie die früheren und künftigen Weltmächte ein. Russland unternahm Anstrengungen für eine Neuauflage des Kalten Krieges, um sich wieder den ersehnten Respekt zu verschaffen, den es wegen seiner ausgebluteten Ökonomie und korrupter Behörden anderweitig nicht bekam. China verleibte sich hingegen jedes Territorium ein, auf das es auch nur theoretisch Anspruch besaß, um das Volk vom lahmenden Wirtschaftswachstum und den ersten Vorboten einer drohenden Klimakatastrophe vor der eigenen Haustür abzulenken.

Und dann war da noch Pakistan.

Die zersplitterte Struktur des ISI ermöglichte es, dass ein Bereich damit beschäftigt war, eine bestimmte Terrorzelle zu jagen, während sie von einem anderen aktiv unterstützt wurde. Interne Grabenkämpfe gehörten zur

Tagesordnung. Mitarbeiter boykottierten regelmäßig Operationen, um Rivalen zu diskreditieren und eigene Karrieren zu befördern. Der Leiter des Geheimdienstes machte anspruchsvolle Zielvorgaben, doch die eigentliche Macht lag bei den Abteilungsleitern, die ihre Reviere wie ein Rudel wilder Hunde verteidigten.

Das war einer von vielen Gründen, weshalb die Terrorabwehrmaßnahmen des ISI häufig verpufften oder sich gar als kontraproduktiv erwiesen. Problematisch? Ja. Von zerstörerischem Einfluss auf die Region? Absolut. Eine eindeutige Bedrohung für die Vereinigten Staaten? Eher nicht.

Das Hauptproblem bestand darin, dass der ISI, auf den sie die CIA eingestellt hatte, sich in einem Tempo veränderte, das sie nie für möglich gehalten hätte. Nadeem Ashan, der ungemein vernünftig agierende Bereichsleiter für Analyse und außenpolitische Beziehungen, stand unter Hausarrest. Akhtar Durrani, der brutale und geistig beschränkte Chef des externen Flügels, lebte nicht mehr. Direktor Ahmed Taj hatte beide Bereiche mit Analysten neu besetzt, die sie nicht kannte. Auch der S-Wing durchlebte eine Weiterentwicklung. Zunächst hatte die CIA den vermeintlichen Schrumpfungsprozess der geheimen Division als gutes Zeichen gewertet. Inzwischen kristallisierte sich heraus, dass lediglich die schwächeren Agenten entsorgt wurden und sich der verbleibende Rest zunehmend im Untergrund ansiedelte.

Sie holte sich ein Foto von Ahmed Taj auf den Schirm und betrachtete seine stumpfen, stets nach unten gerichteten Augen. Präsident Saad Chutani hatte ihn aufgrund seiner Talente im logistischen Bereich, der moderaten Ansichten und des fehlenden Ehrgeizes an die Spitze der Organisation berufen. Darüber hinaus war es der CIA nicht gelungen, viel über den Mann herauszufinden. Aufgewachsen in einem ärmlichen Teil des Landes, in dem kaum schriftliche Aufzeichnungen existierten und die Lebenserwartung so gering war, dass Informationen aus der Kindheit allenfalls auf unzuverlässigem Hörensagen beruhten. Bei seinem Vater handelte es sich demnach um einen religiösen, äußerst gewieften Geschäftsmann, der Taj deutlich mehr Möglichkeiten bieten konnte, als andere Kinder in der Nachbarschaft hatten, nach Ende der Schulzeit sogar ein Studium in den USA.

Die harten Fakten, die ihnen vorlagen, deuteten auf Mittelmäßigkeit in allen Bereichen von Tajs Leben hin: Noten, außerschulische Aktivitäten, Militärzeit. Ironischerweise bereitete ausgerechnet das den Pakistan-Experten in Diensten der CIA die größten Sorgen. Viele rechneten damit, dass eine derart schwache Führungsperson die Zersplitterung des ISI weiter vorantrieb. Dabei schien das genaue Gegenteil einzutreten. Unter der Leitung von Taj und der vordergründig schwachen Männer, die er rekrutiert hatte, bildete der Geheimdienst die klaren Strukturen heraus, die er zuvor so lange vermissen ließ.

Sie starrte auf den Bericht, den sie gerade gelesen hatte, und klappte den Ordner zu. Eine weitere Analyse des ISI unter Tajs Ägide. Seitenweise intellektuelle Verrenkungen, um die überraschend aufgetretene Stabilisierung des pakistanischen Abwehrdienstes zu erklären. Die gängigste Theorie lautete, dass die mittlere Führungsebene, die noch vor wenigen Jahren von denselben Analysten für die Auswüchse einer ›Wildwest-Führungskultur‹ verantwortlich gemacht wurde, den Laden nun am Laufen hielt.

Alles, was die CIA über den modernen ISI wusste, verdankte sie der Beschäftigung mit Tajs Schwächen. Und jede Prognose, die darauf basierte, hatte sich als falsch entpuppt. Was, wenn ihre Grundannahmen, was diesen Mann betraf, schlicht nicht stimmten? Wenn sie nur sahen, was er sie sehen lassen wollte?

Sie hob den Hörer ab und wählte zum dritten Mal an diesem Tag dieselbe Nummer.

»Büro von Senator Ferris.«

»Ist er da? Hier spricht Irene Kennedy.«

»Ich bedaure, Direktorin Kennedy, er ist nicht verfügbar. Ich habe Ihre Nachrichten an ihn weitergegeben, aber nachdem er gerade erst aus Pakistan zurückgekehrt ist, liegt eine Menge auf seinem Tisch. Soll ich ihm ausrichten, dass Sie noch einmal angerufen haben?«

»Nein. Es ist nicht so wichtig«, sagte sie und trennte die Verbindung.

Laut ihren Quellen waren Ferris und Taj im Rahmen seiner Informationsreise zu einem privaten Treffen zusammengekommen. Sie interessierte sich sehr dafür, um welche Themen es dabei ging.

Letztlich verriet ihr die Weigerung des einflussreichen Politikers, ihre Anrufe zu beantworten, jedoch mehr als alle Ausflüchte und Halbwahrheiten, die er ihr vermutlich aufgetischt hätte. Für sie stand fest, dass ihre Drohungen gegen ihn auf Dauer ins Leere liefen. Wie viele seiner Parteikollegen hätte Ferris die CIA mit Kusshand zerstört, ebenso das Land und vermutlich sogar sich selbst, solange er sich damit ein politisches Denkmal errichten konnte.

Er hatte bereits eine ganze Horde erstklassiger Anwälte angeheuert mit Geldern aus Pakistan, deren Herkunft sie nicht auf die Schliche kam. Nun konferierte er mit einigen der wichtigsten Politiker des Landes. Es bestand kein Zweifel daran, dass er zu einer Gegenattacke gegen sie ansetzte und alles tat, um die Nominierung als Präsidentschaftskandidat seiner Partei in trockene Tücher zu bringen.

Normalerweise hätte ihr das Kopfzerbrechen bereitet, aber in diesem Fall teilte sie Rapps Einschätzung. Im Gesamtzusammenhang der Rickman-Affäre war dieser aufgeblasene Wichtigtuer eher eine unterhaltsame Nebenfigur. Wesentlich mehr als Ferris' wachsende Armee von Rechtsverdrehern und Lobbyisten interessierte sie sein Verhältnis zu Ahmed Taj. Einmal mehr schien der nach außen hin so machtlose Pakistani in einer ernsthaften Krisensituation die Hauptrolle zu spielen.

Ein leises Klopfen holte sie in die Gegenwart zurück. Instinktiv ließ sie Tajs Bild vom Monitor verschwinden. »Herein.«

Die Tür öffnete sich und sie blickte mit zusammengekniffenen Augen auf ihren 17-jährigen Sohn, geblendet durch die Sonnenstrahlen, die durch die Fenster im Flur einfielen. Sie hatte komplett verdrängt, was für ein herrliches Wetter draußen war.

»Wieso ist es hier drin so dunkel, Mom?«

»Ich hab leichte Kopfschmerzen.«

»Kein Wunder, wenn du die ganze Zeit in diesem finsteren Loch hockst«, sagte er und mimte den entnervten Teenager, um die Sorge um seine Mutter zu kaschieren. »Hinten auf der Terrasse ist es herrlich.«

»Du hast völlig recht. Ich sollte ein bisschen an die frische Luft.«

Tommy sagte nichts, sondern blieb im Türrahmen stehen. Er hatte ihr offensichtlich etwas mitzuteilen. Kennedy musterte ihn einige Sekunden stumm, bevor sie sich ermahnte, damit aufzuhören. Diese Strategie war dafür gedacht, Informationen aus Gegnern herauszukitzeln. Nicht aus ihrem eigenen Sohn.

»Was beschäftigt dich, Schatz?«

Verlegen betrachtete er seine Schuhspitzen. »Kommt Mitch morgen zum Spiel?«

Nach ihrer Scheidung war Tommys Vater weggezogen und ließ fortan jedes Interesse an seinem Sprössling vermissen. Rapp hatte seinen Teil dazu beigetragen, die entstandene Lücke auszufüllen, ging regelmäßig mit dem Jungen ins Stadion, gratulierte ihm zum Geburtstag und unterwies ihn in der hohen Kunst des Lacrosse-Spiels.

»Keine Ahnung. Er ist unterwegs.«

»Was treibt er denn?«

»Surfen, glaube ich.«

Tommy lachte über die Anspielung auf *Apocalypse Now*. Sie liebten beide die Szene, in der Lieutenant Colonel Kilgore seinen Soldaten das Surfen befahl, obwohl am Strand feindliche Granaten einschlugen. »Charlie surft nicht!«, konterte er mit einem Zitat.

Er war ein außergewöhnlich intelligenter und verständiger junger Mann, brachte ohne sonderliche Mühe lauter Einsen nach Hause, erzielte bei den SATs ein Fabelergebnis und wurde von Colleges wie Harvard und dem MIT mit Stipendien gelockt. Seine Wissbegier nahm manchmal ungesunde Auswüchse an. Er hatte sich in den Kopf gesetzt, ein lebendes CIA-Lexikon zu werden, und konzentrierte sich dabei vor allem auf Fehlentscheidungen, Reinfälle und unbeabsichtigte

Nebenwirkungen in der langjährigen Historie. Verglichen mit Alkohol oder Drogen hielt sie es trotzdem für eine der harmloseren Formen von Rebellion.

»Du glaubst also, er verpasst das Spiel?« Tommy klang, als ob er sich darüber freute. »Und kommt nicht rechtzeitig zurück?«

»Das scheint dich zu freuen.«

Eine weitere ausgiebige Musterung seiner Schuhe. »Der Typ ist ein Lacrosse-Gott. Manche halten ihn für den besten Spieler aller Zeiten. Wusstest du, dass er dir hinterher sagen kann, wo sich jeder Gegner in jeder Sekunde der Partie aufgehalten hat? Gib's zu, ihr habt ihm einen Speicherchip ins Gehirn gepflanzt.« Er verzog nachdenklich das Gesicht. »Sag bitte, dass ich mich irre.«

»Meines Wissens nicht, nein.«

»Jedenfalls ist er so was wie der Wayne Gretzky des Lacrosse. Und ich bin gerade mal Durchschnitt.«

Seine Einschätzung stimmte. Und dass er überhaupt auf diesem Niveau spielte, verdankte er Rapps unermüdlichen Bemühungen seit seinem sechsten Lebensjahr. Kennedy bewunderte Leute, die ihre Schwächen realistisch einschätzten. Normalerweise hätte sie jetzt Überlegungen angestellt, wie sich die Auswirkungen dieser Schwächen am besten minimieren ließen. Allerdings handelte es sich hier nicht um einen ihrer Agenten.

»Geh nicht so hart mit dir ins Gericht, Tommy. Mitch sagt, du schlägst dich wirklich gut.«

»Ach was, Mom. Er hält mich für langsam, ungenau und zu passiv.«

Sie nahm sich vor, mit Rapp bei nächster Gelegenheit darüber zu reden. »Er will doch nur, dass du das Beste aus dir herausholst.«

»Ich weiß, Mom. Aber es ist ein bisschen …« Er führte den Satz nicht zu Ende und sie lächelte mitfühlend. Er musste sich wohl damit abfinden, die linken Füße seiner Eltern geerbt zu haben.

»Macht's dir denn Spaß?«

»Klar. Die Jungs im Team sind klasse. Und wir haben jetzt sogar eigene Cheerleader.«

»Dann spiel einfach und genieß es, Tommy. Denk nicht drüber nach, wie du Mitch beeindruckst. Überleg dir lieber, wie du diese Cheerleader beeindruckst.«

30

Am Bodensee
Schweizer Seite

Rapp schwenkte seine Glock nach rechts, wo er am Ende des Flurs eine Bewegung ausgemacht hatte. Das Visier streifte den Kopf der Hausangestellten von vorhin. Sie verschwand mit einem unterdrückten Aufschrei in einem Zimmer.

Er lief weiter durch den dämmrigen Korridor und überprüfte die Räume zu beiden Seiten im Vorbeigehen. Laut Coleman hielt sich mindestens ein Tango mit Scharfschützengewehr auf dem Dachboden auf. Ein weiterer bediente das Gatling-Geschütz, wobei er keine Ahnung hatte, ob er es direkt oder per Fernsteuerung erledigte. Rapp tippte auf Letzteres. In seinen Anfangstagen als Agent hätte ein entsprechender Mechanismus Millionen von Dollars gekostet und ein Heer von

Spezialisten erfordert. Inzwischen bekamen das selbst Teenager mit ihrem iPhone hin.

Er schloss von außen die Tür, hinter die sich das Dienstmädchen verzogen hatte. Wegen ihres Gesichtsausdrucks ging er davon aus, dass sie dort blieb, bis die Sache vorbei war. Hoffentlich benahmen sich Obrechts übrige Angestellte ähnlich vernünftig.

Er blieb kurz stehen und überlegte, ob er das weitläufige Treppenhaus nehmen sollte, das in der Lobby im Erdgeschoss endete, oder die weniger auffällige Alternative im Angestelltentrakt, über die er und Gould vorhin hochgekommen waren. Beides hielt er für kritisch, stufte das Risiko über die Haupttreppe allerdings als etwas geringer ein. Dort gab es immerhin genug Platz zum Ausweichen, und sein Bauchgefühl verriet ihm, dass an den schmaleren Stiegen inzwischen jemand auf ihn lauerte.

Es sollte einer der seltenen Fälle sein, in denen er sich irrte. Er lief die Stufen hinunter, blieb dicht am Geländer und hielt nach Zielen Ausschau. Nichts. Im Eingangsbereich im Erdgeschoss schlich er hinter ein aufwendiges Blumengesteck und passierte den Durchgang zum Dienstbotenbereich ohne Störungen. Aufgrund der zwischenzeitlich reduzierten Mannstärke schien sich der Gegner auf festgelegte Verteidigungspositionen zurückgezogen zu haben – vermutlich mit Fokus auf den Vorder- und Hintereingang.

Im Freien blieb weiterhin alles ruhig. Coleman saß fest und Obrechts Männer schienen sich mit dem Patt zu arrangieren. Die Zeit spielte ihnen in die Karten. Garantiert waren Polizei und Rettungskräfte bereits auf dem Weg.

Rapp schob sich mit dem Rücken an der Wand entlang, bis er die geschlossene Kellertür erreichte. Obrecht war entweder dort unten und rätselte, wieso er den Eingang zum Schutzraum nicht aufbekam, oder er rannte durch den Tunnel direkt in Joe Maslicks Arme. So oder so schwor er sich, dass dieser Schweizer Schwanzlutscher alle Geheimnisse auf den Tisch packen würde, bevor er ihm die Lichter ausblies.

Er streckte die Hand aus und drehte am Knauf. Unverschlossen. Das scharfe Zischen einer schallgedämpften Waffe folgte Sekundenbruchteile später. In der Wand neben ihm erschienen zwei Löcher. Obrecht? Wohl kaum. Die schnelle Reaktion und das enge Trefferbild deuteten eher auf einen seiner Security-Leute hin.

Das Licht im Keller brannte. Rapp tastete hinter dem Türstock nach dem Schalter. Eine Patrone schlug so dicht neben ihm ein, dass Holzsplitter seinen ungeschützten Unterarm trafen. Er ignorierte die oberflächliche Verletzung und ging hinter einer massiven Anrichte in Deckung, die er mit der Schulter in Richtung der geöffneten Kellertür schob. Weitere Schüsse brandeten auf, während er das Möbelstück durch die Öffnung zwängte, doch sie konnten dem dicken Mahagoniholz nichts anhaben. Er schaffte es, die Anrichte über den oberen Absatz zu schieben. Sie kippte nach vorn auf die ersten Stufen. Unten rührte sich etwas. Der Schütze schien nach einem geeigneten Schusswinkel zu suchen.

Rapp griff sich einen der Helme mit Nachtsichtgerät, die er in der Nische neben den Stufen deponiert hatte, und ließ die Tür hinter sich zuknallen. Dunkelheit breitete sich aus. Der Mann unter ihm erstarrte, abrupt der Orientierungsmöglichkeit im Durcheinander des Kellers beraubt. Nachdem er die Thermobrille angeschaltet hatte, versetzte Rapp der Anrichte einen letzten Stoß.

Das schwere Möbelstück polterte nach unten, dicht gefolgt vom Amerikaner. Schallgedämpfte Schüsse folgten auf das Krachen von splitterndem Holz, als der Gegner im Keller den Versuch unternahm, rein nach Gehör zu zielen. Erfolgreich genug, um Rapp auf halbem Weg nach unten zu zwingen, sich zu ducken und nach vorne zu werfen. Er landete neben einem Stapel modernder Paletten.

Die Anrichte erreichte das Ende der Treppe, fiel schon halb auseinander und ächzte hörbar. Rapp schlich rechts daran vorbei, hielt die Luft an und setzte seine Tritte so vorsichtig, dass sie kein Geräusch verursachten. Die Umgebung wurde in computergeneriertes, künstliches Licht getaucht.

Zwei separate Silhouetten schälten sich in hellen Orangetönen heraus, die Körperwärme kennzeichneten. Eine kauerte am Eingang zum Bunker in einer sitzähnlichen Haltung. Die andere lag im Dreck und hielt etwas in der Hand, das Rapps Optik halb blau, halb rot einfärbte. Das kühle Metall einer Pistole mit nach Gebrauch erhitztem Schalldämpfer.

Jeder Mann verlor an einem gewissen Punkt die Fassung. Bei dem Söldner auf dem Boden war es jetzt so weit. Farbige Schweife zeichneten sich in der trüben Umgebung ab, als er die Waffe auf Vollautomatik-Modus schaltete und das Gewölbe wahllos mit Kugeln eindeckte. Rapp duckte sich unter den Projektilen weg, die an ihm vorbeiflogen und in das Gestein einschlugen. Mit einem einzelnen gezielten Schuss brachte er die Kanonade zum Schweigen. Nun war das Tropfen aus einem löchrigen

Wasserrohr das einzige Geräusch, das man im Keller noch hörte.

Er näherte sich dem Gegner, obwohl orangefarbene Flecken rund um die Stelle, an der sich eben noch der Kopf des Mannes befunden hatte, ihm bereits verrieten, dass er nicht mehr lebte. Stumm rückte er zum zweiten Tango in der Nähe des Bunkers vor.

Er kam nur langsam voran, stand jedoch bald einen Meter vor ihm, ohne ein Geräusch verursacht zu haben. Als er vollständig aufgeschlossen hatte, drückte er den Schalldämpfer seiner Waffe seitlich gegen den Kopf des Mannes.

Keine Reaktion.

Rapp schob das Nachtsichtgerät in die Stirn, fischte eine kompakte Stablampe aus der Tasche und schaltete sie ein. Ihm bot sich genau der Anblick, den er befürchtet hatte: Leo Obrecht mit aufgeschlitzter Kehle. Er hatte seine Geheimnisse mit in den Tod genommen.

Rapp benutzte die Lampe, um den Zugang zum Tunnel zu lokalisieren, und gab den Code, den Gould ihm genannt hatte, über den Ziffernblock ein. Die Wahrscheinlichkeit, dass er stimmte, ging gegen null, aber einen Versuch war es allemal wert. Er musste Hurleys Leiche wegschaffen. Falls es auf diesem Weg klappte, standen die Chancen gut, dass sie noch vor Sonnenuntergang an Bord eines Jets in die Staaten zurückflogen. Die überlebenden Söldner würden der Polizei ihre Geschichte erzählen und am Ende einer mehrjährigen Ermittlung die Schweizer Behörden zu dem Ergebnis gelangen, dass Obrecht seinen Meister in einem professionellen Auftragskiller gefunden hatte.

Natürlich funktionierte Goulds Code nicht. Er musste also den schwierigeren Weg nehmen.

Rapp zwängte sich an den Überresten der Anrichte am Fuß der Treppe vorbei und erreichte über die Stufen die Tür zum Erdgeschoss. Auf der anderen Seite war nichts zu hören, also schob er sie vorsichtig auf. Ein kurzer Blick in alle Richtungen verriet, dass Obrechts Wachen das Schicksal ihres Kollegen nicht mitbekommen hatten oder es ihnen egal war. Vermutlich Letzteres.

Der Lieferantentrakt schien nach wie vor unbewacht zu sein, also rannte Rapp hinüber und hechtete jeweils drei Stiegen auf einmal hinauf, bis er vor einer schmucklosen Luke stand, die auf den Speicher führte. Aufgrund der Ausrichtung des Scharniers öffnete sie sich direkt zu den westlichen Gauben hin, wo Coleman den Scharfschützen gesichtet hatte.

In der Regel arbeiteten Sniper im Team. Daher rechnete er mit einem zweiten Mann. In Anbetracht des Schusswinkels war davon auszugehen, dass der Aufklärer an einem der rechten Dachfenster stand. Das brachte ihn auch in eine geeignete Position, um die Luke gegen Überraschungsbesuch zu verteidigen. Rapp hatte sich den Grundriss der Villa sorgfältig eingeprägt und verortete den zweiten Mann auf einer Zwei-Uhr-Position, den Scharfschützen auf Punkt zwölf. Welche Hindernisse zwischen ihm und den beiden Söldnern lagen, ließ sich unmöglich vorhersagen. Selbst wenn auf dem Speicher ähnlich viel Gerümpel herumstand wie im Keller, hielt er einen Treffer jedoch für realistisch. Mit Sicherheit hatten die Männer alles aus dem Weg geräumt, was sie in einem Notfall am schnellen Rückzug hinderte.

Rapp holte ein paar Schritte Anlauf und warf sich gegen die Luke, wobei er dem betagten Holz parallel einen kräftigen Fußtritt verpasste. Erwartungsgemäß leistete es keinen nennenswerten Widerstand und er segelte mit vorgehaltener Waffe hindurch.

Der Aufklärer stand genau an der vermuteten Stelle. Ebenfalls wie vermutet behielt er die Luke aufmerksam im Blick. Rapp registrierte einen Mündungsblitz und fühlte den stechenden Schmerz eines Projektils, das seine rechte Schulter streifte. Er visierte den Gegner an und drückte ab, hechtete durch die Luft, ohne darauf zu achten, ob er traf. Als er auf dem Holzboden aufschlug, sah er sich dem Scharfschützen gegenüber, der in seine Richtung herumwirbelte. Allerdings erlaubte das unhandliche Gewehr keine sofortige Reaktion. Rapp platzierte einen Schuss direkt zwischen den Augen.

Er rappelte sich auf und lugte aus dem Fenster, wobei er darauf achtete, sich nicht Bruno McGraw zu zeigen, der garantiert auf Bewegungen lauerte. Er aktivierte das Kehlkopfmikrofon, wohl wissend, dass die Frequenz weiterhin abgehört wurde. »Es nimmt auch das gleiche Ende wie in Herat.«

Coleman würde verstehen, was er damit meinte. Rapp hatte den Scharfschützen in der afghanischen Stadt damals beseitigt, indem er die Mauer erklomm und ihn durch ein zerbrochenes Fenster erwischte.

»Roger.«

Rapp konnte nun gefahrlos eine bessere Beobachtungsposition einnehmen, ohne zu befürchten, dass McGraw ihn ins Visier nahm. Er stellte fest, dass der Schaden an der Mauer tatsächlich so beeindruckend ausfiel wie vom Raytheon-Mitarbeiter versprochen – eine brennende Furche, durch die problemlos ein Sattelschlepper gepasst hätte. Abgesehen von den beiden Toten auf dem Boden war von Obrechts Männern nichts zu sehen. Das Gatling-Repetiergeschütz war mit Bolzen auf einer Plattform am Nordende der Barriere fixiert. Niemand da, der es bediente, dafür zahlreiche Kabel und flexible Schläuche. Also definitiv ferngesteuert. Nur von wo aus?

Rapp wollte den Speicher schon verlassen, als er ein iPad auf dem Boden neben dem toten Aufklärer bemerkte. Er wollte es gerade im Bund seiner Tarnmontur verschwinden lassen, als der Bildschirm aufleuchtete. In der linken Hälfte waren untereinander vier quadratische Bereiche zu erkennen, drei davon leer, der vierte zeigte einen Videofeed der Baumlinie westlich der Mauer. Neben jeder Sektion gab es Pfeile nach oben, unten, links und rechts sowie ein grünes und rotes Bedienelement. Er drückte auf den rechten Pfeil neben dem Livebild, und die Kamera ruckte gehorsam nach Norden.

Rapp ging zu einer der Dachgauben, um das Gatling-Geschütz im Auge zu behalten, und tippte erneut auf den Pfeil. Hätte nicht der einzige Mann, der ihnen beim Entschlüsseln von Joe Rickmans Plan helfen konnte, tot im Keller gelegen, wäre jetzt vermutlich ein breites Grinsen auf sein Gesicht getreten. Das Geschütz ließ sich über das iPad steuern.

Blieb die Frage, wie gut die Erfinder dieses Konstrukts es abgesichert hatten. Rapp misstraute Technik grundsätzlich, weshalb für ihn eine Einschränkung des Bewegungsradius eine Selbstverständlichkeit gewesen wäre. Wie sich herausstellte, hatten Obrechts Männer auf diese Maßnahme verzichtet. Das Geschütz ließ sich um volle 360 Grad drehen.

Er drückte nacheinander auf die grünen Tasten des Bedienfelds. Zwei der drei anderen Kameras zeigten jetzt ebenfalls ein Bild. Zunächst sah er nur eine schmucklose graue Fläche, weil die Waffen mit den hydraulischen Hebevorrichtungen erst an der Mauer hochgefahren werden mussten. Nach ein paar Sekunden hatten beide das Hindernis überwunden und lieferten hochauflösende Aufnahmen des umliegenden Waldstücks.

Mithilfe der Pfeile richtete er die Läufe auf das Erdgeschoss der Villa und tarierte die Trefferfläche akribisch aus.

»Bereit machen zum Abzug«, funkte er.

Coleman klang verwirrt. Er begriff ebenso wenig, was er sah, wie auch, warum Rapp freiwillig ihre Strategie hinausposaunte. »Diese Frequenz wird abgehört. Ich wiederhole, diese Frequenz wird abgehört.«

»Das spielt gleich keine Rolle mehr«, sagte Rapp und berührte die roten Buttons auf dem Touchscreen.

»Südliche Gebäudeecke ist sauber. Ein toter Tango«, erklang Wickers Stimme im Headset.

»Westliche Gebäudeecke ebenfalls sauber«, schob Bruno McGraw hinterher. »Ein Toter. Alle Zivilisten sind unverletzt und in Gewahrsam.«

Rapp spürte, dass Blut an der Rückseite seiner Splitterschutzweste herunterlief, während er Stan Hurleys Leiche im Feuerwehrgriff die Stufen hinunterschleppte. Der Staub im Erdgeschoss erschwerte das Atmen. Ein Loch mit etwa drei Metern Durchmesser klaffte in der Fassade neben der Tür, ein beträchtlicher Teil der Wand war eingestürzt. Scott Coleman legte gerade einem Mann Plastikfesseln an, der mit dem Gesicht voran in einem Haufen zersplittertem Glas zusammengebrochen war. Am anderen Ende der Eingangshalle lag die obere Hälfte eines Körpers neben dem Kamin. Bei einer schnellen Sondierung entdeckte er den fehlenden unteren Teil nirgends.

»Hier ist noch jemand«, meldete Coleman mit erstickter Stimme. Er kämpfte gegen den Schock an, den der Anblick von Hurleys Leiche bei ihm auslöste.

»Damit fehlt nur noch einer«, antwortete Rapp.

Charlie Wicker meldete sich wie aufs Stichwort per Funk. »Ein Mann flüchtet an der Mauer entlang in östlicher Richtung. Ich hab ihn im Visier.«

Rapp nickte fast unmerklich und Coleman hob die blutige Hand ans Mikro. »Abschuss.«

»Bestätigt. Tango ist tot.«

Der Mann zu Colemans Füßen verrenkte sich bei dem Versuch, zu ihm aufzusehen, fast den Kopf. Rapp kannte ihn nicht, aber der entsetzte Gesichtsausdruck sprach Bände.

»Sprichst du Englisch?«

»Ja.«

»Louis Gould hat ein Team hergebracht, um Obrecht zu töten«, lieferte er dem Mann ein Skript für seine Aussage. »Deine Männer haben Gould erwischt, aber erst, nachdem er Obrecht ausgeschaltet hatte. Der Rest seiner Leute ist in östlicher Richtung getürmt. Du bist der einzige Überlebende.«

»Verstanden.«

»Wirklich? Sollte es nämlich irgendwie Ärger geben, werd ich dich finden.«

»Es wird keinen Ärger geben.«

In einiger Entfernung ertönte das Geheul von Sirenen. Rapp trat an die Öffnung neben der Eingangstür. »Schneid ihn los und schaff deine Männer weg, Scott. Wir treffen uns am Rendezvous-Punkt Bravo. Und setz dich mit Maria in Verbindung. Informier sie über die Planänderung und gib ihr unsere voraussichtliche Ankunftszeit durch.«

Coleman nickte. Rapp rannte hinaus in den Sonnenschein. Er musste acht Kilometer unwegsames Gelände mit einem lädierten Knie und einer 70-Kilo-Last durchqueren, die ihm die Schulter vollblutete. Eine Schlusspointe, die irgendwie zu Hurley passte.

31

Rom, Italien

Isabella Accorsos Übelkeit erreichte den Höhepunkt, als die Schule ihrer Tochter vor der Windschutzscheibe auftauchte. Sie kämpfte gegen den Drang an, sich zu übergeben, und beruhigte sich mit dem Gedanken, dass Bianca wie üblich sofort auf ihre SMS geantwortet hatte. Trotzdem waren während der gesamten Fahrt immer wieder Bilder von Polizeiabsperrungen, Krankenwagen und einem reglosen menschlichen Körper unter einem blutigen weißen Laken an ihrem geistigen Auge vorbeigezogen.

Das Auto geriet beim Einbiegen auf den Parkplatz leicht ins Schlingern, was sie fast durchdrehen ließ, doch dann sah sie ihre Tochter, die unversehrt an der Mauer des Schulgebäudes lehnte. Sie hielt den Rucksack vor der Brust umklammert. Ein besorgter Ausdruck verunstaltete ihr ansonsten makelloses Gesicht. Isabella hatte keine

Begründung geliefert, weshalb sie Bianca vorzeitig vom Unterricht abholte. Ihre Tochter schien sich Sorgen zu machen.

»Mom?«, fragte sie, kaum dass sie eingestiegen war. »Was ist los?«

»Nichts.«

Isabella beschleunigte eine Spur zu abrupt und überprüfte hektisch den Rückspiegel.

»Echt jetzt, Mom. Du machst mir Angst. Warum bist du hier und nicht auf Arbeit?«

Isabella spürte, wie eine Träne über ihre Wangen lief, und wischte sie weg. Sie bemühte sich, die aufsteigenden Emotionen zu verdrängen.

Der Mann, den sie heute getroffen hatte, war zutiefst böse. Sie hatte es jedes einzelne Mal gespürt, wenn sie der Blick seiner dunklen Augen getroffen hatte. Es gab nichts, wovor er zurückschreckte, um seine Ziele zu erreichen. Er hätte ihre Tochter und Tausende andere ohne jeden Skrupel getötet, wenn er es für nötig hielt. Deshalb war ihr keine andere Wahl geblieben, als seine Anweisungen genau zu befolgen.

»Alles okay mit Dad?«

»Aber natürlich, Süße.«

Sie wusste es nicht mit Sicherheit, ging aber davon aus, dass ihm keine Gefahr drohte. Immerhin lebten sie seit mittlerweile vier Jahren in Scheidung. Biancas Vater war kein schlechter Ehemann gewesen. Ihre Beziehung hatte lediglich seinen beruflich bedingten Umzug nach Schweden nicht überlebt.

»Hat es was damit zu tun, dass er wieder heiraten will?«

Isabella lächelte. »Nein, ich freu mich für ihn und Agda. Ist es für dich denn auch okay?«

»Klar. Spielt doch keine Rolle, ich seh ihn ja eh kaum.«

»Er ist immerhin dein Vater, Bianca.«

»Ich weiß, und ich hab ihn lieb. Aber er ist irgendwo in Skandinavien, weißt du? Und wir sind hier.«

Aus genau diesem Grund hatte sich so ein starkes Band zwischen ihr und Bianca entwickelt. Sie bildete den Mittelpunkt ihres gesamten Lebens. Vermutlich übertrieb sie es ein bisschen. Was, wenn ihre Tochter eines Tages erwachsen wurde und auszog? Eine eigene Familie gründete?

»Stimmt was nicht auf der Arbeit?«, forschte Bianca weiter. »Sie haben dich doch nicht entlassen, oder? Auf der Weihnachtsfeier meinte Mr. Cipriani noch, er wüsste nicht, was die Kanzlei ohne dich machen soll. Ich hab's genau gehört.«

Mit der Frage nach dem Job hatte sie gerechnet und versuchte das schmerzhafte Stechen zu ignorieren, das das Thema bei ihr auslöste. Sie beschleunigte und fuhr auf den zweispurigen Highway. »Nein, alles in Ordnung. Mach dir keine Sorgen. Alles ist bestens.«

»Ist es nicht.«

Isabella versuchte zu lächeln, aber es kam eher eine Grimasse dabei heraus. Sie hatte alles getan, was der Mann von ihr verlangte, und sämtliche Spuren des anonymen Klienten vom Server gelöscht. An das Original der Anweisungen im Büro des Kollegen kam sie allerdings nicht heran. Der Fremde schien dafür Verständnis aufzubringen. Zumindest reagierte er nicht wütend.

Konnte sie denn sicher sein, dass ihnen keine Gefahr mehr drohte? Wer war er? Warum besaßen die Dateien für ihn so eine große Bedeutung? Er kleidete sich gut und sah aus wie ein Araber oder Inder. Darüber hinaus wusste sie nichts über ihn. Handelte er mit Drogen? Ging es um das Heroin, das im Nahen Osten produziert wurde? Falls ja, was hatte sie damit zu schaffen? Ja, viele Leute waren süchtig nach Heroin. Aber daran ließ sich nichts ändern.

»Wo fahren wir hin, Mom? Heim?«

Sie nickte. »Um uns umzuziehen. Ich dachte mir, wir essen heute Abend auswärts. Was hältst du vom La Stiva?«

Biancas Lieblingsrestaurant. Allerdings wurde das Geld seit der Trennung zunehmend knapp, weshalb sie schon lange nicht mehr dort gewesen waren. Wenn man ein Mädchen großzog, das von seinen Freundinnen akzeptiert werden sollte, musste man ganz schön tief in die Tasche greifen. Trotzdem hatte sie sich nie darüber beschwert.

»Klingt toll. Gibt's denn einen konkreten Anlass?«

Isabella wäre fast wieder in Tränen ausgebrochen, aber sie schaffte es, die Kontrolle zu behalten. Sie wollte feiern, dass ihre Tochter noch lebte.

»Du wirst bald eine junge Frau sein und dann finden wir nicht mehr so oft Gelegenheit, Abende miteinander zu verbringen«, brachte sie leicht gezwungen hervor. »Ich hielt es für eine schöne Idee. Wir könnten ein bisschen reden.«

Bianca schien ihr das nicht abzukaufen, merkte aber, dass sie aus ihrer Mutter während dieser Fahrt ohnehin nichts mehr herausbekam. Sie nahm sich vor, nach den ersten Gläsern Wein erneut nachzuhaken.

In den nächsten Minuten saßen sie schweigend nebeneinander. Isabella verspürte einen Anflug von Zweifel. Hatte sich der arabische Mann tatsächlich aus ihrem Leben zurückgezogen oder kam er irgendwann wieder, um neue Forderungen zu stellen? Vielleicht war er kein Drogenschieber, sondern ein Terrorist. Gefährdete sie womöglich Menschenleben, wenn sie nicht zur Polizei ging?

Vor ihnen tauchte ein Sattelzug auf der gegenüberliegenden Spur auf. Er schlingerte und wäre fast auf die Seite gekippt. Die Betonröhren auf der Ladefläche gerieten ins Rutschen. Isabella trat heftig auf die Bremse und legte instinktiv einen schützenden Arm um ihre Tochter, als das Fahrzeug auf ihre Seite der Fahrbahn geriet.

32

Am Bodensee
Schweizer Seite

»Alles sauber.« Wicker winkte sein Team hinter sich her und verfiel in Laufschritt.

Mitch Rapp ließ den Baumstamm los, an dem er sich festgeklammert hatte, um das Gleichgewicht nicht zu verlieren. Er trabte los und reihte sich hinter Scott Coleman ein. Seine Kniescheibe fühlte sich inzwischen an, als bestünde sie aus Glas, und die rechte Körperhälfte war halb taub. Trotz seines misslichen Zustands schlug er sämtliche Hilfsangebote aus und hatte Hurleys Leiche den ganzen Weg allein geschleppt. Er war für den Tod seines Freundes verantwortlich, also fiel ihm auch die Aufgabe zu, ihn von hier wegzuschaffen.

Sie stoppten an einer Stelle, wo der Fluss eine scharfe Biegung vollzog und sich ein kleiner See bildete, der im

Licht der Nachmittagssonne fast schwarz schimmerte. Joe Maslick ließ sich auf den Bauch fallen und tastete in der dunklen Flüssigkeit herum.

»Hab sie.«

Er zog zwei große wasserdichte Beutel heraus, während der Rest des Teams die Rucksäcke absetzte. Rapp wäre beim Versuch, Hurley von der Schulter zu hieven, fast umgefallen und ließ den Körper des langjährigen Freundes wenig feierlich auf einen Stapel Geröll plumpsen.

»Scott!« Maslick warf Coleman ein mit Panzerband eingewickeltes Päckchen hin. Er griff erneut in die Tasche und holte einen identischen Zwilling heraus. »Hier, für dich, Bruno.«

Rapp zog sich aus und tauchte ins Wasser, während Maslick das für Stan vorgesehene Päckchen hervorzog. Einen Leichensack.

Die abrupt eintretende Kühle und Dunkelheit spendete unerwarteten Trost. Er blieb deutlich länger unter Wasser, als er sollte, und weidete sich an der Stille. An der Chesapeake Bay, wo er mit Anna gewohnt hatte, war er fast täglich geschwommen. Eine von vielen kleinen Freuden aus der Vergangenheit, die man ihm genommen hatte.

Als er auftauchte, war das Team bereits mit dem Aufschneiden der Pakete beschäftigt. Sie förderten Anzüge, Uniformen und Trainingsanzüge zusammen mit Brieftaschen voller sorgfältig gefälschter Dokumente zutage. Alles, was sie brauchten, um sich allein durchzuschlagen und unterzutauchen.

Coleman riss das Band vom Bündel ab, das für Rapp bestimmt war, und warf ihm ein Seifenstück zu. Er fing es auf und schrubbte damit das getrocknete Blut ab. Wicker hatte sich als Erster fertig umgezogen, klaubte die abgelegten Klamotten der Kollegen zusammen und stopfte sie in die Wäschesäcke. Danach verschwand er wortlos in Richtung Straße.

In seiner Joggingmontur musste er noch mindestens 16 Kilometer auf dem Seitenstreifen zurücklegen, bevor er das Auto erreichte, das auf ihn wartete. Es handelte sich um eine wenig befahrene Durchgangsstraße, weshalb eine gemeinsame Abreise zwangsläufig Verdacht erweckt hätte. Sich aufzuteilen und getrennt abzureisen, zogen sie dem Risiko einer beschleunigten Flucht eindeutig vor.

Rapp tauchte noch einmal unter und mühte sich ab, die verklebten Haare sauber zu bekommen, während Bruno McGraw in einem maßgeschneiderten Anzug loszog. Als Rapp diesmal an die Oberfläche kam, trug Coleman eine FedEx-Uniform, darüber eine Schürze und Gummihandschuhe, die fast bis zur Schulter reichten. Geschick und Tempo, mit denen er Hurley in den Leichensack beförderte, dokumentierten, wie viel Routine sie bei solchen Aufgaben hatten.

Rapp kletterte ans Ufer und trocknete sich ab, schlüpfte in Jeans, Hemd und Lederjacke, die auf einem Felsen für ihn bereitlagen. Er fühlte sich unwohl ohne Waffe, doch seine Glock steckte zusammen mit der restlichen Ausrüstung in einem der Kleiderbeutel. Angesichts der jüngsten Feuergefechte mussten sie mit Straßensperrungen rechnen. Eine Pistole hätte zu viel Aufmerksamkeit erregt.

»Fertig«, verkündete Coleman. Alles, Hurley eingeschlossen, steckte in Beuteln und Rucksäcken, die sie am westlichen Ende der Lichtung aufgehäuft hatten.

Rapp schaute auf die Uhr und schnappte sich zwei der Rucksäcke. »Sechs Minuten.«

Sie mussten alles an den Straßenrand schaffen, wo es von einem Van abtransportiert wurde.

»Mitch?«, fragte Coleman und zeigte seitlich an die Nase. »Du hast eine Stelle übersehen.«

Rapp wischte sich übers Gesicht und holte sich blutige Finger.

»Okay«, sagte Coleman. »Jetzt sieht man nichts mehr.«

Sie brauchten etwas länger als fünf Minuten. Knapp 30 Sekunden später näherten sich Motorengeräusche von Süden her. Der FedEx-Lieferwagen bremste und hielt in einer kleinen Lücke zwischen den Bäumen, kurz bevor der große Zeiger von Rapps Analoguhr auf die Zwölf umsprang. Wenn er mal wieder auf logistische Unterstützung dieser Art angewiesen war, nahm er sich vor, würde er den Auftrag Maria Glauser geben.

Der Fahrer ließ die Hecktüren per Knopfdruck aufspringen. Kartons füllten den kompletten Laderaum mit Ausnahme einer Aussparung, wo sich die Luke zu einem verdeckten falschen Boden befand. Rapp und Coleman ließen zuerst den Leichensack in den Zwischenraum gleiten, der ursprünglich für einen betäubten Leo Obrecht gedacht gewesen war. Der Fahrer half ihnen, den Rest der Ausrüstung zu verstauen, bevor er die Klappe schloss. Nach weiteren 30 Sekunden hatte er einige der Kartons darübergeschoben. Rapp zog sich zwischen die Bäume zurück und beobachtete, wie das Fahrzeug mit Coleman auf dem Beifahrersitz davonfuhr. Dank der blonden Haare und seiner tadellosen Deutschkenntnisse dürften bei einer etwaigen Kontrolle keine Probleme auftreten.

Rapp machte sich im Schutz des Unterholzes zu Fuß auf den Weg nach Süden. Das Schlendertempo war ungewohnt, aber er trug Lederschuhe mit glatter Sohle und wollte seine Tarnung nicht auffliegen lassen, indem er abgehetzt und durchgeschwitzt angehalten wurde.

Nach einer Viertelstunde rückte er dichter an die Straße heran. Erneut hielt Glauser die verabredete Zeit minutiös ein. Sobald er den Seitenstreifen erreicht hatte, tauchte das Fahrzeug auf. Sie bremste gerade lang genug, um ihn auf den Beifahrersitz springen zu lassen.

Sofort lehnte er sich zurück und schloss die Augen, blendete alles Weitere aus. In Langley erwartete ihn Hektik wie nach einer Bombenexplosion. Umso wichtiger waren jetzt ein paar Minuten, um den Kopf freizubekommen.

»Sind Sie in Ordnung?«

Normalerweise hätte er die Frage ignoriert, aber Glausers Stimme klang so zittrig, dass es sogar einem halb tauben Polizisten aufgefallen wäre.

»Ganz ruhig, Maria. Sie haben das toll hinbekommen. Die Sache ist so gut wie überstanden.«

»Im Vorfeld hieß es, ich soll einige Leute und ihr Equipment befördern«, meinte sie alles andere als ruhig. »Aber in Leichensäcken transportiert man Tote. Und waren das vorhin Gatling-Geschütze? Es klang jedenfalls nach Gatling-Geschützen! Ich habe ein Haus in die Luft gejagt. Ein Haus! Und ich musste Leute bei der Polizei anrufen lassen, damit sie den Beamten Lügen auftischen.«

Offensichtlich beruhigte sie sich nicht von selbst. »Wir haben Ihnen doch von dem Haus erzählt, Maria.«

»Sie sagten, zu einem Kampf käme es nur im Notfall.«

»Es war ein Notfall. Fahren Sie mich jetzt bitte zum Flughafen.«

»Zum Flughafen? Wir sollten uns mit Ihren Leuten doch in ...«

»Der Plan hat sich geändert.«

»Aber Direktorin Kennedy meinte …«

»Zum Flughafen, Maria. Und es wäre nett, wenn Sie nicht mehr reden, bis wir da sind, okay?«

33

ISI-Hauptquartier
Islamabad, Pakistan

Kabir Gadai klopfte leise, bevor er das Büro des ISI-Direktors betrat. Er fand Taj am Schreibtisch vor, wie er an eine leere Wand starrte. Der Jüngere verharrte und hielt so viel Abstand, wie es der Raum zuließ. Tajs Wutausbrüche bewegten sich innerhalb klar voneinander abgrenzbarer Stufen. Das unbehagliche Schweigen deutete darauf hin, dass die höchste Stufe erreicht war. Zorn, der sich nicht beherrschen ließ. Gadai war schon einmal Zeuge eines solchen Ausbruchs geworden. Er endete mit der Exekution von sieben Mitarbeitern des S-Wings samt ihren Familien.

Allah sei Dank, dass er gute Nachrichten zu vermelden hatte. Er ging davon aus, dass Taj sich wegen der Obrecht-Operation so aufregte, die während Gadais Aufenthalt in Rom durchgeführt worden war. Er überlegte, ob er ihn darauf ansprechen oder das Thema lieber ausklammern sollte.

»Es lief extrem gut mit Isabella Accorso«, sagte er schließlich in unterwürfigem Tonfall. »Genau wie von Ihnen geplant.«

Tajs Blick blieb abwesend, der Körper zeigte keine Regung. War die Mitteilung überhaupt angekommen? Gadai stellte sich die Frage, ob er etwas getan hatte, um den ISI-Direktor gegen sich aufzubringen. Er kramte in seinem Gedächtnis, aber ihm wollte nichts einfallen. Es spielte sowieso keine Rolle. Wenn Taj Verrat witterte, fackelte er nicht lange.

Die Stille dehnte sich aus. Schließlich ertrug Gadai es nicht länger. Niemand wusste so genau, was Tajs früherem Assistenten zugestoßen war. Beim Wühlen im Müll waren Anwohner auf seine entstellte Leiche gestoßen. Ungewöhnlich schnell stufte die Polizei seinen Tod als Resultat eines tragischen Unfalls ein. Nähere Einzelheiten kamen nie ans Licht.

Wenn ihm ein ähnliches Schicksal bestimmt war, wollte er es lieber rasch erfahren – um sich zu verteidigen, bevor Tajs Zorn noch heftigere Auswüchse annahm. Dann konnte er seinen Vorgesetzten zumindest noch anflehen, seine Söhne zu verschonen.

»Und die Obrecht-Operation, Sir? Ich hoffe, sie war ein ähnlicher Erfolg?«

Tajs Augen flackerten und Gadai unterdrückte den Drang, ängstlich zurückzuweichen. Die Wand hinter ihm verhinderte es ohnehin.

»Obrecht ist tot«, verkündete Taj schließlich. »Rapp allerdings nicht.«

Gadai atmete innerlich auf. Er war an der Planung dieses Einsatzes nicht direkt beteiligt gewesen, hatte im Vorfeld aber wiederholt auf drohende Fallstricke hingewiesen.

Zum Geschäft des ISI gehörte es, alles über Mitch Rapp in Erfahrung zu bringen, was es über ihn zu wissen gab. Mit den Daten, die sie über ihn zusammengetragen hatten, stachen sie vermutlich jeden anderen Geheimdienst auf der Welt aus, die CIA eingeschlossen. Sein Dossier zeichnete das Bild eines Manns, der dem Tod bei unzähligen Gelegenheiten von der Schippe gesprungen war und dabei jedes Mal Leichen von Gegnern zurückließ, die sich im Vorfeld siegessicher gewähnt hatten.

»Und Gould?«, hakte Gadai vorsichtig nach.

»Ebenfalls tot.«

Gadai nickte. Er hatte ebenfalls wiederholt davor gewarnt, Abdul Qayem umzubringen. Natürlich barg es Gefahren, wenn das umfangreiche Wissen des afghanischen Generals dem amerikanischen Geheimdienst in die Hände fiel. Allerdings hätte sein Ableben die Möglichkeiten des ISI stark eingeschränkt, Mitch Rapp auf die Schliche zu kommen. Qayem eignete sich ideal, um einen Köder in einem der von ihnen kontrollierten Gebiete auszulegen: in Quetta, im nördlichen Wasiristan oder auf afghanischem Boden. Auf diese Weise hätte man Rapp isolieren und mit einer Übermacht an Gegnern konfrontieren können.

Natürlich war er klug genug, um Taj in dieser Situation nicht darauf hinzuweisen. Er hielt es für besser, das Positive hervorzuheben.

»Gould und Obrecht waren die losen Enden, mit denen wir uns früher oder später hätten herumschlagen müssen, Ahmed. Rapp hat uns diese Arbeit abgenommen, also mussten wir uns gar nicht erst aus der Deckung wagen. Letzten Endes ist er lediglich *ein* Mann.«

Taj wirbelte ärgerlich zu ihm herum. »*Ich* bin auch lediglich ein Mann, Kabir. Manchmal genügt das, um den Lauf der Geschichte zu verändern.«

»Ich glaube, dieser Vergleich hinkt«, antwortete Gadai. »Mitch Rapp ist ein Einzelkämpfer, der sich über eine zerrüttete, feige Regierung hinwegsetzt. Sie sind dagegen ein brillanter Stratege, der bald einen der mächtigsten Staaten der Erde lenken wird.«

»Behandle mich nicht wie einen Dummkopf, Kabir. Ich weiß genau, was dir durch den Kopf geht. Qayem.«

»Unsinn.« Die Lüge ging Gadai glatt über die Lippen. »Rapps Flucht aus der Schweiz zeigt, dass Sie recht hatten. Das Risiko, den General am Leben zu lassen, war zu groß.«

Tajs Augen verengten sich. Glücklicherweise entschied er sich dagegen, das Thema zu vertiefen. »Du hast Rickmans Dateien in unseren Besitz gebracht?«

»Ja, Sir. Und sie wurden von den Servern der Anwaltskanzlei gelöscht.«

»Auch die Sicherungskopien?«

»Ja.«

»Was ist mit der Frau?«

»Sie und ihre Tochter sind beide tot. Die Behörden gehen von einem Unfall aus. Es wurden keine weitergehenden Ermittlungen eingeleitet. Laut unseren Quellen ist auch nichts Entsprechendes geplant.«

Taj nickte und schien sich ein wenig zu entspannen. Rapps Überleben stellte zweifellos eine Gefahr dar, aber mit dem Know-how von Rickman sollte es ihnen gelingen, den Agenten auszuschalten. Ohne die Unterstützung des amerikanischen Präsidenten und der CIA-Infrastruktur war sein Einfluss stark begrenzt.

»Hast du die Informationen bereits ausgewertet?«, wollte Taj wissen, obwohl er die Antwort zu kennen glaubte.

»Sie sind verschlüsselt.«

»Hat die Kanzlei den Code nicht mitgeliefert?«

»Sie besitzt ihn gar nicht. Dafür sind wir im Besitz der Anweisungen zur Weiterleitung der Dateien. Die nächste Freigabe ist für morgen vorgesehen. Unsere Leute sind davon überzeugt, dass uns das den Schlüssel zur Dechiffrierung liefern kann.«

»Erklär mir das.«

»Wir gehen davon aus, dass der Mann, der die Inhalte entschlüsselt und weiterleitet, ein Computerexperte aus dem kriminellen Milieu sein muss. Rickman durfte nicht riskieren, dass die Kanzlei Einblick in die Unterlagen erhält, weil sie sonst unter Umständen die Behörden eingeschaltet hätte. Umgekehrt hätte man einem Verbrecher nie sämtliche Unterlagen auf einmal zur Verfügung stellen dürfen, weil er sie sonst zu seinem Vorteil benutzt hätte. Der Erfolg von Rickmans System beruht auf der geschickten Kombination zweier beteiligter Parteien – einer legalen und einer illegalen.«

»Und wie willst du an diesen Computerexperten herankommen?«

»Über seine E-Mail-Adresse.«

»Und das soll klappen?« Tajs Stimme wurde merklich lauter. »Sollten wir nicht an den Inhalt der Dateien herankommen, treten wir auf der Stelle und haben nichts erreicht. Dann halten wir zwar die Werkzeuge zur Zerstörung des Geheimdienst-Imperiums der Vereinigten Staaten in Händen, könnten sie aber nicht einsetzen. Mach diesen Mann ausfindig, Kabir. Und zwar umgehend.«

»Ja, Sir. Sie sollten sich jedoch darüber im Klaren sein, dass wir dafür einige Kompromisse eingehen müssen.«

Taj sah ihn misstrauisch an. »Was für Kompromisse?«

»Oberflächlich betrachtet läuft der E-Mail-Verkehr über einen Server in Singapur, aber wir gehen davon aus, dass die Person kein Bewohner jenes Landes ist. Letztlich handelt es sich nur um eine Zwischenstation. Die Mails gehen dort ein und werden anschließend binnen weniger Sekunden quer über den Globus verteilt. Diese Spur zu verfolgen ist extrem schwierig.«

»Aber nicht unmöglich.«

»Nein, Sir, nicht unmöglich. Mit jeder weiteren in Umlauf gebrachten Datei wächst die Wahrscheinlichkeit, dass wir ihn ...«

»Mit jeder weiteren? Was willst du damit sagen, Kabir?«

»Dass wir die Dateien gemäß Rickmans Vorgaben an die genannten Adressen schicken müssen.«

Taj musterte ihn sekundenlang schweigend. »Das klingt nach einem gefährlichen Spiel. Wir kennen den Inhalt nicht, ebenso wenig wie den endgültigen Empfänger.«

»Das stimmt, Sir, aber in diesem Fall dürfte die Belohnung, die uns winkt, die Risiken übertreffen.«

»Wie viele Freigaben sind notwendig, bis wir den Empfänger ermittelt haben?«

»Das lässt sich unmöglich genau vorhersagen. Wir hoffen, dass vier oder fünf genügen. Da jede einzelne Datei der CIA immensen Schaden zufügt, wäre selbst dann, wenn wir mehr Anläufe brauchen ...«

»Der Weg zur Macht führt nicht über unbeholfene Angriffe auf die CIA, Kabir. Es geht darum, die Organisation zu untergraben, Doppelagenten einzuschleusen, Informanten und Politiker zu erpressen. Ein Netzwerk, in dessen Aufbau Hunderte von Milliarden geflossen sind, gegen sich selbst zu richten.«

»Ja, Sir. Aber Amerika seiner Fähigkeiten zur Selbstverteidigung zu berauben und internes Chaos anzurichten, ist sicher keine so unattraktive Sekundärstrategie.«

Tajs Stirnrunzeln deutete an, dass alles andere als der totale Erfolg für ihn nicht zählte. »Du schlägst also vor, wir sollen den festgelegten Versand morgen in die Wege leiten und damit fortfahren, bis uns die Identität des Experten, der die Entschlüsselung übernimmt, bekannt ist?«

»Ja, Sir. Der Tod von Präsident Chutani liegt weniger als eine Woche zurück. Selbst wenn wir keine Hoffnung hätten, dadurch an den Code für die Dechiffrierung zu kommen, hielte ich es für das vernünftigste Vorgehen. Dadurch zwingen wir die CIA – und Mitch Rapp –, sich auf die Schadensbegrenzung zu konzentrieren, und lenken von uns ab.

Taj nickte nur, ohne offiziell sein Einverständnis zu geben. Im Fall eines Scheiterns musste Gadai die Sache ausbaden. Verlief die Strategie erfolgreich, durfte er umgekehrt nicht mit einer Belohnung rechnen. Erfolg wurde vorausgesetzt, Scheitern dagegen kompromisslos bestraft.

34

›Die Farm‹
In der Nähe von Harpers Ferry
West Virginia, USA

Dunkle Wolken bedeckten den Himmel und produzierten heftige Regentropfen, die gegen die gepanzerte Karosserie von Irene Kennedys SUV klatschten. Ihr Chauffeur trat auf die Bremse und spähte an den überforderten Scheibenwischern vorbei auf die kurvenreiche Schotterstraße. Das Wetter passte irgendwie zur Situation.

Kennedy starrte durch die Scheibe auf die Sintflut draußen, ohne sie wirklich wahrzunehmen. Die Schweizer Behörden und Interpol hatten sich auf die Ruine von Leo Obrechts Villa gestürzt, erfassten die Schäden, identifizierten Leichen und sammelten verwertbare Beweise. Eine ganze Armee europäischer Finanzaufsichtsbehörden untersuchte zur Stunde die Geschäfte seiner Sparkasse, um eines der vermutlich größten und raffiniertesten Kontengeflechte im Umfeld des organisierten Verbrechens aufzudecken.

Ihre Leute setzten schrittweise falsche Beweise in Umlauf, um die Schlussfolgerung zu unterstützen, dass sich Obrecht dabei übernommen und den Zorn von Louis Gould auf sich gelenkt hatte. Ob es klappte, konnte niemand garantieren. Insgesamt sahen sie sich einem Schlamassel von epischem Ausmaß gegenüber. Genau wie von Joe Rickman beabsichtigt.

Ihr Fahrer brachte den Geländewagen vor einem Farmhaus zum Stehen und lenkte ihn so dicht wie möglich an die Stufen zur Veranda heran. Der dichte Regen verschleierte die Gesichtszüge des Mannes, der dort stand. Für einen kurzen Moment fiel Kennedy das Atmen schwer. Sie flüchtete sich in die Fantasie, dass es sich dabei um Stan Hurley handelte. Dabei wusste sie, dass er nie wieder dort stehen würde.

Sie duckte sich unter den Regenschirm, den ihr Chauffeur in der Hand hielt.

»Wo ist Mitch?«, fragte sie Mike Nash, als er sie hereinließ.

»Das weiß keiner.«

Verärgerung mischte sich in ihre Trauer, aber am besten fand sie sich einfach damit ab. Rapp tauchte erst dann auf, wenn es ihm passte. Keine Sekunde früher.

»Was ist mit …« Ihre Stimme verlor kurzzeitig jede Kraft. »Was ist mit Stan?«

»Er ist hier.« Nash führte sie ins Haus. »Mach dir keine Sorgen.«

»Ich will ihn sehen.«

»Da gibt es nichts zu sehen, Irene. Er ist tot.«

»Das weiß ich«, schnappte sie. »Ich will zu ihm.«

Nash stieß einen lauten Seufzer aus und führte sie in die Küche. Dort zeigte er auf den Durchgang zu einem Kühlraum an der hinteren Wand, den sie ursprünglich für den Fall eingerichtet hatten, dass mal ein größeres Team durchgefüttert werden musste.

»Wirklich, Irene. Ich weiß nicht, warum …«

»Aufmachen.«

Nash konnte unmöglich nachvollziehen, was ihr in diesem Augenblick durch den Kopf ging. Hurley und er hatten sich nahegestanden, aber sie kannte den Mann seit ihrer frühesten Kindheit. Selbst nachdem sie seine

Vorgesetzte geworden war, nötigte er ihr weiterhin Respekt ab. Er war unbestechlich. Standhaft. Und vermeintlich unverwundbar. Ihr Verstand schärfte ihr ein, dass er tot war, doch der verbliebene kindliche Teil in ihr wollte nicht wahrhaben, dass der Mann, den sie ›Onkel Stan‹ genannt hatte, die Welt verlassen hatte.

Nash streckte die Hand nach der Türklinke aus, zögerte jedoch. »Da gibt es noch etwas, das du vorher …«

»Mach schon auf, Mike!« Die Heftigkeit ihrer Worte überraschte sie beide. Nash konnte nichts dafür. Sie war wütend auf sich selbst. Hurley war bei dem Versuch gestorben, den von ihr verschuldeten Scherbenhaufen zu beseitigen, und es ging ihr gehörig an die Nieren. Sie hatte seine Beteiligung an der Obrecht-Operation abgenickt, obwohl sie um seinen kritischen Gesundheitszustand wusste. Nun musste sie sich auch den Konsequenzen stellen.

Nash zog die schwere Stahltür auf und ließ sie eintreten. Ihre Augen brauchten einen Moment, um sich an das schummrige Licht zu gewöhnen. Danach stand sie wie gelähmt da. Sie hatte sich auf diese Situation vorbereitet. Aber nicht auf *das*.

»Genau davor wollte ich dich warnen, Irene. Wir hatten ihn erst neben die Steaks gepackt, aber Scott kam damit nicht klar. Deshalb haben wir es so geregelt.«

Hurley saß auf einem Stuhl mit einem Drink in der einen und einer gefrorenen Zigarette in der anderen Hand. Eis hatte sich an den Augenbrauen gesammelt und hing über den geschlossenen Lidern.

Das Jackett war so weit wie möglich geschlossen worden, ließ aber noch Teile des vollgebluteten Hemds durchblitzen.

Nash legte ihr eine Decke über die Schultern, doch sie reagierte nicht.

»Ich lass dich kurz allein«, sagte er. Sie hörte, wie sich seine Schritte in die Küche zurückzogen. Aus unerfindlichen Gründen spürte sie weder die Kälte noch das Gewicht der Decke. Abgesehen von Hurley, der vor ihr saß, registrierte sie lediglich das Summen der Deckenlampe und das leise Brummen der Kühleinheit.

Ihr Vater war CIA-Agent gewesen, weshalb sie den Großteil ihrer Kindheit im Nahen Osten verbracht hatte. Mit gerade mal sechs Jahren lernte sie Stan Hurley in Bagdad kennen. Inzwischen wusste sie, dass er damals gerade nach einer Extraktion aus Libyen zurückgekehrt war. Nach der Tötung ihres Vaters in Beirut hatte sein alter Freund Hurley sein Bestes gegeben, um die entstandene Lücke zu schließen. Er rief sie bei jeder Gelegenheit an, die sich bot, sorgte dafür, dass sie genug Geld hatte, und überredete sie, ihren PhD-Abschluss zu machen. Von ihm stammte auch die Idee, sich bei der CIA zu bewerben. Er begleitete ihren Karriereweg, bis sie eines Tages zur Direktorin ernannt wurde.

Kennedy ging zu ihm und schob eine Hand auf seinen Arm. »Mach's gut, Stan.«

Als sie den Kühlraum verließ, saß Nash am Küchentisch. Er sprang auf und musterte sie mit besorgtem Gesichtsausdruck. Obwohl er früher als Aufklärer bei der Marine stapelweise Belobigungen gesammelt hatte, umgab ihn eine gewisse Sanftmütigkeit. Sie zeigte sich vor allem im Kreis seiner Familie, aber auch bei solchen Gelegenheiten. Sie und Rapp stuften es trotz seiner beeindruckenden Vita als Zeichen von Schwäche ein, doch nun fragte sie sich, ob man ihm damit nicht unrecht tat.

Es fiel schwer, ihn nicht zu mögen, und das konnte in ihrem Business eine gefährliche Waffe sein. Gefährlicher als manche Pistole.

»Alles in Ordnung, Irene?«

Schwer zu sagen. Stresssituationen zu bewältigen gehörte zu ihrem Job, aber selbst sie stieß gelegentlich an Grenzen. Rickmans Dateien waren noch in Umlauf, Leo Obrecht sollte im Laufe der Woche beerdigt werden und sie fühlte sich verantwortlich für den Tod ihres ältesten Freundes.

Nash schien ihre Gedanken zu lesen. »Es hätte ihn fertiggemacht, wenn du ihn nicht in diesen Einsatz geschickt hättest, Irene. Er wäre davon ausgegangen, dass du ihm nichts mehr zutraust. Glaub mir, so ist es das Beste.«

Sie nickte wie betäubt. »Was ist passiert, Mike?«

»Gould ist passiert. Obrechts Leute wussten, dass er kommt.«

»Wie denn? Wir hatten ihn doch geschnappt. Es gab keine Möglichkeit für ihn, mit Obrecht zu kommunizieren.«

Nash schob ihr eine Zeitung hin und tippte auf eine mit Textmarker umrandete Anzeige. »Wir haben sie ihm zum Lesen gegeben. Seine einzige Verbindung zur Außenwelt, während er hier eingesperrt war. Unsere Leute haben sich jede Zeile haarklein angesehen und sind auf das hier gestoßen. Quasi eine Vorgabe für den Angriffsplan. Ähnliche Inserate sind weltweit auch in anderen Zeitschriften und auf Websites veröffentlicht worden.«

»Wie ist Obrecht gestorben? War es Mitch?«

Nash schüttelte den Kopf. »Wir gehen davon aus, dass es einer seiner Wachleute gewesen ist.«

So etwas hatte sie insgeheim befürchtet. Die Angelegenheit betraf mitnichten nur die Sparkasse Schaffhausen. Jemand musste seine Security darauf angesetzt haben, weil er auf keinen Fall wollte, dass Obrecht der CIA in die Hände fiel.

Es war ein Fehler gewesen, Gould hinzuschicken. Sie hatte seine geistige Labilität unterschätzt. Genau wie zuvor die von Rickman. Einmal mehr stellte sie ihre getroffenen Entscheidungen infrage und spürte, dass Selbstzweifel an ihr nagten.

Auch diesmal schien Nash zu ahnen, was ihr durch den Kopf ging. »Manchmal muss man einfach ein gewisses Risiko eingehen, Irene. Mitch war ebenfalls der Meinung, dass es unsere beste Chance ist, um Obrecht zu erwischen und Rickmans Indiskretionen abzustellen. Wir anderen übrigens auch.«

Sie lehnte sich auf dem Stuhl zurück und analysierte die aktuelle Ausgangssituation. Obrecht hätte sicher keinem seine Geheimnisse anvertraut, aber sein Tod bestätigte den Verdacht, dass jemand im Hintergrund die Fäden zog. Jemand, der nicht nur bestens informiert war, sondern auch über großzügige finanzielle und personelle Ressourcen verfügte.

Erneut kamen ihr Pakistan und der ISI in den Sinn. Die einfachste Antwort lautete, dass einer von Durranis Abteilungsleitern auf diese Weise seine Beteiligung an der Sache vertuschte.

Nach den kürzlichen Führungswechseln bezweifelte sie allerdings, dass jemand im S-Wing bereits so gut vernetzt war, um eine entsprechende Aktion zu koordinieren. Nein, dafür brauchte er zwangsläufig die Erlaubnis von Ahmed Taj.

»Gibt es eine neue Spur, was die Anwälte betrifft?«, fragte sie.

Es lagen keine eindeutigen Beweise vor, dass Rickman eine Kanzlei eingesetzt hatte, um seine kompromittierenden Informationen in Umlauf zu bringen, aber je länger sie darüber nachdachte, desto wahrscheinlicher erschien es ihr. Terroristen und Kriminelle ließen sich dafür sicher auch rekrutieren, doch Zuverlässigkeit gehörte nicht zu ihren hervorstechenden Eigenschaften. Nein, um so etwas vertraulich und effizient zu erledigen, war ein Anwalt definitiv die beste Wahl.

»Noch nicht«, musste Nash zugeben. »Marcus arbeitet mit der NSA dran. Seit die Daisy-Chain-Serverstruktur in Utah ans Netz gegangen ist, sind ihren Auswertungsfähigkeiten quasi keine Grenzen mehr gesetzt. Sobald irgendwo auf der Welt in einer Kanzlei Unregelmäßigkeiten auftreten und jemand auch nur einen Tweet zu dem Thema absetzt, kriegen wir es mit.«

Rechner mithilfe einer solchen Daisy-Chain zu vernetzen, war eine unauffällige, wenn auch völlig legale und in IT-Kreisen bewährte Methode, um größere Datenmengen – in diesem Fall das Internet – rund um die Uhr zu überwachen. Die NSA katalogisierte sämtliche Inhalte von Nachrichtenagenturen, Online-Magazinen, Blogs und Regierungsseiten, übersetzte die Informationen vollautomatisch ins Englische und analysierte sie mithilfe von künstlicher Intelligenz, um einen Abgleich nach festgelegten Parametern durchzuführen.

Sie hatte die Zusammenarbeit mit der National Security Agency explizit gestattet, war allerdings nicht besonders begeistert über deren Beteiligung. Zwar verfügte die NSA für eine solche Ermittlung über die ideale

Infrastruktur, aber die Organisation war in letzter Zeit zu stark in den Fokus der Medien geraten. Außerdem steckten die eingesetzten Technologien vielfach in den Kinderschuhen. Ein bisschen fühlte sie sich an einen Säugling mit einem neuen Spielzeug erinnert. Wobei man den Kleinen natürlich in den seltensten Fällen eine Kettensäge in die Hand drückte.

»Klingt nach einem Geduldsspiel«, meinte sie. »Wir sitzen untätig rum und warten, bis ein weiteres von Ricks Videos veröffentlicht wird und dadurch einer unserer Kontakte auffliegt oder sogar getötet wird.«

Nash musste ihr beipflichten. »Vorerst läuft es darauf hinaus, ja.«

35

In der Nähe von Chania
Kreta, Griechenland

Das Mietauto mühte sich mit der Steigung ab. Rapp behielt die Temperaturanzeige des Motors genau im Auge. Sobald der Zeiger in den roten Bereich wechselte, stellte er den Kleinwagen am Rand des unbefestigten Feldwegs ab.

Beim Aussteigen empfingen ihn völlige Windstille und die Hitze der griechischen Sonne. Der Geruch von Sprengstoff hing in der Luft.

Das welke Gras auf dem Hügel wurde von den Strahlen zum Glänzen gebracht. Das satte Grün vereinzelter Olivenbäume wirkte im Vergleich dazu fast schwarz. Weit unter ihm zeichneten sich die kleine Hafenstadt und das Meer ab. Viele Leute verglichen Chania mit dem Paradies auf Erden. Am heutigen Tag fiel es ihm schwer, dem zu widersprechen.

Er ging zu Fuß weiter und schüttelte eine Zigarette aus der Packung in seiner Hosentasche. Als er sie gerade anzünden wollte, fiel ihm ein ungewöhnliches Geräusch auf. Sein eigenes Atmen.

Rapp blieb stehen, schielte rauf zur gewundenen Piste, dann runter auf die Zigarette. Die Steigung betrug maximal 15 Prozent und er befand sich so dicht an der Wasseroberfläche, dass er bereits einzelne Segelboote erkannte.

Vor zwei Jahren hatte er an einem 30-Meilen-Lauf durch die Colorado Mountains teilgenommen und sich als Führender erst kurz vor der Ziellinie in die Büsche geschlagen, um nicht ins Visier der Kameras zu geraten. Heute musste er sich keine Sorgen machen, ungefragt fotografiert oder um ein Interview gebeten zu werden. Allerdings hätte er von Glück reden können, bei einem solchen Rennen zumindest unter den ersten fünf zu landen.

Rapp betrachtete das Meer am Horizont. Seine Gedanken schweiften einmal mehr zu Stan Hurley ab. In vielerlei Hinsicht ein großartiger Mann. Tapfer, loyal, patriotisch. Einer der wenigen Menschen, um die er sich nie Sorgen gemacht hatte. Sobald er sich etwas in den Kopf gesetzt hatte, gab es keine Möglichkeit, ihn wieder davon abzubringen.

Er musste sich erst daran gewöhnen, in Vergangenheitsform über den Freund zu sprechen. Und die Erinnerung an ihn zu verklären, brachte nichts. Immerhin hatte er drei Ex-Frauen hinterlassen und nur zwei seiner fünf Kinder redeten noch mit ihm. Zeitlebens bewegte er sich im Grenzbereich und nahm wenig Rücksicht auf sich selbst oder die Menschen in seiner Umgebung. Trotzdem gehörte er für Rapp zu den besten Freunden, die er je gehabt hatte; trotz seiner selbstzerstörerischen, gewalttätigen Tendenzen. Anna hatte ihn bei zahlreichen Gelegenheiten als ›schlechten Einfluss‹ bezeichnet.

Ihre Beziehung, eine seltsame Mischung aus Liebe und blankem Hass, hatte eher als Feindschaft begonnen. Er erinnerte sich nur zu gut an das eigene Versprechen, sich freiwillig eine Pistole in den Mund zu stecken und abzudrücken, sobald er sich in jemanden wie Stan Hurley verwandelte.

Das änderte nichts daran, dass er nach wie vor allein in einer heruntergekommenen Behausung in der Nähe von D.C. lebte, entschieden zu viel rauchte und trank, um die Wut, die unter der Oberfläche brodelte, halbwegs zu ersticken. Und dass er inzwischen sogar außer Atem geriet, wenn er einen Berg erklomm, den er früher locker im Vollsprint bewältigt hätte.

Der alte Mann war tot. Anna war tot. Gould war tot. Seine komplette Vergangenheit hatte sich schlagartig in Luft aufgelöst. Die Frage lautete, wie man am besten damit umging. Ließ er zu, sich noch stärker von der Welt und vom Leben zu entfremden? Einen noch größeren Teil seiner Identität zu opfern? Oder wurde es nicht eher Zeit, den Schleudersitz auszulösen? Mit 44 blieb ihm noch genug Zeit für einen Neuanfang.

Rapp knüllte den Rucksack zusammen und schleuderte ihn zwischen die Bäume, bevor er sich erneut der Steigung zuwandte. Kurioserweise klang sein Atem jetzt nicht mehr ganz so laut. Trotz Hurleys Tod, der zu erwartenden Auswirkungen der Obrecht-Affäre und der bevorstehenden Veröffentlichung der nächsten Rickman-Enthüllung fühlte er sich ein Stück weit befreit. Besser, er genoss die Illusion, solange sie anhielt.

Als das Bauernhaus in Sichtweite geriet, lief er langsamer. Er rechnete damit, dass gerade mindestens ein Zielfernrohr auf seinen Kopf gerichtet war. Das Gebäude bestand aus massiven Steinen und weißem Gipsputz, hatte blau gestrichene Fensterläden und ein verspieltes Dach mit roten Schindeln. Etwas abgelegen und leicht zu verteidigen, aber dicht genug an der von Touristen belagerten Stadt, dass niemand Fremden größere Beachtung schenkte.

Auf dem Grundstück herrschte fröhlicher Wildwuchs. Überall lag Spielzeug herum – unter anderem ein pinkes Riesenrad und ein von der Sonne ausgebleichtes Puppenhaus. Ein Mann erschien an der Nordseite des Hauses, kam zielstrebig auf ihn zu, achtete aber darauf, dass sich immer ein Baum zwischen ihm und dem unangekündigten Gast befand. Mit karierten Shorts, T-Shirt und Strohhut passte er perfekt in diese Urlaubsregion. Statt der unvermeidlichen Flip-Flops trug er stabiles Schuhwerk. Der Verzicht auf ein langärmliges Hemd, um die trainierten Oberarme zu verbergen, war der einzige kleinere Patzer.

Hurley hatte ihn in Afghanistan aufgelesen, damals noch als Kämpfer der Green Berets. Rapp erinnerte sich gut an den ungewöhnlich cleveren Burschen. Seine Entschlossenheit kompensierte das seinerzeit fehlende körperliche Durchsetzungsvermögen. Bob irgendwas. Nein, Ben. Ben Carter.

»Hallo?«, rief der andere.

Seine Hand war nicht mal in der Nähe der Pistole, die garantiert in einem am Rücken verborgenen Holster steckte. Trotzdem wirkte er beunruhigt. Genau genommen sogar verängstigt.

Irritiert wollte Rapp schon unauffällig nach der eigenen Waffe greifen, da erkannte er, wo das Problem vermutlich lag. Carter mussten die Frau und das Mädchen, auf die er aufpasste, ans Herz gewachsen sein.

»Keine Sorge, deshalb bin ich nicht hier, Ben.«

Der frühere Soldat atmete hörbar auf. »Tut mir leid, Mr. Rapp. Aber niemand hat angerufen und uns mitgeteilt, dass Sie kommen.«

»Ist sie drinnen?«

»Ja, Sir. Mit ihrer Tochter.«

Rapp lief die Zufahrt entlang, stieg über ein mit Sand verklebtes Schwimmbrett und klopfte.

Die Frau, die ihm öffnete, war genauso hübsch, wie er sie in Erinnerung hatte. 36, mit einem makellosen runden Gesicht, dominiert von hellen mandelförmigen Augen. Sie trug die dunklen Haare inzwischen etwas länger und lächelte, was er an ihr nicht kannte. Rasch kehrte die tiefe Traurigkeit ihrer letzten Begegnung zurück. Damals hatte er ihr eine Waffe seitlich an den Kopf gehalten.

»Sind Sie hier, um mich zu töten?«, fragte Claudia Gould mit schwerem Akzent.

Er hatte sich seinen Ruf hart verdient, wünschte sich jedoch manchmal, dass er ihm nicht dermaßen vorauseilte.

»Nein.«

»Dann sind Sie hier, um mir Neuigkeiten über Louis zu bringen.«

»Ja.«

Sie schloss für einen Moment die Augen und schien sich darauf zu konzentrieren, nicht in Tränen auszubrechen. Kurz darauf öffnete sie die Lider und trat zur Seite, um ihn eintreten zu lassen.

»Darf ich Ihnen etwas bringen?«, fragte sie mechanisch.

»Nein, vielen Dank.«

Sie trug einen zweiteiligen Badeanzug mit um die Hüfte geschlungenem Sarong. Rapp zwang sich, sie nicht anzustarren.

»Erzählen Sie schon.«

Beim letzten Besuch in ihrem Zuhause hatte er das Leben ihres Mannes verschont. Ein schwerer taktischer Fehler, den er allerdings nicht bereute. Immerhin hatte er sich in einer Phase befunden, in der er es für entscheidend hielt, seine Menschlichkeit nicht völlig aufzugeben.

»Er ist tot, nicht wahr?«

Rapp nickte.

Claudia schaltete auf ihre französische Muttersprache um. »Haben Sie ihn umgebracht?«

»Nein.«

Ihr Blick verschleierte sich, doch es kamen keine Tränen. Vielleicht begriff sie, dass es ihr damit letzten Endes besser ging. Oder sie war zu erschöpft, um zu trauern.

»Nach allem, was mit Ihrer Frau passiert ist«, meinte sie. »Und nachdem Sie uns trotzdem verschont haben, dachte ich, er kapiert es endlich. Wie dumm von mir, zu glauben, dass er seinen Job aufgibt. Ich muss blind gewesen sein.«

»Sie können nichts dafür, Claudia. Er hatte alles, worauf es ankam, aber das reichte ihm nicht.«

»Ging es …« Ihre Stimme brach weg. »Ging es schnell?«

»Er hat nichts davon mitbekommen«, log Rapp. Sie litt schon genug, er wollte nicht unnötig nachtreten.

»Bonjour!«

Rapp drehte sich um und brachte beim Anblick des Mädchens, das barfuß vor ihm stand, ein kurzes Lächeln zustande. Sie war inzwischen sieben, das sonnengebleichte Haar stand wirr vom Kopf ab und sie trug einen ähnlichen Badeanzug wie ihre Mutter. Die Sonnencreme im Gesicht war nicht komplett eingezogen und hinterließ eine weiße Spur auf der Nase, die nach Kokosnuss duftete.

»Bonjour«, erwiderte Rapp den Gruß. Claudia hatte das Mädchen nach seiner verstorbenen Frau benannt. Es fiel ihm schwer, den Namen auszusprechen. »Du musst Anna sein.«

»Das stimmt. Und wer bist du?«

»Ich heiße Mitch und bin ein alter Freund deiner Mutter. Wir beide sind uns mal begegnet, aber da bist du noch ein Baby gewesen.«

»An Kram aus der Zeit, als ich noch ein Baby war, kann ich mich nicht erinnern.«

»Das geht mir genauso.«

»Kommst du mit uns runter zum Strand? Dann musst du dich aber vorher umziehen.«

»Leider nicht. Ich will nur noch ein paar Minuten mit deiner Mom reden.«

»Dann schau ich mal, ob Ben Lust hat, mit mir 'ne Burg zu bauen. Er kann das voll gut. Sogar das Zeug auf den Mauern, das aussieht wie Zähne, kriegt er klasse hin.«

»Zinnen.«

»Hä?«

»Die Zähne bei einer Burg heißen Zinnen und die Lücken dazwischen nennt man Scharten.«

»Das denkst du dir aus, oder? Woher weiß man so was?«

Die traurige Wahrheit lautete, dass beides in einem Lexikon stand, das bloß aus einem Eintrag bestand: ›Nützliche Hilfsmittel in einem Kampf‹.

»Ich hab mal eine Sendung darüber im Fernsehen gesehen.«

»Da muss ich gleich mal Ben testen, ob er das auch weiß.«

Rapp beobachtete, wie sie davonstürmte, bevor er sich zu Claudia umdrehte.

»Ein bildhübsches Mädchen.«

»Ich habe sie gar nicht verdient.« Sie machte eine weitläufige Geste, die das Haus umfasste, für das Kennedy bezahlte. »Genauso wenig wie das hier.«

»Jeder macht Fehler. Entscheidend ist, wie man hinterher damit umgeht.«

Er holte ein iPhone aus der Tasche und drückte es ihr in die Hand. Auf dem Display war der Screenshot einer Finanzübersicht zu sehen. »Wir haben alle Konten von Louis zu einem zusammengelegt. Das Geld ist sauber und komplett versteuert. Sie müssen sich um Ihre Zukunft keine Sorgen machen.«

Sie riss ungläubig die Augen auf. »Das sind fast 30 Millionen Dollar.«

Rapp nickte. »Das Konto läuft auf den Namen Claudia Dufort. Wir arbeiten mit der französischen Regierung daran, Ihnen einen neuen Pass ausstellen zu lassen, eine neue Identität zu geben und alles, was sonst noch nötig ist, damit Sie vom Radar von Louis' Feinden verschwinden. Irene hat eine unbefristete Aufenthaltserlaubnis für Sie beide in Südafrika organisiert und mit einem Teil des Geldes ein Haus in einem Weinanbaugebiet erworben. Ich bin sicher, Anna wird es gefallen. In der Nähe gibt es eine gute Schule und mehr als genug Platz für ein oder zwei Pferde.«

Nun kamen ihr doch noch die Tränen. Sie schlang die Arme um ihn und schluchzte. »Es tut mir so leid, Mitch. Es tut mir so leid, was Ihnen meine Familie angetan hat.«

36

CIA-Hauptquartier
Langley, Virginia, USA

Irene Kennedy schob die Lesebrille auf die Stirn und verscheuchte das Gesicht von Stan Hurley aus ihren Gedanken. Zum Trauern blieb später genug Zeit. Vorerst lag ihr Hauptaugenmerk darauf, dass nicht weitere Menschen so endeten wie er.

Die handgeschriebene Liste auf dem Schreibtisch beruhte fast vollständig auf ihrem tadellosen Gedächtnis. Sie wirkte ähnlich harmlos wie eine Aufstellung von Gästen für eine Geburtstagsfeier ihres Sohnes, doch faktisch handelte es sich dabei um die brisanteste Zusammenstellung von Namen, die je auf Papier festgehalten worden war.

Aufgeführt wurde jeder bedeutende Spion oder Informant, auf den die CIA aktuell vom Nahen Osten über China bis hin nach Europa zurückgriff. Selbst Kontakte aus Südamerika und Australien wurden aufgeführt.

Neben jedem Namen hatte sie drei Ziffern notiert. Die erste stufte auf einer Skala von eins bis zehn die Wahrscheinlichkeit ein, dass Rickman von der Existenz der betreffenden Person gewusst hatte. Die zweite benutzte eine ähnliche Punkteskala, um die Bedeutung des Betreffenden für die Aufrechterhaltung der Sicherheit in Amerika zu dokumentieren, wobei eins für ›extrem wichtig‹ und zehn für ›unwichtig‹ stand. Bei der dritten Zahl handelte es sich um die Summe der ersten beiden.

Die Zwanziger-Kandidaten – also Leute, die für die nationale Sicherheit eine geringe Rolle spielten und Rickman mit an Sicherheit grenzender Wahrscheinlichkeit bekannt gewesen waren – wurden bereits nach Hause geholt. Zu viel Risiko, zu wenig Nutzen. Die Zweier – sicherheitsrelevante Mitarbeiter, von deren Existenz Rickman aber vermutlich nichts geahnt hatte – blieben an Ort und Stelle. Die entscheidende Frage lautete, wo sie den Schnitt machen sollte. Bei den Fünfzehnern? Den Zehnern? Wie viele weitere Leben durfte sie im Interesse des amerikanischen Geheimdienstes wissentlich gefährden?

Einmal mehr schlich sich Hurley in ihre Gedankenwelt ein. Diesmal flüsterte sein Phantom ihr etwas ins Ohr: *Du hast diesen Job angenommen, Prinzessin. Also jammer nicht rum und triff eine Entscheidung.*

Es klopfte. Mike Nash steckte den Kopf zur Tür herein. »Störe ich?«

Sie drehte den Zettel mit der Liste um. »Im Gegenteil,

die Unterbrechung kommt mir sehr gelegen. Hast du gute Neuigkeiten mitgebracht?«

Er trat ein, ohne die Frage zu beantworten.

»Ich freu mich momentan selbst über Kleinigkeiten, Mike.«

»Die Kaffeemaschine wurde repariert.«

Kennedy lächelte. Sie vertraute Nash noch nicht blind, aber zunehmend mehr. Sie hatte sich intensiv mit seiner Vorgeschichte auseinandergesetzt und entdeckt, dass er schon immer der geborene Charmeur gewesen war. Beliebtester Schüler an der High School, Jahrgangssprecher am College und Nutznießer einer an Fanatismus grenzenden Wertschätzung unter den Marines, die er in die Schlacht geführt hatte.

Eine Gabe, über die nur wenige Menschen verfügten und die man nicht erlernen konnte. Kennedy beschäftigte eine Menge kompetenter Mitarbeiter, aber um deren Persönlichkeit stand es nicht immer zum Besten. Es gab entschieden zu viele unerträgliche Besserwisser, aalglatte Politiker und angeberische Cowboys unter ihnen. Und natürlich Mitch, der nicht gerade zu den Lieblingen auf dem Capitol Hill zählte. Im besten Fall machte er die Politiker nervös, im schlimmsten Fall schürte er Angst und Hass.

Kennedy klammerte sich selbst bei ihrer realistischen Beurteilung nicht aus. Sie wurde von einer Menge Verantwortlicher, die Entscheidungen eher aus dem Bauch heraus als mit dem Kopf trafen, als kühle Intellektuelle eingestuft. Viele fragten sich, ob es überhaupt etwas gab, woran sie glaubte. Die Antwort war ein klares Ja. Sie glaubte daran, ihren Job bestmöglich zu erledigen.

Nash neigte dazu, ein bisschen zu gutherzig zu sein, aber dank seiner Intelligenz schlug er sich trotzdem wacker, nachdem Rapp ihn als Agent geschickt abserviert und hinter einen Schreibtisch verbannt hatte. Er verstand sich darauf, die überdimensionierten Egos auf dem Hill zu bändigen, und schaffte es wie kein Zweiter, Menschen zu motivieren. Natürlich unterschieden sie und Nash sich in ihren Methoden stark voneinander, doch wollte sie sich nicht anmaßen, ihren Ansatz als richtig und seinen als falsch einzustufen. Wie ihr Mentor, Thomas Stansfield, zu sagen pflegte: ›Es gibt mehr als eine Methode, eine Katze zu häuten, Irene.‹

»Bedauerlicherweise bin ich Teetrinkerin. Wie steht's um die Bemühungen, in Erfahrung zu bringen, wer Rickmans entschlüsselte Dateien in Umlauf bringt?«

»Sagen wir, es gibt gewisse Fortschritte.« Er setzte sich auf einen der Stühle vor ihrem Schreibtisch. »Alle teilen deine Einschätzung, dass er auf die Dienste einer Kanzlei zurückgreift, aber bis wir bei der Fülle von Firmen die richtige entdeckt haben, kann's noch dauern.«

»Liefert die NSA nichts Brauchbares?«

»Das Problem ist, dass ihre KI zum Aussortieren von Luftnummern und falschen Spuren bei Weitem nicht so gut funktioniert, wie sie behaupten. Auf unserem Tisch landet so ziemlich alles. Von Anwälten in D.C., die ein firmeninternes Softball-Turnier gewonnen haben, bis hin zu einer Kanzlei in London, die J.K. Rowling in einem Plagiatsprozess vertreten soll.«

»Also nichts, womit sich was anfangen lässt?«

»Wir hielten den Einbruch bei einem Notariat in Buenos Aires zwischenzeitlich für eine heiße Spur, aber es stellte sich raus, dass ein Junkie die Laptops zwei Tage später bei einer Pfandleihe versetzt hat. Unsere Leute arbeiten rund um die Uhr dran, die Spreu vom Weizen zu trennen. Alles, was auch nur annähernd brauchbar erscheint, landet auf meinem Tisch.«

»Und Marcus?«

»Der beschäftigt sich bereits mit den nächsten Schritten, vorausgesetzt die NSA liefert irgendwann Resultate, mit denen sich was anfangen lässt. Er geht davon aus, dass die Dateien von einem Hackerkollegen weitergeleitet werden – jemandem, der skrupellos genug ist, um einerseits vertrauliche Unterlagen zu entschlüsseln und zu verschicken, andererseits aber schlau genug, um alle Spuren zu verwischen, die Ermittler auf seine Fährte bringen. So jemanden zu jagen, ist für Marcus natürlich genau das Richtige.«

Kennedy nippte an ihrem Tee und überlegte, wie viel sie sagen durfte. Geheimnisse für sich zu behalten gehörte zu ihren täglichen Fingerübungen, aber wenn es so schlimm stand, wie sie vermutete, musste sie Nash gegenüber ihren Verdacht zur Sprache bringen.

»Uns bleibt leider weniger Zeit, als du glaubst, Mike. Ich fürchte, dass es nicht bloß ein Wettlauf gegen Rick ist, sondern außerdem gegen einen anderen Geheimdienst.«

Nash nickte. »Die Pakistanis.«

Sie stellte erfreut fest, dass er die naheliegenden Schlüsse bereits selbst gezogen hatte. »Erklär mir, wie du drauf gekommen bist.«

»Nun, ich halte es für ziemlich unwahrscheinlich, dass Akhtar Durrani als einziger Mitarbeiter des S-Wing von der Existenz Ricks geheimer Unterlagen wusste. Und wenn sie davon gehört haben, wollen sie natürlich Profit daraus schlagen. Abhängig davon, wie weitreichend Ricks Erkenntnisse sind, kann der ISI damit unser gesamtes Netzwerk in Nahost lahmlegen. Oder sogar weltweit.«

»Hast du einen konkreten Verdacht?«

»Einer von Durranis Männern? Wenn man für den ISI arbeitet, ist es Gold für die eigene Karriere, die CIA in den Würgegriff zu nehmen.«

Eine schlüssige Hypothese, vielleicht sogar die Wahrheit. Allerdings befürchtete sie, dass Nash nicht weit genug dachte.

»Könnte es nicht auch Präsident Chutani sein?«

Nash blickte sie zweifelnd an. »Chutani ist bestimmt scharf drauf, einen Blick auf Ricks Unterlagen zu werfen und uns damit unter Druck zu setzen, aber ich bezweifle, dass seine Kontakte im S-Wing bereits so gut sind.«

»Das sehe ich ähnlich. Wie steht's mit Ahmed Taj?«

»Eben. Ein deutlich interessanterer Kandidat.«

»Inwiefern?«, fragte Kennedy und überlegte, ob Nash merkte, dass sie ihn gerade auf die Probe stellte, und es geschickt überspielte. Sie hoffte es.

»Ich bin ihm ein paarmal begegnet und habe alle Unterlagen über ihn gelesen. Alles deutet darauf hin, dass er ein Schwächling ist. Allerdings überzeugt mich das nicht. Durranis Tod hat ein gewisses Machtvakuum im ISI hinterlassen. Normalerweise hätte es danach heiß hergehen müssen, aber davon ist uns zumindest nichts zu Ohren gekommen. Selbst in meiner Pfadfindergruppe wurde früher heftiger um die Nachfolge gestritten.«

Kennedy trank einen weiteren Schluck Tee und wartete, was als Nächstes kam.

»Mag sein, dass ich völlig falschliege, Irene, aber für mich sieht das so aus, als ob Chutani den pakistanischen Geheimdienst deutlich besser im Griff hat, als wir's ihm zutrauen.«

»Nein, dummerweise gehen meine Befürchtungen in eine ganz ähnliche Richtung. Unsere Analysten predigen mir seit Jahren, Taj besitze zu wenig Autorität, um den ISI zu führen. Im gleichen Atemzug berichten sie mir dann allerdings, dass der Apparat zunehmend effizienter funktioniert. Eine klare Diskrepanz zwischen Theorie und Realität. Wenn man sich von dem Gedanken verabschiedet, dass Taj bloß ein Frühstücksdirektor ist, schält sich beachtlich schnell ein konkreter Verdacht heraus.«

»Ich hoffe, du irrst dich«, meinte Nash. »Mir wär's jedenfalls deutlich lieber, diese Unterlagen in den Händen von Al-Qaida zu wissen, als beim ISI.«

Bevor sie darauf antworten konnte, meldete sich ihr Laptop mit einem Alarmsignal. Ihr Puls beschleunigte sich. Dieses spezielle Geräusch kam nur, wenn eine neue E-Mail von Joe Rickman eintraf.

»Rick?«, fragte Nash, der den Stimmungsumschwung sofort bemerkte.

Sie nickte und öffnete das Mailprogramm. Er kam hinter den Schreibtisch und lugte über ihre Schulter.

Erneut war ein Video angehängt. Kennedys Kehle wurde trocken. Sie klickte auf den Wiedergabeknopf.

»Hallo Irene. ›Schön, dich zu sehen‹, hätte ich fast gesagt, aber leider seh ich dich ja nicht, weil ich deinetwegen tot bin.«

Er hatte erneut die Stiefel auf die Tischplatte gelegt und trug dieselbe Kleidung wie beim letzten Clip. So wie sie Rickman einschätzte, hatte er den Schwung eines Koffein- und Amphetaminrausches genutzt und alle Videos am Stück aufgezeichnet.

»Ich hoffe, es treibt dich in den Wahnsinn, dass du keine Ahnung hast, wie ich an diese ganzen internen Fakten rangekommen bin. Ich geb dir den guten Rat, der

Sache nicht weiter auf den Grund zu gehen. Ich bin einfach zu schlau für dich.« Er legte eine dramatische Pause ein. »Na, flippst du fast aus, weil du drauf wartest, dass ich die nächste Bombe platzen lasse, Irene? Diesmal ist es eine deutlich größere Nummer als die mit Sitting Bull. Ich meine, wen kümmern schon die Russen? Das sind doch bloß Loser, die zu viel Wodka picheln.«

»Ich kann dir gar nicht sagen, wie gern ich dabei gewesen wäre, als Mitch das Gehirn von diesem Hurensohn gegen die Mauer geklatscht hat«, raunte Nash.

Kennedy bedeutete ihm, den Mund zu halten.

»Okay, ich schätze, ich hab dich lang genug auf die Folter gespannt«, fuhr Rickman fort. »Ich hab den Iranern gerade Beweise geschickt, dass ihr Botschafter in Großbritannien auf deiner Gehaltsliste steht. Namen, Details zu den verwendeten Bankkonten und sogar ein paar hübsche Schnappschüsse.« Er grinste debil und tastete nach der Fernbedienung auf dem Tisch. »Viel Spaß damit.«

»Ist an der Behauptung was dran?«, fragte Nash, als die Wiedergabe stoppte.

Kennedy war zu benommen, um zu antworten. Und ob etwas dran war. Kamal Safavi gehörte zu ihren bedeutendsten iranischen Verbindungsleuten. Er war bestens vertraut mit dem aufblühenden Atomprogramm seines Landes und den zunehmend intensiveren Machtkämpfen innerhalb der Regierung.

»Wie spät ist es in London, Mike?«

Er schielte auf die Uhr. »Bald Mitternacht.«

Kennedy schloss Rickmans E-Mail und rief Safavis Kontaktdaten auf. Sie verfasste eine kurze, unverfängliche Nachricht, die er trotzdem als Warnung erkennen würde. Der Notfallplan für ihn und seine Familie sah vor, sie direkt in ein Safe House bringen zu lassen, wo sie vom Londoner CIA-Stationschef in Empfang genommen würden. Allerdings wusste sie nicht, ob Rickman das zuließ. Hielt er es für vielversprechender, dass die Vereinigten Staaten ihn in Sicherheit brachten und die Iraner Druck ausübten, um seine Freilassung zu erzwingen? Oder wollte sie, dass er dem Ajatollah in die Hände fiel, damit der alles, was er über die CIA-Operationen im Iran wusste, aus ihm herauskitzelte?

»Wo ist Mitch?«, fragte Kennedy.

»Wir haben leider keine Ahnung. Er erwähnte einige Privatangelegenheiten, um die er sich kümmern müsse, und flog mit einer der CIA-Gulfstreams los, die in Europa im Hangar bereitstehen.«

»In einer solchen Lage?« Kennedy ließ einen seltenen Anflug von Ärger aufblitzen. »Du solltest ihn doch im Auge behalten, Mike. Außerdem sind die Flugzeuge der Agency keine Privattaxis, über die er nach Belieben verfügen kann.«

»Das ist ein Gespräch, das du besser mit ihm führen solltest, Irene. Manchmal streift er mich mit einem Blick, da scheint er sich zu überlegen, ob er lieber mit mir streiten oder mich gleich umbringen soll. Mir wäre es lieber, wenn er am Ende einfach in eine Gulfstream steigt und verschwindet.«

Kennedys Telefon schrillte los. Ken Barrett, ihr Londoner Stationschef, war am anderen Ende der Leitung. Sie hatte ihn bei der gerade verfassten Mail an Safavi in CC genommen.

»Ich habe schon jemanden zum Safe House losgeschickt, Dr. Kennedy. Möchten Sie, dass ich den Botschafter aus seinem Haus abholen lasse?«

Sie antwortete nicht sofort. Gut möglich, dass Rickman es auf eine Konfrontation zwischen der CIA und den Vertretern des Iran auf den Straßen Londons anlegte. Das fehlte gerade noch, dass sie einen gewalttätigen Zwischenfall vor den Türen der mächtigsten Verbündeten Amerikas verschuldete.

»Wir müssen vorsichtig sein«, entschied sie. »Sorgen Sie dafür, dass sich Ihre Leute in der Nähe bereithalten, aber unternehmen Sie nichts, bevor ich es ausdrücklich anordne. Und rufen Sie Charlie an. Wir müssen den MI6 einbeziehen.«

Kennedy legte auf und wählte Mitch Rapps Handynummer. Bisher hatte sie ihn in Ruhe gelassen. Er verschwand selten, ohne sie vorher zu informieren. Sie ging davon aus, dass er etwas erledigte, das ihm persönlich sehr wichtig war. Trotzdem konnte sie nicht länger warten. Ganz egal, wo er gerade steckte, seine Auszeit endete in diesem Moment.

Ihr Magen verkrampfte sich bei jedem weiteren Klingeln. Endlich klickte es in der Leitung und Rapp meldete sich.

»Ja?«

»Wo bist du?«

»Griechenland.«

»Flieg nach London. Sofort.«

37

Wohnsitz des iranischen Botschafters
London, England

Kamal Safavi bewegte sich so wenig wie möglich, um seine Frau nicht zu wecken. Es war kurz nach Mitternacht und er hatte die letzten zwei Stunden im Bett wach gelegen. Die Besprechung im Auswärtigen Amt war erwartungsgemäß schlecht gelaufen. Dem MI6 lagen Berichte vor – zutreffende Berichte, soweit er wusste –, wonach der Iran gerade eine Lieferung moderner Zentrifugen aus Nordkorea erhalten hatte.

In Anbetracht der früheren Erfahrungen seines Heimatlandes mit Amerika konnte er die Vorbehalte und Befürchtungen, die seine Vorgesetzten gegenüber dem Westen hegten, gut nachvollziehen. Allerdings handelte es sich um Vorfälle, die bereits in den Geschichtsbüchern standen. Für weitaus zielführender hielt er es, sich mit der Zukunft auseinanderzusetzen. Sie mussten einsehen, dass ihr Nuklearprogramm dem Iran keine Sicherheit verschaffte, sondern das Land an den Rand eines finanziellen Kollapses führte. Vor lauter fehlgeleiteten Ängsten hinsichtlich eines drohenden Angriffs der Amerikaner verdammte die Regierung große Teile der Bevölkerung mit Tausenden von Sparmaßnahmen zum Tod.

So viel nutzlose Dummheit, so viel Hass … der Iran gehörte zu den wenigen Oasen der Vernunft und Stabilität in einer Region, die sich selbst zerfleischte. Die Kurzsichtigkeit der zuständigen Politiker verhinderte, dass zwei Länder die Grundlagen für eine dauerhafte Zusammenarbeit schufen, um die Lage zu entspannen.

Eine Einschätzung, die Irene Kennedy teilte. Sie war eine ungemein vernünftige Frau, die in der Normalisierung der Beziehungen zwischen Teheran und Washington großes Potenzial sah. Zumal sie wusste, dass die jungen Leute im Iran sich kaum noch an den Schah oder die Revolution erinnerten. Sie sehnten sich nach Freiheit und Wohlstand und wollten, dass ihnen die restliche Welt mit Respekt begegnete.

Ein mit Rauschen unterlegter Schrei kam vom Nachttisch. Er schielte kurz auf das Babyfon, bevor es verstummte. Seine kleine Tochter träumte. Wovon wohl? Von einer Zukunft mit grenzenlosen Möglichkeiten? Dem Leben in einer Gesellschaft, in der sie gleichberechtigt behandelt wurde? Frieden und Sicherheit?

Vermutlich eher nicht. Das war sein Traum. Für sie. Für sein gesamtes Volk.

Einen Moment später kam ein deutlich dringlicheres Geräusch aus derselben Richtung. Erst reagierte er irritiert auf den schrillen Ton und ihm wollte nicht einfallen, was er zu bedeuten hatte.

Seine Verwirrung währte nicht lange, dann schnappte er sich das Telefon, um die eingegangene Kurzmitteilung zu lesen.

»Aufstehen!«, sagte er, schmiss die Decke auf den Boden und sprang aus dem Bett.

Im matten Glimmen des Radioweckers sah er, wie die Augenlider seiner Frau mit einem nervösen Flattern aufklappten.

»Was ist los?«, fragte sie und tastete nach der Lampe neben sich. »Geht's um Ava? Ist sie aufgewacht?«

Er hielt ihr Handgelenk fest, bevor sie den Schalter erreichte. »Kein Licht. Steh einfach auf und zieh deinen Morgenmantel an. Leise. Wir müssen weg.«

»Weg?«, erkundigte sie sich besorgt. »Wovon redest du?«

Er hatte weder ihr noch sonst jemandem von der Zusammenarbeit mit Kennedy erzählt. Er war davon ausgegangen, es sei sicher. Und wichtig. Nun fühlte er sich schlecht. Seine Familie schwebte in großer Gefahr. Schuld daran war der Idealismus, vor dem ihn Dad schon als Junge häufig gewarnt hatte.

»Keine Zeit für Erklärungen«, flüsterte er gehetzt. »Lass uns aufbrechen. Sofort!«

Safavi rannte barfuß ins Zimmer seiner Tochter. Sie schlief tief und fest. Vorsichtig trug er sie in den Flur. Sie mussten leise sein. Das Hauspersonal bestand bloß aus einer Frau, die sich ums Kochen und Waschen kümmerte, und einem alternden Sicherheitsbeamten, der sie vor allem durch die Stadt kutschierte. Beide durften auf keinen Fall etwas mitbekommen.

»Kamal, du machst mir Angst.« Seine Frau stand im Durchgang zum Schlafzimmer. »Was passiert hier gerade?«

»Das erzähl ich dir später«, raunte er. »Los, zum Wagen. Er parkt direkt vor der Tür.«

»Aber ich muss mich erst anziehen. Ich trag noch nicht mal Schuhe. Wir …«

Glücklicherweise war seine Tochter noch klein genug, um mit einem Arm getragen zu werden. Mit der freien Hand umklammerte er den Oberarm seiner Frau. Die Anspannung auf ihrem Gesicht verwandelte sich in Furcht, als sie die Vehemenz seines Griffs bemerkte.

»Kamal, du ...«

»Still!«, zischte er und zog sie hinter sich her zur Treppe.

Licht aus dem Innenhof drang durch die Fenster und spendete genug Helligkeit, um den Möbeln im zugestellten Hausflur auszuweichen. Kennedy hatte sie rechtzeitig gewarnt. Sie schafften es!

Mit einem lauten Schlag flog die Eingangstür auf, heftig genug, um sie fast aus den Angeln zu reißen. Safavis Gattin schrie auf, als drei Männer in ihre Wohnung stürmten und etwas auf Persisch brüllten.

Ein Ellbogen traf ihn mitten ins Gesicht und er drückte seine Tochter fest an sich, um sie vor der Wucht zu schützen, mit der er auf den Boden prallte.

»Nein!«, schrie er, als die Kleine von ihm weggerissen wurde. Seine Frau brüllte ununterbrochen. Er wandte ihr das Gesicht zu, während seine Hände hinter dem Rücken gefesselt wurden. »Tut ihr nichts! Sie hat keine Ahnung, worum es geht!«

Der andere ignorierte sein Betteln, rammte ihr ein Knie in den Rücken und fesselte sie mit Plastikkabeln. Ihr Chauffeur tauchte verschlafen im Flur auf, blieb jedoch abrupt stehen, als er die Eindringlinge als Mitarbeiter des Sicherheitsteams der Botschaft erkannte.

Ava heulte inzwischen. Ihr Schluchzen hinterließ ein unheimliches Echo. Safavi bekam kaum Luft, weil er mit vollem Gewicht zu Boden gedrückt wurde. Er registrierte es kaum. Seine Frau weinte und begriff nicht, wie ihr geschah. Alles seine Schuld. Er war dafür verantwortlich, dass seine Familie terrorisiert wurde.

Ein Arm schlang sich um Safavis Hals und er fühlte, wie er rückwärts aus dem Haus geschleift wurde. Das

Hausmädchen kam herangeeilt und wollte sich auf den Mann stürzen, der Ava festhielt, aber er versetzte ihr mit dem stumpfen Ende der Pistole einen Hieb gegen die Schläfe. Sie brach zusammen und blieb wie erstarrt liegen.

Der Griff, der ihm das Atmen erschwerte, wurde enger. Sie traten hinaus in den leichten Londoner Regen. Zum ersten Mal sagte der andere etwas: »Der Ajatollah freut sich darauf, Sie und Ihre Familie kennenzulernen, Kamal.«

38

London, England

»Anhalten.«

In den dunklen Straßen der britischen Hauptstadt herrschte kein nennenswerter Verkehr. Zu seiner Rechten erhellten bläulich aufblitzende Signallichter eines Streifenwagens die enge Gasse.

»Hier?«, fragte der Fahrer. »Bis zur Adresse, die Sie mir genannt haben, sind es noch gut sechs Blocks.«

Rapp hatte beschlossen, ein Taxi zu nehmen, statt jemanden von der CIA zu bitten, ihn am Flughafen abzuholen. Er wollte Großbritannien ohne großes Aufsehen betreten und zügig wieder verlassen. Der Zwischenfall in Istanbul sorgte weiterhin für eine Menge Ärger. Außerdem schöpften die Geheimdienste der EU Verdacht, dass er etwas mit dem Mord am islamistischen Propagandisten in Spanien vor zwei Monaten zu tun hatte. Zu Recht übrigens, doch die korrekten Abläufe waren nicht eingehalten worden. Kennedy tat ihr Bestes, um die Schuld auf den Mossad abzuwälzen. Der Leiter des israelischen Dienstes schuldete ihr einen Gefallen und übernahm bereitwillig die Verantwortung für den Vorfall.

Rapp zog eine 50-Pfund-Note aus der Tasche und hielt sie dem Mann hin. »Ich laufe den Rest der Strecke.«

Das Taxi fuhr an den Straßenrand. Rapp stieg aus, ohne sich noch einmal umzusehen. Der dunkle Mantel, den ein Passagier im Flieger vergessen hatte, hielt zwar den Regen ab, nicht jedoch die klamme Kälte. Er stellte den Kragen hoch; weniger damit ihm wärmer wurde, sondern weil es nirgends auf der Welt so viele Überwachungskameras gab wie in London. Er drehte ständig den Kopf, damit sein Gesicht nicht erfasst wurde, und huschte über das Kopfsteinpflaster.

Der unebene Belag endete an einer Straße, die durch eine elegante Wohngegend mit Villen aus der Zeit der Jahrhundertwende führte. Eigentlich wäre es dort zu dieser späten Stunde völlig ruhig gewesen, doch heute brannte in so gut wie jedem Haus Licht. Überall standen Menschen hinter den Fenstern, um zu beobachten, was draußen los war.

Rapp näherte sich einer gelben Absperrung, die eine Fläche direkt vor einem besonders imposanten Steingebäude einrahmte. Gut 20 Anwohner standen herum und redeten aufgeregt miteinander. Er hielt Abstand und umkurvte das regennasse Hindernis am äußersten Rand.

»Sir!«, rief ein Cop und kam mit einem Schlagstock in der Hand auf ihn zu. »Dies ist eine Sicherheitszone.«

»Halt die Klappe.«

Der Mann stutzte. Mit dieser Reaktion hatte er nicht gerechnet. Er wollte ihn festnehmen, doch einer der beiden Beamten, denen sich Rapp näherte, gab ihm mit einer Handbewegung zu verstehen, dass alles in Ordnung war.

»Charlie.« Rapp behielt die Hände in den Manteltaschen und betrachtete sein Gegenüber, das einen trotz des Wetters makellosen Burberry-Trenchcoat samt Melone trug. Charles Plimpton gehörte zu den besten Leuten beim MI6 und ging voll in seiner Rolle als britischer Spion auf. Zu Beginn seiner Laufbahn hatte er nicht gerade den kompetentesten Eindruck hinterlassen, doch mittlerweile war Ehrgeiz im Spiel. Wie sich herausstellte, verband seine Angetraute eine entfernte Verwandtschaft mit König Arthurs Geliebter oder etwas in der Art. Seitdem strebte die Familie nach Höherem.

»Fast hätte ich gesagt ›Schön, Sie zu sehen, Mitch‹. Aber wenn Sie sich in unserem Land aufhalten, zieht das in aller Regel Ärger nach sich.«

Sein Begleiter hieß Ken Barrett und war der Londoner Stationschef der CIA. Er erinnerte schon eher an einen Mann, den man mitten in der Nacht aus dem Bett geholt hatte: zerknitterte Jeans, ein Parka mit Kapuze und wasserfestes Schuhwerk.

»Was ist hier vorgefallen?«, wollte Rapp wissen.

Barrett ergriff als Erster das Wort. »Irene hat mich vor einigen Stunden angerufen, um mir mitzuteilen, dass Safavi enttarnt wurde. Ich bin ins Auto gestiegen und habe Charlie informiert. Bedauerlicherweise kamen wir zu spät.«

»Das heißt?«

»Safavi und seine Familie waren schon weg, als wir eintrafen.«

»Wie lange?«

»Laut Kameraaufzeichnung etwa eine Viertelstunde.«

»Habt ihr den Fluchtwagen abgefangen? Es herrscht kaum Verkehr und sie dürften entweder zu ihrer Botschaft oder zum Flughafen wollen.«

»Zur Botschaft«, sagte Plimpton.

»Ihr habt sie also erwischt? Ist Safavi in Sicherheit?«

Barrett senkte den Blick. Sein Kollege übernahm das Antworten.

»Nein, Mitch. Er ist ein iranischer Diplomat und wurde von einer ganzen Wagenladung landeseigener Security beschützt.«

»Die beschützen ihn nicht, Charlie. Das ist eine verfluchte Entführung. Sie werden ihn nach Teheran verschleppen, dort in eine Grube schmeißen und zum Zusehen zwingen, während sie den Rest seiner Familie foltern.«

»Ich kann Ihre Einschätzung nachvollziehen«, verkündete Plimpton mit einem Zungenschlag, der von Jahr zu Jahr blasierter klang. »Aber dieses Desaster geht allein auf das Konto der CIA. Wir werden keine diplomatischen Spannungen riskieren, um Ihnen bei der Beseitigung Ihres Problems behilflich zu sein.«

»*Unser* Problem?« Mitch fiel es schwer, leise zu sprechen, damit die Leute, die sich vor der Absperrung drängten, nichts davon mitbekamen. »Soll das heißen, es geht Großbritannien nichts an, wenn der Iran eine Bombe baut?«

»Ich habe den Premierminister persönlich konsultiert. Wir vertreten die Auffassung, dass es im besten Interesse der Regierung Ihrer Majestät liegt, nicht in diese unerfreuliche Geschichte verwickelt zu werden.«

»Es ist mir scheißegal, was Sie für eine Auffassung vertreten.« Rapp packte den Mann am Kragen. »Setzen Sie

Ihren Arsch nicht bloß dafür ein, Ihren ersehnten Sitz im Parlament blank zu wienern, sondern erledigen Sie gefälligst Ihren Job. Safavi hat sein Leben für uns riskiert. Und Sie wollen sich wegdrehen und in die andere Richtung schauen, um nicht zu gefährden, dass Ihre Allerwerteste zu den richtigen Partys eingeladen wird?«

»Mitch«, meldete sich Barretts warnende Stimme zu Wort.

»Halt die Klappe, Ken.«

»Die Cops kommen.«

Drei Uniformierte hatten sich in ihrer Nähe versammelt, offenbar unschlüssig, was zu tun war. Rapp stieß Plimpton so heftig nach hinten, dass er fast über seine 400-Dollar-Schuhe gestolpert wäre, und zog Barrett am Arm hinter sich her.

»Wo ist Safavi jetzt?«, fragte er und verkroch sich mit dem Londoner Stationschef in einer schattigen Ecke am entlegenen Ende der Straße. »In der Botschaft?«

»Ja. Einige meiner Männer bewachen das Grundstück. Keine erkennbaren Aktivitäten.«

»Sie können ihn dort nicht ewig festhalten. Er und seine Familie werden früher oder später abtransportiert.«

»Ich weiß, was dir vorschwebt, Mitch, aber das dürfen wir nicht. Nicht hier.«

Rapp starrte Barrett an, der zögernd einen Schritt zurückwich. »Ganz ruhig, Mann. Du weißt, ich würde dir persönlich in die Hölle folgen, aber diese Runde geht eindeutig an den Gegner. Selbst wenn ich die FBI-Jungs wecken lasse, fehlt es uns an Manpower. Und sobald wir zuschlagen, lässt uns Charlie ins Gefängnis werfen.«

Rapp ballte die Faust. Nur mit Mühe widerstand er dem Drang, sie Barrett ins Gesicht zu rammen. Der

Typ war in Ordnung. Hätte es eine Chance gegeben, hätte er nichts unversucht gelassen, um Safavi zu retten. Doch diese Chance gab es nicht. Rickman hatte an alles gedacht. Jede Eventualität einkalkuliert. So wie immer.

Rapp schob sich am CIA-Stationschef vorbei und wählte eine Nummer, während er auf die andere Straßenseite lief.

»Wie ich hörte, hat sich die Situation deutlich verschlechtert«, sagte Irene Kennedy nach dem Abnehmen.

»Safavi wird in der iranischen Botschaft festgehalten.«

»Das habe ich befürchtet. Rickman setzt seine Duftmarken nach dem Zufallsprinzip, um uns zu beschäftigen. Diesmal ging es ihm darum, uns die eigene Machtlosigkeit vor Augen zu führen.«

»Dieser Scheißkerl Charlie Plimpton weigert sich, uns einen Zugriff zu gestatten, solange Safavi auf britischem Boden ist. Die Iraner werden ihn und seine Familie vermutlich nach Teheran verschleppen. Ich halte es für realistisch, das Flugzeug abzufangen.«

»Ich habe mit dem Präsidenten darüber gesprochen. Er lehnt das ab. Seit seinem Amtsantritt bemüht er sich, eine Entspannung der Beziehungen zwischen den USA und dem Iran herbeizuführen. Weitere Irritationen will er nicht akzeptieren. Wenn wir etwas Entsprechendes probieren, führt uns das an den Rand eines Kriegs.«

»Also soll ich Däumchen drehen, um seine diplomatischen Erfolge nicht zu gefährden?«

»Tut mir leid, Mitch. Ich kann nichts für dich tun.«

»Du weißt selbst, was los ist, Irene. Rick läuft sich gerade erst warm. Der wird uns ausbluten, bis es der CIA an den Kragen geht.«

»Was das betrifft, habe ich ein paar gute Neuigkeiten. Kannst du nach Rom fliegen?«

»Warum?«

»Mike ist bereits unterwegs. Er wird es dir erklären.«

»Das gefällt mir nicht, Irene. Istanbul. London. Und jetzt Rom. Rick zerrt uns wie einen Hund an der Leine durch die Gegend. Wir reagieren bloß, statt ihm zuvorzukommen.«

»Du hast mich oft genug gebeten, dir zu vertrauen. Diesmal bitte ich dich, *mir* zu vertrauen.«

Er starrte zum Himmel. Der Regen prasselte unaufhörlich herab. »Italien.«

»Ich sag Mike Bescheid, dass du kommst. Ach ja! Mitch?«

»Was denn noch?«

»Überlass ihm das Reden, okay?«

39

ISLAMABAD, PAKISTAN

»Aber Sir, ich ...«

»Halten Sie den Mund und hören Sie zu«, brüllte Saad Chutani.

Taj klemmte den Hörer zwischen Ohr und Schulter ein und lauschte der Tirade des pakistanischen Präsidenten. Er achtete darauf, regelmäßig Zustimmung zu signalisieren oder sich zu räuspern, um vorzutäuschen, dass er ganz Ohr war. In Wirklichkeit scrollte er parallel durch seine E-Mails.

»Ich will, dass diese Schmierfinken zum Schweigen gebracht werden, haben Sie mich verstanden? Das fehlt gerade noch, dass unsere Zeitungen Lügen und verzerrte Schilderungen verbreiten.«

Vor vier Tagen hatten die pakistanischen Taliban eine von Chutani unterstützte Mädchenschule angegriffen. Er war persönlich bei der Eröffnung zugegen gewesen, um sie als Grundstein eines modernen Pakistan zu feiern. Aus diesem Anlass gab es sogar Champagner und eine absurde Zeremonie nach westlichem Vorbild, bei der feierlich ein Band durchschnitten wurde. Jetzt war nur noch eine ausgebrannte Ruine davon übrig, gespickt mit von Kugeln durchlöcherten Leichen der Schülerinnen, die zu Hause unter dem Schutz ihrer Väter und Brüder vermutlich noch am Leben gewesen wären.

»Antworten Sie, Ahmed!«

Taj verzog gequält das Gesicht. Er befürchtete, dass der Narr ihm noch stundenlang mit seinen Verschwörungstheorien in den Ohren lag, ohne etwas Sinnvolles von sich zu geben. Ein Talent, das wohl alle Politiker besaßen, dieser spezielle jedoch im Überfluss.

»Sir, es war kaum zu vermeiden, dass die Presse sich mit diesem Vorfall beschäftigt. Der Artikel, den Sie ansprechen, liegt vor mir. Er fasst lediglich die Fakten zusammen. Ich halte ihn nicht für respektlos gegenüber Ihnen oder Ihrer Regierung. Es …«

»Nicht respektlos? Können Sie lesen, Ahmed? Er bezeichnet mich als zahnlosen Tiger. Wie konnte es dazu kommen? Es ist Ihre Aufgabe und die Aufgabe des S-Wings, eine solche Berichterstattung zu kontrollieren.«

Eine interessante Wortwahl. Nicht ›verhindern‹, sondern ›kontrollieren‹. Genau das tat Taj auch. Er hatte diese verbale Breitseite der Medien eigenhändig geplant und genehmigt. Alles Teil des perfiden Spiels, das er trieb. Chutanis Ermordung, die er den Amerikanern in die Schuhe zu schieben gedachte, sollte zwar den pakistanischen Nationalismus schüren. Andererseits musste er darauf achten, dass der getötete Präsident beim Volk nicht *zu* hoch im Kurs stand. Es galt, ihn als anständigen Mann zu zeichnen, den seine Aufgabe letztendlich überfordert hatte. Die Menschen mussten zu der Schlussfolgerung gelangen, dass Pakistan eine stärkere Hand brauchte. Jemanden, der die Ordnung wiederherstellen konnte, die unter der Führung der Demokraten gelitten hatte.

»Durch den Tod Akhtar Durranis war vorübergehend eine Lücke entstanden, Herr Präsident. Ich versichere Ihnen, dass sein Nachfolger mittlerweile voll im Thema ist. Die Taliban wussten, dass ein solcher Übergang nicht reibungslos vonstattengeht, und haben unsere kurzfristige Schwäche ausgenutzt.«

»Ausreden!«

»Es tut mir leid«, heuchelte Taj Bedauern und Angst. »Ich gebe mein Bestes, um …«

»Wir müssen uns um diesen Reporter kümmern, Ahmed. Sofort. Ihre Unfähigkeit hat diese Breitseite erst ermöglicht. Dagegen können wir nichts mehr ausrichten, wohl aber gegen die Nachwirkungen.«

»Der Artikel wurde bereits veröffentlicht, Sir. Wie soll ich …«

»Er ermutigt die übrigen Zeitungen und Sender«, polterte Chutani. »In den letzten beiden Tagen sind zwei weitere kritische Artikel über meine Beteiligung an den amerikanischen Drohnenangriffen erschienen.

Ein Nachrichtensprecher hat sich öffentlich gegen meine Unterstützung weltlicher Erziehungsmethoden ausgesprochen. Wenn solche Äußerungen keine Konsequenzen haben, nehmen sie sich bald noch mehr heraus.«

Chutani wollte den westlichen Verbündeten mit Pressefreiheit imponieren, duldete sie aber nur, solange sie die Arbeit seiner Regierung vorbehaltlos unterstützte. Sobald kritische Stimmen geäußert wurden, wandte er sich Hilfe suchend an den Mann, den er aufgrund seiner vermeintlichen Machtlosigkeit beim ISI installiert hatte, und erwartete, dass dieser sich übergangslos in einen kaltblütigen Mörder verwandelte.

»Von welchen Konsequenzen sprechen Sie, Sir?«

»Wir brauchen keine Presse, wie sie die Amerikaner haben, Ahmed. Eine, die 24 Stunden am Tag aus Profitgier Lügen und verdrehte Wahrheiten vermeldet. Pakistan ist auf faire und patriotische Medien angewiesen, die das Land voranbringen. Die jüngsten Aktivitäten haben einen gefährlichen Präzedenzfall geschaffen.«

Taj lächelte. Natürlich verzichtete der Politiker auf eindeutige Anweisungen, um sich im Nachhinein aus der Affäre ziehen zu können. Sollte die Nötigung der pakistanischen Journalisten öffentlich werden, stellte er kurzerhand Taj und den ISI als Sündenbock hin.

»Private Medien sind abhängig von Anzeigenerlösen, Herr Präsident. Ich werde mit Vertretern der Firmen sprechen, die sie unterstützen, und die Frage aufbringen, ob es in ihrem Interesse liegt, diese Art von Journalismus zu fördern.«

Langes, enttäuschtes Schweigen folgte. Chutani wollte den aufmüpfigen Berichterstatter zweifellos tot sehen. Taj verstand ihn nur zu gut. Nachdem er selbst Pakistan in den

Würgegriff genommen hatte, würde er solche Leute zwingen, die Hinrichtung ihrer ganzen Familie mitanzusehen, bevor er sie zerquetschte wie lästige Schädlinge. Aktuell durfte er solche Kontroversen jedoch nicht riskieren. Er brauchte die bedingungslose Unterstützung der Amerikaner, um an die Macht zu gelangen. Ließ er einen Journalisten ermorden, drohte er diesen Rückhalt zu verlieren.

»Ich versichere Ihnen, dass diese Maßnahme wirksam sein wird«, fuhr er fort. »Kein Medienunternehmen kann es sich leisten, als unpatriotisch zu gelten. Zahlreiche Werbekunden halten beträchtliche Anteile an der Armee oder dem ISI. Man wird keine weiteren kritischen Artikel mehr über Sie veröffentlichen. Wenn wir es geschickt anstellen, sollte sogar eine Rücknahme der Meldung drin sein. Oder zumindest eine Richtigstellung, die auf die Schwierigkeiten bei der Terrorbekämpfung hinweist und unterstreicht, wie erfolgreich Ihre Regierung in dieser Hinsicht bislang gearbeitet hat.«

»Wenn Sie das empfehlen, wird es schon richtig sein«, sagte Chutani, der sich weiterhin bemühte, keine klaren Forderungen zu stellen, die man ihm hinterher zur Last legen konnte. »Aber ich erwarte Ergebnisse, Ahmed.«

Es klopfte. Kurz danach betrat Kabir Gadai den Raum.

»Ich denke, Sie werden zufrieden sein«, sagte Taj zum Präsidenten, während sein Assistent näher kam. »Wir bekommen diese Situation in den Griff, ohne unnötige Angriffsflächen gegen Sie oder Ihre Regierung zu schaffen.«

»Morgen früh, Ahmed. Ich erwarte, dass Sie mir morgen früh konkrete Einzelheiten vorlegen.«

»Meine Mitarbeiter werden Ihnen eine Einladung zum Briefing schicken.«

Die Verbindung wurde getrennt und Taj legte auf. »Unser Präsident benimmt sich manchmal wie ein hysterisches Weib.«

Gadai lächelte und nahm Platz.

»Was für Neuigkeiten bringst du mir, Kabir? Weißt du inzwischen Näheres über den Inhalt der weitergeleiteten Rickman-Datei?«

»Und ob, Sir.« Er hielt ihm einen Umschlag mit mehreren Fotos hin.

Taj blätterte sie durch und erkannte London sowie die beiden Männer an der Polizeiabsperrung. Sie arbeiteten für den MI6 und die CIA. Davon abgesehen wurde er aus den Bildern nicht schlau.

»Das sind Aufnahmen der Überwachungskameras in der Nähe der Wohnung des iranischen Botschafters in England. Laut unseren Quellen wurden er und seine Familie mitten in der Nacht von iranischen Sicherheitskräften abgeholt, um sie nach Teheran zu bringen.«

»Wurde er bedroht? Möglicherweise dient die Maßnahme seinem eigenen Schutz.«

»Das dachten wir zunächst auch.«

»Aber?«

»Sehen Sie den Mann mit dem schwarzen Mantel? Den, der sich immer von der Kamera wegdreht? Wir glauben, dass es Mitch Rapp ist.«

Taj breitete die Abzüge auf dem Tisch aus und konzentrierte sich auf die angesprochene Person. Es fiel ihm schwer, Details zu erkennen, doch genau das machte das Ganze umso auffälliger. Mitten in London, ausgeleuchtet von Polizeischeinwerfern, fand sich kein einziges deutliches Bild von seinem Konterfei.

Taj lehnte sich zurück und musterte seinen Assistenten.

»Willst du damit andeuten, dass Kamal Safavi auf der Gehaltsliste der CIA stand?«

»Wir halten es für wahrscheinlich. Seit diesem Vorfall hat es auffällig viel diplomatischen Kontakt zwischen dem Iran und den Vereinigten Staaten gegeben, unter anderem ein persönliches Gespräch zwischen dem Ajatollah und Präsident Alexander. Unseres Wissens war es der erste direkte Kontakt überhaupt.«

Der Schweiß trat Taj auf die Stirn. Hätte er selbst einen so hochrangigen Maulwurf installiert, wäre es nur seinen allerengsten Vertrauten bekannt gewesen. Kennedy dürfte es ähnlich handhaben. Dass Rickman so tiefe Einblicke in die Strukturen seines Auftraggebers besaß, deutete auf weitere explosive Enthüllungen hin. Was mochte er über die Israelis wissen? Über die amerikanischen Politiker und ihre geheimen Verbündeten? Und vor allem, wie stand es um sein Wissen über den geplanten Umsturz in Pakistan?

»Für die USA ist das ein herber Schlag«, meinte Gadai und klang stolz. »Die Eiszeit zwischen dem Iran und Amerika zu beenden, gehörte zu den wichtigsten Eckpfeilern von Alexanders Nahost-Strategie. Er wollte mit einem schiitischen Bollwerk gegen die Ausbreitung sunnitischer Milizen vorgehen.«

»Red nicht so selbstgefällig daher, Kabir. Der Verlust von Safavi als Kontaktmann schadet Amerika natürlich, aber hätten wir diese Information exklusiv besessen und nicht in Umlauf bringen müssen, wäre es uns möglich gewesen, einen der hochrangigsten CIA-Kontakte auf unsere Seite zu ziehen. Er ist ein moderater, beliebter Politiker mit ehrgeizigen Zielen. Das hätte uns nützlich sein können, um den Iran unter Kontrolle zu halten.

Insofern ist das kein Triumph für uns, sondern eine verpasste Chance. Vergiss das nicht.«

»Ja, Sir.« Gadai senkte betreten den Blick.

Taj musste die Arroganz seines Verwandten im Zaum halten. Die negativen Aspekte der Situation hervorzuheben schien ihm dafür die beste Methode zu sein. Natürlich jubilierte er innerlich über diese jüngste Schlappe der Amerikaner. Eine Partnerschaft zwischen dem Iran und den USA hätte den Einfluss des Westens im Nahen Osten massiv gestärkt. Eine naheliegende Allianz, die durch eine starke, letztlich unbegründete Feindseligkeit beider Staaten lange verhindert worden war. Und diese diplomatische Verwicklung sorgte dafür, dass es auch in Zukunft so blieb.

»Mich interessiert im Moment vor allem, ob uns die Weiterleitung der Datei neue Aufschlüsse über die Identität des Spezialisten geliefert hat, der sie entschlüsselt.«

»Ja, und ob.« Gadai erholte sich rasch von der Zurechtweisung. »Es ist meinen Leuten gelungen, die elektronische Spur zum Empfänger deutlich weiter zu verfolgen als zunächst erwartet. Schon zwei weitere Freigaben sollten reichen, um ihn ausfindig zu machen.«

»Für wann ist die nächste geplant?«

»Für morgen.«

Taj nickte gedankenverloren. Schon jetzt verstieg er sich in Spekulationen, welche brisanten Enthüllungen diesmal bevorstanden. Welche Schäden dem Land drohten, das sich als natürlicher Weltherrscher betrachtete.

»Bedauerlicherweise bleibt uns keine andere Wahl. Triff die entsprechenden Vorbereitungen.«

40

Rom, Italien

Die Sonne war aufgegangen, als Mitch Rapp mit der Gulfstream auf dem Privatflughafen in Rom landete. Das Geschäftsflugzeug hatte kaum die Halteposition erreicht, da rollte bereits ein schwarzer BMW mit stark getönten Fenstern heran. Rapp sprang aus der Luke, ohne die Gangway hinunterzulassen, und lief mit weit ausholenden Schritten über die Rollbahn. Im Wagen lehnte sich Mike Nash über den Sitz zurück und öffnete ihm die hintere Tür. Rapp ließ sich auf die Rückbank fallen. Sekunden später rasten sie in Richtung Autobahn.

»Anzug und Krawatte sind im Kleiderbeutel«, begrüßte ihn Nash. »In der Brusttasche steckt der übliche falsche Ausweis auf den Namen Mitch Kruse. Laut Einreisestempeln bist du gestern Nacht angekommen. Mit einer Turkish-Airlines-Maschine, die am Dulles International Airport in Washington abgeflogen ist.«

Akribisch vorbereitet wie immer, aber am heutigen Tag galt ausnahmsweise mal nicht Rapp als Problemfall. Seine Einsätze auf italienischem Boden waren allesamt glatt verlaufen. Nash hingegen hatte sich bei einer Auslieferung in Sizilien vor einigen Jahren mit einem Verrat herumschlagen müssen und wurde in Italien steckbrieflich gesucht. Dieser kleine Ausflug schien ziemlich wichtig zu sein, wenn es Kennedy trotzdem riskierte, ihn nach Rom zu schicken.

»Und wer bist du?«, erkundigte sich Rapp, während er den Reißverschluss aufzog.

»Michael Blake alias der Typ, der die Sache möglichst schnell hinter sich bringen will, um hier wegzukommen.«

Rapp zog sich um. Der Anzug gehörte sogar ihm. Ein Ersatz, den er in einem Spind in Langley aufbewahrte. Genau wie die Glock 19 und das passende Schulterholster, eine Maßanfertigung. Ein Schalldämpfer steckte in der Innentasche. Hoffentlich brauchte er ihn nicht. Der Gegenwind, der den CIA-Leuten derzeit von Feinden und Verbündeten gleichermaßen entgegenwehte, machte ihnen bei Operationen auf der ganzen Welt das Leben schwer.

Nash steuerte den Wagen durch den dichten Verkehr.

»Wo geht's hin?«

»Zu einem Anwalt. Sieht aus, als hätten wir zur Abwechslung mal ein bisschen Glück. Die Daisy-Chain-Server haben sich auf sämtliche Erwähnungen von Kanzleien gestürzt …«

»Ihr habt die NSA eingeschaltet?«

Rapp traute diesen Kontrollfreaks nicht über den Weg. Dass sie seine Kommunikation abhörten, bereitete ihm größere Kopfschmerzen als die Überwachung durch einen gegnerischen Geheimdienst.

»Uns blieb keine andere Wahl, Mitch. Unsere eigene IT ist nicht so breit aufgestellt.« Der Trip nach London hatte ihn schon in miese Stimmung versetzt, die Einschaltung von Fort Meade machte es nicht besser.

»Lass uns das später klären.« Rapp stülpte das halb zugeknöpfte Hemd über den Kopf. »Was haben sie entdeckt?«

»Mehr als mir lieb war. Durchgehend unbrauchbarer Mist, bis sie auf eine Traueranzeige in einer italienischen Zeitung stießen. Eine Frau namens Isabella Accorso kam zusammen mit ihrer Tochter bei einem Autounfall ums Leben.«

»Wieso sollte mich das interessieren?«

»Nun, zunächst mal hat sie für eine große Anwaltskanzlei gearbeitet, die auf die treuhänderische Verwahrung von Unterlagen und Geldern für Klienten spezialisiert ist. Genau die Richtige für eine solche Nummer, wie sie Rick gerade abzieht. Wir gehen davon aus, dass er vereinbart hat, sich regelmäßig bei ihr oder einem ihrer Kollegen zu melden. Bei ausbleibender Rückmeldung sollte der- oder diejenige die Dateien dann in Umlauf bringen.«

»Klingt alles sehr vage«, fand Rapp.

»Nein. Zu dem Unfall kam es nämlich, weil ein Truck auf ihre Fahrbahn wechselte. Und am Steuer saß ein illegaler Einwanderer aus Pakistan.«

»Es bleibt dürftig.«

»Nicht so voreilig. Irene hat die Italiener unter Druck gesetzt, damit sie uns die Verbindungsprotokolle des Internet-Providers der Kanzlei checken lassen. Wir stießen dabei auf Übertragungen stark verschlüsselter Dateien – und zwar am Tag, bevor Rickman seine Bombe platzen ließ.«

»Lebt er noch?«

»Wer?«

»Der Pakistani am Steuer.«

»Ja.«

»Kommen wir an ihn ran?«

»Er liegt in einem unbewachten Krankenzimmer, wenn du das meinst.«

»Klingt, als gäbe es einen Haken.«

»Er war nicht angeschnallt und der Teil seines Gehirns, mit dem du vermutlich reden willst, klebt noch von innen an der Windschutzscheibe. Deshalb fahren wir stattdessen zur Kanzlei, bei der Accorso gearbeitet hat, um mit dem geschäftsführenden Gesellschafter zu reden.«

Rapp war inzwischen umgezogen und gab sich alle Mühe, seine widerspenstigen Haare zu bändigen. Das Spiegelbild im Seitenfenster verriet ihm, dass sie trotz des Monatsgehalts, das er in den Anzug investiert hatte, die Anstrengungen boykottierten, halbwegs seriös zu wirken. Mit der langen Mähne und dem Bart passte er besser in eine dunkle Seitengasse in Kabul als in eine amerikanische Vorstandsetage.

Er entspannte sich ein wenig und bewunderte die antiken Bauten, die am Fenster vorbeizogen. Italien fühlte sich für ihn schon lange wie eine zweite Heimat an. Hier hatte er viele glückliche, wenn auch anstrengende Monate mit einer Modedesignerin verbracht, die ein merkwürdiges Faible für Eispickel hegte. Nicht unbedingt die ideale Partnerin für ihn, aber auch nicht ganz verkehrt. Sie brachte Verständnis für das Leben auf, das er führte, und akzeptierte es, hielt ihm keine Moralpredigten und verzichtete auf Vorwürfe, wenn er mal wieder zu spät zum Essen kam. Auf der anderen Seite hatte er neben ihr nie besonders ruhig geschlafen. Für den richtigen Preis hätte sie garantiert keine Sekunde gezögert, diesen Eispickel gegen ihn einzusetzen. Natürlich nur für einen wirklich *hohen* Preis; trotzdem hatte er sich gelegentlich dabei ertappt, dass er das Bett während des Sex auf versteckte Waffen absuchte.

Er hatte sich mittlerweile damit abgefunden, dass er im Leben keiner zweiten Anna Reilly mehr begegnete. Zumal es sowohl für ihn als auch für die arme Frau, die er als Ersatz auswählte, kein gutes Ende genommen hätte.

Anna war sein Ein und Alles gewesen, obwohl mit zunehmender Dauer Reibungspunkte in ihrer Beziehung zutage traten. Sie hatte zwar akzeptiert, was er tat, fühlte sich jedoch bis zuletzt nicht wohl damit. Inzwischen erkannte er, dass dieser Widerspruch sie förmlich in den Wahnsinn getrieben haben musste. Anna hatte von ganzem Herzen an das Gute im Menschen geglaubt und Gewalt für den sicheren Weg in den Abgrund gehalten. Seine Philosophie unterschied sich davon ziemlich drastisch.

Er hielt es für höchste Zeit, sein Leben zu ändern, bevor es zu spät war. Alte Gewohnheiten abzulegen, die er von Hurley aufgeschnappt hatte, hielt er für einen vielversprechenden Anfang, aber es genügte bei Weitem nicht. Er nahm sich vor, die ausgebrannte Ruine des Hauses, das er mit Anna bewohnt hatte, endlich zu verkaufen und aus der maroden Behausung auszuziehen, die er als Zwischenlösung nutzte. Vor allem musste er sich nach einer Beziehung umsehen, die nicht mit einem Eispickel im Schädel oder einem Nervenzusammenbruch seiner Partnerin endete.

Vorerst musste er diese Überlegungen jedoch in den hintersten Winkel seines Gehirns verbannen. Scheiterte er nämlich bei dem Versuch, Rickmans Plan zu vereiteln, konnte er sich seine ehrgeizigen Pläne zur Selbsthilfe ohnehin abschminken. Dann drohte er das Opfer einer medialen Hexenjagd zu werden – angeführt von denselben Politikern, die sich in den letzten zwei Jahren für seinen Schutz eingesetzt hatten.

Rapp merkte erst, dass er eingedöst war, als der BMW vor einem Gebäude bremste, über dessen Eingangsbereich eine Reihe unterschiedlicher Flaggen im Wind flatterte. Er stieg aus und blickte an der sechsstöckigen Glasfassade hoch.

»Irene meint, du sollst mir die Gesprächsführung überlassen. Keine Sorge, wir werden heute schon nicht aus irgendwelchen Fenstern baumeln.«

»Die lassen sich sowieso nicht öffnen.«

Nash wusste nicht genau, ob Mitch das als Scherz meinte. Deshalb lächelte er nervös, bevor er die Lobby betrat. Rapp schlurfte widerwillig hinterher. Er hasste Anwälte und war alles andere als scharf auf diesen Termin. Da Kennedy sowieso nicht wollte, dass er eingriff, fragte er sich, was er hier zu suchen hatte. Nun, vermutlich rechnete sie mit konkreten Ergebnissen und war nicht so sicher, ob ein mit Engelszungen auf den Gesprächspartner einredender Nash genügte, um sie zu erzielen.

Es schien keine Security zu geben, lediglich eine freundliche Dame, die ihnen in gebrochenem Englisch den Weg wies. Nash wirkte ungewohnt nervös, als sie mit dem Aufzug ganz nach oben fuhren. Eine Regung, die für einen Marine nicht üblich war, wenn er unter Beschuss agierte. Er schien sich noch nicht völlig mit seiner neuen Position arrangiert zu haben, die ihn eher an den Verhandlungstisch als aufs Schlachtfeld führte. Auch das Wissen, dass Rapp und Kennedy jede seiner Aktionen argwöhnisch beobachteten, schien ihn zu belasten.

Zwei Männer erwarteten sie in einem Konferenzraum, eingepfercht in einen ruhigen Winkel der Vorstandsetage. Nash trat mit einem einnehmenden Lächeln auf sie zu.

»Mike Blake«, sagte er und schüttelte die Hand des Älteren. »Schön, Sie endlich persönlich kennenzulernen, Mister Cipriani.«

»Bitte nennen Sie mich Marcelo«, bat der Mann mit leichtem Akzent. »Darf ich Ihnen meinen Anwalt vorstellen? Dante Necchi.«

Nashs Lächeln wurde breiter, während sich Rapps Miene verfinsterte. Der Anwalt, mit dem sie sich trafen, hatte einen Anwalt mitgebracht. *Ganz toll!*

»Freut mich, Dante. Und das ist mein Kollege, Mitch Kruse.«

Rapp setzte sich auf einen leeren Stuhl und starrte stumm nach vorn. Er verzichtete darauf, den beiden Rechtsverdrehern die Hand zu geben. Ihm reichte, wenn sie bekamen, was sie wollten, und so schnell wie möglich wieder im Flugzeug saßen. Vielleicht nach einem kurzen Zwischenstopp für eine Portion Spaghetti Carbonara. Er hatte seit fast zwölf Stunden nichts mehr gegessen.

»Was ist Mr. Kruses Funktion bei diesem Treffen?«, fragte Necchi irritiert. »Soll er uns einschüchtern?«

»Seien Sie nicht albern«, erwiderte Nash. »Er ist Teil unseres juristischen Teams.«

Ihre beiden Gesprächspartner wirkten nicht überzeugt, ließen die Bemerkung aber durchgehen. Necchi legte ein Handy auf den Tisch.

»Ich nehme an, Sie haben nichts gegen eine Aufzeichnung des Gesprächs einzuwenden.«

Nash bemühte sich weiterhin um ein entwaffnendes Auftreten. »Nicht im Geringsten. Wir möchten …«

»Wenn Sie ›wir‹ sagen, meinen Sie damit die amerikanische Central Intelligence Agency?«

»Ich meine den gesamten US-Regierungsapparat. Dürfte ich bitte fortfahren?«

»Selbstverständlich.«

»Wir haben Anlass zur Annahme, dass vertrauliche

Informationen, die man uns entwendet hat, Ihrer Kanzlei übergeben wurden.«

Beide Männer zuckten merklich zusammen. Nash hob eilig die Hand, bevor ihre Überraschung in eine Abwehrreaktion umschlug. »Natürlich konnten Sie nicht wissen, woher die entsprechenden Informationen stammten. Wir machen Ihnen keinerlei Vorwürfe. Es handelte sich um eine Reihe verschlüsselter Dateien, die Sie in Umlauf bringen sollten, wenn sich der Klient nicht in festgelegten Abständen bei Ihnen meldet.«

Rapp hielt den Blick stur auf den leitenden Anwalt gerichtet, der sich im Gegenzug auf Nash konzentrierte, um Augenkontakt mit ihm zu vermeiden.

»Viele unserer Klienten haben solche Vereinbarungen mit uns getroffen«, sagte Necchi. »Das ist völlig legal.«

»Ich kann nur noch einmal wiederholen, dass mir der untadelige Ruf Ihrer Kanzlei bekannt ist und Sie nicht wissen konnten, welche brisanten Unterlagen Ihrer Obhut anvertraut wurden.«

»Ich nehme an, Sie sind nicht bloß hier, um uns das mitzuteilen. Sie wollen mit meinem Klienten in Kontakt treten?«

»Innerhalb der letzten Wochen hat Ihre Kanzlei Informationen weitergeleitet, die unsere nationale Sicherheit gefährden und einige Menschenleben kosteten. Aus naheliegenden Gründen ist uns daran gelegen, dass das aufhört.«

»Darf ich fragen, um welche Informationen es dabei genau geht?«

»Das ist für Sie nicht von Bedeutung.«

»Besteht ein Zusammenhang mit dem Foltervideo Ihres Agenten Joe Rickman, das im Internet kursiert?«

»Auch das ist für dieses Gespräch nicht relevant.«

»Da bin ich anderer Auffassung. Und ich halte es für schwer vorstellbar, dass eine Gruppe von Dschihadisten ein Anwaltsbüro konsultiert, um nach strikt formulierten Regeln und Bedingungen Druck auf den amerikanischen Geheimdienst auszuüben. Wieso bringen sie diese Informationen nicht selbst in Umlauf?«

»Schwer zu sagen.«

»Ist Ihnen bewusst, was Sie da von uns verlangen, Mr. Blake? Ihr Rechtsberater Mr. Kruse sollte es zumindest wissen. Wir sollen von unserer rechtlich bindenden Verpflichtung in dieser Angelegenheit Abstand nehmen. In Anbetracht dessen empfinde ich Ihre Unterstellungen als unglaublich beleidigend.«

Rapp atmete tief ein und ließ die Luft langsam entweichen. Er war bereit, Nash die Gesprächsführung zu überlassen – insgeheim sogar dankbar. Aber es gab eine Grenze, bis zu der er ruhig sitzen blieb und sich solchen Blödsinn anhörte.

»Falls das so ist, Dante, tut es mir leid. Es lag mir fern, Ihnen etwas zu unterstellen.«

»Ich frage mich …«, begann Necchi und kam langsam auf Betriebstemperatur. »Nun, wir teilen die Auffassung, dass es eine absurde Vorstellung ist, dass Dschihadisten unsere Kanzlei kontaktieren könnten. Wer sonst könnte also der Auftraggeber sein? Ist es möglich, dass Rickman selbst dahintersteckt? Fühlte er sich durch die CIA unter Druck gesetzt und drohte Ihnen damit, sein Wissen preiszugeben, um sich selbst zu schützen?«

»Das ist eine interessante Spekulation, aber wir entfernen uns zunehmend vom eigentlichen Thema, meinen Sie nicht auch?«

»Ist Mr. Rickman tot?«

»Der Status von Mr. Rickman ist mir nicht bekannt.«

Necchi glaubte ihm eindeutig kein Wort. »Die CIA mag in den Vereinigten Staaten großen Einfluss besitzen, Mr. Blake. Aber das gilt nicht für Italien. Wir halten uns streng an die Gesetze.«

Rapp lachte laut auf. Alle Köpfe zuckten in seine Richtung.

»Es tut mir leid«, sagte er. »Ich musste nur gerade an die Wissenschaftler denken, die Ihr Land einsperren ließ, weil sie es versäumten, ein Erdbeben rechtzeitig vorherzusagen. Und vor allem daran, dass Ihr früherer Ministerpräsident den Großteil seiner Regierungszeit damit zubrachte, minderjährige Prostituierte zu verführen. Aber ich will Sie nicht davon abhalten, uns weitere Vorzüge Ihres Rechtssystems zu schildern. Allmählich fühle ich mich von diesem Meeting bestens unterhalten.«

Necchi verlor für einen Moment den Faden, griff ihn jedoch schnell wieder auf. »Nach allem, was wir wissen, hat Ihre Organisation Mr. Rickman ermorden lassen, weil er drohte, Ihre illegalen Aktivitäten auffliegen zu lassen.«

Rapp lehnte sich auf dem Stuhl zurück. Ciprianis Blick blieb an der seitlichen Ausbuchtung seines Jacketts hängen.

»Ist dieser Mann bewaffnet?«, fragte er beunruhigt.

»Seien Sie nicht albern.« Nash gab sich völlig gelassen. »Der Anzug ist bloß schlecht geschnitten.«

»Diese Unterredung ist beendet«, verkündete Necchi und stand auf. »Sollten Sie weitere Auskünfte von uns erwarten, bitte ich Sie, dies über die festgelegten politischen Kanäle zu erledigen.«

»Isabella Accorso hat sich um die Weiterleitung dieser Dateien gekümmert, nicht wahr?« Nash gab sich noch nicht geschlagen.

Cipriani war bereits aufgestanden, sank bei Erwähnung ihres Namens jedoch auf den Stuhl zurück. »Wie kommen Sie darauf?«

»Weil sie tot ist.«

»Ein Verkehrsunfall.«

Nash schüttelte den Kopf. »Nachdem Sie Ihre Spekulationen auf den Tisch gepackt haben, bin ich jetzt dran. Jemand hat Accorso kontaktiert und verlangt, dass sie ihm Kopien dieser Dateien besorgt. Er hat sie eingeschüchtert, ihr vermutlich gedroht, also tat sie es. Nachdem diese Person bekommen hatte, was sie wollte, musste Accorso sterben, damit es keine Mitwisserin gab. Sie haben diese Dateien nicht mehr. Das ist einer der Gründe, weshalb Sie sich so vehement wehren, uns Auskünfte zu erteilen. Im Moment sind Ihre IT-Leute fieberhaft damit beschäftigt, Kopien aus den Datensicherungen herauszufischen, bisher allerdings ohne Erfolg.«

»Das ist doch absurd!«, protestierte Necchi. »Isabella und ihre Tochter kamen bei einem Autounfall ums Leben. Wir sind nicht so leichtgläubig wie die Amerikaner, Mr. Blake. Sie können hier nicht einfach reinplatzen, uns mit einer US-Flagge vor der Nase rumwedeln und erwarten, dass wir nach Ihrer Pfeife tanzen. Den Tod dieser beiden Frauen auszunutzen, um die Interessen Ihrer CIA voranzutreiben, ist ungeheuerlich. Mehr als das, es ist widerwärtig!«

Rapp hatte Nash genug Chancen eingeräumt, die Situation zu regeln, aber er biss sich die Zähne aus. Diese Idioten trugen die Schuld daran, dass Rickmans Wissen einem Feind der Vereinigten Staaten in die Hände gefallen war. Wenn er sich diese geheuchelte Entrüstung noch zehn Sekunden länger anhören musste, landete bald jemand im Krankenhaus.

»Das reicht!«, rief er und ließ die Handfläche auf den Tisch klatschen. »Wegen Ihres Dilettantismus sind bereits Menschen gestorben, unter anderem eine Ihrer Angestellten und deren Tochter. Ich schlage vor, Sie spielen zur Abwechslung mal ›braver Bürger‹ und rücken jedes Fitzelchen Information raus, das Sie besitzen.«

»S-Sie ...«, stammelte Necchi. »Sie drohen uns?«

»Wieso drohen?«, fragte Nash in einem verzweifelten Versuch, die Kontrolle zurückzugewinnen. »Ich habe keine Drohung gehört.«

»In dem Fall bitte ich um Entschuldigung, mich nicht klar genug ausgedrückt zu haben«, sagte Rapp. Er zog Necchis Handy an den Mund und bemühte sich um eine übertrieben deutliche Aussprache. »Sollte es zu weiteren Todesfällen kommen, weil Ihre Kanzlei die Kooperation verweigert, werde ich Mr. Cipriani einen persönlichen Besuch abstatten. Danach können Sie von mir aus so viele diplomatische Protestnoten einreichen und Prozesse führen, wie Sie wollen. Ihm wird es nicht mehr helfen.«

Es wurde totenstill. Necchi suchte fieberhaft nach einer juristischen Handhabe, während Nash nach einer Möglichkeit forschte, Rapps Aussage zu verharmlosen.

Überraschenderweise war es Cipriani, der das Schweigen brach. »Unsere Kanzlei möchte natürlich auf keinen Fall, dass die mutigen Männer und Frauen zu Schaden kommen, die unsere Länder vor den Gefahren des Terrors beschützen.«

»Marcelo«, warnte Necchi. »Du trägst eine Verantwortung ...«

»Eine Verantwortung, die ich sehr ernst nehme, Dante, aber uns wurde gerade gesagt, Isabella sei wegen unserer Beteiligung an der Verbreitung dieser Informationen gestorben. Damit ist eindeutig eine Gefährdungsstufe erreicht, die unsere Firma nicht alleine schultern kann. Das ist eine Sache für die Geheimdienste.«

»Sie haben die richtige Entscheidung getroffen, Marcelo«, sagte Nash. »Ihre Kooperationsbereitschaft wird helfen, Leben zu retten. Darf ich also davon ausgehen, dass meine Vermutung stimmte und die Dateien von den Servern gelöscht wurden?«

»Ja«, antwortete Cipriani, dessen Augen kurz in Rapps Richtung zuckten. »Nach Isabellas Tod haben wir natürlich sofort eine Bestandsaufnahme vorgenommen, um sicherzustellen, dass die Klienten, für die sie zuständig ist, auch weiterhin unterbrechungsfrei den Service erhalten, den sie von uns gewohnt sind. Die Dateien eines dieser Klienten sind aus unserem System verschwunden.«

»Gilt das auch für die Sicherungen?«

»Ja, mir wurde gesagt, dass es keinerlei Möglichkeit gibt, die Files zu rekonstruieren.«

»Blödsinn«, schimpfte Rapp.

Ciprianis Stimme klang plötzlich eine Oktave schriller. »Ich schwöre, dass ich Ihnen die Wahrheit sage.«

»Natürlich tun Sie das.« Nash verpasste Rapps Bein unter dem Tisch einen unauffälligen Tritt. »Aber wir verfügen über Möglichkeiten, die Ihnen fehlen. Ein äußerst netter junger Mann namens Marcus kümmert sich bei uns um die Lösung genau solcher Fälle. Darf ich davon ausgehen, dass Sie ihm die Erlaubnis erteilen werden, zu diesem Zweck auf Ihr Netzwerk zuzugreifen?«

Cipriani nagte an seiner Unterlippe, bevor er antwortete. »Natürlich.«

»Danke, Marcelo. Das ist sehr hilfreich. Gibt es sonst noch etwas, das Sie uns sagen können?«

Er nickte. »Der Klient wollte anonym bleiben, aber uns liegt ein Schriftstück mit den von ihm getroffenen Verfügungen vor. Sie umfassen mehrere unterschiedliche Szenarien und den dazugehörigen Zeitablauf.«

»Ich möchte Sie bitten, uns das Original zusammen mit einer eidesstattlichen Erklärung auszuhändigen, dass keine weiteren Kopien existieren.«

»Darum kümmere ich mich sofort.«

An dieser Stelle platzte Necchi der Kragen. »Marcelo, das ist Amtsmissbrauch. Du kannst doch nicht …«

»Halt die Klappe, Dante«, fiel Cipriani ihm ins Wort, bevor Rapp es tat. »Ich glaube, wir brauchen dich hier nicht länger. Sei so gut und geh in dein Büro.«

»Aber …«

»Sofort, Dante!«

Der Anwalt wollte das Handy samt Aufzeichnung mitnehmen, aber Rapp kam ihm zuvor und ließ es wuchtig auf die Tischplatte knallen.

»Ich glaube, es ist für keinen der Beteiligten von Vorteil, wenn ein Mitschnitt dieser Unterhaltung existiert.« Nash stand auf und ging mit Rapp zur Tür. Er zückte seine Brieftasche und warf ein paar 100-Euro-Scheine auf den Tisch, um für den entstandenen Schaden aufzukommen. »Ich schlage vor, Sie händigen uns noch kurz das Original des Schreibens aus, dann verabschieden wir uns.«

41

CIA-Hauptquartier
Langley, Virginia, USA

»Ist mit Mitch alles in Ordnung?«, fragte Marcus Dumond. »Er sieht tot aus.«

»So weit ist es noch nicht«, meldete sich Rapp aus liegender Position von der Couch in Irene Kennedys Büro. Er schlug nicht mal die Augen auf, als der junge Hacker hereinkam. Nach mehr als 48 Stunden ohne Schlaf fühlten sie sich an wie mit Sand verkrustet.

»Sicher?«, hakte Dumond nach. »Du riechst ein bisschen so.«

Stimmt, auch 48 Stunden ohne Dusche, wurde er erinnert.

»Was hast du für uns, Marcus?«, fragte Kennedy, während Rapp sich in eine aufrechte Position hochrappelte. Sie saß an ihrem Schreibtisch, Mike Nash in einem der davor aufgereihten Stühle. Wie aus dem Ei gepellt in gebügelter Freizeithose und Polohemd. Diesbezüglich machte er seinem Ruf als ehemaliger Pfadfinder alle Ehre.

»Nicht viel«, musste Dumond zugeben. »Die gelöschten Daten auf den Festplatten lassen sich nicht rekonstruieren.«

»Keine gute Nachricht«, fand Rapp. »Ganz sicher?«

»Mitch, ich bitte dich. Erklär ich dir etwa, wie man Leute erschießt?«

Rapp verzog fast unmerklich das Gesicht, ansonsten verzichtete er auf eine Reaktion. In seiner momentanen Verfassung hätte er jeden anderen, der versuchte, ihn auf die Schippe zu nehmen, mit dem Kopf gegen die nächste Wand gerammt. Der Junge durfte sich bei ihm einiges herausnehmen. Dumond erinnerte Rapp an seinen jüngeren Bruder Steven. Allerdings einen Steven mit Afromähne.

»Enthalten die Italiener uns etwas vor?«, überlegte Nash. »Dante Necchi wirkte nicht besonders glücklich, uns die Schlüssel zu ihrem Königreich auszuhändigen.«

Dumond schüttelte den Kopf. »Die Dateien wurden am Tag von Isabella Accorsos Tod beseitigt. Die Kanzlei setzt eine professionelle Software-Lösung ein, die Daten mehrfach überschreibt. Da ist nichts zu holen.«

»Wir haben uns mit Accorsos privatem Umfeld beschäftigt. Es gibt keine Anhaltspunkte dafür, dass sie an einem Verrat beteiligt war«, meinte Kennedy. »Für mich steht außer Frage, dass sie bedroht wurde und man sie zwang, die Sicherheitskopien nach Übergabe der Dateien zu löschen. Dass uns eine schriftliche Kopie der dazugehörigen Verfügung vorliegt, verdanken wir allein dem Umstand, dass sie in einem Aktenschrank aufbewahrt wurde, zu dem sie keinen Zugang hatte.«

»Apropos«, fiel Nash ein. »Ist die nächste Veröffentlichung nicht für heute geplant?«

Kennedy nickte. »In genau zehn Minuten.«

»Glaubst du, dass es dazu kommen wird?«, fragte Rapp. »Wenn ich diese Files hätte, würde ich erst wissen wollen, was drinsteckt, bevor ich sie im Netz verbreite. Informationen sind wertvoller, wenn man sie exklusiv nutzen kann.«

»Sie werden auf jeden Fall verschickt«, verkündete Dumond mit der ihm eigenen Selbstsicherheit. »Ich weiß, welche Art von Verschlüsselung Rick einsetzt. Sie ist alles andere als trivial. Selbst mit einem ganzen Rechenzentrum bräuchte man Jahre, um sie zu knacken. Vermutlich eher Jahrzehnte.«

»Willst du damit sagen, der neue Besitzer der Dateien macht einfach weiter und setzt den von Rick ausgeheckten Plan zur Zerstörung der CIA um?«, fragte Rapp.

»Das nicht unbedingt«, erwiderte Dumond. »Er wird die Aussendungen nutzen, um den Empfänger ausfindig zu machen. Die Person, die über den Schlüssel zur Dechiffrierung verfügt.«

»So was geht?«

»Sicher. Jedes Mal, wenn unser Unbekannter eine Datei verschickt, wird sie über zahlreiche Zwischenstationen in aller Welt ans Ziel weitergeleitet. Mit jedem neuen Versand lässt sich der Adressat genauer einkreisen.«

»Und wie lange dauert es, bis man genau weiß, wo er sich befindet?«, wollte Kennedy wissen.

»Das hängt ganz von ihren technischen Möglichkeiten ab.«

»Aber wir können davon ausgehen, dass unser File-Dieb irgendwann die Person findet, die mit der Entschlüsselung beauftragt wurde?«, vergewisserte sich Nash. »Und er hätte damit Zugriff auf Ricks gesamtes Wissen?«

»Ja.«

»Wie lange würdest du brauchen?«, fragte Rapp.

»Mit Zugriff auf die Rechenkapazitäten der NSA ungefähr drei Aussendungen.«

Niemand sagte etwas, bis Kennedy das Schweigen brach. »Marcus, du musst mir versprechen, dass du die Frage, die ich dir jetzt stelle, niemandem gegenüber wiederholen wirst. Hast du mich verstanden?«

»Klar.«

»Was, wenn es der ISI ist, dem diese Dateien in die Hände gefallen sind?«

Er dachte einen Moment darüber nach. »Ich bin kein Experte, was ihre Möglichkeiten betrifft, also müsste ich erst ein bisschen recherchieren. Trotzdem glaube ich, mit etwas Glück kennen sie den Empfänger nach der vierten Aussendung. Eventuell erst nach fünf, aber um beim sechsten Mal nicht Bescheid zu wissen, müssten sie schon Hirntote in der IT sitzen haben.«

»Wir müssen demjenigen zuvorkommen. Niemand darf diese Unterlagen *und* das Passwort für den Zugriff besitzen«, sagte Nash. »Du verstehst, was hier auf dem Spiel steht, Marcus, oder? Es geht um das Leben unserer Leute und die Leben von weitaus mehr unschuldigen Zivilisten.«

Dumond schien die Sache nicht geheuer zu sein. Es rang Rapp gehörigen Respekt ab, dass Nash sofort darauf reagierte und sich bemühte, seine Rhetorik zu entschärfen. Es ging darum, Dumond zu motivieren, nicht darum, ihn so zu verängstigen, dass er handlungsunfähig wurde.

»Du bist der Beste, den wir für diese Aufgabe haben, Marcus. Du weißt das und wir wissen das. Egal welche Ressourcen du brauchst, du wirst sie bekommen. Utah? Klar, wir besorgen dir die Schlüssel zum NSA-Rechenzentrum. 100 Millionen Dollar in bar? Sag uns, wo wir den Gabelstapler mit den Geldpaletten hinschicken sollen. Stimmt doch, Irene?«

»Es gibt keinen Plan B«, bestätigte sie. »Das ist nicht nur unsere höchste Priorität, Marcus. Es ist unsere einzige.«

Dumond nickte. »Ich hab da eine Idee, aber ich muss sie erst mal zu Ende denken.«

Nash schielte auf die Uhr. In weniger als zwei Minuten ging Rickmans nächstes Datenpaket auf die Reise. Er stand auf, legte einen Arm um die Schulter des Jüngeren und führte ihn hinaus. »Komm, ich bring dich runter in dein Büro. Auf dem Weg kannst du mir alles erklären.«

Nachdem sie gegangen waren, setzte sich Rapp auf Nashs frei gewordenen Stuhl. Schweigend warteten er und Kennedy auf den Signalton, der das Eintreffen von Rickmans nächster E-Mail ankündigte. Als es so weit war, drehte sie den Laptop halb zu ihm herum und öffnete den Anhang.

Diesmal kein Video, sondern ein detailliertes Dossier über Fahran Hotaki; einen Afghanen, der die CIA bei der Bekämpfung von Al-Qaida unterstützt und die Bemühungen der Taliban vereitelt hatte, seinem Land einen Rückfall ins tiefste Mittelalter zu bescheren. Eine leichte Aufgabe für Rick. Immerhin war er Hotakis Agentenführer gewesen. Das Dossier enthielt Namen, Fakten und Fotos, außerdem Kontonummern. Jeder einzelne Punkt hätte gereicht, um den Mann einen Kopf kürzer zu machen.

»Können wir mit ihm in Kontakt treten?«, fragte Rapp.

Kennedy rief die Daten auf ihrem Computer ab. »Wir haben ihm ein Satellitentelefon gegeben, das er immer bei sich tragen soll. Ein festgelegter Text warnt ihn, dass er aufgeflogen ist und sich umgehend in ein sicheres Versteck begeben soll.«

Rapp griff nach Kennedys Handy und begann zu wählen.

»Was machst du da?«

»Ich kenne Hotaki. Wir waren zusammen im Einsatz. Eine SMS, die ihn auffordert, den Schwanz zwischen die Beine zu klemmen und wegzurennen, empfände er als Beleidigung.«

Jedes von Rauschen unterlegte Tuten in der Leitung steigerte Rapps Ärger und Frust. Endlich meldete sich eine vertraute Stimme.

»Ja.«

»Du bist aufgeflogen.«

»Mitch? Bist du das?«

»Hör zu, Fahran. Du musst sofort zu Extraktionspunkt Delta. Hast du mich verstanden? Delta. Unsere Leute erwarten dich dort.«

»Nein. Das geht nicht.«

»Sitzt du fest? Wie lange kannst du unentdeckt bleiben? Wenn's nötig ist, sitze ich in einer halben Stunde im Flugzeug.«

»Es ist schön, deine Stimme zu hören, Mitch«, antwortete Hotaki und klang aufreizend entspannt. »Wie lange ist das jetzt her? Zwei Jahre? Alles gut bei dir?«

»Darüber reden wir, wenn du in den Staaten bist.«

»Aber nein. Ich bin sicher, dein Land ist sehr schön. Aber meine Heimat ist hier.«

»Okay, du stehst auf miese Ecken in der Wüste? Wie wär's mit Arizona? Wir besorgen dir eine heruntergekommene Hütte direkt an der Grenze, wo sie sich wegen der Drogen die Köpfe wegballern. Du wirst dich wie zu Hause fühlen.«

»Das ist sehr großzügig, aber was tätest du an meiner Stelle, Mitch? Falls Amerika und nicht Afghanistan von Radikalen übernommen wird? Würdest du dich von den Europäern abholen und irgendwo in ein neues Haus mit großzügigem Taschengeld stecken lassen? Nein. Ich bin ein einsamer Wolf, genau wie du. Meine Familie lebt nicht mehr. Getötet von den Feinden, die ich mir zu töten geschworen habe.«

»Okay, vergiss das Haus. Wie wär's mit einem Job? Einem richtig gefährlichen mit lausiger Bezahlung. Ich übernehme persönlich die Garantie, dass du das erste Jahr nicht überlebst.«

Hotaki lachte. »Ich hätte große Lust, wieder an deiner Seite zu kämpfen, Mitch. Dennoch muss ich dein Angebot ausschlagen. Es war mir eine Ehre, dich zu kennen.«

Die Verbindung wurde getrennt und Rapp knallte das Telefon frustriert auf die Tischplatte.

»Rickman verteilt die großen Knaller, wie wir es uns gedacht haben«, sagte Kennedy, während Rapp unruhig auf und ab lief. »Mit Safavi hat er sich einen wichtigen Kontakt ausgesucht und ließ uns nicht genug Zeit, um ihn in Sicherheit zu bringen. Bei Hotaki ist es das genaue Gegenteil. Ein relativ unwichtiger Mann, der …«

»Unwichtig?«, brüllte Rapp. »*Ich* halte ihn für enorm wichtig, Irene. Ich habe verwundet neben diesem Mann gelegen und miterlebt, wie sein Bruder in seinen Armen starb.«

»Das verstehe ich, Mitch, aber betrachte es mal aus einer neutralen Perspektive. Warum hat Rickman gerade diesen afghanischen Kämpfer ausgewählt? Natürlich ist er extrem tapfer, aber sein Schicksal spielt für das große Ganze keine Rolle. Ich vermute, dass du Hotaki schätzt, hat den Ausschlag gegeben. Rick will dich persönlich treffen und aus dem Gleichgewicht bringen.«

Rapp blieb stehen und verdrängte den Afghanen aus seinen Gedanken. »Sollte deine Theorie stimmen und sich tatsächlich der ISI Rickmans Unterlagen angeeignet haben, über wen reden wir genau? Durrani würde ich so eine miese Nummer zutrauen. Allerdings hab ich selbst gesehen, wie er starb.«

»Warum nicht Ahmed Taj?«

»Kein besonders beeindruckender Typ.«

»Hab *ich* dich beeindruckt, als wir uns zum ersten Mal begegnet sind?«

Eine interessante Frage. Die wache Intelligenz in ihrem Blick war ihm sofort aufgefallen, aber hätte er ihr damals zugetraut, was sie inzwischen alles durchgezogen hatte? Auf keinen Fall. Niemand sonst, den er kannte, verbarg seine dunklen Seiten so perfekt hinter einer coplen, glatten Fassade.

»Du meinst, in ihm steckt mehr, als es den Anschein hat?«

»Ich kann es nicht beweisen. Aber in Anbetracht dessen, dass ein Mann an der Spitze des ISI installiert wurde, den alle für unfähig halten, hat er den Laden verdammt gut im Griff.«

Rapp setzte sich mit Irenes Theorie auseinander. Es fiel ihm schwer, sich die Folgen auszumalen, falls sie richtiglag.

Sollte dieses Wissen einer Horde Dschihadisten in die Hände fallen, wäre das zwar eine Katastrophe gewesen, aber kein Weltuntergang. Die Wahrscheinlichkeit, dass es ihnen gelang, die verschlüsselten Daten auszulesen, hielt er für gering. Und selbst wenn, stellten sie höchstens alles auf einen Schlag ins Internet. Vernichtend, aber schnell vorbei. Ganz anders verhielt es sich mit dem ISI. Der verfügte sicher über die technischen Möglichkeiten, das Material erfolgreich auszulesen. Vor allem würde der das Wissen strategisch deutlich effizienter nutzen, es zunächst unter Verschluss halten und schrittweise den amerikanischen Geheimdienstapparat aushöhlen, Zwietracht zwischen den Vereinigten Staaten und ihren Verbündeten säen. Die Agency müsste sich darauf einstellen, in den nächsten Jahrzehnten potenziell jedem zu misstrauen.

Sie schob ihm einen Zettel hin. »Ich will, dass du dir das ansiehst.«

Er las die Namen, die darauf standen. Nur etwa zwei Drittel konnte er zuordnen, aber das genügte, um die Sprengkraft der Liste zu erkennen.

»Die Leute in der oberen Hälfte sind Kontaktleute, von denen Rick zwar Kenntnis haben dürfte, deren Auffliegen aber keine ernsthaften Konsequenzen für uns hätte. Weiter unten stehen die echten Geheimnisträger, von denen er aber vermutlich nichts weiß.«

Sie nickte. »Ich frage mich allerdings, ob ich mit meiner Einschätzung richtigliege.«

»Fahran Hotakis Name steht ziemlich weit oben. Das stimmt schon mal.«

»Aber Sitting Bull und der iranische Botschafter finden sich im hinteren Drittel. Wir haben keine Ahnung, wie Rick von ihnen erfahren hat. Oberflächlich betrachtet ist es schlicht unmöglich.«

»Absolute Gewissheit gibt es in unserem Geschäft selten. Schon gar nicht, wenn es um Rickman geht.«

»Hast du irgendwelche Unstimmigkeiten entdeckt?«

»Wieso? Denkst du darüber nach, einzelne Leute abzuziehen?«

»Ich befürchte, mir bleibt keine andere Wahl, als oben anzufangen und mich schrittweise vorzuarbeiten.«

»Du kannst sie unmöglich alle außer Dienst stellen. Damit nimmst du Rick seine Arbeit ab und zerlegst unser komplettes Netzwerk. Wo willst du die Grenze ziehen?«

»Genau diese Frage stelle ich mir.«

Rapp nahm sich einen Stift und ging die einzelnen Positionen durch. Beim siebten Namen stoppte er und strich ihn durch. »Ghannam ist ein Dreckskerl. Wir haben ihm mehr als eine Million in den Hintern geschoben und nichts dafür bekommen. Der ist eh verbrannt.«

Etwa in der Mitte der Liste brachte er den nächsten Einwand vor: »Prifti hat uns ziemlich gute Informationen geliefert. Von ihm können wir noch einiges erwarten. Er kontrolliert einen Großteil des organisierten Verbrechens in Albanien. Auf den ersten Blick belanglose Baustellen wie Tabak- oder Drogenschmuggel, aber da steckt eine Menge Geld drin. Lass ihn weitermachen, bis wir die Angelegenheit geregelt haben. Der hat genug persönliche Leibwächter, die ihn beschützen können.«

Er gab ihr die Liste zurück. »Bei den restlichen Leuten teile ich deine Einschätzung. Trotzdem bin ich mir nicht sicher, ob das so eine gute Idee ist. Das Foltervideo von Rickman hat schon für eine Menge Unruhe gesorgt. Viele unserer Kontakte konnten wir nur mit Mühe davon abhalten, sich in der nächstgelegenen US-Botschaft zu verkriechen. Wenn sich herumspricht, dass du Kontaktpersonen im großen Stil abziehst, kommt bald jede Kanalratte bei uns angekrochen, der wir mal 'nen Zehner zugesteckt haben.«

»Nein«, musste sie zugeben. »Ich bin mir nicht sicher, ob es eine gute Idee ist. Rick könnte genau das einkalkuliert haben. Wahrscheinlich hat er diese Liste sogar

Punkt für Punkt vorausgeahnt. Bei allem, was ich tue, frage ich mich, ob ich ihm damit am Ende nicht in die Karten spiele.«

Sie fütterte einen Reißwolf der höchsten Sicherheitsstufe mit dem Zettel. »Wir müssen dafür sorgen, dass es aufhört, Mitch. Sofort. Morgen könnte es bereits zu spät sein.«

42

Zentralafghanistan

An dem altertümlichen Fensterrahmen aus Stein hingen nur noch wenige Glassplitter. Mutmaßlich verursacht durch eine amerikanische Bombe, obwohl es sich nicht mit Sicherheit sagen ließ. Genauso gut hätte eine russische Rakete den Schaden schon in den 80ern anrichten können oder Jahrzehnte früher eine der Auseinandersetzungen zwischen verfeindeten Stämmen, als hier noch niemand über eine politische Einflussnahme beider Weltmächte nachgedacht hatte.

Fahran Hotaki stand an die Wand gelehnt im ersten Stock des Gebäudes und betrachtete die unbefestigte Straße. Das in Sonnenlicht getauchte Auto auf der anderen Seite kannte er gut, es stand seit Jahren an derselben Stelle. Die Fußgänger waren ihm ähnlich vertraut und bewegten sich mit der Gelassenheit von Menschen, denen ihr Leben ohnehin keine nennenswerten Wahlmöglichkeiten ließ. Im gegenüberliegenden Haus nutzten Familien, die größtenteils dort aufgewachsen waren, den ruhigen Nachmittag für ihren Kampf ums Überleben.

Die vermeintliche Friedlichkeit war trügerisch und nicht von Dauer. Dafür hatte Joe Rickman gesorgt.

Die Ermordung von Hotakis Familie lag mittlerweile fünf Jahre zurück, aber sein Hass auf die Täter war unverändert groß. Kein einziger Afghane darunter, sondern überwiegend Saudis, einige Ägypter und Libanesen. Diese Außenseiter drängten ins Land und wollten den Leuten vorschreiben, wie sie zu leben und zu beten hatten. Und sie schlachteten jeden ab, der ihrer verdrehten Auslegung des Islam widersprach.

Bevor sich die Al-Qaida bei ihnen breitmachte, hatte sich Hotaki als einfacher Bauer in einer entlegenen Bergregion verdingt. Mit Politik, Technologie und Fremden hatte er nichts am Hut. Er und sein Volk besiedelten das Gebiet schon seit vielen Generationen; länger als die Geschichtsschreibung zurückreichte.

Was im Laufe von 1000 Jahren aufgebaut worden war, zerstörte der Feind in weniger als einer Stunde. Er musste mit ansehen, wie seine Söhne geköpft, Frau und Töchter vergewaltigt und ihren Verletzungen überlassen wurden und das Dorf den Flammen zum Opfer fiel.

Hotaki hatte gefesselt auf dem Boden ausgeharrt, bis er selbst an die Reihe kam. Die Mündung der Pistole presste sich gegen seinen Schädel, doch der tödliche Schuss blieb aus. Stattdessen ließen sie ihn höhnisch lachend zwischen den verfaulenden Leichnamen all jener zurück, die er geliebt hatte.

Kurz danach schloss er sich Mitch Rapp und den Amerikanern an. Nicht weil er auf ihre vergeblichen und unerwünschten Bemühungen vertraute, Afghanistan in eine moderne Demokratie zu verwandeln. Nein, er wollte bloß mächtige Verbündete an seiner Seite wissen, um die Männer zu töten, die ihm alles genommen hatten.

Er hielt die Amerikaner für ein verwirrtes, naives Volk, das sich selbst als Verfechter von Frieden und Beständigkeit feiern ließ. Länder in Besitz zu nehmen entsprach nicht ihrem Stil. Im Gegensatz zu den Fanatikern, die Afghanistan für sich beanspruchten, rechnete er fest damit, dass sich die Amerikaner eines Tages aus dem Land verabschiedeten.

Ein Pritschenwagen näherte sich langsam, aber stetig. Die Menschen auf der Straße bemerkten sofort die bewaffneten Männer auf der Ladefläche, genau wie er. Keine Ausländer, aber fast genauso schlimm. Es handelte sich um Mitglieder einer Taliban-Enklave, die ihren Einfluss in den Stammesregionen ausdehnen wollte, um Afghanistan in ihren fundamentalistischen Schwitzkasten zu nehmen.

Die Schritte der Nachbarn beschleunigten sich. Hastig verschwanden sie in ihren Wohnungen. Hotaki öffnete eine Holzkiste, die neben ihm stand, während sich laute Hammerschläge, mit denen Fenster vernagelt wurden, unter das Motorengeräusch des anrückenden Fahrzeugs mischten.

Er schlüpfte in die Flakweste, die zuoberst lag, und holte eine silberne Desert Eagle heraus. Die 44er-Magnum hatte ihm Stan Hurley geschenkt. Eine auffällige, aber äußerst effektive Waffe. Genau wie Hurley selbst. Hotaki steckte die Ersatzmagazine ein, ließ Schalldämpfer und Helm jedoch in der Kiste. Er wollte, dass der Gegner die Kugel kommen hörte, die ihn tötete. Und dass er das Gesicht des Mannes sah, der ihn erschoss.

Ein fast identischer Truck, die Ladefläche ebenfalls gefüllt mit jungen Kämpfern, näherte sich aus entgegengesetzter Richtung. Dieser hielt jedoch an. Vermutlich wollten sie damit den Mann an der Flucht hindern, den sie irrtümlich für leichte Beute hielten.

Hotaki wusste, dass er von den Amerikanern keine Hilfe erwarten konnte. Mitch Rapp hatte am Telefon zwar zornig geklungen, würde seinen Wunsch aber respektieren. Er wusste, wie einem zumute war, wenn man in dieser endlosen Schlacht geliebte Menschen verlor. Und mehr als jeder andere Amerikaner, dem Hotaki je begegnet war, begriff er, was es bedeutete, Afghane zu sein.

Der erste Pritschenwagen setzte die Fahrt fort und blieb dann direkt unter seinem Fenster stehen. Arroganz oder Bequemlichkeit? Die Taliban versetzten das Volk schon so lange in Angst und Schrecken, dass sie voraussetzten, dass jeder Gegner vor ihnen auf die Knie sank und um sein Leben bettelte. Nun, den Gefallen tat er ihnen nicht.

Er hörte, wie sie beratschlagten, und nutzte die Zeit, um seine Strategie durchzugehen. Seine Handfeuerwaffe war kaum ein probates Mittel, um sich gegen eine Truckladung Soldaten zur Wehr zu setzen. Ein AK-47 besaß er ebenfalls, aber selbst das überließ zu viel dem Zufall. Mit Sicherheit schaffte er es, einige von ihnen zu töten oder zu verwunden, aber der Rest würde sich auf der anderen Straßenseite verschanzen oder im Treppenhaus lauern, das zu seiner Wohnung führte. Er saß hier fest.

Am Ende entschied er sich für eine Granate. Angeblich explodierte sie mit sieben Sekunden Verzögerung. Ob er sich auf diese Angabe verlassen konnte? In der

Regel waren die Amerikaner in solchen Dingen ziemlich penibel. Eigentlich egal, denn er trug sowieso keine Uhr.

Hotaki zog den Sicherungsstift und zählte leise mit. Die Amerikaner benutzten dafür ein Wort, dessen Aussprache genau eine Sekunde dauern sollte. Wie hieß es noch gleich? Einer ihrer Bundesstaaten. Ach, genau, *Mississippi.*

Als er es sieben Mal wiederholt hatte, ließ er die Granate durch die Fensteröffnung nach unten fallen.

Allah gewährte ihm in seiner grenzenlosen Gnade Beistand. Kaum hatte Hotaki die Hand hinter die schützende Mauer zurückgezogen, detonierte der Sprengkörper. Scharfkantige Splitter prasselten auf das Fahrzeug und die Männer auf der Ladefläche. Ein Teil der steinernen Fenstereinfassung pulverisierte zu einer Wolke aus Staub, der in den Augen stach. Zwar war Hotaki vollkommen taub – ein eher triviales Problem in Anbetracht der Tatsache, dass er die nächsten fünf Minuten wohl kaum überlebte –, ansonsten jedoch unverletzt.

Er hörte, wie Reifen am südlichen Ende der Straße durchdrehten, und warf sich durch die Öffnung ins Freie. Ein drei Meter tiefer Sturz, doch er landete relativ sanft auf den Leichen im Truck. Sofort sprang er auf den Boden, riss die Tür zur Kabine auf und zerrte den Fahrer heraus. Der Mann blutete an Kopf und Hals. Zahlreiche Schrapnelle hatten das Dach durchschlagen. Hotaki rutschte auf den Sitz und trat das Gaspedal bis zum Anschlag durch. Das Gefährt schlingerte unkontrolliert hin und her, während sich der andere Pick-up näherte.

Der Mann neben ihm erlangte das Bewusstsein zurück und erkundigte sich panisch, was los sei. Die Granate hatte ihn erblinden lassen und er ahnte nicht, dass sein Kamerad röchelnd und im Todeskampf im Staub lag.

Hotaki beugte sich hinüber und zog die Tür auf der Beifahrerseite auf. Sie rauschten gerade an einem Karren mit handgefertigten Kochutensilien vorbei. Er stieß den Talibankämpfer nach draußen. Die Tür blieb seitlich am Karren hängen und hätte dem Mann um ein Haar die Beine abgetrennt. Da sie nicht mehr zu gebrauchen war, steuerte Hotaki den Truck dicht an die Mauer eines Gebäudes heran, damit die Überreste weggerissen wurden.

Automatisches Gewehrfeuer brandete in seinem Rücken auf. Hotaki riss das Steuer herum und kam hinter einer engen Biegung schlitternd zum Stehen. Er stellte den Rückspiegel ein, rutschte im Sitz ganz tief nach unten und wartete auf Gesellschaft.

Einige Sekunden später kam der andere Pritschenwagen um die Ecke geschossen. Der Fahrer, der sich ganz darauf konzentrierte, mit einer Maschinenpistole durchs heruntergelassene Seitenfenster zu zielen, merkte zu spät, dass Hotaki die Straße blockierte.

Der Aufschlag fühlte sich weniger heftig als erwartet an, wahrscheinlich gedämpft durch das beträchtliche Gewicht der Leichen auf der Ladefläche. Sein Fahrzeug wurde ein paar Meter nach vorn geschleudert und er umklammerte das Lenkrad, während zwei Männer über das Dach sausten und vor ihm auf der Straße aufschlugen.

Hotaki gab erneut Gas und überfuhr die Männer in einer lässigen S-Kurve, während sie gerade versuchten, den Aufprall zu verdauen und sich aufzurappeln. Er hoffte, Allah verzieh ihm, wie sehr er es genoss, als sie unter die Räder gerieten und zermalmt wurden.

43

CIA-Hauptquartier
Langley, Virginia, USA

Irene Kennedy folgte Nash auf seinem selbstsicher absolvierten Parcours durch das Labyrinth aus Arbeitsnischen. Sie hatte diesen Teil des Gebäudes noch nie betreten, was auch die Gesichter der Mitarbeiter widerspiegelten. Zunächst bewegten sich die Reaktionen zwischen leichtem Schock und ernsthafter Beunruhigung. Nachdem sie das Großraumbüro vollständig durchquert hatte, wussten die meisten Bescheid, mit wem sie es zu tun hatten. Mit gesenkten Köpfen gaben sie vor, auf Monitore und Telefone zu starren oder in die Unterlagen auf ihrem Tisch vertieft zu sein.

Marcus Dumond schien zunehmend unter dem Druck der Verantwortung zu leiden. Deshalb hatte Nash entschieden, ihn nicht zum Umzug in ein Büro im sechsten Stock zu zwingen, sondern ihn in der gewohnten Umgebung arbeiten zu lassen.

Genau so hatte Kennedy sich eine Hackerzentrale vorgestellt – genau genommen hatte sie bei der Anstellung konkrete Anforderungen angemeldet. Ein Raum fast so groß wie ihr Büro, aber ohne Fenster. Ein bisschen fühlte sie sich an einen Garagenverkauf kurz vor Öffnen der Tore erinnert. Nichts erinnerte auch nur im Entferntesten an normales Mobiliar. Papierausdrucke und aufgeschlagene Bücher verteilten sich auf einer durchhängenden Tischtennisplatte, La-Z-Boy-Sessel dienten als standesgemäße Sitzgelegenheiten und unter einem

Poster der Washington Redskins in der Ecke stand ein ungemachtes Doppelbett. Mitch Rapp saß auf einer abgewetzten Couch neben einem Haufen Schmutzwäsche.

Er schmökerte in einer Ausgabe von *Sports Illustrated* und blickte nicht auf, als sie hereinkamen. Dumond schoss dagegen sofort in die Höhe und schob eilig Sachen von einem Lehnstuhl in der Mitte.

»Nicht nötig«, beruhigte ihn Kennedy. »Ich kann stehen.«

»Ganz sicher?«

Sie nickte. »Wie ich hörte, hast du einen Plan, Marcus.«

»Ich denk, schon. Also … ich meine … ja.«

Irene war froh, dass sie nicht darauf bestanden hatte, ihn nach oben zu holen. Nash lag mit seiner Einschätzung goldrichtig. Nervös wirkte das junge Computergenie häufiger, aber diese gehetzte ›Reh im Scheinwerferlicht‹-Miene kannte sie bisher noch nicht.

»Ich bin gespannt, ihn zu hören. Du weißt, dass wir großes Vertrauen in dich setzen, Marcus?«

»Klar … danke.« Er verstummte verlegen.

»Komm schon, mein Junge«, spornte ihn Nash an. »Deine Idee ist klasse. Erzähl Irene, was du vorhast, wie du's mir vorhin geschildert hast.«

»Okay. Ich habe noch ein paar Freunde in der … nun ja … Hackerszene. Ehrlich, *ich* mach so was nicht mehr. Auf keinen Fall. Aber ich bin mit einigen von früher in Kontakt geblieben.« Er starrte verlegen zu Boden. »Hier und da mal telefoniert. So was halt.«

Kennedy lächelte aufmunternd. Eine glatte Lüge. Wie sie wusste, war Dumond mit ein paar weiteren Hackern erst letzte Woche in die Rechner der Walt Disney

Studios eingedrungen, um den Trailer für den neuesten *Star Wars*-Film durch eine ziemlich vulgäre – aber hervorragend produzierte – eigene Version zu ersetzen.

Solange es sich um solche harmlosen Späße handelte und er seine Spuren verwischte, sah Kennedy keinen Grund, etwas dagegen zu unternehmen. Im Gegenteil, das Kräftemessen und die Zusammenarbeit mit anderen Hackern trugen zur Weiterentwicklung seiner Fähigkeiten bei. Während Leute in ihrer Position von langjährigen Erfahrungen profitierten, mussten Technikgurus wie er tierisch aufpassen, den Anschluss nicht zu verpassen.

Rapps Reaktion fiel weniger zurückhaltend aus. Er schielte über die Zeitschrift und meinte »Dein *Star Wars*-Clip war astrein, Kleiner.«

Dumonds Gesichtszüge entgleisten. »Du weißt davon?«

Rapp vertiefte sich erneut in seine Lektüre. »Egal, komm endlich zur Sache.«

Nash lehnte sich zu Marcus und flüsterte ihm etwas ins Ohr. Der Hacker nickte hastig.

»Rickman brauchte jemanden, um seine Dateien an die Russen, die Iraner oder wen auch immer zu schicken, richtig? Er musste jemanden auftreiben, der gut genug war, um nicht sofort aufzufliegen, und vor allem fähig, das Zeug erst mal zu entschlüsseln. Keinen braven Informatiker, sondern jemanden, der einerseits an krumme Dinger gewöhnt ist und sich nicht drum schert, dass die Informationen jemanden umbringen könnten, andererseits abgefuckt genug, dass ihm der Gedanke, von der CIA gejagt zu werden, keine schlaflosen Nächte bereitet.«

»Worauf willst du hinaus?«, fragte Rapp.

»Nun, die Liste der Leute, die dafür infrage kommen, ist ziemlich kurz.«

»Und wir haben eine solche Liste?«, hakte Kennedy nach.

Er zog ein Blatt aus der hinteren Hosentasche und faltete es übertrieben sorgfältig auseinander. Kennedy nahm das knittrige Etwas entgegen und stutzte. »Das sind mindestens 50 Namen aus geschätzt 30 unterschiedlichen Ländern.«

»Stimmt. Aber besser als die sieben Milliarden potenziellen Verdächtigen vorher, oder?«

»Okay, unterstellen wir mal, unser Mann steht da drauf.« Rapp legte die Zeitschrift zur Seite. »Wie sollen wir ihn da rausfiltern?«

»Ich hab eine Phishingmail verschickt.«

Dass Rapp ein starkes Misstrauen gegen Technik hegte, führte dazu, dass er sich auch nicht näher damit auseinandersetzte. Er hielt es für Zeitverschwendung, sich mit Sachen zu beschäftigen, die sich fast stündlich weiterentwickelten und sowieso nur für Nerds im Teenageralter halbwegs verständlich waren.

»Du meinst, wenn jemand so tut, als käme die Mail von seiner Hausbank, um das Passwort fürs Online-Banking abzugreifen?«

»Genau. Wir haben eine angebliche Datei vom Server dieser italienischen Anwaltskanzlei an jede Person auf der Liste geschickt. Der Typ, nach dem wir suchen, wird probieren, sie zu entschlüsseln. Allerdings hab ich sie so präpariert, dass die Dateistruktur korrupt ist. Wenn sich also jemand meldet und darum bittet, sie noch mal zu bekommen, wissen wir, dass es unser Mann ist.«

»Und du kannst die Mail zum Absender zurückverfolgen?«

»Wenn ich darauf vorbereitet bin und ihr es ernst gemeint habt, dass ihr mir eine Menge Rechenzeit bei der NSA organisiert, dann schon.«

Kennedy war die Erste, die einen Einwand vorbrachte. »Eine solche Mail an 50 Verdächtige zu schicken finde ich ziemlich riskant, Marcus. Ihr Hacker kommuniziert doch untereinander, oder? In privaten Chatrooms und Foren? Ist es nicht wahrscheinlich, dass viele, bei denen die Mail landet, das erwähnen und es sich rumspricht? Müssen wir dann nicht damit rechnen, dass der Täter vorgewarnt ist?«

»Das Risiko besteht natürlich. Aber etwas Besseres ist mir in der Kürze nicht eingefallen.«

»Könnten wir die Liste nicht weiter einengen?«, erkundigte sich Rapp.

Alle Köpfe drehten sich in seine Richtung. »Wie denn?«, fragte Nash.

»Rick arbeitet nur mit den Besten zusammen.«

»Das stimmt«, sagte Kennedy. »Aber ist das nicht eine subjektive Einschätzung, wer für seine konkreten Ansprüche der ›Beste‹ ist?«

Rapp nahm Kennedy die Liste ab, legte sie auf die Tischtennisplatte und winkte Dumond heran. »Rick hat bei seinen Vorbereitungen jede Kleinigkeit im Blick. Er recherchiert sich zu Tode und verfügt über mehr Kontakte an mehr Orten als jeder sonst bei der Agency.«

»Ich verstehe nicht, worauf du hinauswillst«, meinte Dumond.

»Mit wie vielen von diesen Leuten bist du befreundet oder hast du schon mal zusammengearbeitet? Rick dürfte damit rechnen, dass wir dich auf die Spur dieses Spezialisten ansetzen. Deshalb halte ich es für äußerst unwahrscheinlich, dass er den Auftrag jemandem gibt, zu dem du enge Kontakte pflegst. Streich all deine Freunde weg.«

»Hey, Mitch ... ich sagte doch eben, dass die Hacker auf dieser Liste ziemlich skrupellos sind. Mit Jungs, die so drauf sind, will ich nichts zu tun haben.«

Rapp suchte Blickkontakt mit Dumond. Dieser schaute verlegen zur Seite.

»Sieh mich an, Marcus.«

»Mitch, ich ...«

»Hast du 'ne Ahnung, mit was für miesen Gestalten ich es täglich zu tun habe?«

»Kann's mir vorstellen«, nuschelte er.

»Dann vertrau mir einfach, wenn ich dir sage, dass es mir scheißegal ist, wenn du mit Kreditkartenbetrügern abhängst. Viel wichtiger ist es ... ach was, es ist das Einzige, was zählt, dass du uns hilfst, diesen Typen zu finden.«

Nach kurzem Zögern zog Dumond einen Kuli aus der Tasche und strich Namen durch. Am Ende waren es mehr, als Rapp erwartet hatte. Es blieben nur noch knapp 20 übrig.

»Der Ansatz von Mitch ist gut«, fand Kennedy. »Gehen wir noch einen Schritt weiter. Wem hast du von den Verbliebenen schon mal so richtig wehgetan, Marcus? Sie irgendwo ausgesperrt, sie beklaut oder alt aussehen lassen? Wer hasst dich so sehr, dass er jede Gelegenheit nutzen würde, sich an dir zu rächen, wenn du Jagd auf ihn machst?«

Er ging die Liste durch. »Vielleicht vier von denen.«

Rapp tippte mit dem Zeigefinger auf das Papier. »Und genau die nehmen wir uns zuerst vor.«

Mitch folgte Irene in ihr Büro und schloss die Tür hinter sich.

»Worüber wolltest du mit mir reden?«

Generell mied Rapp das Hauptquartier wie die Pest. An diesem Tag sah er sich gezwungen, das volle Programm abzuspulen – Fahrten in Aufzügen, die alle Mitarbeiter benutzten, ein Ausflug in den Keller und das Laufen durch Gänge, in denen entschieden zu viel Betrieb herrschte. Als jemand, der Anonymität mehr als alles andere schätzte, fiel es ihm schwer, sich von der gefühlt halben Belegschaft der Agency auf die Schulter klopfen oder anstarren zu lassen.

»Setz dich, Mitch.«

Er wäre lieber an der Tür stehen geblieben, aber Kennedys Tonfall deutete an, dass diese Besprechung weder kurz noch einfach würde.

»Worum geht's?«, fragte er und folgte ihrer Aufforderung.

»Ich bin heute Nachmittag mit dem Präsidenten verabredet.«

»Lass mich raten. Es geht um Kamal Safavi?«

Die Spannungen zwischen den Vereinigten Staaten und dem Iran eskalierten zunehmend. Beide Länder überzogen sich gegenseitig mit Vorwürfen. Teheran hatte die diplomatischen Beziehungen abgebrochen und Präsident Alexander bereitete eine weitere Welle von Sanktionen vor. Die hoffnungsvolle Zusammenarbeit in Bezug auf die Kontrolle der Sunniten drohte als Rohrkrepierer zu enden.

»Der Iran ist nur einer der Punkte auf der Tagesordnung.«

»Worum geht's außerdem?«

»Um die Russen. Um Fahran Hotaki. Um die Tatsache, dass jemand die Rickman-Files in seinen Besitz gebracht hat und wir nicht sicher sein können, ob er den Inhalt kennt. Was Rick überhaupt wusste, wie er an die fraglichen Informationen herangekommen ist …« Ihre Stimme schien anzudeuten, dass es noch Dutzende weiterer Punkte gab.

Rapp beneidete sie nicht um ihren Job. Nichts liebten Politiker mehr, als Entscheidungen auf andere abzuwälzen, zu denen ihnen selbst der Mut fehlte. Solange für sie alles reibungslos lief und sie sich um ihre Wiederwahl keine Gedanken machen mussten, zogen sie es vor, im Hintergrund zu bleiben. Wurde die Lage kritisch, verließen sie nicht nur das sinkende Schiff, sondern bohrten auf der Flucht rasch noch überall Löcher in den Rumpf.

»Noch was von Bedeutung?«

»Nun, ich fürchte, das Thema meiner Entlassung wird ebenfalls zur Sprache kommen.«

»Du machst Witze.«

»Leider nein. Mit Präsident Hayes hatten wir immer eine Menge Ärger. Alexander steht zwar grundsätzlich auf unserer Seite und will, dass das Richtige getan wird, aber am Ende muss er sich den politischen Zwängen beugen.«

»Das heißt, während um uns herum alles zusammenbricht, werden sie uns zu allem Überfluss einen ihrer sogenannten Volksvertreter vor die Nase setzen, damit er uns auf die Finger schaut? Ich schwör's dir, Irene, wenn der mir in die Quere kommt, leg ich ihn um.«

»Reiß dich zusammen, Mitch.«

»Ich mein's ernst. Sollte mich jemand davon abhalten wollen, das Ruder rumzureißen, darf er sich auf ernsthaften Stress gefasst machen. Wenn ich mich zwischen einem überkandidelten Bürokraten und einem unserer Jungs vor Ort entscheiden muss, fällt mir die Entscheidung leicht.«

»Ich glaube, dazu muss es nicht kommen. Das Prozedere, einen neuen Hauptverantwortlichen für die CIA zu ernennen, ist so umständlich, dass man erst mal eine Übergangslösung finden müsste. Und ich bin sicher, da wird der Präsident auf meine Empfehlungen hören.«

»Mach's dir nicht zu einfach, Irene. Das hört sich an, als hättest du den Kampf bereits aufgegeben und dich damit abgefunden.«

»Ich gebe den Kampf nicht auf, aber die Situation ist heikel und ich habe mir eine Menge Feinde in Washington gemacht, die nur auf eine günstige Gelegenheit lauern, mich zu stürzen. Also wäre es naiv, sich nicht mit dem Gedanken zu beschäftigen, dass mich der Präsident zum Rücktritt auffordert.«

»Und wer soll übernehmen?«

»Dich würden sie zerfleischen. Außerdem vermute ich, du wärst sowieso nicht dazu bereit.«

»Lieber jag ich mir 'ne Kugel durch den Kopf.«

»Deshalb werde ich Mike Nash vorschlagen.«

Rapp lehnte sich zurück und starrte an Kennedy vorbei durchs Fenster.

»Du selbst hast dafür gesorgt, dass ihn die Menschen als eine Art Nationalheld wahrnehmen, Mitch. Jeder Politiker, der gegen seine Ernennung protestiert, müsste sich mit einer Menge Gegenwind in den Medien und der Öffentlichkeit herumschlagen.«

Rapp war zwar nicht begeistert von der Idee, aber Kennedy hatte vermutlich recht. Nash erfüllte alle nötigen Bedingungen und trotz eines Hangs zum Übermoralisieren war er definitiv kein Feigling. Wenn es darauf ankam, eine Krise zu lösen, konnte man auf seine Entschlossenheit zählen.

»Mike wäre nur eine temporäre Lösung. Ich vermute aber, dass das sowohl ihm als auch Washington sehr gelegen käme«, fuhr Kennedy fort. »Mir geht es darum, jemanden auf meinen Stuhl zu setzen, der euch die Politiker lange genug vom Leib hält, bis ihr das Rickman-Problem gelöst habt.«

Rapp schwieg.

»Mitch? Sag mir, wie du darüber denkst. Wenn du nicht mit ihm arbeiten kannst – genau genommen sogar *für* ihn –, mach mir einen anderen Vorschlag.«

»Gut.«

»Was soll das heißen?«

»Das soll heißen, dass ich ihm wahrscheinlich ein paar kräftige Klapse auf den Hintern geben muss, mir aber vorstellen kann, mit ihm zu arbeiten.«

»*Für* ihn«, wiederholte sie.

»Wie gesagt, gut.«

Sie wirkte enorm erleichtert. »Ich hoffe, dass es nicht dazu kommt, aber wir müssen auf eine solche Entwicklung vorbereitet sein.«

»Ja.« Rapp schluckte mühsam seinen Ärger herunter. Irene Kennedy auf die Straße zu setzen, während bei der CIA alles auseinanderzubrechen drohte, hielt er für eine unverzeihliche Dummheit. Allerdings gehörten unverzeihliche Dummheiten in Washington seit Langem zur Tagesordnung.

44

Zentralafghanistan

Es tat gut, aus der Stadt herauszukommen.

Die Luft, die durch die abgefallene Beifahrertür eindrang, blieb unverändert schwül, obwohl die Sonne vor einer Viertelstunde untergegangen war. Aufgewirbelter Straßenstaub wehte durch die Kabine und zwang Fahran Hotaki zum Blinzeln. Er drang auch in seinen Mund ein, doch das störte ihn nicht. Es bescherte ihm ein Gefühl tiefer Vertrautheit. Erinnerte ihn an das Leben vor dem Krieg. An Tage, die er mit dem Hüten von Vieh und dem Großziehen von Kindern verbracht hatte.

Er besaß keine Fotos von seinem Heimatdorf oder seiner Familie. Kameras, Telefone oder Computer hatten sie damals für nutzlos gehalten. Erst als er sich dem Kampf anschloss, wurden sie zu einem Teil seines Lebens.

Die Vorstellung, wieder ein isoliertes Leben in der Einöde zu führen, faszinierte ihn in mehrfacher Hinsicht. Der unveränderliche Rhythmus, die Überschaubarkeit des persönlichen Umfelds. Keine düsteren Gedanken über wirtschaftliche Umbrüche, Bedrohungen durch das Internet oder Atomwaffen. Politische Spannungen, Seuchen oder Umweltkatastrophen – von alldem wusste man nichts. Man konzentrierte sich auf das eigene Glück, auf die Nachbarn und die unberührte Landschaft, in der man lebte.

Eine Form von Rückständigkeit, die einem niemand nehmen konnte und die seine Heimat für Außenstehende uninteressant machte. Allerdings glaubte er nicht recht, dass eine Rückkehr zu dieser primitiven, entkoppelten Existenzform überhaupt möglich war.

Möchtegern-Eroberer versuchten seit Anbeginn der Geschichte in endlosen Angriffswellen, das Land zu beherrschen. Allein zu seinen Lebzeiten hatten die Russen, die Taliban, zahllose ausländische Terrorgruppen und jetzt die Amerikaner entsprechende Bemühungen unternommen.

Warum ließ Allah diesen felsigen Winkel des Planeten nicht einfach in Frieden existieren? Wieso stellte er den Glauben seines Volkes ständig neu auf die Probe? Wie viel Schrecken und Leid bürdete Gott ihnen noch auf, bevor er von ihrer Hingabe überzeugt war?

»*Allahu akbar*«, rief Hotaki in den peitschenden Wind hinein. Dass er seinen Gott, dem er am Ende dieser Nacht begegnen würde, ständig anzweifelte, hielt er selbst für arrogant und vermessen. Trotzdem hoffte er auf eine Erklärung. Er wollte unbedingt verstehen, warum die Welt so gestrickt war.

Erste Sterne funkelten und er blickte auf die Tankanzeige des Trucks, solange die Helligkeit noch ausreichte. Weniger als ein Viertel voll. Die Leichen von der Ladefläche zu werfen hätte die Reichweite erhöht, aber wozu? Es würde keine Rückfahrt geben.

Hotaki fuhr über die kleine Anhöhe und sah das Lager vor sich, nach dem er gesucht hatte. Ein paar elektrische Lampen brannten, aber den Großteil der Helligkeit lieferte das Lagerfeuer auf dem zentralen Platz. Dahinter ragten die Berge als schwarze Silhouetten empor und schienen das restliche Universum zu verschlucken.

Hotaki ließ das Fahrzeug ausrollen und inspizierte die Umgebung. Eine primitive Siedlung, kaum mehr als ein grober Kreis, von staubigen Pisten und niedrigen Steinbauten durchzogen. Bewohnt von einer besonders brutalen Taliban-Miliz, die darum kämpfte, die Macht an sich zu reißen. Für ihn die Schlimmsten von allen. Wenn Auswärtige über genug Militärmacht verfügten, um Afghanistan zu erobern, wer wollte es ihnen verdenken? Aber diese Männer waren Mörder. Sie töteten ihr eigenes Volk.

Er trat aufs Gaspedal und fuhr den Hügel hinunter, mit einem Mal wie befreit von der tiefen Trauer, die seit dem Tod seiner Familie auf ihm gelastet hatte. Als er die windschiefe Mauer um die Siedlung erreichte, spürte er nichts als Hass.

»Halt!«

Ein Mann mit AK-47 trat aus den Schatten und näherte sich dem Truck. Hotaki hatte die Scheinwerfer abgeschaltet, damit niemand die Leichen bemerkte, die er durch die Gegend kutschierte. Eigentlich eine unnötige Vorsichtsmaßnahme. Dieser Wachposten hatte keinen Blick für Gefahren. Wie die anderen Männer, die Hotaki heute getötet hatte, vertraute er blind auf die eigene Unverwundbarkeit und seine Illusion von Gerechtigkeit.

Der junge Mann hatte nicht mal den Finger am Abzug der Waffe. Er lehnte sich durch das offene Fenster. »Wer sind Sie?«

Hotakis Antwort bestand darin, dem Mann eine zerbrochene Flasche, die im Fußraum gelegen hatte, in die Kehle zu rammen. Es war eher Überraschung als Furcht oder Schmerz, die den anderen erstarren ließ und es Hotaki erlaubte, seinen blutigen Kopf ins Innere zu zerren und festzuhalten. Der sterbende Mann leistete Gegenwehr, aber zu spät. Es gelang ihm nicht, die zwischen Brust und Tür eingeklemmte Waffe auf seinen Mörder zu richten. Stattdessen ruderte er hilflos mit den Händen und ließ sie mehrmals gegen die Kabine klatschen, bevor das Leben aus seinem Körper wich.

Als er sich nicht mehr bewegte, ließ Hotaki die Leiche los und beschleunigte. Die Hinterräder drehten einige Sekunden durch, bis sie griffen und er den Truck durch die schmale Öffnung in der Mauer steuern konnte.

Die Männer im Dorf hielten sich dort auf, wo er es erwartet hatte. Sie kauerten vor dem Feuer in der Mitte. Sobald sie den Motorenlärm hörten, drehten sie sich in seine Richtung. Nachdem sich ihre Augen an die flackernden Flammen gewöhnt hatten, konnten sie in der sie umgebenden Dunkelheit jedoch nichts erkennen. Sie begriffen erst, wie ihnen geschah, als es zu spät war. Er pflügte förmlich durch die Menge, überrollte einige von ihnen und drängte andere ins Feuer. Die wenigsten schafften es, auszuweichen, und flohen hektisch in alle Richtungen.

Rauch drang in die Kabine ein und das Chassis, das er vorher mit Öl präpariert hatte, geriet in Brand. Hotaki sprang heraus und feuerte mit einem AAC Honey Badger aus amerikanischer Fertigung auf die Fliehenden. Der Pick-up brannte inzwischen lichterloh und das Flackern der Flammen erschwerte das Zielen.

Ein Schuss traf ihn hinten an der Splitterschutzweste und hätte ihn fast von den Beinen geholt. Er wirbelte herum, drückte den Abzug durch und deckte die Umgebung mit einer Salve von links nach rechts ein. Der Geruch von verkohltem Menschenfleisch stieg ihm in die Nase. Er stürzte und wich brennenden Holzscheiten aus, die sein Crash überall verteilt hatte. Weitere Treffer streiften seine Weste. Ihre Wucht drängte ihn zurück. Ein

Einschlag am Oberschenkel folgte, doch er verfehlte den Knochen und schwächte sein Bein lediglich, ohne es wegknicken zu lassen. Ein Brennen im Nacken gefolgt von Blutgeschmack im Mund kündigte den Tod an, mit dem er ohnehin gerechnet hatte. So schnell gab er jedoch nicht auf. Noch nicht.

Mit einem Mal fand er sich inmitten von Männern wieder. Das Aufblitzen der Schäfte und der Lärm von Automatikfeuer wurden übermächtig. Er registrierte, dass sein Magazin leer geschossen war, ließ die Honey Badger fallen und zog die 44er Magnum aus dem Hosenbund. Er wusste, dass er mehrere Treffer kassiert hatte, spürte jedoch nichts mehr.

Hotaki nahm unterschwellig wahr, dass er auf die Knie gesunken war und seine Waffe blockierte, aber das hinderte ihn nicht daran, weiter den Abzug durchzudrücken und auf die vom Lodern des Feuers gezeichneten Silhouetten zu zielen, bis ihn eine gnädige Dunkelheit erlöste.

Gott ist groß.

45

Präsidentenpalast
Islamabad, Pakistan

»Da ist er. Neben dem Eingang zur Küche.«

Ahmed Taj schaute an seinem Assistenten vorbei auf einen stämmigen Amerikaner im dunklen Anzug. Er war erst am Morgen eingeflogen, um die Leitung des Secret-Service-Teams zu übernehmen, das für die

Sicherheit der US-Außenministerin verantwortlich zeichnete. Selbst das pakistanische Personal schien sich seinen Anordnungen zu fügen – eine beschämende Demonstration von Schwäche, der sich Taj später noch widmen würde.

»Wer ist das?«

»Jack Warch«, sagte Kabir Gadai leise. »Inzwischen ist er im Ruhestand, aber er war Leiter des Personenschutzes von Präsident Hayes, als das Weiße Haus vor einigen Jahren angegriffen wurde. Offiziell ist er nur als Berater vor Ort, aber für mich gibt es keinen Zweifel, dass er das Sagen hat.«

Sie zogen sich von den Fenstern des Ballsaals zurück, damit das Personal einen Tisch für das Bankett aufstellen konnte. Stühle wurden auf Paletten hereingerollt und Dekorationen an den Wänden befestigt. Die Mitarbeiter drapierten poliertes Silberbesteck in mit Samt ausgeschlagenen Ständern und hielten Kristallgläser gegen das Licht, um nach Flecken und Sprüngen Ausschau zu halten.

Chutani hatte keine Kosten und Mühen gescheut. Dieses Staatsbankett sollte einen Neubeginn der langjährigen Partnerschaft zwischen Pakistan und den USA einläuten und Feinde des Präsidenten warnen, sich nicht mit einem Verbündeten der mächtigsten Nation der Welt anzulegen.

Taj hatte es auf ein ganz anderes Ergebnis abgesehen. Dramatische Bilder von Chutani, der in einer Pfütze aus eigenem Blut erstickte, während amerikanische Sicherheitsleute mit gezogenen Waffen um ihn herumstanden, dürften das Land so sehr in Rage versetzen, dass seinem Aufstieg zur Macht nichts mehr im Weg stand.

»Ist Warchs Anwesenheit ein Problem?«

»Davon gehe ich nicht aus. Er überschüttet uns zwar mit Fragen und Wünschen, aber ich habe mich persönlich um alles gekümmert. Offensichtlich liegt sein Augenmerk auf dem Schutz der amerikanischen Delegation.«

»Was weiß er über Küchenchef Marri?«

»Alles«, antwortete Gadai und senkte die Stimme. »Es gibt keine Anhaltspunkte, um eine Verbindung zwischen Ihnen beiden herzustellen, also bestand auch kein Grund, Änderungen vorzunehmen, die jemanden misstrauisch werden lassen. Sämtliche Angestellte, Obaid Marri eingeschlossen, wurden bereits von den Amerikanern überprüft.«

Taj kämpfte gegen das nervöse Gefühl in der Magengrube an. Seine Vorbereitungen hatten an Gründlichkeit nichts zu wünschen übrig gelassen, versicherte er sich, und Allah war ihnen gnädig gestimmt. Es gab keinen Anlass zur Sorge.

Auf der anderen Seite hatte es vielleicht gar nichts mit der Angst vor dem Scheitern zu tun, dass er sich so unwohl fühlte. Sondern mit der Erwartung des sicheren Siegs. Einen Großteil seines Lebens hatte er der Umsetzung dieses Plans gewidmet und empfand es als merkwürdige Vorstellung, dass diese Phase bald abgeschlossen war. In drei Tagen begann der gewaltsame, aber vermutlich kurze Krieg um die Machtübernahme in Pakistan. Und dann besaß er endlich den Einfluss, nach dem er sich schon so lange sehnte.

Nein, es war wohl eher die deutlich forderndere Aufgabe, die neu erlangte Position zu verteidigen, die ihn aufrieb. Man durfte die Amerikaner auf keinen Fall unterschätzen. Sie würden mit jeder Faser ihres Seins die neue

Ordnung bekämpfen und nichts unversucht lassen, um seine Dominanz im Nahen Osten zu verhindern. Letztlich würden sie jedoch scheitern.

Präsident Saad Chutani kam durch den Ostflügel herein, blieb kurz stehen und quittierte die hektische Betriebsamkeit mit einem befriedigten Lächeln. Er entdeckte den Geheimdienstchef und winkte ihn zu sich. Taj eilte gehorsam an die Seite des Staatsoberhaupts.

»Wie laufen die Vorbereitungen?«

»Reibungslos, Herr Präsident. Ich gehe davon aus, dass sich Ihre Probleme mit der Presse in den kommenden Wochen in Luft auflösen und man die Sicherheitsvorkehrungen für das Bankett explizit hervorheben wird.«

»Sind Sie sicher? Mich erreichten kürzlich Berichte über eine deutliche Zunahme terroristischer Aktivitäten im Norden. Wie es aussieht, hat der Verlust von Akhtar Durrani für Ihre Organisation nach wie vor spürbare Auswirkungen.«

Tatsächlich übte Taj deutlich größeren Einfluss auf die radikalen Elemente in Pakistan aus, als es Durrani je getan hatte. »Keine Sorge, Sir. Die Männer, die Sie für diese Aufgabe abgestellt haben, gehören zu den fähigsten unseres Landes. Auch die Amerikaner haben hoch qualifizierte Kräfte geschickt.«

»Ich hoffe, dass wir diese Annahme nicht auf die Probe stellen müssen, Ahmed. Selbst ein erfolgreich abgewendeter Angriff wäre eine Katastrophe. Wir müssen unter Beweis stellen, dass wir die Lage jederzeit im Griff haben, und das Image von Pakistan als politisch stabilen, modernen Staat stärken. Uns als würdiger Verbündeter unserer amerikanischen Freunde präsentieren.«

»Das ist mir durchaus bewusst, Sir.«

Der Präsident winkte jemandem. Taj folgte seinem Blick zu dem für seine spontanen Wutausbrüche berühmten Obaid Marri, der gerade einem der Kellner einen Finger gegen die Brust rammte. Es flog tatsächlich Spucke aus seinem Mund, während er den Angestellten zur Schnecke machte. Die meisten Leute vermuteten, dass ihm der kürzlich verliehene dritte Michelin-Stern für sein Restaurant zu Kopf gestiegen war, doch Taj wusste es besser. Obaid war schon als Kind ein Choleriker gewesen.

»Haben Sie den Küchenchef bereits kennengelernt, Ahmed?«

»Das Vergnügen war mir bisher nicht vergönnt.«

»Kommen Sie, ich mache Sie bekannt.«

Marri sah, wie der Präsident auf ihn zukam, und schubste sein Opfer hastig in Richtung Küche. Als sich der renommierteste Gastronom des Landes wieder zu ihnen umdrehte, war sein knallrotes Gesicht einer respektvollen Miene gewichen.

»Obaid!« Chutani umarmte den alten Bekannten. »Es ehrt mich, dass Sie sich persönlich vergewissern, dass der Speisesaal Ihren Vorgaben entspricht.«

»Alles muss perfekt sein, Herr Präsident. Und ich fürchte, Teile Ihres Personals sind ...« Er verkniff sich den Rest.

»Inkompetent«, vollendete Chutani den Satz mit einem gutmütigen Grinsen.

»Ich wollte ›ein bisschen beratungsresistent‹ sagen, aber das trifft es auch.«

»Natürlich wollten Sie das.« Der Präsident zeigte auf Taj. »Ich glaube, Sie kennen Ahmed noch nicht?«

Marri hielt ihm die Hand hin. Sehr gut, er ließ sich nichts anmerken, sondern heuchelte die übliche Nervosität, wenn man den Chef des sagenumwobenen Geheimdienstes vor sich hatte. »Es ist mir ein Vergnügen, Direktor.«

»Ganz meinerseits.«

Marri stammte aus einem Dorf, in dessen Nähe Taj aufgewachsen war. Ihre Väter kannten sich geschäftlich und die beiden Jungs hatten schon in Windeln miteinander gespielt. Vor allem teilte Marri Tajs Visionen für die Zukunft Pakistans und den Durst nach Macht.

»Haben Sie schon einmal in Obaids Restaurant gespeist?«, fragte Chutani.

»Leider ergab sich noch keine passende Gelegenheit.«

»Das sollten Sie nachholen. Es ist ganz ausgezeichnet.«

»Herr Präsident, bitte …«, mimte Marri wenig überzeugend den Bescheidenen.

Kabir Gadai versuchte am anderen Ende des Raums, Tajs Aufmerksamkeit auf sich zu lenken. Exzellentes Timing, wie üblich. Marri schlug sich wacker, aber es gab keinen Grund, das Schauspiel auf die Spitze zu treiben. Er hatte sich zwar begeistert bereit erklärt, ihn bei seinem Plan zu unterstützen, aber unter dem Strich war er doch nur ein Koch.

»Wenn Sie mich bitte entschuldigen. Mein Assistent scheint mich dringend sprechen zu wollen. Ich will nur kurz hören, ob es wichtig ist.«

»Natürlich«, sagte Chutani. »Bis später, Ahmed.«

Taj ging zu Gadai, der gerade ein Telefonat beendet hatte und das Handy in der Hosentasche verstaute.

»Wir haben heute Morgen eine weitere Rickman-Datei an den Hacker geschickt«, flüsterte dieser seinem Chef ins Ohr. »Wir wissen jetzt Bescheid. Unsere Experten konnten die Spur zu einem Internet-Provider in Russland verfolgen.«

Taj nickte feierlich. Ein weiteres Wunder, das Gott ihm bescherte. Eine andere Erklärung gab es nicht. Schon bald kontrollierte er nicht nur ein nukleares Waffenarsenal, sondern auch den Geheimdienstapparat der Vereinigten Staaten.

»Ich möchte, dass du hinfliegst.«

»Aber …«

»Keine Widerrede, Kabir. Du bist der Einzige, dem ich vertraue.«

»Gut.« Gadai schien nicht überzeugt zu sein, hielt es aber für klüger, nicht offen zu rebellieren. »Ich werde sofort ein Team zusammenstellen.«

46

Weisses Haus
Washington, D.C.

Als Irene Kennedy das Oval Office betrat, kam Präsident Josh Alexander herangeeilt, um ihr die Hand zu schütteln. Der ehemalige Quarterback aus Alabama war zwar vor einigen Monaten 51 geworden, bewegte sich aber nach wie vor mit dem federnden Schritt eines Athleten. Die braunen Haare wuchsen unverändert dicht und die länglichen Grübchen im Gesicht, nach denen die Presse ganz verrückt war, zeigten sich, sobald er lächelte.

Trotzdem hatten sich seit ihrer ersten Begegnung kleine Details verändert. Die Anzüge, anfangs zu glänzend und auffallend, verbreiteten nun elegantes Understatement. Die auffallend weißen Zähne hatten sich optisch an seine

Wählerschaft angepasst. Und eine Spur Grau an den Schläfen verlieh ihm das würdevolle Äußere, wie es einem Mann in seiner Position zustand.

Trotz des Umstands, dass er aus politischen Gründen auf größtmöglichen Abstand zu ihr – und erst recht zu Mitch Rapp – ging, bewunderte sie ihn. Er begriff und akzeptierte, dass er sich der bevorstehenden Auseinandersetzung schwerlich entziehen konnte.

»Es ist viel zu lange her«, ging ihm die harmlose Notlüge zur Begrüßung locker über die Lippen. »Ich freue mich, Sie zu sehen, Irene.«

»Schön, dass Sie sich Zeit für mich nehmen, Mr. President.«

»Barbara und Carl kennen Sie ja.«

Barbara Lonsdale blieb auf der Couch sitzen und hob grüßend die Hand. Sie war die Vorsitzende des Geheimdienstkomitees im Senat und hatte eine Zeit lang zu den erbittertsten Gegnern der CIA gehört. Nachdem ihr engster Freund und politischer Weggefährte bei einem Terrorangriff ums Leben gekommen war, hatte sie ihre Einstellung schlagartig geändert.

Carl Ferris stand dagegen auf und kam mit ausgestreckter Hand auf sie zu.

»Ich danke Ihnen für die Möglichkeit, an diesem Gespräch teilzunehmen«, sagte er, obwohl er genau wusste, dass sie keinen Einfluss darauf hatte, wer zu Unterredungen ins Weiße Haus einbestellt wurde.

Kennedy fragte sich, wie seine neuen Rechts- und Marketingexperten damit vorankamen, seine Kontakte zum verstorbenen Akhtar Durrani zu vertuschen. Das arrogante Grinsen des Senators und die Tatsache, dass er ihr beinahe die Hand zerquetschte, deuteten an, dass es ziemlich gut lief.

»Ich hoffe, es stört Sie nicht«, meinte Alexander. »Carl bat darum, bei diesem Treffen dabei zu sein, und ich dachte, es kann nicht schaden, jemanden vom Komitee hier zu haben. Vor allem wird Carl der Delegation angehören, die Sunny nach Pakistan begleitet. Aus nachvollziehbaren Gründen ist er um seine Sicherheit besorgt.«

»Im Gegenteil, ich freue mich, dass sich endlich mal die Möglichkeit zu einem Austausch ergibt. Ich habe bereits versucht, ihn wegen seines Treffens mit Ahmed Taj zu kontaktieren.«

»Tatsächlich?« Alexander wirkte überrascht, dass Ferris den ISI-Direktor ohne sein Wissen getroffen hatte.

»Seit meiner Rückkehr ging es ziemlich hektisch zu, Direktorin Kennedy. Außerdem war es kein offizieller Termin. Ahmed lud mich lediglich auf einen Drink in sein Büro ein.«

Eine ziemlich durchschaubare Lüge, zumal Taj ein streng gläubiger Muslim war. Sie ging eher davon aus, dass sie bei diesem Anlass über das Gehalt für Ferris' PR-Team und die Modalitäten der Kostenübernahme gesprochen hatten.

Alle setzten sich. Alexander bot ihr anders als sonst keinen Tee an. Offensichtlich wollte er mit diesem kleinen Versäumnis auf subtile Art seine Unzufriedenheit signalisieren – natürlich bekam es außer ihr niemand mit.

»Ich kenne Irene gut genug, um zu wissen, dass sie es vorzieht, auf die üblichen Höflichkeiten zu verzichten und direkt zur Sache zu kommen. Die Rickman-Situation. Lassen Sie mich zunächst festhalten, dass ich es für pure Zeitverschwendung halte, an dieser Stelle die Schuldfrage zu erörtern. Darüber werden wir heute nicht sprechen, sondern über mögliche Lösungen. Klammern wir für den Moment mal unwesentlichere Kontaktleute wie Fahran Hotaki in Afghanistan aus. Das Hauptproblem sind ernsthafte Verstimmungen mit Russland und den Iranern.«

»Eine gewaltige Katastrophe«, stellte Ferris fest.

Alexander nahm die Unterbrechung stirnrunzelnd zur Kenntnis. Er hatte nicht viel für den Vorsitzenden des Rechtsausschusses übrig, aber Ferris verfügte über enormen politischen Einfluss und durfte nicht ignoriert werden.

»Wie mir berichtet wurde, kam es heute Morgen zu einer weiteren Enthüllung«, fuhr Alexander fort. »Diesmal in Saudi-Arabien. Irene, wären Sie so freundlich, uns die Fakten kurz darzulegen?«

Sie nickte respektvoll. »Mohammed Kattan, ein hochrangiger Angestellter bei Saudi Aramco, wurde als CIA-Informant enttarnt. Es war uns möglich, ihn rechtzeitig zu warnen. Er befindet sich aktuell in der US-Botschaft in Riad.«

»Keine große Hilfe für den armen Mann«, warf Ferris mit geheucheltem Pathos ein.

So abstoßend seine mühsam verhüllte Schadenfreude sein mochte, sie musste ihm innerlich beipflichten. Rickman hatte ihnen lediglich die Möglichkeit gegeben, den Manager in die Botschaft bringen zu lassen. Eine Flucht außer Landes war wegen der knappen Zeit nicht infrage gekommen. Er legte es gezielt auf einen internationalen Zwischenfall an. Die Saudis sollten die Auslieferung ihres Bürgers fordern, die Vereinigten Staaten das Gesuch ablehnen. Schon jetzt fanden Demonstrationen vor dem Botschaftsgebäude statt, die jederzeit in Gewalt umschlagen konnten.

»Irene«, rügte Alexander. »Wir haben ein Abkommen mit den Saudis, dass wir uns nicht gegenseitig ausspionieren.«

»Ein Abkommen, das beide Seiten ignorieren«, leistete Barbara Lonsdale ihren ersten Gesprächsbeitrag.

»Das stimmt. Trotzdem geht so etwas nur so lange gut, wie niemand erwischt wird.«

»Bei allem Respekt«, meinte die Senatorin. »Die Saudis können mich mal. Sie sind die größten Unterstützer von Terror weltweit, ganz zu schweigen davon, wie sie Frauen behandeln.«

»Sie gehören allerdings auch zu den einflussreichsten OPEC-Mitgliedern. Unser Land ist nun mal auf Öl angewiesen«, gab Ferris zu bedenken. »Bei aller Moral, die amerikanische Bevölkerung kann es nicht verkraften, wenn der Preis für eine Gallone Benzin auf zehn Dollar steigt.«

»Hören Sie zu.« Der Präsident beugte sich vor und stützte die Ellbogen auf die Knie. »Der Konflikt mit den Russen ist beigelegt und die Saudis wirbeln ein bisschen Staub auf, aber das bekommen wir in den Griff. Bei den Iranern verhält es sich anders. Es wirft uns bei unseren Verhandlungen mindestens um ein Jahr zurück. Ich will allerdings ehrlich sein. Ob sich dabei überhaupt Erfolge erzielen lassen oder ich ganz umsonst die politischen Muskeln spielen lasse, war mir nie so richtig klar.«

Alexander stellte die Entwicklung in Teheran aus guten Gründen in den Mittelpunkt seiner Überlegungen. Aktuell profitierte er bei den Wählern von den wütenden Protesten der iranischen Regierung. Das amerikanische Volk stand seiner Politik der ausgestreckten Hand ohnehin eher skeptisch gegenüber. Der Umgang mit der aktuellen Krise zeigte, dass er nicht so naiv war, wie viele unterstellten, sondern den ständig wechselnden Ansprechpartnern klare Grenzen aufzeigte. Diese Entwicklung hatte Rickman ausnahmsweise nicht vorhergesehen.

»Jedenfalls kann es so nicht weitergehen. Ich will mir nicht vorstellen, dass wir die nächsten fünf Jahre solchen Informationslecks hinterherjagen und vor ausländischen Politikern zu Kreuze kriechen.«

Als sie nicht sofort antwortete, witterte Ferris die Chance, auf die er gewartet hatte. »Dr. Kennedy berichtete mir, dass Rickman von Akhtar Durrani mit der Absicht entführt wurde, ihn zu foltern und ihm geheime Informationen zu entlocken. In Anbetracht der Tatsache, dass vertrauliche Unterlagen nach dem Tod beider Männer in Umlauf gebracht werden, halte ich diese Einschätzung für falsch.«

Sie hatte ihm das nur gesagt, um seine egoistischen Bemühungen auszubremsen, der CIA eins auszuwischen. Eine notwendige Maßnahme, um einen kurzfristigen Flächenbrand zu verhindern, auf Dauer allerdings nutzlos. Vielleicht hätte sie doch Rapps Angebot annehmen sollen, den konfliktfreudigen Senator aus dem Weg zu schaffen.

»Inzwischen wissen wir, dass Joe Rickman in den letzten Tagen seines Lebens zu unbedachtem Verhalten neigte«, gestand sie ein.

»Sie meinen, er war ein Verräter?«, präzisierte Ferris.

»Das ist ein bisschen stark vereinfacht, aber grundsätzlich läuft es darauf hinaus, ja.«

»Ich begreife nicht, wie so etwas passieren konnte.« Ferris kam zunehmend in Fahrt. »Zunächst mal, wieso war er überhaupt in die Aktivitäten russischer

Informanten oder iranischer Botschafter eingeweiht? Hängen Sie solche Geheimnisse ans Schwarze Brett im Pausenraum?«

»Verschonen Sie uns mit Ihrer billigen Polemik«, sagte Barbara Lonsdale. Präsident Alexander schwieg. Er nahm zwar selbst keine Schuldzuweisungen vor, hielt andere jedoch auch nicht davon ab.

»Worin besteht die Aufgabe der CIA?«, fuhr Ferris ungerührt fort. »Sie spioniert Leute aus, richtig? Ist das nicht das Ziel dieser milliardenschweren Unternehmung? Warum hat niemand bemerkt, dass Rickman eigene Interessen verfolgt? Wieso wurde er nicht suspendiert?«

»Das ist ein kompliziertes Geschäft, in dem es von komplizierten Leuten wimmelt«, meinte Lonsdale. »Das Kind ist sowieso in den Brunnen gefallen. Konzentrieren wir uns drauf, wie wir es wieder rausholen.«

»War ja klar, dass Sie das wieder herunterspielen, Barbara. Ich halte das für eine Katastrophe. Eine *permanente* Katastrophe. Dr. Kennedy scheint nicht die geringste Ahnung zu haben, was Rickman alles wusste oder wie er an die Informationen herankam. Wie viele Dateien gibt es noch? Zehn? Hunderte? Tausende? Und wäre es nicht naiv zu glauben, dass Rickman die größten Trümpfe gleich zu Beginn zückt? Ich täte es jedenfalls nicht. Was wusste er alles, was mir nicht bekannt ist? Herrje, was selbst für Präsident Alexander neu wäre? Tja, bisher haben wir lediglich die Spitze des Eisbergs erlebt. Aber wir können darüber nur spekulieren, genau wie Dr. Kennedy. Wer sagt uns, dass ihre übrigen Leute und die übrigen Missionen sicher sind? Bei allem Respekt, ich habe den Eindruck, sie tappt selbst völlig im Dunkeln.«

»Und was schlagen Sie vor, Carl?«, fragte Lonsdale. »Wollen Sie die CIA etwa auflösen?«

»Was tut die Agency denn schon für uns?«, wetterte Ferris. »Ja, gelegentlich löst sie ein Problem für uns, aber das hat sie in der Regel vorher selbst verschuldet. Das Mindeste wäre, über eine grundsätzliche Neustrukturierung nachzudenken.«

»Möchten Sie bei der Gelegenheit vielleicht auch gleich das Militär abschaffen?«, versetzte Lonsdale sarkastisch.

Ferris zuckte die Achseln. »Da buttern wir fast eine Billion Dollar jährlich rein. Seit der Kapitulation der Japsen 1945 haben uns die Truppen keinen klaren Sieg mehr geliefert. Natürlich sind die Vereinigten Staaten auf eine starke Verteidigung angewiesen, aber ich frage mich, ob man das nicht auch mit der Hälfte des derzeitigen Budgets hinbekäme.«

»Jetzt kommen wir zu sehr vom eigentlichen Thema ab«, warf Alexander ein.

Ferris grinste gequält. »Entschuldigen Sie, Mr. President. Sie kennen meine Vorliebe für theoretische Abschweifungen.«

Ferris konnte gefährlich charmant sein, wenn es ihm nützte. Die durchaus realistische Aussicht, dass er eines Tages zum amerikanischen Staatsoberhaupt gewählt wurde und einige seiner bizarren philosophischen Überlegungen in politische Realität umsetzte, machte Kennedy Angst.

»Irene«, nutzte Alexander die kurze Gesprächspause. »Gibt es Fortschritte bei den Versuchen, diese Informationslecks zu stopfen?«

»Wir haben eine vielversprechende Spur. Ich hoffe, dass damit in Kürze Schluss ist.«

Der Präsident schien ähnlich unzufrieden mit dieser Antwort zu sein wie sie selbst. »Ich kassiere von allen Seiten Schläge, Irene. Von unseren Feinden, unseren Verbündeten und von den Wählern. Und mehr als ein ›Wir arbeiten dran‹ haben Sie nicht für mich?«

»Rickman war ein brillanter Stratege«, antwortete sie aufrichtig. »Deshalb befand er sich in einer so exponierten Position. Ich bin zuversichtlich, dass wir diese Krise bewältigen können, aber ich halte nichts von Versprechen, die ich am Ende nicht halten kann.«

»Nun, dann führt diese Unterhaltung zu nichts.« Alexander machte keinen Hehl aus seiner Enttäuschung. »Wie steht es mit der Reise von Sunnys Delegation nach Pakistan? Ich halte die Lage für ziemlich angespannt und könnte mir vorstellen, dass Carl nicht unbedingt scharf darauf ist, einem Taliban-Angriff zum Opfer zu fallen.«

»Darüber mache ich mir keine Sorgen«, sagte Ferris.

Kennedy registrierte diese Aussage mit Erstaunen. Der Senator war ein selbstsüchtiges Ekelpaket und hatte sich bei vielen entsprechenden Gelegenheiten in der Vergangenheit als Feigling geoutet. Dass er seine persönliche Sicherheit dermaßen auf die leichte Schulter nahm, passte nicht zu dem Eindruck, den sie von ihm hatte.

»Der Secret Service nimmt die Sache sehr ernst«, versicherte Kennedy. »Und Sie können sich vorstellen, dass die Pakistani ihre besten Leute zum Schutz von Präsident Chutani abstellen. Auch in diesem Fall kann ich Ihnen allerdings keine Garantie geben, dass es nicht doch zu Zwischenfällen kommt.«

Präsident Alexander blickte auf die Uhr, um anzudeuten, dass er das Gespräch zum Abschluss bringen wollte. »Ich bin enttäuscht, dass es so wenig Konkretes gibt. Hat noch jemand Fragen?«

»Tausende«, sagte Ferris. »Aber mir scheint, Dr. Kennedy ist nicht in der Lage, auch nur eine einzige davon zu beantworten.«

»Ich bin überzeugt, dass sich das bald ändern wird«, meinte Barbara Lonsdale.

Alexander stand auf. »Ich danke Ihnen für Ihr Kommen. Irene, Sie würde ich gerne noch kurz unter vier Augen sprechen.«

Lonsdale flüsterte ihr im Hinausgehen zu: »Kopf hoch, Irene.«

Der Präsident setzte sich hinter den Schreibtisch, bot Kennedy jedoch keinen Stuhl an. »Das lief nicht besonders gut.«

»Nein, Sir, definitiv nicht.«

Er zog ein Dokument unter der Schreibunterlage hervor und schob es in ihre Richtung. Sie erkannte sofort, dass es sich um die Rücktrittserklärung handelte, die sie als DCI – als Director of Central Intelligence, wie ihre formale Berufsbezeichnung lautete – am ersten Arbeitstag pro forma unterschrieben hatte. Der Präsident konnte das Gesuch jederzeit akzeptieren, nahm es jedoch wieder an sich und legte es in eine Schublade. Die Botschaft war trotzdem eindeutig.

»Ich bin auf Ihrer Seite, Irene. Ihr Job und meiner haben viel gemeinsam. Beide kann man nicht erledigen, ohne Fehler zu machen. Tausende Mitarbeiter unterstehen Ihrer Führung, zum Teil nicht gerade die stabilsten oder kooperativsten. Es ist ein Wunder, dass solche Unfälle nicht häufiger passieren.«

»Danke für Ihr Vertrauen, Sir.«

»Danken Sie mir nicht zu früh. Ich will ehrlich zu Ihnen sein, Irene. Das ist eine schlimme Sache. Wüsste ich jemanden, dem ich zutraue, die CIA besser zu führen als Sie, müssten Sie sich jetzt nach einem neuen Job umsehen.«

»Ich verstehe, Sir.«

»Dann bringen Sie es in Ordnung, Irene. Nicht morgen. Nicht nächste Woche. Sondern gleich.«

47

Im Süden von Annapolis
Maryland, USA

Mitch Rapp steuerte den Dodge Charger zwischen die Bäume am Rand der Sackgasse. Er schnappte sich den Pizzakarton und ein Sixpack Cola vom Beifahrersitz, konnte sich jedoch nicht zum Aussteigen durchringen. Es gab einen Grund, wieso er nie hierherkam. Sogar eine Menge Gründe.

Er blieb ziemlich lange sitzen, bis er doch noch am Türgriff zog. Nicht unbedingt, weil er sich bereit fühlte, sondern eher, weil es Zeit für Mrs. Randalls Nachmittagsspaziergang wurde. Sie war eine wirklich nette alte Dame, nur verspürte er im Moment wenig Lust, von einer Frau im Trainingsanzug mitleidig verhätschelt zu werden.

Sieben Jahre Wind und Regen hatten die auf dem Grundstück verteilten Aschereste beseitigt und nur das geschwärzte Gerippe des früheren Hauses von ihm und Anna zurückgelassen. Die erste Etage existierte nicht mehr, eine Seite der Fassade war komplett eingestürzt, aber es blieben genügend aufrechte Kanthölzer, um Erinnerungen an das frühere Gebäude heraufzubeschwören.

Rapp steuerte das einzige intakte Überbleibsel des ehemaligen Wohnzimmers an. Einen rußigen gemauerten Kamin, der einsam unter dem wolkenlosen Himmel stand. Er entschied sich für einen Platz dicht dahinter, um von der Straße aus nicht gesehen zu werden, schraubte den Verschluss einer Coke-Flasche ab und setzte sich. Bier – am besten ein ganzer Kasten – wäre passender gewesen, aber er wollte mit dem Trinken aufhören, bis er sein Leben wieder im Griff hatte.

Die Nachmittagssonne spiegelte sich im Wasser der Chesapeake Bay und er kniff die Augen zusammen und schielte zum Steg am Rand des Ufers. Einer seiner früheren Nachbarn schien ihn gesäubert zu haben und sich um die Instandhaltung zu kümmern.

Früher war er hier jeden Morgen ins Wasser gesprungen, um die knappe Meile bis zum gegenüberliegenden Ufer zu schwimmen. Bei seiner Rückkehr ins Haus fand er Anna meistens mit einer Tasse Kaffee und einem Stapel Zeitungen am Esstisch vor. Sie mimte die Überraschte, dass er so früh zurück war, und entschuldigte sich eher halbherzig, dass noch kein Frühstück auf dem Tisch stand. Es folgten Komplimente zu seinen Kochkünsten – ein ziemlich durchsichtiges Manöver, um ihn dazu zu bringen, ein paar Omeletts zu zaubern.

Rapp nahm sich ein Stück Pizza aus dem Karton und biss hinein. Vor Annas Tod hatten sie mit dem Bau eines neuen Hauses auf einem abgelegenen Grundstück am Beltway begonnen. Kurz nach der Grundsteinlegung und der Errichtung der ersten Mauern hatte er das Projekt jedoch abgeblasen.

Der Bauunternehmer rief ihn damals an, um ihm die Fertigstellung zum Selbstkostenpreis anzubieten. Ein anständiger Kerl, den Annas Ermordung hart getroffen hatte. Vor allem schien es ihm großen Spaß zu bereiten, die von Rapp geforderten Sicherheitsvorkehrungen umzusetzen. Er nahm sich vor, ihn bald anzurufen.

Die folgenden Jahre waren in Rapps Erinnerung ein verschwommenes Etwas. Ein Schicksalsschlag nach dem anderen. Verlorene Freunde. Tote Feinde. Eine stetig wachsende Liste von Wunden und Verletzungen. Ein Tag wie der andere. Jede neue Bedrohung bloß die Variation eines Schreckens, den er längst kannte.

Doch das änderte sich womöglich bald.

Präsident Alexander war ein Pragmatiker. Die Zusammenarbeit mit ihm fiel deutlich leichter als mit Ideologen beider Extreme. Trotzdem war er Politiker. Sollte er die CIA als Bedrohung für sich empfinden, würde er diese Bedrohung aus dem Weg schaffen. Er hielt es für durchaus möglich, dass Kennedy heute Abend ohne Job dastand.

Falls es dazu kam, hatte Rapp für sich die Entscheidung getroffen, die Misere rund um Rickman zu beseitigen und sich dann selbst aus dem aktiven Dienst zu verabschieden. Ohne Irene als Puffer zu den Hyänen der Politik drohte er sonst halb Washington zu exekutieren.

In diesem Fall läge eine lange und unangenehm vage Zukunft vor ihm. Was sollte ihn motivieren, morgens aufzustehen? Dank des finanziellen Geschicks seines Bruders lag mehr Geld auf seinen Konten, als er je ausgeben konnte, und mit seinem Lebenslauf bei einem

Arbeitsvermittler aufzuschlagen schied sowieso aus. Auf keinen Fall wollte er sich an eine der ausländischen Regierungen verkaufen, die zweifellos an seinen Diensten interessiert wären. Es passte auch nicht zu ihm, als Bodyguard bei einem Promi oder Milliardär anzuheuern, den er vermutlich am liebsten selbst erschossen hätte. Ihm gefiel zwar nicht alles, was er derzeit trieb, aber immerhin war es weitgehend legal und half, die Welt etwas besser zu machen.

Wieder an Triathlons teilzunehmen, hielt er für eine spannende Herausforderung, aber er musste realistisch bleiben. Sein Alter und die vielen Schussverletzungen verhinderten, auf höchstem Niveau mitzumischen. Außerdem war das keine Karriere, sondern bloß eine Möglichkeit, Zeit totzuschlagen.

Der Vibrationsalarm seines Handys im Jackett schlug an. Ein Anruf von Mike Nash. Rapp seufzte und ging dran.

»Ja.«

»Ihr Termin beim Präsidenten ist beendet.«

»Und?«

»Wenn's nach den Gerüchten geht, stehen wir alle noch in Lohn und Brot.«

Ein Segelboot glitt über die Wasserfläche. Rapp verfolgte seinen Kurs mit den Augen. »Das ist doch mal eine gute Nachricht.«

»Freu dich nicht zu früh.«

Er und Kennedy hatten beschlossen, Nash nicht in ihre Nachfolgeüberlegungen einzuweihen. Auf ihm lastete schon genug Druck und sie wollten ihm nicht noch mehr zumuten. Im Einsatz machte Mike so leicht keiner was vor, aber die Leitung der CIA zu übernehmen war ein völlig anderes Kaliber. Wenn jemand auf einen schoss, fand sich schnell eine Lösung. Man kannte den Feind und wusste, wie sich die Lage zeitnah zum eigenen Vorteil ummünzen ließ. Oder schlimmstenfalls zum Vorteil des anderen. Saß man aber erst mal auf dem Chefsessel des DCI, wurde man von allen Seiten mit Scheiße konfrontiert und konnte zwischendurch kaum Luft holen.

»Was Neues in Sachen Rickman?«

»Möglich. Ein hochkarätiger Kontaktmann in Venezuela ist verschwunden.«

»Ohne konkreten Auslöser?«

»Keine E-Mail, kein Video. Rick variiert ständig, um uns zu verwirren. Trotzdem glauben wir, dass er dahintersteckt.«

Rapp teilte diese Einschätzung. Aufgrund der OPEC-Mitgliedschaft Venezuelas hatte Rickman häufig im Land zu tun gehabt. Nicht dass es notwendig gewesen wäre. Er schien das Talent zu besitzen, seinen Einfluss überall geltend zu machen, wenn er es denn wollte.

»Wie sieht's mit Marcus' Phishing-Mails aus?«

»Bisher keine Rückmeldung.«

»Glaubst du, jemand schöpft Verdacht?«

»Unwahrscheinlich. Marcus behält die Gerüchteküche im Netz im Auge. Bisher hat niemand die Mails erwähnt. Hacker sind ein ziemlich verschwiegener Haufen. In diesem Fall profitieren wir ausnahmsweise mal davon.«

»Schon, aber uns läuft die Zeit weg. Wenn Irene heute nicht entlassen wird, könnte es nächste Woche so weit sein. Oder in 14 Tagen.«

»Das sehe ich auch so, trotzdem müssen wir abwarten. Das ist unsere einzige Chance, Mitch. Falls es nicht klappt …« Er beendete den Satz nicht, aber das war auch gar nicht nötig. Sie alle wussten, dass ihnen dann keine andere Wahl blieb, als alle Verbindungen ihres internationalen Netzwerks zu kappen und aufzugeben. Zumal sowieso zu befürchten stand, dass der Kongress der CIA den Geldhahn zudrehte und ihre Aufgaben an Pfuscher wie das FBI oder sogar den National Park Service delegierte. Und Amerikas Feinde legten unterdessen einen Freudentanz auf den Trümmern der Agency aufs Parkett.

48

Weisses Haus
Washington, D.C.

Carl Ferris beobachtete das Weiße Haus durch die getönten Scheiben seiner Limousine. Der Motor befand sich im Leerlauf. Viel zu sehen gab es nicht, vor allem Secret-Service-Agenten mit Hunden, die auf dem Grundstück patrouillierten.

In dieser stark gesicherten Umgebung das Satellitentelefon zu benutzen machte ihn nervös, aber Ahmed Taj hatte ihm zugesichert, dass die Verschlüsselung nicht zu knacken war. Weshalb sollte er an dieser Aussage zweifeln? Der ISI tanzte den Geheimdiensten der USA seit über einem Jahrzehnt auf der Nase herum.

Wie erwartet nahm Taj nach dem ersten Klingeln ab. »Ich nehme an, das Gespräch ist gut gelaufen?«

Ferris vergewisserte sich, dass die Trennscheibe zwischen ihm und dem Fahrer hochgefahren war, bevor er antwortete: »Besser als wir erwartet haben. Diese eiskalte Hexe hat sich in einer Tour blamiert. Rickman hat sie vollkommen in der Hand. Ich werde keinen Finger krümmen müssen. Eine Leiche wird Irene Kennedy zur Strecke bringen.«

»Hat der Präsident sie denn zum Rücktritt aufgefordert?«

»Nein. Aber das wird er bald nachholen. Offenbar vertraut er ihr weiterhin, aber er wird bestimmt keinen politischen Selbstmord begehen, um sie zu schützen. Niemand ahnt, was noch alles in diesen Dateien lauert. Ihm ist bewusst, dass schon die nächste Veröffentlichung einen Skandal auslösen könnte, der seinen Regierungsapparat zusammenbrechen lässt. Jegliche Verantwortung von sich zu weisen wird ihm auf Dauer kaum helfen. Wenn das amerikanische Volk erst erfährt, dass die CIA eine Bande von Psychopathen ist, die sich einbilden, über dem Gesetz zu stehen, wird er automatisch auf möglichst großen Abstand zu ihr gehen.«

»Ich bin enttäuscht, dass sie ihren Posten in Langley vorerst behält, aber ich vertraue Ihrem Urteil«, sagte Taj. »Solange diese Frau und Mitch Rapp Teil des Systems sind, wird es nie eine vertrauensvolle, freundschaftliche Zusammenarbeit zwischen unseren Ländern geben. Ich hoffe, dass man sich später an Sie und Präsident Chutani als diejenigen erinnern wird, von denen die Grundlagen für den Frieden in der Region gelegt wurden. Ich freue mich, Sie zu treffen, wenn Sie mit Ministerin Wickas Delegation anreisen.«

Die Verbindung wurde getrennt und Ferris verstaute das Handy im Aktenkoffer. Die Wähler in den USA hatten die endlosen Kriege und Einmischungen von

Homeland Security satt. Es war die richtige Agenda zum richtigen Zeitpunkt. Die pakistanischen Gelder, die unbemerkt in seine Wahlkampfkasse flossen, schufen die Voraussetzungen, um seine Führungsrolle in der Partei zu untermauern und sich die Nominierung als Präsidentschaftskandidat zu sichern. Sobald er einmal im Oval Office saß, gedachte er der CIA nach und nach die Zähne zu ziehen. Amerika und Pakistan würden ihre verdeckten Auseinandersetzungen beenden und sich verbünden. Die florierende Partnerschaft versprach ihm, etwas zu schaffen, was keinem seiner Vorgänger gelungen war: stabile Verhältnisse im Nahen Osten herzustellen.

Jemand klopfte von draußen gegen die Trennscheibe. Ferris blickte auf. Sein Chauffeur deutete auf eine Frau, die gerade die Treppe zum Weißen Haus herunterkam.

Ferris öffnete die Tür, ohne auszusteigen. »Auf ein Wort, Dr. Kennedy?«

Sie verlangsamte ihre Schritte und musterte ihn mit gleichgültigem Blick, bevor sie ein wenig überzeugendes Lächeln aufsetzte. Von allen Menschen, denen Ferris je begegnet war, hasste er sie am meisten. Seinem erstaunlichen Talent, Körpersprache zu deuten, verdankte er den Großteil seines kometenhaften Aufstiegs in der Politik. Diese Frau gab jedoch nichts preis. Selbst unter dem forschenden Blick des Präsidenten der Vereinigten Staaten – des einzigen Verbündeten, der ihr wohl noch blieb – stellte sie ihre Maske übernatürlicher Ruhe zur Schau.

Sie forderte ihren Fahrer auf, kurz zu warten. »Natürlich, Senator.«

»Ich schlage vor, wir unterhalten uns hier drinnen«, sagte er und zog sich tiefer in die Limousine zurück. Sie stieg ein und schloss die Tür hinter sich. Normalerweise wäre er jetzt eine Spur zu dicht herangerückt, um sie mit seinem wuchtigen Körper einzuschüchtern, doch in diesem Fall verzichtete er darauf. Die Frau machte ihn nervös und ihre enge Beziehung zu Mitch Rapp verwandelte diese Nervosität in Angst. Er war wütend, dass die beiden solche Emotionen bei ihm hervorriefen. Er schickte sich an, der nächste Führer der freien Welt zu werden, und Rapp war nichts als ein Schlägertyp, mit 85.000 Dollar Jahresgehalt nicht mal ein sonderlich gut bezahlter.

»Wie es aussieht, bin ich jetzt derjenige, dem das Schicksal gnädig gesinnt ist«, sagte er.

Irene Kennedy reagierte nicht auf diese Unverschämtheit des Senators. Sie kannte viele Karrieristen wie ihn, aber nur wenige, bei denen der Narzissmus so krankhafte Auswüchse annahm. Die fehlende Begrenzung von Amtszeiten sorgte dafür, dass Politiker früher oder später allesamt korrupt wurden. Ferris war ein Musterbeispiel der jüngsten Garde in Washington. Sein Ego hatte inzwischen alle Winkel seines Gehirns in Beschlag genommen. Er schien sich einzubilden, *er* sei Amerika. Dass alles, was gut für ihn war, automatisch auch dem Land half und die Ausdehnung seines persönlichen Einflussbereichs den Schlüssel zum Überleben der USA darstellte.

Ferris begründete es mit seiner tief verwurzelten Überzeugung, dass er – und niemand sonst – sämtliche Aspekte des Lebens in Amerika kontrollieren sollte. Die Vorstellung, dass er sich irrte oder Einwände von anderen berechtigt waren, verwarf er als Hirngespinst und reagierte mit aufrichtiger Verblüffung, wenn jemand die Möglichkeit auch nur andeutete. Was ihn betraf, gab es keine Grenzen für Opfer, um seinen privilegierten Status abzusichern. Solange diese Opfer nicht von ihm selbst erbracht werden mussten.

»Ich habe meinen Anwälten und Kampagnenberatern Protokolle des E-Mail-Verkehrs zwischen mir und Akhtar Durrani zur Verfügung gestellt. Jenes E-Mail-Verkehrs, mit dem Sie mich unter Druck setzen wollten. Keiner von ihnen sieht darin irgendein Problem. Der offizielle Vertreter einer ausländischen Regierung hat sich bei mir über die CIA beschwert, ich bin den Vorwürfen nachgegangen. Da ich mittlerweile weiß, dass Sie mich belogen haben und Ihr Agent Rickman ein Verräter war, erscheint mir meine Entscheidung, die Sache zu verfolgen, umso richtiger.«

»Wollen Sie auf einen konkreten Punkt hinaus, Senator?«

Er lächelte. »Ich könnte heute Nachmittag eine kleine Pressekonferenz einberufen, meine Kontakte zu Durrani öffentlich machen und Sie danach mit Kanonen und Getöse vom Hof jagen lassen. Aber da Ihr Stern sowieso im Begriff ist zu sinken, glaube ich nicht, dass es notwendig wird. Zumal es nur noch eine Frage der Zeit zu sein scheint, wie lange Sie sich hinter dem Rockzipfel des Präsidenten verstecken können.«

»Würden Sie bei einer solchen Gelegenheit auch Ihre Kontakte mit Ahmed Taj thematisieren?«

Auf diese Frage war er offenkundig vorbereitet. »Wieso sollte ich nicht mit ihm kommunizieren? Er ist immerhin ein Zeuge für die Verfehlungen der CIA, zu denen nach meinen Vermutungen auch die Hinrichtung des Leiters ihres externen Flügels gehört. Sollte es zu einer offiziellen Anhörung im Komitee kommen, werde ich ihn unter Umständen sogar vorladen lassen.«

Ferris war nicht besonders intelligent, aber clever genug, um die richtigen Spezialisten anzuheuern. Sie ging davon aus, dass seine Kampagne zu einem beträchtlichen Teil durch Pakistan finanziert wurde und sie es bald nachweisen konnte. Die Enthüllung, dass er sich von einer instabilen, muslimisch dominierten Atommacht zur Präsidentschaft verhelfen lassen wollte, dürfte seinem Image trotz zu erwartender Winkelzüge seiner Anwälte irreparablen Schaden zufügen. Vorerst beschloss sie jedoch, ihn darüber im Unklaren zu lassen.

»Mitch Rapp hat nicht nur mein Leben bedroht, sondern auch das Leben von einem meiner Mitarbeiter. Diese Rickman-Sache wird Sie in den Abgrund ziehen. Bald weiß jeder, was für eine kriminelle Vereinigung die CIA ist. Insofern würde ich an Ihrer Stelle auf unterschwellige Drohungen verzichten.«

Ihr Handy summte und sie zog es aus der Tasche. Während sie sich im Weißen Haus aufhielt, wurden nur Nachrichten von Mitch, Mike Nash und Marcus Dumond weitergeleitet. »Entschuldigen Sie mich bitte.«

Der Inhalt der SMS entsprach Marcus Dumonds üblichem Stil. Kurz, aber euphorisch:

GESCHAFFT!!!!! SERVER IST IN RUSSLAND!

TREFFE MITCH & SCOTT @ FLUGHAFEN.

Den Abschluss bildete ein ihm nachempfundenes Emoji mit Sonnenbrille, gefolgt von zwei Daumen-hoch-Symbolen.

»Es war nett, mit Ihnen zu plaudern, Senator, aber ich muss mich leider um eine dringende Angelegenheit kümmern.«

Als sie die Hand zum Türgriff ausstreckte, hielt sie Ferris am Handgelenk fest. »Jemanden wie mich wollen

Sie nicht zum Feind haben, Irene. Wenn ich erst Präsident bin, werde ich die CIA unter strikte politische Aufsicht stellen. Für Mitch Rapp bedeutet das, dass er den Rest seiner Tage damit verbringt, einer Gefängnisstrafe zu entgehen. Was mit Ihnen passiert, können Sie selbst entscheiden. Entweder bekämpfen Sie mich und enden wie er oder Sie benehmen sich wie ein braves kleines Mädchen und ziehen mit einer hübschen Pension und einem gut dotierten Job in der privaten Wirtschaft vom Hof. Wenn Sie klug sind – und das sind Sie –, sollten Sie sich das gut überlegen.«

49

Wologda, Russland

Der Schnee fiel nicht besonders dicht, aber der Wind blies stark genug, um die Scheiben der verstreuten Hallen und Verwaltungsgebäude zum Klirren zu bringen. Es war zwei Uhr morgens und das kleine Industriegebiet lag wie ausgestorben da. Das wenige Licht stammte von den eisbedeckten Sicherheitsscheinwerfern über den nachts verschlossenen Toren.

Kabir Gadai näherte sich zu Fuß auf einer umständlichen Route, die es ihm erlaubte, sich in völliger Dunkelheit zu bewegen. Sein Teamführer kniete am Rand des einzigen Parkplatzes weit und breit, auf dem noch Autos standen. Die Fenster des Komplexes am hinteren Ende waren teilweise erleuchtet. Dahinter bewegten sich schemenhaft erkennbare menschliche Umrisse.

»Wie viele Leute sind es?«, fragte Gadai, während er sich neben ihn schlich.

»Das wissen wir nicht, Sir.«

Unter gewöhnlichen Umständen hätte er sich nicht auf einen solchen Einsatz eingelassen, ohne im Vorfeld umfassende Erkundungen über die Firma einzuholen und einen Vortrupp auf feste Zeiten und Abläufe anzusetzen. Allerdings erlaubte es Tajs Ungeduld nicht, solche Vorsichtsmaßnahmen zu treffen. Sein Drang, die Rickman-Dateien um jeden Preis zu bekommen, hatte eine gewisse Sorglosigkeit längst in gefährliche Sprunghaftigkeit umschlagen lassen. Doch es brachte nichts, ein bedächtigeres Vorgehen anzumahnen. Damit brachte er den Mann bloß gegen sich auf.

»Maxim und Raisa Durov?«

»Alle Anzeichen deuten darauf hin, dass sie hier sind, ja. Ihr Haus ist verlassen und das Auto steht da drüben auf dem Parkplatz. Allerdings besteht ein gewisser Restzweifel.«

Den Durovs gehörte der kleine Internet-Provider, der das mit den Rickman-Files in Verbindung stehende E-Mail-Konto hostete. Nach allem, was Gadai bisher herausgefunden hatte, umgarnten die früheren Hacker eine sehr exklusive Klientel von Oligarchen und Verbrecherbossen und garantierten ihnen absolute Diskretion bei der Abwicklung ihres Datenverkehrs. Zweifellos konnten sowohl Pakistan als auch der Islam und er persönlich massiv von den Geheimnissen profitieren, die sie hüteten.

»Haben wir einen Grundriss des Gebäudes?«

»Nein, Sir.«

Gadai stöhnte genervt. Ihre Einreise nach Russland war schon ziemlich heikel verlaufen, jetzt mussten sie auch noch auf komplett unbekanntem Terrain operieren. Allmählich fragte er sich, ob diese Dateien wirklich ein Geschenk von Allah waren oder doch eher eine Strafe des Teufels.

»Ihre Leute wissen alle, wie die Durovs aussehen?«

»Uns wurden Fotos zur Verfügung gestellt, ja.«

»Dann erteile ich Ihnen hiermit den Befehl zum Zugriff.«

Der ehemalige Soldat sprach in ein Mikrofon am Handgelenk. Einige Sekunden später registrierte Gadai Bewegungen an der Westseite des Bürokomplexes. Ein Mann in langem grauem Mantel schlenderte über den Parkplatz und klopfte gegen die Glastür, hinter der sich der Empfangsbereich befand. Eine junge Frau, die an einem geschwungenen Schreibtisch saß, kam nach vorn. Sie schien unbewaffnet zu sein. Ihre entspannte Haltung verriet, dass sie die Ankunft eines nächtlichen Besuchers nicht beunruhigte. Entweder kam so etwas in einer Branche ohne feste Öffnungszeiten häufiger vor oder sie fühlte sich aufgrund der elitären Klientel ihres Arbeitgebers völlig sicher.

Sie schloss auf, steckte den Kopf durch die Tür und sagte etwas auf Russisch. Gadais Mann beherrschte die Sprache flüssig, gab jedoch keine Antwort. Nachdem er sich vergewissert hatte, dass nicht Raisa Durov vor ihm stand, packte er die Frau mit einer Hand an den langen Haaren und mit der anderen am Kinn. Mit einer brutalen Drehung führte er ein leises Knacken herbei, das man trotzdem bis auf die andere Seite des Parkplatzes hörte. Gadai setzte sich in Bewegung, sobald es seine Ohren erreichte. Weitere Männer – insgesamt bestand sein Team aus sechs Leuten – tauchten aus ihren Verstecken auf und näherten sich der Firmenzentrale des Providers.

Gadai betrat die Lobby und lief zielstrebig zum Schreibtisch, hinter den gerade die Leiche der Frau geschleift wurde. Wie erhofft lieferte eine Reihe von Monitoren bewegte Bilder der im Gebäude verteilten Überwachungskameras. Ohne Grundriss war es zwar unmöglich, die Aufnahmen konkreten Räumen zuzuordnen, aber zumindest verschafften sie ihm einen ersten Eindruck hinsichtlich dessen, was auf sie zukam.

»Insgesamt zehn Personen«, informierte er das um ihn versammelte Einsatzteam. »Fünf schlafen, entweder auf Zustellbetten oder auf dem Boden. Die verbleibenden fünf sitzen an Terminals und arbeiten. Maxim und Raisa scheinen sich getrennt vom Personal in ihrem eigenen Büro aufzuhalten. Wir können davon ausgehen, dass es sich um das obere Geschoss handelt. Wir teilen uns auf und checken jeweils zwei Etagen.«

Gadai ging voran und präzisierte seine Anweisungen. Eine Hälfte schickte er durch eine Metalltür am hinteren Ende der Lobby, die Übrigen winkte er zum Treppenhaus. Sie stiegen rasch die Stufen hoch, erreichten den ersten Stock und kontrollierten erst die Waschräume, bevor sie sich durch den Gang vorarbeiteten. In den ersten Büros hielt sich niemand auf, im letzten stießen sie auf eine Frau und zwei Männer, höchstens Anfang 20. Sie lagen auf Gitterbetten und schliefen. Mit Handzeichen wies er die Ziele zu. Jeder des Trios starb durch einen gezielten Schuss aus einer schallgedämpften Waffe.

»Erster Stock ist sauber«, gab er über das Mikro am Handgelenk durch. »Drei Kontakte getötet. Wir gehen rauf in den dritten Stock.«

Sofort traf die Antwort per Headset ein. »Erdgeschoss sauber. Ein Kontakt getötet. Gehen in den zweiten Stock.«

In dem höheren Stockwerk trafen sie auf keinerlei Widerstand. Alle Türen zum Gang standen offen, aber nur hinter einer brannte Licht. Gadai setzte sich dorthin in Bewegung, während seine Leute die übrigen Räume nach Schlafenden absuchten.

Er blieb neben dem Durchgang zum erhellten Büro stehen. Zwei seiner drei Männer kamen zu ihm, der andere stand neben einer Tür weiter hinten und hielt einen Finger hoch. Das kurze Aufblitzen und der unterdrückte Schuss aus seiner Beretta 92F genügten, um das Klappern der Tastatur vor ihnen verstummen zu lassen.

Gadai betrat den Raum mit der Waffe im Anschlag. Raisa Durov ließ einen seltsam erstickten Schrei los und ihr Mann hob mit vor Entsetzen geweiteten Augen die Hände.

»Bleiben Sie, wo Sie sind«, befahl Gadai, während sich seine Männer hinter ihm auffächerten.

»Was …«, stammelte Maxim. »Was wollen Sie?«

»Informationen.«

»Wissen Sie, wem diese Firma in Wirklichkeit gehört?«, fragte Raisa ungläubig. »Das ist keine gute Idee.«

»Halt die Klappe, Weib!« Gadai trat neben sie und drückte ihr den Schalldämpfer gegen den Kopf. Sie zuckte ängstlich zusammen, während er Blickkontakt zu ihrem Mann herstellte. »Wollen Sie, dass sie stirbt?«

»Nein! Bitte tun Sie ihr nichts.«

Gadai reichte ihm einen Zettel. »Wem gehört dieser E-Mail-Account?«

»Woher soll ich das wissen? Die Leute teilen uns weder Namen noch Adresse mit, wenn sie bei uns Kunde werden. Es könnte jeder sein.«

Eine absurde Lüge. Immerhin ging es hier nicht um Google, sondern einen privaten Provider, der teuer und sehr wählerisch bei der Wahl seiner Kunden war. Maxim wusste ganz genau, wer welche Daten über seinen Server schickte.

»Zweiter Stock ist sauber«, meldete sich eine Stimme über das Headset. »Drei Kontakte getötet.«

Gadai richtete den Blick für einen Moment auf die junge Frau. Sie mochte Ende 20 sein, war ziemlich mager und hatte asiatisch anmutende Gesichtszüge. Durch ihr dunkles Haar zog sich eine blaue Strähne, fast identisch mit der Farbe ihres Pullovers, der sich über den Brüsten spannte.

Noch so eine Hure wie die, die unten bei den Männern geschlafen hatte.

»Macht mit ihr, was ihr wollt«, sagte Gadai, trat einen Schritt zur Seite und zielte auf Maxims Stirn.

Seine Männer packten die Frau und rissen sie zu Boden. Einer setzte ein Springmesser ein, um ihr den Pulli aufzuschlitzen. Eine dünne rote Linie zog sich dort entlang, wo die Klinge die Haut gestreift hatte.

»Nein!«, schrie Maxim. »Aufhören!« Er wollte aufstehen, doch Gadai rammte ihm die Stiefelspitze gegen die Brust.

Einer seiner Männer hielt der Frau den Mund zu und bog ihr die Arme auf den Rücken. Sie wehrte sich verzweifelt, während der andere auch ihre Hose zerschnitt.

»Halt!«, flehte Maxim mit wachsender Panik. »Ich werde Ihnen alles sagen, was Sie wissen wollen.«

»Zu spät.« BH und Jeans der Frau lagen in Fetzen auf dem Teppich. Sie trug nur noch einen grellroten Schlüpfer. Gadai genoss ihren flehenden Blick.

»Bitte! Egal was Sie interessiert, ich werde es Ihnen sagen«, bettelte Maxim. »Wenn Sie ihr etwas antun, fahre ich allerdings das komplette System runter. Dann gehen Sie mit leeren Händen.«

Eine leere, aber zu erwartende Drohung. Die Verhältnisse waren geklärt und Maxim wusste, dass er und seine Frau nichts zu melden hatten. »Ich sehe, wir verstehen uns«, ließ sich Gadai auf die Scharade ein. »Meine Männer werden aufhören.«

Die Enttäuschung auf ihren Gesichtern war deutlich, aber er hielt es für sinnvoll, die Sache abzubrechen, bevor die Frau vollkommen nackt war. Wenn sie diese Grenze überschritten, stellte ihr Gatte wahrscheinlich auf Durchzug.

»Auf wen läuft dieser Account?«, wiederholte Gadai seine ursprüngliche Frage.

»Ich muss an meinen Computer, um nachzusehen.«

Gadai nickte und der Mann drehte sich langsam auf dem Stuhl.

Dabei ließ er die nächtlichen Eindringlinge, die seine Frau festhielten, nicht aus den Augen.

»Mein Team überwacht sämtliche Zufahrten zu diesem Industriegebiet«, warnte Gadai und rammte Durov die Mündung gegen den Hals. »Wenn Sie eine Warnung absetzen oder jemand kommt, lasse ich Sie zusehen, wie meine Angestellten Ihre Frau in Stücke säbeln.«

»Ich werde niemanden warnen. Aber wir betreuen Tausende von E-Mail-Konten. Sie können nicht erwarten, dass ich alle Angaben auswendig parat habe.«

Das erwartete Gadai auch gar nicht. Er hatte damit gerechnet, dass die Information in einer Datenbank hinterlegt war, und kannte das Risiko, einen Mann wie Maxim an eine Tastatur zu lassen. Dummerweise blieb ihm keine andere Wahl.

Gadai beobachtete den Russen bei der Arbeit. Er verstand nicht, was der andere machte, bemühte sich aber, den Eindruck zu erwecken, dass er es tat.

»Wo sind die anderen?«, fragte Maxim, während er tippte. »Geht es meinen Mitarbeitern gut?«

»Natürlich. Und dabei bleibt es, solange Sie mir liefern, was ich verlange.«

Er scrollte durch eine Liste von Adressen und klickte auf einen Eintrag am unteren Rand. Ein Name erschien, sonst nichts. Pavel Katdsyn.

»Wo finde ich ihn?«

»Keine Ahnung. Ich …«

Gadai drehte den Stuhl herum, sodass Maxim erneut in Richtung seiner Frau blickte. Er nickte kurz. Sie wurde weiter von hinten festgehalten. Einer der Männer fing an, ihre Brüste zu kneten. Das Messer blitzte auf und kurz darauf flog ihr Slip durch die Luft.

»Warten Sie!«

Gadai hielt eine Hand in die Höhe. »Warum? Welchen Sinn hat es, meine Männer davon abzuhalten, wenn Sie mir eine Lüge nach der anderen auftischen?«

»Ich weiß, wo Pavel wohnt. Ich kann Ihnen allerdings nicht garantieren, dass er zu Hause ist. Ich …«

»Wo?«

»Dafür muss ich noch mal an den Rechner. So lange werden Ihre Männer meiner Frau doch nichts tun, oder? Versprechen Sie mir das?«

»Ich will nur die Informationen, derentwegen ich gekommen bin, Maxim. Sobald ich sie habe, verschwinden wir.«

Der junge Computerexperte beackerte erneut das Keyboard und holte eine russische Google-Maps-Konkurrenz auf den Schirm. Der Bildausschnitt verlagerte sich auf eine entlegene Region im Norden des Landes.

»Hier finden Sie ihn.«

Es gab weder eine Stadt noch ein Dorf in der Nähe, lediglich unglaublich viele Bäume.

»Wollen Sie damit andeuten, dass dieser Mann im Wald lebt?«

Maxim schaltete vom Kartenmodus auf Satellitenansicht um. Eine winzige Ansiedlung wurde erkennbar. Lediglich eine schmale Straße mit vier Gebäuden auf beiden Seiten.

»Was ist das?«

»Eine …« Er suchte nach der passenden Vokabel. »Kommune. Dort leben etwa 30 Menschen.«

»Verbrecher«, vermutete Gadai. »Um sich dem Zugriff der Polizei zu entziehen.«

»Genau.«

»Teile des organisierten Verbrechens in Russland?«

»Nein. Überwiegend Spammer und Trickbetrüger. Ein paar von ihnen handeln mit gestohlenen Gütern, aber überwiegend geht es um Internetkriminalität.«

»Wie kommt man dorthin?«

»Am besten fliegt man nach Uchta.«

»Das liegt laut dieser Karte noch fast 100 Kilometer entfernt. Wie geht es dann weiter?«

Maxim strich mit dem Finger über eine kaum erkennbare Linie, die von der Siedlung wegführte. »Man sieht es kaum, aber es gibt eine Straße. Zu dieser Jahreszeit ist sie meist vollkommen zugeschneit, aber sie wird regelmäßig mit einem Schneepflug geräumt. Auf diese Weise schaffen sie Vorräte heran.«

Gadai nickte. »Gut gemacht.«

»Dann gehen Sie jetzt und lassen uns in Frieden?«

Der Pakistani grinste, während Maxim sich zu seiner Frau umdrehte. Das Messer, mit dem sie ihr die Kleidung vom Leib geschnitten hatten, schlitzte ihr in diesem Moment die Kehle auf. Maxim schrie, als das Blut durch den Raum spritzte und ihm gegen Beine und nackte Füße klatschte. Gadai riss ihn an den Haaren, zwang ihn, nach unten zu schauen, und verpasste ihm eine Kugel in den Hinterkopf.

Er ging zur Tür. Seine Männer schleuderten gerade den noch leicht zuckenden Körper der Frau in eine Ecke des Büros. »Brennt alles nieder. Und sagt unseren Piloten, sie sollen Vorbereitungen für einen Flug nach Uchta treffen.«

50

Im Nordwesten von Russland

Die linke Hälfte des Flugzeugs kippte extrem zur Seite. Der Gurt in Mitch Rapps Schoß spannte sich und sein Kopf wurde gegen die Scheibe geschleudert. Er wachte auf und stierte mit zusammengekniffenen Augen durch das Plexiglas, ohne allzu viel zu erkennen. Eine Tragfläche, auf der eine beunruhigende Zahl von Nieten fehlte, und haufenweise Schnee, der sich jenseits der Scheinwerfer in der Dunkelheit abzeichnete.

Ein weiterer gewaltiger Ruck ließ die Maschine diesmal nach oben ausbrechen und rammte ihn mit beeindruckender Wucht in den Sitz. Er schloss erneut die Augen. Das Wetter war das Problem des Piloten. Die

Russen bekamen zwar nicht viel auf die Reihe, aber mit Blizzards kannten sie sich aus wie kaum ein anderer.

Ein langer, entsetzter Schrei schallte durch die Kabine, doch er ignorierte ihn und döste ein. Zum ersten Mal seit Tagen hatte er richtig geschlafen. Keine posthumen Schachduelle mehr gegen Joe Rickman. Keine endlosen Diskussionen. Endlich bot sich für ihn und sein Team die Chance zum Eingreifen.

Marcus Dumond – die Quelle des Schreis – ging davon aus, falls ihre Konkurrenz tatsächlich aus Pakistan stammte, hätte der ISI durch die bisher in Umlauf gebrachten Dateien bereits genug Informationen gesammelt, um den Hacker-Adressaten aufzuspüren. Im schlimmsten Fall waren die Agenten des S-Wing schon vor Ort, um Rickmans Entschlüsselungscode einzusacken und zu verschwinden. Sollte es darauf hinauslaufen, wäre dieser Trip nach Russland reinste Zeitverschwendung. Trotzdem besser, als in Langley herumzulungern und darauf zu warten, dass ein weiteres hämisches Video in Kennedys Posteingang landete.

Rapp spürte eine Hand auf der Schulter. Die Stimme von Scott Coleman übertönte das Rauschen des Sturms, der den Triebwerken alles abverlangte. »Es geht runter!«

»Crash oder Landung?«

»Keine Ahnung. Die gute Nachricht ist, dass der Pilot meint, wir kämen heil aus der Sache raus. Die schlechte: Er sah aus, als hätte er geweint.«

Rapp nickte bloß und schlief wieder ein.

»Mitch! Hoch mit dir! Wir haben's geschafft!«

Rapp öffnete die Augen und streckte sich, wobei ihm das Durcheinander in dem kleinen Jet auffiel. Die meisten

Gepäckklappen hatten sich bei der Landung geöffnet. Teile ihrer Ausrüstung verteilten sich auf den leeren Sitzen und im Gang. Charlie Wicker und Bruno McGraw sammelten gerade alles ein. Marcus Dumond stand bloß da, umklammerte seinen Laptop und wirkte etwas grün im Gesicht. Neben ihm mühte sich der schweißüberströmte Pilot ab, die verklemmte Ausstiegsklappe zu überlisten, indem er in einer Tour die Schulter dagegenstieß. Endlich gab sie nach. Der eindringende Wind hätte ihn fast von den Beinen geholt. Dumond verlor trotzdem keine Zeit und sprang durch die Öffnung in den Schnee.

Die Kälte nahm ihn sofort in Beschlag und verursachte ein schmerzhaftes Ziehen im Lungenbereich. Rapp schlüpfte in einen weißen Parka, der sie in der winterlichen Umgebung tarnen sollte, und lief zum vorderen Teil der Maschine. Inzwischen waren die Stufen heruntergelassen. Er sprang auf den Boden, befreite Dumond aus einer Schneeverwehung und klopfte ihn ab.

»Ich habe hier nichts verloren, Mitch. Ich bin Computerexperte. Das ist ein Einsatz, es ist arschkalt und wir sind irgendwo mitten in der Einöde gelandet. Was, wenn wir nicht wegkommen? Kein Schwein ist da, um uns zu helfen. Es weiß nicht mal jemand, dass wir hier sind, oder? Ich hab meiner Freundin erzählt, dass ich …«

»Halt die Klappe, Marcus. Versuch, dich zu entspannen.«

Rapp konzentrierte sich darauf, die wenigen Eindrücke zu verarbeiten, die sich ihm boten. Jenseits des schmalen Lichtkreises, den die Außenbeleuchtung des Flugzeugs erzeugte, empfing ihn absolute Schwärze. Innerhalb des Radius gab es nichts als Schnee. Sollte ihnen dort draußen jemand auflauern, besaß er einen Vorteil, wenn auch keinen klaren. Selbst ein Scharfschütze mit modernster Zieloptik hätte allenfalls aus zehn Metern Entfernung die Chance gehabt, ein Opfer ins Visier zu nehmen, es aber selbst dann nur mit viel Glück getroffen.

Seine Männer warfen Reisetaschen und Seesäcke aus dem Flieger. Im selben Moment zeichnete sich das unterdrückte Brummen eines Motors im tosenden Wind ab. Scheinwerfer bohrten sich wie Speere durch die Nacht. Sie gehörten zu einem neonrot lackierten Fahrzeug.

Rapp zog den Reißverschluss der Jacke auf, um besseren Zugriff auf seine Waffe zu haben. Der Wagen bremste. Dankenswerterweise prangte unter dem kyrillischen Namensschriftzug eine Übersetzung: ›Reiseagentur Shulyov – Schneemobil-Touren und Jagdausflüge‹.

Sie hatten großes Glück gehabt, dass Nash auf die Firma gestoßen war. Ihre Zentrale lag nur knapp 50 Kilometer entfernt vom Standort des Servers, über den ein russischer Verbrecher namens Pavel Katdsyn die Rickman-Dateien versendete. Sie hatten die Buchung unter dem Vorwand einer Teambuilding-Maßnahme ihres Unternehmens kurzfristig vorgenommen. Für die Erarbeitung einer schlüssigen Legende fehlte es an Zeit. Hoffentlich musste Nash sich keine Sorgen machen. Nach der Sache in Istanbul hätte es für ihn kein gutes Ende genommen, in Russland erkannt zu werden.

Eine Gestalt im North-Face-Expeditionsanzug sprang aus dem Gefährt und kam auf sie zu. Erst aus kurzer Distanz konnte Rapp das Gesicht in der Kapuze erkennen. Die Haut der Frau war deutlich stärker vom Wind verbrannt als auf den Fotos, die er kannte, trotzdem hatte sie kaum Falten, dunkle Augen und eine lange, gerade Nase. Sie war erst 29 und nach allem, was die CIA wusste, hatte sie einen Großteil ihres Lebens in diesem Niemandsland verbracht. Ihr Vater hatte die Firma nach seinem Ausstieg aus dem sowjetischen Armeedienst gegründet und bis zu seinem Tod vor zwei Jahren geleitet.

»Mr. Kramer!« Sie hielt ihm eine dick eingepackte Hand hin. »Ich bin Irena Shulyov. Es tut mir leid, dass ich nicht schon direkt bei der Landung vor Ort gewesen bin. Der Pilot hat uns gerade erst über Ihre Ankunft informiert. Wir rechneten nicht damit, dass er bei diesem Sturm einen Anflug riskiert. Sind Sie und Ihre Mitarbeiter wohlauf?«

»Alles in Ordnung«, sagte Rapp und bereute es, nicht Scott Coleman als Geschäftsführer ausgegeben zu haben, damit der mit ihr redete. Sein Kollege verstand sich deutlich überzeugender auf Small Talk. »Es gab ein paar Turbulenzen am Schluss, aber halb so schlimm.«

Ihr ungläubiger Gesichtsausdruck verriet, dass er es mit dem entwaffnenden Charme wohl ein bisschen übertrieben hatte. Shulyovs übliche Kundschaft musste an deutlich sicherere und luxuriösere Transportmittel gewöhnt sein. Er und seine Männer hatten oft genug eingepfercht im Laderaum einer C-130 gehockt. Heute waren sie immerhin in einem Flugzeug mit Fenstern angereist und wurden nicht von jedem Radikalinski ins Visier genommen, der alt genug war, um einen Raketenwerfer zu halten.

»Wie wir hörten, hält sich ein Rudel Wölfe in der Gegend auf«, wechselte er das Thema. »Glauben Sie, es gibt die Chance, ein paar Fotos von ihnen zu knipsen?«

Sie schielte an ihm vorbei zu Coleman, der unablässig Gepäckstücke aus dem Laderaum warf, die unten von McGraw und Wicker aufgefangen wurden. Dumond hatte sich eine Art Schneesessel gebaut und blieb stur darauf sitzen, um sich etwas zu beruhigen.

»Das ist eine Menge Ausrüstung.«

»Wir wussten nicht genau, was wir mitbringen sollen. Also haben wir einfach alles eingepackt, was uns irgendwie sinnvoll erschien.«

»Kein Problem«, meinte sie, klang jedoch etwas irritiert. »Ich werde Ihnen helfen, das Zeug zum Truck zu tragen.«

Sie wollte an Rapp vorbei, doch er verstellte ihr den Weg und zeigte auf Dumond. »Das schaffen wir schon. Mein Freund da drüben ist allerdings ein bisschen luftkrank geworden. Es wäre klasse, wenn Sie ihn schon mal einladen und ein bisschen bemuttern.«

»Oh, der Ärmste! Selbstverständlich.«

Shulyov eilte zu ihrem Patienten und half ihm beim Aufstehen. Sie hakte sich bei ihm unter und plapperte aufmunternd drauflos, während sie sich über die geschlossene Schneedecke kämpften.

»Niedlich«, fand Charlie Wicker, der neben Rapp aufgetaucht war.

»Genau die richtige Frau für dich.«

Wicker zählte mutmaßlich zu den fünf besten Agenten weltweit – und unumstritten zu den drei begnadetsten Scharfschützen. Er war in einer Kleinstadt in Wyoming aufgewachsen und mit seinen Brüdern zur Jagd gegangen. Im Alter von zwölf Jahren wurde er bei einem schweren Sturm, ganz ähnlich wie diesem, von ihnen getrennt. Nach drei Tagen gingen alle davon aus, er sei nicht mehr am Leben und seine Leiche werde frühestens nach der Schneeschmelze im nächsten Frühling gefunden. Am vierten Tag tauchte er ohne einen einzigen Kratzer wieder auf und schleifte eine Antilope hinter sich her, die er selbst geschossen hatte.

Ursprünglich hatte Rapp die Geschichte für ein Ammenmärchen gehalten, doch als Wicker die SEALs verlassen hatte, um sich Colemans Firma anzuschließen, warf er einen genaueren Blick in seine Akte. Darin stieß er tatsächlich auf einen entsprechenden Zeitungsbericht, komplett mit einem Foto des mageren Kerlchens, das triumphierend in die Kamera des Fotografen grinste, ein Jagdgewehr über der Schulter. Allzu viel hatte sich seitdem nicht verändert.

»Schnappt euch die Ausrüstung und dann nichts wie weg«, sagte Rapp. »Ich möchte in einer Stunde dort sein.«

51

Irena Shulyov schien den Weg durch bloße Intuition zu finden. Jedenfalls förderten die kräftigen Scheinwerfer nichts weiter zutage als einen verwirrenden Tanz von Schneeflocken. Wie aus einer Konfettikanone abgeschossen. Die Scheibenwischer fegten wie besessen über die Frontscheibe, ohne mehr auszurichten, als dem Heulen des Windes ein elektrisches Surren entgegenzusetzen.

Laut Wetterexperten der Agency hielt der Sturm noch die ganze Nacht an, wobei die Werte in den zweistelligen Minusbereich vordrangen. Die gefühlte Temperatur kratzte sogar an der negativen 30er-Marke. Nicht gerade Rapps bevorzugte Arbeitsbedingungen.

Vor einigen Jahren hatte er seine Empfindlichkeit gegen

Kälte zum Anlass genommen, einige SAS-Freunde zu einer zweimonatigen Trainingseinheit in die Antarktis zu begleiten. Bis heute gehörten sie zu den 60 schrecklichsten Tagen seines Lebens – samt erfrorenen Gliedmaßen, undisziplinierten Schlittenhunden und massiver Unterkühlung.

Rapp war es trotzdem gelungen, sich als Erster über die Ziellinie eines 100-Meilen-Survival-Orientierungslaufs in der Tundra zu schleppen. Die Bemerkung des Ausbilders hing ihm bis heute in den Ohren: »Okay, du fährst Ski wie ein Anfänger, aber dafür macht dein Motor jedem Sportwagen was vor.« Noch frischer im Gedächtnis war ihm der von Frost zerfressene Stummel am rechten Daumen, der sich erst schwarz verfärbte und dann abfiel. Er wuchs zwar nach, aber sein Tastsinn ließ nach wie vor zu wünschen übrig.

»Sie und Ihre Freunde brauchen sich keine Sorgen zu machen«, brüllte Irena Shulyov über den Umgebungslärm hinweg. »Morgen hält ein Hochdruckgebiet Einzug. Klarer Himmel und Windstille. Der perfekte Tag für eine Fototour.«

Das stimmte mit den Prognosen überein, die er kannte, aber solange ihre Mission nicht völlig schiefging, waren er und sein Team längst weg, bevor die Sichtweite in dieser Gegend die Halbmeilengrenze überschritt.

»Klingt großartig.«

»Wie geht es Ihrem Freund?«

Rapp schaute zu Dumond, der auf der Rückbank zwischen Coleman und Wicker eingeklemmt saß. Bei dem schwachen Licht ließ es sich nur schwer beurteilen, doch er schien etwas weniger grün im Gesicht zu sein als vorhin im Flugzeug.

»Bestens. Er freut sich schon auf den einmaligen Ausblick.«

Er sah ihr Gesicht nicht, aber die Bewegungen der Riesenkapuze, die sie trug, schienen ein Nicken anzudeuten.

»Gibt es etwas Bestimmtes, das Sie gerne unternehmen wollen? Wie ich sehe, haben Sie Skier mitgebracht. Es besteht zwar eine beträchtliche Lawinengefahr, aber es gibt einige Pisten in den niederen Regionen, die sicher sind.«

Sie redete ein bisschen zu schnell, was ihre Sätze manchmal etwas undeutlich machte. Möglich, dass die Nervosität schlicht den widrigen Umständen der Anreise ihrer Kunden geschuldet war, doch er vermutete, dass mehr dahintersteckte. Jeder mit einem IQ auf Höhe der Zimmertemperatur begriff, dass sie unmöglich Manager aus der mittleren Führungsebene von Procter & Gamble sein konnten. Also musste sich Irena Shulyov mutterseelenallein in der Einöde mit einer Gruppe von Männern herumschlagen, die sie vermutlich an die Militärzeit ihres Vaters erinnerten.

»Was genau machen Sie beruflich?«, fragte sie. Offenbar war ihr die Stille unangenehm.

»Produktentwicklung.«

»Was für Produkte?«

»Wie lange leben Sie schon in dieser Gegend?«, fragte er, um das Thema zu wechseln.

»Mein ganzes Leben. Ich habe in Sankt Petersburg studiert, fühlte mich in der Stadt aber unwohl. Zu viele Menschen auf engstem Raum. Der viele Verkehr. Die hohen Gebäude, die einem den Blick auf den Himmel nehmen. Hier fühle ich mich wesentlich wohler.«

Rapp wollte gerade nachhaken, um die Aufmerksamkeit von sich abzulenken, als sie nach vorn durch die Scheibe zeigte.

»Wir sind da. Dort ist das Hauptgebäude. Unsere Führer haben für Sie gekocht. Natürlich gibt es auch genug zu trinken. Sollten Sie müde sein, bringe ich Sie auch gern direkt zu Ihren Hütten.«

»Sind Ihre Führer alle im Haupthaus einquartiert?«

»Ja.«

»Und wie viele Leute arbeiten insgesamt für Sie?«

Rapp wusste, dass er nicht sonderlich subtil vorging, wollte jedoch nicht unnötig Zeit verlieren.

»Bloß zwei«, antwortete sie. »Meine Festangestellten. In der Hauptsaison kommen noch bis zu vier Freie dazu.«

»Dann schauen wir doch kurz auf einen Drink bei ihnen vorbei. Ich möchte sie kennenlernen.«

»Natürlich.«

Irena entspannte sich ein bisschen. Er ahnte den Grund. Laut Nashs Recherchen handelte es sich bei den Bergführern um Brüder, beide Mitte 30 und in der Nähe zur Welt gekommen und aufgewachsen. Einer war früher bei der Armee gewesen, der andere hatte acht Jahre als Bohrarbeiter auf einer Ölplattform verbracht. Man durfte sie nicht unterschätzen.

Sie bremste vor der massiven Holzhütte und Rapp drehte sich vor dem Aussteigen zu seinen Mitfahrern um. »Irena stellt uns ihre Guides vor.«

Coleman nickte fast unmerklich. Sie hofften alle, dass es glatt lief, vor allem musste es schnell gehen. Die Uhr tickte.

Schnee wehte gegen den unverhüllten Teil von Rapps Gesicht und gefror an seinem Bart zu Eis. Sie liefen durch eine rohe Holztür. Drinnen war es höchstens fünf Grad warm, was sich im Vergleich zu den Außentemperaturen trotzdem paradiesisch anfühlte.

»Das Hauptgebäude ist ein bisschen rustikal gehalten«, sagte ihre Gastgeberin entschuldigend. »Dafür sind die Kabinen umso komfortabler. Sie wurden erst vor einem Jahr renoviert.«

Ein uralter Holzofen in der Ecke spendete einen Hauch von Wärme. Die Grundfläche betrug etwa 80 Quadratmeter, im hinteren Teil war ein Sanitärbereich abgeteilt. Die Tür zum Waschraum stand offen und Rapp stellte fest, dass sich niemand darin aufhielt. Beide Guides standen neben einem niedrigen Tisch, auf dem sich Hochprozentiges und Essen sammelten. Imposante Kerle, ganz wie erwartet.

Dumond begrüßte sie mit einem höflichen Lächeln und griff zielstrebig nach einer Flasche Wodka. Eher seiner Nahtoderfahrung auf dem Flug als einem ausgeklügelten Plan geschuldet, allerdings ideal geeignet, um die Aufmerksamkeit der Männer abzulenken. Coleman nutzte die Gelegenheit, um den Kurzwellenempfänger in der Nähe des einzigen Fensters zu inspizieren. Wicker und McGraw postierten sich an beiden Seiten des Eingangs.

»Alexi, Stepan«, sagte Irena. »Ich möchte euch Mitch Kramer vorstellen.«

Rapp reichte ihnen die Hand und tauschte ein paar Nettigkeiten aus, bevor er auf eine Karte an der Wand wies. Die CIA hatte einige hochauflösende Fotos und grobe Skizzen aufgetrieben, aber hier fiel der Maßstab deutlich detaillierter aus.

»Wo sind wir genau?«

Irena tippte mit dem Finger auf einen Punkt in der Mitte, während ihre Männer Getränkebestellungen vom Rest des Teams entgegennahmen. »Genau hier. Morgen werden wir durch diese enge Schlucht nach Norden fahren. So erreichen wir das Plateau, auf dem das Wolfsrudel gesichtet wurde. Dank der aufklarenden Sichtverhältnisse sollten wir dicht genug für Fotos herankommen.«

Rapp ließ die touristische Route links liegen und folgte den Höhenlinien zu einer gepunkteten Markierung, die rund 30 Meilen weiter östlich endete. »Was ist das? Eine Straße?«

»Sozusagen. Sie führt zu einer kleinen Kommune und wird regelmäßig geräumt, um Vorräte heranzuschaffen.«

»Was für eine Kommune denn? Künstler? Meine Frau ist ganz wild auf Keramik.«

»Nein. Diese Leute bleiben lieber unter sich. Man lässt sie besser in Ruhe.«

Ein kalter Windstoß wehte herein. Sie drehte sich mit warnend erhobener Hand zu Wicker und McGraw um, die gerade die Tür öffneten. »Bei diesen Bedingungen ist es draußen gefährlich. Wenn Sie zu Ihrer Kabine wollen, schicke ich Ihnen einen meiner Männer mit.«

»Keine Sorge«, gab Wicker zurück. »Wir wollen bloß kurz eine rauchen.«

»Wir sind hier nicht in Amerika. Sie können sich gerne in der Hütte eine Zigarette anstecken.«

Wicker tat die Bemerkung mit einem Schulterzucken ab und verschwand mit seinem Begleiter nach draußen.

Irena winkte einem der Guides, doch Rapp ging dazwischen. »Die zwei können gut allein auf sich aufpassen. Aber ich hätte gerne einen Drink. Wodka.«

Er sah zu Irena, die mit dem Kopf schüttelte und Richtung Ausgang deutete. Ihr Gesichtsausdruck verriet, dass sie nicht genau durchschaute, was gerade lief, es aber unbedingt herausfinden wollte. Zu dumm, so hatte Rapp sich das nicht vorgestellt.

Er trat Stepan in den Weg und stieß ihn zurück. Der Russe wirkte kurz überrascht, dann packte er Rapp vorn an der Jacke. Ein Bär von Mann, wie man sie in diesem Teil der Welt häufig antrifft – 1,90 groß, bestimmt 110 Kilo schwer und mit muskulösen, behaarten Armen, auf denen zahlreiche Tattoos prangten. Jemand, den man besser rasch aus dem Verkehr zog.

Rapp schnappte sich Stepans Daumen und bog ihn zurück, bevor er ihm direkt unterhalb des Knies gegen das rechte Bein trat. Er traf ihn bewusst nicht mit voller Wucht, sondern gerade stark genug, um ihn von den Beinen zu holen, ohne ihm dauerhafte Verletzungen zuzufügen.

Die Luft wurde aus Stepans Lungenflügeln gepresst. Es klang jedoch eher überrascht als schmerzerfüllt. Als deutlich größeres Problem entpuppte sich, dass sein ähnlich durchtrainierter Bruder in vollem Lauf zur improvisierten Bar stürzte. Nach ein paar Schritten fiel ihm auf, dass Coleman mit einer Glock auf ihn zielte. Das brachte ihn abrupt zum Stillstand, wobei die Frage blieb, ob er clever genug war, keine Dummheiten zu versuchen.

»Irena«, wandte sich Rapp an ihre Gastgeberin. »Ihnen gehört diese Firma, nicht wahr?«

Sie stand wie erstarrt da und glotzte auf die Waffe. »Ja«, brachte sie schließlich heraus.

»Dann haben Sie hier das Sagen und diese Männer unterstehen Ihrer Verantwortung. Ihnen ist klar, dass wir hoffnungslos überlegen sind? Wenn Sie Gegenwehr leisten, wird womöglich jemand verletzt.«

Sie sagte etwas auf Russisch. Alexi half seinem Bruder auf und beide zogen sich an den Tisch zurück.

»Wir … wir haben nichts, das sich zu stehlen lohnt.« Sie begriff nicht, was gerade passierte. »Was wollen Sie von uns?«

»Ich will, dass Sie sich jetzt hinlegen und morgen richtig ausschlafen. Ihr Honorar wurde bereits bezahlt. Wir werden Ihnen weitere 50.000 Dollar für den entstandenen Sachschaden überweisen.«

»Sachschaden?«

Wie aufs Stichwort kam McGraw zur Tür herein. »Sie nutzen Walkie-Talkies für die Kommunikation und der Kurzwellenempfänger ist an eine Antenne auf dem Dach angeschlossen. Wir haben die Leitungen durchgeschnitten. Wick demoliert gerade die Satellitenschüssel.«

»Wie steht's mit den Schneemobilen?«

»Alle bestens in Schuss und vollgetankt. Wir haben die Ausrüstung in die fünf neuesten geladen und die anderen lahmgelegt. Die Schlüssel stecken.« Er schielte auf die Uhr. »Wick meint, wir können in viereinhalb Minuten los.«

Rapp liebte es, mit Colemans Team zu arbeiten. Kein Gejammer, keine Verzögerungen. Kein Detail blieb unberücksichtigt, jeder noch so enge Zeitplan wurde eingehalten.

»Sind wir uns einig?«, wandte er sich an Irena.

52

Er schaltete den Motor der in Russland gebauten Schneewalze ab. Zurück blieb eine eisige Welt, in der nur ein schwaches Glühen am Horizont etwas Licht spendete. Die Fahrt auf der behelfsmäßigen Piste hatte fast neun Stunden in Anspruch genommen. An einer Stelle hatte er aussteigen und mit einer Schaufel Schneeverwehungen beseitigen müssen, gegen die das Räumfahrzeug nicht angekommen war.

Kabir Gadai starrte durch die Frontscheibe, bis sich seine Augen an die Düsternis gewöhnt hatten. Sprühnebel lösten sich wirbelnd von den auf beiden Seiten der Straße aufgehäuften weißen Massen, allerdings nicht mehr ganz so heftig wie noch vor einer Stunde. Die Flocken fielen nach wie vor dicht, jedoch deutlich weniger chaotisch und fast senkrecht nach unten. Ohne Motorenlärm und mit abklingendem Sturm dominierte jetzt das Atmen der fünf ISI-Agenten in seinem Rücken die Geräuschkulisse.

Ausgehend vom Tachostand und dem ständig wegbrechenden GPS-Signal musste es sich bei der Lichtquelle um Pavel Katdsyns Kommune handeln, die sich geschätzt einen halben Kilometer östlich von ihnen befand. Inzwischen hatte er sich damit abgefunden, dass bei solchen Missionen die Zeit für Erkundigungen und ein Auskundschaften des Einsatzgebiets fehlte. Sie mussten unbedingt vor der amerikanischen CIA eintreffen. Dafür ging Gadai ausnahmsweise Risiken ein, die er normalerweise abgelehnt hätte.

Laut seinen FSB-Kontakten wohnten etwa zehn Familien in der kleinen Siedlung, darunter auch einige Kinder.

Ihr Hauptgeschäft bestand im Hacken und anderen Betrügereien im Netz. Sie hielten sich aus allem heraus, was territoriale Streitigkeiten auslösen konnte, und zahlten beträchtliche Schutzgelder sowohl an das organisierte Verbrechen als auch an die Polizei. Deshalb erwartete er an diesem abgelegenen Fleck keine ausgefeilten Sicherheitsvorkehrungen, ohne jedoch völlig sicher zu sein.

»Ich nehme die Straße«, verkündete er. Seine Männer kletterten vom Fahrzeug. Es war die direkteste der drei Varianten, die sie sich zurechtgelegt hatten, leider auch die gefährlichste. Aufgrund der eingeschränkten Sicht überwogen die Vorteile die Risiken. Zumal jedes weitere Zögern die Wahrscheinlichkeit einer Begegnung mit den Amerikanern erhöhte.

Gadai ließ den Motor wieder an, und das Fahrzeug schoss nach vorn. Seine Männer sollten ihm mit einigem Abstand folgen und sich im Schatten halten.

Zunächst glaubte er, die Einfahrt zur Siedlung wäre unbewacht, doch dann bemerkte er den Mann, der auf ihn zugestürmt kam. Er trug Skihose und Daunenjacke, die nicht zueinanderpassten. Durch die grellen Farben hob er sich deutlich von der weißen Umgebung ab. Das Gewehr über der Schulter hatte sich verhakt, aber nach kurzem Hantieren löste es sich und er zielte damit grob in Gadais Richtung. Eine peinliche Vorstellung, die seine Prognosen hinsichtlich der Sicherheitsvorkehrungen bestätigte. Die Bewohner der Kommune wechselten sich wahrscheinlich mit der Bewachung ab und verfügten weder über eine Ausbildung an der Waffe noch über ein Sicherheitstraining.

Gadai kurbelte das Fenster der Fahrerkabine herunter und rief dem Mann, der misstrauisch näher kam, einen

Gruß auf Russisch zu. Da er ihn nicht für eine Bedrohung hielt, konzentrierte der Pakistani seine Aufmerksamkeit auf die kleine Enklave jenseits der Frontscheibe. Die Fotos, die er kannte, entsprachen der Realität. Das Dorf bildete eine Art U-Form. Jeweils vier Gebäude flankierten die Seiten der eingeschneiten Straße. Ein weiteres Bauwerk bildete den Abschluss. Alle waren zweistöckig, überwiegend aus gefällten Baumstämmen und Blech errichtet. Ein Schneepflug und diverse Motorschlitten standen herum, schienen jedoch selten benutzt zu werden. Keiner ließ sich schnell genug frei schaufeln, um als Fluchtfahrzeug genutzt zu werden. Zu Fuß wegzulaufen hielt er für glatten Selbstmord.

Als der Mann bis auf ein paar Meter herangekommen war, rief er Gadai etwas zu. Der Pakistani lächelte; nicht nur, um den anderen zu beruhigen, sondern weil er sein Glück kaum fassen konnte. Er kannte nur eine verschwommene Aufnahme von Pavel Katdsyn und hatte befürchtet, den Wachposten aushorchen zu müssen, um herauszufinden, ob es sich um den Russen handelte. Die Mühe konnte er sich jedoch sparen. Die asiatischen Gesichtszüge verrieten, dass er auf keinen Fall Katdsyn vor sich hatte.

Gadai griff zur schallgedämpften Pistole auf dem Schoß, zielte durch das heruntergelassene Fenster und drückte ab. Die Kugel erwischte den Gegner direkt zwischen den Augen. Er brach geräuschlos im Schnee zusammen.

Gadais Team folgte wenige Sekunden später, rannte an der Pistenwalze vorbei und schwärmte in einer eingeübten Formation aus. Er sprang vom Fahrersitz und sprintete zum ersten Gebäude auf der linken Seite. Seine Männer nahmen sich die übrigen vor.

Es war nicht abgeschlossen. Er ging hinein und fand sich in einem weitläufigen Raum mit verschlissenen Sofas und einer Küchenzeile wieder, in der dreckiges Geschirr aufgestapelt war. Auf der linken Seite führte eine Treppe in das obere Stockwerk. Er stieg die Stufen hinauf und hangelte sich dabei zur Orientierung in der Dunkelheit an der Wand entlang. Ein erstickter Schrei von draußen veranlasste ihn, sich zu beeilen. Womöglich waren die Bewohner davon aufgewacht.

Seine Befürchtung erwies sich als zutreffend. Im ersten Raum im Obergeschoss kramte ein Mann hektisch in einer alten Kommode nach einer Waffe. Er wirbelte herum, als Gadai auf eine lose Diele im Boden trat, und hob schützend den Arm vors Gesicht. Er trug lediglich eine Unterhose, aber die langen Haare boten die ideale Angriffsfläche, um ihn über die Stufen ins Freie zu zerren.

Der Typ plapperte auf Russisch los. Gadai ignorierte ihn und hielt an den oberen Fenstern der Nachbargebäude nach möglichen Bedrohungen Ausschau. Kein Grund zur Sorge. Seine Männer hatten die Situation im Griff und scheuchten die Bewohner mit vorgehaltener Waffe aus den Häusern. Männer, Frauen, Kinder und sogar Babys; manche vollständig angezogen, andere fast nackt oder nur im Pyjama. Sein Team zwang sie, sich in den Schnee zu knien, und stellte sich mit gezückten Waffen hinter ihnen auf. Einige redeten wütend auf ihre nächtlichen Besucher ein, andere flehten um Gnade. Die Kinder plärrten und zitterten. Ihre Haut färbte sich bei den eisigen Temperaturen bereits rot.

»Wer von euch spricht Englisch?«, fragte Gadai.

Sie tauschten konsternierte Blicke aus, doch niemand meldete sich. Er hätte einfach dastehen und warten können, bis sie erfroren, aber dafür fehlten ihm momentan sowohl die Zeit als auch die Geduld. Trotz der dick gefütterten Kleidung setzte das gnadenlose Klima selbst ihm zu.

»Ich frage ein letztes Mal: Wer von euch spricht Englisch?«

»Was wollen Sie?«

Gadai drehte sich zu dem Mann um, der gesprochen hatte. Er trug eine Art Jogginghose und einen Pullover, seine Tochter, höchstens sechs, hingegen nur einen Slip und ein langärmliges T-Shirt. Um sie zu wärmen und zu beruhigen, hatte er schützend den Arm um sie gelegt.

»Ich will Pavel Katdsyn. Sind Sie das?«

»Nein, Pavel ist nicht hier. Er ist schon vor Wochen abgereist.«

Für jemanden, der seinen Lebensunterhalt mit Verbrechen bestritt, war er ein lächerlich schlechter Lügner.

Gadai zückte die Pistole und zielte auf das Mädchen. Der Mann wollte sich zwischen sie und die Mündung drängen, doch wegen der Kälte reagierte er geringfügig zu spät.

53

Rapps Team hatte die Motorschlitten eine knappe Meile entfernt abgestellt und kämpfte sich mühsam auf Skiern durch die Wildnis. In der Wolkenfront bildeten sich erste Lücken und ließen vereinzelt Sterne durchblitzen. Wenig Licht. Da es vom Schnee reflektiert wurde, reichte es trotzdem aus, um sich ohne Nachtsichtgeräte fortzubewegen.

Da sich diese unwirtliche Eiswelt kaum von Charlie Wickers gewohnter Umgebung unterschied, hatte Rapp ihn an die Spitze beordert. McGraw kämpfte sich zehn Meter weiter links einen eigenen Pfad frei und Coleman hielt in etwa denselben Abstand zu Rapps rechter Flanke. Direkt vor ihm mühte sich Marcus Dumond ab, in den von Wick hinterlassenen Spuren voranzukommen.

Obwohl der junge Hacker von Kopf bis Fuß in weiße Kleidung gehüllt war, fiel er durch seine tapsigen Bewegungen schon von Weitem auf. Kurz darauf geriet er ins Wanken. Rapp fluchte leise und setzte zu einem Zwischenspurt an. Wieder einmal kam er zu spät. Dumond kippte nach rechts, schaffte es nicht, das Gleichgewicht zu halten, und landete als hilfloses Häufchen Elend im Tiefschnee. Rapp schloss zu ihm auf. Der Hacker ruderte wie ein Ertrinkender mit den Armen, sank dabei nur noch mehr ein und kämpfte dagegen an, dass Schnee in Mund und Nase eindrang.

»Marcus, halt still!«, flüsterte Rapp schroff. »Das Zeug ist wie Treibsand.«

»Was mach ich hier bloß?«, jammerte der junge Computerexperte und stand kurz davor, in Tränen auszubrechen. »Mir ist kalt und ich bin müde. Lasst mich zurück. Ich will sterben.«

Ihnen war keine andere Wahl geblieben, als Dumond mitzunehmen. Coleman kannte sich vom Rest des Teams noch am besten mit Technik aus, stieß aber schon beim Versand einer Textmitteilung an mehrere Empfänger gleichzeitig an die Grenzen seiner Weisheit.

»Erspar mir das Drama, Marcus, und halt dich an meinem Stock fest.«

Dumond streckte hilflos die in einem Fäustling verpackte Hand aus. Nach einigen Versuchen war es Rapp gelungen, ihn zurück auf die Skier zu ziehen. »Schön langsam und gleichmäßig bewegen, mein Junge. Okay? Wenn du das nächste Mal die Balance verlierst, werd bloß nicht hektisch. Das macht es nur noch schlimmer. Verstanden?«

»Mitch, ich ...«

»Hast du mich verstanden?«

»Ja.«

Er ließ Dumond eine volle Minute Vorsprung, bevor er sich mit dem Skistock abstieß und versuchte, mit Coleman zu seiner Rechten Schritt zu halten. Wick und McGraw befanden sich außer Sichtweite, mussten aber zwischendurch ebenfalls angehalten haben. Er hatte regelmäßige Pausen angeordnet.

Wie durch ein Wunder verstrichen die nächsten zehn Minuten ohne weitere Zwischenfälle. Der Wind hatte nachgelassen und der Schnee schluckte sämtliche Geräusche mit beeindruckender Effizienz. Abgesehen vom Gleiten der Skier hörte man nur, wie ab und zu ein Haufen Schnee von den überladenen Zweigen der Bäume herunterfiel.

Rapp kam abrupt zum Stehen, als das schwache Echo eines Schusses durch die Luft hallte. »Anhalten, Marcus!«, befahl er über das Kehlkopfmikro. »Hinknien, an den Skiern festhalten und nicht bewegen.«

Es folgte kein weiterer Schuss. Das komplette Team gab Rückmeldung, dass sie okay waren. Reglos verharrte er eine weitere Minute. Der Schütze schien es nicht auf sie abgesehen zu haben.

»Wick. Kannst du mir sagen, woher das kam?«

»Bei diesen Verhältnissen schwer einzuschätzen, aber ich gehe davon aus, dass es aus Richtung Kommune kam. Noch knapp 500 Meter, dann sind wir da.«

Rapp glitt zu Dumond und zog ihn in eine aufrechte Position. »Du bleibst hier. Warte und mach keine Dummheiten.«

»Was? Allein? Spinnst du?«

»Dir geschieht schon nichts.«

»Was ist … wenn euch was zustößt? Was, wenn ihr nicht zurückkommt?«

»Das wird nicht passieren, Marcus.«

»Und wenn doch?«

Geduld gehörte nicht zu Rapps Stärken und die Zündschnur war schon verdächtig kurz. »Dann stirbst du.«

Ohne ein weiteres Wort nahm er Wickers Verfolgung auf und ließ den sprachlosen Dumond einfach stehen. Coleman war nicht mehr in Sichtweite. Er hatte sich in südöstlicher Richtung bewegt, McGraw nach Norden. Nach anstrengenden vier Minuten verirrte sich Wickers Spur zwischen einer dichten Ansammlung schneeummantelter Bäume. Er löste die Bindungen und packte die Skier in ihre Hülle, bevor er halb kriechend, halb schwimmend auf eine Vertiefung zwischen den Bäumen zusteuerte.

Wicker lag halb unter einer Schneeschicht begraben mit dem Auge am Visier da. Der lange Schalldämpfer am Ende des Laufs steckte in einer Silikonhülle, um zu verhindern, dass Hitzeflimmern – in diesem Fall wohl eher Kälteflimmern – die Optik beeinflusste.

Wie geplant hatten sie sich der Siedlung von Westen her genähert. Die Bewohner, 25 bis 30 Menschen, kauerten in unterschiedlichen Bekleidungsstadien auf dem Pfad, der sich zwischen den Häusern schlängelte. Drei Männer in weißen Overalls, nahezu identisch mit denen, die sie trugen, bedrohten sie mit vorgehaltener Waffe.

Ein Kind lag leblos im Schnee. Ihm fehlte der halbe Kopf. Deutlich größere Sorgen machte ihm aktuell jedoch der Bewaffnete, der einen Mann in Winterkleidung hinter sich herschleifte. Pavel Katdsyn.

»Wer sind die?«, flüsterte Rapp.

»Pakistani«, antwortete Wicker. »Das erkennt man sofort am Schnurrbart.«

»Vier Tangos von unserer Position aus sichtbar«, gab Rapp per Funk durch. »Drei in der Mitte des Dorfs, ein weiterer will sich mit unserer Zielperson in westlicher Richtung absetzen. Bruno, wie sieht's bei dir aus?«

»Ich hab euer flüchtiges Gespann im Blick. Sie nähern sich dem Gebäude am hinteren Ende der Straße und werden es erreichen, bevor ich einen günstigen Schusswinkel bekomme. Sonst tut sich nirgends was. An den Fenstern ist keiner zu sehen, obwohl ich mir kaum vorstellen kann, dass niemand mehr in den Häusern ist.«

»Scott?«

»Ich bin am Eingang zum Dorf. Ein toter Bewohner, ein bewaffneter Tango. Die Fußspuren neben der Pistenraupe deuten auf sechs Gegner hin.«

Damit blieb noch ein Tango übrig, dessen aktuelle Position sie nicht kannten. Er hatte da so eine Ahnung. Zu seiner Linken verschwanden die beiden Männer durch eine Tür im hinteren Gebäude der Siedlung. Katdsyn dürfte nicht lange brauchen, um auf die Dateien zuzugreifen. Höchstens ein paar Minuten.

»Scott. Wie sieht's mit den Trefferchancen für den Kerl aus, der die Zufahrt zur Siedlung bewacht?«

»100 Prozent.«

»Leg ihn um und such dir dann eine günstige Stellung für die Fenster, die nach Osten ausgerichtet sind.«

»Okay, dauert 90 Sekunden. Höchstens 120.«

»Bruno. Wie lange brauchst du, um die Fenster, die nach Westen ausgerichtet sind, ins Visier zu nehmen?«

»Gleiche Zeit.«

»Dann los.«

Rapp zeigte auf die beiden Männer, die die Zivilisten auf der Straße bedrohten. »Kannst du die zwei Tangos da rechts ausschalten, Wick?«

»Kein Problem.«

Rapp griff nach dem Gewehr, das auf seinem Rücken hing, und peilte den linken Gegner an. Dieser schien die Umgebung abzusuchen und achtete nur beiläufig auf seine Gefangenen. Die beißende Kälte nahm ihm die Arbeit ab. Einige der Kinder waren bereits bewusstlos und ihre Eltern schienen größtenteils auch kurz vor dem Kollaps zu stehen. Er gab ihnen höchstens noch eine Viertelstunde.

Colemans Stimme drang knackend aus dem Ohrstöpsel. »Tango tot. Bin auf neuer Position.«

Augenblicke später meldete McGraw: »Bin bereit.«

»Okay. Auf drei.«

Rapp zählte und betätigte den Abzug. Der Kopf seines Opfers explodierte fast gleichzeitig mit dem Kopf des Gegners neben ihm.

Er ließ das Gewehr fallen und hechtete über die niedrige Schneewehe. Es gelang ihm, die Straße zu erreichen, als der dritte Pakistani die Waffe gerade in seine Richtung schwenkte. Rapp ignorierte die Bedrohung und spurtete die Straße entlang. Kurz darauf folgte der schallgedämpfte Schuss aus Wickers Gewehr. Ohne sich umsehen zu müssen, wusste er, dass in seinem Rücken keine lebenden Tangos mehr lauerten.

Mitch zog die Glock unter dem Parka hervor und kämpfte sich knapp 100 Meter voran, ehe zu seiner Linken eine Wolke aus Eis und Schnee aufwirbelte. Erwartungsgemäß hatten die Mitglieder der afghanischen Sturmtruppe einen ihrer Leute im Obergeschoss stationiert. Glücklicherweise unterschätzte der Mann Rapps Geschwindigkeit und drückte zu spät ab. Das verdankte er den Dynafit-Skistiefeln, die Wicker ihm aufgedrängt hatte. Sie wogen kaum mehr als Joggingschuhe. Folglich war er damit auf der dichten Schneedecke schneller unterwegs als mancher College-Sprinter auf der Laufbahn.

Allerdings durfte er sich nicht darauf verlassen, dass dem Schützen beim zweiten Versuch derselbe Fehler noch einmal unterlief.

Das Geräusch von splitterndem Glas begleitete seinen Sprint zur Vorderseite des Gebäudes. Colemans Stimme bestätigte kurz darauf: »Scharfschütze eliminiert.«

Rapp ließ sich auf der Hüfte gegen einen Pfeiler rutschen. Dieser bog sich merklich unter der Last der schneebedeckten Überdachung. Er krabbelte zur Tür, durch die der Pakistani mit Katdsyn verschwunden war, und fand sie unverschlossen vor. Bevor er hineinging, schaute er sich noch einmal prüfend um. Nichts hatte sich verändert. Die Bewohner der Kommune standen kurz vor dem Erfrieren und wurden von drei bewaffneten Männern in weißen Overalls bewacht. Mit dem Unterschied, dass es nunmehr *seine* Männer waren.

Rapp hätte zu gern den Befehl erteilt, wenigstens die Kinder ins Warme zu bringen, aber das kam nicht infrage. Dem Mann, der Pavel Katdsyn in seiner Gewalt hatte, wäre sofort aufgefallen, dass etwas nicht stimmte.

Sollte er zur Kontrolle aus dem Fenster schauen – und Rapp ging fest davon aus, dass er es tat –, musste er genau das sehen, was er erwartete.

54

Gadai schob den Gefangenen durch die Tür. Pavel Katdsyn ging zu Boden, igelte sich wie ein Fötus ein und presste die Hände gegen die Brust, um die Kälte aus dem Körper zu vertreiben. Seine Füße schienen komplett taub zu sein, was einen Fluchtversuch eher unwahrscheinlich machte.

»Ihre Computer.« Gadai durchsuchte den Raum mit raschem Blick und entdeckte lediglich Headsets und aufgetürmte Papierstapel auf den Schreibtischen. »Wo sind sie?«

»Oben …« Mehr bekam Katdsyn nicht heraus. Seine Zähne schlugen gegeneinander und er zitterte so stark, dass es an epileptische Anfälle erinnerte.

Gadai zwang ihn zum Aufstehen. Er konnte nicht aus eigener Kraft gehen. Der Pakistani musste ihn fast mit dem gesamten Gewicht stützen, um ihn in den ersten Stock zu schaffen. Unter normalen Umständen hätte er den Russen als menschlichen Schutzschild vorausgeschickt. So aber musste er sich auf seine Schnelligkeit und die kugelsichere Weste verlassen, die er unter dem Overall trug. Ohnehin musste Katdsyn unbedingt am Leben bleiben, bis er Rickmans Dateien vollständig entschlüsselt oder ihm den Codeschlüssel ausgehändigt hatte.

Trotz der Dunkelheit schafften sie es wegen des lauten Wimmerns seines Gefangenen nicht unauffällig nach oben. Gadai ließ ihn auf den Treppenabsatz plumpsen und schlug gegen den Lichtschalter, bevor er sich mit der Beretta im Anschlag vor ihm aufbaute. Die erste Etage bestand ähnlich wie das Erdgeschoss aus einem einzigen Raum. Hier standen allerdings jede Menge Computer herum. Er zerrte Katdsyn vor den erstbesten Rechner und drückte ihn auf die Sitzfläche des Drehstuhls.

»Sie haben Dateien dechiffriert und weitergeleitet, die Ihnen eine Anwaltskanzlei in Rom geschickt hat. Wissen Sie, wovon ich spreche?«

Der Russe brachte lediglich ein schwaches Nicken zustande. Gadai rammte ihm die Pistole gegen die Schläfe. »Antworten Sie!«

»Ja!«, rief Katdsyn mit einer Stimme, die sowohl infolge seiner Panik als auch wegen der Unterkühlung bebte. »Ich weiß es.«

»Ich brauche den Code.«

Katdsyn schluckte. »Meine Männer. Sie müssen sie freilassen. Sobald sie das Gelände verlassen haben, gebe ich Ihnen, was Sie verlangen.«

Gadai hatte nach der Episode in Maxim Durovs Büro genug von solchen Ablenkungsmanövern. Er schnappte sich einen Brieföffner vom Schreibtisch, zögerte jedoch. Es hätte ihm zwar enormes Vergnügen bereitet, die Spitze in das Bein des anderen zu rammen und wüste Bedrohungen auszustoßen, aber der Russe war bereits gefährlich unterkühlt. Falls er das Bewusstsein verlor, bescherte es ihm nichts als weitere Verzögerungen.

Er riss Katdsyn vom Stuhl und drängte ihn zum Fenster am hinteren Ende des Raums.

»Sehen Sie nach draußen!«

Der Russe wollte sich wegdrehen, doch Gadai rammte ihm den Schädel gegen die vereiste Scheibe. Die Bewohner der Kommune waren durch den starken Schneefall nur vage zu erkennen. Einige knieten noch, andere waren vor den Füßen der Wachen zusammengebrochen.

»Sie sterben, Pavel. Nicht in einer Stunde. Nicht in zehn Minuten. Sondern in diesem Moment. Und Sie können es stoppen. Sie allein.«

»Ich ...«

Gadai verbog dem anderen den Kopf, bis er ihm direkt in die Augen blickte. »Sie sind mir egal. Ihre Leute sind mir egal. Geben Sie mir, wonach ich verlange, dann dürfen Sie sich um sie kümmern, sie ins Warme bringen und verarzten. Aber schinden Sie keine Zeit. Für die meisten Kinder kommt Hilfe wahrscheinlich eh schon zu spät.«

Katdsyn wandte sich ab. Diesmal ließ Gadai es zu. Er beobachtete, wie der Russe zurück zum Computer wankte und das Keyboard mit halb tauben Fingern ungeschickt bearbeitete. Es dauerte qualvolle zwei Minuten, ehe sich der Schirm mit einer langen Folge scheinbar wahlloser Zeichen füllte.

»Das ist er«, sagte Katdsyn. »Das ist der Dechiffriercode.«

Gadai schubste ihn auf den harten Boden und setzte sich. Er pellte sich aus dem Overall, während ihm der Schweiß auf die Stirn trat, zog einen USB-Stick aus der kugelsicheren Weste und schob ihn in den freien Steckplatz am Rechner. Als er eine von Rickmans darauf gespeicherten Dateien anklickte, erschien eine

Passwortabfrage. Er markierte den Schlüssel, kopierte ihn in die Zwischenablage, fügte ihn in das Eingabefeld ein und klickte auf OK. Nach kurzer Zeit erschien im Dateimanager eine Liste der entschlüsselten Dokumente.

Gadai öffnete eins davon, das sich als Dossier über einen Maulwurf der CIA im chinesischen Verteidigungsministerium erwies. Der zweite Eintrag ließ sich ebenso mühelos aufrufen. Diesmal erwartete ihn eine Aufstellung von Verfehlungen eines französischen Staatsbürgers im Jemen.

Seine Kehle wurde trocken. Er lehnte sich zurück und atmete befreit auf. Es war geschafft. Dank der Gerissenheit und unbeabsichtigten Hilfe von Carl Ferris hielt er nun alles in der Hand, was er brauchte, um den Amerikanern grenzenlosen Schaden zuzufügen.

»Ich habe Ihnen den Schlüssel gegeben«, rief sich Katdsyn in Erinnerung. »Jetzt sollen Ihre Männer meine Leute in die Häuser bringen.«

Gadai ignorierte ihn und rief den Browser auf, um sich über die Satellitenverbindung der Siedlung bei Google Mail einzuloggen. Er kopierte den Code in eine neue Nachricht und schickte sie an den Account, den Taj ihm genannt hatte. Nachdem er auf ›Senden‹ gedrückt hatte, entspannte sich seine Haltung.

Der Russe mühte sich auf die Beine und flehte ihn in gebrochenem Englisch an. Gadais volle Aufmerksamkeit wurde jedoch von der Bestätigung auf dem Bildschirm in Anspruch genommen: IHRE NACHRICHT WURDE GESENDET.

Allah sei gepriesen!

55

»Mitch, mir ist echt kalt und ich hab Schiss.«

Marcus Dumonds Stimme aus dem Headset.

Rapp blieb im Schatten des Überhangs, schnürte die Stiefel auf und glitt an der Wand des Gebäudes entlang, bis er die Tür erreichte. Ein vorsichtiges Drehen am vereisten Knauf verriet ihm, dass nicht abgeschlossen war. Trotzdem ging er nicht sofort hinein. Der Sturm hatte zugenommen und die Böen kamen in vorhersehbarem Rhythmus. Er wartete, bis sie einige Male auf- und abgeebbt waren, um ein Gefühl für das Timing zu bekommen, dann nutzte er das Windgeräusch als Deckung.

»Mitch?«, meldete sich Dumond erneut. Die Angst ließ seine Stimme schriller als sonst klingen. »Bist du noch da draußen? Alles in Ordnung?«

Coleman schaltete sich ein. »Raus aus der Leitung, Marcus. Keine Sorge, in ein paar Minuten hast du es überstanden.«

Rapp kroch vorwärts und schwenkte mit der Glock das Innere der Hütte ab. Keine Bewegung. Licht strömte über die Stufen zu seiner Linken in den Raum, er hörte gedämpfte Stimmen von oben. Es gab keine andere Möglichkeit, in den ersten Stock zu kommen, also patschte er auf durchnässten Socken in diese Richtung. Das antike Holz schien das Geländer nur mit Mühe zusammenzuhalten. Prüfend belastete er jeden einzelnen Tritt, bevor er sein ganzes Gewicht in den nächsten Schritt legte.

Er blieb auf dem Podest stehen und lauschte, ob jemand seine Ankunft bemerkt hatte. Nichts.

Rapp huschte mit einer einzigen fließenden Bewegung an der Wand entlang und in das Zimmer hinein. Pavel Katdsyn mühte sich vergeblich, aufzustehen. Furcht und Panik hatten sich tief in seine Gesichtszüge eingegraben. Der Pakistani saß sorglos mit dem Rücken zum Eingang am Schreibtisch und konzentrierte sich auf den Monitor.

Katdsyn bemerkte ihn. Rapp schob einen Finger vor die Lippen. Leider war der Russe nervlich so aufgewühlt, dass er eine derart subtile Aufforderung nicht länger verstand. Er streckte eine zitternde Hand in seine Richtung aus. »Helfen Sie mir!«

Der sitzende Mann hatte sich mit seiner schutzlosen Position einen Anfängerfehler geleistet, bewies jedoch mit seiner blitzschnellen Reaktion, dass es sich um einen seltenen Fehltritt handelte. Er sprang auf, wirbelte gleichzeitig herum und trat den Drehstuhl in Richtung Eindringling. Auf Rollen kam er herangeschossen. Rapp musste nach rechts ausweichen, behielt dabei aber den Kopf des Pakistani im Visier, der zeitgleich eine Pistole aus dem über die kugelsichere Weste geschnallten Holster zog.

Rapps Finger straffte sich am Abzug. Im letzten Augenblick senkte er die Mündung leicht ab und feuerte drei rasche Schüsse hintereinander auf das Brustbein. Die Wucht der Treffer warf den Gegner nach hinten. Rapp riss ihn schwungvoll zu Boden und vergrub die Beretta unter seinem Fuß.

Augen und Mund des Gegners standen weit offen, aber er blieb stumm. Die Patronen, die Rapp benutzte, hatten ihn mit der Wucht eines Sattelschleppers erwischt. Vermutlich waren Sternum und einige benachbarte Rippen gebrochen. Extrem schmerzhaft, doch aller Voraussicht nach nicht tödlich. Sollte er wider Erwarten Probleme bekommen, Luft zu holen, reichte das unversehrte Gesicht für eine Identifizierung.

Rapp griff nach der Waffe des anderen und sah sich mit blankem Hass konfrontiert. Er rollte ihn auf den Bauch und fixierte die Handgelenke mit Plastikfesseln.

»Bei mir ist alles sauber«, meldete er über das Kehlkopfmikro. »Schafft die Leute ins Warme.«

»Roger«, bestätigte Coleman. »Kann ich Wick zu Marcus schicken?«

»Ja. Er soll ihn hierherbringen.«

Eine Hand schloss sich um Rapps Fußgelenk. Pavel Katdsyn blickte zu ihm auf. »Danke.«

In Reaktion auf diesen Satz schob Rapp den Schalldämpfer bis auf einen Zentimeter an die Stirn des Russen heran. »Deinetwegen sind anständige Menschen gestorben, du Hurensohn.«

Katdsyn wich zurück. Rapp verfolgte ihn mit der Waffe.

»Bitte!«, wimmerte er.

»Was wollte er?«

»Den Entschlüsselungscode für einige Dateien.«

»Von einer Kanzlei in Rom?«

»Ja.«

»Hast du ihm den Code gegeben?«

»Er hat damit gedroht, meine Freunde erfrieren …«

Rapp verpasste ihm einen Schlag mit dem Schalldämpfer. *»Hast du ihm den Code gegeben?«*

»Ja! Ja, er hat ihn. Mir blieb keine Wahl.«

Die Tür im Erdgeschoss sprang auf. Rapp hörte Schritte auf der Treppe. Marcus Dumond tauchte auf, die Haare mit Schnee bestäubt. Er zitterte ein wenig, schien aber keine bleibenden Schäden davongetragen zu haben.

Kaum hatte er den Computer entdeckt, kniete er sich vor die Tastatur und riss sich die Fäustlinge von der Hand.

»Katdsyn behauptet, er hat ihm den Code gegeben«, sagte Rapp.

»Ja, der ist auf dem Schirm. Und ein USB-Laufwerk steckt im Rechner. Sieht aus, als wären darauf Rickmans Dateien gespeichert.«

»Wie viele?« Rapp lehnte sich über die Schulter des Jüngeren.

»Insgesamt 203.«

Rapp schnaufte. Sogar noch mehr als in dem Worst-Case-Szenario, das er mit Kennedy durchgespielt hatte.

»Ich probier mal, ob's klappt.«

Dumond wählte eine Datei per Zufall aus und wurde nach einem Passwort gefragt. Sekunden später hatte Rapp das detaillierte Protokoll einer Reihe von Attentaten vor sich, die ohne das Wissen der zuständigen Stellen in den Vereinigten Arabischen Emiraten verübt worden waren. Zwei davon gingen auf sein eigenes Konto. Soweit er es beurteilen konnte, entsprachen die Informationen der Wahrheit.

»Hat er den Schlüssel irgendwohin verschickt?«

»Leider ja, Mitch. Vor ein paar Minuten ging eine E-Mail raus.«

»Kannst du sie abfangen?«

»Keine Chance. Die wurde längst zugestellt.«

Rapp fluchte leise. »An wen?«

»Ein Gmail-Account. Wem er gehört, kann ich nicht feststellen. Das dürfte nicht mal Google selbst wissen.«

Ein Signalton ertönte. Dumond spähte auf den Bildschirm. »Warte mal, wir haben eine Antwort bekommen.«

»Was steht drin?«

»›Habe Schlüssel erhalten. Funktioniert perfekt. Gute Arbeit. Lass keine Spuren zurück.‹«

Rapp starrte durch das Fenster auf den Sturm. 203 Dateien. Operationen, Agenten, Informanten und wer weiß, was noch alles. Drohende Konsequenzen schossen ihm durch den Kopf, eine katastrophaler als die andere.

»Soll ich antworten?«, fragte Dumond.

»Ein simples ›Verstanden‹ reicht.«

Dumond setzte die Nachricht ab, während Rapp den am Boden liegenden Mann auf den Rücken wälzte. Er atmete, allerdings flach und abgehackt. Der Sauerstoff reichte kaum, um ihn bei Bewusstsein zu halten.

»An wen hast du den Schlüssel weitergeleitet?«

Der Pakistani brachte trotz seines Zustands ein abgehacktes Lächeln zustande. »Die CIA ist erledigt«, stieß er keuchend hervor. »Euer komplettes Netzwerk ist aufgeflogen.«

Es war keine leere Drohung, wie Rapp wusste. Die Rickman-Dateien lieferten den eigennützigen politischen Mitläufern in den USA Futter für jahrelange Untersuchungsausschüsse und Selbstdarstellungen. Auf diese Weise ließ sich das Bild einer völlig außer Kontrolle geratenen Agency zeichnen, die aufgrund der durchgesickerten Geheimnisse zudem jeglichen Nutzen eingebüßt hatte.

»Marcus, kannst du mir eine gesicherte Videoverbindung zu Irene herstellen?«

»Klar.«

»Worauf wartest du?«

Rapp kniete sich neben den Mann auf dem Boden. »Ich frag dich noch ein letztes Mal: Wem hast du den Schlüssel gemailt?«

Der andere wollte Rapp anspucken, doch ihm fehlte die nötige Kraft. Stattdessen landete der Sabber an seiner eigenen Wange.

»Die Verbindung steht, Mitch.«

»Irene, hörst du mich?«

»Nicht besonders deutlich«, kam die von Kratzgeräuschen begleitete Antwort aus dem Lautsprecher. »Was habt ihr erreicht?«

Rapp packte den Mann an der kugelsicheren Weste und schleifte ihn vor das Objektiv der Webcam. Die Schmerzen der Brustverletzung ließen seinen Atem stocken. Stumm öffnete und schloss sich sein Mund, während er gegen das Ersticken ankämpfte.

»Kriegst du das Bild rein?«, fragte Rapp. »Mach einen Screenshot und fütter sein Gesicht in die Datenbanken.«

Kennedys Gesicht war extrem verpixelt, weil die ungünstigen Wetterbedingungen die Satellitenverbindung störten. Dennoch bekam er mit, wie sie den Kopf schüttelte.

»Nicht nötig, Mitch. Ich erkenne den Mann. Das ist Kabir Gadai, der persönliche Assistent von Ahmed Taj.«

Rapp ließ ihn los und er brach neben Pavel Katdsyn zusammen.

»Habt ihr den Code?«, fragte Kennedy.

»Ja, aber wir sind nicht die Einzigen. Gadai hat ihn vorher per Mail abgesetzt.«

Einige Sekunden schwieg Kennedy. »Soll das heißen, Taj hat Zugriff auf diese Dateien?«

»Ja, und zwar auf alle 203.«

»So viele?«

Ihre Hände wanderten zu den Schläfen und massierten sie. Das Bild zerbröselte.

»Marcus. Schick ihr die Dateien und den Schlüssel.«

Zumindest tappten sie nicht länger im Dunkeln. Sie konnten sich um Schadensbegrenzung bemühen und dem ISI zuvorkommen. Allerdings war das kaum mehr als ein Tropfen auf dem heißen Stein. Ein bisschen so, als ob man ein gebrochenes Gelenk mit einem Pflaster verarztete.

»Wir ... haben gesiegt«, verkündete Gadai mit gebrochener Stimme. »Der ISI wird innerhalb der nächsten 50 Jahre alle anderen Geheimdienste auf der Welt in den Schatten stellen. Und das verdanken wir allein der Arbeit und den Dollars der Amerikaner.«

Rapp hätte in diesem Augenblick nichts lieber getan, als ihm mit voller Wucht das gebrochene Brustbein zu zertrümmern. Er hielt sich jedoch zurück.

»Gott belohnt seine Diener«, fuhr Gadai fort. »Und er bestraft seine Feinde.«

Rapp schaute verächtlich auf ihn hinab. Der andere schien bereit, fast schon begierig zu sein, seinem Blick zu begegnen.

Jeder besaß eine Schwäche. Bei manchen war es die Unfähigkeit, Schmerzen zu ertragen. Bei anderen ließ sich das Selbstvertrauen leichter erschüttern, als sie dachten. Gadais Defizit lag auf der Hand: Arroganz. Trotz der Schmerzen, die das Sprechen ihm bereiten musste, setzte er seine angeberischen Tiraden fort. Er hatte den Drang, seine Überlegenheit zu demonstrieren. Er konnte die Klappe nicht halten, wollte den Amerikanern genüsslich unter die Nase reiben, wie leicht und vernichtend sie geschlagen worden waren.

»Freu dich nicht zu früh«, warnte Rapp. »Wir haben ebenfalls Zugriff auf den Inhalt der Dateien. Taj weiß davon nichts. Wir können bedrohte Kontakte aus der Schusslinie holen und andere überwachen lassen. Auf diese Weise führen wir den ISI so stark in die Irre, dass er irgendwann selbst nicht mehr weiß, wo oben und wo unten ist.«

»Was sind Sie doch naiv«, stieß Gadai keuchend hervor. »Wenn ich nicht zurückkomme, wird Taj wissen, dass die Amerikaner die Informationen ebenfalls besitzen. Bisher sind wir Ihnen bei jeder sich bietenden Chance zuvorgekommen. Dabei wird es bleiben.«

Rapp blickte auf den Bildschirm zu Kennedy. Sie nickte, um zu signalisieren, dass sie alles mitgehört hatte. Gadai hatte gerade unwissentlich bestätigt, dass der Leiter des pakistanischen Geheimdienstes der Drahtzieher im Hintergrund war.

»Das Netzwerk der CIA wird bald zerstört sein. Morgen Abend werden wir zum entscheidenden Schlag ansetzen«, fuhr Gadai fort. »Ich schlage vor, ihr flieht, bevor euch eure eigenen Politiker in den Abgrund reißen.«

Rapp lächelte und übte mit dem Fuß Druck auf Gadais malträtierte Brust aus. Nicht stark, aber stark genug, um das Plappermaul zum Schweigen zu bringen. »Morgen Abend? Was genau passiert morgen Abend?«

Die Überraschung auf dem Gesicht des Pakistani sprach Bände. Er erkannte, dass er zu viel verraten hatte.

Die Tür im Erdgeschoss öffnete sich erneut. Schritte eilten die Treppe hinauf. Dumond zog sich an die Wand zurück. Rapp zielte mit der Pistole in Richtung Brüstung, ließ die Waffe jedoch sinken, als er Scott Coleman erkannte.

»Wie ist der Stand?«

»Alle Bewohner sind in den Häusern. Wick und Bruno kümmern sich um sie. Am einfachsten kommen wir mit der Pistenwalze weg. Ich schlage vor, wir fordern ein Flugzeug an, das besser mit diesen Witterungsbedingungen klarkommt, und gehen in Uchta an Bord.«

Rapp nickte und zeigte auf Gadai. »Nimm ihn mit.«

Der Pakistani konnte nicht länger aus eigener Kraft laufen. Als Coleman ihn im Feuerwehrgriff die Stufen hinunterschleppte, stieß er einen gurgelnden Schrei aus. Rapp deutete auf Katdsyn. Dumond verstand die stumme Aufforderung, half dem Mann auf die Beine und folgte ihm mit Coleman nach draußen.

Rapp wartete, bis er allein war, bevor er sich Irene Kennedys Konterfei auf dem Bildschirm zuwandte. »Morgen Abend findet das Staatsbankett von Präsident Chutani anlässlich des Besuchs der amerikanischen Außenministerin statt, oder?«

Sie nickte. »Sunny ist bereits in Islamabad eingetroffen. Eine Delegation von Kongressmitgliedern begleitet sie, angeführt von Carl Ferris.«

»Was bringt es, sie zu töten? Oder eine Gruppe amerikanischer Politiker? Damit ist doch nichts erreicht. Wenn du mich fragst, tut er dem Land sogar einen Gefallen, wenn er uns von Ferris erlöst.«

»Ich glaube nicht, dass er es auf unsere Leute abgesehen hat, Mitch.«

»Sondern?«

Sie musterte ihn eindringlich. »Sollte Präsident Chutani bei dieser Veranstaltung getötet werden, dürfte es Taj leichtfallen, sein Volk zu überzeugen, dass die Amerikaner dafür verantwortlich sind. Es gibt kaum eine andere Region, in der die Menschen den USA so viel Hass und Misstrauen entgegenbringen.«

Rapp musste zugeben, dass dahinter eine gewisse verdrehte Logik steckte. Staatsstreiche gehörten in Pakistan fast schon zur Tagesordnung. Ein besseres Timing war kaum vorstellbar. Taj konnte die CIA mit den Rickman-Files genüsslich filetieren und gleichzeitig die Kontrolle über sein Land und dessen Atomwaffenarsenal übernehmen.

»Meinst du, wir sollten Chutani warnen?«, fragte er.

Kennedy schien zu überlegen. Es war generell schwer genug, ihre Mimik zu deuten, aber die schlechte Qualität der Bildübertragung machte es komplett unmöglich.

»Sag schon!«

»Verglichen mit vielen seiner Landsleute ist Chutani ein vernünftiger Mann. Aber machen wir uns nichts vor. Unter dem Strich haben wir es mit einem machthungrigen, gewaltbereiten Diktator zu tun, der sich nur deshalb mit den USA einlässt, weil er davon profitiert. Wenn er Taj aufhält, fallen ihm auch die Dateien in die Hände. Und die nächsten 20 Jahre von ihm erpresst zu werden wäre genauso schlimm.«

»Stimmt.«

»Wie schnell könnt ihr in Islamabad sein?«

»Ich schätze, wir brauchen etwa acht Stunden bis Uchta, dann kommt noch die Zeit für den Flug obendrauf.«

»Beeilt euch. Und versucht, unterwegs so viel wie möglich aus Gadai herauszubekommen. Ich überlege mir inzwischen die nächsten Schritte.«

56

Islamabad, Pakistan

Es war bereits nach Mitternacht. Ahmed Taj saß vornübergebeugt am Schreibtisch. Hinter ihm erlaubte ein Doppelfenster den Blick auf das großzügig beleuchtete Gelände des ISI-Hauptquartiers. Hinter den Toren herrschte wie üblich zu dieser Zeit kaum Verkehr. Trotzdem patrouillierten etliche Wachen, wie es der Dienstplan verlangte. Der vertraute Anblick trog. Alles hatte sich verändert. Wirklich alles.

Die Verwirklichung des Ziels, auf das er sein ganzes Leben hingearbeitet hatte, stand in weniger als 24 Stunden bevor. Taj wusste, dass es noch unzählige Kleinigkeiten zu erledigen gab. Er schaffte es jedoch nicht, sich loszureißen.

Der ISI-Direktor klickte eine weitere von Rickmans Dateien an und scrollte den Inhalt durch. Diesmal keine höhnische Videobotschaft, dafür eine Sammlung handgeschriebener CIA-Berichte aus der Ukraine. Ein Mann aus dem engsten Führungskreis der russischen Separatistenbewegung hortete auffällig hohe Dollarbeträge auf einem Schweizer Nummernkonto.

Erst als der Bildschirm zunehmend vor seinen Augen verschwamm, schob Taj den Stuhl zurück und ließ den Rechner links liegen. Es waren noch mehr als 100 Files übrig, die er sich nicht vorgenommen hatte. Welche Geheimnisse mochten sie preisgeben? Wie vernichtend waren die Folgen?

Dass ihm Allah so kostbare Waffen an die Hand gab, hätte er sich nie träumen lassen. Morgen starb Saad Chutani.

Mit seinem letzten Atemzug läutete er Tajs unaufhaltsamen Aufstieg an die Macht ein. Erst regierte er Pakistan, später den gesamten Nahen Osten. Diese Informationen beschleunigten nicht nur die Umsetzung seiner Pläne, sondern stärkten sein politisches Arsenal in ungeahnter Weise.

Taj stand auf und durchquerte das matt beleuchtete Büro. Die Tragweite des Ganzen drang nur schrittweise in seinen Verstand vor.

Der brillante Joe Rickman musste diesen Coup seit Jahren geplant haben. Seine Erkenntnisse beschränkten sich nicht allein auf Pakistan und die Nachbarstaaten, sondern betrafen auch China, Russland und zahllose weitere US-Verbündete. In den Unterlagen fanden sich vernichtende Enthüllungen über amerikanische Politiker, ausführliche Schilderungen nicht sanktionierter Mordanschläge und unrechtmäßiger Auslandseinsätze von CIA-Agenten.

Taj konnte sich diese Informationen zunutze machen, um einen weltweiten Aufschrei herbeizuführen und das Spionagenetzwerk der Vereinigten Staaten zu zerlegen. Carl Ferris diente ihm dabei als perfektes Werkzeug. Taj konnte ihm inzwischen nicht nur Geld anbieten, sondern auch Kompromittierendes zu seinen politischen Gegnern. Eine Kombination, die mit Sicherheit ausreichte, um ihm den Einzug ins Weiße Haus zu ermöglichen.

Mit Ferris als amerikanischem Präsidenten und Taj, der im Hintergrund die Fäden zog, war es nur eine Frage der Zeit, bis eine der mächtigsten Nationen der Welt handlungsunfähig wurde, sich Verbündete von den USA lossagten, Feinde unbemerkt Angriffe in die Wege leiteten und das eigene Volk den Aufstand gegen die Machthaber probte.

Er kehrte an den Schreibtisch zurück und rief ein Video aus einem der geöffneten Verzeichnisse ab. Der Geheimdienstchef kannte es bereits, aber beim zweiten Abspielen verstärkte sich das vorfreudige Kribbeln in der Magengrube sogar noch.

Joe Rickman trug einen Cowboyhut und hielt eine Bierflasche in der Hand. Er blickte mit wilden, glänzenden Augen direkt in die Kamera.

»Howdy, Irene. Ich dachte mir, ich helf dir zur Abwechslung mal, indem ich dich vorwarne. In Kürze werde ich Beweise verbreiten lassen, dass dein Kumpel Ben Friedman vom Mossad hinter der Zerstörung der nuklearen Forschungseinrichtung im Iran vor einigen Jahren steckte. Und dass Mitch hinter der lächerlichen Vertuschungsgeschichte steckt, die ihr der Welt danach als Erklärung aufgetischt habt. Geh außerdem davon aus, dass Kamal Safavi gegenüber dem Ajatollah längst ausgepackt hat. Ich vermute, das wirft Präsident Alexanders Kuschelkurs mit dem Iran gewisse Knüppel zwischen die Beine, was? Ich schlage vor, ihr schickt ihm einen hübschen Präsentkorb. Nach meinen Erfahrungen trägt so was zur Entspannung bei.«

Der Clip endete und Taj wischte sich den Schweiß von den erhitzten Wangen. Die Verlockung, die Dateien einem Team von ISI-Analysten auszuhändigen, war groß. Trotzdem wusste er, dass er es auf keinen Fall tun durfte. Die Informationen waren viel zu sensibel, um sie Dritten zu überlassen. Er musste sie persönlich aussieben, mit den Datenbanken des ISI abgleichen und sich überlegen, wie sie sich zum größtmöglichen Vorteil ausschlachten ließen.

Er zweifelte keine Sekunde daran, dass Irene Kennedy und Mitch Rapp in einem amerikanischen Gefängnis landen würden. Was für eine herrliche Ironie des Schicksals, dass zwei Patrioten, die ihr Land so großartig verteidigt hatten, am Ende von Menschen hinter Gitter geschickt wurden, die ihnen ihr Leben verdankten.

Doch solchen trivialen Überlegungen wollte er sich im Moment gar nicht widmen. Die Rickman-Enthüllungen warfen weitaus bedeutendere Fragen auf, die Taj erst jetzt zu stellen wagte. Lieferten sie genug Zündstoff, um eine militärische Auseinandersetzung zwischen den USA und Russland zu provozieren? Oder, noch vernichtender, einen Krieg mit China? Gab es eine Möglichkeit, die früheren sowjetischen Blockstaaten vom westlichen Einfluss zu befreien? Gelang es ihm, ausreichend Druck auf die Erdöl exportierenden Länder im Nahen Osten auszuüben, um die Wirtschaft der Vereinigten Staaten mittels einer Ölkrise in den Abgrund zu reißen?

Taj schloss alle Programme und verschob die Verzeichnisse auf ein stark verschlüsseltes Laufwerk, auf das nur er allein Zugriff hatte. Der Fortschrittsbalken näherte sich der 100-Prozent-Marke, doch das erwartete Gefühl von Sicherheit wollte sich nicht einstellen. Der Grund dafür lag auf der Hand. Kabir Gadai.

Der jüngere Mann hatte ihm als fähiger Assistent seit Jahren treu gedient, doch er war ungemein ehrgeizig. Hatte er Kopien der Dateien und des Entschlüsselungscodes behalten? Plante er, sie zum eigenen Vorteil einzusetzen?

Taj wusste es nicht genau, wollte aber kein unnötiges Risiko eingehen. Deshalb beschloss er, Gadai direkt nach seiner Machtergreifung unauffällig zu beseitigen.

Vorwürfe, die sich um Verrat und Bestechung rankten, konnte er in den Anfangstagen seines aufblühenden

Regimes nicht gebrauchen. Also musste sein Assistent verschwinden. Ein Unfall oder ein Märtyrertod, warum nicht? Ein weiteres inspirierendes Symbol für die Wiedergeburt Pakistans. Ein leuchtendes Vorbild für andere, während sich das Land anschickte, seinen rechtmäßigen Platz als erste muslimische Supermacht der Welt einzunehmen.

57

Über Nordkasachstan

Scott Coleman stand im Gang des Flugzeugs, brüllte in ein Satellitentelefon und kämpfte dagegen an, bei den starken Turbulenzen ins Stolpern zu geraten. Der CIA-Pilot war deutlich vorsichtiger als der Russe, der sie zu Irena Shulyovs Camp gebracht hatte. Er bestand darauf, den Sturm weiträumig zu umfliegen. Rapp widersprach und beharrte auf der kürzesten Route. Daraufhin brach ein Streit los, wer die Verantwortung für das Cockpit hatte.

Coleman schaltete das Telefon aus und warf es auf einen leeren Sitz. »Vier Tote inklusive des erschossenen Mädchens. Alle anderen sind in stabilem Zustand. Das Team bereitet den Abtransport mit dem Schlitten nach Uchta vor. Sie machen sich morgen früh auf den Rückweg in die Staaten.«

Rapp nickte. Die Bewohner von Pavel Katdsyns Kommune – vor allem die Kinder – waren in körperlich bedenklicher Verfassung gewesen. Er hatte McGraw und Wick zurückgelassen, um so viele wie möglich zu retten. Was auch immer in Islamabad vor sich ging, er rechnete nicht mit einem direkten Angriff auf den schwer bewachten Präsidentenpalast. Deshalb kam er mit einem Begleiter genauso gut aus wie mit dreien.

»Leg dich ein bisschen hin, Scott.«

Der ehemalige SEAL richtete den Daumen auf ihren Gefangenen. »Brauchst du keine Hilfe?«

»Alles im Griff.«

Coleman zog sich auf eine Sitzgarnitur in der Mitte der Maschine zurück, streckte sich aus und schlief augenblicklich ein. Wie wichtig es war, jede sich bietende Chance zur Regeneration zu nutzen, wurde Einsatzkräften der Special Forces schon in den ersten Tagen der Ausbildung eingeimpft. Coleman hatte sich die Lektion offensichtlich zu Herzen genommen. Für Rapp war Ausruhen keine Option. Er saß am Laptop und blätterte durch Kabir Gadais Dossier. Was er las, überraschte ihn nicht sonderlich. Gut ausgebildet, militärischer Hintergrund, makellose Personalakte. Verheiratet, drei Söhne und zwei Töchter. Das Schicksal schien es seit seiner Geburt gut mit ihm zu meinen.

Interessanter waren da schon die Passagen mit neuen Erkenntnissen über Ahmed Taj. Kennedy hatte nach dem Aufkommen erster Verdachtsmomente etwas intensiver in der Vorgeschichte des ISI-Chefs herumwühlen lassen. Angesichts der steilen Karriere, die er in der korrupten Welt des pakistanischen Geheimdienstes hingelegt hatte, schockierte Mitch die Lektüre zwar nicht, aber er stieß auf die eine oder andere nützliche Enthüllung. Ob das reichte, um die Mission erfolgreich abzuschließen, blieb abzuwarten.

Das Flugzeug ging in den Sinkflug über und Rapp schielte über den oberen Rand des Bildschirms. Gadai war mit hinter dem Rücken gefesselten Händen an einem Sitz festgeschnallt. Die Schmerzen, die das gebrochene Brustbein verursachte, machten ihm seit Stunden zu schaffen. Eine dünne Blutspur führte von der zerbissenen Oberlippe zum Kinn. Als sich ihre Blicke trafen, fiel Rapp auf, dass der Hass in den Augen des anderen sogar noch zugenommen hatte – ein Trend, den es umzukehren galt, bevor es zu spät war.

Gadai war kein dahergelaufener Dschihadist. Die professionelle Art und Weise, wie er seine Mission erledigte, und das Schweigen auf dem bisherigen Flug verrieten, dass er bestens ausgebildet war und gelernt hatte, körperliche Schmerzen zu ertragen. Früher oder später ließ sich unter Druck zwar jeder brechen, aber dafür hatten sie momentan keine Zeit.

Rapp griff zu einer Flasche Oxycodon, die auf dem Sitz neben ihm lag, und machte sich damit auf den Weg durch die Mittelreihe. Der Pakistani quittierte die Aktion mit bewundernswert gleichgültiger Miene. Er kannte Rapps Ruf und schien sich vorgenommen zu haben, jedes Anzeichen von Schwäche so lange wie möglich zu vertuschen.

Gadais Kiefermuskulatur spannte sich. Er rechnete mit dem ersten von vielen Schlägen. Nichts hätte Rapp lieber getan, als seine Erwartungen zu erfüllen. Bedauerlicherweise verlangten die Umstände nach einer anderen Strategie.

Er schüttelte zwei Pillen aus dem Behälter und hielt sie dem Gefangenen hin. »Gegen die Schmerzen. Ich hab selbst schon solche Treffer in die Weste eingesteckt und weiß, wie weh das tut.«

Gadai reagierte erwartungsgemäß misstrauisch. Seine Anspannung verstärkte sich und er drehte den Kopf weg.

»Komm schon«, meinte Rapp und setzte sich auf den Stuhl gegenüber. »Wenn ich dich vergiften wollte, ginge das mit 'ner Spritze wesentlich schneller.«

»Von Ihnen nehm ich nichts.«

»Ich weiß, dass du uns für Feinde hältst, aber du irrst dich.«

Gadai stieß ein leises Lachen aus und zuckte erkennbar unter den Schmerzen zusammen, die es hervorrief.

»Wir beschützen beide unsere Länder, unser Zuhause und unsere Familien«, sagte Rapp. »Wir tun, was wir für notwendig halten. Wärst du in Amerika zur Welt gekommen, würdest du wahrscheinlich für mich arbeiten.«

»Ich diene allein dem einzig wahren Gott.«

»Damit hab ich kein Problem. Und wenn du und Taj die Kontrolle über Pakistan übernehmt, erleichtert ihr mir sogar die Arbeit. Nationen sind für die Vereinigten Staaten kein Problem. Mit solchen übergeordneten Feinden schlagen wir uns seit Unterzeichnung der Unabhängigkeitserklärung herum. Chaos ist uns ein deutlich größerer Dorn im Auge. Wir beide wissen, dass dieses Demokratiegeschwätz von amerikanischen Politikern totaler Schwachsinn ist. Muslimische Länder brauchen eine starke Führung an der Spitze.«

»Ich habe keine Ahnung, wovon Sie reden.«

Erwartungsgemäß verwirrte er Gadai mit der Richtung, in die er das Gespräch lenkte.

»Was wollen Sie von mir?«

»Wir wissen, dass Taj Präsident Chutani beim Staatsbankett heute Abend töten lässt.«

»Was? Woher haben Sie diese Information? Das ist ja absurd.«

Er war ein guter Lügner, aber die Schmerzen, seine Müdigkeit und der unerwartete Verlauf des Verhörs überforderten ihn.

»Du hast es mir vor ein paar Stunden selbst erzählt«, antwortete Rapp mit bewusst gelangweilt klingender Stimme. »Nicht dass es einen Unterschied macht. Wir wissen schon lange, was Taj ausheckt. Er versteht sich drauf, die Fäden im Hintergrund zu ziehen und äußerlich wie ein harmloser Jasager zu wirken, aber um Irene Kennedy zu täuschen, muss man früher aufstehen.«

Er tippte mit dem Finger gegen das Arzneifläschchen. »Sicher, dass du keine willst? Dir scheint's echt mies zu gehen.«

Gadai starrte ihn bloß trotzig an.

»Wie ich das sehe, Kabir, stecken wir beide in ernsthaften Schwierigkeiten.«

»Sie eher als ich«, antwortete Gadai. »Ihre einzige Option besteht darin, mich zu töten. Damit schicken Sie mich ins Paradies.«

»Och, ich habe deutlich mehr Möglichkeiten, aber lass uns das für den Augenblick mal vergessen. Du weißt genau, was mir gerade Sorgen macht.«

»Die Dateien«, erwiderte Gadai stolz. »Sie sind der erste Schritt zur unweigerlichen Vernichtung Ihres korrupten und gottlosen Landes.«

Rapp rollte mit den Augen. »Amerika wird nicht zerstört, Kabir. Du bist doch ein kluger Bursche. Vergiss mal kurz deine Ideologie und denk nach. Obwohl wir so viel Geld in euer Militär gepumpt haben, hat Pakistan noch nie einen Krieg gewonnen. Nicht mal gegen die Inder.

Und wir sind ein deutlich ernster zu nehmender Gegner als die Inder.«

»Wir werden euren Geheimdienst aushöhlen, bis eure Regierung in Aufruhr und uns schutzlos ausgeliefert ist. Wir werden euch vom Ölnachschub abschneiden und sind im Gegensatz zu den USA bereit, unsere Atomwaffen einzusetzen. Ihr behauptet, ein gottesfürchtiges Volk zu sein, doch das ist gelogen. Christen fürchten sich vor dem Tod. Sie fürchten sich vor allem und jedem.«

»Ein hübscher Plan, aber denkst du, ich werde einfach tatenlos zusehen? In Ruhe abwarten, bis Taj ihn umgesetzt hat?«

»Er ist zu schlau für Sie. Zu entschlossen. Und sein Einfluss in Pakistan ist immens.«

Rapp ließ eine Hand auf die Tischplatte zwischen ihnen sausen. Gadai fuhr zusammen.

»Willst du wirklich mit entrücktem Blick hier rumsitzen und mir erzählen, dass Pakistan bald die Weltherrschaft übernimmt?«, brüllte Rapp. »Von mir aus. Aber vorher ruf ich Präsident Chutani an und berichte ihm, was beim ISI vorgeht. Dann wird er die nächsten zwei Jahre damit zubringen, kleine Hautstückchen von Taj abzusäbeln, während ich dasselbe bei dir tue.«

Rapp zückte ein Springmesser. Gadai mühte sich vergeblich, der Klinge auszuweichen. Mit zwei gezielten Hieben wurden seine Plastikfesseln gekappt. Sofort zog er die angeschwollenen Hände schützend in den Schoß und bemühte sich, seinen Kidnapper nicht zu provozieren.

»Das nimmt für uns beide ein schlimmes Ende«, sagte Rapp, steckte das Messer weg und bemühte sich um einen gemäßigten Tonfall. »Ich traue Chutani nicht. Dass er die Dateien bekommt, gefiele mir ebenso wenig wie bei Taj.«

Er ließ die Aussage in der Luft hängen und wartete, bis der Pakistani ihn aufforderte, mehr zu sagen. Verdammt unbefriedigend, aber so setzte man sich in solchen Pattsituationen durch. Ein kleiner Sieg nach dem anderen.

»Wie sollte es für mich noch schlimmer werden?«, rang sich Gadai nach fast einer Minute Schweigen ab.

»Wenn du in meiner Gewalt bleibst, wird sich Chutani auf deine Familie einschießen. Er wird davon ausgehen, dass sie etwas wissen, das er gegen dich verwenden kann. Und um diese Informationen aus ihnen herauszubekommen, wird er nicht davor zurückschrecken, sie zu töten.«

Gadais Augen zuckten unruhig hin und her, konzentrierten sich auf so gut wie alles in der beengten Kabine des Flugzeugs, nur nicht auf den Mann vor ihm. Ihn davon zu überzeugen, dass seiner Frau und den Kindern eine düstere Zukunft drohte, war nicht weiter schwer. Es entsprach schlicht der Wahrheit.

»Ich habe ein Gerücht gehört, dass sich Chutani in dieser Hinsicht ein Beispiel an Saddam Hussein nimmt«, meinte Rapp und blickte durch das Fenster in die nächtliche Dunkelheit. »Er liebt es, Kinder in Fässer mit Säure zu tunken und ihre Eltern dabei zusehen zu lassen. Eine ziemlich widerliche Angelegenheit. Vor allem der Gestank soll unerträglich sein.«

Eine Aussage, die keiner Antwort bedurfte. Trotzdem überließ Rapp seinem Gefangenen das nächste Wort.

»Das Gerücht stimmt«, räumte Gadai schließlich ein.

»Dann will ich dir eine Frage stellen, Kabir. Glaubst du, irgendetwas, das ich im Rahmen unseres Gesprächs zu dir gesagt habe, war eine Lüge?«

»Nein.«

Rapp befand sich in einer nahezu aussichtslosen Situation; selbst für den Fall, dass Gadai auspackte. Sie landeten erst eine Stunde vor Beginn von Chutanis Staatsbankett in Islamabad. Er hatte keine Ahnung, wie er in den schwer bewachten Palast hineinkommen sollte. Und erst recht nicht, wie sich Tajs Komplott vereiteln ließ.

»Ich habe den Großteil meiner Einsatzzeit als Agent im Nahen Osten verbracht, Kabir. Deshalb kenne ich eure Mentalität. Ihr hockt in eurer fundamentalistischen Echokammer und malt euch die Einzelheiten eurer tausendjährigen Herrschaft aus. Bildet euch ein, dass der Schöpfer euch allen anderen Völkern vorzieht und dabei helfen wird, die Welt in ein unausgegorenes Kalifat zu verwandeln. Aber du hast Geschichte studiert, stimmt's? Also ist dir bewusst, dass in Pakistan keine Woche ohne einen neuen Umsturzversuch ins Land geht. Selbst für den Fall, dass Taj Erfolg hat, wie lange wird es dauern, bis das Militär eine Gelegenheit wittert, ihn unter die Erde zu bringen? Und wenn nicht, dann wird er unserem Präsidenten irgendwann so sehr ans Bein pinkeln, dass der *mich* losschickt, um die Sache zu regeln. Das ist ein Luftschloss, Kabir. Die ganze Welt wird sich gegen euch verbünden, so wie damals gegen Hitler. Und Pakistan ist nicht so stabil wie Nazideutschland. Nichts weiter als ein Sammelbecken von Spinnern und unkultivierten Fanatikern, die den Feind über den Haufen schießen und sich am Ende auch gegenseitig abknallen werden.«

»Sie erwarten, dass ich Taj hintergehe.«

Rapp zuckte die Achseln. »Das hat er umgekehrt doch auch mit dir vor.«

»Wovon reden Sie? Ich diene ihm, seit ich ein Kind bin. Wir stammen aus derselben Familie.«

»Das mag stimmen. Manchmal ist Blut dicker als Wasser. Aber nach allem, was ich gehört habe, verrottet sein letzter Assistent irgendwo auf einer Müllkippe.«

Kennedy hatte ihn gewarnt, dass Tajs Beteiligung an dessen Tod nur auf Hörensagen beruhte, aber das hektische Aufflackern in Gadais maskenhafter Miene verriet, dass er die Gerüchte ebenfalls kannte.

»Rickmans Enthüllungen sind der Schlüssel zu Tajs Machtergreifung. Er weiß, dass du sie gesehen hast. Und dass du den Code kennst, um sie zu entschlüsseln.«

»Aber auch, dass ich ihm loyal ergeben bin. Ich würde für ihn sterben.«

»Einspruch. Er ist *relativ* sicher, dass du ihm loyal ergeben bist. Die Wahrscheinlichkeit, dass du bereit bist, für ihn zu sterben, taxiert er vermutlich auf fifty-fifty. Versetz dich in seine Situation, Kabir. Würdest du ein solches Risiko eingehen?«

Gadai schwieg.

»Verabschiede dich mal für eine Sekunde von diesen Weltherrscher-Fantasien und schätz deine Lage realistisch ein, dann wirst du erkennen, dass Taj dich sowieso umbringen wird. Und du schuldest ihm rein gar nichts. Er hat dich nach Russland geschickt, obwohl ihm bekannt war, dass mein Team im Anmarsch ist. Wollen wir wetten, dass er deutlich zurückhaltender vorgegangen wäre, wenn er selbst seinen Kopf hingehalten hätte? Seinetwegen sitzt du hier fest.«

»Falls ich mich kooperativ verhalte, was wird dann aus mir?«

Normalerweise hätte Rapp auf genau so eine Frage gelauert – auf ein Zeichen, dass Gadai bereit war, sich auf einen Handel einzulassen. In diesem Fall befand er sich jedoch in einer gefährlichen Zwickmühle. Sollte er lügen und riskieren, dass Gadai es bemerkte, oder ihm die Wahrheit sagen, mit der er womöglich nicht fertigwurde? Er entschied sich für Letzteres, weil er das Risiko für geringer hielt.

»Nichts Gutes, Kabir. Chutani wird deine Auslieferung verlangen, um dir etwas Schreckliches anzutun, und wir haben keine rechtliche Handhabe, um dich weiter festzuhalten.«

»Sagen Sie ihm, ich sei tot.«

»Er ist nicht dumm und wird deine Leiche sehen wollen.«

»Also bieten Sie mir an, dass ich mir selbst eine Kugel in den Kopf verpasse?«

»Die Methode bleibt dir überlassen, aber unter dem Strich läuft es darauf hinaus, ja. Ich kann dir lediglich die Sicherheit deiner Familie anbieten.«

»Und ich soll Ihnen glauben, dass Sie mir das garantieren können?«

»Wenn ich Chutanis Leben rette, schuldet er mir etwas. Ich werde es einlösen und verlangen, dass er deine Angehörigen beschützt. Damit wird er kein Problem haben. Er weiß, dass deine Frau nicht der Typ ist, um in dieses Komplott gegen ihn verwickelt zu sein, und deine Kinder sind viel zu jung. Sicher wird er sein Versprechen mir gegenüber nicht aufgrund vager Verdachtsmomente oder sinnloser Rache brechen.«

»Wieso sollte ich Ihnen vertrauen?«

Rapp schob ihm die Oxycodon-Tabletten hin. Diesmal griff der Pakistani bereitwillig zu. »Sie haben alle ISI-Unterlagen über mich gelesen, oder?«

»Ja.«

»Dann wissen Sie, wozu ich fähig bin. Aber auch, dass ich ein Mann bin, auf dessen Wort man sich verlassen kann.«

58

ISLAMABAD, PAKISTAN

»Wohin soll's gehen?«

Rapp sah den Mann am Steuer nicht an und antwortete zunächst auch nicht auf die Frage. Bill Drake arbeitete seit vielen Jahren in Islamabad als Stationschef und genoss eher Kennedys Vertrauen als seines. Es bestand zwar kein Zweifel, dass er ein gutes Gespür für die ständigen Machtkämpfe zwischen den zersplitterten Fraktionen in Pakistan besaß, aber er beschränkte sich auf die Rolle des Beobachters. Sobald es ans Handeln ging, fand Drake ständig neue Ausflüchte, behauptete, es fehle noch an entscheidenden Daten oder Expertenmeinungen. Paralyse durch Überanalyse.

Rapp fasste an den Rückspiegel und drehte ihn so, dass er mitbekam, was auf der Straße hinter ihnen passierte. »Erst mal nach Osten.«

Coleman war noch damit beschäftigt, sich in den dunkelgrauen Anzug zu zwängen, den Drake ihm besorgt hatte. Rapp hatte es etwas besser erwischt. Mit den zwei Zentimeter zu kurzen Hosen konnte er leben, weniger allerdings mit der offensichtlichen Auswölbung, die seine Glock wegen des zu eng geschnittenen Jacketts an der rechten Schulter hinterließ. Dem Stationschef war allerdings kein Vorwurf zu machen. Rapp hatte ihn erst auf den letzten Drücker über ihre Ankunft informiert und der Mann war im Eiltempo durch das einzige Klamottengeschäft auf dem Weg zum Flughafen getrabt, um überhaupt etwas halbwegs Passendes aufzutreiben.

»Der Verkehr ist im Moment nicht besonders stark, aber je weiter wir vorankommen, desto schlimmer wird es. Das Bankett, das Präsident Chutani heute Abend für Sunny Wicka veranstaltet, sorgt dafür, dass der Bezirk rund um den Palast weiträumig abgesperrt ist.«

»Trotzdem.«

»Gibt es etwas, das ich wissen sollte?«

»Nein.«

Rapp schob sich die Hörmuschel des Headsets ins Ohr und rief Kennedy über eine gesicherte Satellitenverbindung an. Wenig überraschend ging sie nach dem ersten Wählton dran.

»Bist du gelandet?«

»Ja.«

»Die Zeit wird knapp, Mitch. Das Dinner beginnt in weniger als einer Stunde.«

Drakes Prognose zum problematischen Verkehr erwies sich als zutreffend. Ein Tieflader mit wippenden Baumwollballen auf der Ladefläche bog vor ihnen ein und zwang den Stationschef, heftig in die Bremsen zu steigen. Die Lücke, die sich zwischen ihrem BMW und dem Truck bildete, wurde sofort von Motorrollern ausgefüllt. Die Ursache für den Stau weiter vorn war schwer zu übersehen: Ein Panzer stand quer auf der Straße.

Dahinter ragte der gewaltige, bunkerähnliche Präsidentenpalast in den Himmel, angestrahlt von farbigen Scheinwerfern. Eine einzelne Limousine näherte sich einer Absperrung, die von einer Gruppe Soldaten bewacht wurde. Andere Fahrzeuge folgten in großen Abständen; offensichtlich um das Risiko eines konzertierten Angriffs auf die Besucher zu vermeiden.

»Wir nähern uns dem Palast«, sagte Rapp. »Wie es aussieht, werden wir mit dem Auto aber nicht besonders dicht rankommen.«

Drake quittierte die Bemerkung mit einem neugierigen Blick. Rapp signalisierte ihm, an der nächsten Kreuzung nach links zu fahren. Sie bogen in eine engere Straße ab, strandeten jedoch bald in einem Meer aus Blech und ungeduldigen Hupen.

»Hast du schon eine Idee, wie du dir Zugang zum Palast verschaffst?«, wollte Kennedy wissen.

Zugegebenermaßen hatte er nicht die geringste Ahnung. Er wusste nichts über die von den pakistanischen Behörden getroffenen Sicherheitsvorkehrungen, war weder mit dem Grundriss noch mit der Gästeliste vertraut. Lediglich den Terminplan der Veranstaltung hatte er auf einer lokalen Nachrichtenseite entdeckt. Eine Quelle, der man nicht unbedingt sein Leben anvertraute.

»Daran arbeite ich noch«, antwortete er und tastete im Fußraum nach dem elektrischen Rasierer, den Drake gekauft hatte.

»Sie haben Panzer«, verkündete Coleman laut genug, dass sie es mitbekam. »Panzer sind in der Regel kein gutes Zeichen.«

Rapp ließ den ausklappbaren Trimmer auf sein Gesicht los und überlegte, ob er einen der von den ISI-Agenten bevorzugten Schnurrbärte stehen lassen sollte. Sein Hautton war nicht dunkel genug, um als Einheimischer durchzugehen, aber zumindest dürfte der Schnäuzer helfen, aufkommendes Misstrauen zu zerstreuen. Am Ende entschied er sich trotzdem dagegen und wählte den glatt rasierten Standardlook eines Secret-Service-Agenten.

»Ich glaube, ich habe eine gute Nachricht für euch«, sagte Kennedy. »Ratet mal, wen Sunnys Delegation als Sicherheitsberater eingespannt hat.«

»Ich bin nicht in der Stimmung für Ratespiele, Irene.«

»Jack Warch.«

Rapp setzte den Rasierer auf halbem Zug übers Kinn ab. Warch war als Special Agent früher für den Personenschutz des US-Präsidenten verantwortlich gewesen, bevor er vor einigen Jahren ein eigenes privates Security-Unternehmen gegründet hatte. Ein guter Mann und ein noch besserer Freund. Vor allem verdankte er ihm sein Leben.

»Nach den jüngsten Unruhen in Pakistan hat die Regierung beschlossen, Jack für einen Stresstest der Secret-Service-Protokolle anzuheuern«, verriet Kennedy.

»Das ist eine mehr als gute Nachricht. Wenn Jack hier ist, beschränkt er sich nicht auf Stresstests, sondern führt das Kommando. Niemand beim Secret Service käme auf die Idee, seine Entscheidungen anzuzweifeln oder ihm Vorschriften zu machen. Sie werden genau das tun, was er verlangt.«

»Ich vermute, du hast recht. Ich habe vorhin mit ihm telefoniert. Er scheint alles voll im Griff zu haben.«

»Unsere Chancen, diese Nummer erfolgreich durchzuziehen, sind gerade von null auf zehn Prozent gestiegen. Hast du ihn eingeweiht?«

»Ich hielt es für besser, wenn du das übernimmst. Er erwartet dich an der Nordseite des Palasts vor dem Fußgängertor. Aber er klang nicht besonders glücklich.«

»Er ist nie glücklich.«

»Genau wie du.«

Rapp ignorierte den Seitenhieb. »Weiß Sunny Bescheid?«

»Nein. Da sie nicht die Zielperson ist, will ich sie nicht unnötig nervös machen.«

»Verstanden.«

»Hast du es eigentlich geschafft, Gadai zum Reden zu bringen?«

»Er hat geredet.«

»Also kennst du Tajs Plan?«

»Es sei denn, er hat gelogen.«

»Gehst du davon aus?«

»Mit 64-prozentiger Wahrscheinlichkeit nicht.«

»Wo ist er jetzt?«

»Tot.«

»Tot?« Ihre Stimme wurde schlagartig eine Oktave höher. »Was soll das heißen? Was ist passiert?«

»Das war Teil unseres Abkommens.«

Sie atmete hörbar. »Darüber reden wir hinterher.«

»Hast du mit Präsident Alexander gesprochen?«

»Das Telefonat endete vor knapp zehn Minuten.«

»Und?«

»Er will, dass wir das Bankett absagen und Chutani über das informieren, was wir wissen. Damit *er* sich um Taj kümmert.«

»Dann bekäme Chutani die Dateien.«

»Er hält das für einen hinnehmbaren Kompromiss.«

»Glaubt Alexander allen Ernstes, er könne dem pakistanischen Präsidenten vertrauen? Für so naiv hätte ich ihn nicht gehalten. Sobald dieser Typ einen Vorteil für sich herausschlagen kann, wird er uns ans Messer liefern. Und selbst wenn Chutani ein aufrechter Pfadfinder wäre … und wir wissen nur zu genau, dass er keiner ist … stellt sich die Frage, ob er solche brisanten Informationen dauerhaft unter Verschluss halten kann. Was geschieht, falls die Unterlagen einem Maulwurf des ISI in die Hände fallen? Oder einer der 800 anderen Terrororganisationen vor seiner Haustür? Was, wenn es zu einem neuerlichen Umsturzversuch kommt?«

»Genau das habe ich auch gesagt.«

»Und?«

»Er hat uns ermächtigt, eine Lageeinschätzung vorzunehmen. Allerdings sollen wir unter keinen Umständen ohne seine ausdrückliche Genehmigung tätig werden.«

»Wie war das? Die Verbindung bricht gerade weg.«

»Das hatte ich befürchtet.«

»Ich werde mich um Taj kümmern. Noch heute.«

»Für uns ist das ja nichts Neues, Mitch. Wenn alles gut geht, wird man uns den Alleingang verzeihen. Aber wehe, es gibt Schwierigkeiten …«

Sie musste den Gedankengang nicht zu Ende führen. In diesem Fall kassierte sie die Prügel seitens der Politik und er musste sich mit dem Gedanken anfreunden, von der Bildfläche zu verschwinden. Regierungen überall auf der Welt würden zur Jagd auf ihn blasen, aber er kannte die meisten Leute, die sie ihm auf den Hals hetzten. Manche würden eine Show hinlegen und ihre Spesenschecks einlösen, aber keiner von ihnen wäre so dumm, ihn tatsächlich zu erledigen.

Rapp ließ den Rasierer in den Fußraum fallen und wischte sich die Stoppeln vom Anzug. Er hatte seine Entscheidung längst getroffen. Sollte er das Problem beseitigen können, ohne seine Anwesenheit preiszugeben, würde er das tun. Aber wenn die einzige

Alternative darin bestand, Taj zu Tode zu prügeln, während seine Leibwächter die Magazine ihrer Waffen auf ihn abfeuerten, lief es eben darauf hinaus.

Was auch immer geschah, Ahmed Taj erlebte den nächsten Sonnenaufgang nicht mehr.

59

Ahmed Taj stahl sich aus einer Diskussion mit zwei pakistanischen Parlamentsmitgliedern davon. Ein uniformierter Kellner hielt ihm in der Mitte des Saals ein Tablett mit Obaid Marris kompakten Häppchen hin. Taj nahm sich eins und ging davon aus, dass die übrigen Gäste es als vorzüglich empfanden. Was ihn betraf, diente Nahrung lediglich der Versorgung des Körpers mit Nährstoffen.

Präsident Saad Chutani hielt Hof an der Südseite des Saals und führte ein zwangloses Gespräch mit der amerikanischen Außenministerin. Seine Frau stand neben ihm, trug ein unschickliches Kleid und schwenkte ein Glas Wein, den eine der antiislamistisch geprägten ökonomischen Initiativen aus der Region gekeltert hatte.

Ein Auftritt, der Taj einmal mehr an dem Politiker zweifeln ließ. Bis zu diesem Abend hatte er Chutani für eine Marionette des Westens gehalten – einen Schwächling, der sich darum bemühte, den Respekt der ausländischen Herrscher zu erlangen. Doch diese Szene öffnete ihm die Augen: Chutani spielte keine Rolle, um sich den Amerikanern anzudienen. Er *war* einer von ihnen. Die eigentliche Lüge war seine vorsätzliche Identität als Pakistani und Muslim.

Erwartungsgemäß trieb sich Carl Ferris an der Bar herum. Obwohl er erst vor Kurzem eingetroffen war, schwankte er bereits. Keine Überraschung. Laut Tajs Beobachtern hatte der amerikanische Senator in der Hotelsuite bereits eine Viertelflasche Scotch geleert.

Ferris kam in seine Richtung, doch Taj blickte an ihm vorbei und bewunderte die mondäne Einrichtung. Bald gehörte das alles ihm. Der Präsidentschaftspalast würde zum Inbegriff des modernen Islams und zur Basis, um die Gesetze der Scharia in der ganzen Welt durchzusetzen, während die Amerikaner hilflos zuschauten.

Chefkoch Marri erschien im Durchgang zur Küche und betrachtete die stetig größer werdende Gesellschaft mit verständlicher Nervosität. Er trug das Gift bei sich, das Taj ihm besorgt hatte. Nicht das ursprünglich ins Auge gefasste exotische Toxin, das sich eindeutig den Amerikanern zuordnen ließ, sondern eine Mischung aus verbreiteten Bestandteilen, um diesem Verräter Chutani einen deutlich spektakuläreren und schrecklicheren Tod zu bescheren. Einen Tod, der Zorn und Nationalismus bei der wachsenden weltlichen Elite des Landes zu wecken versprach.

»Ahmed!« Ferris war auf Hörweite herangekommen. »Nette Party.«

Taj stellte ein warmherziges Lächeln zur Schau und schüttelte ihm die Hand. »Es freut mich, dass es Ihnen gefällt.«

»Ich muss sagen, Ihre Security beeindruckt mich. In meinem Land schaffen sie es nicht mal, Leute davon abzuhalten, über den Zaun des Weißen Hauses zu klettern.«

Er sprach laut genug, dass es die Umstehenden hörten, und Taj achtete darauf, dass seine Antwort diplomatisch ausfiel. »Ihrem Secret Service gebührt ein Großteil dieses Lobes, Senator. Meine Männer fühlen sich geehrt, mit solchen Könnern auf ihrem Gebiet zusammenarbeiten zu dürfen.«

Ferris runzelte die Stirn und musterte die Männer in dunklen Anzügen, die in der Nähe der Wände regelrecht mit ihrer Umgebung verschmolzen. Überwiegend Amerikaner, während sich die meisten Security-Kräfte der Pakistani als Kellner unters Volk mischten. Jack Warch, der Berater, der ihm so viel Ärger bereitet hatte, war nirgends in Sicht. Möglicherweise hatte Gadai den Arbeitseifer des Mannes doch überschätzt.

»Zumindest müssen Sie sich nicht mit der CIA herumschlagen. Ich kann Ihnen sagen, die leisten sich einen Patzer nach dem anderen. Einen Mann wie Sie könnten wir gut gebrauchen, um sie auf Linie zu halten.«

Unglaublicherweise plärrte dieser Idiot seine Tiraden inzwischen noch lauter durch den Raum. Ein Mann und eine Frau, die Taj nicht erkannte, blickten missbilligend in ihre Richtung. Ferris schoss gegen alles und jeden, wobei das Objekt seiner Kritik von einem Moment zum nächsten wechseln konnte. Taj hatte gehofft, ihn als Skalpell einsetzen zu können, um das Herz Amerikas behutsam aufzuschlitzen. Sein jüngstes Verhalten empfahl ihn jedoch eher als wahllos zuschlagenden Vorschlaghammer. Weniger gezielt, dafür umso vernichtender, wenn man die Wucht in die passende Richtung lenkte.

»Die Welt hat sich zu einem komplexen und chaotischen Ort entwickelt, Senator. Ich bin froh, einer eher bescheidenen Organisation vorzustehen. Ich möchte nicht in den Schuhen Ihrer Direktorin Irene Kennedy stecken.«

»Zu schade«, meinte Ferris und verschüttete seinen Drink. »Wenn es nach mir geht, wäre ihre Stelle nämlich bald für Sie frei.«

Taj schob Ferris eine Hand auf den Rücken und lotste ihn zu der Menschentraube, die sich um Sunny Wicka und den Präsidenten gebildet hatte. »Mir war bisher nicht das Vergnügen vergönnt, Ihre Außenministerin kennenzulernen. Wären Sie so freundlich, uns vorzustellen?«

»Sicher. Wieso nicht?«

»Gehen Sie schon mal vor, Senator. Ich stoße gleich dazu.«

Ferris drängte sich in den Pulk und riss sofort das Gespräch an sich, während Taj den Leiter der pakistanischen Security ansprach. »Lassen Sie die Platzkarten umstellen, damit Ferris neben mir sitzt.«

Der Mann schickte sich an, die Anweisung umzusetzen, und Taj kehrte an die Seite des Senators zurück. Er durfte den Amerikaner nicht aus den Augen lassen, solange dieser sich in Pakistan aufhielt. Wie sollte es dieser Schwachkopf ins Weiße Haus schaffen, wenn er nicht mal ein simples Staatsbankett durchstand, ohne sich bis auf die Knochen zu blamieren?

60

Der Secret-Service-Agent wartete im Schatten einer akkurat beschnittenen Baumgruppe. Etwa 500 Meter weiter wurde der Präsidentenpalast in Gelb, Grün und Weiß angestrahlt. Pakistanische Sondereinsatzkräfte flanierten vermeintlich entspannt in Ausgehuniformen, trugen jedoch Automatikwaffen am Körper, die so gar nicht zum festlichen Anlass passten. Neben dem Panzer, den Rapp vorhin bemerkt hatte, waren insgesamt fünf Panzerwagen im Einsatz, drei davon mit Geschütztürmen.

»Ich wurde beauftragt, Sie zum Seiteneingang zu bringen«, sagte der Mann zur Begrüßung. Rapp erkannte ihn zwar nicht, aber die Nervosität des Jüngeren deutete an, dass er genau wusste, wen er vor sich hatte. Zusammen mit Coleman folgte er ihm mit gesenktem Kopf. Es gelang ihnen, keine Aufmerksamkeit auf sich zu ziehen. Einfach nur zwei weitere Amerikaner in dunklen Anzügen auf Patrouillengang.

Rapp inspizierte die Security auf dem Vorplatz des Palasts, während sie am Zaun entlanggingen. Geschicktes Understatement, um die US-Delegation um Sunny Wicka nicht einzuschüchtern, aber grundsolide. Der Zaun selbst war nur etwa zwei Meter hoch, die Streben wiesen einen Abstand von grob 20 Zentimetern auf. Einfach zu erklettern, aber anlässlich der versammelten Feuerkraft würde wohl niemand so leichtsinnig sein, sich darauf einzulassen. Es sei denn, er fand sich damit ab, beim Aufprall auf der anderen Seite nicht länger als Mensch identifiziert zu werden.

Jack Warch stand mit dem Rücken zu den Gitterstäben da und sondierte die Umgebung nach einem vorgegebenen Muster. Der ehemalige stellvertretende Direktor des Secret Service musste stramm auf die 60 zugehen, vermutete Rapp. Die alles überstrahlenden Scheinwerfer hinderten ihn daran, alle Details wahrzunehmen, aber Warchs Haare wirkten deutlich weniger voll und der Bauch schien seit seinen Tagen als

Chefaufpasser des Präsidenten deutlich an Volumen zugelegt zu haben.

»Wird man in der privaten Wirtschaft automatisch fett?«, fragte er im Näherkommen wenig charmant. Ihr Begleiter zog sich wortlos in Richtung Haupttor zurück.

»Umgekehrt frag ich mich, ob einem die Agency den Sinn für die Realität nimmt, wenn ihr euch einbildet, einfach so in meine Operation reinplatzen zu können. Vor allem, weil immer was Schlimmes passiert, wenn du in der Nähe bist, Mitch.«

Sie verzichteten auf eine förmliche Begrüßung. Das hätte bei einem zufälligen Beobachter nur unnötig Verdacht erregt. Warch nickte Coleman kurz zu. Sie kannten einander schon ewig.

»Chutani soll vergiftet werden«, kam Rapp direkt auf den Punkt.

Warch musste diese Information erst einmal verdauen. »Woher weißt du das?«

»Ich weiß es eben.«

»Wer steckt dahinter?«

»Taj.«

Warch blickte ihn skeptisch an. »Schwachsinn. Der Kerl stolpert ständig über die eigenen Füße. Deshalb hat ihn Chutani ja auch als Chef des ISI installiert.«

Rapp wartete geduldig.

»Also gut. Schön. Ich bin zwar nur für den amerikanischen Teil des Personenschutzes zuständig, aber ich werde mit meinem pakistanischen Kollegen reden. Ich bin zwar nicht sicher, ob er mir vertraut, aber eine potenzielle Bedrohung nimmt er sicher ernst. Kennst du den groben Ablauf?«

»Möglich.«

»Dann nenn mir die Details. Das wäre eine große Hilfe.«

»Dein Kollege wird nicht eingeweiht, Jack. Du und ich, wir regeln das allein.«

»Puh, Irene hat mich vorgewarnt, dass du so was in der Art verlangen wirst. Hör zu, Mitch. Die Überwachung ist lückenlos und es gibt eine Menge Spannungen auf beiden Seiten. Stell dir ein Pulverfass kurz vor der Explosion vor. Dass du hier antanzt und mit Streichhölzern rumfuchtelst, hat mir noch gefehlt.«

»Ich mag und respektiere dich, Jack, aber im Moment ist mir scheißegal, was du davon hältst. Bring mich da rein. Und zwar sofort.«

Warch zögerte für einen Augenblick, dann griff er in die Tasche. Rapp ging nicht davon aus, dass er einen Aufstand proben wollte, verschränkte die Arme aber vorsichtshalber so, dass er problemlos an die Waffe im Jackett herankam. Hier stand zu viel auf dem Spiel, um unnötige Risiken einzugehen.

Als die Hand des früheren Secret-Service-Manns wieder auftauchte, hielt sie ihm einen laminierten Ausweis hin. »Der Typ sieht dir von allen, die ich finden konnte, noch am ähnlichsten. Ich hab ihn vom Dienst abgezogen, damit du seinen Platz einnehmen kannst.« Er sah zu Coleman. »Tut mir leid, Scott. Du stichst hier raus wie ein bunter Hund. Mit blondem Personal kann ich leider nicht dienen.«

»Mitch …«, protestierte Coleman.

»Geh zurück zum Auto und behalt Drake im Auge. Pass auf, dass er nicht die Nerven verliert und abhaut.«

»Zum Auto? Sollte ich nicht in der Nähe bleiben? Ich könnte für Deckung …«

»Hör auf zu diskutieren, Scott. Wenn die Sache nach Plan läuft, komm ich nachher durch den Haupteingang raus. Sollte es schiefgehen, gibt es sowieso nichts, was du oder irgendjemand sonst für mich tun kann.«

Rapp nahm sich das Badge vor, prägte sich den Namen ein und hängte den Ausweis um den Hals. »Gehen wir, Jack.«

Sie näherten sich dem schwer bewachten Fußgängertor, wo Warch nach links abbog und am Metalldetektor vorbeiging. Er hielt Rapp lautstark einen Vortrag über einen angeblichen Fehltritt, damit jeder in der Nähe sofort begriff, dass sie zusammengehörten, und aufgrund des wütenden Tonfalls keine Anstalten machte, sie zu unterbrechen. Nachdem sie den Checkpoint hinter sich gelassen hatten, senkte Warch die Stimme und sah zu Boden, damit niemand, der ihn durch ein Fernglas beobachtete, das Gesagte von den Lippen ablesen konnte.

»In dieser Umgebung gilt die Maxime ›Erst schießen, dann fragen‹, Mitch. Wegen dem ganzen terroristischen Scheiß, der hier abgeht, legt Chutani großen Wert darauf, dass wir im Ernstfall nicht lange fackeln. Andernfalls landen seine Bodyguards und ihre Familien irgendwo in einem Loch. Jeder Finger an jedem Abzug zittert hier, soweit ich es beurteilen kann.«

»Und was bedeutet das für deine Männer?«

»Wir haben weitgehend freie Hand. Der Leiter von Chutanis Security ist sich darüber im Klaren, dass unsere Anwesenheit ihm vor allem nützt. Im besten Fall freut er sich über ein paar zusätzliche Knarren, im schlimmsten Fall kann er die Schuld auf uns abwälzen.«

Sie betraten den Palast durch eine unauffällige Tür, die so gar nichts mit der Pracht und Herrlichkeit des

Hauptportals gemein hatte. Diesmal begrüßte Warch den pakistanischen Soldaten an der Station mit Namen und erkundigte sich nach einem seiner Kinder. Rapp wurde schlicht ignoriert.

In einem breiten Flur passierten sie nicht weniger als fünf einheimische Sicherheitskräfte und einen Kellner mit Silbertablett, der verdächtig fit und wachsam wirkte. Am Ende des Korridors schoben sie sich unauffällig in eine mit Bildschirmen vollgestopfte Kammer. Zwei Männer, die die Aufzeichnungen der zahlreichen Überwachungskameras kontrollierten, standen auf. Warch zeigte mit dem Finger zur Tür. »Seid so gut, Jungs, und macht mal kurz Pause.«

Als sie ohne Widerrede an ihnen vorbeigingen, regte sich in Rapp der Verdacht, dass Warchs anfänglicher Protest bloß der Show gedient hatte. Der Amerikaner schien bestens auf seine Ankunft vorbereitet zu sein. Außerdem fiel auf, dass in sämtlichen kritischen Bereichen pakistanisches Personal eingesetzt wurde, mit dem sich Warch ausnehmend gut verstand.

Nachdem die beiden Wachleute verschwunden waren und die Tür geschlossen war, trat Rapp an den großen Monitor in der Mitte der Wand. Er zeigte einen reich geschmückten Saal mit vornehm gekleideten Leuten, die sich an einem Vorspeisenbuffet in der Mitte bedienten. Sunny Wicka war Teil einer kleinen Gruppe, zu der auch Saad Chutani und seine Gattin gehörten. Deutlich interessanter fand er jedoch die Bemühungen von Ahmed Taj, Carl Ferris nicht von der Seite zu weichen. Der Senator balancierte ein gut gefülltes Glas mit Scotch und wirkte ziemlich betrunken.

Eine Paarung aus der Hölle, fand Rapp. Auf der einen

Seite der Drahtzieher eines ausländischen Geheimdienstes, der die CIA in einen zahnlosen Tiger verwandeln wollte, auf der anderen ein größenwahnsinniger US-Senator mit exakt demselben Ziel. Wie tief war Ferris in das geplante Attentat verstrickt? Lohnte es sich, ihn auszuhorchen? Vermutlich nicht. Taj dürfte schlau genug sein, diesen Trottel außen vor zu lassen. Der Pakistani nutzte gezielt Ferris' Ego und Machtgier aus. Aus beidem machte er keinen Hehl.

Rapp erkannte einige andere Kongressabgeordnete, hielt jedoch keinen für wichtig oder gefährlich genug, um sich Namen gemerkt zu haben. Auch einige von Warchs Leuten waren zu sehen und hielten sich unauffällig im Hintergrund. Pakistanische Sicherheitskräfte fielen ihm keine auf, aber er glaubte den Grund dafür zu kennen.

»Besteht der komplette Kellnerstab aus ISI-Personal?«

»Ja. Der nervige Chefkoch ist deswegen ziemlich angefressen. Sie wurden über einen Monat auf diesen Abend vorbereitet, können aber größtenteils eine Dessertgabel nicht von einem Loch im Boden unterscheiden.«

»Wenn die Sache heiß wird, schaff zuerst Sunny und ihre Leute raus.«

»Wenn *was* heiß wird, Mitch?«

Rapp ignorierte die Frage. »Wo wird das Essen serviert?«

Warch schaltete mit einer Maus auf eine Ansicht des Speisesaals um. Momentan hielten sich lediglich einige Servicekräfte und ein Mann in weißer Kochmontur darin auf. Dieser brüllte einen Mitarbeiter an, der sich vergeblich bemühte, eine Eisskulptur gerade auszurichten.

»Ist das Obaid Marri?«

Warch nickte. »Der einzige Mensch, den meine Leute noch mehr fürchten als mich. Er hat mit der Bratpfanne auf einen pakistanischen Black-Stork-Elitesoldaten eingeprügelt, weil der ein Blumenbouquet umgestoßen hat. Um ein Haar wäre er bewusstlos umgekippt.«

»Es erstaunt mich, dass er sich das erlauben kann.«

»Der hat Narrenfreiheit. Ich nehme an, er ist der heiße Scheiß der hiesigen Kochszene. Chutani vergöttert ihn regelrecht.«

Marri schubste den Mann, der sich an der Skulptur zu schaffen machte, verärgert zur Seite und verschwand durch eine Schwingtür. Kurz darauf tauchte er auf dem Bildschirm auf, der das Geschehen in der Küche überwachte.

»Ich möchte ihm gern vorgestellt werden.«

»Wem? Marri? Glaub mir, das willst du nicht.« Warch schaute auf die Uhr. »Pass auf, Mitch, in etwa zwei Minuten werden die Gäste für das Dinner platziert. Danach bleibt dir noch eine knappe Viertelstunde bis zum Servieren der Suppe. Ich schlage vor, du verrätst mir langsam mal, was du vorhast.«

»Bring mich zu Marri«, sagte Rapp. »Ich erklär's dir unterwegs.«

Sie betraten die Küche. Rapp drehte unauffällig sein Namensschild um, sodass die beschriftete Seite zur Brust zeigte. Obaid Marri schien die Küche wie ein afrikanischer Diktator zu führen. Eine seiner strikten Regeln lautete, dass Kellner nur hereindurften, wenn Tabletts zum Servieren bereitstanden. Damit hielt er sich die ISI-Leute weitgehend vom Leib. Mit Ausnahme von ihm und

Warch hielten sich ausschließlich Profiköche im Raum auf. Den Blicken nach zu urteilen, fürchtete sich jeder Einzelne vor den cholerischen Anfällen des Chefs. Nur wenige riskierten es, kurz in ihre Richtung zu schauen, bevor sie sich wieder dem Schnippeln, Umrühren oder Anrichten widmeten.

Niemand außer Marri redete. Dieser war viel zu vertieft in seine Kommandos, um mitzubekommen, wie sich Rapp und Warch von hinten näherten. Im letzten Moment hörte er ihre Schritte und fuhr herum. Zunächst schwieg er verdutzt, dann fuchtelte er mit einem langen Messer. »Was habt ihr hier zu suchen? Raus! Hört ihr nicht? Raus mit euch!«

Prompt ließen alle Umstehenden ihre Aufgaben links liegen. Alle Augen richteten sich auf sie – eine Komplikation, die Rapp einkalkuliert hatte. »Chef Marri? Ich bin Mitch Keller.«

»Wie bitte? Du wagst es, mich anzusprechen? Was interessiert es mich, wer du bist?«

»Ich bin der Bruder von Thomas Keller.« Rapp hatte den Namen auf dem Hinflug im Internet entdeckt. Offensichtlich handelte es sich bei ihm um einen der besten Köche Amerikas.

Marri senkte das Messer. »Aus dem French Laundry im Napa Valley?«

Rapp lächelte und nickte. »Er bat mich, Sie zu grüßen, wenn ich eine Gelegenheit dazu finde. Er plant im kommenden Jahr eine Reise nach Pakistan und möchte Sie gern kennenlernen.«

Rapp streckte die Hand aus und der völlig überrumpelte Marri schüttelte sie. Nachdem das Spektakel vorbei war, konzentrierte sich das Küchenpersonal erneut auf seine Aufgaben. Deshalb bekam auch niemand mit, dass Rapp den Händedruck nicht etwa erwiderte, sondern dem Küchenchef zwischen die Beine griff und fest zudrückte.

Marri krümmte sich und stieß keuchend den Atem aus. Erneut richteten sich alle Blicke auf die Besucher.

»Chef? Alles in Ordnung mit Ihnen?« Rapp mimte den Besorgten. Er hakte sich bei Marri ein und hievte ihn in eine aufrechte Position. Der Koch wollte etwas sagen, doch Schmerzen und Schock verhinderten es – ganz wie von Mitch geplant.

»Muss wohl an der Hitze liegen«, meinte Warch zur Belegschaft, während Marri von Rapp zum Kühlraum geführt wurde. »Er wird schon wieder. Machen Sie einfach weiter. Wir dürfen nicht vom Zeitplan abweichen.«

Das gehörte zu den Schattenseiten, wenn man sein Personal wie Sklaven behandelte, stellte Rapp fest. Keiner brachte den Mut auf, eine Anweisung infrage zu stellen oder selbst das Kommando zu übernehmen. Sobald Marris geplärrte Anweisungen verstummten, hörten sie auf jeden, der selbstbewusst und bestimmt auftrat.

Warch öffnete die schwere Metalltür, schob Rapp und Marri hinein und zog sie eilig zu.

»Sind Sie …«, brachte der Chef endlich heraus. »Sind Sie noch ganz bei Trost? Ist Ihnen klar, mit wem Sie sich da anlegen? Präsident Chutani …«

Rapp verpasste ihm mit der offenen Handfläche einen so wuchtigen Schlag, dass er rückwärts zu Boden fiel.

»Mitch …«, warnte Warch.

»Wenn du damit nicht klarkommst, geh raus, Jack.«

»Ich will bloß verhindern, dass jemand auf dich schießt oder dich ins Gefängnis wirft.«

Marri riss schützend die Hände hoch. Rapp stieß sie zur Seite und packte ihn vorn an der Kochjacke. »Wir wissen, was Sie und Taj vorhaben.«

»Was? Sie sind ja verrückt!« Marri wandte sich Hilfe suchend an Warch. »Sorgen Sie dafür, dass er mich in Ruhe lässt. Ich habe keine Ahnung, wovon er redet. Ich kenne Ahmed Taj nicht einmal! Ich arbeite für den Präsidenten.«

»Ach ja? Soweit ich gehört habe, sind Sie in derselben Stadt aufgewachsen wie er und haben gemeinsam eine von Tajs Vater finanzierte Koranschule besucht. Das wissen nicht allzu viele Leute, oder? Ob es wohl daran liegt, dass sie niedergebrannt wurde und die Lehrkräfte alle tot sind?«

»Das ist nicht wahr! Wer hat Ihnen das erzählt?«

»Kabir Gadai.«

Die Furcht in seinem Blick wuchs, aber das hielt ihn nicht von weiteren Protesten ab, diesmal noch nachdrücklicher. Rapp kannte solche Leute. Sie gewöhnten sich so sehr an ihre exponierte Stellung, dass sie mit Panik reagierten, sobald jemand ihnen die Grenzen ihrer Macht aufzeigte.

»Wo ist das Gift?«

»Gift? Ich …«

Rapp krallte sich in der Kehle des Mannes fest und brachte ihn damit zum Schweigen, während er die Taschen der Kochjacke durchwühlte. Möglicherweise hatte Marri die Ampulle in der Küche versteckt, aber das hielt er für unwahrscheinlich. Das Risiko, dass sie zufällig entdeckt wurde, war viel zu groß.

Zögernd wurde an die Tür des Kühlraums geklopft. Warch öffnete sie einen Spaltbreit.

»Geht es dem Chef gut?«

»Alles okay«, meinte Warch beruhigend. »Die Hitze in der Küche hat seinem Kreislauf zugesetzt, aber es geht ihm schon besser. Er kommt gleich wieder raus.«

Als die Tür mit einem Klicken zufiel, hatte Rapp die Durchsuchung abgeschlossen. Ohne Erfolg.

»Sag jetzt nicht, dein Informant hat dich belogen.«

»Halt die Klappe, Jack.«

»Komm schon, Mitch. Dieser Typ ist weltberühmt und Chutani glaubt, dass ihm die Sonne aus dem Arsch scheint. Du kannst dich einfach aus dem Staub machen, aber ich krieg hinterher alles ab. Ich muss meinen Enkeln die Privatschule finanzieren und meine Tochter heiratet nächsten Monat.«

Rapp war überzeugt, dass Gadai ihm die Wahrheit gesagt hatte und der hyperventilierende Gauner auf dem Boden vor ihm der Lügner war. Solange er es jedoch nicht beweisen konnte und ihnen die Zeit davonlief, sah er nur eine Lösung: in den Speisesaal zu rennen und Taj vor zahlreichen Zeugen und Fernsehkameras eine Kugel zu verpassen.

»Runter von mir!«, schimpfte Marri und schwang die Faust. Mit etwas Wohlwollen ging die Bewegung als rechter Haken durch. Rapp parierte ihn mit Leichtigkeit und bemerkte dabei etwas. Der Rand des Daumennagels war zu einer scharfen Spitze abgefeilt worden. Rapp schaltete blitzschnell und rammte ihm das Knie gegen die Brust.

»Mitch!«, schimpfte Warch hinter ihm. »Das muss aufhören. Wir beide sollten schnellstens von hier verschwinden, bevor jemand mitbekommt, was du angestellt hast.«

Rapp schob den linken Ärmel von Marris Kochjacke hoch. Er wusste, dass er auf der richtigen Spur war, als der andere trotz seiner Schmerzen Kraft fand, sich zu wehren. Rapp rammte den Kopf hart genug gegen den Beton, um ihn benommen zu machen, jedoch nicht so hart, dass er ohnmächtig wurde. Das Stöhnen, das folgte, kam nicht etwa von Marri, sondern von Warch.

Rapp hatte endlich gefunden, wonach er suchte. An der Innenseite des Oberarms klebte eine winzige Folienverpackung, perfekt an Marris Hautton angepasst und dadurch so gut wie unsichtbar. Lediglich das leicht wabbelige Gefühl, wenn man darüberstrich, verriet, dass sie da war.

»Ich hab's«, rief Rapp. »Am Arm.«

Warch atmete erleichtert aus. »Gott sei Dank!«

Der Effekt des harten Schlags verebbte und Marri stieß ein leises Wimmern aus.

»Du wirst dir nichts anmerken lassen«, befahl Rapp, während er den Koch brutal auf die Beine holte. »Allerdings gibst du das Gift nicht in Chutanis Portion, sondern in die von Taj.«

»Auf keinen Fall. Ahmed Taj ist ein großartiger Politiker. Er wird ein neues Pakistan aus der Taufe heben und ...«

Rapp hatte diesen Unsinn über die Schaffung einer muslimischen Supermacht zuvor schon von Gadai gehört und verlor die Geduld. Das Dossier über Marri war in letzter Minute aus öffentlich verfügbaren Quellen zusammengestellt worden, zeichnete aber nicht das Bild eines Mannes mit echten Überzeugungen. Er schien weder ein religiöser Fundamentalist noch ein politischer Radikaler zu sein. Nein, sie hatten es mit einem erbärmlichen Mitläufer zu tun, der alles tat, solange es seinen sozialen Status verbesserte. Ein Märtyrer steckte definitiv nicht in ihm.

Rapp schielte zu den Fleischbrocken an der Rückwand des Kühlraums. Er entdeckte einen leeren Haken, schnappte sich Marri und drängte ihn nach hinten. Weniger als einen Meter von der scharfen Stahlspitze entfernt hievte er den Koch in die Höhe.

»Halt!«

Marris Schrei war laut genug, um im gesamten Palast gehört zu werden – dank der gut isolierten Tür mussten sie sich diesbezüglich jedoch keine Gedanken machen. Folglich ignorierte Rapp die Aufforderung und fuhr ungerührt fort. Marris Rücken schwebte Zentimeter vor dem Haken, bevor er ihn kurzerhand nach rechts riss und gegen die mit getrocknetem Blut bespritzte Fläche klatschen ließ.

Sein Gegenüber brachte kein klares Wort mehr heraus, die Beine verweigerten ihm den Dienst. Er brach auf dem Boden zusammen. Rapp ließ nicht locker, riss ihn an den Haaren in die Höhe und zwang ihn, seinem Blick zu begegnen. »Du hast die Wahl, Obaid. Entweder lass ich dich hier am Haken zappeln oder du tust, was ich von dir verlange.«

»Ich …«, stammelte dieser.

»Ja?«

»Ich mach's.«

Rapp zog den Mann auf die Beine und schob ihn zur Tür. Marri geriet ins Stolpern, doch Warch hielt ihn fest. Er richtete die Jacke des Kochs und wischte ihm die Tränen von den Wangen. »Ganz ruhig, Chef. In ein paar Minuten ist alles vorbei.«

61

Rapp ließ Obaid Marri nicht aus den Augen.

Die roten Flecken am Hals und auf der rechten Wange waren deutlich erkennbar und er schwitzte wie ein Stier, aber das passte zu der Story mit dem angeblichen Kreislaufkollaps. Sollte die Belegschaft neugierig geworden sein, was im Kühlraum passiert war oder wieso plötzlich jemand von der Security in der Küche Wache hielt, ließ sie es sich zumindest nicht anmerken.

Marri füllte Suppe in eine bereitstehende Terrine, dekorierte sie mit Korianderzweigen und künstlerisch drapierten Chilifäden.

»Außenministerin Wicka«, sagte er zum Kellner, der gehorsam am Ende der Arbeitsfläche auf seinen Einsatz wartete. Der Mann eilte mit der Schüssel in den Speisesaal. Obwohl es sich bei ihm um einen ISI-Agenten handelte, würdigte er Rapp keines Blickes. Die Anwesenheit von Chefkoch Obaid Marri schien als Ablenkung zu genügen.

Er fuhr fort, die Suppenportionen der wichtigsten Ehrengäste persönlich vorzubereiten, und stellte sie gemäß der protokollarisch strikt vorgegebenen Reihenfolge fertig, die Politiker so liebten. Während Rapp sich an den Krisenherden der Welt ohne Strom und fließendes Wasser durchschlagen musste, zogen es die gewählten Volksvertreter vor, sich damit zu beschäftigen, wer wann die am glänzendsten polierte Gabel in die Hand gedrückt bekam.

Jack Warch kam herein und gesellte sich unauffällig zu Rapp. »Ich hab nichts gefunden. Tut mir leid, Mitch.«

Der ehemalige Secret-Service-Agent hatte sich die Grundrisse und Personalpläne vorgenommen, um für den Fall, dass Rapp den ISI-Direktor persönlich aus dem Verkehr ziehen musste, nach einem Fluchtweg für ihn zu forschen. Das Ergebnis war keine Überraschung. Warch selbst hatte gemeinsam mit den Pakistanis dafür gesorgt, sämtliche Schlupflöcher zu schließen.

Sollte Marris Gift nicht wirken, musste Rapp wohl oder übel in den Speisesaal spazieren und Taj ohne Schalldämpfer eine Kugel durch den Hinterkopf ballern. Die anschließende Panik half ihm mit etwas Glück beim Rückzug. Nur wenn es ausgesprochen günstig lief, würde er erfolgreich im Chaos untertauchen und sich zum Haupttor durchschlagen können.

Marri schielte auf die Liste, die am Regalbrett vor ihm hing, und erstarrte. Seine nächste Bewegung bestand im Hochschieben des linken Ärmels.

»Los geht's«, raunte Rapp ihm leise zu.

Warch führte die Hand mit dem Mikro zum Mund. »Uns liegt ein Bericht über eine mögliche Bedrohung vor. Lasst euch nichts anmerken, Leute, aber bleibt wachsam.«

Der amerikanische Sicherheitschef trat durch die Tür in den Speisesaal, während Marri sich beiläufig am Arm kratzte. Eine bemerkenswert gekonnte Handbewegung führte dazu, dass sich der Inhalt des Giftpakets in die Terrine entleerte. Obwohl er mit der Aktion gerechnet hatte, gelang es Rapp kaum, mitzuverfolgen, was genau geschah. Sekunden später war die Mixtur fertig und Marri schob die Suppe zu einem Kellner.

»Ahmed Taj.«

Der Mann quittierte die Anweisung mit einem kurzen Nicken. Diesmal folgte ihm Rapp und postierte sich an der südlichen Mauer im Rücken des ISI-Chefs. Präsident Chutani stand neben Sunny Wicka und sang in seiner Tischansprache ein Hohelied auf Freundschaft und internationale Zusammenarbeit. Warch war so dicht wie möglich an die Außenministerin herangerückt und prägte sich die Position der Gäste, seiner Leute und der pakistanischen Security ein.

Chutani begrüßte einzelne Anwesende, während die letzten Vorspeisen serviert wurden. Ahmed Taj verfolgte die Rede mit respektvoller Miene, nickte und lächelte an den passenden Stellen, während der Präsident seine Vision der Zukunft Pakistans umriss. Der ISI-Direktor war ein perfekter Schauspieler, daran bestand kein Zweifel. Er strahlte dieselbe kühle Gelassenheit aus, wie sie Kennedy perfektioniert hatte. Allerdings schlich sich in seinem Fall eine gewisse Stumpfsinnigkeit in die Züge ein.

Schließlich setzte sich Präsident Chutani und widmete sich nach einer gut gelaunten Bemerkung in Wickas Richtung seiner Suppe. Rapp konzentrierte sich auf Taj. Bald dominierte metallisches Klacken, als ein Gast nach dem anderen zu löffeln begann. Er hatte keine Ahnung, wie sich die Situation entwickelte. Der sonst so unauffällige ISI-Direktor plante bestimmt eine große Geste. Aus gutem Grund hatte er sich einen Saal voller Amerikaner als Kulisse ausgesucht, um seine Botschaft zu verbreiten.

Es fing harmlos genug an. Taj hüstelte kurz, wischte sich den Mund ab und griff nach einem Glas Wasser. Er führte es an die Lippen, scheiterte jedoch am Hinunterschlucken. Nachdem er sich einen Moment vergeblich abgemüht hatte, spuckte er die Flüssigkeit auf den Tisch.

Sein Sitznachbar glaubte offenbar, er habe sich verschluckt, und klopfte ihm kräftig auf den Rücken.

Die Tragödie entwickelte sich wie in Zeitlupe. Rapps Hand bewegte sich unauffällig zur Waffe. Warchs Leute näherten sich Wicka. Einer der ISI-Agenten, der als Kellner fungierte, eilte zu Taj. Alle Gespräche waren verstummt und der Geheimdienstchef rückte ins Zentrum der Aufmerksamkeit. Auf den Gesichtern spiegelte sich eher Besorgnis als Angst wider. Immerhin atmete er noch, weshalb alle unterstellten, ihm sei lediglich etwas in die Luftröhre gekommen. Keine große Sache.

Als Taj das nächste Mal etwas ausspuckte, war es keine Suppe, sondern Blut. Er griff sich an die Kehle und wollte aufstehen, prallte dabei gegen den Stuhl und stolperte rückwärts. Das Wachpersonal trat in Aktion, zückte die Waffen und rannte zu Präsident Chutani und Sunny Wicka. Panik brach los, als Taj eine Flut dunkler Flüssigkeit erbrach und die Security-Leute Möbelstücke aus dem Weg schoben, um die Ehrengäste in Sicherheit zu bringen.

Die Gäste stürmten zur erstbesten Tür – manche in Richtung Küche, andere schlossen sich Chutani und Wicka an, die durch einen Bogen in die Eingangshalle gelotst wurden. Rapp kämpfte sich gegen den Strom zu Ahmed Taj vor.

Ein pakistanischer Wachposten erreichte den angeschlagenen Geheimdienstchef kurz vor ihm und zielte mit der Waffe auf den CIA-Agenten.

»Ich bin Arzt!«, schrie Rapp gegen das Chaos an.

Ironischerweise stimmte das sogar. Er verfügte über eine abgeschlossene Ausbildung zum Rettungssanitäter und interessierte sich sehr für Tajs Gesundheitszustand;

wenn auch nicht aus den zu erwartenden Gründen. Der Pakistani senkte die Waffe und ließ zu, dass Rapp Taj auf den Rücken wälzte.

Blut und Gewebe quollen unaufhörlich aus dem Mund des ISI-Direktors. Zuckungen liefen durch seinen Körper, wurden jedoch schwächer, weil die Muskeln wegen des Gifts die Fähigkeit zur Kontraktion einbüßten. Das Weiß seiner Augen hatte sich rot verfärbt. Gerinnsel durchzogen Pupillen, die mit leerem Blick den Amerikaner streiften, der vor ihm stand. Er erkannte sofort, mit wem er es zu tun hatte, und mobilisierte letzte Kräfte, um Rapp mit zittrigem Griff an der Schulter zu packen.

»Keine Sorge, Direktor, Ihnen wird schon nichts passieren«, säuselte Rapp beruhigend und löste die Berührung. Er wandte sich an den Wachposten. »Wenn er nicht innerhalb der nächsten halben Stunde in ein Krankenhaus kommt, ist es zu spät. Haben Sie verstanden? Vor dem Palast stehen mehrere Rettungswagen. Beeilen Sie sich!«

Der Mann nickte und hob Taj in die Luft, wobei er dessen hilflose Zuckungen für Panik hielt. Dabei wollte der ISI-Chef ihm erklären, wer Rapp in Wirklichkeit war. Nachdem das Gift seine Kehle förmlich zerfressen hatte, brachte er jedoch nicht mehr als würgende Geräusche zustande. Hilflos ließ er sich wegschleifen.

Rapp lächelte, was Tajs Gegenwehr noch einmal verstärkte. Die Wache behielt ihn fest im Griff, aber es änderte ohnehin nichts. Der Leiter des pakistanischen Geheimdienstes würde noch vor Erreichen des Ausgangs am eigenen Blut erstickt sein.

Dort drängte sich eine gewaltige Menschenmenge und Rapp wurde von aufgebrachten Besuchern hin und her gedrängt. Zu seiner Rechten entdeckte er eine frisch in den Kongress berufene Politikerin, die hingefallen war und es nicht schaffte, sich in dem Gedränge aufzurappeln. Er ging zu ihr, wurde jedoch wenige Meter vorher von hinten gepackt. Er schoss herum, rechnete mit einem der pakistanischen Wachleute, stand jedoch einem völlig verängstigten Carl Ferris gegenüber.

»Wo wollen Sie denn hin? Bringen Sie mich gefälligst hier weg, Sie Idiot!«

Zu viel Alkohol und das Getümmel sorgten dafür, dass es eine Weile dauerte, bis Ferris merkte, mit wem er da sprach. Als es endlich klick machte, erwartete Rapp, dass der Senator hastig das Weite suchte, doch überraschenderweise tat er es nicht.

»Was zum Teufel haben Sie denn hier verloren? Nein, sagen Sie nichts. Halten Sie einfach die Klappe und begleiten Sie mich zu meiner Limousine.«

Die junge Kongressabgeordnete, die neben ihm auf dem Boden lag, schien er gar nicht zu registrieren. Ebenso wenig wie den Umstand, dass er einen Großteil seiner Karriere darauf verwandt hatte, der CIA im Allgemeinen und Rapp im Besonderen das Leben zur Hölle zu machen. Jetzt, wo er sich in Gefahr wähnte, passte es zu seiner beschränkten Weltsicht, dass er unterstellte, der Agent werde alle Hebel in Bewegung setzen, um ihm, einem treuen Diener des Staates, zur Hilfe zu eilen.

»Stehen Sie nicht rum wie ein …« Ferris wurde von einer Frau in hochhackigen Schuhen umgestoßen, die sie in ihrer Panik trotzdem nicht am Rennen hinderten. Der Senator klammerte sich an der Vorderseite von Rapps Jackett fest, um sowohl das Gleichgewicht zu halten als auch zu versuchen, ihn in Richtung Ausgang zu schieben.

Sie kamen an einem Stehtisch vorbei. Rapp griff nach einer Salatgabel, die darauf lag, und rammte sie Ferris in den Oberschenkel. Der Politiker stieß einen gellenden Schrei aus und krümmte sich jammernd auf dem Boden. Rapp eilte der gestürzten Politikerin zu Hilfe und legte einen Arm um ihre Schultern. Gemeinsam wurden sie vom unwiderstehlichen Sog der fliehenden Menge ins Freie gedrängt.

EPILOG

Am Stadtrand von Bowling Green
Kentucky, USA

Rapps Gegner war schneller als erwartet und besaß das Talent, die Bedingungen des Geländes zum eigenen Vorteil auszunutzen. Die Sonne schien zum ersten Mal seit einer Woche und erfüllte die Luft mit einer Schwüle, die vom frisch gemähten Rasen aufstieg. Reihen taubedeckter Grabsteine sorgten dafür, dass Rapps Sonnenbrille von einem feuchten Film überzogen wurde und Schatten gefährlich verschwommen wirkten. Er orientierte sich nach links, überlegte es sich dann anders und glitt in die enge Lücke zwischen zwei Mausoleen.

Ein Aufblitzen von Bewegung vor ihm veranlasste ihn, die Schritte zu beschleunigen. So leise wie möglich schlich er weiter auf die freie Fläche. Die Zielperson befand sich jetzt unmittelbar vor ihm. Sie kauerte hinter einer niedrigen Hecke. Rapp gab jegliche Deckung auf und spurtete hin. Er erreichte die südlichen Ausläufer des Gebüschs und packte sein Opfer hinten am Kragen.

Mike Nashs vierjähriger Sohn strampelte wie wild, als er in die Luft gehoben wurde, doch die abgelegte Jacke des älteren Bruders saß so eng, dass er nicht herausschlüpfen konnte.

»Das Spiel ist aus, Kleiner.«

Chuck war vor zehn Minuten entwischt. In einer der seltenen Situationen, in der beide Eltern gleichzeitig ihn kurz aus den Augen verloren hatten.

»Mir ist langweilig, Mitch!«

»Pech«, meinte Rapp und setzte ihn ab. »Los, Abmarsch.«

Rapp folgte dem Jungen. Chuck sah sich alle paar Sekunden um und schätzte seine Chancen für eine erneute Flucht ab. Clever, wie er war, stellte er schnell fest, dass es keinen Sinn hatte. Er beschloss, sich seinem Schicksal zu fügen, bis die nächste Gelegenheit kam.

Vor ihnen hatte sich ein kleiner Pulk um Stan Hurleys Sarg gebildet. Chuck rannte zu seiner verärgerten Mutter, während Rapp zu Irene Kennedy ging, die in einem langen schwarzen Mantel und einem Hut, der ihr Gesicht verdeckte, etwas hinter den anderen zurückgeblieben war.

Ein Mann mit Stan Hurleys Verdiensten hätte fraglos mehr Besucher bei seiner Beerdigung verdient, aber das Zusammenstellen der Gästeliste entpuppte sich als ungeahnte Herausforderung. Trotz seines gefährlichen Berufs hatte er die meisten Verwandten überlebt. Seine Ex-Frauen lebten zwar noch, wollten aber nichts mehr mit ihm zu tun haben. Zwei seiner Kinder waren erschienen, die anderen drei redeten schon lange nicht mehr mit ihm. Die meisten Agenten, mit denen er im Laufe der Jahre zusammengearbeitet hatte, waren entweder ins Ausland gezogen oder machten den Kontakt zu Hurley aus nachvollziehbaren Gründen ungern öffentlich. Allerdings gab es ein wahres Meer aus Kränzen und Gestecken. Viele von Menschen, die ihm ihr Leben verdankten.

Scott Coleman und sein Team waren gekommen, außerdem vereinzelte CIAler im Ruhestand. Zwei attraktive exotische Schönheiten, die Rapp nicht zuordnen konnte, heulten sich die Augen aus. Die seltsame Delegation wurde von einem ältlichen Priester komplettiert, der mit Hurley in Europa gedient hatte, bevor ihn der Ruf Gottes ereilte.

Er beschränkte die Bibelzitate in seiner Trauerrede auf ein Minimum und konzentrierte sich stattdessen auf Anekdoten über gemeinsame Kriegserlebnisse. Obwohl Hurley grundsätzlich an eine höhere Macht geglaubt hatte, pflegte er stets zu betonen, dass er auf einen Himmel, der Leute wie ihn hereinließ, keinen Wert legte.

Rapp stellte sich unweigerlich die Frage, ob ihn nach seinem Tod ein ähnliches Szenario erwartete. Erst eine Woche in irgendeiner Kühlkammer, dann eine Beerdigung in aller Stille. Eine Handvoll Gäste, ein paar gemurmelte Toasts in üblen Spelunken irgendwo auf der Welt und der kollektive Seufzer der Erleichterung von allen Feinden, die ihm zeitlebens entwischt waren.

Was hätte Anna wohl gesagt? Wahrscheinlich dass Leben und Tod nicht vom Schicksal abhängig waren, sondern von den eigenen Entscheidungen. Dass es die Möglichkeit gab, etwas daran zu ändern.

Aber was? Eine zweite Anna würde es nie geben. Inzwischen hielt er das sogar für eine gute Sache. Sie war die große Liebe seines Lebens gewesen, was ihn in eine schreckliche Lage versetzte. Er hatte sich ständig Sorgen gemacht, allerdings weniger um ihre Sicherheit als darüber, was für einen Mann sie sah, wenn sie ihm ins Gesicht schaute.

Der Sarg glitt gerade auf der hydraulischen Hebebühne in die Tiefe, als Mitch neben Kennedy auftauchte.

»Er wird mir fehlen«, sagte sie.

Die beiden verband ein langjähriges, kompliziertes Verhältnis. Sie hatte Hurley schon als Kind gekannt. Er selbst war beim ersten Aufeinandertreffen mit Stan zwar schon ein junger Mann gewesen, konnte ihre Gefühle aber trotzdem nachvollziehen. Mit dem alten Haudegen war es nie normal gewesen. Und schon gar nicht langweilig.

»Es tut mir leid, Irene. Es war meine Operation. Meine Schuld.«

Das Lächeln geriet für ihre Verhältnisse untypisch breit. »Er hätte garantiert behauptet, es sei seine Mission und du hättest dich bloß drangehängt.«

»Da hast du wahrscheinlich recht.«

»Ich habe mit seinen Ärzten gesprochen, Mitch. Ihm blieb so oder so nicht mehr viel Zeit. Der Tod, den sie mir ausgemalt haben …« Ihre Stimme stockte kurz. »So war es wohl das Beste für ihn.«

Rapp nickte nur. Die Vorstellung hatte ihm höllische Angst bereitet. Hurley hätte sich auf keinen Fall selbst umgebracht – der Drang zu überleben war in jede Faser seines Körpers eingewebt. Damit wäre Rapp die Aufgabe zugefallen, sich nachts beim Schichtwechsel ins Krankenhaus zu schleichen. Wie hätte es sich wohl angefühlt, Hurley einen Schalldämpfer an die Schläfe zu drücken, während der alte Stinkstiefel ihn anfeuerte?

»Sind Rickmans Dateien sicher verwahrt?«, fragte Rapp, als der Sarg seine endgültige Position erreichte und sich die Trauergesellschaft auflöste. Chuck setzte sich als Erster in Bewegung. Diesmal nahm Nash die Verfolgung auf, während sich der Rest seiner Familie mit einem geteilten Handtuch die Tränen abwischte. Colemans Jungs zogen sich diskret zurück und ließen ihren Boss allein, der stoisch in das Loch hinabstarrte.

»Präsident Chutani hat ein internes Untersuchungsverfahren eingeleitet. Wir haben einen Vertrauten in seinem Umfeld, von dem wir wissen, dass die Dateien auf einem Laufwerk in Ahmed Tajs Büro abgelegt wurden, allerdings ohne den Code. Marcus hat das eingesetzte Verfahren analysiert und behauptet, die Pakistani brauchen mindestens 30 Jahre, um die Verschlüsselung zu knacken. Bis dahin besitzen die Informationen allenfalls noch einen historischen Wert.«

Sie blieben stumm nebeneinander stehen, bis sich außer ihnen nur noch die Männer auf dem Friedhof aufhielten, denen die Aufgabe zufiel, das Grab zuzuschütten. Stumm schauten sie ihnen im Schatten eines Baums dabei zu.

»Senator Ferris wurde übrigens während der Massenpanik totgetrampelt, die nach Tajs Vergiftung entstand«, sagte Kennedy. »Sechs gebrochene Rippen, eine Fraktur am Handgelenk und eine Stichwunde am Oberschenkel. Letzte Nacht wurde er nach Bethesda verlegt. Er behauptet, alles sei deine Schuld. Du wärst mit einem Steakmesser auf ihn losgegangen. Stimmt das?«

»Nein.«

»Ganz sicher?«

»Ganz sicher. Es war eine Gabel.«

»Er erzählt überall im Weißen Haus rum, dass du versucht hast, ihn zu töten.«

»Ich versuche nicht, Leute zu töten, Irene. Entweder mach ich's oder ich lass es bleiben.«

»So ungefähr habe ich es Präsident Alexander auch erklärt. Chutani ist dir übrigens für dein Eingreifen enorm dankbar. Er meinte, die Aufzeichnungen der Überwachungskameras seien leider völlig unbrauchbar. Allerdings sind zwei seiner Leute bereit, eidesstattliche Erklärungen abzugeben, dass Ferris betrunken war und du dich nicht mal in seiner Nähe aufgehalten hast, als er stürzte.«

»Ein Problem weniger.«

»Übertreib's nicht, Mitch. Das war selbst für deine Verhältnisse grenzwertig.«

»Wir mussten diesem Stück Dreck eine Warnung übermitteln. Das ist damit erledigt.«

»Zu unserem großen Glück hat der Präsident eine ähnlich schlechte Meinung von Ferris. Trotzdem soll ich dir ausrichten, wenn so etwas noch mal passiert, käme er persönlich nach Langley, um dir einen Arschtritt zu verpassen.«

Rapp lachte und lief zu seinem Wagen. »Sag ihm, er sei jederzeit willkommen.«

Danksagungen

Ich danke meinem Agenten, Simon Lipskar, der an mich gedacht hat, als das Thema einer Fortsetzung der Mitch-Rapp-Serie zur Sprache kam. Außerdem Sloan Harris und Emily Bestler für ihre Zuversicht, die ermutigenden Worte und wertvollen Hinweise. Und ich danke meiner Mutter, die seit vielen Jahren Rapp-Fan ist und mich mit ehrlicher Kritik beim Schreiben unterstützt hat. Rod Gregg, ohne dich hätte ich die ganzen Details zu Waffen nie auf die Reihe bekommen.

Abschließend ein Dank an alle Freunde, Familienmitglieder und Anhänger von Vince, die sich die Zeit genommen haben, mit mir in Kontakt zu treten. Eure Begeisterung und euer Vertrauen ließen mich immer dann durchhalten, wenn ich das Gefühl hatte, dass mir die Aufgabe, diesen Roman zu schreiben, über den Kopf wächst.

www.vinceflynn.com

VINCE FLYNN wird von Lesern und Kritikern als Meister des modernen Polit-Thrillers gefeiert. Dabei begann seine literarische Laufbahn eher holprig: Der Traum von einer Pilotenlaufbahn beim Marine Corps platzte aus gesundheitlichen Gründen. Stattdessen schlug er sich als Immobilienmakler, Marketingassistent und Barkeeper durch. Neben der Arbeit kämpfte er gegen seine Legasthenie und verschlang Bücher seiner Idole Hemingway, Ludlum, Clancy, Tolkien, Vidal und Irving, bevor er selbst mit dem Schreiben begann.
Insgesamt 60 Verlage lehnten sein Roman-Debüt ab. Doch Flynn gab nicht auf und veröffentlichte es in Eigenregie. Der Auftakt einer einzigartigen Erfolgsgeschichte: *Term Limits* wurde ein Verkaufsschlager, ein großer US-Verleger griff zu, die Folgebände waren fortan auf Spitzenpositionen in den Bestseller-Charts abonniert.
Der Autor verstarb 2013 im Alter von 47 Jahren infolge einer Krebserkrankung.

Der Anti-Terror-Kämpfer Mitch Rapp ist der Held in bisher 15 Romanen. Aufgrund des bahnbrechenden Erfolgs wird die Reihe in Absprache mit Flynns Erben inzwischen von Kyle Mills fortgesetzt.

Die Mitch-Rapp-Serie:
AMERICAN ASSASSIN – Wie alles begann
KILL SHOT – In die Enge getrieben
TRANSFER OF POWER – Der Angriff
THE THIRD OPTION – Die Entscheidung*
SEPARATION OF POWER – Die Macht*
EXECUTIVE POWER – Das Kommando*
MEMORIAL DAY – Die Gefahr*
CONSENT TO KILL – Der Feind*
ACT OF TREASON – Der große Verrat*
PROTECT AND DEFEND – Die Bedrohung*
EXTREME MEASURES – Der Gegenschlag*
PURSUIT OF HONOR – Codex der Ehre
THE LAST MAN – Die Exekution
THE SURVIVOR – Die Abrechnung (mit Kyle Mills)
ORDER TO KILL (mit Kyle Mills)

* Neuauflage bei Festa in Vorbereitung

KYLE MILLS ist *New York Times*-Bestsellerautor, Jahrgang 1966. Er lebt mit seiner Frau in Wyoming.

Zuletzt erschienen in der Reihe FESTA ACTION:

James P. Sumner: *True Conviction – Der Auftragskiller*
Robert Bidinotto: *Hunter – Ich bin das Recht*
Vince Flynn: *American Assassin – Wie alles begann*
Brad Taylor: *All Necessary Force – Todeszone USA*
Brad Thor: *Die Löwen von Luzern*
Tom Young: *Der Sturm des Mullahs*
Dalton Fury: *Orden für die Toten*
Vince Flynn: *Kill Shot – In die Enge getrieben*
Simon Gervais: *The Thin Black Line – Wir werden töten*
Scott McEwen mit Thomas Koloniar: *Sniper Elite – Vernichtet Amerika*
Matthew FitzSimmons: *The Short Drop – Ein bitterer Tod*
Brad Taylor: *Von Feinden umzingelt*
Tom Young: *Stummer Feind*
Stephen Hunter: *Der 47. Samurai*
Dalton Fury: *Auf zum Angriff*
Matthew Betley: *Overwatch – Jagd auf Logan West*
Marc Cameron: *Akt des Terrors*
Brad Thor: *Der Pfad des Mörders*
Ben Coes: *Auge um Auge*
Vince Flynn: *Pursuit of Honor – Codex der Ehre*
Matthew Reilly: *Der Große Zoo von China*
Vince Flynn: *Transfer of Power – Der Angriff*
Mark Greaney: *The Gray Man – Unter Beschuss*
John Gilstrap: *Keine Gnade*
Joshua Hood: *Clear by Fire – Suchen & vernichten*
Matthew Reilly: *Das Turnier*
Scott McEwen mit Thomas Koloniar: *Sniper Elite – Der Wolf*
Vince Flynn: *The Last Man – Die Exekution*
Vince Flynn: *Survivor – Die Abrechnung*

Festa: If you don't mind sex and violence and lots of action

Niemand veröffentlicht härtere Thriller als Festa. Werke, die keine Chance haben, in großen Verlagen veröffentlicht zu werden, weil sie zu gewagt sind, zu neuartig, zu extrem.

Statt der üblichen Matt- oder Glanzfolie haben die Bücher von Festa eine raue, lederartige Kaschierung. Sie symbolisiert die Härte und sexuelle Gewagtheit unseres Programms. Diese »Bücher im Ledermantel« sind auch sehr widerstandsfähig – die Bücher wirken nach dem Lesen noch wie neu.

Unsere erfolgreichsten Buchreihen:

HORROR & THRILLER – Moderne Meister des Genres

FESTA ACTION – Blockbuster zum Lesen

FESTA EXTREM – Wenn Lesen zur Mutprobe wird ...

Wegen der brutalen und pornografischen Inhalte erscheinen die Titel als Privatdrucke ohne ISBN und werden nur ab 18 Jahre verkauft. Sie können nur direkt beim Verlag bestellt werden.

Festa steht beim Thema harte Spannung für viele Jahre bewährte Qualität. Darauf geben wir sogar eine Zufriedenheitsgarantie. Dieser Service ist für einen Buchverlag einzigartig.

Warum tun wir das?

Frank Festa: »Wir wollen, dass die Leser unsere Bücher lieben. Das geht nur mit Qualität. Und als Spezialist für Horror und Thriller aus Amerika können wir in dem Bereich diese Qualität garantieren – so einfach ist das.«